Silvia Marazzi

In stiller Nacht

Kriminalroman

Verlag: CreateSpace Independent Publishing
ISBN: 978 1975798307
Lektorat: Sandra Schmid
Redaktion: Lara Tunnat
Satz & Umschlag: Corinna Rindlisbacher, ebokks.de
Coverbilder:
© ludmila_m – fotolia.de
© Christos Georghiou – fotolia.de
© abbiesartshop – fotolia.de

Meinem Bruder Bruno
In Liebe

Much snow is falling, winds roar hollowly,
The owl hoots from the elder,
Fear in your heart cries to the loving-cup:
Sorrow to sorrow as the sparks fly upward.
The log groans and confesses:
There is one story and one story only.

Robert Graves

Prolog

Canterbury, 1 Juni 1942

Der Fliegeralarm ertönte um Mitternacht. Das lang gezogene Heulen der Sirenen war kaum verklungen, als schon das Dröhnen der ersten Bomber einsetzte. Stanley packte die Hand seiner Frau und zog sie mit sich. Sie mussten raus aus diesen engen Gassen der Altstadt, deren dicht stehende Häuser jeden Moment getroffen werden konnten. Doch da war es schon, das schreckliche Zischen, welches die Ankunft einer Bombe verkündete, die gleich darauf detonierte. Ein dumpfer Paukenschlag, etwa ein bis zwei Meilen entfernt, schätzte Stanley. Die erste Bomberstaffel hatte das Zentrum noch nicht erreicht. Sie rannten weiter.

Stanley und seine Frau waren nicht die einzigen, die von dem Bombenangriff auf der Straße überrascht worden waren. Mittlerweile hetzten sie einem guten Dutzend Leute hinterher, in der Hoffnung, sie wüssten, wo sich der nächste Schutzraum befand.

An der Straßenecke standen zwei Männer von der Home Guard.

»Da lang, schnell!«, dirigierten sie die Menschen die Straße hinunter.

Das hämmernde Dröhnen der Bombermotoren kam näher. Über ihren Köpfen schnitten die Lichtkegel eines Suchscheinwerfers durch den schwarzen Himmel, erfassten ein Flugzeug, und dann schossen Flakgeschütze pfeifend durch die Luft.

Vera stolperte über einen Randstein. Stanley half ihr hoch, hielt ihre Hand fest in der seinen. Jemand brüllte: »In Deckung!«

Sie warfen sich zu Boden und legten ihre Arme schützend über den Kopf.

Es folgte ein gigantischer Donnerschlag, der Stanley fast das Trommelfell platzen ließ. Der Boden bebte und ein ekelerregender Geruch nach Gas und Sprengstoff erfüllte die Luft. Dann hörte er ein Geräusch, als würde eine Geröllawine einen Berghang hinunterstürzen. Sie rappelten sich hoch und starrten fassungslos auf das Bild der Verwüstung, das sich ihnen bot.

Nur einen Häuserblock weiter vorne schien das kalte Licht des Mondes auf eine Geröllhalde. Ein Haufen Schutt aus zersplitterten Balken, Ziegeln und zermalmtem Mauerwerk war alles, was von einer ganzen Häuserzeile übrig geblieben war.

Es herrschte Chaos. Die Menschen, die vorhin noch vor ihnen hergerannt waren, versuchten tapfer, in dem Geröll und Schutt, der sich auf die Straße ergoss, Tritt zu fassen. Schemenhafte Gestalten, die sich durch eine dichte Wolke aus Rauch und Staub kämpften, um auf sicheres Terrain zu gelangen. Die meisten verhielten sich ruhig, einige aber, die den Angriff aus nächster Nähe miterlebt hatten oder von den Trümmerteilen getroffen worden waren, standen unter Schock. Sie taumelten orientierungslos umher und schrien um Hilfe.

Stanley stand einen Moment wie gelähmt und sah verstört um sich. Der Weg zum Schutzraum war abgeschnitten. Dann schrie ihm Vera zu: »Die Kirche!«, und sie stürmten wieder los, auf den Kirchturm zu, dessen Umrisse sich schwarz vor dem erleuchteten Himmel abzeichneten. Nach den Sprengbomben musste die Luftwaffe Brandsätze auf die Überreste der Häuser abgeworfen haben. Der Feuersturm färbte den Himmel gelb und scharlachrot, und immer wieder schossen dort, wo sich der Phosphor entzündet hatte, grelle Blitze in die Luft.

Schon kam ihnen der erste Rettungstrupp entgegen, um in den Trümmern nach Überlebenden zu suchen. Sie wichen einem Bahrenträger aus und zwei Männern vom Zivilschutz, die mit Kübelpumpen zu den Brandherden eilten.

Vera und Stanley rannten und stolperten weiter Richtung Kirche, während hinter ihnen Brandsätze detonierten und das Schrapnell des Flakfeuers auf sie herunterregnete. Als sie die überdachte Pforte erreicht hatten, war niemand mehr hinter ihnen. Die schwere, eisenbeschlagene Eichentüre stand offen. Hier hatten schon eine ganze Reihe Leute Zuflucht gesucht.

»Tür zu!«, schrie jemand. Stanley kam der Aufforderung nach, und sofort verebbte der Lärm und es wurde still. Durch die dicken, mit Sandsäcken verstärkten Mauern drang das Getöse nur noch gedämpft an sein Ohr.

Ein Mann mit einem flachen Helm auf dem Kopf stand zu Beginn des Mittelganges und wies ihnen den Weg hinunter in die Krypta.

Zu spät.

Sie liefen noch an den Kirchenbänken entlang, als eine gewaltige Detonation die Kirche erschütterte. Sie erzeugte einen ungeheuren Sog, sodass es Stanley schien, als würden ihm Herz und Lunge gleichzeitig aus dem Körper heraus gepresst. Er wurde gegen kalten Stein geschleudert und spürte, wie die Fundamente bebten, während die Druckwelle sich ausbreitete. Dann brachen die Balken, fielen krachend ins Mittelschiff.

Dunkelheit. Das Notlicht war ausgegangen und durch die zugehängten Fenster drang kein Lichtschein.

»Vera«, wollte er rufen, aber es kam nur ein heiseres Krächzen heraus. Seine Kehle war voller Staub. Er tastete vergeblich nach seiner Taschenlampe, stattdessen berührten seine Finger das Fundament eines Pfeilers. Er war gegen eine Säule geprallt, die immer noch standhielt. Mit einem Arm versuchte er, sich daran hochzuziehen, den anderen konnte er kaum mehr bewegen. Es gelang ihm, auf die Knie zu kommen, doch als er sich aufrichten wollte, schlug sein Kopf hart gegen zersplittertes Holz.

»Vera«, krächzte er nochmals und versuchte danach, durch Husten seine Kehle freizukriegen. »Vera!« Ein heiseres Rufen diesmal. Er horchte angestrengt. Keine Antwort. Wo war sie? Sie musste in der Nähe sein; er hatte ihre Hand gehalten, als die Bombe explodiert war. Sie musste hier irgendwo sein!

Erst jetzt fiel ihm auf, dass niemand schrie. Waren alle unten in der Krypta? Oder tot?

Eine einzige, gottverdammte Nacht, und sie beide wären weit weg gewesen. Auf hoher See, unterwegs zu ihrer Einheit. Sie hatten diesen letzten gemeinsamen Abend genießen wollen, waren auf dem Heimweg von einer Tanzveranstaltung gewesen.

Nachdem sich seine Augen an die Dunkelheit gewöhnt hatten, sah Stanley dort, wo er die Seitenwand des Mittelschiffes vermutete, einen schwachen Lichtschein. Auf Händen und Knien kroch er darauf zu und griff bald in Sand. Hier war die Mauer; die Sandsäcke waren durch die Explosion geplatzt. Er kroch weiter, und nachdem er das Loch in der Mauer erreicht hatte, hörte er jemanden um Hilfe schreien. Nein, kein Schreien – ein schwaches Rufen. Eine Frauenstimme! Vera! Er hatte sie gefunden!

»Ich bin gleich bei dir, Darling!«, rief er so laut er konnte und kletterte über einen Balken, der ihm den Weg versperrte. Erst dann sah er, dass der Türsturz standgehalten hatte. Er konnte sich aufrichten und strauchelte in einen Raum, der fast unversehrt geblieben war. Nur die Hälfte des Daches war von der Druckwelle weggerissen worden. Er war in der Sakristei gelandet. Im Widerschein der Feuer, die draußen wüteten, konnte er erkennen, dass alle vier Mauern noch standen.

Und dann sah er sie. Bis zu den Hüften unter Trümmern begraben!

Stanley stürzte zu ihr hin.

Abgrundtiefe Enttäuschung und Erleichterung zugleich: Es war nicht Vera, die dort lag.

»Bitte! Helfen ... Sie ... mir!«

Stanley sah gleich, dass jede Hilfe zu spät kam. Unmöglich, die Deckenbalken alleine wegzuschaffen. Seine rechte Schulter schmerzte höllisch, den Arm konnte er nicht mehr gebrauchen. Die Frau war unter einer Zentnerlast begraben, sie musste schwer verletzt sein. Ein Wunder, dass sie noch bei Bewusstsein war und sprechen konnte.

»Tut mir leid«, sagte er. »Ich kann nichts für Sie tun. Sie müssen warten, bis der Rettungstrupp eintrifft.«

Er wollte weg hier, seine Frau suchen, bevor auch sie unter Trümmern verschüttet wurde. Das ganze Gebäude konnte jeden Moment kollabieren. Er wandte sich ab, doch die Frau wollte ihn nicht gehen lassen.

»Bitte, bleiben Sie. Lassen Sie mich nicht allein!«, flehte sie.

Sie war viel älter als Vera, mindestens sechzig. Ihr Gesicht war mit einer dicken Staubschicht bedeckt und von Streifen aus Blut und Tränen gezeichnet.

Stanley kniete sich nochmals neben sie und hielt kurz ihre Hand. »Der Rettungstrupp wird gleich hier sein«, versuchte er, sie zu beruhigen. »Das kann nicht mehr lange dauern.«

Plötzlich hörte er ein Knarren im Gebälk. Zu lange gezögert! Von panischem Schrecken gepackt, sprang er auf. Er musste raus hier, sofort!

Er war noch zwei Schritte von dem Mauerdurchbruch entfernt, als der Türsturz zusammenkrachte. Es gab keinen anderen Ausgang, er war eingeschlossen. Eingeschlossen mit einer Sterbenden, und keine Möglichkeit mehr, zu Vera zu gelangen. Es war vorbei, er konnte nichts mehr tun.

Stanley hockte sich auf den Boden, barg das Gesicht in den Händen. Draußen ging der Wahnsinn weiter. Der Lärm fortwährender Bombenexplosionen war zu hören, das Pfeifen der Granaten und das Donnern der mobilen Artillerieeinheit in der Nähe. Und dann wieder die Stimme der Frau. Ein heiseres Krächzen; sie bat um Wasser. Er hatte keines. Trotzdem stand er auf und ging zu ihr hinüber.

»Ich weiß, dass ich sterben werde«, flüsterte sie. Sie hatte Mühe, die Worte zu formen. Ihre Lippen zitterten, waren trocken und aufgesprungen. »Sie müssen mir zuhören. Es ist wichtig.« Ihre Stimme wurde beim Sprechen kräftiger. »Ich habe etwas Schreckliches getan.«

Hatte die Frau vor, eine Beichte bei ihm abzulegen? Stanley wollte das nicht hören.

»Ich bin kein Priester«, gab er etwas schroff zurück.

»Sie müssen zur Polizei gehen!«

Sie schwieg, als wäre sie am Ende ihrer Kraft. Dann aber griff sie nach seiner Hand.

»Mein Name ist Cynthia Fairweather. Ich habe zwei Menschen auf dem Gewissen.«

Oxfordshire, 17. Dezember 1946

Sir Arnold trat unter dem säulengetragenen Portikus hinaus auf den gekiesten Vorplatz von Greenacres und wurde gleich von einer scharfen Windböe erfasst. Es fühlte sich an, als würde ein Schauer aus eisigen Nadeln auf sein Gesicht niedergehen. Auf seine alten Tage, so schien es ihm, ertrug er die Winterkälte immer weniger. Er fröstelte und beeilte sich, in seinen Wagen zu kommen, doch seine Tochter machte keinerlei Anstalten einzusteigen. Den Kopf in den Nacken gelegt, sah sie angestrengt in den nächtlichen Himmel hinauf, wo ein silbrigweißer Mond zwischen den Wolkenmassen dahinsegelte.

»Was meinst du, Vater, wird es Schnee geben heute Nacht?«, fragte sie, während sie endlich die Beifahrertür öffnete.

Sir Arnold steckte den Zündschlüssel ins Schloss. »Aber nein«, sagte er. »Dazu ist es viel zu kalt. In den Sechs-Uhr-Nachrichten meinten sie, der Frost würde wohl noch eine Weile anhalten.«

Er hoffte doch sehr, dass dieser frostklirrende Dezember nicht den Auftakt zu einem weiteren harten Winter bildete. Wenn die Elektrizität, wie so oft während der vergangenen Kriegsjahre, wieder rationiert würde, wäre es um seine Zentralheizung geschehen. Dann würde sie wohl endgültig den Geist aufgeben. Bis jetzt hatte der Gutsverwalter sie im Griff, doch diese ständigen Stromunterbrechungen taten ihr gar nicht gut.

Emma stieg nun ebenfalls ein, und dann rollte der Bentley gemächlich die geschwungene Auffahrt hinunter. Die Scheinwerfer glitten durch die Dunkelheit und erhellten nach und nach die kräftigen Buchen, die beidseits des Weges emporragten. Ihre glatten, grauen Stämme waren von einer glitzernden Reifschicht überzogen.

Eine Weile fuhren sie schweigend durch die Nacht und Sir Arnold hing seinen Gedanken nach, dann sagte Emma:

»Mrs Finch wollte wissen, wie viele Gäste wir zum Umtrunk erwarten. Sie war sich nicht sicher, ob die Sandwiches, die sie zurechtgemacht hat, ausreichen.«

Sir Arnold enthielt sich jeglicher Antwort.

»Vater, du hörst mir gar nicht zu.«

»Was?«, fragte er zerstreut. »Ich kann mich jetzt nicht mit dir unterhalten, Kind, ich muss mich aufs Steuern konzentrieren.« Sie waren am Fluss unten angekommen und fuhren eben über die bucklige Steinbrücke vor den Toren der Stadt. »Die Straße hier ist völlig vereist. Verdammt gefährlich.«

Aber er wusste, seine Tochter hatte recht; seine Gedanken schweiften immer wieder ab, und das schon den ganzen Nachmittag. Seit ihm dieser unselige Brief in die Hände gefallen war. Er hatte dem Mann vertraut, ihn bei sich aufgenommen, seine ambitionierten Pläne unterstützt. War das nun der Dank? Wenn der Inhalt dieses Schreibens der Wahrheit entsprach, hatte ihn sein Gutsverwalter vorsätzlich angelogen und hintergangen. Aber er durfte kein vorschnelles Urteil über den Mann fällen. Er würde sich später in Ruhe anhören, was Nowak vorzubringen hatte. Besonnen und objektiv, in gleicher Weise wie er nun schon seit einem Vierteljahrhundert den Vorsitz vor Gericht führte. Und bis dahin wollte er sich die leidige Sache aus dem Kopf schlagen. Diesen besonderen Abend würde er sich davon nicht verderben lassen.

Emma hatte wieder begonnen, über den Imbiss zu lamentieren. Waren die beiden Frauen denn nicht fähig, die Sache unter sich auszumachen? Es war langsam an der Zeit, dass seine Tochter unter die Haube kam. Allerdings war weit und breit kein geeigneter Bewerber in Sicht. Vermutlich würde er sich auch noch darum kümmern müssen.

Sie waren in der Stadt angelangt, und Sir Arnold lenkte den Wagen durch eine schmale Zufahrt auf den kopfsteingepflasterten Marktplatz.

»Oh, sieh nur, Vater!«, rief Emma. »Die Tanne ist wunderschön!«

Ja, das war sie, dachte Sir Arnold. Er hatte gut gewählt und das Anbringen der Kerzen heute Morgen persönlich überwacht. Der Weihnachtsbaum, den er den Bürgern der Stadt alljährlich stiftete, stand im Eck, das durch die Sandsteinmauern des Rathauses gebildet wurde, und seine Lichter warfen ihren warmen Schein auf die schön gegliederte Fassade mit dem reizvollen Uhrtürmchen. Wie jedes Jahr waren eine Menge Leute erschienen, um dem Anlass zusammen mit ihren Kindern beizuwohnen. Mit leuchtenden Augen standen sie staunend vor dem großen Nadelbaum, und Sir Arnold dachte befriedigt, ihre freudestrahlenden kleinen Gesichter zu sehen, sei der wahre Lohn für seine Mühen.

Die elektrische Schaufensterbeleuchtung der Geschäfte hier am Platz war längst erloschen, denn seit der Stromrationierung durfte das Licht nur noch bis Ladenschluss brennen. Doch die Ladenbesitzer hatten aus der Not eine Tugend gemacht, Petroleumlampen oder Stalllaternen in die Auslage gestellt und sie mit Girlanden, Tannen- und Stechpalmenzweigen dekoriert. Das sah sehr hübsch aus. Und auch die Sternsinger waren gekommen. Sie hatten sich mit ihrer Laterne vor dem gotischen Torbogen zu Beginn des Marktplatzes aufgebaut und intonierten eben »We wish you a merry Christmas«. Ganz ordentlich, dachte Sir Arnold. Für eine Laiengruppe.

Der Duft von gerösteten Kastanien wehte mit dem Rauch, der von dem kupfernen Kessel aufstieg, zu ihnen hinüber.

»Holen wir uns noch ein paar heiße Kastanien, Vater. Du weißt, wie ich die mag.«

Sir Arnold fand es nicht angebracht, so kurz vor der Chorprobe noch etwas zu essen; schlecht für die Stimmbänder. Aber man musste den Frauen ihre Launen lassen. Während sie auf dem Marktplatz umherschlenderten, wurden sie allenthalben respektvoll gegrüßt, und bald zeigte die Uhr auf dem Rathaustürmchen zehn vor acht.

»Mach den Beutel jetzt zu und steck ihn ein«, trieb Sir Arnold seine Tochter zur Eile an. »Du kannst die Kastanien auch nachher noch essen. Wir kommen noch zu spät zur Probe.«

Er überlegte kurz, den Wagen hier stehen zu lassen, entschied sich dann aber dagegen. Die Kinder waren übermütig geworden, hatten begonnen Fangen zu spielen und einander über den Platz zu jagen. Er wollte nicht riskieren, dass eines von ihnen in den Bentley donnerte. Heutzutage verlangten die Mechaniker Unsummen, um nur schon den kleinsten Kratzer im Lack auszubessern.

Die Stadtkirche war nur durch eine schmale Seitengasse vom Marktplatz getrennt, und fünf Minuten später traten sie durch die überdachte Pforte. Bevor die schwere Eichentüre aber hinter ihnen ins Schloss fiel, wurde sie gleich wieder von einer blonden, vollbusigen Frau aufgerissen.

»Sir Arnold!«, rief sie atemlos in die Kirche hinein und stürmte dann mit einem schmächtigen kleinen Mann im Schlepptau auf ihn zu. »Entzückend, ganz entzückend! Ein wunderschöner Weihnachtsbaum! Sie haben sich wieder einmal selbst übertroffen, Sir Arnold!« Sie machte eine Pause um Luft zu holen, und der Coroner ergriff die Gelegenheit, um sich nach ein paar höflichen Worten abzuwenden. Die Frau kannte keinen Anstand. Immerhin befanden sie sich hier in einer Kirche, da gehörte es sich nicht so herumzuschreien. Aber Mrs Bucket mangelte es eben an schicklichem Benehmen. Ihr Mann andererseits hatte wie ein begossener Pudel stumm neben ihr gestanden. Es machte den Anschein, als ob er ihm am liebsten aus dem Weg gegangen wäre. War vielleicht doch etwas dran an dieser Sache, die ihm Catherwood zugetragen hatte? Natürlich musste er die beiden ebenfalls zum Umtrunk laden, so sehr ihm das auch gegen den Strich ging.

Im Innern der mittelalterlichen Kirche war es nicht viel wärmer als draußen, doch obschon sich der Chorleiter mehrfach über die Kälte während der Chorprobe beklagt hatte, waren die Mitglieder des Kirchenvorstandes der Meinung gewesen, dass es vollauf genügte, die Heizung für den Abendgottesdienst in Betrieb zu nehmen. Nachdem Trotwood die Sänger und Sängerinnen begrüßt hatte, bat er sie, sich im Halbkreis unter der Vierung aufzustellen, und meinte, während er das klägliche Grüppchen mit einem freudlosen Blick bedachte:

»Unter den gegebenen Umständen macht es nicht viel Sinn, die Probe im Chor abzuhalten. Es ist acht vorbei, und wir dürfen wohl nicht darauf hoffen, dass sich noch jemand einfindet.«

Der Kirchenchor von St. Agnes hatte einmal an die dreißig Mitglieder gezählt, und Sir Arnold bedauerte es außerordentlich, dass er mittlerweile auf mehr als die Hälfte geschrumpft war. Dafür war in erster Linie der Krieg verantwortlich, aus dem viele Männer nicht mehr zurückgekehrt waren, aber auch sonst schien es, als ob die jungen Leute heutzutage keine rechte Freude mehr am Singen hätten. Wenn sich dann noch etliche Sänger diese scheußliche Grippe einfingen, blieb nur mehr eine Handvoll übrig. Es war eine Schande, denn die Akustik in dieser Kirche war ganz vortrefflich. Erst im letzten Frühjahr war sie vollständig renoviert worden, um die Schäden auszubessern, die das Seitenschiff während des Krieges durch eine verirrte Fliegerbombe davongetragen hatte. Die Stukas waren auf dem Rückweg von Bath gewesen und hatten die ihnen verbliebene Fracht wohl noch rasch über britischem Boden loswerden wollen. Selbstverständlich hatte auch er einen Beitrag an die Kosten geleistet. In seiner Position war er das den Bürgern der Stadt schuldig gewesen.

Der Chorleiter hob eben den Taktstock, als sich die schwere Eichentüre nochmals öffnete und Ruby Lilburne in die Kirche stöckelte. Als sie die Gruppe erreicht hatte, nickte sie den andern kurz zu, stellte sich neben Sir Arnold und schenkte ihm ein bezauberndes Lächeln. Er hatte richtig gehandelt, dachte er und tätschelte ihr väterlich die Hand. Sie war ein gutes Mädchen, das von alleine nie auf dumme Ideen gekommen wäre. Dieser glattzüngige Gigolo hatte sie in die Irre geführt, daran bestand kein Zweifel. Aber nachdem Sir Arnold ihr ordentlich ins Gewissen geredet hatte, hatte sie sich einsichtig gezeigt und dem nichtsnutzigen jungen Mann den Laufpass gegeben.

Während der Chorleiter den ersten Choral anstimmte und dann die Stimmen der Sänger anschwollen und das Kirchenschiff füllten, fragte sich Sir Arnold, ob seinen Mitmenschen eigentlich bewusst war, welche Verantwortung ständig auf seinen Schultern lastete.

2

Diese Chorprobe war ja wieder einmal unter aller Kritik gewesen! Desmond Trotwood lehnte sich ermattet in das weiche Leder des Bentleys zurück. Abgesehen von Ruby hatte niemand auch nur einen einzigen Ton halten können. Alle brauchbaren Chormitglieder lagen mit einer Grippe im Bett, und das, was dieser untalentierte Haufen zustande brachte, war schlicht erbärmlich. Falls die passablen Sänger nicht bald von ihrem Krankenlager auferstünden, konnte er das Weihnachtskonzert vergessen. Mit Sir Arnold und Ruby alleine konnte er wohl keine Aufführung bestreiten. Der alte Mann hatte den Choral ja noch einigermaßen hingekriegt, aber seine Stimme wurde auch mit jedem Jahr, das er auf dem Buckel hatte, schwächer und zittriger. Jetzt schwadronierte er schon seit zehn Minuten über seine Kriegsabenteuer an der Westfront, und Desmond war zuversichtlich, dass er damit fortfahren würde, bis sie ihr Ziel erreicht hatten. Dabei würde er sich besser auf das Lenken des Wagens konzentrieren. Draußen herrschte eine Eiseskälte, und die Landstraße war an manchen Stellen spiegelglatt. Zweimal war der Bentley schon ins Schlittern geraten, und Ruby auf dem Beifahrersitz hatte sich angstvoll ans Armaturenbrett geklammert. Schade, dass sie nicht hinten neben ihm saß, aber da hockte nur Sir Arnolds unbedarfte Tochter.

Und jetzt musste er den Geizkragen auch noch um eine Spende für den Ausflug bitten. Niemand sonst war willens oder dazu in der Lage, die achtzig Pfund lockerzumachen; alle gingen sie selbstverständlich davon aus, dass Sir Arnold das berappen würde. Ihn dann aber darum zu bitten, das überließen sie großmütig ihrem Chorleiter. Es war wirklich erniedrigend, den Mann Jahr für Jahr anbetteln zu müssen, und man könnte doch wirklich erwarten, dass er einmal von sich aus etwas springen ließe. Doch der gefiel sich in der Rolle des großzügigen Mäzens, die so fabelhaft zu derjenigen des väterlichen Richters passte. Wie der Mann allerdings an diesen Posten gelangt war, war Desmond schleierhaft, denn es war nur schwer zu übersehen, dass er über keinerlei Scharfsinn verfügte.

»So, da sind wir.« Sir Arnold lenkte den Wagen vor die überdachte Eingangspforte. Endlich, dachte Trotwood, stieg aus und öffnete für Ruby die Beifahrertür. Er reichte ihr seine Hand, die sie leider ignorierte; trotzdem war es eine Freude zu sehen, wie sich die junge Frau erst anmutig zur Seite wandte und dann, ein elegant bestrumpftes Bein nach dem anderen, auf das Trittbrett schwang. Wie immer war sie tadellos gekleidet; der weinrote, auf Taille geschnittene Wollmantel betonte ihre gute Figur, an den zierlichen Füßen trug sie pelzverbrämte Stiefeletten und auf den dunklen Locken einen kecken kleinen Filzhut. Es war wirklich eine Schande, dass er selbst noch immer in diesem abgetragenen Vorkriegsmantel herumlaufen musste, denn leider hatte sich seine Hoffnung, die er auf die Dekoration des alten Ladens gesetzt hatte, nicht erfüllt. Seine ganzen Ersparnisse waren dafür draufgegangen, doch die Mehreinnahmen blieben aus. Die Leute holten sich ihre Bücher nach wie vor in der preisgünstigen Leihbücherei im Rathaus.

Trotwood trat hinter dem Coroner und seiner Tochter ins Haus und wurde sich erstmals bewusst, weshalb er nicht gerne hierher kam. Seine eigene Behausung hielt einem Vergleich mit der glanzvollen Ausstattung von Greenacres nicht stand. Und das war noch beschönigend ausgedrückt. Schon allein diese Halle mit ihrer imposanten Tambourkuppel und den schwarz-weißen Marmorfliesen, die sich von der Mitte des Fußbodens sternförmig ausbreiteten, war schlicht grandios. Aber das war vermutlich Sinn und Zweck der Sache: Die Besucher sollten schon beim Betreten des Hauses gebührend beeindruckt sein. Die jadegrünen Wände schmückten goldgerahmte Porträts von Sir Arnolds Vorfahren, welche vermutlich die edlen Statuetten, die nun die Rundnischen zierten, von ihren Bildungsreisen nach Italien und Griechenland mitgebracht hatten. Obschon der

Coroner schon vor dem Krieg im ganzen Haus eine Zentralheizung hatte installieren lassen, verunstalteten keine Radiatoren die schönen Proportionen der Halle. Stattdessen brannte im noblen Kamin ein helles Kohlefeuer. Adams natürlich – der berühmte Architekt hatte nicht nur das Haus, sondern auch die gesamte Inneneinrichtung entworfen, was Sir Arnold nicht müde wurde, jedem, ob er es hören wollte oder nicht, unter die Nase zu reiben.

Mrs Finch war zur Tür gekommen und nahm den Gästen nun Hüte und Mäntel ab.

»Furchtbar kalt heute, nicht wahr, Mr Trotwood?«, begrüßte sie ihn freundlich. »Ich habe die Heizung etwas aufgedreht, und im Salon brennt ein schönes Holzfeuer. Gehen Sie nur durch.«

Eine überaus tüchtige, kompetente Frau, dachte Trotwood. Bei der Wahl seiner Haushälterin hatte Sir Arnold ausnahmsweise ein gutes Händchen bewiesen. Was den Rest der Dienerschaft anbetraf, machte es den Anschein, als hätte er sie sich in einer Besserungsanstalt beschafft: Das triefäugige Hausmädchen war vermutlich in einem Waisenhaus ausgesetzt worden, die übergewichtige Köchin pfiff aus dem letzten Loch und dem finsteren polnischen Landarbeiter, der erst kürzlich zum Verwalter befördert worden war, würde man lieber nicht nachts im Dunkeln begegnen. Aber eben, der Coroner liebte es, gute Werke zu tun, und solange die effiziente Mrs Finch die Bande unter Kontrolle hatte, musste er auch nicht darunter leiden.

Trotwood ging in den Salon und stellte sich vor den Kamin, um seine durchgefrorenen Finger zu wärmen. Sir Arnold hantierte im Alkoven mit Karaffen und Gläsern und begann dann, seine Gäste mit Sherry zu versorgen.

»Hier mein Guter, etwas zum Aufwärmen«, sagte er, während er Trotwood ein Glas reichte.

Der wollte die Gelegenheit ergreifen, um den alten Herrn wegen der Spende anzugehen. Er machte eine einleitende Bemerkung, doch in diesem Moment öffnete sich die Tür zum Salon erneut und die Buckets traten ein. Obschon sie mit ihrem eigenen Wagen zur Chorprobe erschienen waren, hatten auch sie noch versucht, sich neben ihn und Emma Gregson auf den Rücksitz zu zwängen. Die beiden ließen keine Gelegenheit aus, sich in die Nähe der Gentry zu schmuggeln. Der Coroner hatte sie dann aber darauf hingewiesen, dass sie sich zu Fuß auf den Heimweg machen müssten, wenn sie ihren Wagen in Chipping Bramton stehen ließen. Er sei nicht gewillt, sie auch wieder nach Hause zu fahren. Jetzt sagte er augenzwinkernd:

»Kann die Buckets nicht auf dem Trockenen sitzen lassen«, und ließ Trotwood allein vor dem Kamin stehen. Nachdem die Neuankömmlinge mit Sherry versorgt worden waren, unternahm Trotwood einen zweiten Versuch, den Ausflug zur Sprache zu bringen, hatte aber wiederum kein Glück. Dieses Mal wurde der Coroner von Mrs Finch weggerufen, ans Telefon in der Bibliothek. Sir Arnold entschuldigte sich, der Anruf sei dringend, er hätte ihn schon erwartet. Nun, er hatte es versucht, dachte Trotwood; jetzt konnte sich zur Abwechslung auch mal jemand anderes darum kümmern.

Die Buckets hatten sich inzwischen auf einem der beiden Sofas niedergelassen und Ruby saß alleine auf dem zweiten. Trotwood wollte sich eben zu ihr gesellen, als Emma Gregson ihn ansprach:

»Kommen Sie, Desmond, setzen Sie sich einen Moment zu mir, wir müssen etwas besprechen.«

Trotwood schwante Übles, doch bevor er sich davonmachen konnte, hatte Emma ihn schon am Arm genommen. Sie führte ihn zu den beiden Sesseln vor dem Kamin.

»Ich will mich gewiss nicht aufdrängen oder Ihnen in die Chorleitung dreinreden«, sagte sie, während sie Platz nahmen, »aber denken Sie nicht, es wäre an der Zeit, über die Besetzung der Solistin nachzudenken?«

Das kannst du dir an den Hut stecken, dachte Trotwood ärgerlich. Laut sagte er: »Ich habe keine Veranlassung, daran etwas zu ändern. Miss Lilburne macht ihre Sache sehr gut.«

»Aber ja doch«, stimmte ihm Emma hastig zu, nur um dann über Ruby herzuziehen. »Sie gibt sich wirklich alle Mühe, das kann man deutlich hören, aber ihre Stimme trägt einfach nicht genug.«

Und das von einer Frau, die keinen einzigen Ton halten konnte!

»Sie verliert sich in der Weite des Kirchenschiffes, wenn Sie wissen, was ich meine.«

Aber ja, dachte Trotwood ungnädig, das ist unschwer zu erraten.

Mrs Finch kam mit einer silbernen Platte in den Salon und bot reihum Sandwiches an. Trotwood bediente sich großzügig; er hatte noch nichts zu Abend gegessen. Emma nahm sich nichts, sagte aber bewundernd: »Einen gesunden Appetit haben Sie, Desmond, wie es sich für einen rechten Mann gehört«, und warf ihm einen koketten Seitenblick zu.

Davon hätte sie besser Abstand genommen, dachte Trotwood, während er seinen vollen Mund zu einem Lächeln zwang. Diese Pose passte so gar nicht zu der ungelenken, knochigen Frau, die ihren dreißigsten Geburtstag schon längst hinter sich hatte. Tatsächlich hatte sie einige Ähnlichkeit mit einem Pferd: das lange Gesicht, die großen, leicht vorstehenden Zähne. Und jetzt erwartete sie von ihm, Ruby abzuservieren und den Part der Solistin mit ihr zu besetzen. Die Frau war ganz einfach unterbeschäftigt. Was tat sie eigentlich den ganzen Tag? Außer dem alten Herrn auf der Tasche zu liegen? Gar nichts, offensichtlich. Dabei hatte sie beim Women's Voluntary Service, bewiesen, dass sie durchaus imstande war, sich nützlich zu machen. Während des Krieges hatte er als Sergeant bei der Home Guard des Öfteren mit Angehörigen des WVS zu tun gehabt und dabei erstaunt festgestellt, dass sich die verwöhnte, behütete Tochter aus gutem Hause zu einer kompetenten Aktivistin gewandelt hatte. Sie besaß großes Organisationstalent, konnte tüchtig zupacken und hart arbeiten. Aber eben, damit war es nun vorbei, und die Gute hockte wieder untätig zu Hause herum. Völlig unerwartet fühlte er so etwas wie Mitleid in sich aufsteigen.

»Ich will sehen, was ich da tun kann, Emma«, lenkte er ein. »Kommen Sie nächsten Montag etwas früher zur Probe. Ich denke da an eine bestimmte Partitur, die für Ihre Stimme geeignet wäre. Die können wir uns einmal zusammen ansehen.«

»Oh, tatsächlich?!«, rief Emma freudestrahlend, dann aber sprang sie plötzlich auf und setzte Mrs Bucket nach, die eben zur Tür hinaus wollte.

Trotwood wandte sich in seinem Sessel um und sah, dass Ruby gelangweilt in einer Illustrierten blätterte. Er stand rasch auf, um sich zu ihr zu setzen, doch da trat ihm Humphrey Bucket in den Weg. Er hielt zwei Gläser Whisky in den Händen und reichte ihm eines. »Hier, mein Guter«, sagte er. »Der Coroner wird wohl nichts dagegen haben, dass wir uns selbst bedienen. Das Telefonat scheint länger zu dauern.«

Trotwood seufzte innerlich. Wenn das so weiterging, würde er heute Abend kein Wort mit Ruby wechseln können, und sie war der Grund, weshalb er überhaupt hierhergekommen war. Aber er konnte Bucket schlecht einfach hier stehen lassen. Der arme Mann war ganz offensichtlich von seiner Frau vorgeschickt worden, die es ebenfalls auf die Rolle der Solistin abgesehen hatte. Trotwood nahm sich fest vor, alle zukünftigen Anlässe nach der Chorprobe zu meiden wie der Teufel das Weihwasser. Ruby hin oder her. Es wunderte ihn sowieso, dass sie Sir Arnolds Einladung angenommen hatte. Jetzt warf sie die Illustrierte auf den Beistelltisch, stand auf und ging zum Grammofon hinüber.

Humphrey Bucket hatte inzwischen die Gesangskünste seiner Frau in den höchsten Tönen, aber leider nicht sehr überzeugend gelobt und sich gnädigerweise mit einem unverbindlichen: »Ich werde sehen, was ich tun kann«, zufriedengegeben. Der Mann konnte einem leidtun. Vor ein paar Tagen hatte Trotwood eine Einladung zu seiner silbernen Hochzeit erhalten. Buckets Martyrium dauerte also schon geschlagene fünfundzwanzig Jahre. Es schien, dass man auf der Suche nach Argumenten gegen die Ehe in seiner Existenz das allerbeste gefunden hatte. Jetzt deckte er Trotwood mit einer langatmigen Anekdote aus dem Versicherungswesen ein. In seiner Funktion als Chefbuchhalter bei der Safe & Secure hatte es Bucket vorwiegend mit Zahlen zu tun und entsprechend geist- und witzlos kamen seine Pointen herüber.

Die Haushälterin, die eine neue Ladung Sandwiches herumreichte, erlöste ihn schließlich. Mit einem: »Ich mach das für Sie, Mrs Finch. Sie haben sicher noch genug zu tun«, griff er sich das Silbertablett, entschuldigte sich bei Bucket und steuerte zielstrebig auf das Sideboard mit dem Grammofon zu.

»Ein Häppchen gefällig?«, sprach er Ruby an, die dort stand und die Schallplatten durchsah.

»Ja, wieso nicht«, meinte sie, nicht eben freundlich, und nahm sich eines der winzigen, mit Ei belegten Dreiecke.

»Was verschafft uns die Ehre?«, fragte Trotwood lächelnd. »Sonst gehen Sie doch nach der Probe immer gleich nach Hause.«

Ruby warf ihm einen argwöhnischen Blick zu. »Na und?«, fragte sie gereizt. »Haben Sie ein Problem damit?«

Das lief wirklich überhaupt nicht gut. Trotwood beeilte sich zu versichern, dass ihre Anwesenheit allen mehr als willkommen sei, und erkundigte sich dann nach ihrer Arbeit. Sie waren sozusagen Nachbarn; das Juweliergeschäft ihrer Mutter lag nur einen Steinwurf von seiner Buchhandlung entfernt. »Sie müssen alle Hände voll zu tun haben, jetzt in der Vorweihnachtszeit.«

Auf diesen einfallslosen Versuch hin, eine Konversation in Gang zu bringen, zuckte Ruby nur die Schultern und deutete dann mit dem Kinn in Richtung Sofa. »Ihr geschätzter Sachverstand wird gewünscht, Trotwood«, sagte sie spöttisch.

Desmond hatte schon längst bemerkt, dass Mrs Bucket versuchte, seine Aufmerksamkeit zu gewinnen, hatte es aber vorgezogen, sie zu ignorieren. Damit war es nun vorbei. Widerwillig ging er zu ihr hinüber, und prompt begann auch sie, Rubys Darbietung schlechtzureden. Heute blieb ihm wirklich gar nichts erspart! Er hörte sich das eine Weile an, aber irgendwann hatte er genug.

»Ich muss jetzt leider gehen«, erklärte er und stand abrupt auf. »Bin mitten in der Inventur und habe noch eine ganze Menge zu tun.«

»Aber wie wollen Sie denn nach Hause kommen?«, fragte Mrs Bucket entsetzt. »Der letzte Bus ist doch längst abgefahren.«

»Zu Fuß«, beschied Trotwood kurz angebunden. Er war gewillt, sich notfalls Frostbeulen an Händen *und* Füßen zuzuziehen, wenn er dadurch ihre Gesellschaft nicht länger ertragen musste. Vielleicht konnte er Ruby dazu überreden, mit ihm zu kommen, sie hatte ja auch nicht gerade so ausgesehen, als ob sie sich hier groß amüsieren würde. Trotwood sah sich um, konnte sie aber nirgends entdecken. Als er Anstalten machte, in der Halle nachzusehen, rief ihm Emma hinterher:

»Suchen Sie Miss Lilburne?« Er nickte. »Sie ist sich eben kurz die Nase pudern gegangen. Setzen Sie sich doch nochmals kurz zu uns, sie wird gleich zurück sein. Wenn Sie wollen, kann ich Sie nachher beide nach Hause fahren.«

Trotwood setzte sich wieder hin, aber es dauerte noch gute zehn Minuten, bis Ruby wieder im Salon erschien, und dann zeigte sie keinerlei Interesse an Emmas Vorschlag. Sie werde warten, bis die Buckets aufbrechen würden, und mit ihnen fahren. Die aber machten keinerlei Anstalten, sich in Bewegung zu setzen, und schienen fest entschlossen, zumindest Sir Arnolds Rückkehr abzuwarten. Wo blieb der Mann bloß?

Als hätte sie seine Gedanken erraten, sah Emma jetzt auf ihre Armbanduhr und sagte stirnrunzelnd: »Schon halb elf. Wo wohl Vater so lange bleibt? Manchmal ist er etwas zerstreut. Womöglich hat er nach dem Telefonat irgendwelche Akten durchgesehen und uns völlig vergessen.« Sie kam auf die Füße. »Ich will einmal nach ihm sehen.«

Aber auch daraus wurde nichts. Mrs Finch trat hinzu und sagte, sie wolle sich jetzt zurückziehen, aber da sei noch die frühmorgendliche Bestellung für den Fleischer, die sie mit Miss Gregson durchgehen müsse. Trotwood platzte fast der Kragen. Das konnte ja noch ewig dauern! Seine Geduld wurde wirklich auf eine harte Probe gestellt. So war das eben, wenn man auf andere angewiesen war. Wie er das hasste! Er hatte die Schnauze gestrichen voll und zog in Erwägung, sich nun doch alleine auf den Heimweg zu machen. Da aber anerbot sich Mr Bucket, nach dem Coroner zu sehen, und er beschloss, noch fünf Minuten zu warten. Die Aussicht, in klirrender Kälte vier Meilen zu Fuß über die gefrorene Landstraße zu wandern, war nicht gerade verlockend. Sportlichen Aktivitäten hatte er noch nie viel abgewinnen können.

Nachdem Bucket das Wohnzimmer verlassen hatte, schnappte sich Trotwood eine Ausgabe von »Country Life«, um weiteren Konversationsversuchen seitens seiner Frau zuvorzukommen.

Er blätterte gereizt die Seiten um und sah immer wieder auf seine Armbanduhr. Nach zehn Minuten horchte er auf. Aus der Halle waren mit einem Mal schreckliche Laute zu vernehmen. Es klang, als hätte jemand das Tor zur Hölle aufgerissen, um das Heulen der Verdammten herauszulassen. Alle stürzten gleichzeitig zur Tür, und als Trotwood in die Halle vorgedrungen war, sah er einen völlig aufgelösten Mann dort stehen. Das helle Licht des Kronleuchters warf ein kaltes Licht auf seine verzerrten Züge und sein schmächtiger Körper zitterte so stark, dass die Knie jeden Moment nachzugeben drohten. Er hatte aufgehört zu schreien und starrte nur mit vor Entsetzen geweiteten Augen auf die offen stehende Tür zur Bibliothek.

Ein paar Sekunden waren alle sprachlos stillgestanden, dann rief Mrs Bucket:

»Humphrey, um Himmels willen, was ist passiert?«, und rannte zu ihm hin.

Trotwood aber war mit ein paar schnellen Schritten an der Tür zur Bibliothek.

»Oh mein Gott!«, entfuhr es ihm, und dann drängte sich Emma an ihm vorbei. Er wollte sie aufhalten, aber sie entwand sich ihm und stürzte auf die zusammengesunkene Gestalt hinter dem Schreibtisch zu.

»Daddy, was ist mit dir?«, schrie sie im Vorwärtsstolpern. Doch Sir Arnold war nicht mehr in der Lage, ihr zu antworten. Aus seinem Rücken ragte der lange, dunkle Griff eines Fleischermessers.

3

Abends um Viertel nach zehn saß Morton allein in der hell erleuchteten Eingangshalle des St. Luke's County Hospital.

»Sie sollten jetzt nach Hause gehen. Hier können Sie nichts mehr tun.«

Morton fügte sich, stand auf und gab der Krankenschwester seine Karte. »Unter diesen beiden Nummern bin ich erreichbar«, sagte er. »Jederzeit! Sie werden mich doch benachrichtigen, wenn sich ihr Zustand verschlechtert, nicht wahr?«

»Aber ja doch«, versicherte die Schwester freundlich, aber bestimmt. »Das werden wir, seien Sie unbesorgt. Gehen Sie jetzt nur nach Hause und versuchen Sie etwas zu schlafen. Mrs Nightingale ist in guten Händen.«

Morton war in der Hoffnung hiergeblieben, noch einmal zu Jane vorgelassen zu werden, doch das war ihm verwehrt worden. Die Krankenschwester hatte ihm unmissverständlich klargemacht, dass er sie erst morgen Nachmittag, zur regulären Besuchszeit, sehen könne. Nun musste er in die Stadt zurückfahren und irgendwie die unendlich langen Stunden hinter sich bringen.

Er trat hinaus in das Dunkel der Nacht. Nach den überhitzten Räumen des Krankenhauses raubte ihm die eisige Luft fast den Atem. Es hatte aufgeklart, und über dem flachen Gelände schien der schwarze Himmel riesig. Die Schwärze dehnte sich endlos ins Nichts, unterbrochen nur von kaltem Sternenglanz und einem bleichen Halbmond. Nicht groß und nicht hell genug, um viel Licht zu spenden.

Morton hatte keine Mühe, den Wolseley auf dem unbeleuchteten Besucherparkplatz zu finden. Es war der einzige Wagen, der übrig geblieben war. Er stieg ein, fuhr aber nicht weg, sondern steckte sich eine Zigarette an und blieb einen Moment benommen sitzen.

Als er heute Abend mit einer Schale Weintrauben und ein paar Illustrierten im Vikariat vorbeigeschaut hatte, war Dr. Bentham eben aus dem Schlafzimmer seiner Schwester getreten. Er hatte ein besorgtes Gesicht gemacht und erklärt, er habe seine Patientin eben ins Bezirkskrankenhaus eingewiesen. Ihr Zustand hätte sich rapide verschlechtert, er befürchte eine Lungenentzündung.

Bei Mortons letzten Besuch vor drei Tagen hatte Jane gemeint, sie hätte sich wohl eine Erkältung eingefangen, und als er sich gestern nach ihr erkundigt hatte, wurde ihm ausgerichtet, sie liege jetzt mit einer Grippe im Bett. Er hatte sich keine großen Sorgen gemacht, denn die Grippewelle hatte schon Anfang Dezember eingesetzt und alle seine Bekannten waren inzwischen wieder auf den Beinen.

»Ich habe einen Krankenwagen angefordert«, hatte Dr. Bentham Morton wissen lassen, »doch momentan ist keiner verfügbar. Es kann also noch eine Weile dauern, bis er eintrifft.«

Morton war schon an der Tür zum Schlafzimmer gewesen. »Kann ich meine Schwester mit dem Wagen ins St. Luke's bringen?«, hatte er gefragt.

»Aber ja, das schadet ihr nicht. Der Wolseley hat eine breite Rückbank, dort kann sie bequem liegen. Mir ist es auch lieber, wenn Mrs Nightingale so rasch wie möglich ins Krankenhaus kommt.«

Morton hatte die Entscheidung Jane überlassen wollen, doch als er in ihr Zimmer kam, war sie kaum mehr ansprechbar gewesen. So hatte er denn nur eine Weile neben ihrem Bett gesessen, ihre fieberheiße Hand gehalten und mit allem ihm zur Verfügung stehenden Mut versucht, Angst und Panik von sich und seiner Schwester fernzuhalten. Wider besseres Wissen hatte er sich eingeredet, eine Lungenentzündung sei heutzutage keine schlimme Sache mehr, obschon er Menschen kannte, die daran gestorben waren.

Dr. Bentham hatte ihm geholfen, Jane auf die Rückbank zu betten, und Gladys hatte alle verfügbaren Wärmflaschen mit heißem Wasser gefüllt und sie unter ihre Füße platziert.

Dann hatte er die Heizung voll aufgedreht und war losgefahren.

Der Arzt im St. Luke's hatte Dr. Benthams Verdachtsdiagnose bestätigt. Auf Mortons Frage, ob seine Schwester sogleich mit Penicillin behandelt würde, hatte er äußerst ungehalten reagiert. Er solle sich bitte schön zurückhalten und die Behandlung den Experten überlassen. Doch Morton hatte sich nicht damit zufrieden gegeben und insistiert. Daraufhin hatte der Arzt erklärt, er hätte eine Blutentnahme angeordnet; mit der Behandlung könne erst begonnen werden, wenn das Resultat vorliege. Und dann hatte er Morton mit einer Flut medizinischer Fachausdrücke eingedeckt, wohl in der Hoffnung, der unbedarfte Laie würde davor kapitulieren. Der aber hatte sich alles notiert und beschlossen, gleich morgen Früh in der Gerichtsmedizin nachzufragen. Dr. Turpin, der Pathologe, war der einzige Mediziner, auf dessen Urteil sich Morton hundertprozentig verließ. Vielleicht lag es daran, dass seine Patienten schon tot waren, bevor sie in seine Hände fielen.

Während seiner zweistündigen Wartezeit im St. Luke's hatte Morton versucht, seinen Schwager zu erreichen. Howard war irgendwo in Berkshire in einer Art Klausur. Eine weitere hirnverbrannte Idee seines Bischofs, ausgedacht vermutlich, um die ihm Untergebenen zu disziplinieren. Morton hatte sich gefragt, ob er hinfahren und den Vicar eigenhändig aus der Klausur zerren sollte, aber der Arzt hatte ihm versichert, Jane schwebe nicht in unmittelbarer Lebensgefahr. Nun, die Erfahrung hatte ihn gelernt, nicht viel auf das Verdikt dieses Berufsstandes zu geben. Blindes Vertrauen in die Ärzte war ihm schon vor Jahrzehnten abhandengekommen. Leichte Verdauungsbeschwerden, nichts weiter, hatten sie seiner Mutter versichert und sie mit einer Tüte Magenpulver nach Hause geschickt. Ein paar Monate später war sie an Krebs gestorben.

Erst jetzt, in der Abgeschiedenheit seines Wagens, konnte er seinen Ängsten freien Lauf lassen. Hatte Dr. Bentham diese Spitaleinweisung am Ende angeordnet, um sich aus der Verantwortung zu stehlen? Dem Mann hatte er noch nie über den Weg getraut. Hatten die Ärzte eine korrekte Diagnose gestellt? Würden sie fähig sein, daraus die richtigen Schlüsse zu ziehen? Hatten sie den Ernst der Lage erkannt?

Morton drückte die Zigarette aus. Sinnlos, hier noch länger auszuharren, hier war er niemandem von Nutzen. Doch diese rationale Einsicht kam nicht an gegen seine irrationale Vorstellung, er könne Jane nur dann vor dem Verderben bewahren, wenn er an ihrem Bett Wache hielt und sie keine einzige Sekunde aus den Augen ließ. Und so hatte er, während er den Wagen auf die Straße hinauslenkte, um in die Stadt zurückzufahren, das Gefühl, seine Schwester schmählich im Stich zu lassen.

Am Marktplatz von Chipping Bramton waren die Gaslaternen schon erloschen, einzig die blaue Laterne vor der Bezirkswache leuchtete in die Dunkelheit. Die Häuserzeile, in deren Mitte sich die Bezirkswache befand, grenzte den Platz im Süden ab. Sie besaß eine schöne, durch Reliefsäulen und hohe Fenster gegliederte Stuckfassade und ein vergittertes Souterrain, in dem das Polizeiarchiv untergebracht war.

Während Morton aus dem Wagen stieg, fiel ihm auf der anderen Seite, im rechten Winkel des Rathauses, ein dunkel emporragender Schatten auf. Er brauchte einen Moment, um zu realisieren, dass dies die Tanne sein musste, die heute Nachmittag von ein paar Forstarbeitern hergeschafft worden war. Sein Sergeant hatte das Geschehen vom Bürofenster aus interessiert mitverfolgt und sich erkundigt, ob er auch dabei sein würde, wenn heute Abend die Lichter entzündet würden. Morton wusste, dass jeweils seine ganze Familie zu solchen Festivitäten pilgerte. Und das waren mittlerweile an die zwölf Personen: neben Tweanys Eltern seine Verlobte und dazu seine beiden Schwestern mit ihren Angetrauten und ihrer sich alljährlich vermehrenden Kinderschar.

Als Morton die Bezirkswache betrat, hob der diensthabende Sergeant eine Hand, um ihm zu bedeuten, er möge warten. Mit der anderen hielt er den Telefonhörer ans Ohr gepresst. Nachdem er aufgelegt hatte, sagte er entnervt:

»Ich kann Inspector Lumeley nirgends erreichen, Sir. Weder zu Hause noch unter der Nummer, die er mir bei Dienstschluss angegeben hat.«

Inspector Lumeley hatte Bereitschaftsdienst, war aber offenbar nicht erpicht darauf, auch aufgeboten zu werden.

»Was gibt's denn?«, fragte Morton, während er zu Sergeant Thomas an den Empfangstresen trat.

»Der Coroner ist ermordet worden«, erklärte der Sergeant.

Morton glaubte, sich verhört zu haben.

»Was? Unser Coroner?«, vergewisserte er sich. »Der Untersuchungsrichter?« Thomas nickte. »Wo? Wann?«

»Bei ihm zu Hause in Greenacres. Heute Abend wurde er erstochen in der Bibliothek aufgefunden. Vor einer Viertelstunde wurden wir benachrichtigt, und seither versuche ich, Inspector Lumeley zu erreichen.« Er sah Morton hoffnungsvoll an. »Wenn Sie nun schon einmal hier sind, Sir ...?«

»Wenn ich nun schon mal hier bin, könnte ich hinfahren«, ergänzte Morton lapidar. »Ist sein Sergeant schon informiert?«

»Ja, dort drüben sitzt er.« Sergeant Thomas wies mit dem Kopf auf eine Bank an der Wand, die hier für das wartende Publikum bereitstand.

Sergeant Paisley saß dort in Schal und Mantel und machte keine Anstalten sich zu erheben, obschon er jedes Wort, das am Empfangstresen gewechselt worden war, mit Sicherheit mitbekommen hatte. Hinter der Abendzeitung verschanzt, hoffte er offenbar, hier unerkannt ausharren zu können, bis die Gefahr, zur Arbeit aufgefordert zu werden, gebannt war.

»Er wollte eben Feierabend machen«, versuchte sein Kollege sein Benehmen zu entschuldigen. »Um elf ist sein Dienst zu Ende.«

»Sergeant Paisley?«, rief er in dessen Richtung, doch der Mann tat keinen Wank.

Morton ging zu ihm hinüber, fasste die Zeitung am Rand und bog sie hinunter, um ihm ins Gesicht sehen zu können. »Hallo, ist da jemand?«

Voll abgrundtiefem Widerwillen sah Paisley zu ihm hoch. Ein phlegmatischer Mittfünfziger mit schlappem Schnurrbart und dem resignierten Aussehen eines Mannes, für den der Ruhestand nicht früh genug kommen konnte. Nachdem er umständlich die Zeitung zusammengefaltet hatte, kam er auf die Füße. Dabei murrte er: »Inspector Lumeley ist nicht da. Ich sehe nicht ein, weshalb ich da mit soll.«

Morton reichte es langsam.

»Sie können sich gerne selbst auf die Suche nach Ihrem Herrn und Meister machen«, sagte er frostig. »Aber ich muss Sie warnen: Wenn Ihre Suche erfolglos bleibt, sind Sie ganz auf sich allein gestellt.«

»Nun denn«, ergab sich der Sergeant mit einem leidenden Seufzer in sein Schicksal, stülpte sich den Hut auf den Kopf und schlurfte davon. Draußen fragte er, ob er sich ans Steuer setzen solle – in einem Ton, der keinen Zweifel daran ließ, dass eine solche Zumutung das Maß vollmachen würde. Morton hatte in Anbetracht der vereisten Straßen keine Lust, sein Leben diesem übellaunigen Misanthropen anzuvertrauen.

»Ich werde fahren«, beschied er kurz, worauf der Sergeant umständlich auf den Beifahrersitz kletterte.

Bereits jetzt vermisste Morton seinen umgänglichen, optimistischen und außerordentlich liebenswürdigen Sergeant schmerzlich, doch er hätte es nicht übers Herz gebracht, Tweany für einen Fall, der nicht mal in ihrem Zuständigkeitsbereich lag, dem Schoß seiner Familie zu entreißen und in die Kälte hinauszuscheuchen. Diese Sache hatte er sich selbst eingebrockt, und er würde sie auch alleine ausbaden.

Nachdem Morton die Marktstadt hinter sich gelassen hatte, fuhr er Richtung Süden aufs offene Land hinaus. Zu beiden Seiten der kahlen Hecken erstreckten sich schwarze, für den Winter leer geräumte Felder. Gelegentlich streiften seine Scheinwerfer ein Nachttier am Straßenrand und ließen dessen Augen aufglühen, bevor es sich in Sicherheit brachte. Morton war froh, dass er jetzt wieder mit vollem Licht fahren durfte. Während der Verdunkelung hatte sogar das Abblendlicht noch geschirmt werden müssen. Blind wie ein Maulwurf war er sich zuweilen vorgekommen, wenn er sich in einer fremden Umgebung, und noch dazu ohne Wegweiser, hatte zurechtfinden müssen. Die waren während des Krieges aus Furcht vor einer Invasion nicht nur in den Küstenregionen, sondern auch hier in Oxfordshire allesamt entfernt worden. So war er dann völlig orientierungslos in der Gegend herumgeirrt, denn Straßenkarten hatte man selbstverständlich auch keine mehr kaufen können. Damals hatte er sich einen Kompass angeschafft; der lag immer noch im Handschuhfach.

Sergeant Paisley hatte gleich zu Beginn der Fahrt seinen Kopf gegen die Fensterleibung gelehnt und sich den Hut übers Gesicht geschoben. Jetzt begann er laut zu schnarchen.

Morton störte sich nicht daran; es war ihm ganz recht, nicht reden zu müssen. Er rief sich in Erinnerung, was er über den Coroner wusste. Ein beleibter Mann mit wasserblauen Augen, sauber gestutztem Oberlippenbart und einem leutseligen Wesen. Etwas rechthaberisch, etwas pedantisch, was möglicherweise mit seinem Beruf zu tun hatte. In seiner Funktion als Untersuchungsrichter hatte der Coroner die Interessen der Krone zu wahren, dies im Gegensatz zu einem unparteiischen Richter, der einem Strafprozess vorstand. Allerdings hatte er auch nicht die Kompetenz, über Schuld oder Unschuld eines Angeklagten zu urteilen. Einzig die Identität des Toten, die Todesumstände und die Todesursache hatte er zu untersuchen, und dabei konnte er sich auf die vorausgegangene Ermittlungsarbeit der Polizei und die Ergebnisse der Gerichtsmedizin stützen. Bei der Leichenschau, deren Vorsitz er führte, wurden plötzliche, gewaltsame oder verdächtige Todesfälle behandelt und das Verfahren zum Schluss so lange vertagt, bis die Ergebnisse der Ermittlungsbehörden vorlagen. Also bis die Kriminalpolizei den Fall gelöst hatte. Soweit Morton das beurteilen konnte, war Sir Arnold ohnehin nicht gerade mit herausragenden kriminalistischen Fähigkeiten gesegnet gewesen. Und für allfällige Recherchen hatte er seine Coroner's Officer, einen ganzen Stab von Beamten, zur Hand.

Sie waren am Fluss unten angekommen, und während die Landstraße seinem Lauf folgte, musste Morton das Tempo drosseln. Die

Fahrbahn war durch den eisigen Wind, der vom Wasser herüberwehte, an manchen Stellen spiegelglatt geworden. Er hatte sich von Sergeant Thomas eine Wegbeschreibung geben lassen; trotzdem hätte er die Abzweigung fast verpasst, denn als sich wieder ein paar Wolkenfetzen über den Mond schoben, war die Lücke in der Hecke kaum auszumachen. Morton bog in ein schmales Sträßchen ein, das nur als Zufahrt zu dem Landsitz des Coroners diente. Es endete vor einem schmiedeeisernen Tor, das mit einer Stalllaterne neben einem der Pfeiler gekennzeichnet war. Morton passierte es und fuhr dann zwischen kahlen Bäumen eine leicht ansteigende Auffahrt hoch. Oben mündete sie in einen gekiesten Platz, in dessen Mitte ein Blumenrondell aufgeschüttet war. Die Erde um die Pflanzen war mit Reisig abgedeckt und die Stauden oben mit verschnürter Jute verhüllt. Morton konnte das gut erkennen, denn im Haus dahinter war die unterste Fensterreihe hell erleuchtet. Offenbar hatten die Bewohner den herannahenden Wagen gehört. Kaum hatte er den Motor abgestellt, öffnete sich die Tür und eine Frau trat auf die Schwelle. Morton zeigte seinen Ausweis und stellte sich und Sergeant Paisley, der sich lustlos aus dem Wagen gekämpft hatte, vor.

»Ich bin Mrs Finch, die Haushälterin«, erklärte die Frau, während sie ihnen Hüte und Mäntel abnahm. »Die Familie und die Gäste sind alle im Salon.« Sie wies auf eine von der weitläufigen Halle abgehende Flügeltür. »Alle, außer Miss Gregson«, schränkte sie ein. »Sir Arnolds Tochter war völlig aufgelöst; ihr Bruder musste ihr ein Beruhigungsmittel geben. Jetzt schläft sie, aber wenn Sie das wünschen, kann ich sie natürlich wecken.«

»Aber nein, lassen Sie sie nur schlafen«, sagte Morton. »Ich kann morgen wiederkommen, falls ihre Aussage benötigt wird. Hat sie ihren Vater aufgefunden?«

»Nein, das war Mr Bucket, einer der Gäste. Aber sie hat ihn gesehen; wir konnten nicht mehr verhindern, dass sie ins Zimmer stürzte. Das hat sie schwer getroffen, die beiden haben sich sehr nahegestanden.«

Die Haushälterin ging voraus zu einer Tür am Ende der Halle und nahm einen Schlüssel aus ihrer Rocktasche.

»Sie haben abgeschlossen?«, fragte Morton erstaunt.

Mrs Finch nickte. »Ja, Mr Trotwood hat das angeordnet«, erklärte sie, während sie den Schlüssel ins Schloss steckte. »Damit sich niemand am Tatort zu schaffen macht.«

»Einer der Gäste?«, fragte Morton.

»Mr Trotwood leitet den Kirchenchor von St. Agnes, dem Sir Arnold und seine Tochter angehören. Heute Abend fand eine Chorprobe statt und danach hat Sir Arnold alle zu einem Umtrunk geladen.«

Morton schwante Übles. Er sah sich schon mit den Aussagen eines ganzen Kirchenchorus konfrontiert. Das konnte ja heiter werden. Als ob sie seine Gedanken erraten hätte, sagte Mrs Finch:

»Die Kälte hat heute wohl viele davon abgehalten zu kommen. Nur die Buckets, Miss Lilburne und Mr Trotwood sind Sir Arnolds Einladung gefolgt.« Sie schloss die Tür auf und trat dann beiseite. »Brauchen Sie mich noch, Inspector?«, erkundigte sie sich.

»Nein, vielen Dank, Mrs Finch. Später haben wir vielleicht noch Fragen an Sie.«

Die Haushälterin nickte verstehend. »Sie finden mich in den Wirtschaftsräumen.«

Nachdem sie sich zurückgezogen hatte, bat Morton Sergeant Paisley, Fingerabdrücke von der Klinke zu nehmen, doch der sah ihn nur verständnislos an.

»Sie haben Ihre Ausrüstung nicht dabei?« Es war mehr eine Feststellung denn eine Frage. Der Sergeant war ganz offensichtlich mit leeren Händen gekommen. »Rufen Sie die Bezirkswache an, sie sollen die Kollegen von der Spurensicherung vorbeischicken.«

Paisley rührte sich nicht von der Stelle. »Der Telefonapparat wird da drin sein«, meinte er und wies mit dem Kinn auf die Tür zur Bibliothek.

»Höchstwahrscheinlich ja«, stimmte Morton zu. »Aber in einem so großen Haus wird es einen Zweitanschluss geben. Fragen Sie die Haushälterin.«

Sergeant Paisley machte sich seufzend davon. Dabei drückte er sich eine Hand ins Kreuz, wohl um darzutun, dass er noch unter den ärgsten Schmerzen bereit war, seine Pflicht zu tun. Morton zog sein Taschentuch hervor und legte es auf die Klinke, bevor er die Tür vorsichtig öffnete. Der Raum dahinter war nur durch den Widerschein eines absterbenden Kaminfeuers schwach erleuchtet. Morton tastete nach dem Lichtschalter, worauf zwei tulpenförmige Wandleuchten angingen. Sie erhellten die beiden holzverkleideten Nischen links und rechts vom Kamin. Der würzige Geruch von gutem Pfeifentabak hing in der Luft, konnte sich aber nicht gegen den metallischen Geruch von frischem Blut behaupten.

Vor dem vorhangverhüllten Fenster stand ein wuchtiger Schreibtisch und in dem viktorianischen Lehnsessel dahinter saß der Coroner mit nach vorne geknicktem Oberkörper. Seine Brust, die ausgebreiteten Arme und der abgewinkelte Kopf lagen auf der geprägten Schreibtischunterlage. Morton näherte sich dem Opfer über einen dicken Orientteppich, der jedes Geräusch schluckte, und beugte sich, ohne ihn zu berühren, über den Toten. Dessen Kopf war zur Seite gewandt, die blutleeren Lippen waren leicht geöffnet, die Augen starr. In dem aschfahlen Gesicht sprangen die geplatzten Äderchen über den Wangenknochen stark hervor.

Das Messer, dessen Klingenlänge Morton aufgrund des Griffs auf etwa sieben Zoll schätzte, steckte im oberen Drittel von Sir Arnolds Rücken und musste Lunge und Herz durchdrungen haben. Soweit er das von außen beurteilen konnte, wurde die Klinge ganz gezielt links neben der Wirbelsäule angesetzt und dann in einem schrägen Winkel geführt, um von hinten das Herz zu erreichen. Die Wunde hatte mit Sicherheit stark geblutet, der Täter musste einiges davon abbekommen haben.

Im Moment der Attacke hatte sich das Opfer vermutlich vor und etwas zur Seite gebeugt. Womöglich, um ein Dokument zu erreichen, das jetzt unter seiner verkrampften Hand lag. Vorne auf dem Schreibtisch standen neben dem Tintenfässchen eine Schale mit Füllfederhalter, eine irdene Tabakdose, zwei offene Fächer für ein- und ausgehende Post, ein Drehständer mit Adressverzeichnis und eine silbergerahmte Fotografie. Um die Durchsicht der Dokumente konnte sich Inspector Lumeley kümmern, falls er sich noch aufraffen konnte, am Tatort zu erscheinen.

Morton wandte sich um, schob den Vorhang beiseite und untersuchte die Fenstertüre. Sie war verschlossen und der Schlüssel steckte im Schloss. Dieser Umstand und die Lage des Opfers legten die Vermutung nahe, dass kein Eindringling von außen für die Tat verantwortlich war.

Morton sah sich weiter im Zimmer um. Drei Wände waren bis fast zur Decke von Bücherregalen gesäumt. Zwei davon enthielten in Leder gebundene Gerichtsurteile, diverse Bände über Strafrecht und Forensik sowie ein paar Studien zu bekannten viktorianischen Mordfällen. Die dritte Bücherwand war Sir Arnolds eigener Büchersammlung vorbehalten und spiegelte seine persönlichen Interessen wider: die Geschichte des Ersten Weltkrieges, die Jagd und die Fischerei. Insbesondere das Jagen schien ihm sehr am Herzen zu liegen. Die entsprechende Fachliteratur beanspruchte gut zwei Drittel seiner privaten Bibliothek, dazu schmückten Trophäen in Form von toten, ausgestopften Tieren den verbliebenen Platz an den Wänden.

Im offenen Kamin schwelten noch die Reste eines Holzfeuers, dessen Scheite zuvorderst auf dem Rost praktisch zu Asche verglüht waren. Als Morton genauer hinsah, entdeckte er dort ein zusammengeknülltes, versengtes Blatt Papier. Jemand hatte es, offenbar in der Absicht es zu vernichten, in die Flammen geworfen, doch die Papierkugel war nach vorne gerollt und in der Folge nur unvollständig verbrannt.

Er widerstand der Versuchung, sie mit der Kaminzange hervorzuholen, da die Gefahr bestand, dass sie gleich zu Asche zerfallen würde. Die Kollegen von der Spurensicherung konnten sich darum kümmern.

Als Morton wieder in die Halle hinaustrat, fehlte von Sergeant Paisley jede Spur, und Morton konnte nur hoffen, dass er seinen Auftrag ausgeführt und die Bezirkswache verständigt hatte. Mittlerweile fragte er sich ernstlich, weshalb er ihn überhaupt hierher mitgenommen hatte. Der Mann war ganz offensichtlich weder willens noch fähig, ihm in irgendeiner Weise behilflich zu sein.

Er war schon auf dem Weg ins Wohnzimmer, als es an der Haustüre klingelte. Die Kollegen von der Spurensicherung, vermutete Morton und nahm sich die Freiheit, die Tür zu öffnen.

Draußen stand der Polizeiarzt.

»Der Inspector!«, schnauzte er. »Wieso überrascht es mich nicht, Sie hier anzutreffen?«

Mit einem Schwall kalter Luft kam er in die Halle.

»Ich hätte mir denken können, dass Sie dahinterstecken, wenn ich wieder einmal mitten in der Nacht aus meinem warmen Bett gejagt und gezwungen werde, auf den eisglatten Straßen mein Leben zu riskieren.«

Morton war es inzwischen gewohnt, dass der Arzt ihm die Opfer, zu deren Untersuchung er verpflichtet war, höchstpersönlich anlastete. Manchmal fragte er sich allerdings, ob Dr. Brown in seiner eigenen Praxis auch so rüde mit seinen Patienten umsprang.

»Es ist doch immer wieder eine Freude, wenn man auf die bereitwillige und beherzte Mithilfe der gesamten Belegschaft zählen kann«, versetzte er lächelnd und meinte dabei nicht nur den Polizeiarzt. Der wischte seine Bemerkung mit einer unwilligen Handbewegung beiseite und nahm den Katalog seiner Beschwerden wieder auf:

»Und das alles, um zu einem Patienten zu gelangen, der schon tot ist. Ich weiß wirklich nicht, wie lange ich mir das noch antun will. Der Ärger ist das Geld nicht wert, das dabei herausschaut.« Er spähte durch die dicken Gläser seiner Hornbrille über Mortons Schulter und fragte argwöhnisch: »Wo ist der Mann?«

Morton wies auf die Tür zur Bibliothek und übergab ihm den Schlüssel. »Bitte seien Sie vorsichtig«, warnte er. »Es wurden noch keine Fingerabdrücke sichergestellt.«

Brown warf ihm einen verweisenden Blick zu. »Und mit was, in drei Teufels Namen, haben Sie dann hier Ihre Zeit vertrödelt?«

Morton sparte sich eine Antwort auf diese Frage, die offensichtlich nur dem Zweck gedient hatte, ihn zu maßregeln, denn Dr. Brown hatte schon auf dem Absatz kehrtgemacht und war nun dabei; durch die Halle zu stürmen, um zu seinem ungeliebten Patienten zu gelangen.

Von Sergeant Paisley immer noch keine Spur.

Er würde auf seine Mitwirkung bei den Einvernahmen verzichten, sagte sich Morton und trat ins Wohnzimmer, einen schönen, rechteckigen Raum mit Stuckdecke und ornamental verlegtem Eichenparkett. Die Wände waren in einem zarten Gelbton gestrichen, der sich in den Blumen und Vogelmotiven der Sesselbezüge wiederholte. Er kontrastierte reizvoll mit dem warmen Kastanienbraun der Möblierung. Auf dem weißen Kaminsims standen zwei chinesische Vasen und in einer verglasten Vitrine mit Schwanenhalsgiebel war eine vermutlich kostbare Porzellansammlung ausgestellt. Der Raum wirkte sehr elegant in seiner zurückhaltenden Dekorierung.

Von der Rosette in der Mitte der Stuckdecke hing ein Kristallluster, und seine Prismen tauchten den Raum in ein klares, helles Licht. Die fünf Personen, die sich darin aufhielten, wurden davon wie auf einer Bühne angestrahlt. Ein großer, schlanker Mann um die dreißig beherrschte die Szene durch seine starke Präsenz. Er hatte absolut ebenmäßige, klassische Gesichtszüge, auch der ausdrucksstarke Mund wirkte wie modelliert. Dazu kam eine ungewöhnliche Kombination von sehr hellem, blondem Haar und dunklen, olivfarbenen Augen. Sein Gesicht war stark gebräunt, als ob er sich lange Zeit unter einer tropischen Sonne aufgehalten hätte. Neben ihm wirkte der bebrillte, untersetzte Mann, mit dem er wohl eben noch im Gespräch gewesen war, blass und unscheinbar. Er hielt ein Whiskyglas in der Hand und sah mit leicht verglastem Blick in Mortons Richtung. Die beiden standen vor einem Runderker, dessen Scheiben von langen, bis auf den Boden fallenden Vorhängen aus schwerer Seide halb verborgen wurden.

Eine zierliche junge Frau saß in einem tiefen Sessel keine zwei Schritte von den Männern entfernt. Eigentlich lag sie mehr, als dass sie saß, und auch sie hatte ein Glas mit einer bernsteinfarbenen Flüssigkeit in der Hand. Sherry vermutlich. Morton hoffte doch sehr, dass die Leute hier noch einigermaßen imstande waren, seine Fragen zu beantworten. Er hatte da schon allerhand erlebt. Manche Leute schütteten im ersten Schock über einen gewaltsamen Tod den Alkohol literweise in sich hinein. Der ältere Mann jedenfalls, der auf einem weichen Sofa ausgestreckt lag, schien eindeutig außer Gefecht zu sein. Er hielt die Augen fest verschlossen, den Mund weit geöffnet, und eine blonde, füllige Frau war damit beschäftigt, ihm feuchte Tücher auf die Stirn zu legen.

4

Morton wollte eben das Wort an die versammelte Gruppe richten, als der junge blonde Mann auf ihn zutrat. Er bewegte sich mit der lockeren Selbstverständlichkeit eines Menschen, der es gewohnt ist, Aufmerksamkeit auf sich zu ziehen. »Ich bin Julian Gregson, Sir Arnolds Sohn«, stellte er sich vor und reichte Morton die Hand. Er war älter, als er aus der Entfernung gewirkt hatte; in den Augenwinkeln und auf seiner Stirn hatte sich schon eine Vielzahl feinster Fältchen gebildet.

Morton sprach ihm sein Beileid aus und erklärte:

»Ich bin in Vertretung von Inspector Lumeley hier, der leider verhindert ist. Er wird den Fall ab morgen bearbeiten; trotzdem sollte ich kurz mit jedem von Ihnen sprechen, um mir einen Überblick zu verschaffen.«

»Sind Sie schon …?«, begann Gregson mit einer Handbewegung zur Tür.

Morton nickte. »Ja, ich habe mir den Tatort schon angesehen. Im Moment wird Ihr Vater vom Polizeiarzt untersucht und später werden dann auch noch die Beamten von der Spurensicherung eintreffen. Danach wird der Raum versiegelt.«

»Gibt es schon irgendwelche Anhaltspunkte? Wurde eine Fahndung eingeleitet?«

Julian Gregson schien selbstverständlich davon auszugehen, dass ein Außenstehender für den Tod seines Vaters verantwortlich war.

»Haben Sie Grund zur Annahme, jemand hätte sich unbefugt Zutritt zum Haus verschafft?«, fragte Morton.

»Aber ja«, versetzte Gregson ungehalten. »Wir wurden doch ausgeraubt!«

»Sagt wer?«

Gregson zuckte nur vage die Schultern.

»Sind Ihnen heute Abend irgendwelche Wertgegenstände abhandengekommen?«, fragte Morton.

»Nein, mir nicht«, räumte Gregson ein. »Aber in der Bibliothek ...«, das letzte Wort endete im Ton einer Frage.

»Am Tatort deutet nichts auf einen Raubüberfall hin«, erklärte Morton bestimmt.

Julian Gregson schwieg betroffen. Schließlich fragte er: »Sie vermuten, dass mein Vater den Mörder gekannt hat?« Seine Stimme, die von einer Erziehung in Eton zeugte, klang angespannt.

»Zum jetzigen Zeitpunkt kann das zumindest nicht ausgeschlossen werden«, erwiderte Morton. »Aber, wie gesagt, wir stehen ganz am Anfang unserer Ermittlungen, deshalb möchte ich Sie bitten, sich in der Bibliothek genau umzusehen und uns zu sagen, ob etwas fehlt.«

Ein Ausdruck, der schon fast an Panik grenzte, trat in Gregsons Augen.

»Nachdem die Spurensicherung mit dem Raum fertig ist und die Sanitäter das Opfer mitgenommen haben«, gab ihm Morton zu verstehen. Dann sah er Gregson einen Moment nachdenklich an und fragte: »Kennen sie jemanden, der den Wunsch hatte, Ihrem Vater etwas anzutun?«

»Mit Sicherheit niemand, den er persönlich kannte«, erwiderte Gregson heftig. »Sie können doch nicht im Ernst davon ausgehen, unsere Gäste hier hätten etwas mit der Ermordung meines Vaters zu schaffen!«

»Ich bin weit davon entfernt, hier irgendjemanden zu beschuldigen, Mr Gregson. Aber in einem Mordfall müssen Fragen gestellt werden, und das schließt auch Ihre Gäste mit ein. Im Moment geht es darum zu klären, was sich heute Abend hier zugetragen hat.«

Inzwischen war der Mann hinzugetreten, der vorhin in der Nähe des Fensters gestanden hatte. Auf ihn deutend, sagte Gregson: »Mr Trotwood hier wird Ihnen die gewünschte Auskunft geben können«, und fügte steif hinzu: »Ich bin eben erst aus Syrien zurückgekehrt und habe heute den ganzen Abend auf meinem Zimmer verbracht.«

Morton machte sich mit dem Mann bekannt und schlug vor, kurz vor dem Kamin Platz zu nehmen. Hier war das Feuer geschürt worden und brannte immer noch lichterloh. Trotwood ließ sich wie ein nasser Sack in einen der beiden Sessel fallen und stellte sein Whiskyglas mit einem angewiderten Gesichtsausdruck auf den Beistelltisch. Die Ankunft der Polizei schien eine ernüchternde Wirkung auf ihn auszuüben.

»Normalerweise trinke ich nicht so hemmungslos«, beteuerte er. »Aber das Blutbad in der Bibliothek hat mich umgehauen. Der Mann wurde abgestochen wie ein Schwein!« Er holte tief Luft und ließ sie dann langsam wieder entweichen. Die dicken, runden Gläser seiner Nickelbrille in dem ebenfalls runden Gesicht verliehen ihm ein etwas eulenhaftes Aussehen. Er konnte nicht viel älter als vierzig sein, trotzdem begann sein sandfarbenes Haar schon, merklich aus der breiten Stirn zurückzuweichen. Dieser Glatzenansatz wurde noch betont, indem er das verbliebene Haar mit Pomade nach hinten gekämmt trug.

Morton zückte sein Notizbuch.

»Sie waren das nicht, der den Toten aufgefunden hat, nicht wahr?«, fragte er. »Wenn ich Mrs Finch richtig verstanden habe, war das ein Gast namens Bucket.«

Trotwood nickte. »Richtig«, sagte er. »Er wollte nachsehen, weshalb der Coroner so lange weg blieb, und rief dann von der Halle her um Hilfe. Wir sind alle rausgerannt, und da stand er und zitterte am ganzen Körper. Ich glaube, ich war der Erste, der gesehen hat, was passiert ist.«

»Haben Sie in der Bibliothek etwas angefasst?«

»Nein, ich habe sie gar nicht betreten. Die Tür stand offen und ich konnte auch von dort aus sehen, dass Sir Arnold tot war.«

»Hat sonst jemand die Bibliothek betreten?«

»Ja, Emma Gregson. Ich wollte sie noch aufhalten, aber sie ist schreiend zu ihrem Vater gerannt. Dann kam Mrs Finch; sie versuchte, Emma wegzuziehen. Ruby und Mrs Bucket konnte ich noch zurückhalten.«

»Wissen Sie, wie spät es da war?«

»Ja, recht genau, denn ich wollte langsam aufbrechen und habe ab und zu auf die Uhr gesehen. Um halb elf hat Bucket aus der Halle gerufen.«

Trotwood fingerte nach seinen Zigaretten und sagte, mit einem Blick auf Julian, der rauchend beim Fenster stand: »Das Rauchen im Salon ist nicht erlaubt. Sir Arnold hat das seinen Gästen ausdrücklich verboten. Aber das scheint hier niemanden mehr zu kümmern.«

Morton hätte sich auch gerne eine angezündet, mochte sich aber nicht so rasch über die Wünsche des Toten hinwegsetzen. Stattdessen sagte er:

»Wenn ich recht orientiert bin, fand heute Abend in Chipping Bramton eine Chorprobe statt, die Sie geleitet haben. Sind Sie schon lange mit Sir Arnold bekannt?«

»Seit ich die Leitung des Chors übernommen habe, also etwa drei Jahre.«

»War es üblich, dass Sir Arnold die Sänger nach der Probe zu sich nach Hause einlud?«

»Ab und zu hat er das getan, aber in der Regel sind wir danach im ›King's Head‹ einen trinken gegangen.«

»Wie sind Sie nach der Chorprobe hierhergekommen?«

Trotwood blies eine dünne Rauchsäule in die Luft. »Miss Lilburne und ich fuhren mit Sir Arnold und seiner Tochter im Bentley her, die Buckets mit ihrem eigenen Wagen.«

»Wie spät war es, als Sie hier eintrafen?«

Trotwood zuckte die Schultern. »Keine Ahnung. Wir sind kurz nach neun losgefahren, also etwa zwanzig nach, und die Buckets kamen etwa fünf Minuten später an.«

»Was geschah dann?«

»Sir Arnold hat alle mit Sherry versorgt und wurde dann ans Telefon gerufen. Danach habe ich ihn nicht mehr lebend gesehen.«

»Demnach hat Sir Arnold das Wohnzimmer etwa um halb zehn verlassen?«

»Ja, das kommt etwa hin.«

»Haben Sie selbst das Wohnzimmer irgendwann im Laufe des Abends verlassen?«

»Nein, ich war immer hier, bis zu dem Augenblick, als wir Bucket aus der Halle rufen hörten.«

»Wie verhält es sich mit den anderen Gästen?«

Trotwood runzelte die Stirn, während er über die Frage nachdachte.

»Mrs Bucket ging einmal hinaus«, sagte er schließlich. »Da waren wir aber schon eine Weile hier, und dann natürlich ihr Mann.« Er zögerte erneut und klopfte seine Zigarettenasche über dem Kamin ab. Dann fügte er etwas widerwillig hinzu: »Und Miss Lilburne, sie war auch kurz weg.«

»War sie gleichzeitig mit Mrs Bucket draußen?«

»Nein, etwas später.«

Morton blätterte in seinem Notizbuch. »Dann wäre da noch Sir Arnolds Tochter«, meinte er.

Trotwood nickte. »Ich habe mir schon vorhin darüber Gedanken gemacht, während wir auf Sie gewartet haben. Emma war die ganze Zeit hier im Salon.«

Morton musterte ihn prüfend. »Sind Sie sich da absolut sicher?«

»Ja, wie gesagt, auch ich war immer hier.«

»Wie lange hat es gedauert von dem Moment an, als Mr Bucket hinausging, bis er um Hilfe gerufen hat?«

»Etwa zehn Minuten, nicht länger.«

Morton rekapitulierte kurz: »Dann sieht es etwa so aus: Sie sind mit Sir Arnold, seiner Tochter und Miss Lilburne um zwanzig nach neun hier eingetroffen, die Buckets fünf Minuten später. Etwa um halb zehn wurde Sir Arnold ans Telefon gerufen. Zwischen halb zehn und halb elf haben Mrs Bucket und Miss Lilburne je einmal das Wohnzimmer verlassen. Um etwa zwanzig nach zehn ging Mr Bucket hinaus, um nach Sir Arnold zu sehen, und rief zehn Minuten später aus der Halle um Hilfe.«

Trotwood zog ein unbehagliches Gesicht. »Hören Sie, Inspector, das sind wirklich nur ungefähre Zeitangaben«, sagte er. »Ich hoffe wirklich nicht, dass Sie mich darauf behaften!« Er verstummte, griff nach dem Whiskyglas und kippte den Inhalt auf einen Zug hinunter.

»Das werden wir nicht«, versicherte Morton. »Machen Sie sich deswegen keine Sorgen; wir werden die Angaben aller Gäste miteinander abgleichen. Nur dort, wo sich Übereinstimmungen ergeben, werden wir uns auch darauf stützen.« Er klappte das Notizbuch zu. »Gut, Mr Trotwood, das wäre dann schon alles. Sie waren sehr hilfreich. Wo können wir Sie erreichen, falls wir noch weitere Fragen haben?«

»In meiner Buchhandlung, *Trotwoods*, in Chipping Bramton.« Morton wusste, wo das war. Ein kleiner, verwinkelter Laden in einem der ältesten Häuser am Marktplatz. Der Mann war ihm gleich bekannt vorgekommen. »Oder in meiner Wohnung, oben drin«, ergänzte Trotwood.

Morton stand auf und verabschiedete sich. »Ich werde jetzt noch kurz mit Mr und Mrs Bucket und mit Miss Lilburne sprechen, und dann können Sie alle nach Hause fahren.«

Trotwood war sitzen geblieben. »Vielleicht können Sie mir verraten, wie wir das anstellen sollen.« Er wies mit einem schiefen Grinsen auf den liegenden Mann auf dem Sofa. »Ich möchte doch sehr bezweifeln, dass Bucket heute Abend noch imstande sein wird, einen Wagen zu lenken.«

Auch Morton fand es nicht ratsam, dass sich einer der Gäste in alkoholisiertem Zustand ans Steuer setzte. »Sergeant Paisley kann Sie fahren«, schlug er vor. Der konnte sich wenigstens hier nützlich machen. Wenn er denn je wieder aus den Tiefen des Hauses auftauchen würde.

Morton wechselte hinüber zu dem Mann auf dem Sofa. Bucket lag jetzt alleine dort und wirkte völlig erschöpft, was vielleicht darauf zurückzuführen war, dass er den Toten aufgefunden hatte. Sein Atem kam stoßweise, die Augen hatte er geschlossen und die Hände ruhten kraftlos an seiner Seite. Er hatte ein schmales, sorgenvolles Gesicht, grau meliertes, dünnes Haar und war immer noch adrett gekleidet: die Bügelfalten an der Hose messerscharf, das Hemd makellos weiß, nur die Krawatte hatte er am Hals gelockert.

Noch bevor Morton ihn ansprechen konnte, trat seine Frau wieder in den Salon. Offenbar war sie kurz draußen gewesen, um ihr Tuch neu mit Wasser zu tränken, das nun aus ihrer Hand auf den Boden tropfte. Sie war eine füllige Blondine mit einem kleinen, energischen Mund, in dessen Kräuselfalten sich der granatrote Lippenstift festgesetzt hatte. Sie trug ein weites, türkisfarbenes Gewand mit Blumenmuster, von dem sich eine lange Perlenkette abhob.

»Inspector!«, rief sie aufgebracht und segelte wie eine gefechtsbereite Fregatte auf Morton zu. »Sie sehen doch, mein Mann hat einen Schock erlitten. Das Blutbad in der Bibliothek hat ihn bis ins Mark erschüttert. Es kommt nicht infrage, dass Sie ihn jetzt einvernehmen!« Sie hatte die schrille, affektierte Stimme einer Frau aus besseren Kreisen.

»Es geht schon, Josephine«, beteuerte ihr Mann leise. »Lass nur.« Er stellte die Füße auf den Boden und begann sich hochzurappeln. Er war einen guten Kopf kleiner als seine Frau, die sich nun ganz nahe neben ihn setzte und Morton mit scharfem Blick im Auge behielt.

»Ich will Sie nicht lange aufhalten«, sagte Morton und zog sich einen Stuhl heran. »Man sagte mir, Sie hätten das Opfer gefunden, Mr Bucket. Könnten Sie mir kurz schildern, wie es dazu kam?«

Der Mann zeigte keine Reaktion. Den Blick auf einen unsichtbaren Punkt in der Ferne gerichtet, saß er benommen da und schien seine Umgebung nicht mehr wahrzunehmen. Bevor aber seine Frau erneut intervenieren konnte, fügte Morton rasch hinzu:

»Ich bin mir bewusst, dass Sie eine traumatische Erfahrung hinter sich haben, und es tut mir leid, dass ich Sie dazu befragen muss, doch es ist leider unumgänglich.«

Jetzt nickte Bucket und setzte zum Sprechen an: »Sir Arnold hatte uns nach der Chorprobe nach Greenacres eingeladen.«

Weiter kam er nicht.

»Humphrey«, fiel ihm seine Frau ins Wort. »Das musst du dem Inspector nicht nochmals erzählen, das weiß er doch längst!« Sie schüttelte verweisend den Kopf, wandte sich an Morton und setzte ihm unaufgefordert auseinander, wie diese Ermittlung ihrer Meinung nach geführt werden sollte. »Sie müssen den Leuten klare Fragen stellen, junger Mann«, belehrte sie ihn, »dann erhalten Sie auch eine klare Antwort.« Falls sich Mrs Bucket keiner äußerst erfolgreichen kosmetischen Operation unterzogen hatte, trennten sie keine zehn Jahre von Morton. »Kurz nach unserer Ankunft wurde Sir Arnold ans Telefon gerufen. Aber das hat man Ihnen ja ebenfalls schon gesagt.«

Während sie vorhin ihren darniederliegenden Ehemann mit feuchten Tüchern versorgt hatte, war ihr offenbar kein Wort von Trotwoods Einvernahme entgangen.

»Von diesem Telefongespräch ist er nicht mehr zurückgekehrt«, fuhr Mrs Bucket fort. »So gegen halb elf meinte seine Tochter, er hätte vermutlich längst aufgelegt und habe danach noch ein paar Akten durchgesehen. Dabei hätte er wohl die Zeit vergessen.« Sie verdrehte die Augen zur Zimmerdecke. »Nun, wenn Sie mich fragen, so waren ihm seine Gäste wohl ebenfalls komplett entfallen. Jedenfalls war es schon spät und wir wollten langsam aufbrechen, aber natürlich konnten wir nicht so unhöflich sein zu gehen, ohne uns von Sir Arnold verabschiedet zu haben, und so hat sich dann mein Mann anerboten, nach ihm zu sehen. Was selbstverständlich Emmas Aufgabe gewesen wäre!«

Ihr Redeschwall war kaum zu bremsen, und Morton hätte die Frau am liebsten eigenhändig aus dem Wohnzimmer geworfen, um ihren Mann endlich zu Wort kommen zu lassen. Allerdings bestand die Gefahr, dass er ohne ihren Beistand vollständig zusammenbrechen würde. So vermied er bei seiner nächsten Frage demonstrativ jeden Blickkontakt mit ihr und sprach ihn direkt an:

»Mr Bucket, Sie gingen also hinaus in die Halle. Was geschah dann?«

»Ich blieb einen Moment vor der Tür zur Bibliothek stehen«, sagte Bucket, tapfer um Haltung ringend. »Ich versuchte zu hören, ob er noch am Telefon war, aber es drang kein Laut nach draußen. Dann klopfte ich ein paarmal, aber es geschah nichts.«

»Wie lange haben Sie vor der Tür gestanden?«

»Zwei, drei Minuten vielleicht. Dann öffnete ich die Tür einen Spaltbreit, streckte den Kopf hinein und sagte: ›Sir Arnold.‹ Er hat mir nicht geantwortet, und erst dachte ich, er sei gar nicht da. Um sicherzugehen, habe ich die Tür weit geöffnet, bin einen Schritt ins Zimmer hinein, und da habe ich gesehen, dass er über dem Schreibtisch zusammengesunken war. Es sah so aus, als hätte er einen Schwächeanfall erlitten oder vielleicht einen Herzinfarkt. Ich eilte zu ihm hin und da sah ich ...« Bucket hielt inne, die schreckgeweiteten Augen auf Morton gerichtet, und stieß dann hervor: »Oh, es war schrecklich! Das Messer! Das Blut!«

»Inspector, das geht nun wirklich zu weit!«, fuhr Mrs Bucket scharf dazwischen. »Sie sehen doch, wie das meinem Mann zusetzt. Man sollte doch erwarten können, dass Sie sich selbst am Tatort umsehen. Und wenn Sie das nicht über sich bringen, können Sie meinetwegen einen Ihrer Constable damit beauftragen. Wir waren heute Abend hier zu Gast; dass mein Mann den Toten gefunden hat, war reiner Zufall. Und noch dazu völlig ungehörig, denn selbstverständlich wäre es die Aufgabe seiner Tochter gewesen, nach ihm zu sehen. Nun werden wir beide, unbescholtene Bürger, in dieses Verbrechen involviert, und ich weiß wirklich nicht, wo das noch enden wird. Nächstens kommen Sie noch auf die Idee, uns diesen Mord anzulasten.«

Morton war tatsächlich versucht, die Frau festzusetzen. Nur schon, um sie aus dem Verkehr zu ziehen und endlich an verwertbare Informationen zu gelangen. Nichtsdestotrotz versuchte er höflich zu bleiben. »Wir sind gleich durch«, erklärte er mit aller Langmut, die er aufbringen konnte. »Bitte haben Sie noch einen kurzen Moment Geduld, es ist wichtig. Was geschah, nachdem Ihnen klar wurde, dass Sir Arnold erstochen worden ist?«

»Ich weiß es nicht«, erklärte Bucket und gab dabei ein seltsam röchelndes Schnauben von sich. »Vermutlich bin ich weggerannt.« Er zog das Einstecktuch aus seiner Brusttasche und drückte es an seinen Mund, doch seine Frau riss es ihm gleich aus der Hand.

»Humphrey, was tust du da?«, schalt sie ihn mit sanfter, jedoch unerbittlicher Taktlosigkeit und hielt ihm stattdessen den nassen Lappen hin. Dann wandte sie sich Morton zu.

»Mein Mann ist ganz bestimmt nicht gerannt, Inspector, glauben Sie mir!«, beteuerte sie, als ob sie dadurch, dass sie das genaue Gegenteil behauptete, ihrem Mann den Rücken stärken würde »Als wir hinauskamen, stand er wie angewurzelt mitten in der Halle.«

Morton wandte sich wieder an ihren Mann. »Haben Sie in der Bibliothek etwas angefasst?«, fragte er ihn, doch Bucket schüttelte nur den Kopf.

»Ich weiß es nicht«, sagte er schließlich matt. »Ich habe keine Erinnerung mehr daran.«

Inspector Lumeley würde den Mann morgen nochmals befragen müssen, dachte Morton. Heute Abend war nicht mehr viel aus ihm herauszukriegen. Es war nur zu offensichtlich, dass er völlig verstört war. Zu klären, woran das lag – an dem Entsetzen, unvermittelt auf einen Toten gestoßen zu sein, oder an der Bestürzung nach vollbrachter Tat –, würde ebenfalls Lumeleys Aufgabe sein.

»Noch eine letzte Frage«, sagte er. »Wie gut waren Sie mit Sir Arnold bekannt?«

Die Antwort kam, nicht ganz unerwartet, von Mrs Bucket.

»Wir waren recht gut mit ihm bekannt«, sagte sie hoheitsvoll.

»Dann können wir davon ausgehen, dass Sie zum engsten Freundeskreis von Sir Arnold zählten?«

»Nun, das nicht direkt«, antwortete Mrs Bucket ausweichend. »Was ich damit sagen wollte: Wenn man sich in denselben gesellschaftlichen Kreisen bewegt, so trifft man allenthalben aufeinander.«

Sie wandte den Blick zur Tür, die eben geöffnete wurde. Sergeant Paisley hatte beschlossen, sich wieder einmal blicken zu lassen. Er trat zu Morton hin.

»Die Kollegen von der Spurensicherung sind da, Sir«, verkündete er im Tonfall eines Leichenbestatters.

»Gut«, sagte Morton. »Sie sollen sich die Bibliothek vornehmen: Fingerabdrücke, Fotos und so weiter. Ich bin gleich fertig hier und komme dann nach. Sie können schon mal damit beginnen, von allen Gästen die Personalien aufzunehmen.« Während der Sergeant seinem Auftrag mit gewohntem Eifer nachkam, wandte Morton sich nochmals an Mrs

Bucket. Er wollte in Erfahrung bringen, ob einer der Gäste Gelegenheit gehabt hatte, in die Bibliothek zu gelangen und Sir Arnold niederzustechen.

»Haben Sie das Wohnzimmer im Laufe des Abends einmal verlassen?«, fragte er.

»Nun ja«, räumte Mrs Bucket etwas widerstrebend ein. »Ich ging einmal hinaus, um mir die Nase zu pudern.«

»Um welche Zeit?«

»Als ich zurück in den Salon kam, habe ich auf die Kaminuhr gesehen, da war es fünf nach zehn.«

»Und wie lange sind Sie weggeblieben?«

»So lange wie das eben dauert, wenn man sich die Nase pudern geht«, versetzte Mrs Bucket ungehalten. »Etwa zehn Minuten.«

»Hat außer Ihnen noch jemand das Wohnzimmer verlassen?«, fragte Morton weiter.

»Ja, Miss Lilburne«, antwortete sie wie aus der Pistole geschossen. Die Frau verlor keine Zeit, die anderen Gäste anzuschwärzen. »Und sie war ziemlich lange weg. Nachdem ich zurückgekehrt bin, ist sie hinausgegangen und sicher zwanzig Minuten weggeblieben. Wenn nicht eine halbe Stunde.« Sie wandte sich an ihren Mann. »Nicht wahr, Humphrey?« Der aber zuckte nur benommen die Schultern.

»Wie steht es mit Miss Gregson und Mr Trotwood?«, wollte Morton wissen.

»Lassen Sie mich nachdenken.« Mrs Bucket griff sich ans Doppelkinn und schürzte die Lippen. Dann nickte sie und sagte bestimmt: »Die beiden waren immer hier.«

»Sind sie sich dessen ganz sicher?«

»Aber ja! Auf meine Aussage ist Verlass! Das werde ich beschwören, wenn's sein muss!«

Morton stand auf. »Sergeant Paisley wird jetzt Ihre Personalien aufnehmen, und nachdem ich Miss Lilburne befragt habe, wird er Sie alle nach Hause fahren.«

»Aber das ist doch nicht nötig«, protestierte Bucket kläglich. »Bis nach Chipping Bramton ist es ja nicht weit, das schaffe ich schon.«

Morton war selten jemandem begegnet, der dazu weniger in der Lage gewesen wäre, und offenbar teilte seine Frau diese Ansicht. Sie tätschelte ihrem Mann das Knie und meinte: »Das lass mal schön bleiben, Humphrey! Wir warten; das spielt jetzt auch keine Rolle mehr. Wir kommen so oder so zu spät ins Bett, und morgen gehst du selbstverständlich nicht zur Arbeit.«

Und damit, so vermutete Morton, war das letzte Wort in dieser Angelegenheit gesprochen. Er verließ das Wohnzimmer und wechselte hinüber in die Bibliothek, wo der Mann von der Spurensicherung damit beschäftigt war, die Oberfläche des Schreibtisches und die Klinke der Fenstertüre mit einem anthrazitfarbenen Pulver einzustäuben. Er hatte Constable Whitelaw mitgebracht, der ihm dabei zur Hand ging. Morton lenkte seine Aufmerksamkeit auf das angesengte Papier im Kamin und wies ihn an, sich auch das übrige Haus vorzunehmen.

»Überprüfen Sie sämtliche Türen und Fenster, Constable, ob irgendwo Spuren eines gewaltsamen Eindringens zu finden sind. Durchsuchen Sie alle Räume, Schränke und Schubladen und sehen Sie sich die nähere Umgebung an. Der Täter muss sich mit irgendetwas vor Blutspuren geschützt haben, und falls er nicht von auswärts kam, befindet sich dieses Kleidungsstück noch im Haus. Und dann brauchen wir die Fingerabdrücke von allen Hausbewohnern inklusive Personal und den Gästen.«

Constable Whitelaw, ein schwerer, massiger Mann, dessen Brustumfang die Knöpfe seiner Uniformjacke zu sprengen drohte, nickte bedächtig. »Das kann eine Weile dauern«, meinte er.

»Sobald ich mit den Einvernahmen durch bin, helfe ich ihnen dabei«, versicherte Morton. »Sergeant Paisley wird sich uns später ebenfalls anschließen. Zu viert sollten wir in ein paar Stunden durch sein.«

Er kehrte zurück in den Salon. Dort stand Miss Lilburne mit dem Rücken zur Tür vor einem Sideboard, und als Morton zu ihr hintrat, sah er, dass sie dabei war, ihr Glas aufzufüllen. Mittlerweile war sie allerdings zu Stärkerem übergegangen. Die Flüssigkeit in der Karaffe, die sie eben entstöpselt hatte, war glasklar. Gin vermutlich.

»Miss Lilburne«, sprach er sie an. »Ich habe auch noch ein paar Fragen an Sie. Können wir uns einen Moment hinsetzen?«

»Aber gerne, Inspector«, willigte sie lächelnd ein.

Sie schien ausgesprochen gut gelaunt zu sein, und nachdem sie sich eine anständige Portion des hochprozentigen Alkohols in ihr Glas gekippt hatte, versicherte sie: »Bin gleich bei Ihnen.«

Sie stellte die Karaffe zurück auf die gemaserte, auf Hochglanz polierte Oberfläche und sah dann auf Mortons leere Hände.

»Aber Inspector!«, rief sie verblüfft. »Sie haben ja gar nichts zu trinken!« Sie wies auf die bereitstehenden Karaffen. »Bitte, bedienen Sie sich.« Sie klang ganz so, als finde hier eine ausgelassene Party statt. Ohne den Gastgeber, notabene, aber Sir Arnolds Tod schien sie ohnehin nicht groß zu kümmern. Es schien eher so, als ob sie Grund zum Feiern hätte.

Morton lehnte dankend ab und fragte, nachdem sie sich gesetzt hatten:

»Wohnen sie hier in der Nähe, Miss Lilburne?«

»Nennen Sie mich Ruby, Inspector«, forderte ihn die junge Frau auf und schenkte ihm ein weiteres einladendes Lächeln.

Sie war sehr hübsch, vor allem die mandelförmigen, von dichten Wimpern umrahmten Augen waren bemerkenswert. Sie hatten die Farbe von Veilchenblüten, ein dunkles, sattes Violett, das sich von ihrer hellen, zarten Haut abhob. Morton bildete sich nicht ein, sie würde ernsthaft mit ihm flirten. Diese Annäherungsversuche interessierten ihn nur insofern, als dass sie meist dazu dienten, irgendwelche Tatbestände zu verschleiern. Morton hatte gelernt, Privates und Berufliches strikt zu trennen, und für gewöhnlich gelang ihm dies auch problemlos. Letzten Herbst allerdings war er dem Charme einer Tatverdächtigen bedingungslos erlegen, hatte unversehens Kopf und Verstand verloren und war blindlings in etwas hineingestolpert.

Morton wiederholte seine Frage.

»Wie man's nimmt«, erwiderte Ruby, während sie ein schlankes Bein über das andere schlug. »Ich wohne in der Stadt, in Chipping Bramton.«

»Waren Sie mit Sir Arnold gut bekannt?«

»Wir kennen uns vom Chor.«

»Darüber hinaus hatten Sie keinen Kontakt zu ihm?«

Ruby sah entgeistert von ihrem Glas auf. »Aber nein!«, wies sie die Vermutung weit von sich, als wäre die nähere Bekanntschaft mit diesem Mann eine haarsträubende Zumutung.

Morton lächelte. »Trotzdem sind Sie heute, an diesem unwirtlichen Abend, seiner Einladung gefolgt.«

Rubys Blick wanderte unwillkürlich zu Julian Gregson. Morton war vorhin schon aufgefallen, dass sie immer wieder begehrliche Blicke in seine Richtung warf. Der schöne junge Mann war also der Grund für ihre Anwesenheit in dieser ansonsten doch recht betulichen Runde. Er – oder das Vorhaben, seinen Vater zu ermorden.

Rubys Aufmerksamkeit verlagerte sich wieder zu Morton hin. »Mir war nicht danach, schon nach Hause zu gehen«, erklärte sie, das Gin-Glas immer noch fest im Griff. Sie hatte es schon halb leergetrunken, doch ihr war nichts anzumerken. Für eine so zierliche, kleine Person schien sie außerordentlich trinkfest zu sein.

»Wann haben Sie Sir Arnold das letzte Mal lebend gesehen?«, fragte Morton.

»Kurz nachdem wir hier ankamen«, erwiderte Ruby. »Er hat mir ein Glas Sherry überreicht und ist später offenbar hinausgegangen.« Sie zuckte die Schultern und setzte hinzu: »Gesehen habe ich das nicht.«

Mit der Antwort auf seine nächste Frage, ob Sie selbst das Wohnzimmer während des Abends einmal verlassen hätte, zögerte sie kurz, und in diesem Moment steckte der Mann von der Spurensicherung den Kopf in die Tür.

»Kommen Sie bitte mal, Inspector.«

5

Das war gerade noch einmal gut gegangen!

Nachdem sich die Tür hinter Morton geschlossen hatte, lehnte sich Ruby erleichtert ins Sesselpolster zurück. Wenn sie Glück hatte, kam die Frage nach ihrer Abwesenheit nicht mehr zur Sprache. Wie lange war sie weg gewesen? Zehn Minuten? Zwanzig Minuten? Dass der Coroner zwischen halb zehn, als er das Wohnzimmer verlassen hatte, und halb elf, als er aufgefunden wurde, abgemurkst worden war, stand inzwischen auch für die Polizei fest, aber immerhin war sie nicht die Einzige, die den Raum verlassen hatte. Mrs Bucket war ebenfalls draußen gewesen, auch sie hatte kein Alibi. Und wie stand es mit Julian? Egal, sie hatte nichts zu befürchten; der Coroner würde schweigen wie ein Grab. Sie musste an sich halten, um ob dieses Wortspiels nicht laut herauszulachen.

Trotwood hatte sich wieder einmal angeschlichen und setzte sich nun ungefragt auf den zweiten Sessel vor den Kamin. Der Mann war eine echte Landplage!

»Sieht ganz so aus, als ob wir hier noch eine Weile festsitzen werden«, witzelte er mit einem einfältigen Lächeln auf den Lippen. Ruby beschloss, ihn zu ignorieren, und sah demonstrativ ins Feuer.

»Bin mal gespannt, was so alles zum Vorschein kommt, wenn die Polizei Sir Arnolds Sachen durchforstet.«

Verdammt, daran hatte sie nicht gedacht! Rubys Hochstimmung wich schlagartig einer kalten Ernüchterung. Es war, als ob ihr jemand einen Kübel Wasser ins Gesicht geschüttet hätte. Was, wenn Trotwood recht hatte? Wenn der alte Knacker sein Wissen schriftlich festgehalten hatte? Zuzutrauen wäre es ihm. Was nun? Sie hatte genug Kriminalromane gelesen, um zu wissen, dass die Polizei als

Erstes nach einem Motiv fahnden würde. Und wenn die herausfanden, dass sie einen guten Grund gehabt hatte, den Alten aus dem Weg zu schaffen, war sie geliefert. Sie musste an seinen Schreibtisch gelangen, ohne dass das jemand mitbekam.

Im Kamin brach ein Holzscheit auseinander, sprühte Funken, und dann schossen kleine züngelnde Flammen daraus empor. Ruby spürte, wie sich ihre Nackenhaare aufstellten bei dem bloßen Gedanken daran, ein Bulle könnte sie dabei erwischen, wie sie sich klammheimlich am Tatort zu schaffen machte. Denn unbemerkt in die Bibliothek zu gelangen, war leichter gesagt als getan; die Polizei fuhrwerkte immer noch dort herum. Sie hatte gehört, wie Morton den Mann von der Spurensicherung angewiesen hatte, dort nach Fingerabdrücken zu suchen. Das konnte sie nicht alleine schaffen.

Trotwood saß immer noch neben ihr und süffelte seinen Whisky. Ruby setzte ihr umwerfendstes Lächeln auf, neigte sich etwas vor und fragte:

»Noch einen Drink, Desmond?«

»Danke der Nachfrage«, erwiderte Trotwood und hob sein halbvolles Glas. »Ich bin noch bedient.«

Da war noch etwas mehr vonnöten.

Mit leichtem Schwung kam Ruby auf die Füße, stellte sich neben seinen Sessel und legte ihren Arm um die Lehne. »Hör mal, Desmond«, sagte sie sanft, während sie sich zu ihm hinunterbeugte. »Ich habe mich gefragt, ob du mir nicht einen kleinen Gefallen tun würdest.«

»Vielleicht«, sagte Trotwood vorsichtig.

Ruby brachte ihre Lippen noch etwas näher an sein Ohr. »Ich sollte mal rasch in die Bibliothek rein«, sagte sie in einem verschwörerischen und, so hoffte sie, verführerischen Flüsterton. »Und ich wäre wirklich sehr dankbar, wenn du den Mann da drin einen Moment hinauslocken könntest.« Sie ließ ihre Hand von der Sessellehne auf Trotwoods Schulter gleiten und sah ihm tief in die Augen. »Ich habe da letzthin etwas liegen gelassen und ich möchte nicht, dass es der Polizei in die Hände fällt.«

»Könntest du etwas konkreter werden?«, fragte Trotwood, ohne den Kopf zu wenden.

»Nein, kann ich nicht!«, fuhr sie ihn gereizt an und erkannte gleich, dass ihre Unbeherrschtheit ihm gegenüber diesmal ein Fehler gewesen war. Sein Gesichtsausdruck verhärtete sich augenblicklich.

»Ich soll also Kopf und Kragen für dich riskieren?«, höhnte er. »Für wie blöd hältst du mich eigentlich? Denkst du wirklich, du könntest mich die ganze Zeit wie Dreck behandeln und dann von mir erwarten, dass ich nach einem süßen Lächeln von dir deine Kohlen aus dem Feuer hohle? Wenn du den Alten um die Ecke gebracht hast, stehst du alleine da.«

Ruby zog die Hand von seiner Schultern zurück, als hätte sie sich verbrannt. »Du elender Dreckskerl!«, zischte sie, wandte sich ab und setzte sich am anderen Ende des Salons hin. So weit entfernt von Trotwood, wie es sich nur einrichten ließ.

***

Morton trat zu Constable Whitelaw in die Halle hinaus. Der Polizist war draußen gewesen; er hatte sein Cape über die Uniformjacke gezogen. Unter den rechten Arm hatte er sich ein Stoffbündel geklemmt.

»Wir sind fertig in der Bibliothek, Sir«, sagte er. »Der Sergeant durchsucht jetzt das übrige Haus, und ich wollte mir eben die Umgebung ansehen. Da habe ich auch kurz mit der Taschenlampe in den Wagen geleuchtet, der draußen in der Einfahrt steht. Und dabei habe ich etwas gefunden.« Er streckte Morton das Stoffbündel entgegen. »Das lag auf dem Rücksitz.«

Morton faltete den zusammengeknüllten Stoff auseinander. Er entpuppte sich als brauner Arbeitskittel, und die Rückseite des Kleidungsstückes war vom Kragen bis zur Taille mit Blut bespritzt. Es fühlte sich noch feucht an.

»Gute Arbeit«, lobte Morton und wies Whitelaw an, von den Türgriffen des Wagens ebenfalls Fingerabdrücke abzunehmen.

Der Constable wandte sich zur Haustür, hielt aber noch einmal kurz inne. »Auf den ersten Blick scheinen hier im Erdgeschoss alle Türen und Fenster fest verschlossen«, sagte er. »Bei dieser Kälte wird auch in den Vorratskammern kaum eine Luke offen stehen, aber ich sehe mir das jetzt genauer an.«

Morton legte sich den Kittel so über den Arm, dass nur die Vorderseite zu sehen war, und ging zurück in den Salon.

Sergeant Paisley hatte inzwischen die Aufnahme der Personalien beendet und klappte eben sein Notizbuch zu. Morton wies ihn an, sich vor der Tür zur Bibliothek zu postieren, und trat dann in die Mitte des Wohnzimmers, unter das helle Licht des Kronleuchters.

»Würden Sie sich das bitte einmal ansehen«, forderte er alle Anwesenden auf und hielt dabei den Kittel in die Höhe.

»Was ist das?«, fragte Julian Gregson irritiert.

»Eine Art Arbeitskittel«, sagte Morton. »Kommt er Ihnen bekannt vor?«

Gregson schüttelte den Kopf. »Nein, sollte er?«

»Das möchte ich in Erfahrung bringen. Ich muss wissen, wem dieses Kleidungsstück gehört.«

Inzwischen hatten sich, bis auf Humphrey Bucket, alle Anwesenden um Morton versammelt.

»Also uns gehört das bestimmt nicht!«, rief Mrs Bucket. »Was sollte ich denn mit so etwas anfangen?«

Von allen anderen war nur ein schwaches Verneinungsgemurmel zu hören. Morton hielt ihn der Reihe nach Julian Gregson, Josephine Bucket, Ruby Lilburne und Desmond Trotwood hin und stellte jedem von ihnen die gleiche Frage: »Hat sich dieses Kleidungsstück irgendwann einmal in Ihrem Besitz befunden oder haben Sie es schon irgendwann einmal gesehen?« Er wollte von jedem Einzelnen eine klare Antwort haben, und die bekam er auch. Ausnahmslos alle beteuerten, den Arbeitskittel noch nie zu Gesicht bekommen zu haben. Bei Ruby Lilburne allerdings glaubte Morton, ein kurzes Aufflackern in ihren Augen gesehen zu haben. Der Ausdruck war schwer zu deuten; es war kein eigentliches Erschrecken, mehr eine Art geschärfter Wachsamkeit.

Er ging zum Sofa hinüber und stellte Humphrey Bucket dieselbe Frage. Auch er verneinte. Dann wies Morton mit dem Kopf Richtung Hauseingang. »Ist das Ihr Wagen da draußen, der schwarze Ford?« Bucket nickte. »Gut, dann muss ich jetzt mit Ihnen und Ihrer Frau sprechen.«

Mrs Bucket setzte sich wieder aufs Sofa neben ihren Mann und Morton stellte noch einmal dieselbe Frage: »Haben Sie dieses Kleidungsstück schon einmal gesehen, Mr Bucket?«

»Aber nein!«, rief seine Frau. »Ich habe Ihnen doch gesagt, das gehört nicht uns!«

Julian Gregson, Ruby Lilburne und Desmond Trotwood hatten sich im Halbkreis hinter das Sofa gestellt. Während Morton jetzt den Kittel auseinanderfaltete, behielt er wiederum alle im Auge.

Mrs Bucket reagierte als Erste. Sie wich zurück, hob abwehrend beide Hände vor die Brust und kreischte: »Gütiger Gott!«

Ihrem Mann blieb in ungläubigem Staunen der Mund offen stehen und Trotwood pfiff lautlos durch die Zähne. Die Reaktion von Ruby war interessant, – sie zog mit einem scharfen Einatmen die Luft ein.

Julian Gregson gab sich defensiv: »Das beweist, dass der Täter von außerhalb kam. Mit diesem Kittel hat er sich vor Blutspuren geschützt und ihn nach vollbrachter Tat auf der Flucht in Buckets Wagen entsorgt.«

Morton hob eine skeptische Augenbraue. »Weshalb sollte er sich die Mühe machen innezuhalten, um die Autotür zu öffnen? Wieso nicht in den nächsten Busch damit?«

Trotwood nickte in stummer Zustimmung und wandte sich dann an Bucket. »Sieht nicht gut für Sie aus, alter Freund«, sagte er mitfühlend.

»Ziehen Sie keine voreiligen Schlüsse«, mahnte Morton. »Die Beamten von der Spurensicherung sind immer noch mit der Überprüfung der Fenster und Türen beschäftigt. In Anbetracht dieser neuen Entwicklung muss ich Sie alle bitten, sich noch eine Weile zu gedulden.«

Morton verließ das Wohnzimmer und ging hinüber in die Bibliothek. Dort hatte Dr. Brown eben die Untersuchung des Opfers beendet. Er streifte die Latexhandschuhe von den Händen und blaffte: »Was wollen Sie wissen, Inspector?«

Morton enthielt sich jeglicher Antwort auf diese ganz offensichtlich unnütze Frage.

»Über die Todesursache besteht wohl kein Zweifel«, fuhr der Arzt ungerührt fort. »Und was die Todeszeit betrifft: Gehen Sie davon aus, dass er zwischen halb zehn und halb elf starb.« Er verstaute seine Instrumente in seiner Tasche, klappte sie zu und wandte sich zum Gehen.

»Könnten Sie die Zeit näher eingrenzen?«, wagte Morton zu fragen.

Dr. Brown wiegte unschlüssig den Kopf hin und her. »Ich werde mich da nicht aufs Glatteis begeben. Die Totenstarre im Gesicht hat eben erst eingesetzt, und auch seine Körpertemperatur deutet darauf hin, dass der Tod vor etwa drei Stunden eingetreten ist. Allerdings ist es recht warm hier drin, auch das gilt es zu berücksichtigen.« Er kehrte Morton den Rücken zu, hob die Hand zum Gruß und stapfte aus der Tür. Aus der Halle waren noch seine obligaten letzten Worte zu vernehmen: »Für weitere Auskünfte verweise ich wie immer auf die Pathologie!«

Auch Morton verließ die Bibliothek und machte sich auf die Suche nach einem Durchgang zu den Wirtschaftsräumen des Hauses. Unter dem sanft geschwungenen Treppenaufgang fand er eine grüne Baizetüre, hinter der eine schmale Holztreppe in das Souterrain hinunterführte. Sie mündete in einen von schummrigen Wandleuchten erhellten Korridor, der an allen Wirtschaftsräumen vorbeiführte.

Er fand Mrs Finch in der Küche. Die schlanke Frau in dem dunkelgrauen, mit einem weißen Kragen abgesetzten Kleid erinnerte ihn an eine Gouvernante. Sie war damit beschäftigt Tee zu kochen und versuchte währenddessen, ein junges Mädchen, das in Hut und Mantel am Küchentisch saß, zu besänftigen.

»Du kannst um diese Zeit nirgendwohin, Martha«, erklärte sie. »Es gibt keinen Bus mehr und ich wüsste nicht, wer dich in die Stadt zu deiner Tante fahren könnte. Das Haus wimmelt nur so von Polizisten.« Hier machte sie eine Handbewegung zu Morton hin, der eben eingetreten war. »Dir kann hier nichts geschehen. Der Mörder ist längst über alle Berge, sonst hätte ihn die Polizei inzwischen gefunden. Sie durchsuchen das ganze Haus.«

Sie wandte sich an Morton und erklärte:

»Das ist Martha Keble, unser Hausmädchen. Sie ist eben erst von ihrem freien Abend zurückgekehrt.«

Morton versuchte, dem jungen Mädchen ermutigend zuzulächeln.

»Wir haben es hier nicht mit einem Täter zu tun, der wahllos Menschen umbringt«, stimmte er der Haushälterin zu. »Der Angriff auf Sir Arnold erfolgte sehr gezielt. Sie brauchen wirklich keine Angst zu haben.« Doch seine gut gemeinten Worte verfehlten ihre Wirkung. Martha Keble schien weder auf seine Zusicherung noch auf seine Qualifikationen als Polizist viel zu geben. Stattdessen zog sie den schützenden Mantel enger um ihren dünnen Oberkörper und maß den Neuankömmling mit einem skeptischen Blick. »Wenn Sie trotzdem glauben, dass Ihnen hier Gefahr droht, so können Sie mit mir in die Stadt zurückfahren. Es wird allerdings noch eine Weile dauern, bis ich hier fertig bin.«

Jetzt deutete das Hausmädchen mit dem Kinn auf die Küchentüre. »Wird der Constable da draußen auch dabei sein?«, wollte sie wissen. Offenbar hatte sie beschlossen, dass nur die uniformierte Polizei ihre Sicherheit ausreichend gewährleisten konnte.

»Auch er wird sich irgendwann auf den Weg zurück auf die Bezirkswache machen«, versicherte Morton. »Sie können sich ihm gerne anschließen.« Dann wandte er sich an die Haushälterin. »Ich hätte auch noch ein paar Fragen an Sie, Mrs Finch«, sagte er. »Gibt es einen Ort, wo wir einen Moment ungestört sind?«

Sie nickte, gab dem Hausmädchen ein paar Anweisungen, was das Abgießen des Tees betraf, und bedeutete Morton ihr zu folgen.

Der Raum, in den sie ihn führte, lag direkt neben der Küche und war zur Hälfte holzvertäfelt. Über den gewachsten Eichendielen lag ein verblichener, aber immer noch schöner Axminsterteppich, an den beiden Fenstern hingen Gardinen mit einem rankenden Rosenmuster und die beiden Sessel vor dem Kamin waren mit darauf abgestimmten Kissen bezogen. In einem verglasten Bücherschrank gleich neben der Tür standen klassische Romanwerke großer englischer Dichter, eine ganze Reihe Reiseliteratur und ein paar Biographien. Auf den ersten Blick eine ganz individuelle, sorgfältig ausgewählte Bibliothek. Auch der winterliche Strauß aus Christrosen und Föhrenzweigen, der in einer zierlichen Glasvase auf einem polierten Tischchen stand, gab dem Zimmer einen sehr persönlichen Anstrich.

Mrs Finch musste sich eben noch darin aufgehalten haben, die beschirmte Lampe beim Sekretär war noch an. Oben im Salon hatte Morton an den Außenwänden zwei Radiatoren gesehen, hier unten aber gab es keine Zentralheizung. Stattdessen brannte im Kamin ein helles Kohlefeuer, ein Hinweis darauf, dass die Haushälterin den Abend hier verbracht hatte oder das zumindest ihre Absicht gewesen war. Jetzt deutete sie auf die beiden tiefen Sessel links und rechts davor und bat Morton Platz zu nehmen. Der breitete als Erstes den Kittel, den er immer noch über dem Arm trug, aus und fragte, ob sie ihn schon einmal gesehen habe.

Mrs Finch sah ihn sich genau an und schüttelte dann entschieden den Kopf. »Nein«, sagte sie bestimmt. »Der stammt nicht von hier.«

»Sind Sie sich sicher?«

»Ja, absolut. Das Bereitstellen der Wäsche gehört zu meinen Aufgaben und die Kontrolle bei der Rückgabe von der Wäscherei ebenfalls. Ein solches Kleidungsstück habe ich hier noch nie gesehen.«

Morton war sich sicher, dass auf ihre Auskunft Verlass war. Er hatte gleich erkannt, dass er es hier mit einer absolut zuverlässigen Frau zu tun hatte, die keine leichtfertigen oder voreiligen Aussagen machte. Das intelligente, fein gezeichnete Gesicht mit dem großzügig geschnittenen Mund strahlte eine beherrschte Entschlusskraft aus. Ihr ruhiges, sicheres Auftreten fußte auf der natürlichen Autorität, die eine Haushälterin durch den kompetenten Umgang mit den ihr untergebenen Dienstboten und dem Meistern all der kleinen und großen Krisen, die ein Haushalt so mit sich brachte, erworben hatte. Und sie war sich ihres Wertes bewusst, war weder devot noch überheblich. Kurzum entsprach sie in jeder Hinsicht dem Anforderungsprofil, welches an eine Frau gestellt wurde, die einen herrschaftlichen Haushalt zu führen hatte.

Morton faltete den Kittel wieder zusammen und legte ihn über die Sessellehne.

»Ich möchte mit Ihnen zusammen ein paar Zeitangaben überprüfen, Mrs Finch«, erklärte er. »Wann haben Sie Sir Arnold zum letzten Mal lebend gesehen?«

»Heute Abend, kurz nachdem er von der Chorprobe zurückgekehrt ist.«

»Man sagte mir, Sir Arnold sei zusammen mit seinen Gästen von Chipping Bramton hergefahren. Um welche Zeit ist er hier eingetroffen?«

»Die Uhr in der Halle hatte eben geschlagen, als ich den Wagen in der Einfahrt hörte. Also zwischen Viertel und zwanzig nach neun, und Mr und Mrs Bucket trafen etwa fünf Minuten später ein.«

»Hatte einer der Gäste eine Tasche bei sich?«

Die Haushälterin sah ihn einen Moment erstaunt an, dann sagte sie: »Die beiden Damen hatten ihre Handtaschen bei sich.«

»Sonst nichts?«

Mrs Finchs Blick wanderte zu dem Arbeitskittel auf der Sessellehne und Morton sah, wie sich der Ausdruck ihrer tiefliegenden Augen veränderte. Sie hatte begriffen, welchem Zweck seine Frage diente.

»Miss Lilburne trug eine Korbtasche über dem Arm. Ich glaube, sie steht immer noch in der Halle.«

»Ich werde sie mir nachher ansehen, danke«, sagte Morton. »Dann sollte ich noch wissen, wer sich heute Abend neben der Familie Gregson und ihren Gästen im Haus aufgehalten hat.«

»Außer mir niemand mehr. Wir sind nur zu dritt. Das Hausmädchen haben Sie eben in der Küche gesehen. Sie kam erst vor einer Stunde zurück, und auch die Köchin hatte heute Abend Ausgang.«

Morton notierte sich alles.

»Wir brauchen die Fingerabdrücke aller Hausbewohner«, erklärte er. »Sergeant Paisley wird später nach unten kommen, um sie Ihnen abzunehmen.« Er griff nach seinen Zigaretten. Er hatte damit warten wollen, bis er einmal die Zeit fand, nach draußen zu gehen, aber heute Abend war es um seine Nerven nicht zum Besten bestellt. »Darf ich?«, fragte er.

»Aber sicher«, sagte Mrs Finch ohne zu zögern und stand gleich auf, um ihm einen Aschenbecher zu holen.

Morton riss ein Streichholz an, nahm einen tiefen Zug und lehnte sich einen Moment ins Sesselpolster zurück. Die Wand über dem Kamin schmückte eine Reihe goldgerahmter Aquarelle mit einem sich wiederholenden Motiv einer Seenlandschaft. Während er sie betrachtete, erklärte Mrs Finch: »Der Lake District.« Sie setzte sich wieder hin. »Ich bin dort aufgewachsen.«

»Dann stammen die Bilder von Ihnen.«

Mrs Finch lächelte amüsiert. »Aber nein, ich habe keinerlei künstlerisches Talent. Im Gegensatz zu meiner Mutter.« Sie reichte Morton den Aschenbecher. Er bedankte sich und bat sie dann, ihm den Ablauf des Abends zu schildern.

»Als die Gäste eintrafen, habe ich ihnen Hüte und Mäntel abgenommen«, begann sie. »Kurz danach hat das Telefon geklingelt.«

»In der Bibliothek?«, versicherte sich Morton.

»Ja. Ich habe den Anruf entgegengenommen und bin dann ins Wohnzimmer, um Sir Arnold Bescheid zu sagen. Er hatte den Anruf offenbar erwartet und hat gleich die Bibliothek aufgesucht. Danach habe ich ihn nicht mehr gesehen.«

»Wer war am Apparat?«

»Sir Darnley. Sie werden seine Anschrift in Sir Arnolds Adressverzeichnis finden.«

»Konnten Sie hören, wie lange das Gespräch gedauert hat? Sind Sie währenddessen vielleicht einmal an der Tür zur Bibliothek vorbeigekommen?«

»Nein, tut mir leid. Wenn die Tür geschlossen ist, dringt kein Laut nach draußen. Ich hätte auch nichts gehört, wenn ich direkt davor gestanden hätte. Wie Sie gesehen haben, liegt die Bibliothek im rückwärtigen Bereich des Hauses, und dort hatte ich den ganzen Abend über nichts mehr zu erledigen.«

»Wie steht es mit dem Salon?«

»Ob ich ihn im Laufe des Abends betreten habe, meinen Sie?« Morton nickte. »Ja, das habe ich. Nachdem Sir Arnold den Anruf entgegengenommen hatte, habe ich den Gästen einen kleinen Imbiss angeboten.«

»Waren zu diesem Zeitpunkt alle Gäste im Salon versammelt?«

»Ja, die Buckets und Miss Lilburne saßen auf dem Sofa, Miss Gregson und Mr Trotwood vor dem Kamin.«

Mrs Finch war eine Zeugin, wie sie sich jeder Polizeibeamte nur wünschen konnte. Sie verschwendete keine Zeit mit unnützen Ausschmückungen oder langatmigen Schilderungen der eigenen Reaktion auf das Geschehene. Ihre Antworten waren kurz und sachlich und bezogen sich auch tatsächlich auf die gestellte Frage. Im Laufe seiner Karriere hatte Morton feststellen müssen, dass nur wenige Zeugen dazu imstande waren. Nur mit einem schier unerschöpflichen Vorrat an Geduld schaffte er es manchmal, an verwertbare Informationen zu gelangen.

»Wie spät war es, als Sie das Wohnzimmer wieder verlassen haben?«

»Etwa zwanzig Minuten vor zehn. Danach ging ich zurück ins Esszimmer, um den Tisch für das Frühstück zu decken, war also noch eine Weile in der Nähe des Wohnzimmers. Später bin ich dann nach oben gegangen, um die Betten aufzudecken, und als ich mit der zweiten Sandwiches-Platte wieder den Salon betrat, habe ich auf die Kaminuhr gesehen. Da war es fünf vor zehn.«

»Haben sich immer noch alle Gäste im Wohnzimmer aufgehalten?«

»Ja, Mrs Bucket allerdings hat den Salon verlassen, während ich die Platte herumgereicht habe.«

»Später haben sie den Salon nicht mehr betreten?«

»Doch, leider kann ich Ihnen nicht sagen, wie spät es da war. Kurz bevor Mr Bucket aus der Halle um Hilfe rief.«

»Vielleicht können wir die Zeit etwas eingrenzen«, hakte Morton nach. »Was taten Sie, nachdem sie die Sandwiches herumgereicht hatten?«

»Ich kam hierher, um ein paar Lieferantenrechnungen durchzusehen.« Mrs Finch deutete auf den Sekretär, dessen Lade offen stand.

»Danach wollte ich die Lebensmittelbestellungen vorbereiten und bin rasch in die Speisekammer, um die Vorräte zu überprüfen.«

»Ist es üblich, dass Sie so spät noch arbeiten?«, fragte Morton erstaunt.

»Normalerweise ziehe ich mich nach dem Dinner zurück«, erklärte die Haushälterin. »Wenn Martha aber ihren freien Abend hat, muss ich weiterhin verfügbar sein, und so nutze ich die Zeit. Auch das Richten des Frühstückstisches und das Aufdecken der Betten ist natürlich Marthas Aufgabe, aber meiner Meinung nach ist es nicht in Ordnung, wenn sie die ganze Arbeit nachholen muss. So übernehme ich das jeweils. Bei der Bestellung für den Fleischer gab es Unklarheiten, und so bin ich nochmals hinauf in den Salon, um das kurz mit Miss Gregson zu besprechen.«

»Waren da immer noch alle Gäste anwesend?«

»Ja, während ich mit Miss Gregson sprach, ging Mr Bucket hinaus.«

»Wie lange ist er weggeblieben?«

Mrs Finch runzelte die Stirn. »Schwer zu sagen«, meinte sie nachdenklich. »Es hat etwa zehn Minuten gedauert, bis wir ihn aus der Halle rufen hörten.«

»Was geschah dann?«

»Wir sind alle hinausgerannt. Mr Bucket war völlig außer sich; da war mir schon klar, dass etwas Schreckliches geschehen sein musste. Mr Trotwood war der Erste, der die Bibliothek erreichte, und Miss Gregson ist ihm gefolgt. Bevor er sie aufhalten konnte, ist sie ins Zimmer gestürzt, und ich habe sie dann von ihrem Vater weggezogen.«

Zum ersten Mal geriet die beherrschte Stimme ins Wanken. Entsetzen über die grausame Tat und Mitgefühl glaubte Morton darin zu hören. Er schwieg einen Moment, gab ihr Gelegenheit, sich wieder zu fassen, und sagte dann: »Sie haben im Laufe des Abends mehrmals die Halle durchquert. Ist Ihnen da jemand begegnet? Einer der Gäste oder ein Hausbewohner?«

Mrs Finch nickte langsam. »Ich dachte, ich hätte Julian, Sir Arnolds Sohn, kurz auf der Treppe gesehen«, sagte sie vorsichtig. »Aus den Augenwinkeln, als ich daran vorbeiging. Aber das könnte ich nicht beschwören.«

»Wann war das?«

»Als ich aus dem Esszimmer wieder in die Halle kam, so gegen zehn.«

Morton drückte seine Zigarette im Aschenbecher aus, einer gehämmerten Messingschale in Form eines Fisches. Sie erinnerte ihn an eine von Janes Backformen. Er schob sie mit einer abrupten Bewegung von sich weg und stellte rasch die nächste Frage:

»Waren heute Abend alle Haustüren verschlossen, Mrs Finch?«

»Ja, sowohl die Vorder- als auch die Hintertür werden jeweils beim Einnachten zugesperrt. Nach dem Eintreffen der Gäste habe ich die Haustür wieder verschlossen.«

Morton klappte sein Notizbuch zu und kam auf die Füße. »Vielen Dank, Mrs Finch«, sagte er. »Das war sehr hilfreich.« Er nahm eine Visitenkarte aus der Brusttasche und überreichte sie ihr. »Hier ist die Telefonnummer der Bezirkswache. Falls Ihnen noch etwas einfallen sollte, rufen Sie bitte an und verlangen Inspector Lumeley.«

Die Haushälterin stand ebenfalls auf, schien aber noch etwas sagen zu wollen.

»Ich wollte mich vorhin auf die Suche nach Ihnen machen«, erklärte sie. »Könnten Sie kurz mit mir kommen, Inspector? Ich muss Ihnen etwas zeigen.«

6

Julian stand reglos an dem schmalen Fenster am Ende des Wohnzimmers und starrte hinaus in die kalte, sternenklare Nacht. Er wusste, er sollte nach seiner Schwester sehen, aber er konnte sich nicht überwinden, ihr gegenüberzutreten. Emma konnte er nichts vormachen. Konnte er nicht so tun, als ob ihn der Tod seines Vaters erschüttert hätte. Es war schon eigenartig, dass sie ein solches Gespür für seine Gemütslagen entwickelt hatte. Wenn sie eine starke emotionale Nähe zueinander empfunden hätten, wäre das nicht weiter erstaunlich gewesen. Bei Menschen, die sich einander verbunden fühlten, hätte man eine solche Sensibilität erwarten können, aber sogar die waren oft fähig, sich voreinander erfolgreich zu verstellen. Jedenfalls war das der Eindruck, den er im Laufe seiner Arbeit gewonnen hatte. Die Ausgrabungsstätten boten meist recht beengte Verhältnisse, und da bekam man zwangsläufig so einiges mit, was sich zwischen den Teilnehmern abspielte.

Tatsache war, dass ihn der Tod seines Vaters völlig unberührt ließ. Er fühlte nichts, rein gar nichts. Nicht einmal die erwartete Erleichterung darüber, dass er nun frei war, sein Leben nach seinen eigenen Regeln zu leben.

Julian gab sich einen Ruck, nahm sein Glas von dem langen Tisch, der eines der beiden Sofas hinten abgrenzte, und steuerte das Sideboard an. Er würde sich jetzt noch einen Finger breit Whisky eingießen, dann war Schluss. Er musste einen klaren Kopf bewahren. Es wäre töricht, darauf zu hoffen, dass es der Inspector bei dem kurzen Gespräch bewenden ließe. Weitere Einvernahmen würden folgen.

»Mr Gregson, kommen Sie, setzen Sie sich zu uns«, posaunte die schrille Stimme Josephine Buckets hinter ihm her. »Das muss ganz schrecklich für Sie sein, Ihren Vater so zu verlieren. Wir möchten Ihnen unser herzlichstes Beileid aussprechen.«

Julian trat zu den beiden hin, setzen konnte er sich nicht. Er verspürte eine solche Unruhe in den Beinen, dass er am liebsten meilenweit gerannt wäre.

»Ja, es war ein Schock«, sagte er.

»Und Ihre arme Schwester! Sie war ja völlig außer sich. Wie geht es ihr?«

»Sie schläft«, sagte Julian auf gut Glück. »Ich habe ihr ein starkes Beruhigungsmittel gegeben.«

»Verdammtes Pech«, brummte Humphrey Bucket. »Sie sind doch eben erst aus dem Nahen Osten zurückgekehrt, nicht wahr?«

»Ich muss schon sagen«, mischte sich seine Frau wieder ein, ohne eine Antwort abzuwarten. »Sie sind ja so mutig! Dort zu leben, unter all den Eingeborenen!«

Sie klang, als ob er unter einer Meute sittenloser Barbaren gehaust hätte.

»Die Bewohner des Zweistromlandes pflegen ihre eigenen Sitten und Bräuche, zweifellos, doch wie man sieht, sind sie nicht gewaltbereiter als die sogenannt zivilisierten Engländer.« Julian wies mit einer Handbewegung Richtung Bibliothek. »Und vergessen Sie nicht, die Syrer lebten schon in einer blühenden Hochkultur, während wir hier in Europa noch in Höhlen hausten. Wir haben wirklich nicht die geringste Veranlassung, uns ihnen überlegen zu fühlen. Sie entschuldigen mich.«

Er entfernte sich, ohne eine Entgegnung abzuwarten. Das war jetzt etwas unhöflich gewesen, dachte er, doch er hatte endgültig genug von dem dummen Geschwätz dieser Frau.

***

Morton folgte der Haushälterin hinauf in die Halle und von dort zur Tür neben dem Salon. Mrs Finch öffnete sie, und nachdem Morton eingetreten war, zog sie sie fest hinter sich ins Schloss. Sie befanden sich im Esszimmer, einem rechteckigen Raum mit drei schlank aufragenden Sprossenfenstern, dessen schwarze Scheiben die Möblierung widerspiegelten. Der dunkel schimmernde Esstisch aus Mahagoni und die passenden Stühle mit den Säbelbeinen mussten erst kürzlich poliert worden sein. Ein zarter Duft nach Lavendel und Bienenwachs hing immer noch in der Luft und er versetzte Morton einen jähen Stich ins Herz. Seine Schwester benutzte das gleiche Möbelwachs, und die plötzliche Erinnerung an ihr behagliches Wohnzimmer im Vikariat brachte seine ganzen resolut verdrängten Ängste mit einem Schlag zurück. Von dem Moment an, da er dieses Haus betreten hatte, war es ihm durch eiserne Selbstbeherrschung gelungen, jeden Gedanken an die Gefahr, in der Jane schwebte, aus seinem Kopf zu verbannen. Jetzt flutete die Angst um sie wie eine schwarze Woge über ihn hinweg.

Die Haushälterin war zur Anrichte hinübergegangen, während Morton mitten im Raum stehen geblieben war. Jetzt wandte sie sich zu ihm um und fragte: »Inspector?« Offenbar hatte sie ihn angesprochen und er hatte keinerlei Reaktion darauf gezeigt.

Morton riss sich zusammen: »Bitte verzeihen Sie, ich war in Gedanken. Was meinten Sie?«

Mrs Finch deutete auf ein schweres, mit Brotkrumen übersätes Holzbrett, das vorne auf der Anrichte lag.

»Dort habe ich, bevor die Gäste eintrafen, die Sandwiches zurechtgemacht und davon im Laufe des Abends zwei Platten in den Salon getragen. Eine war noch übrig. Vorhin nun wollte ich die letzte Portion anrichten, da ich nicht wusste, wie lange Ihre Befragung noch dauern würde. Und da sah ich, dass das Messer fehlte.«

Der Mechanismus der hölzernen Standuhr in der Ecke spannte sich und dann erklangen zwei dumpfe Schläge.

»Ein großes Fleischermesser«, ergänzte sie, »mit einem hölzernen Griff. Ich habe es benutzt, um die Krume von den Sandwiches wegzuschneiden.

»Kein Brotmesser?«, versicherte sich Morton.

»Nein, ich benutze dazu immer ein scharfes Fleischermesser; das Brotmesser hat eine gezackte Klinge und damit lässt sich das weiche Toastbrot schlecht schneiden.«

»Könnte es jemand an sich genommen haben? Die Köchin? Das Hausmädchen?«

»Nein, wie gesagt, die beiden waren den ganzen Abend außer Haus.«

Morton fand es eigenartig, dass die Brote hier im Esszimmer zerteilt worden waren.

»Ist es nicht die Aufgabe der Köchin, den Imbiss zuzubereiten?«, fragte er.

»Das hat sie auch getan«, erwiderte Mrs Finch. »Als Letztes, bevor sie aus dem Haus ging. Aber das war schon um sieben, und Sir Arnold ist da etwas eigen. Er besteht darauf, dass die Brote erst kurz vor dem Servieren angeschnitten werden; er mag es nicht, wenn die Ränder austrocknen. Da ich heute Abend alleine im Haus und sowohl für den Empfang der Gäste als auch für ihre Verpflegung verantwortlich war, hätte ich eigens in die Küche hinuntersteigen müssen, um die Sandwiches anzurichten. Das hätte alles viel zu lange gedauert.«

Sie schwieg einen Moment und strich sich eine Strähne, die sich aus einem der Hornkämme gelöst hatte, aus dem Gesicht. Ihr halblanges, gewelltes Haar war bereits von ein paar silbernen Fäden durchzogen.

»Sir Arnold war ein geduldiger Arbeitgeber, doch wenn er jeweils von der Chorprobe zurückkehrte, musste der Imbiss unverzüglich serviert werden.« Ein trauriges Lächeln erschien um ihre Mundwinkel, erlosch aber gleich wieder.

»Haben Sie das Messer aus der Küche heraufgebracht oder wird es hier aufbewahrt?«, fragte Morton.

»Aus der Küche.« Mrs Finch öffnete eine Schublade in der Anrichte und holte ein großes Tranchiermesser hervor. »Das benutzt Sir Arnold, um das Roastbeef aufzuschneiden. Es ist sehr scharf geschliffen und darf nicht anderweitig verwendet werden.«

»Als Sie die Gäste im Salon kurz vor zehn zum zweiten Mal mit Sandwiches versorgt haben, lag da das Messer noch hier?«

Mrs Finch zögerte kurz. »Beschwören könnte ich das nicht, aber ich denke, es wäre mir aufgefallen, wenn es da schon gefehlt hätte.«

»Gut«, sagte Morton. »Dann muss ich Sie jetzt bitten, mit mir in die Bibliothek zu kommen.«

***

Humphrey Bucket nahm dankbar das Wasserglas entgegen, das ihm seine Frau reichte, und leerte es in einem Zug. Er fühlte sich völlig ausgedörrt, als ob er meilenweit durch eine trockene Steppenlandschaft gewandert wäre. Welch ein Albtraum! Dieser Abend schien kein Ende zu nehmen. Wie lange würden sie hier noch ausharren müssen? Was geschah jetzt? Würde Inspector Morton zurückkommen und die Befragung fortsetzen? Die Ermittlungen hatten erst begonnen, das war nur der Anfang. Wie tief würde die Polizei graben? Was würden sie finden? Er hätte den Schreibtisch durchsuchen müssen. Aber das hätte viel zu lange gedauert, und er hatte völlig den Kopf verloren.

»Na, Bucket, altes Haus«, Trotwood schlug ihm von hinten auf die Schulter. »Wieder auf der Höhe?«, erkundigte er sich lächelnd und setzte sich auf das Sofa gegenüber.

»Ja, es geht schon«, sagte Bucket matt.

»Verdammtes Pech, dass sich der Mörder gerade Ihren Wagen ausgesucht hat, um seine blutige Ausrüstung loszuwerden. Und dann mussten ausgerechnet Sie auch noch den Toten finden.«

»Was wollen Sie damit sagen?«, fuhr Mrs Bucket hoch. Ein höchst unchristlicher Hass flackerte in ihren Augen auf. »Wie können Sie es wagen, meinen Mann zu beschuldigen!«

»Aber das tue ich doch gar nicht«, sagte Trotwood unschuldig. »Sie, meine Liebe, waren ebenfalls draußen. Sie hätten den Coroner ebenso gut liquidieren können. Und Sie sind in guter Gesellschaft.« Er deutete mit dem Kinn auf Ruby, die rauchend im Fenstererker stand. »Auch Miss Lilburne war lange genug abwesend, um die grausige Tat zu vollbringen.«

Bucket war erleichtert, für den Moment aus der Schusslinie geraten zu sein. Er hatte Trotwood noch nie so aggressiv erlebt. Bisher war der Mann immer nett und umgänglich gewesen. Was war nur in ihn gefahren? Auch Miss Lilburne hatte er aus der Fassung gebracht. Sie stand, eine Hand zur Faust geballt, und wollte eben zu einer Antwort ansetzen, aber Trotwood hatte sich schon wieder einem anderen zugewandt.

»Und wie steht's mit Ihnen, Mr Gregson?«, fragte er maliziös. »Wo waren Sie den ganzen Abend über?«

»Ich war auf meinem Zimmer«, erwiderte Julian mit kalter Verachtung. »Nicht, dass Sie das etwas angehen würde.«

Ein Lächeln, das seine Genugtuung verriet, breitete sich auf Trotwoods Gesicht aus. »Ich würde sagen, die Sache steht für Sie alle nicht besonders gut. So wie's aussieht, hätte jeder von Ihnen Sir Arnold ins Jenseits befördern können.«

Ein bleiernes Schweigen senkte sich herab. Jeder wich dem Blick des anderen aus, dann aber kam Julian Gregson herüber und stellte sich so nahe vor Trotwood hin, dass es wie eine Drohung klang, als er sagte: »Was ist los mit Ihnen? Haben Sie Buch darüber geführt, wer wann das Wohnzimmer verlassen hat?«

Doch Trotwood ließ sich nicht einschüchtern.

»Aber nein«, sagte er lachend. »Das war nicht nötig. Die Gesellschaft hier war so sterbenslangweilig, dass mir fast die Füße eingeschlafen sind. Ich konnte mir mit Leichtigkeit merken, wer den Salon verlassen hat.«

»Und Sie selbst?«, wollte Julian Gregson wissen.

»Tut mir leid, da ziehen Sie eine Niete. Ich habe diesen Raum den ganzen Abend über nicht verlassen.«

»Sagt wer?«

»Ich sage das, und Sie alle wissen das.«

Trotwood warf einen herausfordernden Blick in die Runde.

»Nun, ich würde das nicht beschwören«, wagte sich Humphrey Bucket vor.

»Für mich gilt das Gleiche«, bekräftigte seine Frau.

Trotwood schlug lässig ein Bein über das andere. »Ja, meine Damen und Herren«, sagte er leidenschaftslos. »Wenn Sie glauben, Sie könnten mit mir den Kreis der Verdächtigen erweitern, haben Sie sich geschnitten.« Er wandte sich an Gregson. »Da ist nämlich noch jemand, der diesen Raum heute Abend nicht verlassen hat, und das ist Ihre Schwester.«

Gregson reagierte unwillig. »Und weshalb sollte sie daran interessiert sein, Ihnen ein Alibi zu verschaffen?«, versetzte er.

»Die Frau wird alles Interesse daran haben! Denn sehen Sie, genauso wie Emma in der Lage ist, mein Alibi zu bezeugen, bin ich imstande, das ihre zu bezeugen. Sie wird Ihnen kaum den Gefallen erweisen, einen Meineid zu schwören, um den Verdacht von Ihnen abzuwenden und sich gleichzeitig ihres eigenen Alibis zu berauben. Glauben Sie mir, sie wird die Wahrheit sagen!«

***

Sergeant Paisley hatte sich einen Stuhl aus dem Esszimmer beschafft und sich damit direkt vor die Tür zur Bibliothek gesetzt. Dort dämmerte er jetzt vor sich hin. Der Mann schien jede sich bietende Gelegenheit für ein Nickerchen beim Schopf zu packen. Immerhin vereitelte er durch seine geschickte Positionierung das unbefugte Betreten des Tatortes. Potenzielle Eindringlinge wären dazu gezwungen, ihn samt Stuhl aus dem Weg zu räumen. Morton hoffte jedenfalls, dass eine solche Aktion selbst Sergeant Paisley aus dem Tiefschlaf wecken würde.

»Sergeant«, sprach er ihn an. »Würden Sie die Güte haben?«

Wie ein überraschter Nachtvogel öffnete Paisley ein Auge, zwinkerte ein paarmal und geruhte dann, als er sah, wer vor ihm stand, sich zu erheben. Nachdem er diese Mühsal auf sich genommen hatte, fehlte ihm offenbar die Kraft, um auch noch seinen Stuhl beiseitezuschaffen. Morton reichte es langsam. »Sergeant!«, mahnte er.

Unter Ächzen und Würgen rückte Paisley auf diese Aufforderung hin den Stuhl knapp neben die Türöffnung. Man hätte meinen können, das zierliche Regency-Möbel sei aus Zement.

Morton ließ Mrs Finch den Vortritt und wartete kurz, um ihr Gelegenheit zu geben, sich für den erneuten Anblick der Leiche zu wappnen.

Auf dem Schreibtisch stand immer noch die Dose mit dem schwarzen Pulver neben der Schachtel mit den Glasplättchen und zwei Kamelhaarpinseln. Das zusammengeknüllte Blatt Papier hatte der Beamte von der Spurensicherung mit der Kaminzange aus der Feuerstelle geborgen. Das, was noch davon übrig geblieben war, lag zusammen mit der Zange auf dem Kaminvorleger. Morton bedauerte, sich nicht selbst darum gekümmert zu haben. Eine solche Aktion hätte auch er noch zuwege gebracht. Er holte sich einen sauberen Aschenbecher von einem Beistelltisch und brachte die Fragmente in Sicherheit.

Mrs Finch war mit verschränkten Armen und unbewegtem Gesicht an der Tür stehen geblieben. Jetzt trat sie ins Zimmer, hob das Kissen von dem hochlehnigen Ledersessel vor dem Kamin und begann es aufzuschütteln. Nachdem sie es wieder sorgfältig hingelegt hatte, wandte sie sich dem Kaminsims zu und rückte dort ein paar Staffordshire-Figurinen zurecht. Alles, um nicht zu dem Toten am Schreibtisch hinübersehen zu müssen.

Jetzt aber musste Morton sie auffordern, genau das zu tun. Sein Beruf erforderte es, Menschen immer wieder mit entsetzlichen Tatsachen zu konfrontieren. Es war immer eine Zumutung, wenn man gezwungen wurde, sich das Opfer eines Gewaltverbrechens anzusehen, egal, wie nahe man ihm gestanden hatte. Und doch mussten in vielen Fällen sogar die nächsten Verwandten gebeten werden, ihre Angehörigen zu identifizieren. Auch nach all den Jahren als Detective Inspector war es Morton nicht gelungen, sich vollkommen von ihrem Schmerz zu distanzieren, und er fragte sich manchmal, ob er das wirklich anstrebte. Ohne Mitgefühl wäre seine Arbeit zweifellos weniger aufreibend, das konnte er bei einigen seiner Kollegen sehen. Doch was war der Preis? Sich gegen alles menschliche Leid abzuschotten, würde doch bedeuten, seine ganze innere Haltung zu verleugnen, denn diesbezüglich konnte man Berufs- und Privatleben nicht voneinander abgrenzen.

»Mrs Finch, ich muss Sie jetzt leider bitten, herzukommen und sich das Messer anzusehen.«

Die Haushälterin besaß schon eine tadellose Haltung, aber während sie nun auf den Schreibtisch zutrat, konnte man sehen, wie sie den Rücken noch etwas mehr straffte.

»Ja, das ist das Messer«, erklärte sie sogleich. »Sehen Sie Inspector, hier hat es eine schwarze Stelle.« Sie deutete auf das obere Ende des Griffes. »Das Holz ist etwas angesengt. Martha hat es letzthin zu nahe am Herd liegen gelassen.«

Sie hatte nur auf den Messergriff gesehen, jetzt aber wanderten ihre Augen zum Gesicht des Toten, und für einen Moment verschattete sich ihr Blick. Dann wandte sie sich wortlos ab und ging zur Tür.

Vielleicht, dachte Morton, war Sir Arnold mehr für sie gewesen als nur ein Arbeitgeber. Der Mann war seit sieben Jahren verwitwet, und von der Haushälterin zur Ehefrau war es oft nur ein kleiner Schritt. War er am Ende ihr Mr Rochester gewesen?

»Der Täter muss das Messer an sich genommen haben, während Sie abwesend waren«, meinte er. »Das hilft uns immerhin, die Zeitspanne näher zu bestimmen.«

Mrs Finch wollte etwas erwidern, aber da läutete es an der Haustür.

»Das wird die Sanität sein«, sagte Morton, trat hinaus in die Halle und ließ die beiden Männer eintreten. Nachdem er ihnen den Weg zur Bibliothek gewiesen hatte, bat er Mrs Finch, ihn zur Hintertür zu begleiten.

Sie führte ihn durch ein überwölbtes Portal am Ende der Halle zu einem kurzen Gang, von dem die Hintertreppe ins Obergeschoss abzweigte. Der Korridor endete vor einer zur Hälfte verglasten Tür. Die Haushälterin griff nach dem Riegel, der sich mühelos bewegen ließ, und gleich darauf standen sie in einem steingefliesten Vorraum. An ein paar Haken entlang der Wände hingen Trenchcoats und Regenhüte, auf dem Boden darunter waren Gummistiefel und Galoschen aufgereiht und neben einem steinernen Trog an der Außenwand hatte man die Gerätschaften zur Blumenpflege bereitgestellt: Vasen, Gartenhandschuhe, Rosenscheren und flache Weidenkörbe.

Die Hintertüre, die direkt ins Freie führte, war ebenfalls im oberen Drittel verglast; allerdings war die sechsfach unterteilte Scheibe, wie auch die des Fensters daneben, durch massive Gitterstäbe geschützt. Die Tür war zugesperrt – der Schlüssel steckte im Schloss – und dazu mit zwei Riegeln gesichert. Hier war mit Sicherheit niemand unbemerkt ins Haus eingedrungen.

Morton verabschiedete sich von der Haushälterin und sah sich dann in der Halle nach Rubys Tasche um. Er fand sie auf einer Konsole neben dem Schirmständer. Eine tiefe, mit farbigem Bast bestickte Strohtasche. Darin lag eine dünne, schon etwas abgetragene Strickjacke, unter der ein Arbeitskittel problemlos Platz gehabt hätte. Er stellte sie wieder auf ihren Platz zurück und öffnete dann den beiden Sanitätern, die eben mit der Bahre die Halle durchquerten, die Haustür.

Als er sich dem Wohnzimmer näherte, drang ein aufgebrachtes Stimmengewirr in die Halle hinaus, das, kaum hatte er die Tür geöffnet, verstummte. Es musste hitzig zugegangen sein. Ruby Lilburne stand mit dem Rücken zum Fenstererker; ihr Gesicht war leicht gerötet und sie machte einen kampfbereiten Eindruck. Julian Gregson wirkte verärgert, als sei er unberechtigterweise angegriffen worden, und die Buckets waren in selbstgerechter Empörung erstarrt. Von der Sofaecke aus betrachtete Trotwood die versammelte Gesellschaft mit einem leisen, selbstzufriedenen Lächeln auf den Lippen.

Morton forderte Julian Gregson auf, sich nun in der Bibliothek umzusehen, und wandte sich dann an Ruby Lilburne.

»Draußen in der Halle steht eine Tasche«, sagte er. »Gehört sie Ihnen?«

Sie antwortete nicht gleich und schoss stattdessen einen giftigen Blick auf Trotwood ab, als gälte es, noch rasch eine offene Rechnung zu begleichen. Erst dann sagte sie unwirsch: »Ja, was soll die Frage?«

Morton überging den Einwand. »Weshalb haben Sie sie ins Haus gebracht?«

»Was hätte ich denn sonst damit tun sollen? Ich konnte sie ja schlecht in Sir Arnolds Wagen lassen.« Die Frau hatte einen bemerkenswerten Stimmungswandel durchgemacht, und Morton fragte sich, ob der Wortwechsel während seiner Abwesenheit dafür verantwortlich war. Offenbar hatte sie erkannt, welchem Zweck die Frage nach der Tasche diente, denn sie fügte gleich als Rechtfertigung hinzu: »Ich hatte die Jacke für die Kirche dabei. Dort ist es eiskalt und ich kann ja schlecht im Wintermantel singen.« Sie wies mit dem Kinn auf den Kittel über Mortons Arm. »Wenn Sie denken, ich hätte darunter dieses Ding da versteckt, sind Sie auf dem falschen Dampfer. Damit habe ich nichts zu tun!«

Der Mann von der Spurensicherung trat ins Wohnzimmer. »Wir sind hier fertig, Sir«, erklärte er. »Wir haben alle Fenster und Türen überprüft, nichts deutet auf ein gewaltsames Eindringen hin.«

Morton nickte und übergab ihm den Kittel für das Labor. »Fingerabdrücke?«, fragte er.

»Alle im Kasten; wir geh'n dann mal.«

Auch für Morton war es an der Zeit, sich auf den Weg zurück in die Stadt zu machen.

Dieser Mord fiel nicht in seinen Zuständigkeitsbereich; eine Protokollierung des Tatbestandes und eine kurze Einvernahme der Zeugen hätte ausgereicht. Dass er sich damit so gründlich befasst hatte, lag daran, dass er hier am liebsten bis zum Morgengrauen ausgeharrt hätte. Alles, um einer schlaflosen Nacht in der Abgeschiedenheit seiner eigenen vier Wände zu entgehen. Nun aber konnte er diese Menschen nicht mehr länger festhalten. Alle weiteren Abklärungen musste er Inspector Lumeley überlassen.

»Sie sind nun frei zu gehen«, richtete er das Wort an die Anwesenden. »Ich muss Sie aber bitten, sich weiterhin zu unserer Verfügung zu halten und die Grafschaft nicht zu verlassen.«

18. Dezember 1946

Am Dienstagmorgen um halb vier war Morton zurück auf der Bezirkswache. Sergeant Paisley radelte von dort aus schnurstracks nach Hause und überließ es Morton, die Vernehmungsprotokolle abzutippen. Der war nicht unglücklich darüber, den übellaunigen Sergeant loszuwerden, denn die Niederschrift wäre so oder so an Tweany hängen geblieben. Wie er Paisley kannte, hätte der bestimmt vorgeschützt, er könne seine Schrift nicht entziffern. Ob Morton sich hier im Büro die Nacht um die Ohren schlug oder sich zu Hause schlaflos im Bett herumwälzte, kam auf dasselbe heraus. So konnte er sich immerhin nützlich machen.

Kurz nach sieben Uhr fuhr er rasch nach Hause, duschte, zog sich frische Sachen an und stürzte eine Tasse Tee hinunter. Danach machte er sich auf den Weg ins Krankenhaus, wo er um Punkt acht Uhr vor dem Empfangstresen stand.

Er wurde nicht vorgelassen. Die Schwester erklärte ihm, Janes Zustand hätte sich über Nacht weder verschlechtert noch gebessert; sie dürfe nach wie vor keine Besuche empfangen. Morton wusste nicht so recht, was er mit dieser Auskunft anfangen sollte, und auf der Fahrt zurück in die Stadt versuchte er, mit mäßigem Erfolg, dem »nicht gebessert« auf der einen Seite der Waagschale und dem »nicht verschlechtert« auf der anderen zumindest das gleiche Gewicht zu geben.

Sergeant Tweany saß schon hinter seinem Schreibtisch, als Morton auf der Bezirkswache eintraf.

»Morgen, Chef«, begrüßte er ihn gut gelaunt und deutete gleich auf die Einvernahmeprotokolle, die er offenbar schon durchgesehen hatte. »Was sagt man dazu! Der Coroner! Da hat der in seinem Leben schon zahlreiche Mordfälle untersucht, und zu guter Letzt endet er selbst als Opfer.«

Morton hängte Mantel und Schal an den Garderobenständer. »Ja, so ist das Leben«, sagte er. »Viel zu kurz, und manchmal endet es auf grausame Weise, viel zu früh und ohne jede Vorwarnung.« Nach einem bestürzten Blick seines Sergeant fügte er hinzu: »Das stammt nicht von mir, sondern aus der unerschöpflichen Zitatenkiste unseres geschätzten Polizeiarztes.«

»War Dr. Brown auch da, gestern Abend?«

»Aber ja, in alter Frische. Die Protokolle da kommen übrigens alle zu Inspector Lumeley. Ich bin gestern Abend für ihn eingesprungen.«

Tweany schüttelte den Kopf. »Der Inspector hat eben angerufen, Sir«, erklärte er, »und gefragt, ob Sie den Fall übernehmen könnten. Ihn hat's schwer erwischt, der liegt mit einer Grippe im Bett. Und auch sein Sergeant kam heute nicht zum Dienst.«

Morton wunderte sich schon ein wenig. Gestern Abend um elf war der Mann noch unauffindbar gewesen, und dann hatte ihn über Nacht die Grippe niedergestreckt? Und Paisley hatte offenbar beschlossen, dem Beispiel seines Chefs zu folgen, um sich nicht länger mit dem fordernden Morton herumschlagen zu müssen. Oder hatte er dem Mann unrecht getan? War er gestern Abend schon angeschlagen gewesen? Allerdings hatte er noch vor sechs Stunden keinerlei Anzeichen einer Erkältung gezeigt.

Obwohl Morton noch den ganzen Papierkram der letzten Ermittlung am Hals hatte, meinte er: »Ehrlich gesagt ist es mir ganz recht, diesen Fall ganz zu übernehmen. Die Sache hat mich neugierig gemacht, ich möchte ihr gerne auf den Grund gehen.« Er setzte sich hinter seinen Schreibtisch, wies auf einen Aktenstapel mit Protokollen, Berichten und Strafregisterauszügen und setzte hinzu: »Im Sinne der ausgleichenden Gerechtigkeit könnten wir den Haufen da Sergeant Paisley aufs Pult packen.«

Tweany grinste. »Wird umgehend erledigt, Sir«, sagte er und erkundigte sich dann: »Ein Tässchen Tee gefällig?« Wie jeden Morgen hatte er als Erstes eine Kanne Tee aufgebrüht. Nach der gestrigen Erfahrung mit dem missmutigen Paisley schätzte Morton seinen hilfsbereiten Sergeant umso mehr. Sein offenes, von kastanienbraunen Locken umrahmtes Gesicht strahlte schier unerschütterlichen Optimismus aus. Auch fünf Jahre Polizeiarbeit an der Seite seines zu Sarkasmus neigenden Chefs hatten seinen Glauben an das Gute im Menschen nicht erschüttern können. Für die winterlichen Temperaturen war er gut gerüstet: Über dem Hemd trug er einen warmen Pullunder und an den Füßen eines der vielen Paare Wollsocken, die ihm seine Schwestern gestrickt hatten.

Morton rieb sich fröstelnd die Hände. »Da sag ich nicht nein«, meinte er. »Eine Affenkälte ist das da draußen.«

»So wie ich Sie kenne, haben Sie noch nicht gefrühstückt, Sir«, meinte Tweany fürsorglich. »Auf leeren Magen friert sich's leicht.« Er griff in seine Schreibtischschublade, holte ein in Leinen geschlagenes Etwas hervor und brachte es zusammen mit der dampfenden Teetasse zu Morton hinüber.

»Mit den besten Wünschen von meiner Mutter«, sagte er, während er die Serviette auseinanderfaltete und ein köstlich duftendes Stück Kuchen enthüllte.

Mrs Tweany gab ihrem Sohn mindestens zweimal die Woche Kuchen und Gebäck mit zur Arbeit. Und schärfte ihm jeweils ein, seinem Chef eine gehörige Portion davon abzugeben. In ihren Augen war er viel zu dünn und musste ab und zu gemästet werden. Das Backwerk aus ihrer Küche schmeckte hervorragend. Wie die Frau das bei der strengen Lebensmittelrationierung zustande brachte, war Morton ein Rätsel. Er stellte erstaunt fest, dass er tatsächlich hungrig war; seit gestern Mittag hatte er nichts mehr gegessen. Er machte sich mit plötzlichem Heißhunger über den Früchtekuchen her und spürte gleich, wie seine innere Anspannung etwas nachließ. Es tat gut, hier auf der Bezirkswache seiner gewohnten Arbeit nachzugehen. Tweany hatte schon vor Tagen begonnen, das Büro weihnachtlich herauszuputzen. Hatte Tannenzweige hinter die Bilderrahmen gesteckt, sie mit ein bisschen Flitter geschmückt und drei dicke, rote Wachskerzen im Raum verteilt. Er liebte Weihnachten über alles.

Mit seiner Verlobten holte er Anfang Dezember Tannen- und Stechpalmenzweige aus dem verschneiten Wald nach Hause, besuchte mit seiner Mutter alle Basare in den umliegenden Dörfern und gab dann für seine kleinen Nichten und Neffen den Santa Claus.

»Gut«, meinte Morton, »machen wir uns an die Arbeit. Wie ich sehe, haben Sie die Vernehmungsprotokolle schon durchgelesen. Alle Personen, die sich gestern Abend im Haus aufgehalten haben, kommen für die Tat infrage. Dass jemand von außen eingedrungen ist, können wir mit an Sicherheit grenzender Wahrscheinlichkeit ausschließen. Alle Fenster und Türen waren verschlossen und die Hintertüre war zusätzlich verriegelt. Dr. Brown hat den Zeitpunkt des Todes auf die Stunde zwischen halb zehn und halb elf eingegrenzt. Sir Arnold wurde um halb zehn ans Telefon in der Bibliothek gerufen und ist um halb elf tot aufgefunden worden, und zwar von Humphrey Bucket, einem Mitglied des Kirchenchors von St. Agnes. Seine Frau, Josephine Bucket, Ruby Lilburne und Desmond Trotwood singen ebenfalls im Kirchenchor, und Sir Arnold hatte sie alle nach der Probe in sein Haus zu einem Umtrunk geladen. Die beiden erwachsenen Kinder des Coroners, Emma und Julian Gregson, sowie die Haushälterin, Alice Finch, haben sich gestern Abend ebenfalls in Greenacres aufgehalten.

Zwei der Tatverdächtigen haben allenfalls ein Alibi: Der Chorleiter, Desmond Trotwood, versichert, er hätte das Wohnzimmer, wo alle Gäste während der fraglichen Zeit versammelt waren, nie verlassen. Emma Gregson könne das bezeugen, da für sie dasselbe gelte. Sir Arnolds Tochter war gestern nicht vernehmungsfähig, sie musste nach dem Angriff auf ihren Vater sediert werden. Wir werden nachher nach Greenacres hinausfahren, dann wird sich herausstellen, ob sie Trotwoods Angaben bestätigen kann. Wenn ja, sind die beiden aus dem Schneider.

Julian Gregson gibt an, den ganzen Abend auf seinem Zimmer verbracht zu haben, die Haushälterin aber vermeinte, ihn kurz vor zehn oben an der Treppe gesehen zu haben. Josephine Bucket hat während der fraglichen Zeit das Wohnzimmer verlassen, das gibt sie zu und das wird auch von Trotwood bestätigt. Er meinte, auch Miss Lilburne sei einmal draußen gewesen, sie muss noch dazu befragt werden. Die Haushälterin, Mrs Finch, ging, bis auf die kurze Zeit, in der sie im Salon die Gäste verpflegt hat, im restlichen Haus ihrer Arbeit nach. Auch sie hat kein Alibi. Alle Tatverdächtigen geben an, mit Sir Arnold nicht näher bekannt zu sein; ihr Kontakt zu ihm beschränke sich auf den Kirchenchor. Wir müssen in Erfahrung bringen, ob da noch weitere Verbindungen existieren, und natürlich über alle, die für die Tat infrage kommen, Erkundigungen einziehen. Vorstrafenregister und so weiter. Setzen Sie Constable Bates daran.«

»Könnte sich da vielleicht jemand am Coroner gerächt haben?«, fragte Tweany nachdenklich. »Einer, der bei der Verhandlung schlecht weggekommen ist, meine ich.«

Morton überlegte kurz, dann nickte er. »Auch wenn die Wahrscheinlichkeit gering ist, dass jemand von außerhalb für Sir Arnolds Tod verantwortlich ist, dürfen wir das nicht absolut ausschließen. Sie haben recht, Sergeant, gehen Sie nachher gleich mal rüber ins Rathaus und reden Sie mit seinem Officer. Vielleicht hat da jemand am Ende einer Verhandlung Drohungen ausgestoßen.« Morton stand auf und kam um den Schreibtisch herum. »Ich fahr schon mal los. Der Täter muss Handschuhe getragen haben, und die sind bis jetzt weder im Haus noch in der unmittelbaren Umgebung gefunden worden. Ich will mich noch etwas umsehen und nachher mit Sir Arnolds Tochter sprechen. Kommen Sie nach, wenn Sie im Coroner's Office fertig sind.«

***

Nachdem sich die Tür hinter Morton geschlossen hatte, steckte Tweany sein Notizbuch ein, hüllte sich in Wintermantel und Schal und trabte die Treppe hinunter. Draußen verschlug es ihm ob der eiskalten Luft fast den Atem. Dieser harte Frost dauerte nun schon seit Tagen an; ein arktisches Hoch, hatte es in den Nachrichten geheißen, und Tweany konnte sich kaum vorstellen, dass es am Nordpol viel kälter war als jetzt in England. Der Tannenbaum vor dem Rathaus allerdings sah an diesem frostigen Morgen fast noch schöner aus als gestern Abend. Vom Raureif weiß überstäubt wie mit Puderzucker.

Tweany ging mit federnden Schritten über das Kopfsteinpflaster des Marktplatzes. Er war in Hochstimmung. Genau hier, mitten auf dem Platz, hatten Dorothy und er vor nicht einmal zwölf Stunden einen Termin für ihre Hochzeit ausgemacht. Seine Mutter hatte schon lange darauf gedrängt. Sie hatte gemeint, jetzt, wo der Krieg vorbei sei, gäbe es keinen Grund mehr, noch länger zu warten. Ihre Nähmaschine war schon lange startbereit, um die Kleider für die Brautjungfern zu nähen. Und im Einverständnis mit ihrer zukünftigen Schwiegertochter hatte sie den Frühling als ideale Jahreszeit für eine Hochzeit auserkoren. Dorothy hatte, seit sie vom Kriegsdienst heimgekehrt war, immer wieder gezögert, sich auf ein Datum festzulegen, und seine Mutter war überglücklich gewesen, dass es nun endlich so weit war.

Gestern beim Nachhausekommen aber hatte sie ihn umarmt und gesagt: »Ach Junge, es wird mir schwerfallen, dich gehen zu lassen. Das Haus wird leer sein ohne dich.« Aber danach hatte sie gleich voller Vorfreude eine lange Liste erstellt. Sie würde ab jetzt ununterbrochen mit den Vorbereitungen für den großen Tag beschäftigt sein.

Natürlich hätte Tweany mit der freudigen Nachricht heute als Erstes seinen Chef überraschen wollen, doch nach nur einem Blick in sein Gesicht hatte er beschlossen, damit noch zu warten. Er fragte sich, ob Morton letzte Nacht überhaupt ins Bett gekommen war. Er hatte wieder einmal schrecklich übernächtigt ausgesehen und war so bedrückt gewesen, dass er es nicht übers Herz gebracht hatte, von der bevorstehenden Hochzeit zu erzählen. Morton war verschwiegen, doch Tweany hatte den Verdacht, dass seinem Chef immer noch eine verlorene Liebe zu schaffen machte. Letzten Herbst musste er sich heftig verliebt haben; er war für kurze Zeit wie ausgewechselt gewesen, beschwingt und fröhlich. Die Schwermut, die ihm für gewöhnlich anhaftete und immer wieder in einem Blick, in einer Geste spürbar wurde …wie weggewischt. Doch das hatte nicht lange angehalten, nur ein paar Tage. Vielleicht nagte er immer noch daran. Niemand übersteht die Liebe unbeschadet, hatte er einmal gesagt.

Sein Chef schien tatsächlich nicht viel Glück in Liebesdingen zu haben. Was eigentlich erstaunlich war. Gerade letzthin hatte Dorothy gemeint, es sei ihr ein Rätsel, weshalb ein solch attraktiver Mann nicht schon längst verheiratet sei. Die Frauen müssten ihm doch in Scharen hinterherlaufen, er sehe aus wie Gregory Peck. Nun ja, seine Dorothy und die Filmstars! Aber sie hatte schon recht, Morton war ein ausnehmend attraktiver Mann, groß und schlank und immer tadellos gekleidet.

Tweanys Verlobte hätte es gerne gesehen, wenn auch er ab und zu einen dunklen Anzug tragen würde. »Du siehst doch an deinem Chef, wie gut ein dunkelgrauer Anzug aussieht, wie elegant«, hatte sie gemeint. Doch Tweany wusste, dass das nicht an Mortons Kleidung lag, sondern an der Art, wie er sich bewegte, und eben an seiner Figur. Er war bereit, viel für seine Dorothy zu tun, aber in einen zweiten Morton, oder vielmehr eine schlechte Kopie von ihm, würde er sich nicht verwandeln lassen. Und abgesehen davon kannte er seinen Platz und wusste, dass sich das für einen Sergeant nicht gehörte. Auch seine Mutter fand, dass braune Anzüge gut mit seinem rotbraunen Haar harmonierten und ihm am besten standen. Man müsse da vorsichtig sein mit dieser Farbe, warnte sie immer.

Am Fuß der Freitreppe, die zum Rathaus hoch führte, blieb Tweany einen Moment stehen. Ob Dorothy sich in Zukunft um seine Kleidung kümmern würde? Oder würde er das von nun an selbst tun müssen? Ihm war schon klar, dass seine Mutter ihn verwöhnt hatte und er nach seiner Heirat mit vielen lieb gewordenen Gewohnheiten würde brechen müssen. So war das nun mal. Auch für ihn würde es vielleicht nicht so leicht sein, von zu Hause wegzugehen. Doch wenn er daran dachte, dass er in Zukunft jeden Abend in den Armen seiner geliebten Dorothy einschlafen konnte, wog das alles andere auf.

Tweany stieg die Stufen empor, immer zwei auf einmal, und stemmte dann die schwere Eichentür auf. Er kannte sich aus im Rathaus, die Büros des Coroners waren im zweiten Stock untergebracht.

Im Vorzimmer residierte Mrs Beaverbrook. Als Tweany eintrat, saß sie wie immer hinter ihrer Schreibmaschine, eine mollige Frau in den Fünfzigern mit einem sympathischen Gesicht und sorgfältig dauergewelltem Haar. Heute aber waren ihre Augen hinter der runden Nickelbrille gerötet, und als sie Tweany sah, kam sie händeringend auf ihn zu.

»Sergeant Tweany, grundgütiger Himmel! Mir fehlen die Worte! So ein nobler Mann! Die Schlechtigkeit in dieser Welt kennt keine Grenzen. Welch ein ruchloser Mensch hat so etwas getan?«

Tweany wollte etwas Angemessenes erwidern, aber in dem Moment öffnete sich eine der abgehenden Türen und ein Officer des Coroners trat in das Vorzimmer.

»Sie müssen Sergeant Tweany sein«, begrüßte er ihn und stellte sich vor. »Man hat uns informiert, dass Sie und Inspector Morton die Ermittlungen leiten. Bitte kommen Sie herein.«

Tweany folgte Mr Flintwinch in sein Büro, einen hohen Raum, dessen Fenster auf den Marktplatz hinausgingen, mit Blick auf die Spitze des Tannenbaumes.

»Sie ist wunderschön, nicht wahr?«, bemerkte Flintwinch, während er sich leichtfüßig auf das Fenster zubewegte. Sein hüpfender Gang, die spitz gewölbten schwarzen Augenbrauen und der ebenfalls spitz in die Stirn hineinragende Haaransatz ließen Tweany an einen kleinen, flinken Springteufel denken. »Sir Arnold hat ihn gestiftet«, fügte der zierliche Mann hinzu, »und auch persönlich ausgesucht. Ein ganz entsetzlicher Verlust!« Er setzte sich hinter einen großen Doppelschreibtisch und bat Tweany, daneben Platz zu nehmen.

»Haben Sie schon einen Anhaltspunkt, was den Täter betrifft?«

Tweany verneinte. »Wir haben erst begonnen zu ermitteln.«

»Sicher werden Sie wissen wollen, ob jemand, der bei uns vor Gericht gestanden hat, den Coroner bedroht hat, nicht wahr?«

»Ja, deswegen bin ich hier.«

Flintwinch nickte befriedigt. »Ich war auch einmal Kriminalbeamter, müssen Sie wissen, bevor ich hier Officer wurde.

»Tatsächlich?«, meinte Tweany erstaunt. Er konnte nicht verstehen, wie jemand eine eintönige Tätigkeit in einer Amtsstube seinem spannenden Beruf vorziehen konnte.

»Weshalb haben Sie hierher gewechselt?«

»Die viele Lauferei bei jedem Wetter und die Leute, mit denen man sich herumschlagen muss.« Flintwinch griff sich mit einer theatralischen Geste an die Stirn. »Das war mir alles zu viel. Hier sind wir schön im Trockenen und können in aller Ruhe unserer Arbeit nachgehen, ohne ständig von irgendwelchen Dahergelaufenen behelligt zu werden.« Er verdrehte die Augen zur Zimmerdecke. »Aber ich schweife ab. Heute Morgen habe ich als Erstes Mrs Beaverbrook und die anderen Officer gefragt, ob ihnen etwas zu Ohren gekommen sei, aber niemand konnte sich an einen diesbezüglichen Vorfall erinnern.«

Tweany wagte seine nächste Frage, ob es eventuell hier im Büro des Coroners zu Unstimmigkeiten gekommen war, kaum zu stellen, und Flintwinch wies diese dann auch weit von sich.

»Unter uns gibt es nicht die geringste Missstimmung, da können Sie jeden fragen! Sir Arnold hat viel Wert auf ein harmonisches Arbeitsklima gelegt. Er hat bei der Auswahl eines neuen Officers darauf geachtet, keine Streithähne einzustellen.«

Tweany beeilte sich zu versichern, dass er Flintwinchs Worten Glauben schenkte. Er würde sich da anderweitig umhören müssen. »Wahrscheinlich ist es am besten, wenn ich die Fälle, die der Coroner behandelt hat, durchsehe«, meinte er.

Flintwinch wies auf die Reihe hölzerner Aktenregale, die, dicht an dicht, an der Wand zur Tür verlief und fast bis an die Decke reichte. »Aber bitte, Sergeant, bedienen Sie sich«, forderte er seinen Besucher auf. »Fühlen Sie sich wie zu Hause! Sie sind alle hier, das heißt, das was uns an Akten noch bleibt, wenn die Fälle vor dem Strafgericht verhandelt werden. Von den Aussageprotokollen der Zeugen machen wir Kopien, die finden Sie ebenfalls in den Dossiers.«

Tweany stand etwas ratlos vor dem ellenlangen Regal. Das würde ja Monate dauern, bis er die alle durchgeackert hatte. Der Officer erlöste ihn aus seiner Notlage.

»Ich mache Ihnen einen Vorschlag«, sagte er. »Jetzt, wo Sir Arnold nicht mehr da ist, haben wir nicht viel zu tun. Ich könnte sämtliche Fälle, die wir in diesem Jahr bearbeitet haben, für Sie durchsehen. Wenn sich jemand an dem Coroner rächen wollte, hat der doch nicht jahrelang damit zugewartet. Und wenn ich auf etwas stoße, das mir nicht koscher erscheint, schicke ich Ihnen die betreffende Akte rüber auf die Wache. Was meinen Sie?«

Überaus erleichtert stimmte Tweany zu: »Da wären wir Ihnen wirklich sehr verbunden.«

Der Officer spreizte die Hände. »Keine Ursache«, beteuerte er. »Keine Ursache! Das machen wir doch gerne.«

Zum Schluss erkundigte sich Tweany, ob Sir Arnold hier im Rathaus noch persönliche Akten verwahrt habe. Der Officer meinte, er wisse das nicht, aber Tweany könne sich den Schreibtisch von Sir Arnold gerne ansehen, und führte ihn gleich in ein angrenzendes Büro.

Zuoberst auf dem Schreibtisch lagen Unterlagen zu einem Unfall mit Todesfolge, der zur Verhandlung anstand, und auch die Schubladen enthielten nur ein Dossier, das vielleicht von Interesse war. Dabei handelte es sich um die Stiftungsurkunde einer Organisation, der Sir Arnold als Stiftungsrat vorgestanden hatte.

Tweany notierte sich alles gewissenhaft, legte die Dokumente wieder an ihren Platz zurück und machte sich dann auf den Weg nach Greenacres.

2

Das zweiflügelige Tor, hinter dem die Auffahrt zu Greenacres lag, war zugekettet. Auf dem geschmiedeten Eisen hatte sich in der Nacht feiner Raureif gebildet, der nun die schön geschwungenen Rankenornamente konturierte. In die steinernen Pfeiler beidseits des Tores war der Name des Hauses eingemeißelt und neben dem einen gab es einen Klingelzug.

Als Morton ihn betätigte, wäre ihm fast die Hand an dem kalten Metall angefroren. Es dauerte eine Weile, bis ein sehniger Mann in fortgeschrittenem Alter aus dem Pförtnerhaus herbeieilte. Seine Wangen hatten die Farbe von reifen Äpfeln und auch seine Nase war gerötet.

»Werden Sie droben erwartet?«, fragte er Morton, nicht misstrauisch, sondern mit unverhüllter Neugier.

Morton wies sich aus, worauf der Mann sogleich die Kette löste. »Untersuchen Sie den Mord am Landlord?«, wollte er wissen.

»Ja, ich bin von der Chipping Bramton Constabulary. Und Sie sind?«

»Croft's der Name. Nat Croft.«

»Arbeiten Sie ebenfalls für die Familie Gregson?«

»Im Garten, ja«, sagte er, während er beide Flügel des Tores weit aufstieß. Morton trat ein und wies auf das Pförtnerhaus rechter Hand. »Waren Sie gestern Abend zu Hause?«

»Sie wollen wissen, wer da durchgekommen ist, nicht wahr?«, fragte er. Der Gärtner nahm seine Schirmmütze vom Kopf und ließ sie um seine Hand kreisen. »Das kann ich Ihnen ganz genau sagen. Um Viertel nach neun kamen die Herrschaften nach Hause und fünf Minuten später ihre Gäste.«

»Als wir hier gestern Abend eintrafen, war das Tor geschlossen, aber nicht zugekettet.«

»Aber ja, das wird dann wohl der junge Gregson gewesen sein, der aufgesperrt hat. Meine Frau und ich gehen um elf zu Bett, und wenn später noch jemand da durch will, öffnen und schließen die Herrschaften das Tor selber. Es ist ja nicht mehr wie früher, als immer jemand im Pförtnerhaus war. Ich habe ja auch noch anderes zu tun.« Croft seufzte und setzte die Mütze wieder auf. »Der Frau ist's zum Heulen zumute. Sie kann's immer noch nicht fassen.«

»War Sir Arnold ein guter Arbeitgeber?«, fragte Morton.

Der Gärtner zuckte die Schultern. »Er war schon in Ordnung«, meinte er unverbindlich.

Morton stieg wieder in den Wagen und lenkte ihn zwischen mächtigen Buchen hindurch, deren nackte Äste wie ein riesiger, aufgebogener Besen zum Himmel aufstrebten. Zum Haus hin öffnete sich die Auffahrt fächerförmig zu einem kiesbedeckten Vorplatz, auf dem Morton den Wolseley zum Stehen brachte. Er stieg aus und besah sich das Anwesen erstmals bei Tag. Die tiefstehende Wintersonne schien sanft auf den herrschaftlichen Bau aus weißem Stein, der sich deutlich von einem kristallklaren Himmel abhob. Unter einem eleganten Säulenvorbau führten ein paar Stufen zur Eingangstür; beidseits davon unterbrachen je sechs mit Giebeldreiecken gekrönte Sprossenfenster die Fassade. Sechs weitere waren knapp unterhalb des Schieferdaches angebracht, von dessen Dachrinnen spitze Eiszapfen wie glitzernde Dolche herabhingen.

Eine Stille, dicht und ungebrochen, umgab das Anwesen, bis der raue Schrei eines Eichelhähers durch die kalte Luft schnitt. Er saß auf einer jungen Birke, die mit wenig Abstand vor die rechte Hausecke gepflanzt worden war. Das Silberweiß des zierlichen Stammes glänzte im Sonnenlicht und an dem schwarzen Filigran der obersten Zweige hatten sich trotz Kälte und Frost noch ein paar Blätter halten können.

Morton umrundete das Anwesen auf einem Kiesweg, der an einer breiten Blumenrabatte entlangführte. Hier standen, eingefasst von grün bemoosten Steinen, die Überreste des Sommerflores: Schwarze, vom Frost befallene Staudenstängel, fahle, ausgebleichte Hortensienblüten und Wildrosen, an deren Ranken, inmitten roter Hagebutten, spitze Nadeln aus Eiskristallen glitzerten. Hinter dem Haus gruppierten sich Wirtschaftsgebäude, Remisen und ehemalige Stallungen, die sich bis auf die mit Wetterfahnen geschmückten Dachfirste dem Blick entzogen. Geschickt angepflanzte Hecken und Bäume verbargen die Nebengebäude sogar jetzt im Winter. Das Laub des Sommers würde alles endgültig abschirmen.

Eine vorgebaute Terrasse erstreckte sich über die gesamte Rückfront des Hauses und alle Räume auf der Südseite hatten durch eine Reihe Fenstertüren direkten Zugang zu ihr. Morton sah sich die letzte genauer an. Sie war absolut unversehrt; hier hatte sich mit Sicherheit niemand unbefugten Zutritt verschafft. Er wandte sich dem Park zu, um sich einen Überblick zu verschaffen, und sah auf den ersten Blick, dass der Täter hier schier unbegrenzt Gelegenheit gehabt hatte, sich der Handschuhe zu entledigen. Die Gärten waren so angelegt, dass sie ohne sichtbare Begrenzung in die Landschaft übergingen. Im Anschluss an den sorgsam gepflegten Rasen zogen sich heckengesäumte Wiesen über die Hänge und dehnten sich bis zu den bläulichen Wäldern am Horizont. Im Westen senkte sich der Rasen zu einem kleinen Weiher und Morton verließ die Terrasse, um ihn zu erkunden. Raureif lag silbern auf dem Gras, den Bäumen und den immergrünen Strauchgruppen. Die Sträucher ließ Morton unbeachtet, denn er glaubte nicht, dass dort noch etwas zu finden war. Die Constable Bates und Whitelaw konnten sich später noch darum kümmern. Wirklich Sinn ergeben hätte die Suche nur gestern Abend, als alle Tatverdächtigen noch im Salon versammelt waren, doch die Chance, in finsterer Nacht die Handschuhe aufzuspüren, hatte er als zu gering erachtet.

Während Morton durch den Park spazierte, kreiste hoch über seinem Kopf ein Bussard, dessen Ruf vom Wind zu ihm herangetragen und dann davongeweht wurde. Unter den alten Bäumen lag noch das abgeworfene Herbstlaub und die hartgefrorenen Blätter knirschten harsch unter seinen Füßen.

Der von Hängebirken umstandene Weiher lag glänzend unter einer dicken Eisschicht. Nur am diesseitigen Ufer war ein etwa hundert Quadratmeter großes Segment freigehalten worden, um den Wasservögeln eine Zufluchtsstätte zu bieten. Als Morton sich dem Ufer näherte, ruderten sechs Stockenten in Formation auf ihn zu und beäugten ihn neugierig. Es waren schöne Tiere mit in der Sonne schillerndem Gefieder und er hätte ihnen gerne ein paar Brotbrocken zugeworfen, aber seine Taschen waren leer.

Falls die Handschuhe hier entsorgt worden waren, dürfte es in dieser von Eis befreiten Wasserfläche nicht allzu schwer sein, sie herauszufischen. Neben dem Steg, der zum Entenhäuschen hinaufführte, lag eine anderthalb Meter lange Holzlatte. Damit versuchte Morton, die Tiefe des Teiches zu ergründen. Die Stockenten ließen sich durch sein Tun nicht beeindrucken, doch kaum hatte Morton den Holzstab ins Wasser gehalten, segelten zwei herrische Schwäne, der eine schwarz, der andere weiß, in rasantem Tempo auf ihn zu. Er trat einen Schritt zurück, doch die Schwäne erkletterten das Ufer und gingen laut kreischend und flügelschlagend auf ihn los. Morton wusste, dass mit diesen Tieren nicht zu spaßen war. Die langen, kräftigen Schnäbel hatten schon manch einen Finger gekostet. Jetzt schnappte tatsächlich einer nach seinem Hosenaufschlag und er zog sich schleunigst zurück. Er fand es nicht angebracht, den Helden zu spielen. Doch sein Rückzug reichte den Vögeln offenbar nicht; erst als er davonrannte, ließen sie von ihm ab. Morton sah ihnen hinterher, wie sie zum Weiher hinunterwatschelten. Das sah wesentlich unbeholfener aus, als ihr majestätisches Gleiten auf dem Wasser.

Mittlerweile war es schon Viertel nach elf, stellte Morton nach einem Blick auf seine Armbanduhr fest; er musste sich beeilen, wenn er Emma Gregsons Vernehmung noch vor dem Mittag unter Dach und Fach bringen wollte. Als er dem Weiher den Rücken kehrte und begann, dem sanft ansteigenden Pfad, der zum Haus zurückführte, zu folgen, sah er sich unvermittelt einem großen, finsteren Mann gegenüber. Er musste eben hinter einer Strauchgruppe hervorgetreten sein. Hatte er ihm dort aufgelauert?

»Verschwinden Sie«, knurrte der Mann. »Das hier ist Privatgrund.«

Der Lauf seiner Schrotflinte zeigte bedrohlich auf Mortons Brust, und er sah nicht aus, als ob er lange fackeln würde. Unter diesen Umständen fand es Morton nicht angebracht, in seine Innentasche zu fassen, um den Ausweis hervorzuholen. Stattdessen sagte er:

»Nun mal halblang! Ich untersuche den Mord an Sir Arnold und ich bin nicht alleine hier. Weitere Polizeibeamte sind eben eingetroffen.« Er wies mit dem Kinn Richtung Haus und nutzte den kurzen Moment, während der Fremde den Kopf wandte, um ihm die Flinte zu entreißen. Morton war nicht im Nahkampf geübt, und wenn der Mann sich heftig gewehrt hätte, wäre es ihm kaum gelungen, sich der Flinte zu bemächtigen. Aber der Mann war überrumpelt worden, mit einem Angriff hatte er nicht gerechnet. Morton zielte nun seinerseits mit der Waffe auf seine Brust und fragte:

»Wer sind Sie? Was haben Sie hier zu suchen?«

Der Mann hob die Hände über den Kopf. »Ich arbeite hier. Ich bin der Verwalter von Greenacres.«

Von einem Gutsverwalter war gestern nicht die Rede gewesen. Morton musterte ihn kritisch. Der Mann hatte, auch ohne Waffe in der Hand, etwas Bedrohliches an sich. Er war noch jung, schätzungsweise Ende zwanzig, hatte einen mageren, schon fast ausgemergelten Körper und ein kantiges, scharf geschnittenes Gesicht mit einem leicht vorstehenden Kinn. Dunkle Bartstoppeln lagen wie Schatten auf seinen hohlen Wangen. Er trug einen groben, schmuddeligen Seemannspullover und seine grauen Drillichhosen steckten in wetterfesten Stiefeln.

»Gut«, sagte Morton schließlich. »Das werden wir gleich überprüfen. Abmarsch zum Haus.«

Der Mann drehte sich folgsam um und setzte sich in Bewegung. Morton folgte ihm in gebührendem Abstand. Als sie das Haus umrundet hatten, fuhr eben Sergeant Tweany auf den Vorplatz.

»Na, das ging aber schnell, Sir!«, rief er Morton zu, nachdem er aus dem Wagen gestiegen war. »Gratuliere, Chef. In nicht mal vierundzwanzig Stunden den Täter verhaftet. Das soll Ihnen mal einer nachmachen!«

Morton musste sich ein Grinsen verkneifen und wies ihn an, an der Haustür zu läuten. Tweany tat, wie ihm geheißen, und nach ein paar Minuten öffnete die Haushälterin die Tür.

»Mrs Finch!«, rief ihr Morton zu. »Können Sie den Mann hier identifizieren?«

Die Haushälterin kam die Treppe hinunter.

»Aber ja«, sagte sie, »das ist Kamil Nowak, unser Gutsverwalter«, und setzte erstaunt hinzu: »Hat *er* Sir Arnold umgebracht?«

»Das wäre noch zu klären«, meinte Morton. »Er hat mich eben mit der Flinte bedroht.« Er klappte das Gewehr auf und legte es sich über den Arm. Mrs Finch trat zu dem Mann hin.

»Aber Kamil, was tun Sie denn da?«, sagte sie tadelnd. »Das ist Inspector Morton, er untersucht den Mord an Sir Arnold.«

Nowak reckte streitlustig das Kinn vor. »Wie sollte ich denn wissen, was er im Schilde führt?«, rechtfertigte er sich. »Er hat sich im Park rumgetrieben.«

Der Mann sprach ein grammatikalisch korrektes Englisch mit einem starken ausländischen Akzent. Morton wandte sich an die Haushälterin:

»Sie sagten mir nichts davon, dass noch jemand hier auf Greenacres lebt.«

Mrs Finch entschuldigte sich: »Tut mir leid, Inspector. Ich war wahrscheinlich etwas durcheinander, als Sie mich gestern fragten, wer sich noch im Haus aufhalten würde. Ich habe nicht an Kamil gedacht. Er wohnt drüben bei den Stallungen.«

»Gut«, richtete Morton das Wort wieder an Nowak. »Dann müsste ich auch noch mit Ihnen sprechen. Halten Sie sich bitte bereit.«

Morton stellte seinen Sergeant vor und dann gingen sie alle gemeinsam ins Haus. In der Eingangshalle stand eine mächtige Weißtanne. Sie musste eben erst aufgebaut worden sein, ihr harziger Duft erfüllte den ganzen Raum.

Bevor Morton die Haushälterin bat, Miss Gregson Bescheid zu sagen, fragte er: »Gibt es, neben dem Gutsverwalter und dem Gärtner, noch weitere Angestellte, die auf dem Anwesen untergebracht sind?«

»Da ist nur noch Crofts Frau, die mit ihm im Pförtnerhaus wohnt«, erklärte Mrs Finch. »Sie kommt jeden Morgen zum Putzen hierher.«

»Dann sollte ich noch wissen, wer von ihnen über einen Schlüssel zum Haus verfügt.«

»Neben der Köchin, dem Hausmädchen und mir selber nur der Verwalter.«

»Sie sagten mir gestern, Sie hätten nach dem Eintreffen der Gäste die Haustüre wieder abgeschlossen. Haben Sie den Schlüssel im Schloss stecken lassen?«

Mrs Finch zögerte kurz, dann sagte sie: »Ich habe ihn wie immer ans Schlüsselbrett gehängt, doch als ich Ihnen die Tür geöffnet habe, steckte er im Schloss.«

»Können Sie sich denken, wer das getan hat?«

»Nein, und jetzt fällt mir ein, dass ich das gestern auch seltsam fand. Aber natürlich habe ich nicht weiter darüber nachgedacht.«

Oben auf der Galerie nahm Morton einen Schatten wahr und kurz danach kam eine hagere junge Frau die Treppe hinunter. Sie trug ein knöchellanges Kleid aus schwarzer Seide und bewegte sich unbeholfen, behindert durch die bauschigen Stoffbahnen. Noch bevor sie den marmorgefliesten Boden erreicht hatte, klagte sie mit brüchiger Stimme:

»Mrs Finch, wieso haben Sie das nicht verhindert?« Sie wies auf den Baum. »Wir können doch nicht Weihnachten feiern nach diesem schrecklichen …« Ihr Gesicht verzog sich und ihre Unterlippe begann zu zittern.

Die Haushälterin ging zu ihr hin, legte ihr einen Arm um die Schulter und führte sie die restlichen Stufen hinunter.

»Es war zu spät, um den Waldarbeitern noch Bescheid zu geben, Miss Gregson«, sagte sie besänftigend. »Sie kamen schon sehr früh heute Morgen, Mr Nowak muss sie eingelassen haben. Wenn Sie wollen, können wir den Baum wieder nach draußen schaffen lassen.«

Emma Gregson drückte sich ein Taschentuch vor den Mund. »Julian soll das entscheiden«, sagte sie schließlich.

Morton trat zu ihr hin und stellte sich und Sergeant Tweany vor.

»Es tut mir leid, was Ihrem Vater zugestoßen ist«, sagte er. »Fühlen sie sich imstande, uns ein paar Fragen zu beantworten? Wir werden uns auf das Wesentliche beschränken.«

Die junge Frau nickte benommen. »Ja, Sie tun schließlich nur ihre Pflicht«, sagte sie förmlich und bat ihn und Sergeant Tweany in den Salon. Alle Spuren des gestrigen Abends waren daraus getilgt: die Aschenbecher geleert, die Kissen aufgeschüttelt, der Raum gelüftet. Im Kamin brannte ein Holzfeuer und in einer Vase beim Fenster stand ein Strauß frischer Stechpalmen und Mistelzweige. Die Mittagssonne schien hell durch die unverhüllten Scheiben der Terrassentüren auf das sorgsam polierte, rötlich schimmernde Holz der antiken Möblierung.

Miss Gregson wies auf eines der Sofas und setzte sich Morton und Tweany gegenüber auf das zweite. Sie sah mitgenommen aus; ihr Gesicht war vom Weinen aufgedunsen und die blassblauen Augen blickten unter geschwollenen Lidern hervor. Das flachsblonde Haar, vermutlich von Natur aus glatt, hatte sie zu langen Korkenzieherlocken gedreht. Eine kindliche Frisur, die nicht recht zu ihrem grobknochigen Körperbau und zu ihrem Alter passen wollte.

Tweany zückte sein Notizbuch und Morton begann mit den üblichen Fragen: Hatte ihr Vater Feinde? Wusste sie einen Grund dafür, weshalb ihm jemand den Tod gewünscht hatte? War er in letzter Zeit besorgt gewesen? Miss Gregson verneinte kategorisch. Ihr Vater sei vom gesamten Bekanntenkreis hochgeschätzt worden. Dass jemand, der ihn gekannt habe, ihm etwas antun wollte, sei völlig ausgeschlossen. Ein Fremder müsse ins Haus eingedrungen sein und die Tat vollbracht haben. Möglicherweise ein Delinquent, der bei ihm vor Gericht gestanden habe.

»Wir werden diesbezügliche Nachforschungen anstellen«, erklärte Morton. »Das versteht sich von selbst. Allerdings ist es äußerst unwahrscheinlich, dass sich ein Fremder Zugang verschafft hat. Doch ich habe in diesem Zusammenhang noch eine Frage: Wissen Sie, wer gestern im Laufe des Abends den Hausschlüssel vom Schlüsselbrett genommen und ins Schloss gesteckt hat?«

»Niemand hat das getan!«, entgegnete Emma Gregson bestimmt. »Der Schlüssel hat den ganzen Abend über im Schloss gesteckt.«

»Sind Sie sicher?«

»Aber ja.«

Morton insistierte. »Haben Sie das mit eigenen Augen gesehen? Sind Sie zwischen halb zehn und halb elf einmal in der Halle draußen gewesen?«

Emma Gregson schüttelte den Kopf. »Nein, ich habe das Wohnzimmer nie verlassen, bis …« Die Frage löste einen Strom von Tränen aus und Tweany legte sein Notizbuch beiseite, setzte sich neben sie und tätschelte ihre Hand.

Bei jedem anderen hätte die Geste aufdringlich oder deplatziert gewirkt, doch bei Tweany schien sie ganz natürlich. Das lag an seiner Art, auf die Menschen zuzugehen. Sie hatte nichts Aufgesetztes an sich, er verhielt sich Zeugen gegenüber so, wie er sich allen Menschen gegenüber verhielt. Offen und ehrlich und mit einem echten Interesse an ihren Nöten und Sorgen.

Morton wusste nicht zu sagen, wieso er ihm nicht von Janes Krankheit erzählt hatte. Vielleicht weil er Tweanys besorgten, auf sich gerichteten Blick nicht ertragen würde. Weil er befürchtete, dass sich seine Angst dann von dem starren Ding in seiner Brust zu etwas Lebendigem entwickeln könnte, das sich in seinem Inneren wie ein wildes Tier gebärden würde. Das er nicht mehr im Zaum halten könnte. Solange niemand von seiner Angst wusste, konnte er sie in sich verschließen. Sie abschotten von den alltäglichen Verrichtungen, ihr nur dann gestatten, sich an der Oberfläche zu manifestieren, nachdem er die Bezirkswache oder den Tatort verlassen hatte.

Miss Gregson hatte ihre Augen getrocknet und Tweany war wieder zu seinem Notizblock zurückgekehrt.

»Da Sie das Wohnzimmer gestern Abend nie verlassen haben, können Sie uns vielleicht sagen, ob das auf Ihre Gäste auch zutrifft«, fuhr Morton mit der Befragung fort.

Miss Gregsons Antwort war erstaunlich klar:

»Mrs Bucket und Ruby Lilburne sind beide hinausgegangen. Nicht miteinander, erst Mrs Bucket und dann Ruby. Desmond war wie ich die ganze Zeit über im Salon.«

Auf die Gefahr hin, einen neuen Tränenfluss auszulösen, fragte Morton:

»Ihre Mutter verstarb kurz vor Kriegsbeginn, nicht wahr, Miss Gregson?«

Sie nickte gefasst. »Ja, am 2. August 1939.«

»Das ist nun gut sieben Jahre her. Wissen Sie, ob Ihr Vater die Absicht hatte, sich wieder zu verheiraten?«

Emma Gregson richtete sich noch etwas gerader auf. Sogar während ihres Tränenausbruchs hatte sie die kerzengerade Haltung einer viktorianischen Dame in engem Korsett beibehalten.

»Aber nein!«, wies sie den Gedanken weit von sich. »Mein Vater hat meine Mutter über alles geliebt, er hätte niemals eine andere geheiratet.«

Morton ließ sich nicht so leicht überzeugen. »Ich hatte den Eindruck, dass Mrs Finch ihrem Vater sehr zugetan war«, hakte er nach. »Könnte es sein, dass sie in Sir Arnold mehr gesehen hat als nur einen Arbeitgeber?«

Miss Gregson schüttelte indigniert den Kopf. »Es ist schon möglich, dass sich Mrs Finch Hoffnungen gemacht hat«, erklärte sie, »aber mein Vater hätte nie wieder geheiratet.«

Morton erhob sich.

»Das wäre dann schon alles«, sagte er. »Wenn Sie sich noch einen Moment gedulden würden, möchte ich Ihnen gerne noch etwas zeigen.«

Morton ging nach draußen und nahm den blutbefleckten Kittel aus seinem Wagen, den er vorhin aus dem Labor geholt hatte. Als er zurückkam, stand Emma Gregson neben seinem Sergeant in der Halle. Er hielt ihr den Arbeitskittel hin.

»Haben Sie dieses Kleidungsstück schon einmal gesehen?«, fragte er.

Emma Gregson warf einen erstaunten Blick darauf und begann verneinend den Kopf zu bewegen. Dann aber hielt sie inne und sagte zögerlich: »Wenn mich nicht alles täuscht, trägt der Uhrmacher in der Stadt einen solchen Kittel.«

Morton faltete ihn etwas auf, sodass Blutspuren, mittlerweile bräunlich eingetrocknet, zu sehen waren.

»Oh mein Gott!« Miss Gregson schlug sich die Hand vor den Mund. »Hat der Mörder den getragen?« Ihre Stimme wurde schrill, ein Anzeichen beginnender Hysterie. »Wie kommt denn der Uhrmacher dazu, meinen Vater umzubringen?«

Wiederum legte ihr Tweany eine besänftigende Hand auf den Arm.

»Sind Sie sicher, dass es sich um denselben Kittel handelt?«, fragte Morton.

»Aber nein! Wie sollte ich denn? Ich weiß nur, dass der Uhrmacher am Marktplatz einen solchen Kittel trägt.«

»Sie haben den Mann schon des Öfteren darin gesehen?«

»Aber ja, wir sind Kunden bei dem Juwelier.«

»Wissen Sie noch, wann Sie das letzte Mal dort waren?«

»Vor ein paar Tagen.« Miss Gregson runzelte nachdenklich die Stirn. »Am letzten Donnerstagnachmittag war ich dort, mit Julian. Ich habe meine Armbanduhr aus der Reparatur geholt.«

»Ist der Mann, von dem wir hier sprechen, der Besitzer des Ladens?«, fragte Morton.

»Nein, das Geschäft gehört Mrs Lilburne«, erklärte Miss Gregson. »Ihr verstorbener Mann war Uhrmacher, doch nach seinem Tod hat sie jemanden angestellt, der die Reparaturen ausführt. Enderby heißt der Mann, glaube ich.«

Morton verabschiedete sich. »Sie haben uns sehr geholfen, Miss Gregson«, sagte er. »Wir müssen uns jetzt nochmals in der Bibliothek umsehen, werden Sie danach aber nicht mehr stören.«

Während sie die Halle durchquerten, erkundigte sich Morton, wie Tweanys Besuch im Coroner's Office verlaufen sei.

Der Sergeant zuckte die Schultern. »Erinnern konnte sich dort niemand daran, ob gegen den Coroner Drohungen ausgestoßen worden sind«, sagte er. »Die Beamten werden sich aber alle in diesem Jahr verhandelten Fälle genau ansehen und die fraglichen Dossiers rüberschicken.«

Sie entfernten die Versiegelung und betraten die Bibliothek. Die Luft roch schon so abgestanden, als sei der Raum lange nicht mehr gelüftet worden. Während Tweany sich interessiert umsah, setzte sich Morton hinter den Schreibtisch. Ein wuchtiges Mahagonimöbel mit lederbezogener, rechteckiger Platte und Messinggriffen an den beiden Schubladensockeln.

Er zog die untersten, tiefen Schubladen auf, die mit beschrifteten Hängeordnern bestückt waren. Auf den ersten Blick enthielten sie nichts Aufschlussreiches: einen Stoß unbezahlter Rechnungen, den Schriftverkehr mit Sir Arnolds Bank, Unterlagen über Aktien und Wertpapierdepots, Pachtverträge; alles auf den neuesten Stand gebracht und chronologisch eingereiht. In einem weiteren Ordner war Sir Arnolds persönliche Korrespondenz abgeheftet und im letzten fanden sich alle Schriftstücke, die sein Dienstpersonal betrafen. Morton legte sie zur Seite, er würde die Akten im Büro durchsehen.

Die mittleren Schubladen enthielten geprägtes Briefpapier, Kuverts, Löschpapier und Siegelwachs. Das einzige auf den ersten Blick interessante Schriftstück befand sich in der oberen linken Schublade: Sir Arnolds testamentarische Verfügung. Der kurze Schriftsatz datierte sieben Jahre zurück, er musste ihn kurz nach dem Tod seiner Frau aufgesetzt haben. Abgesehen von ein paar geringfügigen Legaten an gemeinnützige Stiftungen ging sein gesamtes Vermögen zu gleichen Teilen an seine beiden Kinder, Julian und Emma Gregson. Am 11. Oktober 1945 war ein notariell beglaubigter Nachtrag hinzugefügt worden: mit einer nicht unbeträchtlichen Summe, 5000 Pfund, wurde die »Stiftung für die berufliche Wiedereingliederung versehrter Royal-Air-Force-Piloten« bedacht.

Ein Adressverzeichnis lag oben auf der Schreibtischplatte. Morton versicherte sich, dass Sir Darnley, der Anrufer von gestern Abend, darin aufgeführt war und legte es ebenfalls zur Seite.

Tweany hatte sich die Fotografien auf dem Kaminsims angesehen, Studioaufnahmen von Sir Arnolds Frau und seinen beiden Kindern, und trat nun mit einer davon an die Fenstertür, um sie im Licht zu betrachten.

»Das ist schon ein wenig ungerecht«, meinte er jetzt. »Der Junge hat die ganze Schönheit der Mutter geerbt, ein richtiger Adonis, und das Mädchen …« Er hielt Morton das Bild vor die Nase. »Also, sie ist ja nicht direkt hässlich, aber wenn man sie mit ihrer Mutter und ihrem Bruder vergleicht, kommt sie schon nicht gut weg.«

Morton nickte. »Eine Frau, der die Natur jegliche Eleganz verweigert hat. Das kann nicht leicht für sie gewesen sein, als ihre Mutter und ihr Bruder noch hier gelebt haben, umgeben von so viel Schönheit. Aber vielleicht war sie trotzdem der Liebling ihres Vaters. Sie hat vorhin jedenfalls recht ungehalten reagiert, als ich sie auf etwaige Heiratspläne von Sir Arnold angesprochen habe.«

»Ist Julian Gregson nur auf Besuch hier?«

»Er ist Archäologe und hält sich meist im Nahen Osten auf. Er ist erst vor ein paar Tagen zurückgekehrt.«

»Hatten Sie näheren Kontakt zum Coroner, Sir? Hat er Ihnen das erzählt?«

»Nein, das ist mir, wie das meiste, das ich über den Mann weiß, irgendwann zu Ohren gekommen. Immerhin hat er, seit ich hierher versetzt wurde, alle Voruntersuchungen präsidiert.«

Morton klemmte sich die bereitgelegten Akten unter den Arm und war schon an der Tür, als er innehielt und sagte: »Gehen Sie schon mal voraus, Sergeant. Die Stallungen befinden sich hinter dem Haus. Sie können den rabiaten Verwalter schon mal auftreiben, ich muss noch einen Anruf erledigen.«

Er griff zum Hörer und gab der Vermittlung die Nummer des Vikariats. Gladys meldete sich und beschied ihm, dass der Vicar vor zwei Stunden zurückgekehrt sei und sich gleich ins Krankenhaus aufgemacht habe. Morton hoffte, dass er zu seiner Frau vorgelassen worden war.

Als Morton aus der Bibliothek wieder in die Halle trat, stand dort Julian Gregson. Er lehnte lässig am Treppengeländer, eine Hand an dem zu einer kleinen Urne geformten hölzernen Knauf. Es machte den Anschein, als ob er auf Morton gewartet hätte, und tatsächlich kam er jetzt auf ihn zu.

»Inspector«, sprach er ihn an. »Mir ist letzte Nacht, nachdem Sie schon weg waren, noch etwas in den Sinn gekommen. Ich habe einen Streit zwischen meinem Vater und dem Gutsverwalter mit angehört. Gestern habe ich dem Zwischenfall keine Beachtung geschenkt, aber nach dem, was geschehen ist, denke ich, dass Sie das vielleicht interessieren würde.« Morton nickte und bedeutete Gregson fortzufahren. »Die beiden waren drüben im Wohnzimmer und die Tür war nur angelehnt. Ich wollte meinen Vater etwas fragen, habe dann aber, als ich hörte, dass ein Gespräch im Gange war, davor gewartet.«

»Um was ging es bei dem Streit?«

»Streit ist vielleicht ein zu harter Ausdruck«, räumte Gregson mit einem leichten Kopfschütteln ein. »Eine Auseinandersetzung trifft es eher. Als ich mich der Tür genähert habe, hörte ich erhobene, aufgebrachte Stimmen. Und als ich davorstand, sagte mein Vater: ›Mir fehlt die Zeit, mich jetzt mit dieser leidigen Angelegenheit näher zu befassen, doch über die Sache ist noch nicht das letzte Wort gesprochen. Ich erwarte Sie heute Abend um elf in meinem Studierzimmer.‹ Danach stürmte Nowak blindlings an mir vorbei und verließ das Haus.«

»Um elf Uhr, sagen Sie?«, versicherte sich Morton.

»Ja, aber ich habe den starken Verdacht, dass Nowak schon früher gekommen ist, meinen Vater in der Bibliothek überrascht und ihn niedergestochen hat.«

»Ich war eben auf dem Weg zu seiner Vernehmung und werde ihn darauf ansprechen.«

»Ansprechen?«, wiederholte Gregson konsterniert. »Sie werden ihn nicht festsetzen?«

»Ein einziges Verdachtsmoment rechtfertigt noch keine Festnahme. Allerdings wird er darlegen müssen, um was es bei dieser Auseinandersetzung mit Sir Arnold gegangen ist, und wir werden sehr genau klären, wo er sich während der fraglichen Zeit aufgehalten hat.« Morton legte eine kurze Pause ein und sagte dann: »In diesem Zusammenhang habe ich auch an Sie noch eine Frage. Ihre Haushälterin hat gestern Abend kurz vor zehn jemanden oben an der Treppe gesehen. Sie meinte, das könnten Sie gewesen sein.«

»Ich war auf meinem Zimmer«, sagte Gregson schnell. »Wie ich Ihnen schon erklärt habe, Inspector, habe ich es den ganzen Abend über nicht verlassen. Mrs Finch muss sich getäuscht haben.«

Morton konnte seiner Behauptung nichts entgegensetzen, denn im Lichte der neuen Erkenntnisse hätte es ebenso gut der Gutsverwalter gewesen sein können, den Mrs Finch gesehen hatte. Falls Nowak in böser Absicht auf dem Weg zur Bibliothek gewesen war, als sich die Tür zum Esszimmer öffnete, hätte er sich rasch die Treppe hinauf außer Sicht gebracht haben können.

Morton verabschiedete sich rasch von Julian Gregson, bevor der zur gleichen Schlussfolgerung kommen konnte.

***

Nachdem sich die Haustür hinter Morton geschlossen hatte, trat Emma vom Morgenzimmer in die Halle hinaus. Ihr Herz klopfte bis zum Hals, eine dunkle, schwer greifbare Angst hatte sie erfasst. Wen hatte Mrs Finch gesehen, oben an der Treppe? Kamil Nowak oder Julian? Hatte sie überhaupt jemanden dort stehen sehen? Aber natürlich, wieso hätte sie das sonst sagen sollen! *Kamil oder Julian, was bedeutet das? Denk nach, Emma, denk nach!*

Seit sie gestern Abend in die Bibliothek gestolpert war und ihren blutüberströmten Vater gesehen hatte, war sie nicht mehr fähig gewesen, auch nur einen klaren Gedanken zu fassen. Emma sah an sich herunter, sah die weiten Bahnen des Taftkleides ihrer Mutter, das sie sich heute Morgen in Ermangelung einer Trauerkleidung übergezogen hatte. Das war kein Traum, es war geschehen, – Vater war tot. Ein entsetzliches Grauen, dumpf und bleiern, überkam sie, als stünde sie an einem bodenlosen Abgrund und sähe hinunter in einen schwarzen, tiefen Schlund. Sie senkte den Kopf, ballte beide Hände zu Fäusten und presste sie gegen ihre Stirn. Dabei schnitten ihre Fingernägel so stark in die Handflächen, dass vier blutunterlaufene Halbmonde zurückblieben, als sie die Finger wieder löste. Der Schmerz war ernüchternd. Dieses Grauen, das von ihr Besitz ergriffen hatte, das war die Nachwirkung des Beruhigungsmittels, das Julian ihr gegeben hatte, und wenn diese nachließ, würde sie aus diesem Albtraum erwachen, der sie gefangen hielt.

Emma richtete sich auf, ging hinüber zur Haustür und verschloss sie. Die Kaminuhr im Salon schlug Viertel vor. Sie sollte nach oben gehen, sich frisch machen für das Mittagessen.

Am Fuß der Treppe hielt sie inne, plötzlich überwältigt von der Erkenntnis, dass sie nicht die Kraft dazu hatte, sie hochzusteigen. Wie gelähmt blieb sie mit einem Fuß auf der untersten Stufe stehen und horchte auf die Geräusche des Hauses. Das Gurgeln der alten Rohre unten im Heizungskeller. Das leise Klappern von Geschirr und Besteck aus dem Esszimmer, wo Martha dabei war, den Tisch zu decken. Das lautstarke Scheppern von Deckeln und Töpfen aus der Küche, wo die Köchin dabei war, das Mittagessen zuzubereiten. Und jetzt hatte jemand die Verbindungstüre zu den Quartieren der Dienerschaft geöffnet und der anheimelnde Duft von angebratenem Roastbeef durchzog die Halle.

Ein ganz normaler Morgen, wie sie schon Tausende erlebt hatte. Alles ging seinen gewohnten Gang. Würde sich gleich die Tür zum Arbeitszimmer öffnen? Würde ihr Vater über die Schwelle treten, sich die Hände reibend vor Vorfreude auf das Mittagessen? Sie mit mildem Tadel schelten, weil sie noch nicht umgezogen war? *Wenn du dein Gedächtnis verschließt*, dachte Emma, *dann kannst du dir einreden, dass gar nichts passiert ist.* Sie begann, sich schwerfällig am Geländer die Treppe hochzuziehen. Auf halbem Weg kam ihr Julian entgegen, fröhlich pfeifend. Als er sie sah, brach er schuldbewusst ab.

»Tut mir leid, Bumble«, entschuldigte er sich. »Für einen Moment habe ich vergessen, was gestern passiert ist.« Mit einer eleganten Handbewegung wies er zum Fenster neben der Haustür, durch das ein breiter Streifen Sonnenlicht in die Halle flutete. »Sieh nur, dieser strahlende Wintermorgen. Man kann es kaum glauben.«

Emma nickte nur. Sie konnte nichts erwidern, ihr Hals war wie zugeschnürt.

»Wo willst du denn hin?«, fragte ihr Bruder. »Es ist gleich eins. Komm mit.« Er drehte sie um, hakte sie unter und dann stiegen sie gemeinsam die Treppe hinunter.

3

Morton fand Tweany in den Stallungen, wo er ein paar alte Spaten und Werkzeuge, das kaputte Rat einer Schubkarre und ein hölzernes Joch für ein Ochsengespann inspizierte.

»Wie lange das wohl schon hier liegt?«, fragte er wissbegierig. »Mit Ochsen wird doch schon seit Jahren nicht mehr gepflügt.« Dann wies er auf die leeren Boxen und meinte: »Schade, dass hier keine Pferde mehr stehen, nicht wahr, Sir?«

Morton lächelte. »Hätten Sie gerne einen kleinen Ausritt gewagt?«

»Schön wär's«, seufzte Tweany und warf einen letzten sehnsuchtsvollen Blick auf die Überreste von Stroh, die noch in den Ecken lagen. »Aber unsereins kann ja nicht reiten.«

»Konnten Sie Nowak schon aufspüren?«

»Ja, er wohnt da oben.« Tweany deutete mit dem Daumen zur Decke und führte Morton dann durch den Sattelraum zu einer schmalen Holztreppe. Die Tür oben am Treppenabsatz stand offen, und so traten sie ein in einen behaglichen, ziemlich vollgestellten Raum. Auf einem Tisch beim Fenster vorne türmten sich Bücher und auch in den roh gezimmerten Regalen an den seitlichen Wänden entlang stand eine große Zahl Seite an Seite. Ein Ofen aus Gusseisen strahlte etwas Wärme ab, die sich unter der niedrigen Decke staute, gegen die Kälte in Bodennähe aber nichts ausrichten konnte. So wurde einem hier das Gesicht geröstet, während man mit den Füßen im Kalten stand.

Nowak hatte sich vor dem Fenster aufgebaut; jetzt wandte er sich um und schien alles andere als erfreut über ihr Erscheinen. Morton wies auf ein paar einfache Holzstühle und schlug vor: »Vielleicht können wir uns einen Moment setzen.«

Der Gutsverwalter brummte etwas Unverständliches vor sich hin, während er Mortons Bitte nachkam. Auch Tweany nahm Platz und förderte schwungvoll sein Notizbuch zutage. Die Erkenntnis, dass der Sergeant im Begriff war, das Gespräch zu protokollieren, behagte Nowak ganz offensichtlich nicht. Er verfolgte jede seiner Bewegungen durch argwöhnisch zusammengekniffene Augen.

»Woher stammen Sie, Mr Nowak?«, begann Morton mit seinen Fragen.

Der Gutsverwalter machte keine Anstalten zu antworten. Stattdessen griff er sich vom Tisch ein Ding, das wie ein abgebrochener Ast aussah, und begann, es mit einem scharfen Messer zu bearbeiten. Die Art und Weise, wie er das tat, hatte etwas Brutales an sich, und Morton konnte sich des Eindrucks nicht erwehren, dass das Holz nur als Ersatz diente und er selbst es war, den der Mann am liebsten attackiert hätte.

»Aus Krakau«, sagte er schließlich.

»Sie sprechen sehr gut Englisch.«

»Das habe ich während des Krieges bei der Armee gelernt.«

»Sie haben hier in England Kriegsdienst geleistet?«

Nowak schnitzte unentwegt weiter, ohne Morton auch nur eines Blickes zu würdigen. »Ja, bei der Royal Air Force«, sagte er. »Ich bin in Polen zum Jagdflieger ausgebildet worden. Meine Maschine wurde abgeschossen, doch ich konnte mich mit dem Fallschirm retten. Danach gelang mir die Flucht nach Großbritannien.«

Morton wusste, wovon er sprach. Deutschland hatte Polen am 1. September 1939 überfallen und innerhalb weniger Wochen besiegt. Anschießend waren viele Polen nach Großbritannien geflüchtet. Bei der Luftschlacht um England hatten die polnischen Jagdflieger die stärkste Gruppe ausländischer Piloten gestellt und maßgeblich zum Scheitern der deutschen Großoffensive beigetragen. Sie galten allgemein als mutig und unerschrocken.

»Sie haben also während des Krieges eine Spitfire geflogen?«

Nowak verzog spöttisch die Lippen. »Nein, eine Lysander«, sagte er. »Es hat sich herausgestellt, dass ich ein Talent dafür hatte, nachts auf Sicht zu fliegen.«

Morton war sich nicht sicher, ob der Mann befugt war, solche Informationen weiterzugeben. Die sogenannten Mondscheinflüge aufs Festland standen in Verbindung mit der geheimen Mission eines Sonderkommandos, das Winston Churchill ins Leben gerufen hatte. Britische Agenten waren von diesen Verbindungsflugzeugen abgesprungen, um auf besetztem Gebiet die ortsansässigen Widerstandsbewegungen zu unterstützen. Morton wusste nur darüber Bescheid, weil es zur Aufklärung eines Falles unerlässlich gewesen war, dass der Geheimdienst ihn ins Bild gesetzt hatte.

»Sie wissen schon, dass solcherlei Informationen immer noch strengster Geheimhaltung unterliegen?«, sagte er.

»Sie sind von der Polizei, oder nicht?«, blaffte Nowak. »Wenn man nicht mal mehr der Polizei trauen kann, wem dann?«

»›Ohne Ansehen der Person oder deren Stellung‹«, zitierte Morton. »Kommt Ihnen das bekannt vor?«

Als Antwort brachte Nowak nur ein äußerst knappes Kopfschütteln zustande.

»Das sollte es aber«, versetzte Morton. »Diese Formulierung ist Bestandteil des Official Secrets Act, den Sie unterschrieben haben.«

»Ich habe nichts dergleichen getan«, widersprach Nowak unwirsch. »Ich hatte keine Ahnung, welchem Zweck diese Flüge gedient haben. Wir Piloten wussten gar nichts, also gab es auch nichts, das wir hätten verraten können.«

Irgendetwas an Nowaks Ausführungen stimmte nicht. Wenn er an den Aktionen beteiligt gewesen war, in welcher Funktion auch immer, hatte er den Geheimhaltungsakt unterzeichnen müssen. Da war sich Morton ziemlich sicher. Selbst er hatte, bevor er aufgeklärt worden war, seine Unterschrift unter dieses Dokument setzen müssen.

»Also gut«, sagte er herausfordernd. »Lassen Sie hören. Wohin sind Sie geflogen?«

»Nach Frankreich«, erwiderte Nowak, ohne zu zögern.

»Wo sind Sie gelandet?«, fragte Morton. Er wusste, dass die Agenten nach ihrem Einsatz auch wieder hatten abgeholt werden müssen.

Die Westland Lysander war dafür prädestiniert, auf unwegsamem Gelände zu starten und zu landen.

»Auf Wiesen und Feldern«, sagte Nowak.

»Im Dunkeln? Wie wurden die Landebahnen markiert?«

»Hören Sie, was sollen all die Fragen?« Unter Nowaks dunkler Haut zog zornige Röte auf. »Ich dachte, es ginge hier um den Tod von Sir Arnold.«

»Richtig«, konterte Morton. »Und in diesem Zusammenhang müssen Fragen gestellt werden. Aber wir können das abkürzen. Wo können wir Ihre Angaben überprüfen?«

Nowak presste störrisch die Lippen zusammen. Eine Weile herrschte Schweigen; Tweanys Stift, der über das Papier kratzte, war das einzige Geräusch im Raum. Morton wiederholte die Frage: »Wo können wir Ihre Angaben überprüfen?«

Jetzt stieß Nowak brüsk hervor: »Nirgends. Über die genauen Umstände darf niemand Auskunft geben.«

Die Sache stank zum Himmel. Morton würde dem nachgehen müssen; es war immer von Vorteil zu wissen, ob und weshalb man angelogen wurde.

Er wechselte das Thema. »Wie kam es zu Ihrer Anstellung hier auf Greenacres?«

»Sir Arnold war im Stiftungsrat eines Trusts, der ehemalige Royal-Air-Force-Piloten unterstützt.« Nowak rümpfte die Nase. »Ich habe mich dort gemeldet, doch mir wurde beschieden, nur britische Staatsangehörige hätten ein Anrecht auf eine Rente.« Sein missmutiger Gesichtsausdruck machte deutlich, was er von dieser Regelung hielt.

Tweany flüsterte Morton etwas ins Ohr. Dieser nickte und wandte sich wieder an Nowak:

»Soweit ich unterrichtet bin, unterstützt die Stiftung kriegsversehrte Piloten. Wie kamen Sie dazu, sich dort zu melden?«

»Durch eine Kugel in meinem Rücken.« Morton hob erstaunt die Augenbrauen und Nowak setzte aggressiv hinzu: »Soll ich Ihnen die Röntgenbilder zeigen?«

Morton winkte ab.

»Sir Arnold hat sich dann persönlich eingeschaltet und mir hier eine Anstellung als Landarbeiter verschafft. Er war mit meiner Arbeit zufrieden, und als sein Gutsverwalter letzten Sommer in den Ruhestand ging, hat er mir die Stellung angeboten.«

»Wann haben Sie den Coroner das letzte Mal gesehen?«

»Gestern im Laufe des Tages.«

»Geht es etwas genauer?«

»Kurz nach dem Lunch.«

»Julian Gregson hat mir eben von einem Streit zwischen Ihnen und Sir Arnold berichtet. Um was ging es dabei?«

Nowak sog mit einem scharfen Einatmen die Luft durch die Nasenlöcher. Die Hand mit dem Messer verharrte für ein paar Sekunden reglos über dem Holz, dann sagte er gleichmütig:

»Das war keine große Sache. Am Freitagnachmittag wäre die wöchentliche Runde bei den Pächtern fällig gewesen, doch ich habe stattdessen für mein Examen gelernt.« Er wies auf den mit Büchern beladenen Tisch beim Fenster. »Einer der Pächter konnte es nicht lassen, sich deswegen bei Sir Arnold zu beschweren, und Sir Arnold hat mich zu sich zitiert. Das war schon alles.«

Für Morton klang das nicht sehr glaubwürdig. »Sir Arnold soll sehr aufgebracht gewesen sein«, wandte er ein, doch Nowak zuckte nur die Schultern. »So war er eben. Er hat sich schnell aufgeregt, aber das war auch rasch wieder vorbei. Wenn ich später die Gelegenheit gehabt hätte, mich ihm zu erklären, hätte er das verstanden. Schließlich hat er meine beruflichen Pläne unterstützt.«

»Auf welches Examen bereiten Sie sich vor?«

»Auf die Zulassung zur Law Society School. Ich habe in Polen Jura studiert, aber dieser Abschluss befähigt mich nicht, hier als Anwalt zu arbeiten.«

Sie würden all das verifizieren müssen, dachte Morton und stellte dann die nächsten Fragen in schneller Folge:

»Wann haben Sie von Sir Arnolds Tod erfahren?«

»Heute Morgen, als ich den Landarbeitern half, den Baum ins Haus zu schaffen.«

»Wo waren Sie gestern Abend zwischen halb zehn und halb elf?«

»Hier, in meiner Bude.«

»Haben Sie gestern Abend das Herrenhaus betreten?«

»Nein.«

»Das hätten Sie aber tun sollen! Sir Arnold hat Sie aufgefordert, sich nochmals bei ihm zu melden. Sie hätten sich um elf in der Bibliothek einfinden sollen.«

Nowaks Reaktion auf Mortons Einwand war heftig. Er schleuderte das Holzstück auf den Boden und beugte sich, das Messer in der Hand, gefährlich nahe zu Morton hin. »Diesen Mord werden Sie mir nicht anhängen!«, brüllte er. »Ich werde …«

Morton packte sein Handgelenk. »Gar nichts werden Sie!«, sagte er bestimmt und sah ihm direkt in die Augen. »Wenn Sie sich nicht auf der Stelle zivilisiert benehmen, werde ich Sie wegen Behinderung polizeilicher Ermittlungen festsetzen. Und wenn Sie dieses Messer nicht unverzüglich weglegen, kommt noch versuchte Körperverletzung dazu. Haben Sie verstanden?!«

Nowak öffnete die Hand und ließ das Messer fallen, worauf Tweany es augenblicklich aufhob und an sich nahm. Dabei schnalzte er mit der Zunge und schüttelte verweisend den Kopf, so als hätte er es hier mit einem besonders aufsässigen Kind zu tun.

Nowak lehnte sich zurück und murmelte: »Ist ja schon gut.«

»Wie bitte?«, versetzte Morton, worauf sich Nowak entschuldigte: »Ich wollte nicht ausfällig werden, aber Sir Arnolds Tod hat mich kalt erwischt.«

»Gut«, sagte Morton. »Also nochmals von vorn. Weshalb haben Sie sich nicht bei Sir Arnold gemeldet?«

»Ich wusste, dass er Besuch hatte, und wollte warten, bis die Gäste weg waren. Deshalb bin ich dreimal ums Haus herumgegangen, um nachzusehen. Um elf stand der Wagen der Besucher immer noch in der Einfahrt, eine halbe Stunde später stand noch einer da, und um zwölf kam noch ein Polizeiwagen dazu.«

»Und Ihnen ist nicht in den Sinn gekommen nachzusehen, was da los war?«

»Nein, ich wollte mich da nicht einmischen.«

Morton kam auf die Füße.

»Gut, Mr Nowak«, sagte er. »Das wäre für den Moment alles. Wir melden uns, falls wir noch weitere Fragen haben.«

Draußen meinte Tweany: »Ein übler Bursche, dieser Nowak. Wie der Sie mit dem Messer bedroht hat, Sir, das war ja gemeingefährlich. Der wäre durchaus imstande gewesen, den Coroner zu erstechen.«

»Und das Motiv?«, fragte Morton.

»Keine Ahnung, aber es würde mich nicht wundern, wenn wir bei unseren Nachforschungen auf eines stoßen würden. Ich bin mal gespannt, was uns die Royal Air Force über den Mann zu sagen hat.«

Morton übergab ihm die Akten, die er aus dem Schreibtisch des Coroners sichergestellt hatte. »Hier sind die Unterlagen über Sir Arnolds Dienerschaft und seine persönliche Korrespondenz. Die können Sie schon mal durchsehen, Sergeant. Auch die Adresse von dem Mann, mit dem er kurz vor seinem Tod noch telefoniert hat, ist mit dabei. Versuchen Sie, mit ihm in Kontakt zu treten; wir müssen baldmöglichst mit ihm sprechen. Und der Arbeitskittel sollte wieder ins Labor.«

»Wird gemacht, Sir«, beschied Tweany voller Tatendrang, und Morton dachte, wie froh er doch war, dass sich der übellaunige Paisley vom Acker gemacht hatte. Er beschloss seinen Sergeant über Janes Krankheit ins Bild zu setzen.

»Meine Schwester liegt im St. Luke's«, erklärte er. »Sie hat sich eine böse Grippe eingefangen. Ich werde jetzt gleich zu ihr fahren.«

Tweany hatte sich schon seinem Wagen zugewandt, jetzt kam er wieder auf Morton zu und sagte betroffen: »Das tut mir aber leid. Wie geht es ihr?«

»Sie hat eine Lungenentzündung. Heute Morgen haben sie mich nicht zu ihr gelassen, meinten aber, ihr Zustand sei seit gestern unverändert.«

»Bei einer Lungenentzündung ist das ein gutes Zeichen«, versicherte Tweany und Morton war durch diesen Befund eines Sachverständigen tatsächlich etwas beruhigt. Mit Krankheiten kannte sich sein Sergeant aus.

»Vielleicht haben sie ihr inzwischen Penicillin gegeben«, meinte er. »Das soll ja äußerst wirkungsvoll bei Entzündungen sein. Kennen Sie allenfalls jemanden, der damit behandelt wurde?«

»Nein, aber ich hörte, das sei ein wahres Wundermittel. Viele hätten ihm ihr Leben zu verdanken.« Tweany hielt erschrocken inne und fügte dann rasch hinzu: »Nicht dass ich denke, das Leben Ihrer Schwester sei in Gefahr.«

***

Schlag drei trat Morton in die Eingangshalle des St. Luke's. Er meldete sich nicht am Empfang, sondern ging gleich nach oben auf die Station. Während er den gewölbten Korridor entlangschritt, trat Schwester Vivian, die ihm gestern Abend zugeredet hatte wie einem kranken Hund, aus einem der Patientenzimmer und kam lächelnd auf ihn zu. »Mr Morton«, begrüßte sie ihn. »Sie sind Detective Inspector, sagte man mir.«

»Hat meine Schwester Ihnen das erzählt?«, fragte Morton erstaunt.

»Nein, einer unserer Assistenzärzte meinte, Sie hätten letzten Herbst den Fall drüben in Faywood aufgeklärt.«

Morton nickte. »Ich habe einen kleinen Beitrag dazu geleistet«, sagte er.

»Paul hat den Mann, der ermordet worden ist, gekannt«, erklärte Schwester Vivian. »Er sei ein feiner Kerl gewesen, und was dann über seinen Mörder rauskam …« Sie schüttelte den Kopf. »Paul meinte, Sie hätten eine Medaille verdient, dass sie ihn zur Strecke gebracht haben.«

Morton war es fast ein wenig peinlich, hier für einen Helden gehalten zu werden, und er betonte nochmals: »Wie gesagt, das war nicht allein mein Verdienst.«

Die Schwester lachte ihn an. »Bescheiden, gescheit und gut aussehend! Da muss sich mein Verlobter aber in Acht nehmen.«

»Paul?«, fragte Morton augenzwinkernd.

»Aber ja. Sobald er hier seine Zeit als Assistenzarzt abgesessen hat, werden wir heiraten.«

Auf dem Korridor herrschte geschäftiges Treiben: Ärzte mit umgehängten Stethoskopen strebten im Eilschritt einem unbekannten Ziel entgegen, als würde jede verlorene Sekunde über Leben oder Tod entscheiden. Krankenschwestern in blau-weißen Uniformen verschwanden, allerhand Gerät mit sich führend, in den Patientenzimmern. Und ab und zu irrte auch ein Patient mit einem Infusionsständer im Schlepptau durch die Gänge.

»Darf ich Mrs Nightingale heute besuchen?«, fragte Morton.

Schwester Vivian senkte die Stimme. »Dr. Lloyd hat das Besuchsverbot noch nicht aufgehoben, aber er ist heute Nachmittag nicht hier, und Paul meinte, Sie dürfen rein. Es könne nicht schaden, wenn sie kurz bei ihr vorbeischauten.«

Morton war erleichtert. »Wie geht es ihr?«, fragte er.

»Etwas besser, das Fieber ist immer noch hoch, aber sie deliriert nicht mehr. Ein hoffnungsvoller Fortschritt, sie spricht gut auf das Penicillin an. Erschrecken Sie nicht, wenn Sie sie sehen, sie hat einen Ausschlag am ganzen Körper. Möglicherweise eine Reaktion auf das Medikament.«

Sie führte Morton den langen Korridor entlang bis zu seinem Ende und von dort in den Privatflügel. Morton kannte sich aus, sein Sergeant hatte einmal hier gelegen. Er wusste, dass seine Schwester nicht privat versichert war; es musste schlimm um sie stehen, wenn sie isoliert wurde. Eine Anordnung des Arztes zweifellos.

Als ob sie seine Gedanken erraten hätte, sagte die Schwester: »Wir mussten Mrs Nightingale isolieren, um eine eventuelle Ansteckung der anderen Patienten auszuschließen. Die Untersuchungen sind noch im Gange; wir wissen noch nicht, ob Ihre Schwester an einer viralen oder an einer bakteriellen Pneumonie leidet. Dass sie gut auf das Penicillin angesprochen hat, deutet eher auf eine bakterielle Infektion, aber seien Sie trotzdem vorsichtig. Ich muss Sie darauf aufmerksam machen, dass Sie das Zimmer auf eigene Verantwortung betreten.«

»Aber ja«, wischte Morton die Warnung beiseite. Das war ihm so was von egal.

Sie waren angekommen, doch bevor die Schwester die Tür öffnete, warnte sie:

»Sie dürfen die Patientin nicht überanstrengen. Zehn Minuten, nicht länger.« Dann öffnete sie die Tür und sagte ins Zimmer hinein: »Besuch für Sie, Mrs Nightingale«, und ließ Morton eintreten.

Er ging um den Paravent herum, der das Bett von der Tür abschirmte. Sie lag mit dem Oberkörper hoch gebetet, wahrscheinlich fiel ihr so das Atmen leichter. Durch das hohe Nordfenster flutete ein kaltes Winterlicht in das Zimmer. Es ließ das Weiß des Bettzeugs fast bläulich erscheinen.

»Richard«, sagte sie, ihre Stimme war ein heiseres Krächzen. Sie hob eine Hand, ließ sie aber gleich entkräftet wieder fallen. Morton erschrak; sie sah noch schlechter aus als gestern Nachmittag, die Wangen vom Fieber gerötet, die Augen glasig. Dazu kam ein Ausschlag, der sich wie eine rote Flechte über ihr ganzes Gesicht zog. Er zwang seinen Mund zu einem ermutigenden Lächeln. »Was machst du denn für Sachen, Jane?«, sagte er aufgeräumt, aber es gelang ihm nicht, die Besorgnis aus seiner Stimme herauszuhalten. Er stellte den kleinen Topf mit Christrosen auf den Nachttisch und bereute gleich, keine farbenfrohen Blumen gekauft zu haben, doch Jane sah sie an und flüsterte: »Wunderschön.«

»Sprich nicht, das strengt dich zu sehr an«, bat Morton und setzte sich zu ihr auf die Bettkante. Jemand hatte sie gekämmt und den Scheitel auf der falschen Seite gezogen. Er berührte ihre Stirn mit seinen Lippen, und als er ihre Hand in die seine nahm, schloss sie für einen Moment die Augen.

»Ich darf nur zehn Minuten bleiben; ich sitze einfach ganz ruhig hier.« Jetzt öffnete sie die Augen wieder und versuchte zu lächeln. Dieser tapfere Versuch, seine Besorgnis zu zerstreuen und ihn glauben zu lassen, es stehe nicht allzu schlimm um sie, schnitt ihm ins Herz.

Nach zehn Minuten steckte Schwester Vivian den Kopf zur Tür hinein und bedeutete ihm, dass die Zeit um sei. Er versprach Jane, morgen wiederzukommen, und machte sich auf den Weg nach unten.

In der Eingangshalle eilte Howard auf ihn zu. Morton schien es, als ob sein Schwager innerhalb der wenigen Tage, seit er ihn letztmals gesehen hatte, um Jahre gealtert wäre. Seine große, hagere Gestalt war zusammengesunken, die hohe Stirn unter dem zurückweichenden Haaransatz von tiefen Furchen durchzogen. In seinen tiefliegenden Augen sah Morton die eigene Angst widergespiegelt.

»Man sagte mir, dass du Jane besuchen konntest«, sagte er. »Ich war heute Morgen schon einmal hier, aber Sie haben mich nicht vorgelassen. Wie geht es ihr?«

»Das Penicillin scheint zu wirken«, erwiderte Morton. »Das Fieber ist etwas gesunken und sie ist jetzt ansprechbar.«

Er begleitete seinen Schwager auf die Station, um sicherzustellen, dass auch er von Schwester Vivian zu Jane geführt wurde, und fuhr dann zurück auf die Bezirkswache.

***

Während Morton auf den Marktplatz einbog, begann die Rathausuhr eben vier zu schlagen. Er hatte sich nicht beeilt und eine gute halbe Stunde vom Krankenhaus hierher gebraucht. Zeit, um seine Gedanken von dem eben Erlebten etwas zu lösen und sich mental wieder auf den Fall einzustellen. Als er aus dem Wagen stieg, empfing ihn ein Blitzlichtgewitter und dann hielt ihm ein junger Mann einen Presseausweis vor die Nase.

»Ronny Barker, vom *Chipping Bramton Courier*. Was können Sie uns über den brutalen Mord am Coroner sagen?«

Morton kannte den Reporter. Er musste ein ausgedehntes Netz an Informanten unterhalten, denn er stand nach jedem Gewaltverbrechen immer als Erster auf der Matte. Der Mann hatte ein verschlagenes Wieselgesicht, großzügig pomadisiertes Haar, und die protzige Uhr, die er trug, hätte einem schmächtigeren Mann mit Sicherheit das Handgelenk gebrochen.

»Kein Kommentar«, versetzte Morton kurz angebunden. »Warten Sie die Pressekonferenz ab.«

»Und wann findet die statt?«, blaffte der Reporter.

»Wenden Sie sich ans Büro des Commissioners«, sagte Morton und wollte an ihm vorbei zur Treppe, doch jetzt stellte sich ihm auch noch der Fotograf in den Weg.

»Verfolgen Sie eine heiße Spur im St. Luke's?«

Wie in drei Teufels Namen hatte der Reporter von seinem Besuch dort erfahren? Ging der Mann nun so weit, sich an seine Fersen zu heften?

»Kein Kommentar«, sagte Morton wiederum und räumte die beiden mit einer ausholenden Armbewegung aus dem Weg.

4

Zurück auf der Bezirkswache hatte Tweany zuerst Sir Darnley, den Anrufer vom Samstagabend, kontaktiert, und sich dann die Unterlagen über Sir Arnolds Dienerschaft vorgenommen. Als Morton kurz nach vier das Büro betrat, hatte der Sergeant alle Aufträge seines Chefs erledigt und darüber hinaus auch noch eigene Nachforschungen angestellt.

»Wie geht es Mrs Nightingale?«, erkundigte er sich, während sich Morton aus Mantel und Halstuch herausschälte.

»Das Fieber ist etwas gesunken. Ich konnte kurz zu ihr«, erklärte Morton, und Tweany konnte die Erleichterung aus seiner Stimme heraushören. »Konnten Sie Sir Darnley schon erreichen?«

»Ja. Es hat sich herausgestellt, dass der Mann ebenfalls ein Vorstandsmitglied dieser Stiftung für ehemalige RAF-Piloten ist. Bei dem Anruf ging es um die Verschiebung eines Sitzungstermins.«

»Wie lange hat das Gespräch gedauert?«

»Nicht länger als zehn Minuten, und Sir Arnold hätte ganz wie immer geklungen. Auf meine Frage hin, ob er den Eindruck gehabt hätte, dass sich noch eine weitere Person im Zimmer aufgehalten habe, meinte er nein, eher nicht. Er habe den Coroner am Morgen schon zu erreichen versucht, doch seine Tochter habe ihm ausgerichtet, ihr Vater sei erst abends nach der Chorprobe wieder zu erreichen.« Tweany griff nach seinen Notizen. »Die Überprüfung der Vorstrafenregister durch Constable Bates hat nichts ergeben. Bis jetzt hat sich niemand etwas zuschulden kommen lassen. Bei Humphrey Buckets Arbeitgeber, der Safe & Secure, habe ich angerufen. Ich konnte mit dem Direktor der Zweigniederlassung sprechen, und der hatte nur Gutes über seinen Chefbuchhalter zu berichten. Bucket sei absolut zuverlässig, gewissenhaft und äußerst pflichtbewusst. Er habe sich während der fünfzehn Jahre, die er bei der Versicherung arbeite, nie auch nur das Geringste zuschulden kommen lassen.«

»Das deckt sich mit dem ersten Eindruck, den ich von dem Mann bekommen habe«, sagte Morton. »Falls er der Täter ist, müssen wir uns anderweitig nach einem Motiv umsehen.«

»Ja, das sehe ich auch so«, pflichtete Tweany ihm bei und fuhr dann fort: »Die Dossiers über Sir Arnolds Hausangestellte hatte ich schnell durch, sie enthalten nur die jeweiligen Anstellungsverträge. Nur an den Vertrag der Köchin war noch ein Empfehlungsschreiben angeheftet. Alle anderen hatten entweder keine Referenzen mitgebracht oder der Coroner hat sie nicht aufbewahrt. Also, Kamil Nowak wurde vor anderthalb Jahren als Landarbeiter eingestellt und ist diesen Sommer zum Gutsverwalter befördert worden. Das Stubenmädchen Martha Keble, eigentlich Mädchen für alles, arbeitet seit drei Jahren auf Greenacres. Die Haushälterin Alice Finch hat ihre Stelle im Juli 1945 angetreten und die Köchin ist die Dienstälteste. Sie arbeitet schon fast zwanzig Jahre für Sir Arnold.«

Tweany wusste aus Erfahrung, dass sein Chef gerne darüber Bescheid wusste, wo sich die Tatverdächtigen während der Kriegsjahre aufgehalten hatten. Er wartete, bis sich Morton hinter seinen Schreibtisch gesetzt hatte, und erklärte dann: »Auch im Verteidigungsministerium habe ich schon nachgefragt. Julian Gregson hat mit dem Afrikakorps Dienst geleistet, doch er ist auch schon der Einzige, der an der Front war. Die Buckets wurden nicht mehr eingezogen, sie sind zu alt dafür, und Emma Gregson wurde hier zu Hause beim Women's Voluntary Service eingesetzt.«

»Wie kommt das?«, fragte Morton stirnrunzelnd. »Sie ist im dienstpflichtigen Alter.«

Tweany zuckte die Schultern. »Da hatte wohl Sir Arnold seine Finger im Spiel«, mutmaßte er. »Wahrscheinlich wollte er verhindern, dass seine Tochter an die Front muss. Wir wissen ja, wie das gehandhabt wurde. Ruby Lilburne hatte offenbar keinen Fürsprecher. Sie hatte sogar ausgesprochenes Pech; die Wehrpflicht für Frauen ab achtzehn wurde kurz vor ihrem Geburtstag eingeführt, und so wurde sie im Mai 1942 gleich in den Landdienst geschickt.« Tweany legte eine bedeutungsschwere Pause ein und fügte dann triumphierend hinzu: »Und raten Sie mal, wohin, Sir.«

»Ich habe nicht die leiseste Ahnung.«

»Nach Greenacres!«

»Sieh mal einer an. Eine weitere Verbindung zum Opfer.«

»Dafür tappen wir bei Nowak weiterhin im Dunkeln. Beim Verteidigungsministerium wusste man gar nichts über ihn.« Tweany stöpselte den Kessel ein und setzte hinzu: »Der Vollständigkeit halber habe ich auch bei Trotwood nachgefragt. Aufgrund einer Sehschwäche ist er kriegsuntauglich. Er wurde hier in Chipping Bramton bei der Home Guard verpflichtet. Bei Alice Finch habe ich eine Niete gezogen. Ihre Tätigkeit während des Krieges unterliegt dem Official Secrets Act.«

Morton hatte sich ein paar Notizen gemacht, jetzt sah er abrupt auf und rief: »Das darf doch nicht wahr sein! Schon wieder?«

Tweany hatte mit dieser Reaktion gerechnet. Als sie für ihren letzten Fall auf Informationen vom Geheimdienst angewiesen gewesen waren, hatten sie sich am MI6 die Zähne ausgebissen. Schlussendlich hatte ihnen eine ranghohe Offizierin die entscheidenden Informationen geliefert.

Morton streckte die Hand zum Telefonhörer aus. Offenbar war er zum selben Schluss wie Tweany gelangt.

»Vielleicht kann uns Miss Atkins hier weiterhelfen«, meinte er, holte seine Brieftasche hervor, entnahm ihr einen Zettel und gab der Vermittlung die Nummer an. Während er auf die Verbindung wartete, klopfte es an der Tür und dann streckte der Mann vom Labor den Kopf hinein. Morton bedeutete ihm einzutreten, doch im selben Moment wurde er durchgestellt. Er verlangte Miss Atkins zu sprechen und hörte dann eine Weile mit zunehmend verärgerter Miene zu. »Und wie lange wird das dauern?«, fragte er schließlich, nahm die Antwort kopfschüttelnd entgegen und ließ dann den Hörer entnervt auf die Gabel fallen. »Das hat uns gerade noch gefehlt«, seufzte er.

»Vera Atkins ist in Deutschland und kann nicht kontaktiert werden. Sie wurde als Zeugin nach Nürnberg berufen und darf für die Dauer des Prozesses keinerlei Kontakt zur Außenwelt unterhalten.«

Sergeant Jellyby hatte während Mortons Telefonat hoffnungsvoll zum vor sich hin blubbernden Wasserkessel hinübergesehen.

»Ist noch nicht ganz so weit, Sergeant«, vertröstete Tweany ihn jetzt, worauf er etwas missmutig Bericht erstattete:

»Die Untersuchungen zur Blutgruppe sind noch im Gange, aber Sie können davon ausgehen, dass die Spritzer auf dem Arbeitskittel vom Opfer stammen. Falls Sie auf der Suche nach den Handschuhen sind, so können Sie sich die Mühe sparen. Der Mörder hat den Kittel umgekehrt getragen, das heißt, er ist mit dem Rücken nach vorne in die Ärmel geschlüpft, hat sich den unteren Teil des rechten Ärmels über die Hand gezogen und damit die Waffe gehalten.«

»Sind Sie sicher?«, fragte Morton etwas skeptisch, doch Jellyby versicherte bestimmt: »Ja, die Blutspuren lassen auf kein anderes Vorgehen schließen. An der Innenseite des Kragens haftete eine Spur Talkumpuder und im Gewebe steckten einige sehr kurze Haarstoppeln.«

»Was ist mit dem Schriftstück, das im Kamin lag?«

»Da sind wir noch dran«, erwiderte der Sergeant und fügte mit einem Anflug von Bosheit hinzu: »Machen Sie sich keine großen Hoffnungen, mehr als ein paar Worte werden nicht mehr zu entziffern sein. Und was das Papier anbelangt, das ist in jedem Schreibwarengeschäft erhältlich.« Sprach's, und machte sich mit einem weiteren bedauernden Blick zu Sergeant Tweany, der eben die Teeblätter überbrühte, davon.

5

Humphrey Bucket sah zufrieden auf die zurückgestutzten Sträucher und Büsche, die den Kiesweg zu seinem Haus flankierten. Der Formschnitt der Berberitze war ihm heute besonders gut gelungen. An die beiden Fliederbüsche allerdings hätte er eigentlich nicht Hand anlegen dürfen. Sie mochten es gar nicht, wenn man sie in ihrer Winterruhe störte, und rächten sich im Frühjahr mit einer spärlichen Blütenbildung. Doch Josephine duldete es nun einmal nicht, wenn die belaubten Zweige mehr als drei Handbreit in den Gartenweg hineinragten.

Humphrey bückte sich und begann, die weit verstreuten, kahlen Zweige aufzusammeln und in die Schubkarre zu stapeln. So vertieft war er in seine Arbeit, dass er den plötzlichen Wetterumschwung erst bemerkte, als er sich jetzt wieder aufrichtete. Ein bissiger Nordwind hatte dunkle Wolken herangetrieben und ganz im Westen, dort wo zuvor die Sonne gestanden hatte, hatte sich der Himmel gelblich verfärbt. Es sah nach Schnee aus. Auch die Vögel hatten aufgehört, im entlaubten Geäst des Holunders umherzuhüpfen, und drängten sich nun mit aufgeplustertem Gefieder schutzsuchend aneinander. Humphrey fröstelte unwillkürlich, griff sich rasch die Schubkarre und balancierte sie über den unebenen Plattenweg in den nach hinten gelegenen Garten.

Wie so oft, wenn er das Haus umrundet hatte und sich vor ihm die stattliche, von Blumenrabatten gesäumte Rasenfläche auftat, dankte er Josephine im Stillen dafür, dass sie hierhergezogen waren. Die Grundstückspreise in dieser noblen Gegend hatten seine finanziellen Reserven bei Weitem überschritten, und deshalb war er mehr als skeptisch gewesen, als sie den Wunsch geäußert hatte, sich hier niederzulassen. Für den zweckmäßigen Bungalow am Stadtrand, den er im Auge gehabt hatte, hätte er nur halb so viel auslegen müssen, doch davon hatte seine Frau nichts wissen wollen. Obschon sie in London jahrelang ein einfaches Reihenhäuschen bewohnt hatten, fand sie, dass ein stilloser Bungalow ihrem gesellschaftlichen Stand nicht gerecht würde. Ein prunkvolles Haus aus der Zeit King Georges und ein feudales Gemäuer aus der Tudorzeit hatte er ihr glücklicherweise ausreden können; sie wären sein endgültiger Ruin gewesen. Gottlob hatte sie sich dann mit *Mon Repos*, einem bescheidenen viktorianischen Häuschen, zufriedengegeben.

Er selber war nicht besonders angetan von dem mit Giebeln, Gauben und Türmchen geschmückten Bauwerk; der große Garten aber, der das Haus umgab, lag ihm umso mehr am Herzen. Sogar jetzt, mitten in diesem strengen Winter, in dem sich nicht einmal die Schneeglöckchen aus der hart gefrorenen Erde wagten, hatte er für ihn nichts von seinem Reiz verloren. Und im Frühjahr dann, wenn er wieder zum Leben erwachte, würden die Pflanzenrabatten ein farbenfrohes Meer aus Blüten sein. In diesem Garten hatte Humphrey schon so manche glückliche Stunde beim Säen, Graben, Jäten und Veredeln verbracht. Sein ehrgeizigstes Ziel war die Kreation einer eigenen Rosensorte, denn im Gegensatz zum Vorgarten, der von der Straße aus einsehbar war, hatte er hier freie Hand. Nur einmal, vor der Gartenparty, die seine Frau unmittelbar nach ihrem Einzug in *Mon Repos* für die Nachbarschaft ausgerichtet hatte, waren ihm klare Anweisungen erteilt worden, was hier zurechtzustutzen sei. Zu seiner großen Erleichterung waren alle weiteren Versuche seiner Frau, sich Zugang zur hiesigen Gesellschaft zu verschaffen, am beharrlichen Unwillen der Nachbarschaft gescheitert, ihren Einladungen Folge zu leisten. Doch Josephine war zäh, so leicht ließ sie sich nicht unterkriegen. Ja, es schien, dass nicht einmal die fadenscheinigsten Ausreden sie davon abhalten konnten, es wieder und wieder zu versuchen. Humphrey gewöhnte sich mit der Zeit daran, dass die vergeblich Geladenen jeweils gleichsam vom Erdboden verschluckt wurden, sobald sie in der Ferne seiner ansichtig wurden, und fügte sich in sein Schicksal. Als Josephine allerdings die Absicht äußerte, die Einladungen künftig auf geprägtes Büttenpapier drucken zu lassen, sah er sich genötigt, sein Veto einzulegen.

Humphrey schichtete die abgeschnittenen Zweige sorgfältig auf die Sonnenseite des Gartenschuppens. Wenn sie erst einmal dürr und trocken waren, eigneten sie sich hervorragend zum Anfachen der Feuer in den Kaminen. Dann griff er sich die Baum- und die Heckenschere vom Grund der Schubkarre, um sie im Schuppen zu verstauen. Der dafür vorgesehene Platz war schon mit allerlei belegt, das streng genommen nicht hierher gehörte. Überhaupt herrschte hier drinnen ein ziemliches Chaos, und Humphrey wusste nicht zu sagen, wieso er es immer wieder hinausschob, Ordnung zu schaffen. Manchmal musste er zwischen alten Farbtöpfen, verschiedenen Gläsern mit Schrauben und einigem Gerümpel eine Ewigkeit nach dem richtigen Werkzeug suchen, doch eigenartigerweise störte ihn das nicht. Im Gegenteil, er verbrachte seine Zeit gerne hier, doch wenn Josephine ihn zuweilen fragte, was er denn so lange gemacht habe, war er um eine Antwort meist verlegen. Tatsächlich werkelte er stundenlang an kaputten Geräten herum, die er im Trödelladen am Marktplatz für ein paar Pence erstanden hatte. Er war hoffnungslos untalentiert und es gelang ihm kaum, eines davon wieder in Gang zu setzen, aber die Arbeit machte ihm Spaß. Seiner Frau sagte er jeweils, er habe den Rasenmäher repariert, und obschon sie sich mittlerweile über die außerordentliche Störungsanfälligkeit dieses Gerätes wundern müsste, gab sie sich mit dieser Antwort meist zufrieden.

Nach einem Blick auf seine Armbanduhr, es war beinahe Teezeit, verfrachtete Humphrey die Gartenwerkzeuge auf das havarierte Gehäuse eines altersschwachen Radioapparates und beeilte sich, ins Haus zu kommen.

»Stiefel, Humphrey!«

Der tadelnde Blick seiner Frau ließ Bucket rücklings aus der überdachten Pforte weichen. Während er ums Haus herum zur Hintertür marschierte, dachte er, wie gut ihm die Gartenarbeit doch getan hatte. Wie immer hatte Josie recht gehabt, als sie meinte, Arbeit sei die beste Medizin. Nachdem er von ihr den ganzen Vormittag über im Bett umsorgt worden war, sie ihm unermüdlich Tee gekocht, Wärmflaschen unter seine Füße und kalte Wickel auf die Stirn gelegt hatte, war sie zum Schluss gekommen, dass eine andere Strategie vonnöten war, denn leider hatte sich sein Zustand durch all ihre Bemühungen nicht etwa gebessert, sondern immer weiter verschlimmert. Bis zum Mittag war er ein nervliches Wrack gewesen; jetzt hingegen, nachdem er ein paar Stunden an der frischen Luft mit seiner Lieblingsbeschäftigung verbracht hatte, schien der gestrige Abend nur mehr ein böser Albtraum gewesen zu sein.

In der Küche empfing ihn der köstliche Duft nach frischem Hefeteig, und seine Frau war eben dabei, die silberne Teekanne vorzuwärmen. Humphrey beeilte sich, aus den klammen Gummistiefeln zu kommen, und schlüpfte mit einem wohligen Seufzer in seine Pantoffeln, die schon neben dem Fußabtreter bereitstanden. Dann wies er zum Küchenfenster hinaus in den zunehmend dunkler werdenden Himmel und sagte: »Ich denke, wir müssen heute Nacht noch mit Schnee rechnen«, doch Josephine wischte seine Prophezeiung nach einem skeptischen Blick auf das Thermometer, das immer noch einige Grade unter null anzeigte, resolut beiseite:

»Aber nein, zum Schneien ist es noch viel zu kalt.« Sie half ihm in die Hausjacke. »Du siehst verfroren aus, mein Lieber. Setz dich vor den Kamin, der Tee ist gleich fertig.«

Zufrieden trottete Humphrey ins Wohnzimmer. Der gemütliche Raum mit den gerüschten und geblümten Sesselbezügen und Vorhängen war wie immer peinlich sauber. Obwohl die Zugehfrau jeden zweiten Morgen kam, wischte seine Frau täglich Staub und polierte dabei das Holz der Tischchen, Vitrinen und Bücherschränke so ausdauernd, dass man sich darin spiegeln konnte.

Die Dämmerung war schon weit fortgeschritten, doch Humphrey machte kein Licht, sondern setzte sich gleich vor den Kamin und streckte die kalten Füße zum Feuer aus. Die Flammen schossen von den knisternden Scheiten empor wie gierige Zungen, und während

Humphrey ihnen dabei zusah, wie sie sich immer tiefer ins Holz fraßen, verflog das angenehme Gefühl, das sich durch die zeitweilige Ablenkung eingestellt hatte, und Beklemmung und Furcht kehrten zurück. Und jetzt konnte er, der bestimmt fantasieloseste Mensch auf Erden, das Old Bailey geradezu bildhaft vor sich sehen. Die hölzerne Balustrade, die den Gerichtssaal von der Anklagebank trennte, auf der er kauernd seinem Schicksal harrte. Die Schranke, hinter der das Krongericht tagte, und davor der Staatsanwalt in seiner schwarzen Robe, auf und ab stolzierend, sein vernichtendes Plädoyer haltend. Und schließlich konnte er das ehrfürchtige und doch sensationslüsterne Raunen hören, das von den Zuschauerrängen aufstieg, als sich der Richter, bevor er den Schuldspruch verkündete, das schwarze Tuch über die Allongeperücke legte.

»Humphrey, was sitzt du hier im Dunkeln?«

Die Szene, die eben vor Buckets geistigem Auge erschienen war, hatte ihn völlig gefangengenommen, und so hatte er nicht bemerkt, wie seine Frau mit einem Tablett in den Händen ins Wohnzimmer getreten war. Beim Klang ihrer Stimme schrak er dermaßen zusammen, dass ihm ein leiser Schrei entfuhr, worauf Josephine tadelnd mit der Zunge schnalzte. Nachdem sie die Stehlampe zwischen den beiden Sesseln vor dem Kamin angeknipst hatte, sah sie ihm prüfend ins Gesicht.

»Du denkst doch nicht etwa schon wieder an diese leidige Sache?«, fragte sie vorwurfsvoll. »Schlag dir das aus dem Kopf!«

Das brachte nur seine Frau fertig, einen brutalen Mord als leidige Sache zu bezeichnen. Sie schien fest entschlossen, über alles hinwegzugehen. Als ob nichts gewesen wäre, begann sie sich, während sie den Tisch deckte, über eine Kundin zu beklagen, die sich heute beim Fischhändler vorgedrängt hatte. Humphrey hörte nur mit halbem Ohr zu. »Wie lange bin ich draußen gewesen?«, fragte er, als sie kurz innehielt, um sich zu ihm zu setzen.

»Wovon redest du?«, fragte sie unwillig, verstimmt über die Unterbrechung ihrer Schilderung.

»Du weißt schon«, setzte Humphrey an. »Als ich den Coroner«, er hielt inne, räusperte sich, »gefunden habe.«

»Ein paar Minuten, nicht länger«, sagte Josephine schnell. Zu schnell.

»Ich habe kein Alibi.«

Josephine goss den Tee ein, gab Milch und Zucker hinzu und reichte ihm seine Tasse. »Das haben die anderen auch nicht«, sagte sie. »Außer seiner Tochter und Trotwood haben alle irgendwann den Salon verlassen. Jeder hätte ihn töten können.«

»Aber haben sie auch ein Motiv?«, insistierte Humphrey. »Was meinst du, werden sie in London nachfragen?«

»Das können wir nicht wissen, aber ich denke, die haben Besseres zu tun. Und im Übrigen ist Mr Merryweather letzten Winter gestorben. An wen sollten sie sich also wenden?«

»Sir Arnold ist auch dahintergekommen. Er hat …«

Josephine unterbrach ihn mit einer unwilligen Handbewegung.

»Weiß der Himmel, wo der Mann seine Nase überall hineingesteckt hat!«

»Er ist in seiner Funktion als Coroner darauf gestoßen, so viel steht fest, aber ich bin mir immer noch nicht sicher, ob er mir geglaubt hat.«

»Der Mann ist tot, also werden wir das nie mehr erfahren, nicht wahr? Reine Zeitverschwendung, sich jetzt noch den Kopf darüber zu zerbrechen.«

Und damit schien dieses besondere Gesprächsthema für Josephine erledigt zu sein. Sie reichte ihm einen Teller hinüber. »Komm, nimm dir ein Sahnehörnchen, da sieht die Welt gleich wieder anders aus.«

Humphrey bediente sich, biss in das knusprige Gebäck und war erstaunt, wie gut es ihm schmeckte. Nicht einmal die Angst, bald am Galgen zu enden, konnte offenbar seinen Appetit schmälern.

»Humphrey, Grundgütiger, leg dir die Serviette um! Um ein Haar hättest du deine Krawatte bekleckert.«

Humphrey faltete folgsam die gestärkte Leinenserviette auf, dann aber regte sich so etwas wie Widerspruchsgeist in ihm.

»Du hast darauf bestanden, dass ich sie umbinde«, begehrte er auf. »Ich sehe nicht ein, wieso ich für die Gartenarbeit eine Krawatte tragen muss.«

Seine Aufsässigkeit trug ihm einen langen, leidenden Blick und die Bemerkung ein, dass wohl niemand, der mit den Gepflogenheiten der besseren Gesellschaft auch nur einigermaßen vertraut war, diesen gut gemeinten Rat anzweifeln würde.

»Wenn du hinter dem Haus beschäftigt bist, mag das ja noch angehen«, fuhr sie fort, »aber nicht im Vorgarten. Was würden denn die Nachbarn von uns denken, wenn sie mitbekämen, wie du ohne Krawatte im Garten herumfuhrwerkst.«

Sie nahm sich ebenfalls ein Sahnehörnchen, legte es aber gleich wieder beiseite und erklärte:

»Ich denke, dass du morgen wieder zur Arbeit kannst, mein Lieber.«

»Wenn du meinst«, fügte sich Humphrey.

»Ich habe unsere Nachbarn zum Tee geladen. Sie zu einer Gartenparty zu bitten, ist ein Fehler gewesen. Man würde doch meinen, was für die Queen gut genug ist, sei es auch für die Leute hier, aber offenbar sind sie sehr konservativ, und deshalb habe ich beschlossen, die Teeparty hier im Haus auszurichten.«

Wie konnte Josie nur daran denken, in dieser absolut schrecklichen Lage, in der sie sich befanden, die Nachbarn zum Tee zu bitten?

Anscheinend hatte sie seine Gedanken erraten, denn sie setzte eigensinnig hinzu: »Die sollen nur sehen, dass wir nichts zu verbergen haben.«

»Aber das haben wir doch!«, rief Humphrey mit einem ersten Anflug von Hysterie.

»Niemand weiß das«, versetzte seine Frau, »und nur darauf kommt es an.«

Damit, dachte Humphrey, hatte sie ihr gesamtes gemeinsames Leben so ziemlich auf den Punkt gebracht. Wenn der Schein gewahrt wurde, so spielte es nicht die geringste Rolle, ob die Schränke voller Leichen waren. Es hatte etwas gnadenlos Unerbittliches, wie seine Frau an diesem Trugbild festhielt. Einen Moment lang sah er sie nachdenklich an. Wie weit würde sie gehen, um es zu beschützen?

Sie hatte weitergesprochen.

»Wenn unsere Nachbarn morgen Nachmittag in unserem stilvollen Salon sitzen und ihren Tee aus meinem handbemalten Royal Doulton trinken, werden sie nicht umhin können zu bemerken, wie gediegen es bei uns zugeht. Sie werden einsehen, dass wir durchaus die Klasse haben, in höheren Kreisen zu verkehren. Schließlich gehörte Sir Arnold zu unserem engsten Bekanntenkreis, und obschon er nur ein Baronet war, ist das mehr, als die meisten Nachbarn hier von sich behaupten können.«

Humphrey wunderte sich. »Haben sie denn zugesagt?«, fragte er.

Josephine nickte befriedigt. »Aber ja. Während du hinten im Garten warst, bin ich Mrs Hartlip draußen auf der Straße begegnet.«

Hatte sie ihr aufgelauert?

»Man weiß ja, was für eine Klatschbase die Frau ist. Eine diskret hingeworfene Bemerkung, wir seien am Tatort gewesen, hat gereicht, und danach habe ich sie schnurstracks auf die Gartenpforte der Courtney-Bassets zusteuern sehen. Sei getrost, mittlerweile ist die ganze Straße im Bilde.«

Humphrey unterdrückte einen Seufzer. Das hatte ihm gerade noch gefehlt!

6

Kurz nach fünf verließen Detective Inspector Morton und Sergeant Tweany die Bezirkswache, um dem Uhrmacher einen Besuch abzustatten. Während der letzten Stunde waren schiefergraue Wolken aufgezogen. Sie hingen schwer und drohend über dem Marktplatz und während die beiden Kriminalbeamten ihn überquerten, begann es leise zu schneien.

Das Juweliergeschäft Lilburne war im Erdgeschoss einer eleganten Häuserzeile aus weißem Portlandstein untergebracht. Die alten, eng aneinandergedrängten Fachwerkhäuser, die früher den mittelalterlichen Marktplatz umstanden hatten, waren Mitte des vorletzten Jahrhunderts in den Besitz eines wohlhabenden Krämers gelangt. Der war durch den damals in der Gegend blühenden Wollhandel zu Geld gekommen und wollte sich ein Denkmal setzen. Er hatte die hinfälligen Bauten aus der Tudorzeit einreißen lassen, um sie nach dem Vorbild Baths durch mondäne Regency-Stadthäuser zu ersetzen. Begonnen hatte er mit der Häuserzeile auf der Südseite des Platzes, dort, wo jetzt die Bezirkswache ihren Sitz hatte. Sie bot nun ein einheitliches Bild aus eleganten, schön proportionierten Stuckfassaden, die durch schwarz lackierte Eisenzäune vom Kopfsteinpflaster abgegrenzt waren. Danach hatte sich der vermögende Krämer die gegenüberliegende Seite in der Absicht vorgenommen, auch hier eine einheitliche Häuserzeile hochzuziehen. Bevor er sein Werk aber zu Ende bringen konnte, hatte ihn ein früher Tod ereilt, und sein Sohn hatte es vorgezogen, sein Erbe in den Vergnügungsvierteln Londons durchzubringen.

So präsentierte sich der Marktplatz jetzt in einem pittoresken Mix aus allerlei Stilepochen. An die Regency-Fassaden im Norden schlossen sich rechter Hand die übrig gebliebenen alten Holzhäuser mit ihren auskragenden Obergeschossen an und im Eck auf der anderen Seite die Sandsteinquader des gerade einmal hundertjährigen Rathauses. Gegen Ende der Regentschaft Queen Victorias waren beidseits der Zufahrt zur Market Street noch ein paar Bauten aus pfefferrotem Backstein dazugekommen; sie beherbergten nun das lokale Gewerbe und die meisten Läden am Platz.

Während Morton einen Moment vor dem Juweliergeschäft stehen blieb, um sich die Auslagen in dem von Reliefpfeilern gerahmten Schaufenster anzusehen, inspizierte Tweany die Ladentür.

»Das sieht hier nach wie vor nicht sehr stabil aus«, meinte er missbilligend. »Man würde doch meinen, dass sie etwas unternommen hätten nach dem Einbruch.« Das Türblatt aus geschliffenem Glas, auf dem in goldenen Lettern der Name des Juweliers aufgemalt war, machte tatsächlich keinen besonders stabilen Eindruck. Tweany fasste über seinen Kopf nach dem Fallgitter und rüttelte daran. »Die Kollegen haben den Lilburnes dringend geraten, eine zusätzliche Sicherung anzubringen.«

»Hier ist eingebrochen worden?«, fragte Morton erstaunt. »Wann?«

»Letzten Sommer. Der Fall lag nicht bei uns, Sie waren damals im Urlaub. Die Diebe haben das Eisengitter aus der Verankerung gehebelt und dann das Glas aufgeschnitten. Ein Kinderspiel!«

»Haben sie viel erbeutet?«

»Ja, die haben den Laden ganz schön leer geräumt. Die Versicherung hat gezahlt, nehme ich an.«

»Haben die denn keine Alarmanlage?«

»Doch schon, die ging auch los. Aber alles ging viel zu schnell; die Gauner waren schon über alle Berge, als unsere Leute hier anlangten.«

Morton war nachdenklich geworden. »Ich möchte mir die Akte nachher einmal ansehen«, sagte er. Tweany warf ihm einen verdutzten Blick zu. »Denken Sie, das hat etwas mit Sir Arnolds Ermordung zu tun, Sir?« Morton zuckte die Schultern. »Man kann nie wissen«, meinte er unverbindlich, öffnete die Tür und trat über die Schwelle.

Die Ladeneinrichtung war von unaufdringlicher Eleganz. Kelchförmige Wandleuchten warfen ihr sanftes Licht auf in die Wände eingepasste Schubfächer aus poliertem Holz. Eine dieser samtgefassten Laden lag offen auf dem Verkaufstresen und eine gepflegte Frau in den Fünfzigern war damit beschäftigt, eine Kollektion Trauringe, die daneben auf einem Präsentiertablett lag, in die dafür vorgesehenen Halterungen zu stecken. Beim Eintreten der beiden Kriminalbeamten hob sie den Kopf und sah ihnen mit einem berufsmäßigen Lächeln entgegen.

Falls sie mitbekommen hatte, wie eingehend Tweany vorhin die Tür inspiziert hatte, ließ sie sich nichts anmerken. Morton wies sich aus und ihr Gesichtsausdruck veränderte sich augenblicklich. Das höflich-distanzierte Lächeln verschwand übergangslos und machte einem Ausdruck Platz, der schwer zu deuten war.

»Sie kommen wegen Sir Arnold, nicht wahr?«, sagte sie ohne lange Vorrede.

Morton nickte. »Haben Sie ihn gekannt?«

»Nein, nicht persönlich. Er und meine Tochter singen beide im Kirchenchor von St. Agnes. Sicher möchten Sie mit ihr sprechen.« Sie machte einen Schritt auf eine Tür am hinteren Ende des Ladens zu, aber Morton hielt sie zurück.

»Nur einen Moment noch, Mrs Lilburne.« Er holte den Arbeitskittel aus der Papiertüte und legte ihn mit der Knopfleiste nach oben auf den Verkaufstresen. »Haben Sie dieses Kleidungsstück schon einmal gesehen?«

Mortons Frage schien für Mrs Lilburne nicht überraschend zu kommen. Sie nickte langsam, als ob sich eine von ihr gehegte Befürchtung bewahrheitet hätte.

»Ja«, bekannte sie. »Als mir Ruby heute Morgen davon erzählte, hatte ich den leisen Verdacht, es könnte sich um den Arbeitskittel unseres Uhrmachers handeln. Mr Enderby hat sich vor ein paar Tagen beschwert, er sei ihm gestohlen worden. Aber ich konnte mir nicht erklären, weshalb dieses Kleidungsstück in Greenacres wieder auftauchen sollte.«

Morton sah sie einen Moment schweigend an, doch sie fügte dem Gesagten nichts mehr hinzu. Ihre tiefliegenden Augen begegneten seinem Blick ungerührt. Sie waren sehr dunkel, fast schwarz, wie ihr Haar, das noch kaum Spuren von Grau zeigte, sondern nur rechts über der Stirn von einer einzelnen weißen Strähne durchzogen war.

»Ihre Tochter hat ihn gestern Abend nicht wiedererkannt«, sagte Morton schließlich, worauf Mrs Lilburne unverzüglich in die Defensive ging. »Ruby hat mit dieser Sache nichts zu tun«, beteuerte sie nachdrücklich. »Wie käme sie dazu, Mr Enderbys Kittel an sich zu nehmen und darin Sir Arnold zu erstechen? Das ist doch absurd.« Sie verschränkte die Arme vor der Brust und setzte hinzu: »Einer unserer Kunden muss ihn entwendet haben.«

Morton zog ein Blatt Papier aus seiner Brusttasche und reichte es ihr über den Tresen.

»Zählt eine der hier aufgeführten Personen zu Ihrer Kundschaft?«, fragte er.

Für die Antwort brauchte sie nur zwei Sekunden.

»Aber ja. Die Buckets, Miss Gregson und Mr Trotwood sind regelmäßige Kunden hier. Die andern sind mir namentlich nicht bekannt, was natürlich nicht heißt, dass sie unser Geschäft nie betreten haben. Mr Bucket war erst letzten Donnerstag hier, um ein Geschenk für seine Frau auszusuchen. Sie feiern nächste Woche ihre silberne Hochzeit. Miss Gregson und ihr Bruder waren ebenfalls am Donnerstag hier. Meine Tochter hat sie bedient, doch ich habe die beiden noch kurz gesehen, als ich von der Bank zurückkam.«

Sie war jetzt offensichtlich bestrebt, den Verdacht von ihrer Tochter weg auf die übrigen Mitglieder des Kirchenchores zu lenken, doch Mortons skeptische Miene war ihr nicht entgangen und so fügte sie gleich hinzu: »Ich kann Ihnen gerne die Einträge in unserem Kassenbuch zeigen, wenn Sie mir nicht glauben.«

Morton wollte sich tatsächlich vom Wahrheitsgehalt ihrer Aussage überzeugen. Nachdem sie ihm das Buch unter die Nase gehalten hatte, wollte er noch von ihr wissen, wann der Uhrmacher das Fehlen seines Arbeitskittels bemerkt habe.

»Darüber habe ich mir auch schon Gedanken gemacht«, erklärte sie prompt. »Ich bin mir ziemlich sicher, dass es am Freitagmorgen war. Sie sehen also, meine Tochter ist unschuldig.«

Oder sie hat sich für das Entwenden einen Tag ausgesucht, an dem noch weitere Mitglieder des Kirchenchores dazu Gelegenheit gehabt hatten, dachte Morton.

»Ist er hier, können wir kurz mit ihm sprechen?«, fragte er.

»Ja, sie haben Glück«, erwiderte Mrs Lilburne. »Normalerweise macht er um drei Feierabend, aber momentan stehen viele Reparaturen an, deshalb arbeitet er ausnahmsweise länger. Mr Enderby ist nicht mehr der Jüngste, wissen Sie, aber wir sind froh, dass er uns aushilft. Mein Mann hat das früher gemacht, aber er geriet in Frankreich in deutsche Kriegsgefangenschaft und ist nicht mehr lebend aus dem Lager herausgekommen.«

»Das tut mir leid«, sagte Morton und meinte es auch so, doch Mrs Lilburne sprach weiter, als ob er nichts gesagt hätte.

»So viele Soldaten wurden aus Dünkirchen evakuiert.« Ihre Stimme war bitter geworden. »Tausende und Abertausende, aber Roger war nicht unter ihnen.«

Sie wandte sich abrupt ab und kam hinter dem Tresen hervor.

»Ich bringe sie zu Mr Enderby.« Sie ging voraus zu einer Schwingtür, die im rechten Winkel zur Ladentüre angebracht war. Morton folgte ihr, doch Tweany, der schon seit geraumer Zeit nur noch Augen für die Trauringe auf dem Ladentisch gehabt hatte, blieb davor stehen und beugte sich jetzt sogar darüber, um sie besser begutachten zu können.

»Sergeant«, forderte Morton ihn auf, worauf er sich etwas widerstrebend von den Ringen losriss und sich ihm anschloss.

Der Uhrmacher, ein verhutzelter Mann mit schlohweißem Haar, zeigte sich hocherfreut, dass sich gleich zwei Kriminalbeamte um die Wiederbeschaffung seiner Arbeitskleidung gekümmert hatten, war aber untröstlich, als Morton erklärte, es könne noch eine Weile dauern, bis er sie zurückerhalte. Mr Enderby bestätigte, dass der Kittel ihm gehöre und er den Verlust am Freitagmorgen bemerkt hatte.

Dass er selbst in Verdacht geraten könnte, schien ihm gar nicht in den Sinn zu kommen, und Morton schloss diese Option sowieso aus. Der Mann hätte schon geistig umnachtet sein müssen, um sich für einen blutigen Mord mit dem eigenen Arbeitskittel zu schützen und ihn danach am Tatort zurückzulassen. Abgesehen davon, wie hätte er ins Haus gelangen sollen?

Morton wies ihn noch darauf hin, dass sich ein Beamter von der Spurensicherung anderntags bei ihm melden werde, bedankte sich für die Auskunft, und sie kehrten in den Verkaufsraum zurück.

In der Zwischenzeit hatte Mrs Lilburne ihre Tochter hergeholt. Es war kaum zu übersehen, wie ungern sie den beiden Kriminalbeamten gegenübertrat; ihre ganze Körperhaltung signalisierte unverhohlene Abwehr. Sie musste eben ihr Haar gewaschen haben, es war noch leicht feucht und hing ihr lose um die Schultern, doch sie war passend gekleidet. Heute trug sie einen silbergrauen Rock mit Kellerfalten und darüber einen schmalen Pullover mit kurzen Puffärmeln. Der Pullover war in einem komplizierten Muster gestrickt und die Farbe der Wolle hatte sie sorgsam ausgesucht, sie war nur eine Nuance dunkler als das Violett ihrer Augen.

Morton stellte seinen Sergeant vor, doch bevor er mit seinen Fragen beginnen konnte, betrat Kundschaft den Laden. Er erkundigte sich, ob sie das Gespräch anderswo führen könnten, und Ruby ging voraus in ein kleines Büro hinter dem Laden, einen engen Raum mit einem kleinen vergitterten Fenster, das auf einen Hof hinausging. Durch die Glasscheibe sickerte blass das schwindende Licht der hereinbrechenden Abenddämmerung. Ruby legte den Schalter neben der Tür um und eine helle, milchglasbeschirmte Lampe flammte über ihren Köpfen auf.

Eine Aufforderung, Platz zu nehmen, unterblieb und Morton hätte auch nicht gewusst, wo sie sich hätten hinsetzen sollen. Abgesehen von einem Stuhl hinter dem Schreibtisch gab es hier keine Sitzgelegenheit. Ruby blieb einem Moment mitten im Raum stehen, dann klingelte das Telefon. Sie meldete sich und hörte schweigend zu, doch Morton konnte sehen, wie die Knöchel an der Hand, mit der sie den

Hörer umklammert hielt, weiß hervortraten. Der Anruf kam sichtlich ungelegen.

»Bis später dann«, sagte sie schließlich verhalten und ließ den Hörer hastig auf die Gabel fallen. Dann setzte sie sich hinter den Schreibtisch, vielleicht um die Distanz zwischen sich und den Kriminalbeamten zu vergrößern, sah dort aber irgendwie fehl am Platz aus. Wie ein Kind, das versucht, Erwachsener zu spielen.

»Wir haben noch ein paar Fragen zu gestern Abend«, begann Morton. »Vorerst aber möchte ich gerne wissen, weshalb Sie uns falsche Angaben gemacht haben. Den Arbeitskittel Ihres eigenen Uhrmachers haben Sie zweifellos wiedererkannt. Weshalb haben Sie das bestritten?«

Noch bevor Morton zu Ende gesprochen hatte, fiel ihm Ruby ins Wort.

»Das hab ich doch gar nicht«, stieß sie hervor. Als sie realisierte, dass sie damit nicht durchkommen würde, grub sie die Zähne in die Unterlippe und sah auf ihre Hände hinunter. Sie waren makellos gepflegt, die Nägel rosa lackiert.

Morton wartete schweigend ab. Aus dem Augenwinkel bemerkte er Tweanys missbilligend zur Seite geneigten Kopf. Auf offenkundige Lügen reagierte sein Sergeant manchmal etwas pikiert, empfand sie geradezu als persönliche Kränkung. Immer und unter allen Umständen die Wahrheit zu sagen, war für ihn Ehrensache, und so interpretierte er die Lügen von Tatverdächtigen oft als Charakterschwäche, statt sie nüchtern als das zu nehmen, was sie waren: ein mehr oder weniger gelungener Versuch, die eigene Haut zu retten.

»Na gut«, sagte Ruby schließlich trotzig. »Was wäre passiert, wenn ich's zugegeben hätte? Dann wär' ich dran gewesen, nicht wahr?«

»Sie scheinen nicht viel Vertrauen in unsere Ermittlungen zu haben«, bemerkte Morton lächelnd. »Wir hätten in jedem Fall abgeklärt, wer außer Ihnen noch Zugang zu diesem Kleidungsstück gehabt hat.« Ruby sah nicht aus, als ob sie ihm viel Glauben schenken würde. »Und das bringt mich zur nächsten Frage: welche Kundschaft Sie am letzten Freitag hier in ihrem Laden bedient haben.«

Rubys angespannte Züge lockerten sich etwas, aber sie war immer noch auf der Hut. Ohne jegliche Schminke wirkte ihr Gesicht viel jünger und kindlicher, als es gestern Abend mit dem großzügig aufgetragenen Lippen- und Augen-Make-up ausgesehen hatte. Und die Spuren einer durchwachten Nacht zeigten sich in blauen Schatten unter ihren Augen.

»Letzten Freitag war nicht viel los«, sagte sie. »Mr Bucket war hier, Emma und Julian Gregson und dann noch drei Kunden, die mir nicht bekannt waren. Die haben nichts gekauft, sondern nur meine Zeit verschwendet.« Sie zuckte die Schultern, hielt inne und fügte dann mit einem berechnenden Ausdruck in den Augen hinzu: »Und Trotwood war ebenfalls hier. Er hat wieder einmal seine Uhr zur Reparatur gebracht.«

»Tut er das öfters?«

»Aber ja. Das Ding ist uralt. Er kam erst nach drei, deshalb sagte ich ihm, er soll sie Mr Enderby auf die Werkbank legen.«

Morton nickte, doch diese Reaktion genügte Ruby nicht. »Sie denken, das sei egal, nicht wahr?«, fuhr sie ihn gereizt an. »Weil Desmond behauptet, er habe das Wohnzimmer den ganzen Abend über nicht verlassen.«

»Was Miss Gregson bezeugen kann«, bemerkte Morton.

»Und das glauben Sie ihr? Die entlasten sich doch gegenseitig! Die zwei stecken unter einer Decke.«

»Eine schwerwiegende Anschuldigung, die Sie da vorbringen. Haben Sie konkrete Anhaltspunkte oder Beweise dafür?«

»Die zu finden überlasse ich Ihnen«, wich Ruby aus. »Sie werden schließlich dafür bezahlt.«

»Also keine«, stellte Morton lapidar fest. »Aber wenn wir schon dabei sind, wie steht's mit Ihnen? Haben Sie das Wohnzimmer im Laufe des Abends einmal verlassen?«

»Ja, ich war kurz draußen. Emma sagte mir, Julian wolle mich sprechen. Er warte im Wintergarten auf mich.«

»Wie lange waren Sie mit Mr Gregson zusammen?«

»Überhaupt nicht«, versetzte Ruby gereizt. »Als ich in den Wintergarten kam, war er nicht da. Ich hab mich noch etwas umgesehen und bin dann zurück ins Wohnzimmer. Und falls Sie denken, ich hätte in dieser Zeit den Coroner erstochen, sind Sie auf dem Holzweg!« Sie stieß sich mit beiden Händen vom Schreibtisch ab und rollte so mit dem Stuhl nach hinten. Dann kam sie mit einer einzigen Bewegung auf die Füße. »Ich kannte den Mann ja kaum.«

»Tatsächlich?«, fragte Morton erstaunt und sah sie mit hochgezogenen Augenbrauen ungläubig an. »Unsere Nachforschungen haben ergeben, dass Sie im Krieg zwei Jahre auf Greenacres Landdienst geleistet haben. Da kamen Sie nicht umhin, die Familie näher kennenzulernen, nicht wahr?«

Ruby war um den Schreibtisch herumgekommen und stand nun, die eine Hand auf die Platte gestützt, die andere in die vorgeschobene Hüfte gestemmt, direkt vor Morton.

»Ich hab draußen auf dem Feld gearbeitet«, sagte sie. »Im Haus hatte ich nichts zu tun. Julian war der Einzige von der ganzen Sippe, den ich damals kennengelernt habe. Wenn er Fronturlaub hatte und zu Hause war, hat er ab und zu mit angepackt. Bevor ich im Kirchenchor sang, habe ich Sir Arnold kaum je zu Gesicht bekommen.«

Morton ließ es für den Moment dabei bewenden und kam nochmals auf den Freitag zu sprechen. »Haben Sie, während Sie Mr Bucket und die Gregsons bedient haben, die Verkaufsfläche einmal verlassen?«

»Als Mr Bucket bezahlt hat, bin ich schnell hier hinein, um einen neuen Quittungsblock zu holen. Und mit Julian habe ich mich eine Zeit lang unterhalten, während seine Schwester sich umgesehen hat. Was genau sie getan hat, kann ich Ihnen nicht sagen, ich stand mit dem Rücken zu ihr.«

Wie die Mutter, so die Tochter, dachte Morton. Auch Ruby setzte alles daran, den Verdacht auf die übrigen Mitglieder des Kirchenchores zu lenken.

Sie verabschiedeten sich und draußen sagte Tweany:

»Ich denke nicht, dass sie den Coroner auf dem Gewissen hat, aber dass sie die Polizei anlügt, wirft schon ein schlechtes Licht auf sie. Da fragt man sich doch, ob man dem, was sie über die anderen sagt, Glauben schenken kann.«

Inzwischen hatte ein dichtes Schneetreiben eingesetzt. Federleichte Flocken, die im Lichtkreis der Gaslaternen umherwirbelten und allmählich die Fugen der Pflastersteine weiß färbten. Morton und Tweany zogen sich die Hüte ins Gesicht, bevor sie den Marktplatz überquerten.

»In der Kirchenpforte hängt ein Anschlag, die sind auf der Suche nach einem Bariton«, meinte Morton. »Vielleicht wäre es nicht schlecht, sich einmal bei den übrigen Mitgliedern des Kirchenchores umzuhören.« Er warf Tweany einen kurzen Seitenblick zu. »Wie steht es eigentlich um ihre Singstimme, Sergeant?«

Tweany schaute indigniert. »Ich soll also die Sänger aushorchen«, monierte er. »Aber die wissen doch, wer ich bin.«

»Das spielt keine Rolle. Ihr sonniges, umgängliches Naturell macht das gleich vergessen, und ehe Sie sich versehen, werden Sie ins Vertrauen gezogen.«

Sie waren vor der Bezirkswache angekommen.

»Machen wir Schluss für heute. Was meinen Sie zu einem Feierabendbier, Sergeant?«

***

Nachdem sie von Morton traktiert worden war, hatte sich Ruby wieder nach oben schleichen wollen, doch kaum waren die beiden Kriminalbeamten aus dem Haus, kam ihre Mutter nach hinten und schnitt ihr den Weg ab.

»Würdest du mir bitte erklären, was das soll?«, herrschte sie Ruby gleich an.

Was war nur in sie gefahren? Als sie vorhin hochgekommen war, um ihr zu sagen, die Polizei sei hier, hatte sie sich noch mitfühlend gezeigt. Ob Ruby sich einer erneuten Befragung gewachsen fühle, hatte sie sich besorgt erkundigt, nach all dem, was sie letzte Nacht mitgemacht habe. Jetzt war jegliche Anteilnahme aus ihrer Stimme verschwunden, sie klang schroff und abweisend.

»Was denn?«, gab Ruby eingeschnappt zurück.

»Stell dich nicht dümmer als du bist«, versetzte ihre Mutter kalt. Ihr Mund war hart und dünn wie ein Strich. »Du hast mir versichert, du hättest ein Alibi. Hättest das Wohnzimmer den ganzen Abend über nicht verlassen. Warum hast du mich angelogen?«

Ruby war einen Moment sprachlos. Woher wusste ihre Mutter davon? Überrumpelt griff sie nach dem Telefonkabel und begann, es um ihren Zeigefinger zu winden.

»Hast du an der Tür gelauscht?«, fragte sie schließlich nervös.

»Aber sicher habe ich das. Wenn meine Tochter von der Polizei vernommen wird, will ich wissen, um was es geht.« Sie machte einen Schritt auf Ruby zu. »Also, sag schon!«

»Was erwartest du denn von mir? Ich war durcheinander, als ich nach Hause kam. Man wird schließlich nicht jeden Tag Zeuge eines Meuchelmordes.« Ruby versuchte, es schnippisch zu sagen, aber das Herz klopfte ihr bis zum Hals.

»Hast du Enderbys Arbeitskittel an dich genommen?«

»Nein. Wieso denn?«

»Gestern habe ich dir geglaubt, als du sagtest, du hättest den Kittel, den dir der Inspector gezeigt hat, nicht erkannt. Aber auch da hast du gelogen, nicht wahr? Schlimmer noch, auch der Polizei hast du diese Lügen aufgetischt. Warum?«

Ruby begann sich zu rechtfertigen. »Ich konnte ja nicht wissen, dass die herausfinden, wo der herkam«, sagte sie und erkannte gleich, dass sie dadurch alles nur noch schlimmer machte, denn kaum waren die Worte heraus, sah sie die Bestürzung in den Augen ihrer Mutter. Zorn hatte sich in fassungsloses Entsetzen gewandelt.

»Hast du irgendetwas mit diesem Mord zu tun, Ruby?«, fragte sie eindringlich.

Ruby wich ihrem Blick aus. »Aber nein!«, wehrte sie panisch ab. »Was glaubst du denn? Dass ich hingehe und einen Mann absteche?«

Diana Lilburne stützte sich mit einer Hand auf die Schreibtischplatte. »Ich weiß nicht mehr, was ich glauben soll«, sagte sie, mit einem Mal matt und resigniert. »Alles läuft aus dem Ruder, seit dein Vater tot ist.«

Sie schwieg einen Moment, den Blick ins Leere gerichtet. Ruby wollte etwas sagen. Irgendetwas, um die unerträgliche Stille zu brechen, die ihr Angst machte. Mit dem Zorn und den Vorwürfen ihrer Mutter konnte sie umgehen, aber nicht mit ihrer Angst, die ihr schlagartig klarmachte, wie ernst die Lage war.

»Was habt ihr euch nur dabei gedacht?«, nahm Diane Lilburne schließlich den Disput wieder auf. »Dass ich nichts von dem Schwindel mitbekomme, nur weil ich zu der Zeit im Krankenhaus lag? Dass ich dumm, blöd und einfältig bin, wie dieser Sergeant, der zu eurem großen Glück den Fall untersucht hat? Wenn dieser Detective Inspector, der eben hier war, die Ermittlungen geleitet hätte, wärt ihr längst aufgeflogen.«

Draußen im Laden ertönte die Türglocke. Ruby war froh über die Unterbrechung. Während ihre Mutter den Kunden bediente, konnte sie nach oben gehen und sich fürs Kino bereit machen. Und wenn sie es geschickt anstellte, lief sie ihr nicht mehr über den Weg, wenn sie später aus dem Haus ging. Offenbar hatte ihre Mutter ihre Gedanken erraten, denn bevor sie das Büro verließ, befahl sie ihr zu warten:

»Ich bin gleich wieder da. Diese Unterredung ist noch nicht zu Ende!«

Ruby ließ sich entmutigt auf den Drehstuhl sinken.

Dumm gelaufen, das mit diesem beschissenen Arbeitskittel. Und mit Trotwood, diesem Idioten, ging der Schuss wahrscheinlich auch nach hinten los. Eine blöde Idee, ihn anzuschwärzen, Morton konnte das leicht überprüfen. Der war wie ein Bluthund; wenn der sich einmal in etwas verbissen hatte, ließ er nicht mehr los. Und wo der überall herumschnüffelte. Er hatte sogar herausgefunden, dass sie ihren Landdienst auf Greenacres geleistet hatte.

Vom Laden her hörte Ruby, wie ihre Mutter von einem Kunden, der seine Uhr zur Reparatur brachte, Name und Anschrift verlangte. Sie sah auf ihre eigene Armbanduhr. Gleich halb sieben. Ronny würde bald hier sein, um sie fürs Kino abzuholen.

Ruby holte Schminkspiegel und Lippenstift aus ihrer Rocktasche und begann sich die Lippen nachzuziehen. Eine schöne Farbe, fand sie, als sie das Resultat betrachtete, ein tiefes Weinrot, welches das Violett ihrer Augen so richtig zur Geltung brachte. Ein Lippenstift von Coty hätte sie sich ohne das Notenbündel in ihrer Strumpfschublade niemals leisten können. Auch das dunkelviolette Wollkleid mit den silbernen Applikationen nicht, das sie heute Abend tragen wollte. Sie hätte sich gerne noch ein paar mehr gekauft, doch Ronny hatte sie zur Vorsicht angehalten. Es würde auffallen, wenn sie plötzlich mit Geld um sich werfen würde. Der würde schön stinkig sein, wenn er erfuhr, dass sie jetzt die Polizei am Hals hatte.

Ronny war nicht gerade das, was man einen guten Fang nennen würde, doch Julian konnte sie definitiv abschreiben, mit dem würde es nie was werden. Keinen Sinn, da noch mehr Zeit und Energie zu investieren.

Manchmal fragte sie sich, wie Ronny reagieren würde, wenn sie ihm den Laufpass gäbe. Sie machte sich keine Illusionen; der Kerl würde seine eigene Großmutter verkaufen, wenn er dadurch seine eigene Haut retten könnte, doch verraten durfte er sie nicht. In dieser Sache hingen sie beide drin; wenn einer hops ging, würde der andere folgen.

»Sie können Ihre Uhr in einer Woche abholen«, beschied Diane Lilburne den Kunden im Laden draußen.

»Aber …« Der Mann wollte offenbar noch etwas einwenden, wurde aber energisch hinauskomplimentiert. Dann ratterte das Fallgitter vor der Ladentür herunter und gleich darauf kam ihre Mutter wieder nach hinten.

Ihr Zorn war wieder hochgekocht und sie ging gleich auf Ruby los: »Hatte euch der Coroner in der Hand? Hat er damit gedroht, euch anzuzeigen?« Sie kam um den Schreibtisch herum und rüttelte Ruby an der Schulter. »Sag schon!«

Ruby verzog gepeinigt das Gesicht und wich nach hinten aus. »Nein«, beteuerte sie. »Wie oft muss ich dir das noch sagen? Ich habe den Alten nicht umgebracht.«

Ein schmallippiges Lächeln erschien um Diane Lilburnes Lippen, ironisch, herausfordernd, mit einem Anflug von Verachtung. »Aber nein«, sagte sie, ihre Stimme troff vor Sarkasmus. »Du doch nicht! Du machst dir nicht die Finger schmutzig, nicht wahr? Diese Arbeit können andere für dich erledigen.« Dann wurde sie sachlich. »Hast du Ronny die Tür geöffnet, damit er hineinkonnte? Ich weiß, das Haus war verschlossen. Ich habe heute Morgen die Köchin von Greenacres beim Fleischer getroffen. Die halbe Stadt war da; alle haben gebannt zugehört, wie sie ihre Schauergeschichte zum Besten gegeben hat.« Sie knallte das Kassenbuch, das sie mitgebracht hatte, auf den Schreibtisch und setzte gehässig hinzu: »Ich kann gar nicht sagen, wie sehr ich es bereue, dass ich den Lump nicht angezeigt habe.«

»Das darfst du nicht!«, rief Ruby entsetzt. »Ronny ist vorbestraft, sie würden ihn gleich einbunkern.«

»Höchste Zeit, dass dieser miese Typ hinter Gitter kommt«, versetzte ihre Mutter. »Meiner Meinung nach ist das der einzige Ort, wo er hingehört.« Sie stemmte die Hände in die Hüften. »Dich mit einem Kriminellen herumzutreiben! Wenn dein Vater das wüsste, er würde sich im Grab umdrehen.«

»Wenn du nicht willst, dass deine eigene Tochter im Gefängnis landet, wirst du Ronny in Ruhe lassen«, gab Ruby trotzig zurück.

Ihr Widerspruchsgeist war erwacht, und das war wie eine Erlösung. Dass ständig auf ihrem Freund herumgehackt wurde, ging ihr mächtig auf die Nerven.

»Was denkst du denn, warum ich ihn nicht schon längst angezeigt habe?«, konterte ihre Mutter und meinte nach einer kurzen Pause: »Doch vielleicht war das ein Fehler. Vielleicht brauchst du einmal einen Denkzettel, damit du deine Lektion lernst.«

Ruby fuhr von ihrem Stuhl auf. »Das muss ich mir nicht länger anhören!«, schrie sie. »Nur damit du's weißt, heute Abend gehe ich mit Ronny aus!«

»Du tust nichts dergleichen«, versetzte Diana Lilburne kalt. »Du bleibst schön zu Hause. Es wird langsam Zeit, dass hier andere Saiten aufgezogen werden.«

7

Durch die bleigefassten Flügelfenster des »King's Head« flutete ein warmes, bernsteinfarbenes Licht auf das Kopfsteinpflaster des Marktplatzes hinaus. Als Morton und Tweany den Schankraum betraten, empfing sie ein Schwall warmer, rauchgeschwängerter Luft und vielfältiges Stimmengewirr. Das Pub war, wie immer am frühen Abend, gut besucht. Die Leute standen dicht an dicht am Tresen und der Wirt war gerade dabei, ein neues Fass Bier anzuschlagen. Morton stellte sich an, während sein Sergeant nach einem frei werdenden Tisch Ausschau hielt. Nachdem das erste Pint abgezapft und er in die erste Reihe vorgedrungen war, warf er einen Blick in den Spiegel hinter der Bar. Er erschrak, als er sich plötzlich in dem großen, dunklen Mann wiedererkannte, der ihm da entgegenblickte. Am frühen Morgen, beim Rasieren, hatte er letztmals in einen Spiegel geschaut und seither war es mit seinem Erscheinungsbild offenbar stetig bergab gegangen. Der Knoten seiner Krawatte, vormals korrekt gebunden, war nicht nur gelockert, sondern stand kurz vor der Auflösung, das Haar hing ihm in die hohe Stirn, als ob er es sich mehrfach gerauft hätte, und der dunkelblaue Blick seiner Augen hatte etwas zutiefst Verstörtes an sich. Er fuhr sich mit beiden Händen durchs Haar, richtete seine Krawatte, und in dem Moment prostete ihm vom anderen Ende des Tresens Desmond Trotwood zu. Morton hob zum Gruß die Hand und überlegte, ob er ihm die paar Fragen, die er noch an ihn hatte, gleich hier und jetzt stellen sollte. Da aber erkundigte sich der Wirt nach seinen Wünschen und er beschloss, das auf morgen zu verschieben. Nachdem die beiden Ales gezapft waren und er die Gläser in Empfang genommen hatte, steuerte er damit den Vorsprung des Erkers an, wo es Tweany gelungen war, zwei Plätze zu ergattern.

»Na, Inspector, genießen Sie Ihr wohlverdientes Feierabendbier?«

Der Reporter vom *Chipping Bramton Courier* hatte sich ihm in den Weg gestellt. Egal was der Mann sagte, seine Stimme enthielt immer einen leicht aggressiven Unterton, der Morton gewaltig auf die Nerven ging. Heute Abend hatte er sich prächtig herausgeputzt. Er trug einen pechschwarzen Anzug mit breiten Nadelstreifen, ein ebenfalls schwarzes Hemd und eine glänzende Krawatte aus Kunstseide, die mit goldenen Pfauen bedruckt war.

»Das würde ich, wenn man mich denn ließe«, versetzte Morton etwas ungehalten.

»Kommen Sie, Inspector!« Barker legte ihm eine Hand auf die Schulter. »Ein Wort unter Freunden.«

»Ich habe die lästige Angewohnheit, mir meine Freunde selbst auszusuchen. Und im Übrigen gilt, was ich Ihnen schon heute Morgen gesagt habe.«

Morton zuckte die Schultern, um Barkers Hand abzuschütteln, und machte Anstalten, ihn aus dem Weg zu räumen. Dem kam Barker aber zuvor, indem er leichtfüßig wie ein Tänzer einen Schritt zur Seite machte. Dann posaunte er hinter ihm her:

»Warten Sie's ab, bis die nationale Presse davon Wind bekommt! Die werden nicht so taktvoll mit Ihnen umgehen.«

Wenn das taktvoll ist, dachte Morton, möchte ich den Mann nicht unverschämt erleben.

»War das eben Ronny Barker?«, fragte Tweany, als er seinen Tisch erreicht hatte.

»Ja«, seufzte Morton. »Der Mann ist eine Zumutung, aber wo er recht hat, hat er recht. Wenn sich die nationalen Blätter auf den Fall stürzen, fängt die Belagerung erst an. Wollen wir hoffen, dass wir bis dahin substanzielle Fortschritte gemacht haben.«

Er holte eine Packung Zigaretten aus seinem Wintermantel, bevor er ihn auf die Fensterbank legte.

»Die werden Sie kaum brauchen, hier drinnen«, meinte Tweany und wedelte mit der Hand vor seiner Nase herum. »Allein durch das Einatmen dieser verqualmten Luft sind unsere Lungen mehr als bedient.« Er hüstelte leicht, wohl um seiner Klage mehr Gewicht zu verleihen.

Morton setzte sich ihm gegenüber hin.

»Was war das eben mit diesen Trauringen, Tweany?«, fragte er lächelnd. »Läuten bald die Hochzeitsglocken?«

»Aber ja, der Termin steht fest.« Tweany strahlte übers ganze Gesicht, weggeblasen waren alle Anzeichen einer drohenden Atemwegserkrankung. »Mitte Mai ist es so weit.«

»Das freut mich für Sie! Ist es Dorothy doch noch gelungen, Sie dingfest zu machen?«

Morton wusste, dass es sich genau umgekehrt verhielt. Während Tweany am liebsten gleich nach Kriegsende geheiratet hätte, hatte seine Verlobte ständig neue Gründe vorgebracht, um die Hochzeit hinauszuzögern. Einer dieser Gründe, eine Affäre mit einem schneidigen Marineoffizier, hatte sie ihm allerdings tunlichst verschwiegen. Morton hoffte sehr, dass sein geduldiger Sergeant nicht wieder enttäuscht werden würde.

»Wir hatten gehofft, dass Sie unser Trauzeuge sein würden, Sir.«

Morton schluckte leer. »Wollen Sie sich das wirklich antun? Stehen dafür nicht qualifiziertere Kandidaten zur Verfügung? Ich habe so etwas noch nie in meinem Leben gemacht und würde Ihnen nur ungern den Freudentag ruinieren.«

»Das ist keine große Sache, Sir«, wiegelte Tweany ab. »Sie müssen praktisch nichts tun, nur die Ringe sollten Sie dabeihaben. Es geht mehr um den moralischen Beistand, wissen Sie.«

Auch das noch! Moralische Unterstützung von einem Mann, dem das Pech in der Liebe praktisch an den Schuhsohlen klebte! Nun, wenn's denn sein musste, würde er sich notfalls schon noch was aus ein paar abgehalfterten Lebensweisheiten zusammenzimmern können.

»Falls Sie das Risiko eingehen wollen, stehe ich selbstverständlich zu Ihrer Verfügung. Es ist mir eine Ehre.«

Tweany rieb sich die Hände wie nach einem erfolgreichen Geschäftsabschluss. »Dann ist das also abgemacht«, erklärte er. »Darauf trinken wir.«

Er hob sein Glas in die Höhe und Morton tat es ihm gleich: »Auf Ihren Bund fürs Leben.«

Eine Weile schwiegen beide, ihren eigenen Gedanken nachhängend, dann schob Morton sein Bier in die Mitte des Tisches, stützte die Ellbogen auf und sagte:

»Also gut, was haben wir?«

Tweany antwortete wie aus der Pistole geschossen: »Acht Verdächtige, von denen zwei ein Alibi haben, eine Tatwaffe ohne Fingerabdrücke, zu der die restlichen sechs Zugang hatten, und einen blutbefleckten Arbeitskittel, den der Mörder während der Tat getragen hat.«

Morton nickte zustimmend. »Dieser Kittel hing gleich hinter der Tür«, sagte er. »Schon möglich, dass ihn ein Kunde an sich genommen hat.«

»Auch jemand von draußen hätte sich in einem unbeobachteten Moment in die Uhrmacherwerkstatt schleichen und sich das Teil schnappen können«, gab Tweany zu bedenken. »Und da tippe ich auf Nowak. Die Lilburnes gaben an, die Tür zur Werkstatt nicht immer im Auge gehabt zu haben, und Ruby sagte, sie sei sogar einmal ins Büro gegangen.«

»Die beiden erzählen viel, wenn der Tag lang ist«, meinte Morton. »Tatsache ist, dass Ruby die beste Gelegenheit dazu gehabt hat, sich den Kittel anzueignen. Sie musste nicht damit rechnen, dass sein Ursprungsort bekannt wird. Wenn Emma Gregson nicht wenige Tage vor dem Mord Mr Enderby darin gesehen hätte, wäre sie höchstwahrscheinlich nicht imstande gewesen, ihn zu identifizieren. Zur Sicherheit aber wirft Ruby ihn in Buckets Wagen, um, falls er von der Polizei entdeckt wird, den Verdacht auf ihn zu lenken. Dazu passt auch, dass sie verschwiegen hat, wem der Arbeitskittel gehört, obschon sie ihn mit Sicherheit wiedererkannt hat. Sie hat das Wohnzimmer während der Tatzeit verlassen und war nach übereinstimmenden Angaben von Mr Trotwood und Mrs Bucket eine ganze Weile weg, mindestens eine Viertelstunde bis zwanzig Minuten. Genügend Zeit, den Coroner zu erstechen und den Kittel danach in

Buckets Auto zu entsorgen. Weiter hat sie uns verschwiegen, dass sie bei der Familie Gregson Landdienst geleistet hat. Da kommt ganz schön viel zusammen.«

Tweany rieb sich das Kinn. »Sie meinen also, Ruby geht hin, ersticht Sir Arnold und setzt sich danach ungerührt wieder ins Wohnzimmer?« Sein skeptischer Gesichtsausdruck verriet, was er von Mortons Beweisführung hielt. »Das können Sie doch nicht denken, Sir, von dieser zarten jungen Frau.«

»Sie wissen schon, dass Frauen ebenso imstande sind zu morden wie wir Männer?«

»Ja schon, aber nicht so brutal.«

Morton nickte. »Frauen gehen nicht hin, überfallen ihr Opfer auf der Straße, vergewaltigen und töten es, da bin ich mit Ihnen einig. Dieses besonders grausame Verbrechen ist den Herren der Schöpfung vorbehalten, doch was Beziehungsdelikte betrifft, kommen auch die Frauen ins Spiel, und was all die Giftmorde anbelangt, sind sie sogar einsame Spitze. Das sogenannt schwache Geschlecht ist durchaus fähig, seine Opfer zu vergiften, zu erschießen, zu erstechen oder zu erschlagen. Dass Ruby klein und zierlich ist, bedeutet nicht zwangsläufig, dass sie schwach ist.«

»Vielleicht hatte sie einfach Angst, verdächtigt zu werden«, hielt Tweany dagegen, »und hat deshalb geschwiegen.« Er fühlte sich offenbar bemüßigt, als Anwalt der jungen Frau aufzutreten, und Morton musste ihm hier zustimmen.

»Das können wir nicht ausschließen«, räumte er ein. »Immerhin wissen wir jetzt, wem dieser Arbeitskittel gehört, und falls die Haare und die Puderspuren nicht von Mr Enderby stammen, könnte uns das einen guten Schritt weiterbringen.« Er nahm einen Schluck aus seinem Glas und wischte sich den Mund, dann fuhr er fort: »Was die Motive betrifft, tappen wir völlig im Dunkeln. Einzig bei Nowak haben wir einen Anhaltspunkt durch den Streit, den Julian Gregson mit angehört hat. Wir müssen die Haushälterin nochmals befragen, ob der Mann auf der Treppe eventuell auch Nowak gewesen sein könnte. Auch mit Trotwood will ich noch einmal sprechen. Ruby meinte, er sei am Freitag im Laden gewesen, vielleicht hat er etwas gesehen.«

»Diesem Bucket sollten wir auch noch einmal auf den Zahn fühlen. Ich finde es eigenartig, dass der zehn Minuten gebraucht hat, um Alarm zu schlagen, nachdem er den Coroner tot aufgefunden hat.«

»Warum hat er den Kittel nicht am Tatort zurückgelassen?«

Tweany schaute nach oben zu den geschwärzten Deckenbalken, als verhülfen sie ihm zu einer Eingebung. Was sie allem Anschein nach auch taten, denn jetzt hob er den Zeigefinger und erklärte: »Weil, wenn wir seinen Ursprungsort zurückverfolgen, wir auch in Erfahrung bringen, dass Bucket am Freitag beim Uhrmacher war.«

»Wieso ins eigene Auto?«

Abrupt stellte Tweany seine gesamte Beweisführung auf den Kopf.

»Vielleicht hat er nicht damit gerechnet, dass jemand den Kittel identifiziert«, meinte er.

»Oder er hat nicht berücksichtigt, dass sein Wagen durchsucht werden könnte«, überlegte Morton.

»Und für seine Frau gilt dasselbe.«

»Falls einer der beiden den Coroner erstochen hat, liegt der Schluss nahe, dass sie es auch zusammen geplant haben, denken Sie? Gut möglich, allerdings fällt es schwer zu glauben, dass hinter dieser stümperhaften Ausführung ein Plan stecken sollte. Die beiden haben kein Alibi, er braucht zehn Minuten, um in die Bibliothek zu gelangen, der blutbefleckte Kittel wird in seinem Wagen gefunden und das Ganze scheint ihn so mitgenommen zu haben, dass er sich danach nicht mehr auf den Beinen halten kann.«

»Vielleicht haben sie es schlau geplant und deshalb den Kittel gestohlen, als es aber so weit war, haben sie den Kopf verloren.«

»Ja, das würde schon eher passen.« Morton hielt sein Glas gegen das Licht der beschirmten Wandlampe und sah mit leicht zusammengekniffenen Augen durch die goldgelbe Flüssigkeit. »Den größten finanziellen Nutzen aus Sir Arnolds Tod ziehen selbstverständlich seine beiden Kinder«, fügte er hinzu. »In dieser Hinsicht steht Julian

Gregson an erster Stelle in der Rangliste der Verdächtigen. Apropos, was ist der jetzt? Ein Earl? Ein Baron?«

Erwartungsgemäß hatte Tweany das Opfer im »Debrett's« nachgeschlagen. »Aber nein«, winkte er schnöde ab. »Kein Hochadel, Julian erbt von seinem Vater nur den Titel eines Baronets.«

Morton sah hinaus auf das Schneetreiben. Die Flocken, inzwischen etwas schwerer und größer, begannen sich auf dem Sims und in den Fensterecken anzuhäufen. Auch Tweany warf nun einen besorgten Blick durch die rautenförmigen Scheiben nach draußen und leerte dann hastig sein Glas. »Wir sollten sehen, dass wir nach Hause kommen«, warnte er düster, »Bevor wir hier eingeschneit werden!«

19. Dezember 1946

Am Mittwochmorgen um acht fand die gerichtliche Voruntersuchung statt. Hierfür war in aller Eile ein Coroner aus einem anderen Grafschaftsbezirk bestellt worden, der die Untersuchung nun mit der Verbissenheit einer Bulldogge leitete. Den Angriff auf seinen Berufskollegen schien er sehr persönlich zu nehmen, und manchmal glaubte Morton, eine leise Furcht in seinen Augen aufflackern zu sehen. Auch die Fragen, die er den Zeugen respektive Tatverdächtigen stellte, ließen vermuten, dass er wohl die geheime Befürchtung hegte, einer von ihnen sei ein gefährlicher Serienkiller, der es auf seinesgleichen abgesehen hatte. Die Verhandlung zog sich in die Länge, und es war schon halb zehn, als die Jury auf Tötung durch eine oder mehrere unbekannte Personen erkannte.

Zum Inquest waren alle zur Tatzeit auf Greenacres Anwesenden erschienen, und Morton bat Desmond Trotwood beim Hinausgehen, mit ihm zurück auf die Wache zu kommen, da er mit ihm noch ein paar Fragen klären wollte. Trotwood bat darum, das Gespräch in seiner Buchhandlung führen zu dürfen, er sei schon spät dran mit der Ladenöffnung.

Wie von Ronny Barker düster vorhergesagt, lauerten vor dem Rathaus die Reporter. Anhand der Presseausweise, die in ihren Hutbändern steckten, erkannte Morton, dass mittlerweile auch die nationalen Blätter vertreten waren.

Glücklicherweise stürzten sie sich alle auf den Mann in der schmucken Uniform, den Chief Constable, was Morton Gelegenheit gab, sich unauffällig davonzumachen. Über Nacht hatte es stetig weiter geschneit und der Pflug war noch nicht bis zum Marktplatz vorgedrungen. Kreuz und quer führten schmale Pfade über den Platz, wo die Ladenbesitzer den samtweichen Schnee auf dem Weg zu ihren Geschäften festgetreten hatten. Auf dem Satteldach der Markthalle und auf den Fenstersimsen der Häuser ringsum jedoch lagerte die weiße Pracht noch rein und unversehrt und die ausladenden Zweige des Weihnachtsbaumes bogen sich unter der kalten, schweren Last.

Morton und Trotwood folgten dem Trampelpfad, der zur Buchhandlung führte. Sie war in einem der alten Tudorhäuser untergebracht, und als Morton eintrat, glaubte er sich in Dickens' Raritätenladen wiederzufinden. Vielleicht war das der Eindruck, den Trotwood erwecken wollte, denn im Eingangsbereich standen mit Ausnahme von ein paar in Leder gebundenen, antiquarischen Exemplaren mit Goldschnitt keine Bücher zum Verkauf. Auf grazilen Tischchen aus dunklem Holz und in zwei Glasvitrinen war stattdessen eine schöne Auswahl antiker Kleinode zur Schau gestellt. Emaillierte Schnupftabak- und Pillendosen, versilberte Tintenfässchen, Briefbeschwerer, Hutnadeln und ein halbes Dutzend viktorianische Portweingläser samt geschliffener Karaffe funkelten im sanften Licht einer Tiffanylampe. Interessiert sah sich Morton um, doch was auf den ersten Blick wertvoll erschien, entpuppte sich bei näherem Hinsehen als Trödel, den der Buchhändler geschickt zwischen ein paar kostbare, antike Stücke platziert hatte.

Trotwood hatte Mortons Blick bemerkt und sagte nun:

»Heutzutage muss man sich etwas einfallen lassen, um Kundschaft in den Laden zu locken. Haben mich eine ganze Stange Geld gekostet, die Antiquitäten, gebracht hat's aber nicht viel.«

Er führte Morton über knarrende Eichendielen nach hinten, und der hatte jetzt fast ein schlechtes Gewissen, weil er seinen Bedarf an Büchern in Oxford deckte. Er vermutete allerdings, dass der Mangel an Kundschaft in zumindest einer Hinsicht selbstverschuldet war, denn auf den sorgfältig gestalteten Eingangsbereich folgte das reine Chaos. Hier in der Mitte des Ladens stapelten sich die Bücher auf allen verfügbaren Flächen ohne auch nur den geringsten Ansatz eines erkennbaren Systems. Vor Jahren hatte Morton hier ein bestimmtes Buch gesucht, und obschon der damalige Besitzer versichert hatte, den Titel am Lager zu haben, war es ihm nicht gelungen, ihn in dem Wirrwarr aufzuspüren.

Zuoberst auf den überfüllten Bücherschränken und Regalen saß eine bizarre Kollektion ausgestopfter Tiere: Eulen, Raben und Elstern mit leicht angestaubtem Gefieder, in die Jahre gekommene Wiesel und Marder und drei kleine Haselmäuse, deren Fell seidig glänzte. Sie waren offenbar erst kürzlich hinzugekommen und mit einem rotbackigen Apfel und ein paar Nüssen zu einem Stillleben arrangiert. Die winzigen Nager hatten ihre schwarzen Knopfaugen auf ihr Schlemmermahl gerichtet, so als wollten sie sich gleich darüber hermachen. Trotwood hatte zweifellos eine künstlerische Ader. Stopfte er die Tiere am Ende selber aus? Taxidermie als Hobby?

Morton begann seinen Mantel aufzuknöpfen; die Luft war angenehm warm und roch gut, so wie es immer in Buchhandlungen roch, nach Papier, Druckerschwärze und trockenem Leim. Hier kam noch der Geruch nach altem Holz und Bratäpfeln hinzu.

Sie hatten den hintersten Teil des Ladens erreicht, wo in einer dunklen Ecke ein kleiner Tisch mit zwei Stühlen stand.

»Ich muss schnell nach den Äpfeln sehen«, sagte Trotwood und machte sich an einem Kanonenofen zu schaffen. Der kleine, runde Ofen strahlte eine infernalische Hitze ab, und Morton war gezwungen, seinen dicken Wintermantel ganz auszuziehen. Im Ofenrohr zischte und brutzelte es, während Trotwood mit einer eisernen Zange das Blech mit den Bratäpfeln herausholte.

»Mein Frühstück«, erklärte er und bat Morton mit einer Handbewegung, Platz zu nehmen. »Ich versuche, etwas auf meine Linie zu achten und Eier und Speck wegzulassen.«

»Scheint mir der richtige Zeitpunkt für eine Diät«, meinte Morton. »Die Lebensmittelrationierung spielt Ihnen in die Hände.«

Er hatte Trotwood falsch eingeschätzt. Obschon das abgenutzte Tweedjackett und die ausgebeulten Cordhosen anderes vermuten ließen, achtete er offenbar auf sein Äußeres, denn gesundheitliche Gründe konnten nicht für seine Diät verantwortlich sein. Er war nicht fettleibig, allenfalls etwas pummelig um die Taille herum.

Morton lag es fern, ihn für seine Eitelkeit zu kritisieren, da er selbst in dieser Beziehung von der Natur begünstigt war. Er musste sich nie auf die Waage stellen, konnte essen, was er wollte, und nahm kein Gramm zu.

»Ich gebe Ihnen einen Tipp«, sagte Trotwood. »Die Bäuerin, die ihren Stand gleich neben der Markthalle hat, verkauft die besten Äpfel.« Was die Einwohner von Chipping Bramton Markthalle nannten, war nicht mehr als ein strohgedecktes Dach auf sechs Holzpfeilern. Sie bot nur etwa acht Ständen Platz, die restlichen mussten sich darum herum gruppieren. »Es liege am Keller, sagt sie; wenn die Äpfel falsch gelagert werden, schrumpeln sie nämlich schon jetzt im Dezember.«

Er setzte sich auf einen Stuhl direkt neben dem Kanonenofen. Der Mann schien gegen die Hitze völlig unempfindlich zu sein.

»Mein Gott, war das eine Nacht!«, stöhnte er. »Ich bin heilfroh, dass ich dieses Wohnzimmer nie verlassen habe. Diese arrogante Bande hätte mir das Ding sonst angehängt.«

»Mit arrogante Bande meinen Sie …?«, erkundigte sich Morton.

»Die Gregsons und auch die Buckets würden alles daransetzen, den Täterkreis zu erweitern. Die sind mit Schuldzuweisungen schnell zur Hand.«

»Immerhin hat Emma Gregson Ihr Alibi bestätigt.«

Trotwood nickte befriedigt. »Sie hätte einen Meineid leisten müssen, um mich zu belasten. So weit wollte sie dann doch nicht gehen.«

Morton holte Notizbuch und Stift aus seiner Jackentasche. »Ich habe noch eine Frage zu letztem Freitag. Während Sie beim Juwelier Lilburne waren, kamen da noch weitere Kunden in den Laden?«

Trotwood verzog das Gesicht zu einem Ausdruck verdutzter Entrüstung. »Aber das war ich nicht«, widersprach er vehement. »Wie kommen Sie dazu, mir das zu unterstellen?«

»Ruby Lilburne sagte uns, Sie hätten Ihre Uhr zur Reparatur gebracht.«

»Ich habe nichts dergleichen getan! Meine Uhr funktioniert seit über einem Monat tadellos. Seither habe ich diesen Laden nicht mehr betreten.«

»Weshalb sollte Miss Lilburne so etwas sagen?«

Trotwood stieß ein kurzes, schnaubendes Lachen aus. »Weil sie sauer auf mich ist«, erwiderte er. »Ich bin nicht auf ihre Bitte eingegangen, für sie Schmiere zu stehen.«

»Vor dem Juweliergeschäft?«, fragte Morton mit geschärfter Aufmerksamkeit.

Trotwood warf ihm einen schnellen, scharfen Blick zu. »Nein, vor der Tür zur Bibliothek, vorgestern Abend.«

»Das müssen Sie mir etwas genauer erklären, Mr Trotwood.«

»Da gibt es nicht viel zu erklären. Nachdem Sie das Wohnzimmer verlassen hatten, kam Ruby zu mir. Ich sollte für sie die Polizeibeamten aus der Bibliothek locken und dann dafür sorgen, dass sie den Raum ungestört betreten und sich etwas herausholen könne.«

Morton spürte die Gereiztheit, die sich hinter den nüchternen Worten verbarg. »Hat sie Ihnen gesagt, was das war?«, fragte er.

»Nein, aber es schien ihr sehr wichtig zu sein.« Trotwood hielt stirnrunzelnd inne. »Hören Sie, Inspector, da Sie schon einmal hier sind: Mir ist da noch etwas eingefallen. Ich sagte Ihnen, ich hätte das Wohnzimmer den ganzen Abend über nicht verlassen. Das stimmt auch, aber um fünf vor zehn habe ich kurz in die Halle hinausgeschaut.« Der Ansatz eines verlegenen Lächelns erschien um seine Lippen. »Ich wollte sehen, wo Ruby bleibt. Ich hatte genug von der illustren Gesellschaft und wollte mich mit ihr zusammen auf den Heimweg machen. Und da sah ich jemanden oben an der Treppe stehen.«

Morton wartete ab, aber er setzte dem Gesagten nichts mehr hinzu.

»Wen haben Sie dort gesehen, Mr Trotwood?«, fragte er eindringlich.

»Das kann ich ihnen nicht mit Sicherheit sagen.« Trotwood schwieg einen Moment und trommelte nachdenklich mit den Fingerspitzen auf der Oberlippe herum. »Es war ein großer, schlanker Mann«, sagte er schließlich, »doch das Licht auf der Treppe ist schlecht und er ist gleich um den Absatz verschwunden. Ich würde mal annehmen, dass es entweder Julian Gregson oder dieser polnische Verwalter gewesen sein muss. Die beiden haben in etwa dieselbe Statur. Natürlich könnte sich auch ein Fremder ins Haus geschlichen haben, aber das haben Sie ja ausgeschlossen.«

»Ausschließen können wir in diesem Stadium der Ermittlungen gar nichts«, stellte Morton richtig, »aber es ist eher unwahrscheinlich. Sämtliche Türen und Fenster des Hauses waren verriegelt.«

Er dankte dem Buchhändler für die Zeit, die er ihm gewidmet hatte, verabschiedete sich und trat wieder hinaus in die Kälte.

***

Zurück auf der Bezirkswache rief Morton gleich im Krankenhaus an, wo man ihn abwimmelte. Er könne heute Nachmittag um drei, während der Besuchszeit, mit dem zuständigen Arzt sprechen. Dann legte ihm Tweany den schriftlichen Bericht der Spurensicherung auf den Schreibtisch.

»Da gehen sie hin, unsere schönen Indizienbeweise«, sagte er. »Die kurzen Haarstoppeln, die man am Kragen des Arbeitskittels gefunden hat, stammen vom Uhrmacher selber. Er ist am Donnerstag über Mittag beim Friseur gewesen, und auch die Talkumspuren gehen auf diesen Friseurbesuch zurück. Mr Enderby habe eine sehr empfindliche Haut, und nachdem man ihm den Nacken ausrasiert hatte, wurde er ihm abgepudert.«

Morton überflog die entsprechende Seite und auch den Bericht der Gerichtsmedizin, den der Pathologe mitgebracht hatte. Er ergab keine neuen Hinweise. Der Allgemeinzustand des Coroners war gut gewesen, alle Organe gesund; hätte er nicht ein vorzeitiges Ende gefunden, hätte er ein hohes Alter erreichen können.

Morton sah hinüber zum Teekessel, der heute verwaist auf dem Tischchen zwischen den Fenstern stand. Tweany folgte seinem Blick und sagte bedauernd: »Stromunterbruch Sir. Aber ich habe meine Lampe hier angemacht; sobald sie aufleuchtet, wissen wir, dass das Netz wiederhergestellt ist, und dann hab ich uns im Nu ein Tässchen aufgebrüht.«

Es klopfte an der Tür und Sergeant Paisley steckte den Kopf herein.

»Sie haben die Akte zum Einbruch bei Lilburne verlangt, Inspector?«, fragte er mit unverhohlenem Groll. Dass Morton die Stirn hatte, einen seiner Fälle zu überprüfen, nahm er offenbar sehr persönlich.

»Richtig«, sagte der und winkte ihn herein. »Und dazu habe ich noch ein paar Fragen.«

Paisley quälte sich in den Raum und ließ die Tür hinter sich weit offen stehen.

»Sie sind wieder genesen, wie ich sehe«, stellte Morton fest, doch der Sergeant schüttelte entschieden den Kopf. »Davon kann keine Rede sein«, versetzte er missmutig, »aber was will man machen, wenn die Pflicht ruft.« Morton zog es vor, seine Klagen zu ignorieren, und so fügte Paisley mit leidgeprüfter Miene hinzu: »Mit Inspector Lumeley ist in nächster Zeit nicht zu rechnen und die Arbeit erledigt sich ja nicht von alleine.«

Er ließ sich ermattet auf den Besucherstuhl sinken und zog ein Taschentuch aus seinem ausgebeulten Hosensack. Dabei flatterte ein Zettel zu Boden. Morton, der aufgestanden war, um die Tür zu schließen, hob ihn auf und warf einen Blick darauf. Es war ein Wettschein auf ein Pferd, das gestern gelaufen war. Auf die Rennbahn also, dachte er, hat sich der Mann gestern, von Krankheit gezeichnet, geschleppt. Er hielt ihm den Schein hin.

»Sie haben da etwas verloren, Sergeant«, sagte er.

Paisley schnappte ihn sich und murmelte: »Die hat ein Kollege für mich abgeschlossen.«

Immerhin war er schnell mit einer Ausrede zur Hand, dachte Morton und wies dann auf die Unterlagen, die ihm Constable Bates gebracht hatte. »Ist der Fall noch pendent, Sergeant?«, fragte er.

»Offiziell schon«, beschied Paisley mit einem gleichgültigen Achselzucken. »Aber unter uns gesagt, ist da nichts mehr zu machen.« Er deutete mit einem schmuddeligen Zeigefinger auf die Akten. »Sie sehen ja selbst, das ist jetzt über vier Monate her. Wenn der Schmuck nicht bei einem Hehler auftaucht, den wir per Zufall hochnehmen, haben wir keine Chance.«

Morton musterte ihn einen Moment. Es war kaum zu glauben, wie unbedarft der Mann war. Oder vorgab, es zu sein.

»Ist Ihnen an dem Einbruch nichts Eigenartiges aufgefallen?«, fragte er etwas gereizt, doch der Sergeant sah ihn nur ungerührt an und konterte: »Nein, wieso?«

»Offenbar hat es nur wenige Minuten gedauert, bis die beiden diensthabenden Constables am Tatort eintrafen, und trotzdem fehlte von den Dieben jede Spur. Nach dem Aufbrechen der Tür, – da ging der Alarm los – hatten sie also weniger als fünf Minuten Zeit, um den Schmuck zu erbeuten, über den ganzen Marktplatz zu rennen und in einer Seitengasse zu verschwinden.«

»Ja, das waren Profis, Sir«, bemerkte Paisley in geradezu haarsträubender Begriffsstutzigkeit.

Morton bemühte sich höflich zu bleiben: »Besitzen die Lilburnes denn keinen Tresor?«

»Doch, und die wertvollen Stücke werden auch dort drin verwahrt. Nachts wird alles eingeschlossen, aber die Tochter nimmt es damit offenbar nicht so genau. Sie gab an, sie hätte das wohl am Vorabend des Einbruchs vergessen.«

»Und das haben Sie ihr geglaubt?«

»Aber ja, ich hatte keinen Grund, an ihrer Aussage zu zweifeln.«

»Ihnen ist nie der Gedanke gekommen, die junge Frau könnte da ihre Finger im Spiel gehabt haben?«, fragte Morton fassungslos. »Schon mal was von Versicherungsbetrug gehört?«

»Nun ja, wir sind ja nicht blöd«, wehrte sich Paisley mit einem lautstarken Schnauben. »Ich habe sie gefragt, wo sie in der Nacht war, und es stellte sich heraus, dass sie bei einer Freundin am anderen Ende der Stadt übernachtet hat. Die Kleine ist aus der Sache raus. Der können Sie nichts anhängen, auch wenn Sie das möchten, weil sie jetzt eine Tatverdächtige in einem Mordfall ist.« In Paisleys Stimme schwang der Triumph desjenigen mit, der nach langer Diskussion recht behalten hat. »Und Mrs Lilburne, die war gar nicht hier«, setzte er hinzu. »Die lag zu der Zeit im St. Luke's.«

Von all dem kein Wort in den Akten! Morton unterließ es, den Mann darauf hinzuweisen; er hatte genug von seinen Ausflüchten. Paisley streckte die Hand nach dem Dossier aus, aber Morton sagte:

»Das behalte ich vorläufig hier. Besten Dank, Sergeant.«

Paisley machte sich mit einem leidenden Seufzer davon und kreuzte an der Tür Sergeant Jellyby von der Spurensicherung. Der brachte eine Abschrift des Briefes, der im Feuer gelegen hatte, und die Überreste des Originals zwischen zwei Glasplatten mit, und legte beides vorsichtig vor Morton auf den Schreibtisch.

»Wie Sie sehen, enthält nur ein Fragment des Papiers Bruchstücke eines mit Schreibmaschine getippten Textes«, sagte er. »Der Brief muss sehr kurz gewesen sein, nur etwa sechs Zeilen, nehmen wir an. Wir haben versucht, durch vorsichtiges Erwärmen noch einige Buchstaben in den angesengten Rändern sichtbar zu machen. Leider ohne Erfolg; wir wollten nicht riskieren, das Dokument zu zerstören.« Er tippte mit der Fingerspitze auf die Glasplatte. »Für die zwei Stellen, die innerhalb des Textes fehlen, haben wir den Abstand zum darauffolgenden Wort berechnet und für die fehlenden Buchstaben Punkte gesetzt. Vielleicht hilft Ihnen das beim Entschlüsseln.«

Morton las:

owak ist nicht der für..
Geheim......noch bei der R
teur, der sein La...schmählich im St
auf der Hut!

»Die Schreibmaschine konnten wir identifizierten; es handelt sich um eine Underwood No. 5, ein älteres Modell, das schlecht gewartet wurde. Wie Sie sehen, ist die Aussparung des kleinen ›e‹ mit Farbbandspuren verklebt und der Typenhebel des großen ›S‹ schlägt etwas oberhalb der Linie an. Wenn Sie die Maschine ausfindig machen, können Sie also leicht bestimmen, ob dieser Brief darauf geschrieben worden ist.«

Morton setzte zum Sprechen an, doch Jellyby hob abwehrend die Hand.

»Nein«, sagte er, »auf Greenacres haben wir nirgends eine Schreibmaschine entdeckt.«

Nachdem er sich auf den Weg zurück in sein Labor gemacht hatte, wandte sich Morton an seinen Sergeant:

»Im Büro der Lilburnes hat eine Schreibmaschine gestanden. Können Sie sich erinnern?«

»Ja, die war noch recht neu«, bestätigte Tweany. »Eine Remington.« Er trat zu Morton an den Schreibtisch und beugte sich begierig über die Abschrift des Briefes. »Na, dann wollen wir mal!«, frohlockte er. Das hier war ganz nach seinem Geschmack. »Ich mach rasch eine Abschrift, so können wir uns beide daransetzen und das Resultat vergleichen.«

Morton zeigte sich einverstanden, und eine halbe Stunde später legte Tweany den Stift beiseite und sagte befriedigt: »So, ich wär dann so weit. Sie, Chef?«

»Ich bin mir nicht sicher«, meinte Morton. »Aber lassen Sie mal hören.«

Tweany begann:

»Aus ›owak‹ habe ich Nowak gemacht. ›Geheim…‹ könnte Geheimdienst sein oder ein separates Wort mit vier Buchstaben. ›La..‹ ist Land, da bin ich mir ziemlich sicher, denn das ›St‹ steht für Stich, nur so macht es Sinn. Das große ›R‹ könnte alles Mögliche sein; ›teur‹ ist vielleicht ein Schreibfehler und sollte teuer heißen. Und der letzte Satz ist sicher eine Warnung.«

Er kam zu Morton hinüber und legte das Blatt vor ihn hin.

Nowak ist nicht der, für
Geheimdienst noch bei der R
teur, der sein Land schmählich im Stich
Seien Sie auf der Hut!

Morton zeigte auf den Anfang der dritten Linie. »Wie wär's mit Deserteur?«

Tweany schlug sich mit der flachen Hand gegen die Stirn. »Aber ja! ›Ein Deserteur, der sein Land schmählich im Stich gelassen hat‹.«

»Wenn wir einmal annehmen, dass ›Geheim‹ für Geheimdienst steht, und davor ein ›weder beim‹ setzen, ergibt die erste Linie Sinn.

›Nowak ist nicht der, für den er sich ausgibt‹, könnte es heißen, und weiter: ›Er hat weder beim britischen Geheimdienst noch bei der R …?«

»… RAF gedient«, vervollständigte Tweany den Satz.

»Klingt plausibel. Uns gegenüber gab er an, als Pilot eingesetzt worden zu sein, und zwar für Nachtflüge. Offenbar wollte er uns glauben machen, er habe für den MI6 gearbeitet, und das hat er womöglich auch Sir Arnold erzählt. Nowak hat viel Wert auf die Feststellung gelegt, dass seine Tätigkeit während des Krieges noch immer der Geheimhaltung unterliegt. Auf diese Weise konnte er verhindern, dass der Coroner bei der Royal Air Force Nachforschungen anstellt.«

Tweany hatte heftig nickend zugehört. »Da haben wir ein prächtiges Motiv«, sagte er jetzt. »Der Coroner hat durch diesen Brief von dem Schwindel erfahren und Nowak zur Rede gestellt. Darum ist es in dem Wortwechsel gegangen, den Julian Gregson mitangehört hat. Wer weiß, was der Gauner sonst noch auf dem Kerbholz hat.«

Morton kam auf die Füße. »Was wir uns da zusammengereimt haben, hat leider keine Beweiskraft«, schränkte er ein. »Aber ich denke, dass wir richtig liegen.« Er griff sich die Akten, die sie in der Bibliothek sichergestellt hatten, und nahm seinen Wintermantel vom Haken. »Ich fahr nochmals raus nach Greenacres. Halten Sie hier die Stellung.«

Tweanys Augenbrauen schossen bis zum Haaransatz hoch. »Ist das klug, Chef, dass Sie da alleine hingehen? Der Mann hat Sie gestern mit einem Messer bedroht und sehr wahrscheinlich Sir Arnold erstochen. Der ist gewalttätig.«

»Kann sein, aber er ist nicht dumm. Er weiß, dass es ihm nichts bringt, einen Kriminalbeamten anzugreifen. Und falls ich in zwei Stunden nicht zurück bin, können Sie ja mal einen Suchtrupp losschicken.«

2

Auf seinem Weg nach Greenacres musste Morton eine ganze Weile gemächlich hinter einem Pferdefuhrwerk herzuckeln. Obschon die Straße am frühen Morgen geräumt worden war, bedeckte wieder eine dicke Schneeschicht die Fahrbahn. Erst als die kurvige Landstraße in ihrem weiteren Verlauf geradlinig dem Flusslauf folgte, konnte er zum Überholen ansetzen. Der zinnfarbene Fluss in seinem tiefen Bett floss träge dahin, flankiert von dicken Schneekissen, die sein Ufer säumten.

Vor dem Tor zu Greenacres lagerte die Presse. Sie hatten offenbar beschlossen, ihren Beobachtungsposten vom Rathaus hierher zu verlegen. Morton hatte sich schon gefragt, wann sie hier auftauchen würden. Obwohl das Tor fest verschlossen war, hofften sie wahrscheinlich, einen Blick auf Greenacres zu erhaschen. Als Morton vorfuhr, umringten die Reporter seinen Wagen und bestürmten ihn mit ihren Fragen. Er kurbelte das Fenster zwei Finger breit herunter und sagte:

»Die Ermittlungen laufen. Sobald neue Erkenntnisse vorliegen, werden Sie bei einer Pressekonferenz darüber informiert.«

Natürlich gaben sich die Männer mit dieser kargen Auskunft nicht zufrieden und schrien ihm weiterhin ihre Fragen entgegen. Morton kurbelte das Fenster wieder hoch und hupte ein paar Mal, worauf die Gärtnersfrau aus dem Pförtnerhaus herbeieilte, um ihm das Tor zu öffnen. Bevor er allerdings durchfahren konnte, ging noch ein Blitzlichtgewitter auf ihn nieder. In Ermangelung eines lohnenden Sujets hatten die Fotografen mit Mortons Konterfei vorlieb nehmen müssen.

Weiter oben war der Gärtner mit einem Gehilfen dabei, die Auffahrt freizuräumen, doch sie waren erst bis zur Hälfte gelangt, und danach fuhr Morton durch den unberührten Pulverschnee. Ein Eichhörnchen huschte über den Weg und erklomm flink und wendig eine Weißbuche, an deren Stamm auf der Wetterseite dicke Streifen festgefrorenen Schnees hafteten. Sein rotbraunes Fell der einzige Farbtupfer in dem eisigen Weiß, das die gesamte Parklandschaft bedeckte. Morton hielt den Wagen gleich am Ende der Zufahrt, griff sich die Akten vom Beifahrersitz und stieg aus. Draußen zog er sich den Hut ins Gesicht und überquerte rasch den großen Platz vor der Hausfront. Unter seinen Füßen knirschte es und die Luft war so kalt, dass ihm gleich das Gesicht zu prickeln begann.

Unter dem Portikus klopfte er sich erst den Schnee von den Schultern, bevor er den Klingelzug betätigte. In der kalten Stille hörte er, wie das gedämpfte Läuten sich drinnen fortsetzte, aber es dauerte ein paar Minuten, bis ihm geöffnet wurde. Es war Julian Gregson, der zur Tür gekommen war.

»Kommen Sie schnell herein«, sagte er anstatt einer Begrüßung. Das blonde Haar fiel im seitlich über die Stirn, auf der ein dunkelgrauer Staubfleck zu sehen war. »Bei dieser elenden Kälte kriegen wir das Haus kaum mehr warm.«

Er hatte die Tür nur so weit geöffnet, dass Morton durch den Spalt hineinschlüpfen konnte. Der fand nicht, dass es drinnen besonders kalt war, aber nach der Hitze, die im Nahen Osten vermutlich geherrscht hatte, musste Gregson das winterliche England als sehr unwirtlich empfinden. Er war entsprechend gekleidet, trug einen warmen, dicken Wollpullover über den hellen Flanellhosen.

»Was führt Sie her, Inspector?«, fragte er, als sie nebeneinander in der Halle standen.

»Es gibt noch ein paar Fragen zu klären«, erwiderte Morton und überreichte ihm die Schriftstücke, die er mitgebracht hatte.

Gregson nahm sie entgegen. »Konnten Sie etwas damit anfangen?«, erkundigte er sich. »Haben Ihre Nachforschungen schon etwas Neues ergeben?«

»Wir stehen noch ganz am Anfang unserer Ermittlungen und verfolgen verschiedene Spuren«, sagte Morton unverbindlich.

»Kommen Sie, Inspector«, forderte ihn Gregson auf. »Wir gehen in die Bibliothek. Ich habe dort eben das Feuer neu entfacht.« Er nahm Morton Hut und Mantel ab und der folgte ihm durch die Halle.

In der Bibliothek wies Gregson auf den Schreibtisch des Coroners, auf dem sich Papiere und Aktenordner türmten, und erklärte: »Ich bin dabei, mir einen Überblick zu verschaffen, was erledigt werden muss.« Er strich sich das Haar aus der Stirn. »Das ist recht mühselig, denn ich bin völlig ahnungslos, was die Geschäfte meines verstorbenen Vaters anbelangt.«

»Vielleicht könnte der Gutsverwalter behilflich sein«, schlug Morton vor, doch Gregson schüttelte entschieden den Kopf. »Nicht bevor ich Klarheit habe. Dem Mann traue ich nicht über den Weg. Weiß der Teufel, weshalb ihn mein Vater zum Gutsverwalter befördert hat. Mit seiner Menschenkenntnis war es nicht weit her.« Er deutete auf die beiden Sessel vor dem Kamin. »Bitte nehmen Sie Platz, Inspector. Darf ich Ihnen etwas anbieten? Einen Sherry vielleicht?«

»Ja, wieso nicht«, erwiderte Morton und setzte sich. »Wenn Sie auch einen nehmen.«

Das Kaminfeuer brannte lichterloh und strahlte viel Wärme ab. Auf die Kohlen waren vier gewölbte Scheite geschichtet worden. Während die Flammen um die helle Rinde des Holzes züngelten, verströmten sie einen angenehmen, würzigen Duft.

Gregson ging kurz hinaus und kam mit zwei gefüllten Gläsern zurück. Nachdem auch er Platz genommen hatte, bemerkte Morton:

»Sie sagten mir, Sie seien eben aus Syrien zurückgekehrt, Sir Julian.«

»Ja, ich war dort vor dem Krieg an den Ausgrabungen von Chagar Bazar beteiligt. Diese Grabungen sind abgeschlossen, doch der Nahe Osten birgt noch viele äußerst interessante Landstriche, die sich lohnen könnten. An Nimrud, wo schon Mitte des letzten Jahrhunderts Grabungen unter der Leitung von Sir Layard durchgeführt wurden, besteht nach wie vor großes Interesse und wir hoffen auch im Grenzgebiet zu Syrien fündig zu werden. Ich habe dort mit einer kleinen Gruppe Archäologen an einer Geländebegehung teilgenommen.«

Morton lächelte interessiert. »Eine faszinierende Tätigkeit«, meinte er. »Werden Sie dorthin zurückkehren?«

Gregson schlug die langen Beine übereinander. »Ich hatte noch keine Gelegenheit, mir darüber Gedanken zu machen«, meinte er. »Ursprünglich hatte ich das vor. Ich bin nur zurückgekehrt, um Weihnachten mit meiner Familie zu verbringen und im Anschluss daran unsere Erkenntnisse mit meinen Kollegen vom British Museum zu besprechen. Vorerst werde ich wohl hierbleiben. Meine Schwester ist in einer schlechten Verfassung. Ich kann sie nicht allein lassen.«

Morton nippte kurz an seinem Sherry und zog dann Notizbuch und Stift aus der Jackentasche. »Bevor Ihr Vater ermordet wurde, hat er hier einen Anruf entgegengenommen«, sagte er und wies mit dem Kinn auf den Telefonapparat. »Mrs Finch konnte uns sagen, wer der Anrufer war, und wir haben uns mit ihm in Verbindung gesetzt.«

»Ich habe mich schon gewundert, wer das gewesen sein könnte. Mein Vater hat es gar nicht geschätzt, nach dem Dinner noch Telefonate anzunehmen.«

»Offenbar hatte Sir Darnley Ihren Vater schon am Morgen zu erreichen versucht; es wurde ihm aber beschieden, Sir Arnold sei erst abends nach der Chorprobe wieder zu erreichen.«

Gregson runzelte irritiert die Stirn. »Tatsächlich?«, fragte er.

»Das scheint Sie zu erstaunen«, hakte Morton nach.

»Mein Vater war zum Mittagessen hier. Wir haben zusammen gegessen.«

Es war Gregsons Schwester gewesen, die Sir Darnleys Anruf entgegengenommen hatte. Morton wollte mehr darüber wissen.

»Wir versuchen zu rekonstruieren, wie Ihr Vater den letzten Montag verbracht hat«, sagte er. »Wohin er gegangen ist, welche Termine er wahrgenommen hat, zu welchen Zeiten er zu Hause war, ob er Besucher empfangen oder Anrufe getätigt hat.«

»Ich fürchte, da bin ich keine große Hilfe«, meinte Gregson. »Ich habe meinen Vater nur zu den Mahlzeiten gesehen. Nach dem Frühstück ist er gleich ins Rathaus gefahren und hat dort den ganzen Morgen verbracht. Nach dem Lunch war er noch eine Weile hier, ich schätze mal, so bis um drei. Während dieser Zeit habe ich den Streit zwischen ihm und dem Verwalter mitangehört. Als ich am späteren Nachmittag nochmals versucht habe ihn zu sprechen, war er nicht mehr im Haus. Ich habe ihn dann erst wieder beim Dinner um halb sieben gesehen.«

»Wenn ich Sie recht verstehe, war Ihnen daran gelegen, Ihren Vater alleine anzutreffen. Was wollten Sie denn mit ihm besprechen?«

Den einen Arm über die Brust gelegt, das Kinn auf die andere Hand gestützt, erklärte Gregson: »Ich habe keinen Schimmer, was ich meiner Schwester zu Weihnachten schenken soll, und erhoffte mir von ihm einen Rat.«

Morton konnte nicht erkennen, ob der Mann die Wahrheit sprach. Er wirkte völlig entspannt; kein Muskel in seinem Gesicht verriet, ob ihm die Frage unangenehm gewesen war.

»Hat Sir Arnold Sie beim Frühstück über seine Pläne für den Tag unterrichtet?«

»Nicht im Einzelnen. Bevor er den Tisch verließ, meinte er nur, er fahre jetzt ins Büro und sei zum Mittagessen wieder zurück.«

»War Ihre ganze Familie zum Frühstück versammelt?«

Gregson nickte. »Ja, das, was davon übrig ist.« Er verzog die Lippen zu einem traurigen Lächeln. »Seit dem Tod meiner Mutter sind wir ja nur noch zu dritt.«

Morton fuhr fort: »Wir haben Sir Darnley über den Grund seines Anrufs befragt. Er gab an, er hätte Ihren Vater über die Verschiebung eines Sitzungstermins informiert. Und hierzu hätte ich noch eine Frage. Aus dem Testament von Sir Arnold geht hervor, dass er der ›Stiftung für die berufliche Wiedereingliederung versehrter RAF-Piloten‹, der er als Stiftungsrat vorstand, 5000 Pfund hinterlassen hat. Sie muss ihm viel bedeutet haben.«

»Ja, das ist so«, stimmte Gregson zu. »Mein Vater hat diese Stiftung ins Leben gerufen.« Er schwieg einen Moment und holte sich ein Briefchen Zigarettenpapier und einen Tabaksbeutel vom Kaminsims. Nachdem er sich wieder hingesetzt hatte, fügte er etwas bitter hinzu: »Mein alter Herr liebte es, gute Werke zu tun.«

»Gab es noch weitere gemeinnützige Organisationen, die er unterstützt hat?«, fragte Morton.

»Finanziell nicht, nein«, erwiderte Gregson. »Aber sehen Sie sich einmal hier im Haus um, Inspector«, er machte eine ausholende Bewegung in den Raum hinein. »Mein Vater sammelte gescheiterte Kreaturen oder vielmehr solche, die in Schwierigkeiten steckten. Er sah sich gerne als Retter in der Not, doch er ließ die Menschen, die von ihm abhängig waren, spüren, wem sie diese Rettung zu verdanken hatten.«

»Inwiefern?«

»Nun, er neigte dazu, sie zu bevormunden.« Gregson häufte etwas Tabak auf das dünne Papier und begann dann, es zu einer Zigarette zu rollen. Seine langen, schlanken Finger hantierten dabei sehr geschickt. »Aber vielleicht tue ich ihm unrecht und er handelte aus einem echten Hilfsbedürfnis heraus. Die eigenen Eltern objektiv einzuschätzen, dürfte ein Ding der Unmöglichkeit sein.«

»Könnten Sie das etwas präzisieren?«, bat Morton. »Wem hat Sir Arnold unter die Arme gegriffen?«

»Dem Verwalter ganz offensichtlich. Der hatte sich an die Stiftung gewandt, erfüllte aber die Kriterien für die Beihilfe nicht, und so hat mein Vater ihn kurzerhand hier beschäftigt. Dann das Hausmädchen. Sie hat sich um die Stelle beworben, hatte aber keinerlei Referenzen und ist demzufolge nirgends untergekommen. Nicht weiter erstaunlich, das Mädchen ist völlig unbedarft. Trotzdem wurde sie eingestellt.«

»Und Mrs Finch?«

»Die einzige kompetente Person in diesem Haushalt. Sie ist nicht zu beneiden.« Gregson sah sich suchend um und erkundigte sich dann: »Haben Sie ein Streichholz, Inspector?«

Morton gab ihm Feuer und ein beißender Geruch stieg von dem Tabak auf.

»Um noch einmal zu letztem Montag zurückzukommen«, sagte er. »Sie gaben an, den ganzen Abend auf Ihrem Zimmer verbracht zu haben, Sir Julian. Könnte es sein, dass Sie es einmal verlassen haben, weil Sie im Wintergarten verabredet waren?«

»Aber nein«, wies Gregson die Vermutung entschieden zurück. »Mit wem hätte ich mich dort treffen sollen?«

»Mit Miss Lilburne. Sie hat ausgesagt, Sie hätten sie dort hinbestellt.«

»Davon weiß ich nichts. Wie kommt sie dazu, so etwas zu sagen?«

»Miss Gregson hätte ihr Bescheid gegeben. Sie hätten Ihre Schwester gebeten, ihr auszurichten, sie solle sich im Wintergarten einfinden.«

»Das ist absurd!«, protestierte Gregson in zorniger Fassungslosigkeit. »Ich habe nichts dergleichen getan! Behauptet sie etwa, sie hätte mich dort angetroffen?«

»Nein«, räumte Morton ein. »Sie sagt aus, es sei niemand dort gewesen, als sie in den Wintergarten kam. Daraufhin hätte sie sich noch etwas umgesehen, ob sie Sie sonst irgendwo antreffen würde.«

»Die Frau lügt ganz offensichtlich«, meinte Gregson. »Weshalb hätte ich mich mit ihr treffen sollen?« Er hielt kurz inne und klaubte sich einen Tabakkrümel von der Unterlippe. »Moment mal«, setzte er argwöhnisch hinzu. »Hat sie damit vielleicht begründet, weshalb sie hinausgegangen ist?«

Morton nickte.

»Dann würde ich Ihnen anraten, diese Frau sehr genau unter die Lupe zu nehmen. Was sagt denn meine Schwester dazu?«

»Wir werden sie noch befragen müssen.«

»Ja, tun Sie das, Inspector!«

»Apropos, führt vom Wintergarten eine Tür ins Freie?«

»Nein, sie wurde während des Krieges zugemauert, da der Raum nicht länger beheizt werden durfte.«

Constable Whitelaw hatte alle Räume überprüft, aber Morton wollte sich das doch einmal ansehen. Er stand auf, steckte sein Notizbuch ein und fragte: »Wären Sie so freundlich, mir zu zeigen, wie ich da hinkomme? Und danach würde ich gerne noch kurz mit Ihrer Schwester sprechen.«

Auch Gregson kam auf die Füße. Er führte ihn auf die Westseite der Halle und über einen kurzen Gang zu einer zweiflügeligen Glastür. Dort ließ er Morton eintreten, versicherte, er werde seiner Schwester gleich Bescheid sagen, und zog sich zurück.

Morton betrat eine ebenerdige, steingeflieste Veranda, an deren Stirnseite ein paar eingetopfte Grünpflanzen standen. Sie mussten winterhart sein, denn hier war es nicht viel wärmer als draußen. Die verglasten Wände waren mit Eisblumen bedeckt und auf dem Dach lastete so viel Schnee, dass er den ganzen Raum verdüsterte. Morton kontrollierte die Scheiben; sie waren alle intakt, hier war mit Sicherheit niemand eingedrungen.

Er wollte eben zurück in die Halle, um sich auf die Suche nach Emma Gregson zu machen, aber als er sich umwandte, stand sie plötzlich vor ihm. Für eine Frau von ihrer Größe bewegte sie sich erstaunlich leise. Sie trug immer noch das schwarze Kleid vom Vortag; darüber wirkte ihr Gesicht leichenblass.

»Julian sagte mir, Sie wollten mich sprechen, Inspector«, sagte sie. Ihre Stimme klang müde und resigniert.

»Ja, ich habe noch ein, zwei Fragen«, erklärte Morton. »Es dauert nicht lange.« Er machte einen Schritt auf sie zu und reichte ihr die Hand. »Wie geht es Ihnen, Miss Gregson?«

Sie gab keine Antwort, sondern hob nur die Schultern und ließ sie wieder fallen. Eine traurige Geste der Vergeblichkeit.

»Leider muss ich nochmals auf den Montagabend zurückkommen, um einige Zeugenaussagen zu überprüfen.« Emma Gregsons Blick glitt ins Leere. »Haben Sie sich im Laufe des Abends einmal mit Miss Lilburne unterhalten?« Sie nickte nur. »Können Sie sich erinnern, um welche Zeit das war?«

Sie schüttelte verneinend den Kopf, doch als Morton sie weiterhin erwartungsvoll ansah, sagte sie förmlich: »Ich habe mit allen unseren Gästen im Laufe des Abends gesprochen.«

»Haben Sie ihr etwas von Ihrem Bruder ausgerichtet?« Sie schüttelte wiederum nur den Kopf. »Ruby Lilburne sagte uns, Julian hätte sie hier im Wintergarten treffen wollen und Sie hätten ihr diese Nachricht überbracht.«

Emma Gregson brachte ein flüchtiges Lächeln zustande. »Ruby hat ein Auge auf Julian geworfen. Wahrscheinlich ist sie auf gut Glück hinausgegangen, um nach ihm zu suchen, und um das Gesicht zu wahren, hat sie Ihnen diese Lügen aufgetischt.« Ihr Lächeln war schmallippig, gepresst und auf eine kummervolle Art gönnerhaft.

Emma mochte mit ihrer Vermutung richtig liegen, dachte Morton. Doch falls der Mann, den die Haushälterin auf der Treppe gesehen hatte, tatsächlich Julian gewesen war, waren er und Ruby vielleicht tatsächlich verabredet gewesen. Nicht zu einem heimlichen Rendezvous, sondern um Sir Arnold umzubringen. Wenn das zutraf, könnten sie das Treffen im Wintergarten vorgeschützt haben, um ihr wahres Vorhaben zu tarnen. Weshalb aber waren sie nicht bei ihrer ursprünglichen Version geblieben? Weshalb hatte Ruby ausgesagt, sie hätte Julian nicht angetroffen, und Julian, er sei gar nie mit Ruby verabredet gewesen? Hatten sie sich nach der Tat zerstritten und versuchten sie nun, sich gegenseitig den Schwarzen Peter zuzuschanzen?

»Worüber haben Sie sich mit Miss Lilburne unterhalten?«, fragte er.

Emma machte eine kleine, wegwerfende Handbewegung. »Ich habe nur der Höflichkeit halber ein paar Worte mit ihr gewechselt. Sie stand drüben beim Grammofon und hat die Schallplatten durchgesehen. Wir haben eine recht große Sammlung und sie fragte mich, ob sie die eine oder andere ausleihen dürfte.«

Morton hatte sich Notizen gemacht, jetzt sagte er: »Sir Darnley, der Mann, mit dem Ihr Vater kurz vor seiner Ermordung telefoniert hat, versuchte ihn schon am Montagmorgen zu erreichen. Er sagte uns, Sie hätten den Anruf entgegengenommen und er habe Sie gebeten, Ihren Vater über die Verschiebung eines Sitzungstermins zu informieren, aber Sie hätten ihn aufgefordert, abends nochmals anzurufen.«

Emma hielt den Blick zu Boden gesenkt und zog geistesabwesend an einem Ring an ihrer rechten Hand. »Mein Vater hat mich letzthin gerügt, weil ich eine Nachricht nicht korrekt weitergegeben habe«, sagte sie leise. »Anscheinend hatte ich etwas falsch verstanden, und deshalb habe ich Sir Darnley gebeten, selbst mit ihm zu sprechen.«

»Ihr Vater hat es offenbar nicht geschätzt, nach dem Dinner noch Telefonate entgegenzunehmen«, entgegnete Morton. »Trotzdem haben Sie Sir Darnley aufgefordert, erst abends anzurufen, obwohl Ihr Vater zum Mittagessen schon wieder im Haus war.«

Emma hob den Kopf und richtete ihren vagen Blick auf Morton. »Habe ich das?«, fragte sie zerstreut. »Tut mir leid, ich wusste das vielleicht nicht.«

»Ihr Vater hätte nach dem Frühstück erklärt, er sei zum Mittagessen wieder zu Hause.«

»Ja, das kann sein«, räumte Emma ein. »Er hat seine Pläne allerdings oft geändert.« Sie hielt inne und fügte irritiert hinzu: »Ist das denn wichtig? Hat dieser Anruf etwas mit seiner Ermordung zu tun?« Die blassblauen Augen weiteten sich schockiert. »Steht Sir Darnley etwa unter Verdacht?«

Morton schüttelte den Kopf. »Nein, weder noch«, erklärte er. »Machen Sie sich keine weiteren Gedanken darüber. Es ist lediglich eine Unstimmigkeit, der ich auf den Grund gehen wollte. Manchmal führen solche trivialen Vorfälle zu einer verwertbaren Spur.«

Er verabschiedete sich von Emma Gregson und machte sich auf die Suche nach Mrs Finch. Durch die grüne Baizetüre und von dort hinunter ins Souterrain, wo ihm der Geruch nach Röstkartoffeln und gebratenen Zwiebeln den Weg in die Küche wies. Dort war das Hausmädchen dabei, mit lautstarkem Geschirrgeklapper den großen Tannenholztisch zu decken. Offenbar hatte sie am Abend des Mordes doch nicht das Weite gesucht. Morton steckte den Kopf zur Tür hinein, zeigte rasch seinen Ausweis und fragte, wo er Mrs Finch antreffen könne.

Die Köchin nahm eben einen dampfenden Topf vom Herd. Sie warf ihm einen kurzen Blick über ihre Schulter zu. »Sie müsste jeden Moment herunterkommen«, sagte sie kurzatmig. »Sie hat die Kisten mit dem Christbaumschmuck vom Speicher geholt.« Sie atmete einmal tief durch und begann dann, die gekochten Karotten in eine Schüssel zu löffeln. »Ich finde ja, es gehört sich nicht«, setzte sie verweisend hinzu. »Sir Arnold ist noch nicht mal unter der Erde. Aber andererseits kann man den Weihnachtsbaum ja schlecht so stehen lassen.« Sie stellte die Schüssel auf den Tisch und trat zu Morton hin. »Kommen Sie, Inspector«, forderte sie ihn resolut auf. »Sie können im Zimmer der Haushälterin auf Mrs Finch warten.«

Die Köchin eskortierte Morton bis vor die Tür und hielt sie ihm weit auf. Bevor sie wieder in der Küche verschwand, mahnte sie noch:

»Ich hoffe, Sie halten Mrs Finch nicht lange auf! Das Essen steht schon auf dem Tisch.«

Morton trat ein und sah sich etwas im Zimmer um. Bei Tage wirkte es weniger einladend als nachts im sanften Schein der Lampen. Das einzige Fenster, hoch oben angebracht, ging nach Norden und das kalte, bläuliche Licht, das von der schneebedeckten Parklandschaft reflektiert wurde, hob die Mängel der Möblierung unbarmherzig hervor: die fadenscheinigen Sesselbezüge, die Lücken im Furnier des Schreibsekretärs, das minderwertige Holz des Bücherschrankes. Jetzt fiel Morton auf, dass auf dem untersten Regal eine beachtliche Anzahl Biografien aufgereiht waren, sodass kaum ein anderes Werk darauf Platz fand. Sie befassten sich fast durchgehend mit dem Leben und Wirken von Heinrich dem Achten, seiner zweiten Frau Anne Boleyn und ihrer Tochter Königin Elisabeth. Die Tudors schienen eine große Faszination auf Mrs Finch auszuüben.

Erst beim Rundgang durch das Zimmer und dann erst auf den zweiten Blick gewahrte Morton etwas, das er schon am Montagabend unbewusst registriert hatte. Hier gab es praktisch keine Fotografien. Nur auf dem Kaminsims stand eine Aufnahme in einem schlichten Holzrahmen. Sie zeigte eine Frau um die vierzig, die sich zu einem kleinen Mädchen hinunterbeugte. Ihr Gesicht war nur im Profil zu sehen, doch Morton erkannte in ihr die Haushälterin, Mrs Finch. Das Mädchen trug ein weißes Kleid mit einem gerundeten Spitzenkragen. Das helle Haar fiel ihr in weichen Wellen bis auf die Schultern und war durch ein schmales Band aus der Stirn gehalten. Sie blickte aus großen, gleichmütigen Augen in die Kamera. Morton erinnerte sie an eine Illustration von Lewis Carroll.

Morton hörte Schritte draußen auf dem Korridor und dann betrat Mrs Finch das Zimmer durch die offen stehende Tür.

»Ich hoffe, Sie mussten nicht allzu lange auf mich warten, Inspector«, sagte sie. »Sir Julian hat mich eben erst wissen lassen, dass Sie im Haus sind.«

»Keine Ursache«, versicherte Morton. »Ich hatte meinen Besuch nicht angekündigt.«

Mrs Finch bat ihn Platz zu nehmen und erkundigte sich, ob es schon Fortschritte bei den Ermittlungen gebe.

»Nichts Konkretes«, sagte Morton. »Doch in diesem Zusammenhang habe ich noch eine Frage an Sie. Sie betrifft den Mann, der von Ihnen am Montagabend auf der Treppe gesehen wurde. Sie waren sich nicht sicher, doch inzwischen hat sich herausgestellt, dass diese Person auch von Mr Trotwood bemerkt wurde. Allerdings meinte er, dort den Gutsverwalter gesehen zu haben.«

Mrs Finch setzte sich ebenfalls hin. »Ich wüsste nicht, was Kamil abends um zehn im Haus zu suchen gehabt hätte«, wunderte sie sich. Dann hielt sie einen Moment nachdenklich inne. »Andererseits, man sieht das, was man zu sehen erwartet. Von der Größe und Statur her könnte es genauso gut Kamil gewesen sein. Die Beleuchtung der Treppe ist schlecht, das große Licht wird jeweils ausgeschaltet, wenn sich niemand mehr in der Halle aufhält. Sir Arnold hat großen Wert darauf gelegt, mit dem Strom sparsam umzugehen.«

Morton nickte. Er hatte die erneute Einvernahme von Kamil Nowak zurückgestellt, damit er ihn gegebenenfalls mit zwei Zeugenaussagen konfrontieren konnte, und das war nun der Fall. Jetzt wollte er noch eine Information des Verteidigungsministeriums verifizieren.

»Sind Sie einberufen worden, Mrs Finch?«

»Ja«, erklärte sie. »Im April 1942.«

»Wo waren Sie stationiert?«

»Tut mir leid, Inspector, es steht mir nicht frei, darüber zu sprechen. Meine Tätigkeit während des Krieges untersteht der Geheimhaltung.«

Morton hatte mit dieser Antwort gerechnet. Es war äußerst unwahrscheinlich, dass die Auskünfte, die Sergeant Tweany eingeholt hatte, nicht korrekt gewesen waren, aber man konnte nie wissen. Wenn er einem möglichen Motiv auf die Spur kommen wollte, musste er ganz einfach mehr über die Lebensumstände der Tatverdächtigen erfahren. Auch seine nächste Frage stand in diesem Zusammenhang.

»Den Personalakten haben wir entnommen, dass Sie zwanzig Jahre lang auf Thwaitefells, einem Landsitz in Keswick, in Stellung waren. Erst als Stubenmädchen und dann als Haushälterin. Sie sind im Lake District geboren und aufgewachsen, nicht wahr?«

»Ja«, erwiderte Mrs Finch. »Mein Vater hat schon auf dem Gut gearbeitet. Wir haben im Pförtnerhaus des Anwesens gewohnt.« Während sie sprach, zog sie die Jacke über ihrer Bluse zusammen. Sie hatte wunderschöne Hände, lang und schlank, die Nägel mandelförmig.

»Was hat sie bewogen wegzuziehen?«, wollte Morton wissen.

»Der Krieg hat vieles verändert. Erstmals war ich gezwungen, meine Heimat zu verlassen. Das ist mir damals nicht leicht gefallen, aber mit der Zeit habe ich Gefallen daran gefunden, eine neue, unbekannte Umgebung zu erkunden. Nach meiner Entlassung aus dem Kriegsdienst habe ich deshalb beschlossen, mir in Oxfordshire Arbeit zu suchen.« Mrs Finch zuckte lächelnd die Schultern. »Ich werde dem Lake District wohl immer verbunden bleiben, und wahrscheinlich werde ich mich im Alter dort zur Ruhe setzen, bis es aber so weit ist, möchte ich noch etwas mehr von diesem Land sehen.«

Wenn man nicht auf ein eigenes Vermögen zurückgreifen konnte, war der Wechsel der Arbeitsstelle tatsächlich die einzige Möglichkeit, etwas herumzukommen, dachte Morton. Das oder eine reiche Heirat.

»Sind Sie verheiratet, Mrs Finch, oder verwitwet?«, erkundigte er sich.

»Nein, ich war nie verheiratet. Haushälterinnen werden der Höflichkeit halber immer mit Mistress angesprochen.«

Morton wies auf die Fotografie auf dem Kaminsims. »Das Mädchen auf dem Bild sieht Ihnen sehr ähnlich«, meinte er. »Ich hatte vermutet, es sei Ihre Tochter.«

Die Haushälterin wandte sich rasch von Morton ab und wich seinem Blick aus, doch für einen Sekundenbruchteil hatte er das Erschrecken in ihren Augen gesehen.

»Sie denken, dass ich die Frau bin, die Sie dort sehen?«, fragte sie mit einem nervösen Auflachen. »Das Bild wurde vor fünfunddreißig Jahren aufgenommen, das ist meine Mutter.«

»Dann sind Sie das kleine Mädchen?«, vergewisserte sich Morton.

»Aber ja«, erklärte Mrs Finch gelassen. Sie hatte ihre Gesichtszüge wieder vollständig unter Kontrolle.

Morton hätte schwören können, dass die Frau auf dem Bild und Mrs Finch ein und dieselbe Person waren, doch er wusste auch, dass eine solch verblüffende Ähnlichkeit innerhalb einer Familie ab und zu auftreten konnte. Sie hatte weitergesprochen.

»Mein Vater war ein begeisterter Hobbyfotograf«, sagte sie. »Aber meine Mutter hat sehr ungern posiert. Das ist ein Schnappschuss; sie hat vermutlich nicht bemerkt, dass sie fotografiert wurde.«

»Ihr Vater lebt nicht mehr?«

»Nein, meine Eltern sind während des Krieges gestorben.«

»An der Front?«

»Nein, hier in England. Meine Eltern wurden nicht mehr einberufen, sie waren zu alt dafür.«

»Haben Sie Geschwister, Mrs Finch?«

»Nein, ich war ein Einzelkind. Meine Mutter war schon Mitte dreißig, als ich geboren wurde.«

Auf dem Tischchen neben ihrem Sessel, dort, wo am Montagabend die Vase mit den Christrosen gestanden hatte, lag ein dickes Buch. Das nahm sie nun geistesabwesend zur Hand und legte es gleich wieder hin. Morton konnte die verschnörkelte Schrift nicht entziffern, aber auf dem Schutzumschlag war das Porträt einer dunkelhaarigen Frau mit halbmondförmigem, perlenbesetztem Kopfputz zu sehen. Noch eine Biografie über Anne Boleyn, vermutete er.

»Sie haben ein großes Interesse an den Tudors, wie ich sehe«, sagte er lächelnd.

Die Bemerkung schien ihr peinlich zu sein. Eine leichte Röte stieg ihr ins Gesicht, während sie sich mit einem verlegenen Lächeln rechtfertigte: »Ich kann Romanen nicht viel abgewinnen, und mit etwas muss man sich ja beschäftigen an diesen langen Winterabenden.«

Fühlte sie sich einsam in diesem eleganten, weitläufigen Haus? Hier lebten nur wenige Dienstboten, die Auswahl an Gesprächspartnern war begrenzt, doch Morton hatte ohnehin den Eindruck, dass Mrs Finch kein Mensch war, der zu Vertraulichkeiten neigte. Sie wirkte sehr zurückhaltend, fast unnahbar. Die indiskrete Frage, die er nun im Begriff war zu stellen, würde sie ihm vermutlich übelnehmen. Trotzdem stellte er sie ohne lange Vorrede:

»Welcher Natur war Ihre Beziehung zu Sir Arnold, Mrs Finch? Es tut mir leid, dass ich Ihnen diese persönliche Frage stellen muss.«

Sie reagierte erstaunt. »Weshalb persönlich?«, fragte sie stirnrunzelnd. »Er war mein Arbeitgeber.«

Morton wartete schweigend ab. Sie schien tatsächlich nicht zu begreifen, was die Frage implizierte, und als sie keine Anstalten machte, dem Gesagten noch etwas hinzuzufügen, fragte er: »Haben Sie Sir Arnold geliebt?«

Mrs Finch schüttelte nachdrücklich den Kopf und die Antwort kam verärgert. »Vielleicht haben Sie in Ihrer Jugend zu viel Brontë gelesen, Inspector«, spottete sie. »Ich kann Ihnen versichern, Sir Arnold war nicht mein Mister Rochester.«

Ihr Gesicht verschloss sich. Morton kannte den Ausdruck. Er hatte ihn schon oft wahrgenommen bei Menschen, denen im Leben nichts geschenkt worden war und deren bescheidene Hoffnungen meist enttäuscht wurden. Jenseits aller Illusionen hatten sie keine Erwartungen mehr.

»Sir Arnold war ein guter und fairer Arbeitgeber, der den Wert der Arbeit zu schätzen gewusst hat«, setzte sie etwas milder hinzu. »Es spielte für ihn keine Rolle, ob jemand im Stall, in der Küche oder auf dem Landgut tätig war. Tatsache ist, ich habe sehr gerne für ihn gearbeitet und war sehr zufrieden hier in diesem Haushalt.«

»Sie sprechen in der Vergangenheitsform?«

»Nun ja, was jetzt geschieht, weiß ich nicht. Miss Gregson wird wohl weiterhin hier im Haus leben, und womöglich wird Sir Julian jetzt aus Syrien zurückkehren und sich endgültig hier niederlassen. Vielleicht wird er heiraten und seine Frau wird bestimmen, wer hier den Haushalt führen wird. Es gibt keine Sicherheit im Leben.«

Aus ihren Worten klang keine Bitterkeit, sie stellte einfach einen Tatbestand fest.

3

Morton fand Kamil Nowak hinter dem Haus. Er war dabei, den Verbindungsweg von den Stallungen zum Herrenhaus freizuschaufeln, und musste schon eine ganze Weile hier draußen zugebracht haben, denn Rücken und Schultern seiner Drillichjacke waren voller Schnee. Er hatte sich keine Handschuhe übergestreift, doch seinen Kopf bedeckte eine dicke Strickmütze, eine Art Sturmhaube, die nur die Nase und die Augen freiließ.

Als Morton ihn ansprach, machte er keine Anstalten, ihn zur Kenntnis zu nehmen, sondern grub weiterhin seine eiserne Schaufel in den Schnee, den er dann in hohem Bogen zur Seite warf.

»Mr Nowak, ich muss mit Ihnen sprechen«, sagte Morton nachdrücklich. »Würden Sie die Güte haben, Ihre Arbeit kurz zu unterbrechen.«

Der Gutsverwalter schaufelte ungerührt weiter.

»Wir können die Unterhaltung hier oder auf dem Revier führen. Das liegt ganz bei Ihnen.«

Jetzt hielt Nowak in seiner Arbeit inne und machte mit der erhobenen Schaufel einen schnellen Schritt auf Morton zu. »Was wollen Sie denn noch?«, fuhr er ihn gereizt an. »Ich habe Ihnen nichts mehr zu sagen.«

»Ich denke schon«, versetzte Morton. Egal wo er den Mann antraf, immer schien er irgendeine Waffe zur Hand zu haben. »Sie haben mir eine ganze Menge zu erklären! Zum Beispiel, was Sie am Montagabend um zehn im Haus von Sir Arnold zu suchen gehabt haben.«

Der Gutsverwalter stand da wie das personifizierte Schweigen.

»Besitzen Sie einen Schlüssel zum Herrenhaus?«

Nowak nickte kurz. »Natürlich«, brummte er.

Es schneite immer noch, und obwohl es Morton ganz recht war, die Unterhaltung hier draußen zu führen, sah er sich nach einem Unterstand um. Er wollte sich hier nicht vollends einschneien lassen.

»Legen Sie diese Schaufel weg und kommen Sie mit«, forderte er Nowak auf und führte ihn zum Fuß der Freitreppe. Dort standen zu beiden Seiten kleine, säulengetragene Pavillons. Auch deren Kuppeldächer waren mit einer dicken Schneeschicht bedeckt. Nachdem sie den Unterstand erreicht hatten, sagte Morton:

»Es gibt mittlerweile zwei Zeugen, die Sie am Abend des Mordes oben auf der Treppe gesehen haben. Falls Sie mir keine Erklärung für Ihre Anwesenheit im Haus geben können, stehen Sie unter dringendem Tatverdacht.«

Nowak riss sich die Mütze vom Kopf und klopfte sie gegen eine der Säulen aus, doch der Schnee klebte weiterhin in kleinen Klümpchen an der Wolle. Die begann er nun mit Daumen und Zeigefinger aus den verfilzten Maschen zu zupfen. Mit derselben Konzentration hatte er gestern das Stück Holz bearbeitet. Morton war davon ausgegangen, dass er dadurch seine Fragen ins Leere laufen lassen oder Zeit gewinnen wollte, doch vielleicht hatte er sich getäuscht. Womöglich ging der Gutsverwalter jede seiner Verrichtungen mit derselben Vehemenz an.

»Also gut, ich war da«, gab er jetzt zu. »Sie wissen selbst, dass mich Sir Arnold an dem Abend zu sich bestellt hat.«

»Sie hätten sich um elf bei ihm einfinden sollen, gesehen wurden Sie aber schon um zehn.«

»Ich war nervös und habe mich in der Zeit vertan.«

»Und was hatten Sie dann auf der Treppe zu suchen?«

»Ich wollte von dort oben abschätzen, ob die Tanne, die wir gefällt hatten, nicht zu hoch sein würde. In dem Fall hätten wir sie unten abschneiden müssen.«

»Wie wäre es mit Ausmessen gewesen?«

Nowak stieß ein kurzes, bellendes Lachen aus. »Haben Sie die Tanne gesehen?«, höhnte er. »Die ist riesengroß, wie wollen Sie die ausmessen?«

Morton reichte es. »Das ist doch frei erfunden!«, versetzte er ungehalten.

»Beweisen Sie es!«, konterte Nowak und schlug sich mit einer dramatischen Geste vor die Brust. »Ich kenne meine Rechte. Ich bin nicht dazu verpflichtet, Ihnen zu belegen, dass ich unschuldig bin, sondern Sie müssen den Beweis erbringen, dass ich den Mord begangen habe. Allein meine Anwesenheit in der Nähe des Tatortes beweist gar nichts. Sie müssen mir auch ein Motiv nachweisen, und da können Sie lange suchen.«

»Wie wär's mit der Lügengeschichte, die Sie Sir Arnold aufgetischt haben?«, fragte Morton. »Wir sind im Besitze eines Schreibens, welches dem Coroner zu brisanten Informationen verholfen hat. Daraus geht hervor, dass Sie in Großbritannien weder beim britischen Geheimdienst noch bei der Royal Air Force Kriegsdienst geleistet haben. Schlimmer noch, es besagt, dass Sie aus der polnischen Armee desertiert sind.«

Nowak fiel ihm ins Wort: »Das kann nicht sein, er wurde verbr…«

»Verbrannt, meinen Sie?«, fragte Morton lächelnd. »Interessant, Sie geben somit zu, dass Sie von der Existenz dieses Briefes gewusst haben. Ja, mehr noch, dass Sie ihn verbrannt haben. Fatalerweise ist Ihnen das nur unvollständig gelungen; unsere Spurensicherung hat den Brief rekonstruieren können. Und somit hätten wir ein durchaus plausibles Motiv für den Mord an Sir Arnold. Er hat Sie am Nachmittag mit dem Inhalt dieses Briefes konfrontiert und Ihnen womöglich schon einmal die fristlose Entlassung angedroht. Es spricht für den Mann, dass er Ihnen trotzdem Gelegenheit geben wollte, sich zu erklären; Sie aber wollten nach dieser Bloßlegung nichts riskieren und haben ihn erstochen.«

»Was hätte es mir denn gebracht, wenn ich ihn ermordet hätte?«, setzte sich Nowak zur Wehr. »Dann wäre ich meine Stelle ohnehin los gewesen.«

»Möglicherweise haben Sie darauf spekuliert, dass Sir Julian Sie in Unkenntnis der Sachlage weiterhin beschäftigen würde.«

»Niemals!«, widersprach Nowak zornig. »Der Mann kann mich nicht leiden.«

Morton kannte Sir Julians Abneigung gegen den Gutsverwalter. Ob Nowaks Stellung auf Greenacres nach dem Tod von Sir Arnold gesichert gewesen wäre, war tatsächlich zweifelhaft. Trotzdem hätte er den Coroner in einem unkontrollierten Wutanfall töten können. Doch falls Nowak der Täter war, hatte er vorsätzlich gehandelt. Die lange Zeitspanne zwischen dem ersten Gespräch am Nachmittag und der Ermordung am Abend schloss einen Mord im Affekt aus. Es gab Verdachtsmomente, doch ein Verdacht war kein juristisch zulässiger Beweis. Er reichte nicht aus, um eine Festnahme zu rechtfertigen, und das wusste Nowak.

»Sir Arnold hätte es verstanden, wenn ich ihm den Sachverhalt auseinandergesetzt hätte«, verteidigte er sich jetzt. »Davon bin ich überzeugt. Ich bin nicht desertiert, das ist eine infame Lüge. Ich geriet nach dem Angriff auf Polen in sowjetische Kriegsgefangenschaft. Meine Einheit sollte der deutschen Wehrmacht überstellt werden, und auf dem Weg ins Lager gelang mir die Flucht. Ich habe mich nach England durchgekämpft und mich hier auf dem Luftwaffenstützpunkt Biggin Hill in Kent zum Dienst gemeldet. Nach einer medizinischen Untersuchung haben sie mich abgelehnt. Zu der Zeit konnte ich kaum fünf Minuten lang auf einem Stuhl sitzen. Ich sagte Ihnen schon, dass eine Kugel in meinem Rücken steckt. Die habe ich mir auf der Flucht eingefangen. Die Wachen haben auf mich geschossen und mich dann liegen gelassen. Sie meinten, ich sei tot.«

Das zumindest konnte nachgeprüft werden, dachte Morton. Sofern die Rekrutierungsbehörde der RAF ihre Unterlagen über die ausgemusterten Anwärter aufbewahrt hatte.

»Was haben Sie getan, nachdem die RAF Sie abgelehnt hatte?«, fragte er.

Nowak zuckte die Schultern. »Mich mit Gelegenheitsarbeiten durchgeschlagen«, erklärte er.

»Wo haben Sie gelebt?«

»In London, auf der Straße und in den Ruinen ausgebombter Häuser.«

Eine abenteuerlich Geschichte und keine Möglichkeit, sie zu verifizieren.

»Gut«, meinte Morton. »Gehen wir einmal davon aus, dass Sie Sir Arnold nicht umgebracht haben. So bleibt die Tatsache bestehen, dass Sie an dem Abend in der Bibliothek waren, um den Brief zu verbrennen.«

»Wer sagt das?«

»Sie selbst. Sie wussten, dass ein Versuch unternommen wurde, den Brief zu vernichten. Wenn Sie das nicht selbst getan haben, sollten Sie mir jetzt erklären, woher sie davon gewusst haben.«

Nowak wich Mortons Blick aus. Er steckte seine Mütze in den breiten Ledergürtel, mit dem seine Jacke in der Taille zusammengehalten wurde.

»Ich brauche Sie wohl nicht über die rechtlichen Folgen dieser Handlung aufzuklären«, setzte Morton hinzu. »Dieses Schreiben beinhaltet schwerwiegende Anschuldigungen gegen Sie. Wer außer Ihnen sollte ein Interesse daran gehabt haben, es zu beseitigen?«

Jetzt machte sich ein verschlagener Ausdruck auf Nowaks Gesicht breit.

»Sir Arnold«, antwortete er. »Der Coroner war wütend, er hat den Wisch zusammengeknüllt und ins Feuer geworfen.«

»Wann war das?«, fragte Morton.

»Am Montagnachmittag, als er mich zur Rede gestellt hat.«

»Das trifft den Tatbestand nicht mal annähernd! Als wir nach Sir Arnolds Ermordung in die Bibliothek kamen, hat das Feuer noch geschwelt. Der Brief wäre den Flammen vollständig zum Opfer gefallen, wenn er schon am Nachmittag ins Feuer geworfen worden wäre.«

Morton fragte sich, ob der immerhin mehr als begründete Verdacht, Nowak habe versucht, Beweismittel zu vernichten, ausreichte, um einen Haftbefehl zu erwirken. Das würde er heute Nachmittag mit dem Chief Constable besprechen müssen. Er wandte sich wieder an den Verwalter und hielt ihn an, das Land nicht zu verlassen.

»Und darüber hinaus werden Sie sich jeden Tag auf der Bezirkswache in Chipping Bramton melden«, fügte er hinzu. »Und ja, Sie können das in Ihren Büchern nachschlagen: Der begründete Tatverdacht rechtfertigt diese Maßnahme.«

Es schneite immer noch, als Morton um halb zwei nach Chipping Bramton zurückfuhr. In den Nachrichten hatte er gehört, dass im

Norden des Landes inzwischen ganze Dörfer von der Außenwelt abgeschnitten waren, und der Sprecher hatte düster vorhergesagt, dass ihnen wohl ein harter Winter bevorstünde. Als Morton vor der Bezirkswache aus dem Wagen stieg, war Ruby Lilburne auf der anderen Seite des Marktplatzes eben dabei, das Fallgitter vor der Eingangstür des Juweliergeschäftes herunterzulassen. Sie trug einen hübschen grünen Wollmantel, grüne Stiefeletten und einen spitzen, grünen Filzhut. Sie sah aus wie die weibliche Version von Peter Pan.

Er überlegte kurz, ob er sie gleich hier mit den Aussagen der Geschwister Gregson konfrontieren sollte, doch da trat ein Mann auf sie zu. Die beiden schienen sehr vertraut miteinander zu sein; er küsste sie auf den Mund und legte dann seinen Arm um ihre Schulter. Dann schlenderten sie gemeinsam auf das »King's Head« zu. Der Mann war Ronny Barker, der Reporter des *Chipping Bramton Courier*.

Ruby Lilburne und Ronny Barker waren also ein Paar, dachte Morton. Interessant. Und dann fiel ihm die Episode vom gestrigen Abend wieder ein. Die Armbanduhr, die Barker getragen hatte, war nicht nur protzig, sondern mit Sicherheit auch sehr teuer gewesen. Morton fragte sich, wie viel man als Reporter bei einem kleinen Provinzblatt wohl verdienen mochte.

***

Emma hatte am Fenster ihres Schlafzimmers gestanden und zugesehen, wie Inspector Morton auf Kamil zugetreten war. Sie hatte die beiden Männer eine Weile beobachtet, aber dann war der Gong zum Lunch erklungenen, und als sie jetzt wieder hinauf auf ihr Zimmer kam, waren sie verschwunden. Nichts und niemand mehr belebte das makellose Weiß des Parklandes, das still unter einem schieferfarbenen Himmel lag. Es hatte aufgehört zu schneien und so konnte man bis in die fernen Hügel sehen, über die der Schnee wie ein gigantisches Tuch ausgebreitet war.

Seit diesem grauenvollen Abend war Emma nicht mehr draußen gewesen, hatte sie im Haus ausgeharrt wie ein in die Enge getriebenes

Tier. Doch jetzt spürte sie das Bedürfnis wegzugehen, dieses Mausoleum, in dem sich alle auf Zehenspitzen fortbewegten, zu verlassen. Sie würde sich den Silberfuchs vom Speicher holen. Der Gedanke, sich in den Wintermantel ihrer Mutter zu hüllen, hatte etwas Tröstliches an sich.

Emma trat hinaus auf die Galerie. Im Haus war es totenstill; sogar von hier oben konnte sie hören, wie sich das Uhrwerk des alten Chronometers in der Bibliothek spannte, bevor die Schläge ertönten. Über die Hintertreppe stieg sie hoch bis unters Dach. Die Tür zum Speicher ächzte beim Öffnen und Emma streckte die Hand vergeblich zum Schalter aus. Das Licht funktionierte nicht, die Birne war durchgebrannt. Durch die beiden kleinen, fächerförmigen Fenster drang etwas Tageslicht auf die staubigen Holzdielen, doch die Ecken und spitzen Winkel des Dachbodens lagen im Schatten. Hier wurde früher das Dörrobst eingelagert, da hinter den Seitenwänden die Kamine hochführten und den Speicherraum im Winter beheizten. Als Kinder hatten sie und Julian oft hier oben Verstecken gespielt und immer wieder von den getrockneten Früchten genascht. Vor langer Zeit, in einem anderen Leben, weit, weit weg.

Im Zwielicht des Speichers musste Emma sich kurz in Erinnerung rufen, wo sie den Pelz nach Mamas Tod verstaut hatte. Doch dann fiel es ihr wieder ein. Im großen Schrankkoffer natürlich, dessen Umrisse sie jetzt an der Außenwand zwischen den beiden Dachfenstern erkennen konnte. Seit dieser Speicherraum nicht mehr für die Vorratshaltung genutzt wurde, hatte man allerhand Trödel hier heraufgebracht. Blinde Standspiegel, verrostete Kohlenkästen, ausgediente Petroleumlampen und Stühle mit durchgesessenem Korbgeflecht, über dessen Sitzfläche nun Spinnen ihre Netze gespannt hatten. Schließlich musste Emma sogar ein eisernes Bettgestell zur Seite räumen, bis sie zu dem Gesuchten vordringen konnte.

Das Leder des alten Überseekoffers war rissig geworden in der heißen, trockenen Luft der vielen Sommer, die er schon hier stand. Mama hatte ihn nur einmal benutzt, für ihre große Reise mit der White Star Line nach Amerika. Emma löste die Schließen und klappte ihn auf. Sie hatte erwartet, das Parfüm ihrer Mutter immer noch riechen zu können, stattdessen schlug ihr nur ein durchdringender Kampfergeruch entgegen. In der einen Kofferhälfte war eine Stange angebracht, um Kleiderbügel einzuhängen, die andere war mit verschiedenen Schubfächern ausgestattet. Der Silberfuchs lag zusammengefaltet im geräumigsten Fach ganz zuunterst; die übrigen enthielten nichts, soweit sie sich entsinnen konnte. Dennoch zog sie eines hervor und fand ein silbernes Frisierset mit Perlmuttintarsien: zwei Haarbürsten, ein Kamm und einen ovalen Handspiegel, jedes einzelne Stück sorgsam in blaues Seidenpapier eingeschlagen. Vater musste das selbst getan haben, denn Emma hatte nicht gewusst, dass es hier oben weggepackt worden war. Weshalb hatte sie es nicht bekommen, nach Mamas Tod? Das wäre doch naheliegend gewesen, als Tochter erbte man solche Dinge von seiner Mutter. Hatte er befürchtet, sie sei zu ungeschickt, würde es fallen lassen und kaputt machen? Emma strich mit der flachen Hand über die seidenweichen Borsten. Mama hatte so wunderschönes Haar gehabt, wie flüssiges Gold hatte es geglänzt, nachdem sie es ausgebürstet hatte. Jeden Abend hundert Bürstenstriche, das hatte sie auch ihrer Tochter beigebracht.

Emma zog die restlichen Schubfächer auf und die waren mit einer Ausnahme tatsächlich leer. Dort lag, auf einem kleinen Stapel Briefe, die Brosche des Women's Institute. Ein silbernes Oval mit den verschlungenen Initialen in der Mitte und der Inschrift *»FOR HOME AND COUNTRY«* im grün emaillierten Rand. Als Kind hatte Emma ihrer Mutter das Abzeichen ans Revers heften dürfen, bevor sie jeweils zu den Treffen des örtlichen Frauenvereines aufgebrochen war.

Emma legte die Brosche beiseite und erkannte gleich, dass die Briefe darunter weit zurück datierten. Immer wenn ein solcher auf dem Tisch in der Halle gelegen hatte, war sie damit ins Kinderzimmer gerannt, weil sie es kaum erwarten konnte, bis Nanny Zeit fand, ihr Mamas Brief vorzulesen. Damals hatte sie erst einige Buchstaben des Alphabets entziffern können; allein die fremdartige Briefmarke war wie ein Zeichen gewesen, dass der Brief den weiten Weg über den Ozean hinter sich hatte. Mama war nicht gern gereist, doch die Hochzeit ihres jüngeren Bruders, der um die Jahrhundertwende einen Posten bei der britischen Botschaft in Washington angetreten hatte, wollte sie sich nicht entgehen lassen.

Zusammen mit Julian hatte Emma ihren Vater so lange angefleht, bis er sich einverstanden erklärt hatte, die Kinder zur Einschiffung nach Southampton mitzunehmen. Die »Adriatic« war damals eines der wenigen Passagierschiffe gewesen, die nicht von der Navy für Truppentransporte requiriert worden waren. Damit Mama dann aber an Bord hatte gehen können, hatte Nanny Emma vor dem Landungssteg von Mama wegreißen müssen, an die sie sich verzweifelt geklammert hatte. Noch heute stand ihr die Panik vor Augen, die sie damals empfunden hatte, denn sie war überzeugt gewesen, ihre Mutter nie wiederzusehen. So wie die »Titanic« würde auch dieser riesige Ozeandampfer auf einen Eisberg laufen und untergehen.

Die älteren Jungen an Julians Schule hatten ihm geschildert, was damals vor vier Jahren geschehen war, wohl um ihm seine Prahlerei mit Mamas Reise über den weiten Ozean heimzuzahlen. Seither war er von dieser Katastrophe wie besessen gewesen und hatte mit seiner Angst auch Emma angesteckt. »Stell dir vor, Bumble«, hatte er immer wieder gesagt, »so zu sterben, im dunklen, eisigen Wasser zu treiben und langsam zu erfrieren.«

Emma fächerte das Bündel Briefe durch und sah, dass nicht alle die Anschrift von Greenacres trugen; einige waren an Vaters Regiment in Frankreich adressiert worden. Vermutlich waren ihr diese nicht vorgelesen worden. Sie zog einen aus dem Umschlag und faltete ihn auseinander.

New Haven, 21. April 1916

Liebster Arnold

Hab Dank für Deine lieben Zeilen. Es tut mir leid, dass du nun in diese schreckliche Sache hineingezogen wirst. Das wird Dir, wenn dieser langwierige Krieg zu Ende ist und Du Dich für das Amt des Coroners anträgst, hoffentlich nicht zum Nachteil gereichen. Ich habe die Frau kaum gekannt, und sicherlich hätte ihr niemand eine solche Gräueltat zugetraut. Nun will ich Dir aber von der Hochzeit berichten. Du weißt ja, dass ich nicht sehr angetan war von Mortys Ansinnen, eine Amerikanerin zu ehelichen, doch Ehre wem Ehre gebührt. Caroline ist ein ganz reizendes Mädchen, mit ausgezeichneten Manieren und hübsch anzusehen. Ihre Eltern besitzen ausgedehnte Ländereien, sowohl im Staate Connecticut als auch auf Long Island, und verkehren selbstverständlich in den besten Kreisen. Du brauchst Dir also keine Sorgen zu machen, mein Lieber, Dein Schwager hat nicht unter seinem Stand geheiratet.

Hier war die Tinte so stark verblasst, dass Emma die Schrift in dem fahlen Licht nicht mehr entziffern konnte. Sie faltete den Brief zusammen und steckte ihn mit den anderen in ihre Rocktasche.

Kleider waren keine mehr in dem Schrankkoffer, nur den Silberfuchs mit dem dazugehörigen Hut hatte Vater aufheben wollen. Den ganzen Rest hatten Emma und Julian damals nach St. Agnes gebracht, als Spende für den Kirchenbasar. Auch der Silberfuchs war in viele Lagen Seidenpapier eingeschlagen, und als sie ihn auseinanderfaltete, kullerte ein gutes Dutzend Mottenkugeln zu Boden. Sie hatte den Mantel noch nie getragen. Hatte gedacht, für den Pelz ihrer Mutter sei sie noch viel zu jung. Doch das spielte jetzt keine Rolle mehr. Sie fühlte sich alt. Uralt.

Emma schlüpfte in die Ärmel und setzte sich vor dem halbblinden Standspiegel in der Ecke den Hut auf. Mama hatte in dem Pelz einen sehr eleganten Eindruck gemacht, sie selbst aber sah darin aus wie ein mageres Küken, mit langen, spindeldürren Beinen und übergroßen Füßen. War es nicht erstaunlich, dass sie in den Kleidern ihrer Mutter nicht die geringste Ähnlichkeit mit ihr hatte?

Emma zog den Hut so tief in die Stirn, dass er ihr Haar bedeckte. Weiß der Hut, weiß der Mantel, weiß ihr Gesicht. In der weißen

Landschaft draußen würde sie nicht mehr zu sehen sein, würde sie gleichsam mit ihr verschmelzen. Sie könnte sich irgendwo in den Schnee legen und für immer schlafen. Niemand würde sie finden. Sie war so unendlich müde.

Emma wandte sich vom Spiegel ab, verschloss den Koffer und stieg wieder vom Dachboden hinunter. Vorbei am Boiler, der eben angegangen war und dabei gurgelte und zischte wie ein bösartiges Ungeheuer. Erst als sie die Halle zum Gartenraum durchquerte, realisierte sie, dass ihre gefütterten Stiefel beim Schuster waren. Nach sechs Kriegsjahren, während denen das Material für neue Sohlen kaum mehr erhältlich gewesen war, hatten sie dringend geflickt werden müssen. War es tatsächlich erst letzten Donnerstag gewesen, als sie mit Julian in die Stadt gefahren war? Kaum zu glauben, nur sechs Tage war es her, dass sie die Schuhe zum Flickschuster gebracht hatte. Und beim Uhrmacher war sie natürlich auch noch gewesen, aber daran durfte sie jetzt nicht denken.

Im Gartenraum hing noch Vaters Trenchcoat von einem der Haken an der Wand. Dieses Kleidungsstück war so real, es schien absurd, dass der Mann, der es getragen hatte, nicht mehr da war. Unter den Regenmänteln und Pelerinen stand eine ganze Reihe wetterfester Stiefel, doch Emma sah gleich, dass nur das Paar ihres Vaters groß genug für ihre Füße war. Sie stieg hinein und machte sich daran, mit klammen Fingern die Hintertür zu entriegeln. Dann trat sie hinaus in die Kälte.

Kamil hatte schon vor Stunden damit begonnen, den Schnee wegzuräumen. Das Schaben und dumpfe Aufschlagen war das Erste gewesen, das Emma gehört hatte, als sie am Morgen erwacht war. Er hatte eine dünne Schicht Schnee liegen gelassen, sie festgestampft und Kies darübergestreut. Wahrscheinlich hatte er Erfahrung damit und wusste genau, wie er vorgehen musste. In Polen gab es harte Winter.

Als Kind hatte sie den Schnee geliebt, hätte stundenlang darin herumtollen können. Mama hatte bei solchem Wetter keinen Fuß mehr nach draußen gesetzt, aber Vater hatte sie auf dem Schlitten durch den ganzen Park gezogen. Beim Gedanken an ihn krampfte sich ihr Magen so stark zusammen, dass sie vornübergebeugt und mit verschränkten Armen einen Moment innehalten musste. Erst als sie ein paarmal tief durchgeatmet hatte, konnte sie sich in Bewegung setzen.

Im Mantel ihrer Mutter und in den Stiefeln ihres Vaters folgte Emma unbeholfen dem schmalen, freigeräumten Pfad. Erst als sie vor den Stallungen stand, realisierte sie, wohin sie gegangen war. Instinktiv hatte sie den Ort aufgesucht, der ihr als Kind Trost geboten hatte. Sie trat ein und der vertraute Geruch nach altem Holz, Leder und Stroh umfing sie, aber die Illusion fiel in sich zusammen, als sie zu den Boxen kam. Sie waren leer, Fairy war nicht mehr da. Schon lange nicht mehr. Ihr geliebtes Pony, ihr Ein und Alles, hatte ihr Vater zu Anfang des Krieges fortgeschafft.

»Du bist jetzt eine erwachsene Frau, Emma«, hatte er gesagt. »Alle müssen Opfer bringen. Es geht nicht an, in diesen harten Zeiten ein Tier durchzufüttern, das zu nichts nutze ist.«

Und dann hatte er es weggebracht. Ein letztes Mal hatte sie ihrem liebsten Weggefährten in seine großen, sanften Augen gesehen.

Emma stieß die schulterhohe Holztür auf, trat in die alte Pferdebox und lehnte sich mit der Stirn gegen die kalte, feuchte Wand. Sie wusste, wer die Wirklichkeit zu lange leugnet, findet irgendwann nicht mehr zu ihr zurück, und sie hatte keine Kraft mehr, sich gegen die Wahrheit zu wehren. Langsam, wie eine Marionette, deren Schnüre gerissen waren, sank sie an der Boxenwand hinunter. Und während sie auf dem Boden kauerte, kamen die Tränen. Sie weinte rückhaltlos, ihr ganzer Körper wurde von einem Beben erfasst, das sie nicht mehr kontrollieren konnte. Sie wusste nicht, um wenn sie mehr trauerte, um ihren Vater oder um ihr geliebtes Pony. Und dann, als die Tränen versiegten, kam sie sich unendlich leer vor, wie ein Mensch, der keines Gefühls mehr fähig ist, mit Ausnahme dieser übergroßen, erdrückenden Trauer.

Sie hörte die Tür nicht, die sich über ihr öffnete und wieder schloss. Und auch nicht das Knarren der obersten Treppenstufe. Sie kauerte immer noch auf dem Fußboden, ihre Knie an die Brust gedrückt, das Gesicht in dem weichen Pelz vergraben. Aber dann hob sie den Kopf und nahm plötzlich einen Schatten wahr, oben an der Treppe. Und im nächsten Moment stand der Gutsverwalter schon vor ihr. Groß und dunkel ragte er vor der Boxenöffnung auf.

»Was ist los, Emma?«, fragte er schroff. Seine Pupillen glitzerten hart wie Teersplitter. »Was tust du da?«

Emma rappelte sich hoch und wollte etwas sagen, doch sie brachte keinen Laut heraus. Kamils Augen hielten ihren Blick unerbittlich fest.

»Die Polizei war hier. Was hast du dem Inspector gesagt?«

Emma ballte die Hände zu Fäusten und drückte sie an ihr Kinn, doch Kamil trat zu ihr heran und packte sie am Ellbogen. Er quetschte ihren Arm so stark zusammen, dass sie den Druck seiner Finger durch den dicken Pelz spüren konnte.

»Nun sag schon!«, herrschte er sie an.

»Nichts«, wehrte Emma bestürzt ab. »Ich habe ihm nichts gesagt!«

Kamil stand so nah bei ihr, dass sie die Stelle sehen konnte, die er beim Rasieren übersehen hatte.

»Niemand sollte erfahren, dass ich am Montagabend im Haus war«, sagte er zornig.

»Ja, ich weiß«, versicherte Emma schnell. »Aber ich dachte, der Inspector findet sicher heraus, dass du einen Schlüssel zum Haus hast, deshalb habe ich behauptet, er hätte den ganzen Abend über von innen gesteckt. Verstehst du? So hättest du nicht hineingelangen können.«

Kamil ließ ihren Arm los und machte eine ungeduldige Handbewegung.

»Das spielt jetzt keine Rolle mehr«, sagte er. »Man hat mich auf der Treppe gesehen. Morton weiß, dass ich im Haus gewesen bin.«

»Aber woher denn?«

»Die Haushälterin konnte ihr beschissenes Maul nicht halten. Ich habe sie aus dem Esszimmer kommen hören und bin schnell die Treppe hinauf, aber offenbar nicht schnell genug. Gestern konnte ich noch abstreiten, dass ich dort war, aber heute blieb mir nichts anderes übrig, als es zuzugeben. Es gibt noch jemanden, der mich gesehen und bei Morton verpfiffen hat.« Seine Augen wurden schmal. »Warst du das?«, fragte er argwöhnisch.

Emma schüttelte heftig den Kopf. »Aber nein«, beteuerte sie. »Ich würde dich doch nie verraten.«

Kamil warf ihr einen langen, prüfenden Blick zu, dann aber stieß er einen tiefen Seufzer aus und sagte: »Die versuchen mich dranzukriegen, Emma. Sie kennen den Inhalt dieses verdammten Briefes.«

»Aber wieso denn? Der ist doch verbrannt.«

»Eben nicht. Vielleicht ist es besser, wenn ich eine Weile verschwinde.«

Emma geriet in Panik. Sie fiel Nowak um den Hals und krallte ihre Finger in das alte Arbeitshemd, das er trug. »Nein, Kamil«, flehte sie. »Das darfst du nicht! Du kannst mich hier nicht alleine zurücklassen.«

»Es ist ja nicht für immer, ich bin zurück, sobald Gras über die Sache gewachsen ist.«

Mit der Wange an seiner Schulter murmelte Emma: »Bitte bleib, Kamil. Sag mir, was ich tun soll. Ich mach doch alles, was du willst.«

»Du weißt genau, was ich will«, sagte er leise, zog ihren Körper fort von der feuchten, kalten Mauer, beugte sich über sie und presste seinen Mund auf den ihren.

4

Beim Betreten seines Büros war Morton als Erstes aufgefallen, wie wunderbar es darin roch. Der Grund dafür waren zwei große Mandarinen, die Tweany auf den Schreibtischen platziert hatte und aus deren Mitte je eine rote Christbaumkerze hervorragte.

»Nanu, wo kommen die denn her?«, fragte er verwundert.

Tweany strahlte übers ganze Gesicht. »Mein Vetter Rodney hat uns gestern Abend eine Tüte davon mitgebracht«, erklärte er. »Die sind von einem Laster gefallen.«

Morton hatte sich eben aus Mantel und Schal geschält und drehte sich nun erstaunt um. »Tatsächlich?«

»Ja, unten auf der Küstenstraße.«

Manchmal konnte es Morton kaum fassen, wie umfangreich Tweany an seiner guten Meinung über seine Mitmenschen festhielt. In Zeiten anhaltender Rationierung befasste sich ein Spross seiner weitverzweigten Familie ganz offensichtlich mit Schwarzhandel, doch dem Sergeant schien das nicht aufzufallen. Während seiner nunmehr acht Dienstjahre bei der Polizei wurde er ständig mit der traurigen Tatsache konfrontiert, dass die menschliche Niedertracht keine Grenzen kennt, und trotzdem blieb er seinem unverbrüchlichen Optimismus treu.

»Heute Abend, wenn es dämmert, zünden wir erst die Kerzen an«, sagte er jetzt. »Danach müssen wir die Mandarinen gleich essen, die verkommen sonst.«

Morton brachte es nicht übers Herz, seine Freude zu dämpfen, und beschloss, die Sache auf sich beruhen zu lassen. Wer weiß, dachte er, es geschehen Zeichen und Wunder, vielleicht waren die Südfrüchte tatsächlich von einem Laster gefallen. Er wies mit der Hand zum Fenster und sagte:

»Raten Sie mal, wen ich eben da unten gesehen habe, Sergeant?«

Tweany rührte bedächtig in seinem Tee. »Den Weihnachtsmann?«, fragte er verschmitzt.

»Ruby Lilburne und Ronny Barker, einträchtig vereint.«

»Wie meinen Sie das, Sir?«

»Die beiden sind ein Paar.«

»Mich laust der Affe!«, staunte Tweany. »Denken Sie, was ich denke?«

»Was denken Sie denn?«

»Dass die beiden den Einbruch fingiert haben. Dieser Reporter ist ein ausgekochtes Schlitzohr, der hat Ruby dazu überredet und sie ist darauf reingefallen.«

»Ja, das sehe ich auch so«, stimmte Morton zu. »Und falls der Coroner von der Sache Wind bekommen hat, haben wir hier ein durchaus plausibles Motiv für seine Ermordung.«

»In dem Fall tippe ich auf Barker als Täter«, sagte Tweany. »Ruby als seine Komplizin könnte ihm die Haustür geöffnet haben. Sie hat das Wohnzimmer während der Tatzeit einmal verlassen, allerdings war sie recht lange weg.«

»Vielleicht hat sie vor der Tür zur Bibliothek Schmiere gestanden, während ihr Freund Sir Arnold erstochen hat. Schicken Sie Constable Bates nachher gleich mal hinüber zum *Courier*. Er soll Barker zur Vernehmung abholen, und in der Zwischenzeit können Sie nachprüfen, ob der Mann aktenkundig ist.«

»Wird gemacht, Chef«, versicherte Tweany.

Morton setzte sich hinter seinen Schreibtisch. »Emma Gregson hat heute Morgen bestritten, Ruby ausgerichtet zu haben, ihr Bruder wolle sie im Wintergarten treffen. Sie meinte, die junge Frau sei auf eigene Faust losgezogen, um Julian zu suchen. Ruby mache lieber eine Falschaussage, als sich eine Blöße zu geben. Und auch Julian beteuerte heute Morgen, nichts dergleichen geäußert zu haben.«

»Also hat Ruby gleich doppelt gelogen.«

»Oder sie hat die Wahrheit gesagt und die Geschwister Gregson haben gelogen.«

Tweany holte einen Hammer und eine Schachtel Nägel aus seinem Schreibtisch. »Das ergibt doch gar keinen Sinn«, protestierte er, doch Morton zuckte die Schultern. »Falls Ruby die Tat nicht zusammen mit Ronny Barker, sondern mit Julian verübt hat, ergibt es schon Sinn«, meinte er. »Sie könnten das Verbrechen gemeinsam geplant und sich danach zerstritten haben.«

»Sodass Julian jetzt die ganze Schuld auf Ruby schieben will«, ergänzte Tweany. »Ja, das käme hin. Er könnte seine Schwester zu der Falschaussage angestiftet haben. Und das Motiv?«

»Bei Ruby der fingierte Einbruch, bei Julian keine Ahnung. Allerdings hatte ich den Eindruck, dass er uns etwas verschweigt. Offenbar wollte er seinen Vater am Montagnachmittag dringend sprechen, und als ich ihn dazu befragt habe, kam er mit einer faulen Ausrede daher.«

»Wir sollten den beiden nochmals auf die Finger klopfen«, meinte Tweany durch einseitig zusammengepresste Lippen. Er hatte damit begonnen, zwischen den Fenstern zwei rot-grüne Girlanden aufzuspannen, und im ersten Moment meinte Morton, sie würden wie vor dem Krieg aus Buntpapier bestehen. Bei näherem Hinsehen erkannte er aber, dass Tweany sie wie jedes Jahr aus einer bemalten Zeitung ausgeschnitten hatte. Selbst die strengste Papierrationierung konnte seinen Enthusiasmus nicht dämpfen. Morton fand es rührend, wie viel Mühe sein Sergeant auf sich nahm, um das Büro festlich herzurichten, doch dieses Jahr barg jede Erinnerung an Weihnachten einen Stachel in sich. Mit Jane im Krankenhaus würde es keine Weihnachtsfeier geben. Bestenfalls würde es ihm und Howard gestattet werden, Jane an diesem Tag zu besuchen.

»Durchaus möglich, dass Ruby, Barker oder Julian in die Sache verstrickt sind«, sagte er rasch, um diesem Gedanken auszuweichen. »Doch das sind alles nur Spekulationen. Im Hinblick auf Nowak dagegen verdichtet sich der Verdacht.« Morton setzte seinen Sergeant über die Vernehmung ins Bild und sagte abschließend: »Wir sollten dadurch nicht die anderen Verdächtigen aus den Augen verlieren, aber die Indizien gegen ihn häufen sich.«

Tweany klaubte den letzten Nagel von seinen Lippen und schlug ihn in die Wand. »Wenn Sie mich fragen, Chef«, sagte er, »dann lügt der Mann, wenn er den Schnabel aufmacht.« Er stieg vom Stuhl herunter und zählte an seinen Fingern ab. »Nowak war zur Tatzeit im Haus, er hatte Streit mit dem Coroner und er kannte den Inhalt von diesem Brief. Wahrscheinlich hat er ihn nach der Tat verbrannt.«

Morton nickte. »Seine Aussage, er hätte für den Geheimdienst gearbeitet, konnte er, nachdem ich ihn mit dem Inhalt dieses Briefes konfrontiert hatte, natürlich ebenfalls nicht mehr aufrechterhalten. Er gibt nun an, er hätte sich nach seiner Flucht aus Polen auf dem Luftwaffenstützpunkt Biggin Hill in Kent zum Dienst gemeldet, sei aber nach einer medizinischen Untersuchung abgelehnt worden. Prüfen Sie das gleich mal nach, Sergeant.«

Morton sah auf seine Armbanduhr; gleich halb drei, er musste sich auf den Weg machen.

»Hören Sie, Tweany, ich muss los, ins St. Luke's«, erklärte er, stand auf und legte ihm sein Notizbuch auf den Schreibtisch. »Gehen Sie gleich hinauf zum Chief Constable, wir brauchen einen Haftbefehl für Nowak. Wir können uns nach wie vor nicht absolut sicher sein, ob er unser Mann ist, aber wenn ja, dann besteht erhebliche Fluchtgefahr. Er soll zumindest erwirken, dass Nowak dem Haftrichter vorgeführt wird, der kann dann entscheiden.«

Morton war schon draußen auf dem Korridor, als Tweany die Tür aufriss und ihn zurückrief. Reverend Nightingale sei am Apparat, es sei dringend. Morton war alarmiert; sein Schwager hatte ihn noch nie bei der Arbeit angerufen. Mit ein paar schnellen Schritten war er zurück im Büro und nahm den Hörer von Tweany entgegen.

»Howard, was gibt's?«, fragte er besorgt.

»Gott sei Dank habe ich dich noch erreicht«, hörte Morton ihn sagen, und dann wurde die Verbindung so schlecht, dass er nur noch Bruchstücke verstand: Er sei im Krankenhaus, Jane ginge es sehr schlecht.

»Bitte sprich lauter, Howard«, rief Morton. »Die Verbindung ist miserabel.«

Er presste sich den Hörer ans Ohr und horchte angestrengt.

»Die Ärzte haben das Penicillin absetzen müssen«, drang Howards Stimme schwach durch die knackende Leitung. »Gestern haben sie mir erlaubt, Jane heute Nachmittag wieder zu besuchen, aber als ich eintraf, wurde ich nicht zu ihr vorgelassen. Ihr Zustand erlaube keine Besuche.«

»Ich war eben auf dem Weg ins St. Luke's«, erklärte Morton. »Kannst du dort auf mich warten, Howard? Unten in der Eingangshalle?«

Er hoffte, sein Schwager hatte ihn verstanden, denn jetzt war die Leitung vollständig zusammengebrochen. Die schweren Schneelasten auf den Telegrafenmasten waren zu viel für das Netz. Morton ließ den Hörer auf die Gabel fallen, nahm ihn gleich wieder auf und wählte die Nummer der Pathologie. Es klingelte, offenbar waren nicht alle Leitungen von den Unterbrechungen betroffen. Die Zentrale meldete sich und Morton verlangte nach Dr. Turpin. Der Pathologe wusste Bescheid über Janes Krankheit; Morton hatte ihn tags zuvor angerufen und ihn gebeten, die Fachausdrücke, mit denen ihn Dr. Lloyd bombardiert hatte, zu verdeutlichen.

Nun meldete er sich, gut gelaunt wie immer. »Wie geht es Ihrer Schwester, Inspector?«, erkundigte er sich gleich. »Wieder auf den Beinen?«

Morton setzte ihn über die neueste Entwicklung ins Bild und fragte, was die Absetzung des Penicillins für Konsequenzen habe.

»Keine guten«, meinte Turpin. »Hat sie auf das Penicillin angesprochen?«

»Ja«, sagte Morton. »Das Fieber ist gesunken. Gestern ging er ihr schon viel besser.«

»Dann sehe ich nicht ein, weshalb es abgesetzt wurde. Gab es vielleicht eine Unverträglichkeit?«

»Sie hatte einen ziemlich heftigen Ausschlag im Gesicht.«

»Ein Hinweis darauf, dass Ihre Schwester allergisch auf das Medikament reagiert hat. Möglicherweise haben sich die Symptome verschlimmert. Eine Penicillin-Allergie kann unter Umständen zu einem vollständigen Kreislaufversagen führen. Wissen Sie, ob Mrs Nightingale jetzt mit Antibiotika behandelt wird?«

»Nein. Was ist das für ein Medikament? Wirkt es genauso gut wie Penicillin?«

»Falls die Lungenentzündung durch Bakterien hervorgerufen worden ist, wirken Tetracycline noch besser. Sie bekämpfen sowohl grampositive als auch gramnegative Erreger. Ein tolles Mittel, allerdings ist es hier in England noch nicht sehr gebräuchlich, da es während des Krieges der Armee vorbehalten war.«

Morton bedankte sich, legte auf und rannte zu seinem Wagen. Während er ihn aus der Stadt hinauslenkte, drückte er trotz der schlechten Straßenverhältnisse aufs Gaspedal. Es fühlte sich an, als ob alle vier Reiter der Apokalypse zusammen hinter ihm her wären. Nachdem er auf der kurvigen Landstraße ins Schleudern geraten und fast in der Hecke gelandet wäre, war er gezwungen, sein Tempo zu drosseln. Er verfluchte die säumige Gemeindeverwaltung, die es unterlassen hatte, die Straße anständig freizuräumen. Immerhin hatte es aufgehört zu schneien und die Sicht war gut, trotzdem hätte er fast die Abzweigung verpasst. Die Landschaft schien seltsam verändert. Alle Konturen waren aufgehoben durch das endlose Weiß, das sich bis zum Horizont ausdehnte. Ein eisiger Nordostwind wehte immer wieder Fragmente von gefrorenem Schnee von den Bäumen, die dann im Gegenlicht der fahlen Wintersonne vor seiner Windschutzscheibe umherschwirrten wie Silberflitter.

Im St. Luke's angekommen, fuhr er den Wagen nicht erst auf den Parkplatz, sondern ließ ihn gleich am Ende der Auffahrt stehen. Kaum hatte er die Eingangshalle betreten, stürmte sein Schwager auf ihn zu.

»Da bist du ja, Richard!«, rief er. »Ich war mir nicht sicher, ob ich dich richtig verstanden habe.«

»Hast du inzwischen Näheres in Erfahrung bringen können?«, fragte Morton.

»Nein, die Schwester wies mich an zu warten. Der Arzt hätte keine Zeit, er sei beschäftigt.«

Morton wandte sich an die Empfangsschwester und verlangte, umgehend Dr. Lloyd zu sprechen.

»Der Doktor ist beschäftigt«, lautete die einsilbige Antwort auf sein Ansinnen.

»Wie lange wird das dauern?«

»Das kann ich Ihnen nicht sagen.«

Morton drehte sich mit einer einzigen Bewegung vom Empfangstresen weg. »Gut«, schnappte er, »dann machen wir uns jetzt auf die Suche nach ihm.«

Er nahm Howard am Ellbogen und dann stiegen sie gemeinsam die Treppe hoch ins Obergeschoss. Dort durchkämmten sie Korridor um Korridor, öffneten sämtliche der mit »Kein Zutritt« beschrifteten Türen und schauten hinein. Der gesuchte Arzt war nirgends zu finden.

»Was sollen wir nur tun?«, fragte Howard niedergeschlagen, doch Morton erklärte: »Weitersuchen. Wir werden dieses Krankenhaus nicht verlassen, bevor wir mit ihm gesprochen haben.«

Im obersten Stock kam ihnen der gesuchte Arzt entgegen. Er war im Gespräch mit einer Gruppe älterer Herren in schwarzen Anzügen, und als Morton ihn ansprach, reagierte er unwirsch:

»Sie sehen doch, dass ich beschäftigt bin. Hier findet gleich die Sitzung des Verwaltungsrates statt.«

»Es wird nicht lange dauern«, versicherte Morton. »Klären Sie uns über das Befinden von Mrs Nightingale auf, und wir gehen wieder.«

Der Arzt machte Anstalten, ihn stehen zu lassen, doch einer der Herrn meinte, es sei schon in Ordnung: »Wir warten in Ihrem Büro auf Sie, Doktor.«

»Was ist passiert?«, fragte Morton. »Wieso mussten Sie das Penicillin absetzen?«

»Es haben sich Komplikationen ergeben«, antwortete der Arzt ausweichend.

»Welcher Art?«

»Es würde zu weit führen, Ihnen das im Detail auseinanderzusetzen.«

Morton machte einen Schritt auf den Arzt zu. »Sie haben mich offenbar nicht richtig verstanden«, stieß er hervor und bemühte sich nicht, den aufsteigenden Zorn aus seiner Stimmen herauszuhalten. »Das war keine Bitte, ich verlange, jetzt unverzüglich über den Gesundheitszustand meiner Schwester informiert zu werden.«

Im Verlaufe einer Ermittlung hatte sich ein Tatverdächtiger vor Gericht zu verantworten gehabt, weil er einen Arzt spitalreif geschlagen hatte. Morton konnte das nachempfinden. Wenn ihm dieser Mann nicht endlich eine konkrete Antwort auf seine Frage gab, würde er sie aus ihm herausprügeln.

Etwas in seinem Ton oder in seinem Gesichtsausdruck veranlasste Dr. Lloyd nun aber, endlich mit Informationen herauszurücken.

»Mrs Nightingale hat allergisch auf das Penicillin reagiert«, sagte er. »Erst nur mit einem Hautausschlag und dann gestern Nacht mit einem Kreislaufversagen. Es wäre zu gefährlich gewesen, sie damit weiterzubehandeln. In der Folge ist das Fieber wieder angestiegen. Es tut mir leid, das sagen zu müssen, aber Mrs Nightingale befindet sich in einem kritischen Zustand.«

Morton spürte Howards Hand an seinem Oberarm, aber er war zu erschüttert, um ihm Beachtung zu schenken. »Und was tun Sie dagegen?«, fragte er den Arzt.

»Sie erhält nun etwas Sauerstoff.«

»Sauerstoff?«, Morton glaubte, seinen Ohren nicht trauen zu dürfen. »Meine Schwester liegt im Sterben und Sie geben ihr Sauerstoff? Weshalb wird sie nicht mit Antibiotika behandelt?«

Dr. Lloyd warf ihm einen erstaunten Blick zu. »Wir haben das Medikament nicht vorrätig, es müsste in London angefordert werden.«

»Und weshalb tun Sie das nicht?«

»Wir haben noch keine Erfahrung mit dieser Therapie. Ich müsste mich erst mit meinen Kollegen in London besprechen.« Dr. Lloyd sah demonstrativ auf seine Armbanduhr, doch Morton ließ sich nicht so leicht abspeisen. »Wie lange wird das dauern?«, fragte er.

»Ein paar Tage«, erwiderte der Arzt mit einem ungeduldigen Seufzer. »Sie können nicht von mir erwarten, dass ich wegen einer einzigen Patientin alles stehen und liegen lasse.«

»Und was geschieht in der Zwischenzeit?«, wollte Morton wissen.

Dr. Lloyd zuckte die Schultern. »Nun«, meinte er vage, »wir müssen das Beste hoffen.«

»Nein!«, herrschte ihn Morton an. »Das reicht bei Weitem nicht! Sie werden etwas dagegen unternehmen.« Er packte den Arzt am Kragen seines Kittels und schüttelte ihn. »Hören Sie mir zu! Sie werden sich dieses Mittel auf der Stelle beschaffen. Wenn meine Schwester aufgrund Ihres Versagens stirbt, werde ich Sie verfolgen bis ans Ende Ihrer Tage. Sie werden keine einzige ruhige Minute mehr haben. Sie werden sich wünschen, nie geboren worden zu sein. Ich werde Ihnen die besten Anwälte dieses Landes auf den Hals hetzen und Sie können den Rest Ihres Lebens in einem Gefängnis verrotten.«

Er ließ vom Arzt ab, der ihn mit schreckgeweiteten Augen und offenem Mund anstarrte, ganz offensichtlich unfähig zu einer Erwiderung. Morton ließ ihn stehen und wandte sich seinem Schwager zu.

»Komm, ich bring dich nach Hause, Howard«, sagte er. »Hier können wir nichts mehr tun.«

Howard war noch blasser geworden und ein Zittern hatte seine Hände befallen. Morton befürchtete, dass er gleich zusammenbrechen würde. Er fasste ihn um die Schultern und führte ihn die Treppe hinunter ins Erdgeschoss. Dort steuerte er aber nicht den Ausgang an, sondern den Patientenempfang und fuhr gröberes Geschütz auf. Er zeigte seinen Dienstausweis und sagte bestimmt: »Ich ermittle in einem Mordfall und muss dringend telefonieren.« Dann wies er auf seinen Schwager. »Dieser Mann hier hat eben einen Schock erlitten. Bringen sie uns eine Tasse Tee oder, falls verfügbar, etwas Stärkeres.«

Die Schwester wies ihnen ein kleines Büro neben dem Empfangstresen zu und Morton rief gleich Dr. Turpin an. Er fragte ihn, ob er ihm das Antibiotikum beschaffen könne.

»Ja, beschaffen kann ich es«, sagte der Pathologe. »Doch falls der Zustand Ihrer Schwester wirklich so ernst ist, müsste es ihr in einer Infusion verabreicht werden.«

Eine junge Krankenschwester erschien mit einer Tasse Tee in der Hand und schaute unschlüssig von einem Mann zum anderen. Morton bedankte sich, nahm die Tasse entgegen und übergab sie seinem

Schwager. Dann sprach er wieder in den Hörer und erklärte, dass sich der Spitalarzt weigere, Jane das Mittel zu verabreichen, da er keine Erfahrung damit habe. Während er sprach, erkannte er, dass er seinen Gefühlen hätte vertrauen sollen. Er hätte Jane niemals in dieses Hospital einliefern dürfen. Er musste sie da rausholen.

»Ich werde meine Schwester nach Hause bringen«, erklärte er.

»Das Krankenhaus wird sie nicht entlassen«, entgegnete Dr. Turpin, doch Morton wischte seine Bedenken beiseite. »Das werden wir noch sehen«, meinte er. »Wie lange dauert es, bis Sie sich das Präparat beschafft haben?«

»Ich klemme mich gleich dahinter«, versicherte der Pathologe.

Morton legte auf und sah besorgt zu seinem Schwager hinüber. Der saß völlig apathisch auf dem einzigen Stuhl im Raum und hatte den Tee nicht angerührt.

Und plötzlich wusste Morton, dass auch Howard den Verlust seiner geliebten Frau nicht verkraften würde. Sie wären verloren ohne sie. Alle beide.

Er ging zu seinem Schwager hinüber und drückte ihm die Tasse in die Hand. »Trink das, mein Lieber«, sagte er. »Du klappst mir sonst noch zusammen.«

Während Howard zögerlich zu trinken begann, so als sei ihm jeder einzelne Schluck zuwider, entschuldigte sich Morton:

»Es tut mir furchtbar leid, Howard, dass ich Jane eingeliefert habe. Ich glaubte, sie erhielte hier eine angemessene Behandlung, doch jetzt sehe ich, dass ich mich getäuscht habe.«

»Du hattest doch keine Wahl, Richard«, protestierte Howard schwach. »Der Arzt hat die Einweisung angeordnet; ich hätte gleich gehandelt, wenn ich zu Hause gewesen wäre.« Er hielt kurz inne und fragte dann, mit einer Spur von Hoffnung in der Stimme: »Dieses neue Medikament, von dem du vorhin gesprochen hast. Bist du sicher, dass es Jane helfen würde?«

»Ja, absolut, und unser Pathologe kann es auch beschaffen, aber die weigern sich hier, es ihr zu verabreichen. Wir müssen sie nach Hause holen, Howard.«

»Dürfen wir das denn?«

Morton beugte sich zu seinem Schwager hinunter, bis seine Augen auf gleicher Höhe mit den seinen waren.

»Über eines musst du dir im Klaren sein, Howard«, sagte er eindringlich. »Jane wird sterben, wenn sie nicht behandelt wird. Diese Bakterien, die sich in ihrer Lunge eingenistet haben, werden sie töten.«

Howard schwieg einen Moment, doch der Ausdruck seiner Augen veränderte sich, als er zum Zeichen seines Einverständnisses entschlossen mit dem Kopf nickte. »Wenn das so ist, werden wir alles tun, was nötig ist.«

Gemeinsam verließen sie das Krankenhaus und stiegen draußen in den Wagen. Die schwächliche Sonne war schon wieder hinter dunklen Wolken verschwunden. Schwer und drohend hingen sie über der Landschaft, und obschon es erst vier war, hatte eine verfrühte Dämmerung eingesetzt.

Vor der Bezirkswache hielt Morton kurz an und beschied Tweany, dass er heute nicht mehr mit ihm rechnen könne. Er solle die Vernehmung von Ronny Barker alleine durchführen. Danach fuhr er gleich weiter nach Little Ashdon, erklärte Howard, dass er Dr. Bentham bitten wolle, Janes Medikation zu überwachen, und setzte ihn im Vikariat ab.

Während er die Church Lane hinauffuhr, fragte er sich, ob es den Schicksalsgöttinnen wohl ein besonderes Vergnügen bereitete, ausgerechnet ihn, der Krankenhäusern und Ärzten seit Jahren beharrlich ausgewichen war, nun auf Gedeih und Verderb diesen Halbgöttern in Weiß auszuliefern.

Die Dachgiebel des viktorianischen Bürgerhauses, das er nun ansteuerte, waren dicht mit Schnee bedeckt und aus den zu Mauertürmchen ausgebauten Kaminen stieg grauer Rauch in den sich rasch verdunkelnden Himmel auf. Keines der Fenster war erleuchtet; der Eingang zur Arztpraxis befand sich auf der Rückseite des Gebäudes. Morton klinkte das Gartentor auf und umrundete das Haus. Sechs

Stufen führten zur Hintertür, und als Morton eintrat, sah er, dass der Schreibtisch der Sprechstundenhilfe wie zu Dr. Wilkins' Zeiten gleich hier in dem breiten Korridor, zwischen den beiden Untersuchungszimmern, stand. Dort aber saß nicht Miss Pym, sondern die Freundin des Arztes, Mary Haselitt. Sie war im Gespräch mit einem Patienten und hatte sein Eintreten nicht bemerkt.

Sie so unverhofft hier anzutreffen, löste etwas in ihm aus, das er glaubte, überwunden zu haben. Es schien, als ob durch die immense Angst um seine Schwester alle Dämme, die er gegen die Unberechenbarkeit seiner Gefühle errichtet hatte, auf einmal zusammenkrachen würden. Während diese Welle über ihn hinwegflutete, verließ der Patient die Praxis und Mary wandte sich ihm zu. Er konnte ihr ansehen, wie überrascht sie war, ihm hier zu begegnen.

»Wie geht es Jane?«, fragte sie gleich, stand auf und kam hinter dem Schreibtisch hervor.

Morton räusperte sich, doch noch ehe er etwas sagen konnte, öffnete sich die Sprechzimmertür und Dr. Bentham trat forschen Schrittes in den Korridor.

»Sind wir durch, Mary?«, fragte er. »Sitzt niemand mehr im Wartezimmer?«

Mary wies mit der Hand auf Morton, worauf sich der Arzt ihm zuwandte: »Ah, Inspector. Ich habe Sie gar nicht bemerkt. Wie geht es Mrs Nightingale?«

»Meiner Schwester geht es ganz schlecht«, erwiderte Morton. »Ich befürchte das Schlimmste.«

»Was sagen Sie da?«, blaffte der Arzt ungläubig. »Ich habe erst gestern mit dem St. Luke's telefoniert und man sagte mir, es ginge ihr schon viel besser.«

»Sie haben inzwischen das Penicillin absetzen müssen. Meine Schwester hat allergisch darauf reagiert.«

»Ja, das kommt vor. Wird sie jetzt mit Antibiotika behandelt?«

»Nein, eben nicht. Der Arzt hat sich geweigert, ihr das Medikament zu verabreichen; er hätte keine Erfahrung damit. Was halten Sie davon?«

Bentham fuhr sich mit den Fingern durch das schüttere, strohfarbene Haar. »Ich kann nicht recht verstehen, weshalb man ihr eine solche Therapie vorenthält«, meinte er. »Aber natürlich liegt die Entscheidung in der Kompetenz der Spitalärzte.«

»Welche Entscheidung?«, blaffte Morton. »Sie sterben zu lassen?«

Das hagere Gesicht des Arztes verschloss sich augenblicklich und Morton entschuldigte sich. »Es tut mir leid, Dr. Bentham. Das war unangebracht, Sie so anzufahren, denn ich kam hierher, um Sie um Hilfe zu bitten. Wären Sie bereit, Mrs Nightingale mit Antibiotika zu behandeln?«

Bentham antwortete nicht gleich. Er rückte sich erst die Brille zurecht, bevor er erklärte: »Das Medikament ist nicht leicht zugänglich. Es wurde erst kürzlich freigegeben.«

»Das Mittel kann ich beschaffen«, sagte Morton rasch. »Wären Sie bereit, meine Schwester während der Verabreichung zu überwachen?«

»Das wird nicht möglich sein, ich kann den Spitalärzten nicht in ihr Handwerk pfuschen.«

»Ich meine hier zu Hause.«

»Sie wird entlassen?«, fragte Bentham erstaunt. »In diesem Zustand?«

»Nein, sie werden sie nicht entlassen«, erwiderte Morton grimmig. »Sie warten einfach, bis sie stirbt.«

Mary schlug sich die Hand vor den Mund. »Oh, mein Gott«, stieß sie erschrocken hervor.

»Ich werde sie heute noch da herausholen«, setzte Morton hinzu.

Bentham schüttelte nachdrücklich den Kopf. »Mit dieser Sache will ich nichts zu tun haben«, sagte er bestimmt. »Das könnte mich meine Zulassung kosten.«

Jetzt mischte sich Mary ein.

»Edwin, du musst Jane helfen!«, flehte sie. »Gerade vorige Woche hast du mir einen Artikel in der ›Medical Revue‹ zu lesen gegeben. Tetracycline wirken zuverlässig gegen Pneumokokken. Das haben nun mehrere Studien bestätigt.«

Bentham runzelte die Stirn und wippte leicht auf den Fußballen auf und nieder, eine Haltung, die suggerierte, dass er immerhin über Marys Worte nachdachte. Morton versuchte, den Ausdruck seiner Augen zu deuten, doch der Arzt hatte den Kopf zur Seite geneigt, sodass sich das Licht der Deckenbeleuchtung in den Gläsern seiner Brille spiegelte. Das Schweigen dehnte sich in die Länge und Morton merkte, wie er unwillkürlich die Zähne aufeinanderbiss. Er verbot es sich, dem Gesagten irgendetwas hinzuzufügen, denn er wusste, seine einzige Chance war der Appell, den Mary an den Arzt gerichtet hatte.

»Nun gut«, sagte Bentham schließlich. »Rufen Sie mich an, nachdem Sie Mrs Nightingale hergebracht haben. Wenn ich zu einem Patienten gerufen werde, bin ich verpflichtet, Hilfe zu leisten.« Er trat einen Schritt auf Morton zu. »Verstehen wir uns da richtig? Ich weiß nichts von der Sache, dieses Gespräch hat nie stattgefunden.«

Nachdem er in seinem Sprechzimmer verschwunden war, begleitete Mary Morton hinaus.

»Arbeitest du jetzt hier?«, fragte er sie.

Mary legte die Hand auf die Türklinke. »Nein«, sagte sie. »Ich vertrete nur Miss Pym an ihren freien Tagen, doch sie ist dabei, wieder in die Stadt zu ziehen. Falls Edwin keinen Ersatz für sie findet, wird er vielleicht mit mir vorlieb nehmen müssen.«

»Das wird Mrs Hartshorn aber hart ankommen«, meinte Morton und brachte ein flüchtiges Lächeln zustande. »Hast du sie bereits schonend darauf vorbereitet?«

»Gott bewahre!«, wehrte Mary ab und bat dann: »Ruf mich an, wenn ich dir und Howard irgendwie helfen kann. Ich könnte euch bei den Nachtwachen ablösen.«

»Das ist lieb von dir, wir werden gerne darauf zurückkommen«, versicherte Morton. Er berührte ihre Hand und fügte aus tiefstem Herzen hinzu: »Mary, ich kann dir gar nicht genug danken, dass du dich für Jane eingesetzt hast. Vermutlich hätte ich bei Dr. Bentham auf verlorenem Posten gestanden.«

»Aber nein«, wies sie seinen Dank zurück. »Edwin hätte sich auch von dir überzeugen lassen, ganz bestimmt.«

Sie wussten beide, dass das eine Lüge war, dachte Morton, aber sie waren beide nicht bereit, sich das einzugestehen, ebenso wenig wie alles andere.

Er verabschiedete sich und trat hinaus in die eisige Kälte. Auf dem Weg durch den dunklen Garten stellte er den Mantelkragen hoch und schob die kalten Hände in die Taschen. Er fror entsetzlich.

5

Alice Finch zog die schweren, königsblauen Samtvorhänge vor die hohen Esszimmerfenster. Mit jedem Abend setzte die Dämmerung früher ein, nur noch sechs Tage bis Weihnachten. Alice hatte nicht vorgehabt, die Festtage auf Greenacres zu verbringen, doch jetzt würde ihr wohl keine andere Wahl bleiben. Miss Emma war in einer schlechten Verfassung, sie konnte sie nicht alleine lassen. Es war schon seltsam, wie sich die Atmosphäre eines Hauses nach einem Todesfall verändern konnte; als ob Steine und Mörtel ein Eigenleben führen würden. Bis jetzt hatte niemand über ihre Zukunft gesprochen, darüber ob die Geschwister Gregson weiterhin ihre Dienste in Anspruch nehmen wollten. Doch im Prinzip spielte das keine Rolle. Nach einer angemessenen Frist war sie frei zu gehen. Jetzt gab es nichts mehr, das sie hier halten würde. Im Nachhinein wusste sie selbst nicht mehr, weshalb sie dem Inspector gesagt hatte, ihre Anstellung in Greenacres hänge von der Entscheidung von Sir Julians künftiger Frau ab. Vielleicht war es ein unbewusster Schachzug gewesen, um von ihren wahren Gefühlen für Sir Arnold abzulenken.

Alice trat hinaus in die Halle und vernahm Stimmen aus der Bibliothek. Julian war schon seit dem frühen Morgen dabei, den Schreibtisch auszuräumen, und nun hatte sich offenbar auch Emma zu ihm gesellt. Der Coroner musste Zeit seines Lebens einen immensen Berg an Akten angehäuft haben.

Die Tür stand offen, und bevor sie sie erreicht hatte, hörte sie Emma sagen: »Wirst du jetzt hier bleiben, Julian? Bitte geh nicht nach Syrien zurück, ich kann doch nicht ganz alleine in diesem großen Haus leben. Du mit deiner Erfahrung fändest sicherlich einen Posten beim British Museum. Vielleicht würdest du dort eine nette Frau kennenlernen, die deine Interessen teilt. Du musst langsam daran denken, eine Familie zu gründen.«

Alice konnte es kaum fassen, wie naiv Emma war. Eher würde die Hölle zufrieren, als dass dieser Mann je heiratete. Sie selbst lebte erst anderthalb Jahre in diesem Haushalt, aber ihr war bald klar gewesen, was mit Julian los war. Wie er auf Heimaturlaub schon nach wenigen Tagen unruhig wurde und es kaum erwarten konnte, wieder nach Syrien aufzubrechen. Und sie war davon überzeugt, dass es nicht nur alte Tonscherben waren, die ihn dort erwarteten.

Alice verharrte einen Moment neben der Tür zur Bibliothek, doch als niemand mehr etwas sagte, trat sie ein.

Julian saß noch immer hinter dem Schreibtisch, auf dem sich stündlich höher werdende Papierberge türmten. Seine Schwester hatte sich in den tiefen Lehnsessel beim Kamin gesetzt. In ihrem Schoß lag ein Bündel Briefe, und einen davon hielt sie aufgefaltet in der Hand. Als Alice den Raum betrat, sah sie ihr mit einem feindseligen Ausdruck in den Augen entgegen.

Alice wandte sich an Julian. »Werden Sie noch länger hier beschäftigt sein, Sir?«, fragte sie. »Soll ich noch ein paar Kohlen nachlegen?«

Julian sah zerstreut von seinen Papieren hoch. »Wie bitte?«, murmelte er.

Alice wies auf das ersterbende Kaminfeuer und wiederholte ihre Frage.

»Ja, bitte«, antwortete er jetzt. »Und vielleicht kann Martha den kleinen Elektroofen aus meinem Zimmer herholen. Ich werde hier noch bis in die Nacht hinein beschäftigt sein.«

Emma legte die Briefe beiseite und richtete sich in ihrem Sessel auf. »Aber Julian«, protestierte sie, »das eilt doch nicht. Du musst nicht alles heute erledigen.«

»Der Nachlass muss geregelt werden«, entgegnete Julian gereizt. »Und außer mir kümmert sich ja niemand darum.«

Emma öffnete den Mund, um etwas zu erwidern, aber in dem Moment klingelte das Telefon und Julian hob ab. Er sagte nur »Hallo«, aber die Betonung dieses einzigen Wortes und das unwillkürliche

Lächeln, das sein Gesicht verwandelte, sprachen Bände. Jetzt legte er hastig den Hörer beiseite und sprang auf. »Das ist ein Ferngespräch«, sagte er atemlos. »Ich werde es oben in Vaters Zimmer führen. Würden Sie bitte den Hörer auflegen, Mrs Finch, wenn ich oben abgenommen habe?« Dann rannte er hinaus.

Alice hatte sich mit Kohleneimer und Schippe vor den Kamin gekniet. Nachdem Julians Schritte auf der Treppe verklungen waren, beugte sich Emma zu ihr hinunter und zischte:

»Haben Sie Kamil bei der Polizei angeschwärzt?«

»Aber nein«, erwiderte Alice ruhig. »Ich habe nichts dergleichen getan. Ich weiß nicht, wovon Sie sprechen.«

»Sie sagten dem Inspector, Sie hätten Kamil um zehn Uhr abends in der Halle gesehen. Weshalb haben Sie das getan?«

»Inspector Morton wollte wissen, ob mir jemand in der Halle begegnet ist. Hätte ich lügen sollen?«

Emma packte Alice bei der Schulter. »Wenn Sie schuld sind, dass er ins Gefängnis kommt, werde ich …«

»Beruhigen Sie sich«, fiel ihr Alice ins Wort. »Ich werde mit Kamil reden. Die Polizei hat nichts gegen ihn in der Hand. Dass er zur Tatzeit im Haus war, beweist noch gar nichts. Wenn er nicht die Nerven verliert, kann ihm nichts geschehen. Alles wird gut, Sie werden sehen.«

Alice richtete sich auf und ging zum Schreibtisch hinüber. Sie nahm den Telefonhörer in die Hand und hielt ihn kurz an ihr Ohr. Wie sie vermutet hatte. Sie legte auf und wandte sich wieder Emma zu, die nun händeringend auf sie zukam.

»Da ist noch etwas«, gestand sie. Ihre Stimme war dem Schluchzen bedenklich nahe. »Vater hat am Morgen, bevor er starb, einen anonymen Brief erhalten, in dem Kamil beschuldigt wird, ein Deserteur zu sein. Deshalb ist Kamil ins Haus gekommen, um diesen Brief zu verbrennen. Und das hat er auch getan, aber offenbar hat die Polizei immer noch etwas lesen können.«

Der Wechsel von Feindseligkeit zu völliger Hilfsbedürftigkeit war schon fast grotesk, und Alice ahnte, wie labil die Frau seit dem Tod ihres Vaters geworden war.

»Aber Miss Gregson«, warnte sie. »Sie sollten sich in Acht nehmen, diesem Mann ist nicht zu trauen.«

Emma kämpfte mit den Tränen. »Was soll ich denn tun?«, jammerte sie. »Kamil ist die Liebe meines Lebens. Und er liebt mich auch, egal was Sie sagen. Sie wissen, dass er unschuldig ist.«

Alice schüttelte innerlich den Kopf. Da half alles gute Zureden nichts, sie musste die Frau auf andere Gedanken bringen.

»Es gibt noch viel zu tun, Miss Emma«, wechselte sie abrupt das Thema. »Die Schränke Ihres Vaters müssen ausgeräumt und die Kleider für die Sammlung bereitgestellt werden.«

Nach nur einem Blick in Emmas Gesicht wusste sie, dass diese Aufgabe nicht Emma alleine überlassen werden konnte. Sonst würde sie sie in Kürze tränenüberströmt zwischen Sir Arnolds Anzügen, Hemden und Mänteln antreffen.

»Ich werde mich heute noch darum kümmern«, erklärte sie deshalb.

»Ja, bitte«, sagte Emma erleichtert und fügte zögerlich hinzu: »Vielleicht sollte Julian Vaters Sachen vorher durchsehen. Er könnte vielleicht noch das eine oder andere tragen.«

»Aber nein, die Anzüge werden ihm nicht passen. Ihr Bruder ist schlank und mindestens einen Kopf größer als Sir Arnold.

»Ja, nicht wahr?«, stimmte Emma zu. »Julian ist ein ausnehmend attraktiver Mann und trotzdem hat er noch keine Frau gefunden. Ich kann das gar nicht begreifen. Vater würde sich auch wünschen, dass er endlich heiratet.«

Die Wünsche der Toten sind natürlich schwer in Erfahrung zu bringen, dachte Alice, doch erstaunlicherweise sind sie für die Überlebenden oftmals genau das, was für sie am angenehmsten ist. Sie war es langsam leid, dass hier von ihr erwartet wurde, das beschönigende Gehabe von Emmas Mutter weiterzuführen, deren Lebenssinn offenbar darin bestanden hatte, ihre Tochter vor allen Widrigkeiten des Daseins zu bewahren. Als ob sie eine kostbare Puppe aus Porzellan wäre, die nur in flauschige Watte gebettet unversehrt überleben konnte. Diese Frau war in praktisch jeder Hinsicht verweichlicht.

»Julian interessiert sich nicht für Frauen«, sagte Alice schonungslos.

Emma runzelte irritiert die Stirn. »Was soll das heißen?«, fragte sie begriffsstutzig.

»Dass er Männer liebt.«

Emma starrte ihr entsetzt in die Augen; sprachlos, im wahrsten Sinne des Wortes. Plötzlich tat sie Alice leid. Vielleicht sollte sie nicht zu hart über sie zu Gericht sitzen, denn vor nicht allzu langer Zeit war auch sie recht ahnungslos gewesen. Erst der Kriegsdienst hatte ihr die Augen geöffnet und sie gelehrt, die Zeichen zu deuten. In Hughenden Manor hatte sie erstaunt feststellen müssen, dass unter gebildeten Männern aus der Oberschicht Homosexualität offenbar weit verbreitet war. Möglicherweise lag es an diesen Privatschulen. Sie hatte diese gepflegten, kultivierten Männer schätzen gelernt; ihre zuvorkommenden Umgangsformen hatten sich wohltuend von denjenigen einiger notorischer Schürzenjäger abgehoben.

Emma hatte ihre Sprache wiedergefunden. »Aber das ist doch verboten!«, stammelte sie schockiert.

Alice lachte. »Wenn sich alle Menschen an Verbote und Gesetze halten würden, könnte man sämtliche Gefängnisse auf der Welt schließen.« Sie legte Emma versöhnlich den Arm um die Schulter, doch die begann unkontrolliert zu zittern.

Und plötzlich erkannte Alice, dass die Frau kurz vor einem Nervenzusammenbruch stand, deren Konsequenzen sie sich lieber nicht ausdenken wollte.

Sie führte sie zurück zum Sessel, verließ die Bibliothek und stieg nachdenklich die Treppe hoch.

***

Zurück im Vikariat hoffte Morton inständig, dass die Götter für einmal Gnade walten ließen und inzwischen nicht das gesamte Telefonnetz unter den Schneelasten zusammengebrochen war. Howard hatte ebenfalls wieder Hoffnung geschöpft und stand nun gespannt neben dem Telefonapparat, während Morton in seinem Studierzimmer die

Vermittlung anwählte. Er hatte Glück und Dr. Turpin hatte offenbar seinen Anruf schon erwartet.

»Das Antibiotikum sollte in der nächsten halben Stunde hier eintreffen«, versicherte er.

»Ich mache mir Sorgen wegen des Transportes«, bekannte Morton. »Hätten Sie eventuell Zugriff auf eine Ambulanz?«

»Das artet ja zu einer richtigen Entführung aus!«, meinte Turpin lachend. »Ich bin dabei! Um fünf ist die Besuchszeit zu Ende, und dann sind viele Leute auf den Gängen und in der Eingangshalle unterwegs. Wenn man einen Patienten hinausschmuggeln will, gibt es dafür keinen besseren Zeitpunkt. Treffen wir uns um fünf vor dem Eingang zum St. Luke's.«

Howard hatte sich schon Hut und Mantel gegriffen und nachdem Morton aufgelegt hatte, rannten sie durch den Garten zum Wagen. Der Wind hatte wieder an Stärke zugelegt und die dahinjagenden Wolken zogen in Fetzen über den aufgehenden Mond hinweg.

Morton lenkte den Wolseley an der dunkel aufragenden Kirche vorbei und dann über die alte Buckelbrücke aus dem Dorf. Am Fluss unten beschleunigte er auf siebzig Meilen; nur wenn er diese Geschwindigkeit beibehielt, würden sie rechtzeitig im Krankenhaus eintreffen. Er widerstand dem heftigen Verlangen nach einer Zigarette, um seine Nerven zu beruhigen, denn er durfte sich nicht die geringste Ablenkung erlauben. Stattdessen fasste er das Steuerrad mit festem Griff, jederzeit bereit, Gegensteuer zu geben, falls er ins Schleudern geraten sollte. Mit dem Einbruch der Dunkelheit waren die Temperaturen weit unter den Gefrierpunkt gesunken und der zu Eis erstarrte Schnee auf der Fahrbahn glitzerte gefährlich im Scheinwerferlicht.

Es herrschte wenig Verkehr auf der Landstraße und sie kamen gut voran. Morton warf einen Blick auf das Leuchtzifferblatt am Armaturenbrett: zehn Minuten vor fünf. Sie würden es schaffen. Er konnte sich sogar erlauben, das Tempo etwas zu drosseln. Howard hatte eine Thermoskanne Tee dabei und er nahm dankbar einen Becher entgegen. Es war kalt im Wageninneren, die Heizung begann jeweils erst nach ein paar Meilen etwas Wärme abzugeben.

Morton hatte eben seinen Becher ausgetrunken, als unvermittelt, wie aus dem Nichts, ein Reh vor seiner Kühlerhaube auftauchte. Er trat auf die Bremse, riss das Steuer herum, das Reh verschwand aus seinem Blickfeld und dann gab es einen lauten Knall. Sie standen still.

»Was war das?«, fragte Howard, der sich ans Armaturenbrett gekrallt hatte. »Was ist passiert?«

Morton ließ die Hände vom Steuerrad heruntersinken. »Wir haben einen Platten«, sagte er nüchtern.

Sie stiegen aus dem Wagen und sahen sich um.

»Wo ist das Reh?«, fragte Howard.

Morton starrte angestrengt in den Lichtkegel der Scheinwerfer. »Du hast es also auch gesehen?«

»Aber ja. Es kam aus dem Dunkel direkt vor deinen Wagen getrabt.«

»Habe ich es angefahren?« Morton fragte sich, ob sie ein verletztes Tier gleich mit ins Krankenhaus bringen könnten, aber Howard gab Entwarnung: »Nein, es ist entwischt. Hier durch die Hecke.«

Die Hecken beidseits der Straße bildeten lange, schneebedeckte Wälle, doch Howard wies jetzt auf eine Lücke, durch die das Reh geschlüpft war.

Morton atmete auf und besah sich dann das kaputte Hinterrad.

»Hast du schon einmal einen Reifen gewechselt, Howard?«

»Nein, da kenn ich mich nicht aus. Du weißt, wir fahren nicht Auto.«

»Und ich habe zwei linke Hände.«

»Dann sollten wir den Wagen stehen lassen. Es ist nicht mehr weit, Richard, schätzungsweise eine Meile bis zum St. Luke's. Da vorne ist schon die Abzweigung.«

Morton hatte das Scheinwerferlicht ausgeschaltet, und so konnte auch er jetzt sehen, dass sich die Straße weiter vorne verzweigte. »Du hast recht«, stimmte er zu. »Für den Radwechsel brauche ich mindestens eine halbe Stunde. Da sind wir zu Fuß besser dran.«

Sie ließen den Wolseley auf dem verschneiten Grasstreifen neben der Fahrbahn stehen und rannten los. Doch die kalte Luft, hastig durch den Mund eingeatmet, stach ihnen in die Lungen, sodass sie bald nur noch im Laufschritt gehen konnten.

Als sie außer Atem die Einfahrt zum St. Luke's erreicht hatten, war es zehn nach fünf. Auf dem Vorplatz standen mehrere Krankenwagen, doch Dr. Turpin befand sich in keinem von ihnen und war auch sonst nirgends zu sehen.

»Meinst du, er ist schon hineingegangen, um Jane zu holen?«, fragte Howard und spähte durch ein Fenster neben der Tür. Es befanden sich tatsächlich eine ganze Menge Leute in der Eingangshalle, die alle dem Ausgang zustrebten.

Ein lautstarkes Hupen ließ sie die Köpfe wenden. Und da war er, der Pathologe, in alter Frische und steuerte die Ambulanz höchstpersönlich. Er trug seinen weißen Ärztekittel und hatte sich sogar ein Stethoskop um den Hals gehängt. Als ob das zu seinen täglichen Aufgaben gehören würde, umrundete er geschickt die anderen Krankenwagen und hielt direkt vor dem Eingang.

»Na, dann wollen wir mal!«, verkündete er voller Tatendrang, nachdem er ausgestiegen war. Er wies Morton an, draußen zu warten: »So, wie Sie mir die Begegnung mit dem behandelnden Arzt geschildert haben, zeigen Sie Ihr Gesicht besser nicht mehr hier drin.« Und dann stürmte er mit Howard im Gefolge in die Eingangshalle. Morton konnte noch sehen, wie er einer vorbeieilenden Schwester den Rollstuhl abnahm und damit den Aufzug ansteuerte.

Zehn Minuten würde es etwa dauern, bis sie mit Jane zurückkämen, schätzte er. Allerdings würde sie völlig überrascht sein, und es konnte eine Weile dauern, bis sie ihr auseinandergesetzt hatten, was sie vorhatten. Er zwang sich, nicht ständig auf die Uhr zu sehen, und stapfte vor der Ambulanz auf und ab, um sich warm zu halten.

Eine Viertelstunde später war der Besucherstrom versiegt, doch von Jane immer noch keine Spur. Was war nur los? Hatte sie sich geweigert, das Krankenhaus zu verlassen? Natürlich konnte niemand sie ohne ihr Einverständnis nach Hause holen. Oder hatte eine Schwester Alarm geschlagen? War am Ende Dr. Lloyd dazwischengetreten?

Weitere fünf Minuten vergingen und endlich erschien der Pathologe mit Jane im Rollstuhl unter der Eingangstür. Howard hatte ihr einen Mantel angezogen und ein Kopftuch umgebunden. Ihre Wangen waren gerötet und die Augen glänzten fiebrig, aber sie war bei klarem Bewusstsein. Nur sprechen konnte sie nicht. Als sie es versuchte, kam nur ein heiseres Krächzen heraus. Morton hatte eben die Bahre herausgeholt, da stürzte eine Krankenschwester aus der Tür. »Was fällt Ihnen ein?«, rief sie aufgebracht. »Bringen Sie die Patientin unverzüglich wieder auf ihr Zimmer! Ich war eben bei Dr. Lloyd. Er hat die Entlassung nicht angeordnet.«

Dr. Turpin zwinkerte Morton zu, worauf ihn die Schwester anfuhr: »Wer sind Sie überhaupt?«

Howard stellte sich dazwischen, als ob sie ihm die Frage gestellt hätte. »Ich bin Reverend Nightingale«, sagte er ruhig. »Wir bringen meine Frau nach Hause, damit sie adäquat behandelt werden kann. Das ist ihr ausdrücklicher Wunsch. Sie können sie hier nicht gegen ihren Willen festhalten.«

Während der Vicar die Krankenschwester aufhielt, gelang es den anderen beiden Männern, Jane ins Wageninnere zu verfrachten. Howard stieg zu und der Pathologe fuhr los. Kaum waren sie auf der Landstraße, lenkte er den Wagen in einen Feldweg und hielt an. Dann kam er nach hinten und schraubte mit ein paar wenigen Handgriffen einen Infusionsständer am Boden fest. »Wie geht es Ihnen, meine Liebe?«, erkundigte er sich mit einem breiten Lächeln. »Tut mir leid wegen des Überfalls, aber wenn Ihr Arzt ein paar kräftige Pfleger aufgeboten hätte, hätten wir schlechte Karten gehabt. Wir sind schließlich keine Preisboxer.«

Morton, der seinen Platz neben der Bahre für den Arzt freigemacht hatte, glaubte sich zu erinnern, dass Dr. Turpin in seiner Jugend tatsächlich an einigen Boxwettkämpfen teilgenommen hatte. Er war ein Schrank von einem Mann, mit seiner Statur jedenfalls hätte er es mit so manchem aufnehmen können.

»So, dann legen wir gleich mal los«, sagte er jetzt und legte geschickt die Infusion in Janes Vorderarm. »Der Arzt muss sie zweimal täglich überprüfen, doch das Auswechseln der Infusionsflaschen ist keine Hexerei. Das können Sie selbst übernehmen; ich zeige Ihnen, wie das geht.« Er wies auf die beiden Glasflaschen, die vom Infusionsständer herunterhingen. »Die physiologische Kochsalzlösung sorgt zum einen dafür, dass die Patientin genug Flüssigkeit erhält, zum anderen hält sie die Vene für das Antibiotikum offen. Zweimal am Tag bekommt sie die Lösung in der kleineren Flasche dazu.«

Er setzte sich wieder ans Steuer und eine halbe Stunde später lag Jane wohlbehalten in ihrem eigenen Bett.

6

Die Befragung von Ronny Barker hatte nichts ergeben. Der Mann war mit allen Wassern gewaschen und hatte auf stur geschaltet. Allerdings hatte die Einvernahme gleich zu Beginn eine Überraschung für Tweany bereitgehalten. Barker hatte sich darüber beklagt, erneut auf die Bezirkswache zitiert worden zu sein, und so hatte sich herausgestellt, dass er schon letzten Sommer zu dem Einbruch im Juweliergeschäft vernommen worden war. Was Sergeant Paisley offenbar nicht für nötig gehalten hatte, schriftlich festzuhalten. Darauf angesprochen, hatte er gemeint, das Vernehmungsprotokoll sei wohl aus dem Dossier gerutscht. Und aus deinem Gedächtnis wohl ebenfalls, hatte Tweany gedacht.

Offenbar war Paisley dieser Lapsus doch etwas peinlich gewesen, denn er hatte versprochen, sich gleich auf die Suche danach zu machen, und vorhin war er tatsächlich mit den fehlenden Akten in Tweanys Büro erschienen. Diese hatten ein außerordentlich interessantes Detail enthalten: Der Tipp, Ronny Barker in dieser Sache zu vernehmen, war auf Sir Arnold zurückgegangen! Barker hatte schon damals jegliche Verbindung zu dem Einbruch bestritten und es hatte ihm nichts nachgewiesen werden können. Auch eine Hausdurchsuchung war ergebnislos geblieben.

Beim Verlassen der Bezirkswache beschloss Tweany, sich gleich noch beim Kirchenchor vormerken zu lassen. Wahrscheinlich war ja Nowak der Täter, doch sein Chef hatte gemeint, sie dürften die übrigen Verdächtigen nicht völlig aus den Augen verlieren, und es konnte nicht schaden, sich bei den Mitgliedern des Chors etwas umzuhören.

Er machte sich auf zu *Trotwoods* und stand bald vor verschlossener Tür. Obschon auf dem Marktplatz noch ein geschäftiges Treiben herrschte, hatte der Buchhändler den Laden früher dichtgemacht.

Schlecht fürs Geschäft, dachte Tweany, denn es sah ganz so aus, als ob sich die Leute hier, animiert durch die weihnachtliche Stimmung auf dem Marktplatz, für das Fest eindecken würden. Das Licht der Gaslaternen entlang des Gehwegs wurde gedämpft durch die spitzen Hüte aus Schnee, die sie trugen, und daher kam der Weihnachtsbaum so richtig zur Geltung. Seine Kerzen schimmerten geheimnisvoll wie Feenlichter durch die verschneiten Zweige.

Leider gab es neben der Ladentür keine Klingel für die darüberliegende Wohnung des Buchhändlers und so versuchte sich Tweany nun mittels Rufen bemerkbar zu machen. Früher, als seine Mutter ihm aus Dickens' Weihnachtsgeschichte vorgelesen hatte, hatte ihm jeweils das Bild dieses fachwerkgeschmückten Tudorhauses vor Augen gestanden. Genau hier hatte sich Ebenezer Scrooge in seiner Fantasie aus dem Fenster gelehnt, um am Weihnachtsmorgen den Straßenjungen für den Truthahn loszuschicken.

Als ob diese Fiktion Wirklichkeit würde, öffnete sich jetzt im auskragenden Mauerwerk über der Buchhandlung ein Fenster und ein missmutiges Gesicht, Scrooge nicht unähnlich, erschien im Rahmen.

»Was soll'n der Krach?«, rief der Mann aufgebracht. »Hör'n Sie auf, so rumzuschreien!«

Tweany zeigte seinen Ausweis, obwohl er bezweifelte, dass der Mann ihn erkennen, geschweige denn entziffern konnte.

»Ich suche Mr Trotwood«, erklärte er, doch der Mann blaffte nur: »Da können Sie lange herumkrakeelen, der is' nich' da.«

»Wissen Sie, wo er hin ist?«

»Hatte Zoff mit dem Organisten.«

»Also ist er in der Kirche?«

»'nen Versuch ist's wert. Hauptsache, Sie machen sich vom Acker.«

Der Kopf verschwand, das Fenster wurde mit einem lauten Knall geschlossen.

Tweany machte sich kopfschüttelnd auf zur Kirche. Manieren hatten die Leute!

Im Hof kamen ihm ein paar Kirchgänger entgegen; offenbar war der Abendgottesdienst eben zu Ende gegangen. Nachdem er sich versichert hatte, dass der Aushang immer noch in der Pforte hing, betrat er das Kirchenschiff. Auf den ersten Blick konnte er nicht erkennen, ob Trotwood sich hier aufhielt, denn das große Deckenlicht war schon gelöscht worden. In dem dämmrigen Zwielicht sah er nur den Sakristan umherhuschen, und so steuerte er gleich die Orgel an, welche die gesamte Empore an der Nordseite einnahm. Sie hatte schlichte goldene, in einem geometrischen Muster angeordnete Pfeifen. Der Organist war durch ein niedriges hölzernes Gitter von den Blicken der Gemeinde abgeschirmt. Von dem Instrument gingen jetzt gefällige Modulationen in der Tonart eines bekannten Kirchenliedes aus. Während Tweany die steile Holztreppe, die hinter der Sakristei hinaufführte, erklomm, vollführte die Orgel ein rasches Feuerwerk an Improvisationen und verstummte dann. Als er die Empore erreicht hatte, nahm der Organist, ein untersetzter Mann mit einer Neigung zum Dreifachkinn, eben die Hände von der Klaviatur.

»Ich suche Mr Trotwood«, sprach Tweany ihn an. »Man sagte mir, er sei hier mit Ihnen verabredet gewesen.«

Das Gesicht des Organisten verfinsterte sich augenblicklich. »Ja, das stimmt«, räumte er unwillig ein, »aber das war vor dem Gottesdienst. Der ist schon längst weg.«

Tweany bemühte sein freundlichstes Lächeln. »Vielleicht können Sie mir weiterhelfen«, bat er. »Ich würde mich gerne für den Kirchenchor bewerben.«

»Dafür bin ich nicht zuständig«, erklärte der Organist mit abfälliger Schroffheit, besann sich dann aber eines Besseren und fügte etwas entgegenkommender hinzu: »Sie können sich an Reverend Lewis wenden.«

»Wo finde ich ihn?«

»Er müsste noch unten in der Sakristei sein.«

Tweany fragte sich, wodurch sich Trotwood heute so viele Feinde gemacht hatte, und trabte wieder die Treppe hinunter. In der Sakristei aber lärmten nur noch die Chorknaben herum, schlugen sich die weißen Spitzenhemden um die Ohren und klackerten mit ihren nagelbeschlagenen Stiefeln auf den Steinfliesen. Als sie Sergeant Tweany bemerkten, stülpten sie sich hastig die Mützen über und stürmten durch die offen stehende Tür nach draußen. Tweany folgte ihnen in den Kirchhof und hielt dort auf die angrenzende Church Hall zu, wo er den Vicar schließlich fand.

Reverend Lewis trug immer noch seine Soutane und war damit beschäftigt, besänftigend auf eine grauhaarige, drahtige Frau einzureden. Tweany kannte sie vom Sehen; sie war eine fleißige Kirchgängerin und gehörte zu dem Grüppchen hilfswilliger Frauen, ohne die keine Kirchgemeinde auskommen konnte. Offenbar war sie auch turnusmäßig für die Altarblumen zuständig, denn jetzt fauchte sie, nicht im Geringsten besänftigt durch Reverend Lewis' Schlichtungsversuche:

»Das muss ich mir nicht länger bieten lassen, Vicar! Sie sollten der Frau Hausverbot erteilen. Sie haben den Altarschmuck vorige Woche selbst gesehen. Nun sagen Sie mir, was gab es daran auszusetzen? Wir haben tiefsten Winter; ja, erwarten Sie denn von mir, dass ich sündhaft teure Gewächshausblumen im Laden kaufe?«

Sie stemmte die Arme in die Hüften und machte einen Schritt auf den Vicar zu, worauf der kleine, rundliche Mann hastig zurückwich und beteuerte: »Aber woher denn! Keineswegs, Mrs Meagles!« Doch die Frau führte ihre Beschwerden weiter, als ob er nichts gesagt hätte. »Dreist und niederträchtig!«, schleuderte sie ihm unversöhnlich entgegen. »Ich sage es nur ungern, aber diese Frau kennt keinen Anstand! Mein Gesteck aus Tannen- und Mistelzweigen war sehr gefällig. Ich habe viel Zeit und Mühe darauf verwendet und alle Christrosen aus meinem Vorgarten dafür hergegeben. Nur weil Mrs Bucket auf noble Gewächshausblumen zurückgreifen kann, gibt ihr das noch lange nicht das Recht, meine Gestecke herabzuwürdigen! Unsereins hat keinen Zugriff auf frische Blumen mitten im Winter.«

Ihr Redeschwall war kaum zu bremsen, doch Reverend Lewis mühte sich tapfer weiter ab. »Das versteht sich doch von selbst, Mrs Meagles«, versicherte er und holte Luft, um noch etwas hinzuzufügen, doch es wurde ihm nicht gestattet, die Worte auszusprechen, denn wiederum fuhr ihm die Frau über den Mund: »Es ist ja nicht so, dass sich Mrs Bucket außerhalb der Blumenrota groß hier nützlich machen würde. Oder haben Sie sie schon mal beim Silberputzen oder beim Polieren des Chorgestühls angetroffen? Nein, dafür ist sich die feine Dame zu schade!« Sie zog ein paar Wollhandschuhe aus ihrer Manteltasche und fuhr mit den Fingern der linken Hand hinein, als ob sie die Dinger aufspießen wollte.

»Mrs Meagles«, flehte der Vicar nunmehr inständig und rang sich dazu noch ein gequältes Lächeln ab. »Ich werde mit Mrs Bucket reden. Ich versichere Ihnen, das wird nicht wieder vorkommen. Wir alle wissen Ihre wertvolle Arbeit zu schätzen! Sie sind eine Stütze unserer Gemeinde. Wir wüssten nicht, was wir ohne Sie anfangen sollten.«

Es war eine Schande, wie tief Reverend Lewis zu Kreuze kriechen musste, um nicht Gefahr zu laufen, ein paar weitere willige Hände zu verlieren. Die Frauen arbeiteten hier für Gotteslohn, und Tweany wusste von seiner Mutter, dass die Truppe immer kleiner wurde. Sie selbst zählte ebenfalls zu den Abtrünnigen. Nachdem die Familie vom Stationshäuschen am Bahnhof in die Bungalowsiedlung am Stadtrand gezogen war, hatte sie den weiten Weg mit dem Fahrrad bald nicht mehr auf sich nehmen wollen.

Reverend Lewis' letzte Worte bewogen die Frau nun immerhin, den Rückzug anzutreten. »Nun gut«, lenkte sie widerwillig ein. »Ich werde mich in der Sache nicht weiter aufregen.«

Noch immer hochrot im Gesicht sah sie allerdings nicht so aus, als hätte sie die Absicht oder den Willen, sich nicht mehr aufzuregen. Mit einem resoluten Handgriff rückte sie sich den Hut zurecht und marschierte hinaus; nicht ohne Tweany, der bei der Tür stehen geblieben war, vom Scheitel bis zur Sohle mit einem bitterbösen Blick zu messen.

Nachdem sie verschwunden war, hellte sich das Gesicht des Vicar auf und er wandte sich sichtlich erleichtert Sergeant Tweany zu.

»Ich hoffte, Mr Trotwood hier anzutreffen«, sagte der, »doch der Organist meinte, Sie könnten mir auch weiterhelfen. Ich komme wegen der Notiz, die unter der Eingangspforte angeschlagen ist. Der Kirchenchor sei auf der Suche nach einem Bariton.«

»Oh, da wird sich der Chorleiter aber freuen!«, frohlockte Reverend Lewis und rieb sich die Hände. »Frisches Blut! Formidabel! Ganz formidabel!«

Offenbar war er so erleichtert über den Abgang der zänkischen Mrs Meagles, dass ihn schon eine solche Kleinigkeit wie ein Neuzugang für den Chor in Entzücken versetzen konnte. Und dabei war das Ganze nur eine Finte! Tweany hatte direkt ein schlechtes Gewissen, den liebenswürdigen Vicar so schändlich zu hintergehen. Wahrscheinlich würde er jetzt für immer und ewig in diesem Chor festsitzen, denn nachdem der Fall gelöst war einfach zu verschwinden, das konnte er dem Mann nicht antun. Da hatte ihm sein Chef ja was Schönes eingebrockt.

»Sie müssen sich dafür nicht anmelden, mein Lieber«, ließ der Reverend Tweany jetzt wissen. »Kommen Sie einfach zur nächsten Chorprobe vorbei. Alle werden Sie herzlich willkommen heißen.«

Na toll, dachte Tweany und wollte sich rasch verabschieden, da aber fiel sein Blick auf einen Tisch neben dem Bühnenaufbau. Er war mit allerhand Trödel vollgestellt, doch an dem einen Ende stand eine Schreibmaschine. Eine Underwood! Mit ein paar schnellen Schritten war er vorne bei der Bühne und sah sich die Maschine näher an. Er musste nicht lange nach der Typenbezeichnung suchen, denn unten auf dem schwarzen Rahmen war sie mit großen Goldlettern gekennzeichnet. Hier also stand sie, die Underwood No. 5, nach der sie gesucht hatten. Natürlich musste sie im Labor noch überprüft werden, doch Tweany war sich sicher, dass er richtig lag und der anonyme Brief auf dieser Schreibmaschine getippt worden war.

Reverend Lewis war zu Tweany hingetreten.

»Im Moment herrscht hier ein ziemliches Durcheinander«, entschuldigte er sich. »Wir mussten nebenan etwas Platz schaffen.«

Tweany merkte auf. »Dann steht diese Schreibmaschine also nicht immer hier?«, fragte er.

»Nein, normalerweise wird sie in dem kleinen Raum nebenan aufbewahrt, aber der Tisch dort musste gestern für den Vervielfältigungsapparat freigeräumt werden. Die Programmhefte für die Weihnachtspantomime, Sie verstehen?«

Tweany nickte, obschon ihm der Sinn dieser Aussage nicht ganz klar war. »Wird dieser Raum jeweils verschlossen, wenn er nicht genutzt wird?«

»Aber nein«, Reverend Lewis schüttelte nachdrücklich den Kopf. »Der steht jederzeit offen.«

Tweany wollte eben in Erfahrung bringen, ob die Underwood noch im Gebrauch war, als vom Kirchturm nebenan das leise Gebimmel einer einzelnen Glocke zu hören war. »Ach, diese verflixten Tauben schon wieder«, stöhnte Reverend Lewis und verdrehte entnervt die Augen zur Decke.

»Tauben?«, fragte Tweany erstaunt.

»Ja, die haben sich letztes Frühjahr im Kirchturm eingenistet. Es ist mir ein Rätsel, wie sie das anstellen, aber sie bringen es irgendwie fertig, die Glocke in Schwingung zu versetzen. Wenn ich jeweils nachschauen gehe, sitzen sie alle ganz brav im Gebälk, als ob sie kein Wässerchen trüben könnten. Seit diesem Bombenangriff klaffen ein paar Lücken im Mauerwerk; wenn man sie schließen könnte, würde das diesen frechen Tieren Einhalt gebieten, doch die Renovation des Kirchenschiffes war schon sehr kostspielig. Ich weiß wirklich nicht, wie ich diese Vögel wieder loswerden kann.« Reverend Lewis legte seine Hände vor der Nase aneinander wie zum Gebet und sagte dann nachdenklich: »Eine Umsiedelung, vielleicht?«, und sah Tweany dabei hoffnungsvoll an, doch dieser fühlte sich außerstande, den Tieren ein anderes Domizil anzubieten, und wollte außerdem sein Anliegen wieder aufgreifen.

»Wird diese Schreibmaschine noch benutzt?«, fragte er.

Der Vicar schien sich ungern von dem Taubenproblem in seinem Turm loszureißen. Erst nach einem weiteren flehentlichen Blick zur Zimmerdecke und einem trostlosen kleinen Achselzucken kam die Antwort: »Ja, das wird sie«, sagte er. »Doch streng genommen gehört sie uns gar nicht. Das Women's Institute hat sie sich vor Jahren angeschafft und die Präsidentin legt immer noch großen Wert auf diese Tatsache. Sie gestattet nur Miss Gregson, unserer Sonntagsschullehrerin, ab und zu damit zu schreiben.«

Tweany wurde hellhörig. »Miss Gregson? Miss Emma Gregson?«

»Ja, die Tochter des Coroners«, bekräftigte Reverend Lewis. »Ist das nicht schrecklich, unter welch tragischen Umständen die junge Frau ihren Vater verloren hat? Das muss die Tat eines Wahnsinnigen gewesen sein. Ein solch nobler Mann. Ein Pfeiler unserer Gemeinde, allgemein beliebt und so außerordentlich großzügig. Er wird schon jetzt schmerzlich vermisst. Morgen Nachmittag wird er bestattet. Wir erwarten ein volles Haus.«

Irgendwie klang das, als ob Reverend Lewis von einer Premierenvorstellung sprechen würde, dachte Tweany, doch vielleicht konnte ihm der Vicar ein paar nützliche Auskünfte geben, und so erkundigte er sich: »Sind Sie mit der Familie Gregson näher bekannt?«

»Mit Sir Arnold und seiner Tochter vornehmlich. Den Sohn der Familie habe ich in den letzten Jahren kaum mehr zu Gesicht bekommen. Er verbringt seine Zeit für gewöhnlich im Nahen Osten. Emma hingegen ästimieren wir hier alle sehr. Die Kinder im Besonderen, natürlich. Sie versteht es, ihnen die Bibel nahezubringen. Ja, das ist eine Gabe, sie ist nicht jedem gegeben. Eine ungemein emsige junge Frau, im Krieg war sie beim Women's Voluntary Service aktiv. Sie half überall, bei den Evakuierungen, der Verteilung von Nahrungsmitteln, der Versorgung in den Luftschutzkellern. Und die ganzen Pakete, die diese Damen für unsere Soldaten an der Front geschnürt haben! Ich weiß wirklich nicht, wie wir den Krieg ohne all diese tüchtigen Frauen hätten bewerkstelligen sollen.«

Ein Schatten huschte über sein Gesicht. Wahrscheinlich hatten ihn all die tüchtigen Frauen wieder an die streitbare Mrs Meagles erinnert.

»Die Chipping Bramton Constabulary ermittelt in dem Mordfall«, erklärte Tweany. »Deshalb sind wir für jeden Hinweis dankbar. Die Umstände von Sir Arnolds Tod sind noch weitgehend ungeklärt. Kennen Sie vielleicht jemanden, der den Wunsch hatte, ihm etwas anzutun?«

»Aber nein, wie gesagt, Sir Arnold war allgemein beliebt.«

»Könnten Sie sich vorstellen, dass ihn jemand aus der eigenen Familie umgebracht haben könnte?«

»Das halte ich für ausgeschlossen!«

Tweany wollte sich damit nicht zufriedengeben. »Selbst in den besten Familien kann es doch mitunter zu Streitigkeiten kommen«, gab er zu bedenken, doch der Vicar wies die Vermutung entschieden zurück: »Aber wo denken Sie hin! Die Gregsons waren nicht zerstritten, sie sind sich alle sehr zugetan. Sir Arnold ging die Familie über alles.«

»Allerdings hat er sich auch außerhalb seiner Familie engagiert, nicht wahr? Er hat einen Kriegsflüchtling bei sich aufgenommen.«

»Ja, tatsächlich. Wie ich schon sagte, er war ein kolossal großzügiger Patron.«

»Kennen Sie den Mann? Nowak heißt er, Kamil Nowak.«

Der Vicar verneinte: »Tut mir leid. Der Mann gehört nicht unserer Kirchgemeinde an.« Er hob abwehrend die Hände und fügte hinzu: »Was nichts heißen will; soweit mir bekannt ist, stammt er aus Polen, und dort sind ja die meisten Leute katholisch, nicht wahr? Er wird bei Pater McDougal zur Messe gehen.«

Tweany nickte. »Um nochmals auf diese Schreibmaschine zurückzukommen. Ich muss wissen, wer Zugang zu dem Raum hat, in dem sie normalerweise steht.«

Der Vicar legte den Kopf schief und kratzte sich am Ohr. »Nun, das ist schwer zu sagen, nicht wahr?«, meinte er vage. »Jedermann eigentlich.«

»Jedermann?«, fragte Tweany nach.

»Damit meine ich alle, die hier in der Church Hall zu tun haben«, präzisierte der Vicar und begann aufzuzählen: »Die Frauen vom Women's Institute, die Pfadfinder, die Bibelgruppe, die Schauspieltruppe.«

»Gibt es von all diesen Gruppen Mitgliederlisten? Wenn ja, wäre ich Ihnen dankbar, wenn sie uns die kurzfristig überlassen könnten.«

»Aber ja, ich denke schon«, meinte Reverend Lewis und schränkte gleich ein: »Das heißt, eigentlich müsste es die geben. Ich werde gleich morgen früh Mrs Meagles fragen; sie kümmert sich um solche Dinge.«

»Wie steht es mit den Frauen, die hier für die Altarblumen zuständig sind? Halten die sich auch ab und zu hier in der Church Hall auf?«

»Aber ja. Ein Teil der Vasen wird hier aufbewahrt.«

Der Vicar schien Tweanys Interesse an der Underwood nicht weiter erstaunlich zu finden.

»Ich muss diese Schreibmaschine leider mitnehmen«, erklärte er jetzt. »Sie ist ein Indiz in dem Mordfall.«

»Oh, tatsächlich?«, raunte der Vicar ehrfürchtig, doch dann verdüsterte sich seine Miene. »Das wird der Präsidentin des Frauenvereines aber gar nicht gefallen. Ganz und gar nicht, fürchte ich!«

7

Julian Gregson legte Messer und Gabel beiseite und schob angewidert den Teller von sich weg. Heute hatte sich die Köchin mit dem Dinner wieder einmal selbst übertroffen. Das Fleisch war zäh wie Leder und das Gemüse völlig verkocht, man konnte kaum mehr erkennen, was es einmal gewesen war. Allerdings hätte allein die Anwesenheit seiner Schwester ausgereicht, um ihm den Appetit zu verderben. Sie bot einen jämmerlichen Anblick; ihr Gesicht war fleckig und eingefallen, die Augen blickten stumpf und leblos unter geröteten Lidern hervor. Die Trauer um ihren Vater schien grenzenlos. Sie hatte ihren Teller nicht angerührt; wenn das so weiterging, würde sie noch krank werden.

»Du musst etwas essen, Bumble«, hielt er sie an. »Du kommst von Kräften. Möchtest du etwas Buttertoast?« Er streckte die Hand nach der Glocke aus, aber sie schüttelte den Kopf. »Nein, danke«, sagte sie matt. »Ich habe schreckliche Kopfschmerzen; ich werde mich gleich hinlegen.«

Sie erhob sich schwerfällig, wie eine alte Frau, indem sie sich mit beiden Händen an der Tischplatte abstützte. Ihr schwarzes Taftkleid raschelte bei jeder ihrer Bewegungen. Er empfand einen ungerechtfertigten Groll gegen sie, weil ihr Mamas Kleid, das sie seit gestern trug, so überhaupt nicht stand. Jedes Mal wenn er sie ansah, wurde er schmerzlich daran erinnert, wie sehr ihm seine schöne, über alles geliebte Mutter immer noch fehlte. Nach ihrem Tod war er in eine Art Schockstarre gefallen, Emma hingegen war erstaunlich leicht über den Verlust hinweggekommen. Vaters Tod hingegen schien bei ihr den gleichen Schmerz auszulösen, den er damals empfunden hatte.

Julian wusste, er sollte etwas sagen, ihr Trost zusprechen, doch alles, was er zuwege brachte, waren flapsige Gemeinplätze:

»Kopf hoch, altes Haus. Du wirst sehen, es kommen wieder bessere Zeiten.«

Doch sie war schon aus der Tür. Wahrscheinlich hatte sie ihn gar nicht mehr gehört.

Julian holte sich die Karaffe mit dem Portwein von der Anrichte, und während er sich ein Glas eingoss, fragte er sich, ob er nun für immer und ewig an seine Schwester gekettet bleiben würde. Ausgerechnet jetzt, da die Chance, auch hier in England mit Jerome zusammenzuleben, zum Greifen nah schien.

Es war doch immer jemand im Weg.

Nachdem er sich wieder an den Tisch gesetzt hatte, fiel ihm ein, dass er seinen Tabak in der Bibliothek vergessen hatte, doch er war zu müde, um nochmals aufzustehen. Wer hätte gedacht, dass ein Tag hinter dem Schreibtisch ermüdender sein würde als ein Tag in der sengenden Hitze Syriens.

Julian lehnte sich in seinem Stuhl zurück und ließ sich die desolate Lage, in die er nun geraten war, durch den Kopf gehen. Es musste einen Ausweg aus dieser Sackgasse geben! Wenn es denn sein musste, könnte er Greenacres Emma überlassen und mit Jerome irgendwo aufs Land ziehen. Ob in einem abgelegenen Cottage in England oder unter dem weiten Sternenhimmel des Vorderen Orients – solange er mit seinem Geliebten zusammen war, spielte es keine Rolle, wo er lebte. Wenn er an Jerome dachte, überkam ihn eine solche Sehnsucht, dass es körperlich wehtat.

Julian leerte sein Glas auf einen Zug.

Also gut, schlimmstenfalls wäre er gezwungen Greenacres aufzugeben, und Emma könnte eine Gesellschafterin engagieren, damit sie sich nicht einsam fühlen würde. Ob es diese Frauen überhaupt noch gab? Die waren mittlerweile wohl eine vom Aussterben bedrohte Gattung. Vielleicht konnte er Mrs Finch dazu bewegen, ihr hier Gesellschaft zu leisten. Emma schien sich gut mit ihr zu verstehen. Ja, das wäre eine elegante Lösung für dieses Problem.

Als Julian aus dem Esszimmer die Halle hinaustrat, begegnete ihm die Haushälterin. »Würden Sie mir bitte den Kaffee in den Salon bringen, Mrs Finch«, bat er sie. »Nur für mich, meine Schwester hat sich schon hingelegt.«

Er machte sich auf ins Wohnzimmer, doch bevor er die breite Flügeltür erreicht hatte, hörte er von der anderen Seite der Halle her ein leises Scharren und nahm gleichzeitig aus dem Augenwinkel eine flüchtige Bewegung wahr. Er spähte in das Halbdunkel neben dem Kamin, und tatsächlich regten sich die untersten Zweige des Tannenbaums, der dort stand. Ein leichtes Zittern, mehr nicht.

»Ist da jemand?«, rief er in die Halle hinein.

Einen Moment rührte sich nichts, auch die Tannenzweige schienen wieder unbewegt. Dann trat Kamil Nowak aus dem Schatten ins Licht.

Julian zuckte unwillkürlich zusammen. »Was tun Sie da?«, fragte er verärgert.

»Ich wollte überprüfen, ob die Tanne sicher steht, bevor sie morgen geschmückt wird«, erwiderte Nowak ungerührt.

»Und dazu kommen Sie eigens herüber?« Julian sah auf seine Armbanduhr. »Um diese Zeit? Es ist schon fast halb zehn.«

Nowak zuckte gleichgültig die Schulter. »Wenn die nicht richtig steht, kann das gefährlich werden. Sie wollen sicher nicht, dass die Ihnen der Länge nach auf den Boden kracht. Eine schöne Sauerei gäbe das, mit all den Glaskugeln.« Er nickte kurz in Julians Richtung, wohl zum Zeichen, dass er das Gespräch für beendet ansah, und begann dann, die Treppe hochzusteigen.

Der Mann war so was von unverfroren, dachte Julian. »Wo wollen Sie denn hin?«, rief er ihm hinterher.

Nowak blieb stehen, drehte sich aber nur halb zu Julian um. »Miss Gregson hat mich gerufen«, erklärte er. »Eine Schublade ihrer Kommode klemmt.«

»Hätte das nicht Zeit bis morgen gehabt?«

»Nein, sie kann die Schublade nicht mehr öffnen und braucht etwas, das darin liegt.«

Der Verwalter trug tatsächlich seinen Werkzeugkasten bei sich. Einen Moment überlegte Julian, ob er ihn wegschicken und selbst nachsehen sollte, entschied sich aber dagegen. Er hatte schon genug am Hals. »Nun also«, sagte er und machte eine unwillige Handbewegung. »Dann gehen Sie schon.«

Er musste so rasch wie möglich einen neuen Verwalter finden, dieser Mann war ihm direkt unheimlich.

Julian setzte sich vor den Kamin im Salon und begann, die Weihnachtsausgabe von »Country Life« durchzublättern. Mit einem Mal hatte er keine Lust mehr, sich um diesen Wust Papiere zu kümmern, die sein Vater hinterlassen hatte. Ach, was soll's, dachte er. Er konnte sich morgen früh wieder damit befassen. Schließlich hatte er auch noch anderes zu tun, die Exponate für die Vortragsreihe mussten noch beschriftet werden.

Ein weiterer Mühlstein, den ihm seine Schwester um den Hals gelegt hatte. Letzten Sommer, während seines Heimaturlaubes, hatte sie ihn gebeten, im örtlichen Women's Institute einen Vortrag zu halten. Die Präsidentin des Frauenvereines hätte sie angefragt und sie würde ihr gerne diesen Gefallen tun. Er hatte sich aus der Sache herauswinden wollen, indem er das British Museum als Hinderungsgrund vorgeschoben hatte. Die würden ihm niemals Artefakte der Grabung von Chagar Bazar überlassen, und ohne jegliches Anschauungsmaterial würde doch kaum jemand interessiert sein. Diavorträge zu dem Thema gäbe es ja nun wirklich zur Genüge. Doch Emma hatte insistiert, und so hatte er sich, in der Hoffnung auf einen abschlägigen Bescheid, überreden lassen, dort nachzufragen. Leider hatte er sich getäuscht, der zuständige Kurator war Feuer und Flamme für die Idee gewesen. Es liege doch im ureigenen Interesse seiner Berufsgattung, die Archäologie den Leuten näherzubringen. Lady Denham sei eine gute Freundin seiner Mutter. Er werde sie gleich anfragen, ob die Sache zu einer kleinen Vortragsreihe ausgebaut werden könnte.

Und nun musste er also die Zeit zwischen Weihnachten und Neujahr damit zubringen, sämtliche Gemeindesäle Oxfordshires abzuklappern! Er war kein leutseliger Mensch. Einer der Gründe, weshalb er sich dazu entschlossen hatte, Archäologie und nicht Medizin zu studieren, war die Aussicht gewesen, weitgehend auf zwischenmenschliche Kontakte verzichten zu können. Wenn nun von ihm erwartet wurde, sich ständig einem breiten Publikum zu präsentieren, konnte er seinen Beruf doch gleich an den Nagel hängen.

Julian warf die Zeitschrift aufs Sofa, ging hinauf auf sein Zimmer und holte die Kiste mit den Artefakten hinunter. Als er damit ins Wohnzimmer zurückkehrte, kam schon Mrs Finch mit dem Kaffee. Wäre Martha damit beauftragt worden, hätte er bis zum Sankt-Nimmerleins-Tag darauf warten können. Während sie das Tablett auf das Teetischchen stellte, sagte Julian: »Nowak kam vorhin herüber, um sich zu vergewissern, ob der Weihnachtsbaum sicher aufgebaut ist.«

Mrs Finch sah überrascht zu ihm hoch.

»Meine Schwester hätte ihn herbestellt, behauptet er. Er müsse sich um eine klemmende Schublade kümmern.« Julian deponierte seine Holzkiste neben dem Sessel vor dem Kamin und setzte sich wieder hin. »Vielleicht sehen Sie besser mal nach, ob er die Wahrheit gesagt hat oder ob er sich irgendwo unbefugt im Haus herumtreibt. Ich traue dem Mann nicht über den Weg.«

Mrs Finch begann, ihm eine Tasse Kaffee einzugießen. »Ein unangenehmer Zeitgenosse«, sagte sie mit der Entschiedenheit von jemandem, der sich in seinem Urteil bestätigt findet. »Überlassen Sie ihn nur mir, ich werde dafür sorgen, dass er das Haus gleich wieder verlässt. Wenn Ihnen sein unerwartetes Erscheinen hier unangenehm ist, wäre es vielleicht angezeigt, ihm den Hausschlüssel abzunehmen.«

»Ja, tun Sie das«, stimmte Julian erleichtert zu. »Er kann den Schlüssel gleich hierlassen.«

»Ich werde mich darum kümmern, Sir«, versicherte die Haushälterin, überreichte ihm seine Tasse und zog sich zurück. Julian sah ihr entmutigt hinterher. Eine Illusion zu glauben, diese kompetente, versierte Frau würde auf seinen Vorschlag eingehen, Emma in Greenacres Gesellschaft zu leisten. Sie würde nicht im Traum daran denken, sich hier mit seiner trübsinnigen Schwester begraben zu lassen.

Er musste einen anderen Weg finden, um dieses Problem aus der Welt zu schaffen.

***

Humphrey Bucket drehte den Zündschlüssel herum, die Scheinwerfer erloschen und dann umfing ihn absolute Dunkelheit. Kein Mond am Himmel und weit und breit kein Licht, welches die schneebedeckte Landschaft reflektieren konnte.

»Ich habe ein schlechtes Gefühl bei der Sache, Josephine«, sagte er in die Dunkelheit hinein.

»Aber woher denn?«, meinte seine Frau auf dem Beifahrersitz mit mildem Tadel. »Das schaffst du mit links. Die werden keinen Laut hören. Denk dran, du machst alles so, wie wir es geübt haben.«

Er könne gar nichts falsch machen, der Erfolg sei ihm gewiss, hatte Josie optimistisch gemeint, während sie ihm beigebracht hatte, wie man mittels Glasschneider geräuschlos in ein Haus eindringt. Angesichts der drohenden Katastrophe schien ihr Optimismus in dem Maße zu wachsen, in dem ein glimpfliches Ende immer unwahrscheinlicher wurde.

»Ich würde die Sache ja selbst in die Hand nehmen«, erklärte sie jetzt, »aber das Tor wird verschlossen sein, und ich wüsste nicht, wie ich auf das Grundstück gelangen sollte.«

Schon allein die Vorstellung, wie Josie versuchen könnte, über dieses gut drei Meter hohe Hindernis zu klettern, war so absurd, dass Humphrey an sich halten musste, um nicht hysterisch loszukichern. Um seine Nerven war es wirklich nicht zum Besten bestellt.

»Ich bin mir da auch nicht so sicher, ob ich das schaffe«, meinte er verzagt, doch Josie wischte seinen Einwand resolut beiseite:

»Aber woher denn! Du bist gut in Form und wendig, schließlich warst du im Turnverein.«

Das war nun auch schon Jahrzehnte her, dachte Humphrey. Seither beschränkten sich seine körperlichen Aktivitäten auf die Arbeit im Garten, und er bezweifelte sehr, ob das für die bevorstehende Kletterpartie ausreichen würde.

»Hast du die warme Unterwäsche angezogen, die ich dir bereitgelegt hatte?«

Humphrey nickte, obschon Josie das nicht sehen konnte. »Und wenn wir zu spät sind?«, fragte er besorgt. »Wenn sie die Aufzeichnungen von Sir Arnold schon gefunden haben?«

»Dann haben wir Pech, aber einen Versuch ist es wert. Wer nichts wagt, der nichts gewinnt, sage ich immer.« Sie drückte seinen Arm und fragte dann: »Hast du alles eingesteckt?«

Bucket griff in seine Manteltasche: Glasschneider, Saugnapf, Handschuhe, Taschenlampe. »Ja, alles da«, versicherte er beherzt, obschon ihn die Aussicht tätig zu werden in Angst und Schrecken versetzte. Am liebsten würde er jetzt den Motor starten, nach Hause fahren und die ganze Sache vergessen. Doch Josie dachte offenbar nicht im Traum daran, das Vorhaben aufzugeben.

»Also dann mal los!«, drängte sie mit dem aufrichtigen Eifer eines Generals, der von seinem sicheren Posten aus seine Truppen in den Kampf schickt. »Frisch gewagt, ist halb gewonnen! Ich warte hier auf dich.«

Humphrey fügte sich in sein Schicksal und stieg aus dem Wagen. Dann tastete er sich an der Mauer entlang zum Tor, das wie befürchtet verschlossen und zugekettet war. Behindert durch seinen langen Wintermantel versuchte er, in den vereisten Eisenornamenten Tritt zu fassen, was ihm nach ein paar Anläufen tatsächlich gelang. Oben angekommen hätte er allerdings beinahe die Balance verloren, als er das zweite Bein auf die andere Seite kriegen musste, und beim Hinunterklettern glitt sein Fuß prompt von der gerundeten Querstrebe ab. Eine Weile konnte er sich noch festkrallen, dann musste er sich fallen lassen. Mit einem dumpfen Aufprall landete er auf dem Boden, seine Füße rutschten unter ihm weg und er schlug mit dem Rücken auf den vereisten Weg.

Er spürte einen stechenden Schmerz im Kreuz. Hatte er sich den Rücken gebrochen? Wie, um alles in der Welt, sollte er den Sanitätern erklären, weshalb er hier auf einem fremden Grundstück lag? Vorsichtig begann er, sich auf die Seite zu rollen, um sich etwas aufzurichten. Alles noch heil, stellte er erleichtert fest, offenbar hatte er sich nur eine üble Prellung zugezogen. Am Eisentor zog er sich wieder auf die Füße.

Josie hatte für den Weg zum Haus etwa eine Viertelstunde veranschlagt, allerdings hatte sie nicht mit dieser völligen Finsternis gerechnet. Humphrey traute sich nicht, die Taschenlampe zu benutzen, denn er befürchtete, das Licht könnte vom Pförtnerhaus aus gesehen werden. Wenigstens hatte es aufgehört zu schneien und die Auffahrt war freigeräumt, sonst wäre er schon bei der ersten Biegung vom Weg abgekommen. So hatte er einen Orientierungspunkt; sobald er einen Schritt in den harschen Tiefschnee machte, wusste er, dass er die falsche Richtung eingeschlagen hatte.

Es war ein mühsames Vorwärtskommen, doch mit der Zeit gewöhnten sich seine Augen an die Finsternis und er konnte schwach die Silhouetten der mächtigen Bäume ausmachen, welche die Auffahrt säumten. Es war absolut still, kein Laut drang durch die eiskalte Luft.

Nach einer gefühlten Ewigkeit kam hinter einer weiteren Wegbiegung endlich das Haus in Sicht. Unter der Eingangspforte brannte eine Laterne und in ihrem Schein konnte Humphrey den fächerförmigen, mit einer dünnen Schicht festgefrorenen Schnees bedeckten Kiesplatz überblicken. Er sah auf das Leuchtzifferblatt seiner Armbanduhr: gerade einmal halb zehn vorbei. Die Gregsons würden noch auf sein und die Haushälterin wohl ebenso. Jetzt musste er auf der Hut sein. Falls jemand ausgerechnet in diesem Moment aus dem Fenster neben der Haustür hinaussähe, könnte er leicht entdeckt werden.

Im Lichtschatten ganz am Rand des Platzes schlich er sich zur Hausecke und von dort zur Terrasse auf der Rückfront, an die sich der Park anschloss. Hier war einer der fünf Räume im Erdgeschoss erleuchtet, und das helle Licht flutete auf die schneebedeckte Terrasse hinaus. Hinter einer weiteren Fenstertüre brannte ebenfalls Licht, aber dort waren die Vorhänge zugezogen; nur in der Mitte gab es einen Spalt, wo sie sich nicht ganz trafen. Auch aus einem der Zimmer im Obergeschoss schimmerte durch die geschlossenen Vorhänge gedämpftes Licht.

Nun galt es herauszufinden, hinter welcher Tür sich die Bibliothek befand.

In den Salon konnte er problemlos hineinsehen, ja er konnte sogar Julian Gregson erkennen, wie er auf einem Sessel vor dem Kamin saß und in einer Zeitschrift blätterte. Das Zimmer rechts davon konnte er ausschließen, die Bibliothek befand sich vom Salon aus gesehen auf der linken Seite. Blieben noch drei Räume, die er überprüfen musste. Er schlich sich auf die Terrasse und spähte durch den Spalt zwischen den Vorhängen in den Raum neben dem Salon. Er sah ein Teilstück eines polierten Tisches, Stühle und hinten an der Wand die Anrichte mit zwei silbernen Kerzenhaltern: das Esszimmer.

In die übrigen Räume würde er hineinleuchten müssen. Besser er tat dies gleich jetzt, womöglich wurden die Vorhänge später ebenfalls zugezogen.

Humphrey holte seine Taschenlampe hervor, und während er sie mit den Mantelschößen abschirmte, knipste er sie an und ließ den Lichtkegel durch den Raum huschen. Ein Schreibsekretär, Gobelinsessel, eine Vitrine mit Porzellan. Noch ein Salon, das Morgenzimmer wahrscheinlich. Und daneben, endlich, die Bibliothek.

Jetzt galt es zu warten. Die Kälte kroch ihm schon jetzt in die Knochen; wenn die Hausbewohner die Gewohnheit hatten, spät zu Bett zu gehen, würde er hier die halbe Nacht stehen müssen. Er rechnete sowieso damit, erst in den frühen Morgenstunden einzusteigen. Dass er schon so zeitig hatte anrücken müssen, hatte er seinem schlechten Orientierungssinn zu verdanken. Wenn das ganze Haus im Dunkeln lag, konnte er nicht mehr feststellen, welche der fünf Fenstertüren, die auf die Terrasse herausgingen, in die Bibliothek führte. Und er konnte es nicht riskieren, aufs Geratewohl eine davon aufzubrechen, denn falls er die falsche erwischte, musste er sich Zutritt durch die Halle verschaffen, und er vermutete, dass die Tür zum Tatort immer noch verschlossen war.

Nicht zum ersten Mal in den vergangenen Tagen verfluchte er seinen Widersacher. Dass der sich nach seiner Entlassung ausgerechnet in Sir Arnolds Bezirk hatte niederlassen müssen! Und dabei hatte Humphrey gedacht, er wäre Catherwood nach seiner zweiten Verurteilung endgültig los. So konnte man sich täuschen!

Wie lange er wohl brauchen würde, um die Notizen aufzustöbern? Möglicherweise wurde er da drinnen mit einem ganzen Wust von Papieren konfrontiert. Nun ja, dachte er, wenn er um zwei einstieg, blieben ihm vier Stunden, bis das Hausmädchen mit ihrer Arbeit begann; doch dann kam ihm ein alarmierender Gedanke: Was, wenn die Notizen gar nicht in der Bibliothek waren? Dann musste er auch noch ins Obergeschoss! Und er hatte keine Ahnung, wo sich Sir Arnolds Schlafzimmer befand.

Im Salon drinnen regte sich etwas. Von seinem Standplatz im dunkelsten Winkel der Terrasse konnte Humphrey sehen, wie Julian Gregson den Raum verließ. Ging er schon zu Bett? Offenbar, denn kurz danach ging im Eckzimmer des Obergeschosses das Licht an. Dem Himmel sei Dank, dachte Humphrey, aber er hatte sich zu früh gefreut. Das Licht erlosch gleich wieder, und dann erschien Julian wieder im Salon, eine große Kiste im Arm. Dann kam die Haushälterin in den Raum, mit einem Tablett, auf dem eine Tasse, eine Zuckerdose und eine Kaffeekanne standen. Na toll, dachte Humphrey, ausgerechnet Kaffee! Der würde noch stundenlang wach bleiben.

Eine gute halbe Stunde verging, und während Humphrey, verdammt dazu, mit schmerzendem Rücken in der Kälte auszuharren, sich nach einem Platz umsah, wo er sich etwas anlehnen konnte, hörte er die Haustüre zuschlagen. Wer ging denn um diese Zeit noch aus dem Haus? Julian mit Sicherheit nicht, der saß immer noch im Salon.

Humphrey hörte Schritte auf dem gefrorenen Kies. Sie kamen näher, jemand kam ums Haus herum. Hatten sie ihn entdeckt? Von panischem Schrecken gepackt, sah er sich nach einem Versteck um und duckte sich rasch hinter die steinerne Urne neben der Treppe. Die Schritte kamen immer näher. Wer immer das war, er musste jetzt am Fuß der Treppe angelangt sein, keine drei Meter von ihm entfernt. Dann das Geräusch eines Streichholzes, das angerissen wurde.

Humphrey spürte, wie ihm der kalte Schweiß ausbrach. Ein in die Enge getriebenes Tier, das nur noch darauf wartete, zur Strecke gebracht zu werden, musste sich so fühlen. Er konnte nicht mehr länger auf seine Exekution warten, er musste Gewissheit haben.

Mit klopfendem Herzen spähte er hinter der Urne hervor. Eine Flamme, von zwei Händen beschirmt, loderte hell in der Dunkelheit und in ihrem Licht erkannte Humphrey das Gesicht des Verwalters. Nachdem er sich die Zigarette angezündet hatte, setzte er sich gleich wieder in Bewegung. Der Mann war auf dem Weg zu seiner Unterkunft. Gott sei Dank!

Erst als die Schritte sich entfernten, wurde Humphrey bewusst, dass er die ganze Zeit den Atem angehalten hatte. Er ließ ihn langsam wieder entweichen, ängstlich, dass selbst ein so leiser Laut immer noch Nowaks Aufmerksamkeit erregen könnte.

Humphrey blieb noch eine Weile in der Hocke und horchte in die Dunkelheit hinein. Als er eine Tür ins Schloss fallen hörte, versuchte er, sich wieder aufzurichten, doch seine Gelenke waren wie eingefroren. Und als es ihm dann halbwegs gelungen war – Zentimeter für Zentimeter –, ließ ihn der Schrei einer Eule dermaßen zusammenfahren, dass er gleich wieder zusammensackte.

Inzwischen war oben das Licht ausgegangen, doch Julian saß immer noch vor dem prasselnden Kaminfeuer und holte irgendwelche Gegenstände aus seiner Kiste, die er vor sich aufreihte. Um halb elf kam die Haushälterin ins Zimmer, sprach kurz mit ihm, und dann öffnete sie die Fenstertür und schloss die Läden.

Es traf ihn völlig unvorbereitet. Das hatte Josie nicht bedacht! Und er hatte sich nur auf die Fensterfläche konzentriert, das Mauerwerk hatte er völlig außer Acht gelassen. Dabei waren die hölzernen Läden nicht im Inneren des Raumes angebracht, wie so oft bei alten Gebäuden, sondern außen an der Fassade. Die Scheibe war verbarrikadiert, er hatte keinen Zugriff mehr.

Was nun?

20. Dezember 1946

Über Nacht hatte sich Janes Zustand nicht weiter verschlechtert. Dr. Bentham, der am Morgen kurz vorbeigekommen war, hatte gemeint, das sei ein gutes Zeichen; die Medikation zeige Wirkung. Morton hatte sich mit Howard und Mary bei der Nachtwache abgelöst, doch um vier hatte ihn Howard ins Gästezimmer geschickt. Er solle jetzt zumindest noch ein paar Stunden schlafen, bevor er wieder zur Arbeit müsse. Er selber sei frei, seine Zeit einzuteilen, und könne sich auch tagsüber einmal kurz hinlegen.

In seiner Erleichterung, Jane nun in Sicherheit zu wissen, war Morton sofort eingeschlafen. Und dann hatte er von Menschen geträumt, die er schon seit Jahrzehnten nicht mehr gesehen hatte. Von denen er nicht einmal wusste, ob sie noch lebten. Auf dem Weg in die Bezirkswache fragte er sich, ob auch er ein Eigenleben in den Träumen anderer führte. War es wünschenswert, die Träume einst geliebter Menschen zu bevölkern? Was ihn selbst betraf, so dürfte er wohl eher als Rachegestalt durch die Albträume der Verbrecher geistern, die er einst gefasst hatte. Kein sehr tröstlicher Gedanke.

Als Morton ins Büro kam, sprang sein Sergeant gleich von seinem Stuhl und eilte ihm entgegen.

»Ah, da sind Sie ja, Chef«, sagte er in einem Ton, der seine mühsam beherrschte Ungeduld verriet. Offenbar konnte er mit guten Nachrichten aufwarten. Morton wollte ihn nicht länger auf die Folter spannen und erkundigte sich gleich, ob sich etwas Neues ergeben habe, worauf Tweany mit dem Triumph eines Zauberers, der eben ein Kaninchen aus dem Hut gezogen hat, verkündete: »Wir haben die Schreibmaschine, Sir! Eben hat das Labor Bescheid gegeben, die Schriftproben stimmen überein.«

»Wo haben Sie die aufgetrieben?«, fragte Morton erstaunt.

»Sie stand in der Church Hall. Es wird Sie freuen zu hören, dass ich mich gestern für den Kirchenchor angemeldet habe. Mein Besuch bei Reverend Lewis hat sich also gleich doppelt ausgezahlt. Wir kriegen heute noch die Listen all derer, die Zugang zu dieser Maschine hatten.«

»Gute Arbeit, Sergeant«, lobte Morton. Er hatte den Mantel ausgezogen und lehnte sich nun mit der Hüfte gegen den Schreibtisch.

»Leider sind das eine ganze Menge Leute«, schränkte Tweany gleich ein und setzte sich wieder hin, um seine Notizen zurate zu ziehen. »Die Frauen vom Women's Institute, die Leute vom Laientheater, die Bibelgruppe, die Pfadfinder – aber die kommen ja wohl kaum infrage.«

Er legte eine dramatische Pause ein und reckte den Zeigefinger in die Luft. »Aber jetzt kommt's! Halten Sie sich fest, Sir: Emma Gregson leitet die Sonntagsschule, und sie hat die ausdrückliche Erlaubnis des Women's Institute, diese Schreibmaschine jederzeit zu benutzen. Und das ist noch nicht alles! Josephine Bucket gehört zu den Frauen, die regelmäßig in der Kirche aushelfen. Auch sie hat ungehindert Zugang zur Church Hall.«

Es klopfte an der Tür und Constable Bates streckte den Kopf herein. »Eine Mrs Meagles für Sie«, sagte er etwas gehetzt.

»Nun lassen Sie mich schon durch, junger Mann!«, tönte eine resolute Stimme vom Korridor her. »Ich habe nicht den ganzen Tag Zeit.« Eine stramme Dame betrat forschen Schrittes den Raum, nickte Morton kurz zu und streckte Tweany ein paar beschriebene Blätter entgegen. »Geben Sie uns die so rasch wie möglich zurück, Sergeant«, wies sie ihn an. »Am besten noch heute. Sie sind unverzichtbar für uns.«

Tweany war hastig aufgestanden. »Aber gewiss doch«, versicherte er eiligst. »Ich werde die Listen gleich kopieren. Wenn Sie wollen, können Sie darauf warten.«

Mrs Meagles erklärte, sie habe noch Besorgungen zu erledigen und werde sich in einer Stunde wieder auf der Bezirkswache einfinden.

Nachdem die Dame von Constable Bates hinausbegleitet worden war, ging Tweany die losen Blätter durch. Morton, der sich neben ihn gestellt hatte, wies auf einen Eintrag auf der Mitgliederliste des Women's Institute.

»Sieh mal einer an«, sagte er. »Alice Finch, die Haushälterin von Greenacres, ist hier aufgeführt. Da wären's schon drei.« Er setzte sich hinter seinen Schreibtisch. »Was hat sich gestern bei Ronny Barker ergeben?«

»Der hat alles abgestritten«, erwiderte Tweany verdrossen. »Und beweisen können wir ja nichts. Doch der Mann ist kein unbeschriebenes Blatt; der hat sechs Jahre wegen bewaffnetem Raubüberfall gesessen. Kassiert hat er acht, wurde aber vorzeitig in den Kriegsdienst entlassen.«

»Wo hat er den geleistet?«

»Bei der Western Desert Force und ab September 1941 mit der Eighth Army.«

»Dann war er in El Alamein. Die mussten nehmen, was sie kriegen konnten.«

Tweany zuckte die Schultern. »Na ja, jedenfalls hat Paisley hier mal wieder völlig versagt. Er hat Barker nämlich bereits letzten Sommer zu dem Einbruch vernommen. Raten Sie mal, wer ihm den Tipp gegeben hat?«

»Sir Arnold?«

»Genau. Möglicherweise wusste auch er von Rubys Techtelmechtel mit Barker, hat ihn unter die Lupe genommen und von seiner Vorstrafe erfahren.«

»Gut«, sagte Morton befriedigt. »Da hätten wir also die Verbindung zu Ruby Lilburne.«

»Denken Sie …«, begann Tweany, doch da klopfte es erneut und Constable Bates trat ins Büro. Er legte Morton ein Dokument auf den Tisch. »Den Haftbefehl, den Sie beantragt haben, Sir«, sagte er.

Morton stand auf. »Gut, dann wollen wir mal«, forderte er Tweany auf, doch der blieb sitzen. »Wie geht es Mrs Nightingale, Sir?«, erkundigte er sich. »Ist es Ihnen gelungen, sie nach Hause zu holen?«

»Aber ja. Mit der tatkräftigen Unterstützung unseres Pathologen haben wir sie den Klauen der Spitalärzte entrissen. Ich erzähle Ihnen das unterwegs. Wir sollten gleich los und Nowak festsetzen. Ich habe mittlerweile ein ungutes Gefühl, der könnte uns schlussendlich noch durch die Lappen gehen.«

»Aber die Listen, Sir«, wandte Tweany unbehaglich ein. »Mrs Meagles wird in einer Stunde wieder hier sein.«

Morton grinste boshaft. »Was uns nicht zu kümmern braucht«, gab er zurück, »da uns diese liebenswerte Dame hier nicht mehr antreffen wird. Schließen Sie die Blätter aber sicherheitshalber in Ihren Schreibtisch ein. Die Erfahrung hat mich gelehrt, dass solch gnadenlose Frauen zu allem fähig sind.«

***

In der vergangenen Nacht hatten sich alle Wolken verzogen, die Temperatur war wieder gesunken und die ganze Landschaft war zu Eis erstarrt. Greenacres lag, so wie am ersten Morgen, als Morton hergekommen war, wieder unter einem strahlend blauen Himmel. Auf dem gekiesten Platz vor dem Haus spazierten zwei Rabenvögel einträchtig zu dem aufgeschütteten Blumenrondell in der Mitte, dabei wandten sie einander immer wieder die Köpfe zu, als wären sie ins Gespräch vertieft, ihr pechschwarzes Gefieder seidig glänzend in der Morgensonne. Als Morton den Wagen auf den Platz lenkte, flatterten sie zu der Birke an der Hausecke und setzten dort ihren Spaziergang fort.

»Dieses Haus wurde aus Portlandstein gebaut, wie der Buckingham Palace«, sagte Tweany, während sie ausstiegen. »Wussten Sie das, Sir?«

Morton schüttelte den Kopf. Es war eben zehn Uhr und die Glockenschläge eines nahen Kirchturms wurden vom Nordwind durch die klare Luft herangetragen. Nachdem sie verklungen waren, fuhr Sergeant Tweany mit seiner Erläuterung fort:

»Deswegen erscheint es so blendend weiß. Die Fassade wurde nicht etwa getüncht, die wirkt nur so durch diese besondere Gesteinsart, die das Licht reflektiert.«

»Interessant«, meinte Morton. »Darf ich also auch die Mineralogie der Liste Ihrer Fachgebiete hinzufügen?«

Tweany wollte etwas entgegnen, aber da wurde die Haustüre aufgerissen und Julian Gregson stürzte ins Freie. Sein Gesicht war völlig verzerrt. Morton erkannte darin die untrüglichen Zeichen von Bestürzung und Schock.

»Kommen Sie schnell, um Himmels willen«, schrie er im Vorwärtsstolpern. »Meine Schwester …«

Die Kriminalbeamten rannten los, hinter Gregson her durch die Halle und die Treppe hoch. An dem einen Ende der Galerie stand eine Tür weit offen, und dort hielt Gregson inne. Mit ausgestrecktem Arm wies er in den Raum hinein und keuchte:

»Da drin.«

Morton trat ein und sah auf den ersten Blick, dass jede Hilfe zu spät kam. Emma Gregson saß auf einem gepolsterten Hocker vor der Frisierkommode; ihr Oberkörper war auf die herausgezogene Lade gesunken. Das Blut auf dem Rücken ihres Taftkleides war geronnen und fast so schwarz wie das Gewebe. Ihre rechte Hand lag auf dem silbernen Griff einer Bürste, die durch ihr flachsblondes Haar halb verdeckt wurde. Ihr zur Seite gewandtes Gesicht zeigte jenen Ausdruck ungläubigen Staunens, den er schon oft auf den Gesichtern von Ermordeten gesehen hatte, die im letzten Moment erkannt haben mussten, was der Angreifer im Schilde führte. Sie konnte sich nicht mehr gewehrt haben; die unmittelbare Umgebung wies keinerlei Kampfspuren auf. Die Toilettenartikel für den täglichen Gebrauch waren auf der polierten Oberfläche der Frisierkommode ordentlich aufgereiht. Das Sortiment war bescheiden: ein Porzellantiegel mit Pond's Cream, drei Lippenstifte, eine Dose Gesichtspuder von Coty und ein Glasflacon mit Yardley's »Lily of the Valley«.

Morton wandte sich ab und ging zu ihrem Bruder hinaus. Er stand wie erstarrt und hatte sich nicht von der Stelle gerührt.

»Es tut mir leid, Sir Julian«, sagte er. »Ihre Schwester ist tot.«

»Das war Nowak!«, stieß Gregson erbittert hervor. »Er war gestern im Haus, ich habe ihn gesehen.«

»Wir werden ihn gleich festnehmen.«

Gregson schlang seine Arme wie eine Zwangsjacke um seinen Oberkörper. »Wieso haben Sie das nicht schon längst getan?«, klagte er Morton an. »Dann würde meine Schwester jetzt noch leben.«

Es war bei Weitem nicht das erste Mal, dass sie mit den Vorwürfen von Angehörigen konfrontiert wurden, die im Kern zutrafen. Falls Nowak der Täter war, hätte dieser zweite Mord tatsächlich verhindert werden können, doch Mortons Ersuchen um einen Haftbefehl wäre nicht stattgegeben worden. Bevor das Labor den ungefähren Wortlaut des versengten Briefes hatte entziffern können, hatten die Indizien nicht ausgereicht, um eine Festnahme zu rechtfertigen.

»Wir haben gestern einen Haftbefehl beantragt«, erklärte er. »Heute Morgen haben wir ihn erhalten und sind gleich hergekommen.«

Tweany, der auf der Galerie neben Sir Julian stehen geblieben war, fragte ihn mitfühlend: »Möchten Sie sich nicht hinsetzen, Sir?«, doch Gregson schüttelte nur stumm den Kopf.

Auch Morton tat der Mann leid. Er war der einzige Überlebende dieser Familie. Vor zwei Tagen hatte er seinen Vater verloren und jetzt auch noch seine Schwester. Und noch dazu auf wirklich schreckliche Art und Weise. Doch er konnte ihm keinen Trost anbieten; das Einzige, was er tun konnte, war, alles daran zu setzen, diesen Mörder zu fassen.

»Wann haben Sie Ihre Schwester gefunden, Sir Julian?«, fragte er ihn.

»Gerade eben«, erwiderte Gregson etwas gefasster. »Sie kam nicht zum Frühstück herunter, und ich wollte nach ihr sehen. Nach dem Dinner gestern Abend hat sie sich gleich auf ihr Zimmer zurückgezogen. Sie sagte, sie hätte Kopfschmerzen.«

»Danach haben Sie sie nicht mehr lebend gesehen?«

»Nein.« Gregson stieß einen tiefen Seufzer aus. »Heute Nachmittag wird unser Vater beerdigt«, setzte er hinzu. »Mein Gott, welch ein Albtraum!«

»Gibt es einen Schlüssel zu dieser Tür?«, fragte Morton.

»Ja, er hängt daneben, innen am Türrahmen.«

Morton verschloss das Zimmer. »Hier darf niemand hinein, bevor unsere Leute vom Labor und der Arzt hier gewesen sind«, erklärte er. »Wir werden jetzt Nowak festnehmen.«

»Wenn er nicht schon längst geflohen ist«, warf Gregson ein. Er sah auf seine Armbanduhr: »Falls nicht, wird er jetzt in seinem Büro sein. Ich komme mit und zeige Ihnen, wo das ist.«

Morton nickte zum Zeichen seines Einverständnisses.

Als sie in die Halle hinunterstiegen, kam ihnen die Haushälterin vom Fuß der Treppe entgegen. »Was ist denn hier los?«, fragte sie irritiert.

Bevor einer der beiden Kriminalbeamten etwas sagen konnte, stieß Gregson hervor: »Nowak hat meine Schwester ermordet.«

Mrs Finch schlug sich die Hand vor den Mund. »Oh mein Gott«, murmelte sie.

Morton trat zu ihr hin. »Wir haben vielleicht später noch Fragen an Sie«, sagte er. »Doch erst müssen wir den Verwalter festnehmen. Sergeant Tweany wird gleich Verstärkung anfordern.«

Zusammen mit Gregson machte sich Morton auf zum Büro des Verwalters. Nachdem sie durch die Hintertür ins Freie getreten waren, sprach er eine Warnung aus.

»Es ist mir recht, wenn Sie bei Nowaks Verhaftung dabei sind, Sir Julian«, sagte er. »Der Mann neigt zu Gewaltausbrüchen. Ich muss Sie aber darauf aufmerksam machen, dass Sie sich dabei ruhig verhalten sollten. Nowak kennt seine Rechte. Um die Anklage nicht zu gefährden, dürfen wir uns hier keinerlei Regelverstöße zuschulden kommen lassen.«

Gregson versicherte, er werde sich im Hintergrund halten, und schilderte dann auf Mortons Wunsch hin die Begegnung vom Abend zuvor. Der Verwalter habe sich verstohlen ins Haus geschlichen und behauptet, Emma habe ihn gerufen. Er müsse sich um eine klemmende Schublade kümmern. Ihm sei das nicht geheuer gewesen und er mache sich jetzt die größten Vorwürfe, dass er ihn nicht wieder weggeschickt habe. Nowak habe seinen Werkzeugkoffer dabeigehabt und dadurch habe er sich täuschen lassen.

»Hatten Sie Nowak im Verdacht, er könnte Ihrer Schwester etwas antun?«, fragte Morton.

»Nein, sonst hätte ich ihn wohl kaum ins Haus gelassen«, gab Gregson ungehalten zurück. »Ich kann mir immer noch nicht denken, weshalb er sie getötet hat. Der Mann muss komplett verrückt geworden sein.«

Sie waren bei den Stallungen angelangt, hinter denen ein notdürftig geräumter Weg zu einem niedrigen, ziegelgedeckten Häuschen führte, vor dem eine eingeschneite Wasserpumpe stand. »Das ehemalige Waschhaus«, erklärte Gregson, als sie es erreicht hatten.

Durch ein hohes Scheunentor traten sie in einen hellen Raum, der die gesamte Breite des Wirtschaftsgebäudes einnahm. Er war mit einem Schreibtisch und grob gezimmerten Regalen ausgestattet. Darüber waren großformatige Pläne des Anwesens mit Reißzwecken an die Wände geheftet.

Der Gutsverwalter befand sich nicht in dem Raum.

2

»Er ist weg!«, konstatierte Gregson wutschnaubend. »Wie ich mir gedacht habe. Sie müssen sofort nach ihm fahnden! Straßensperren errichten und die Häfen kontrollieren. Der Mann wird versuchen, außer Landes zu gelangen.«

»Sehen wir zuerst bei ihm zu Hause nach«, beschwichtigte Morton. »Bevor wir eine Fahndung einleiten, müssen wir sicherstellen, dass er sich nicht mehr auf dem Grundstück befindet.«

Gregson drehte sich wortlos um, verließ das Büro und hielt im Laufschritt auf die Stallungen zu. Morton beeilte sich ihn einzuholen und bat ihn nochmals sich zurückzuhalten. Nachdem sie hintereinander die steile Treppe hochgestiegen waren, klopfte er kurz an und öffnete ohne abzuwarten gleich die Tür.

Nowak saß, als ob nichts gewesen wäre, in aller Seelenruhe an seinem Schreibtisch. Vor ihm türmten sich Bücher und Hefte; allem Anschein nach war er mit Lernen beschäftigt. In seinem Gesicht, das er ihnen jetzt zuwandte, zeigte sich Irritation über die Störung, aber keinerlei Anzeichen von Erschrecken oder Überraschung. Er murrte nur verdrossen:

»Sie schon wieder!«

Morton schloss die Tür und bedeutete Gregson, davor stehen zu bleiben. Dann trat er zu Nowak hin und sagte: »Ich muss Sie bitten, mit mir auf die Bezirkswache zu kommen.« Er griff in seine Brusttasche. »Ich habe hier einen Haftbefehl für Sie.«

»Das möchte ich doch bezweifeln«, versetzte Nowak höhnisch. »Sie haben nicht die Spur eines Beweises gegen mich in der Hand. Ich habe mit dieser Sache nichts zu tun.«

Morton legte den Haftbefehl vor ihn auf den Schreibtisch.

»Kamil Nowak«, sagte er förmlich, »ich verhafte Sie wegen Mordes an Emma Gregson. Sie haben das Recht zu schweigen. Alles was Sie aussagen, kann vor Gericht gegen Sie verwandt werden.«

Noch bevor Morton die Rechtsbelehrung fertig gesprochen hatte, sprang Nowak so abrupt auf, dass sein Stuhl nach hinten kippte und auf den Boden krachte. Die Hände zu Fäusten geballt, sah er aus, als wollte er gleich auf ihn losgehen.

»Es ist vorbei, Mr Nowak«, sagte Morton. »Sie können sich und uns viel Ärger ersparen, indem Sie jetzt ohne weiteren Aufstand mitkommen.«

»Einen Dreck werde ich! Ich bin unschuldig.«

Jetzt fuhr Gregson wütend dazwischen: »Du elender Scheißkerl hast meine Schwester umgebracht! Dafür wirst du büßen! Ich schlag dir den Schädel ein.«

Morton versuchte, ihn mit ausgestrecktem Arm von Nowak fernzuhalten, doch da versetzte ihm der Verwalter unvermittelt einen Kinnhacken, rannte zur Tür, riss sie auf und floh die Treppe hinunter.

Morton und Gregson setzten ihm hinterher, doch seine Flucht fand ein jähes Ende. Unten am Stalltor lief er direkt Sergeant Tweany in die Arme. Dem gelang es, ihn so lange aufzuhalten, bis die anderen beiden ihn erreicht hatten. Nowak gebärdete sich wie ein Berserker, schlug mit Armen und Beinen wild um sich, doch mit vereinten Kräften gelang es den drei Männern schließlich, ihm die Handschellen anzulegen. Sie setzten ihn auf den Beifahrersitz des Wolseley, Tweany stieg mit Gregson hinten ein und dann verschloss Morton die Vordertüren. Die angeforderte Verstärkung würde in absehbarer Zeit eintreffen und dann konnte Nowak in die Arrestzelle der Bezirkswache überführt werden.

Zurück im Haus traf Morton in der Halle auf die Haushälterin. Sie kam ihm mit einer Vase goldgelber Chrysanthemen in den Händen entgegen.

»Hätten Sie einen Moment Zeit, Inspector?«, fragte sie ihn.

»Ja, sicher«, sagte Morton und schlug vor, kurz ins Wohnzimmer zu gehen. Er hielt ihr die Tür auf und sie stellte die Blumen auf den schmalen Tisch hinter dem Sofa, machte aber keine Anstalten Platz zu nehmen. Sie blieb stehen, wo sie war, und wischte sich die Hände, die vom Einstellen der Blumen feucht geworden waren, an ihrer Schürze ab. Dabei bemerkte Morton, wie sie zitterten.

In Anbetracht der beiden Gewaltverbrechen, die sich innerhalb weniger Tage hier zugetragen hatten, war die Haushälterin erstaunlich ruhig und gefasst geblieben. Jetzt aber erkannte Morton, dass ihre eiserne Selbstbeherrschung an ihre Grenzen kam. Auch in ihrem Gesicht hatte die Belastung Spuren hinterlassen, es wirkte abgespannt, fast schon verhärmt.

»Ich hätte Ihnen das schon viel früher sagen sollen, Inspector«, bekannte sie jetzt mit einem schuldbewussten Ausdruck in den Augen. »Miss Gregson und Kamil Nowak waren ein Liebespaar. Ich habe erst kürzlich davon erfahren, und sie hat mich zum Stillschweigen verpflichtet. Nach Sir Arnolds Tod hätte ich mich darüber hinwegsetzen müssen, doch ich war mir nicht im Klaren darüber, wie gefährlich der Mann ist. Allerdings habe ich sie vor ihm gewarnt.«

»Hatten Sie den Verdacht, er könnte ihr etwas antun?«, fragte Morton.

»Nein, auf diesen Gedanken wäre ich nie gekommen. Ich mahnte sie lediglich zur Vorsicht, da ich befürchtete, sie würde von ihm ausgenutzt. Nowak meinte es nicht ernst, davon bin ich nach wie vor überzeugt, doch Miss Gregson war nicht mehr fähig, klar zu denken. Sie müssen wissen, dass sie Hals über Kopf verliebt in den Mann war.«

Morton konnte die Frau verstehen. Er war durchaus fähig, die drängende Sehnsucht nachzuempfinden, die einen dazu verleitete, das eigene Begehren im geliebten Menschen wiederfinden zu wollen. Niemand war dagegen gefeit. Auch nicht gegen ein gewisses Maß an Selbsttäuschung, um sich der traurigen Wahrheit nicht stellen zu müssen, dass man in seinem Trachten gescheitert war. Eine Frau aber, die in ihrem Leben vermutlich selten die Aufmerksamkeit der Männer auf sich gezogen hatte, war besonders anfällig für solche Trugschlüsse. Sie hatte wenig Gelegenheit gehabt, sich die nötigen Abwehrmechanismen anzueignen. Nowak hatte hier leichtes Spiel gehabt.

»Hat Sir Arnold von dieser Verbindung gewusst?«, fragte er.

Mrs Finch verneinte. »Wie gesagt, die beiden haben das geheim gehalten.«

»Hätte er diese Verbindung gutgeheißen?«

»Keineswegs«, erwiderte Mrs Finch bestimmt.

»Immerhin muss der Coroner große Stücke auf Nowak gehalten haben«, wandte Morton ein. »Er hat ihn unterstützt und gefördert und ihm hier eine Vertrauensstellung übertragen.«

Die Haushälterin besann sich auf ihre Gastgeberpflichten und bat Morton, auf einem der Sofas Platz zu nehmen, doch bevor er sich hinsetzte, wollte er sich den Boden der Terrasse, die draußen an den Salon angrenzte, näher ansehen. Letzten Dienstag war die Schneedecke unversehrt gewesen, jetzt aber, so konnte er durch die Fenstertüre deutlich sehen, war sie mancherorts übersäht mit Fußabdrücken. Sie begannen auf der Treppe, die zur Terrasse hinaufführte, verliefen dann in gerader Linie zum Haus, wo der Schnee direkt vor der Fenstertüre fast gänzlich niedergetrampelt war, und führten dann, teilweise überlappend, wieder zurück.

Morton winkte Mrs Finch zu sich heran. »Wissen Sie, von wem diese Fußspuren hier stammen?«, fragte er.

»Vom Gärtner, nehme ich an«, erwiderte die Haushälterin. »Er hat mir heute Morgen ein paar Gewächshausblumen gebracht.« Sie wies auf die Chrysanthemen in der Vase.

»Ist er mehrmals hergekommen?«

»Nein, nur einmal, kurz nach neun. Weshalb fragen Sie?«

Morton wies auf die Abdrücke. »Sehen Sie sich die Fußspuren an. Entweder ist der Gärtner zweimal hin und zurück gegangen oder es war noch jemand auf dieser Terrasse.«

»Ich kann mir nicht denken, wer das gewesen sein sollte. Sie denken doch nicht etwa …?«

»Nein, eingebrochen wurde hier nicht. Tür und Schloss sind unversehrt. Vermutlich hat es nichts zu bedeuten. Vielleicht war der Gärtner schon bei der Tür, als ihm einfiel, dass er etwas vergessen hatte.«

»Sehr wahrscheinlich«, meinte Mrs Finch. »Er ist schon weit über achtzig und sein Gedächtnis ist nicht mehr das beste.«

Sie setzten sich einander gegenüber auf die beiden Sofas und die Haushälterin kam nochmals auf Sir Arnold zurück. »Seine Einstellung seinen Schützlingen gegenüber war väterlich-wohlwollend«, sagte sie lächelnd. »Doch auch ein Vater steht nicht auf der gleichen Stufe mit seinen Kindern. Ein etwas altmodischer erst recht nicht.«

Diese Einschätzung deckte sich mit dem Eindruck, den Morton vom Coroner gewonnen hatte. Allerdings war Miss Gregson weit über dreißig gewesen, sie hätte sich leicht über seinen Willen hinwegsetzen können.

Er fuhr mit seinen Fragen fort. »Haben Sie Nowak gestern Abend gesehen, als er ins Haus kam?«, wollte er wissen.

Mrs Finch nickte. »Ja, Sir Julian hat mich gebeten nachzusehen, ob er wirklich von seiner Schwester gerufen wurde oder ob er sich vielleicht unbefugt im Haus herumtreibe. Ich bin also zu Miss Gregson ins Schlafzimmer, und da hat er sich tatsächlich an einer Kommode zu schaffen gemacht. Ich hatte vor zu bleiben und ihn nach getaner Arbeit wieder hinauszubegleiten, doch Miss Gregson hat darauf bestanden, dass ich das Schlafzimmer wieder verlasse. Ich habe dann in der Halle gewartet, bis er die Treppe herunterkam.«

»Wie lange hat das gedauert?«

»Etwa eine halbe Stunde.«

»Wie spät war es da?«

»Kurz vor halb elf.«

»Trug er dabei dieselbe Kleidung, in der Sie ihn bei Miss Gregson oben gesehen haben?«

Die Haushälterin überlegte kurz, dann sagte sie: »Ja, ich denke schon.«

Falls Nowak sich zur Tat etwas übergezogen hat, dachte Morton, hätte er die Kleidung leicht in seinem Werkzeugkoffer ins Haus und wieder hinaus transportieren können.

Er bedankte sich bei Mrs Finch für ihre Hilfe und wollte sich verabschieden, doch sie wies auf sein Kinn und fragte: »War das Nowak?«

Morton befühlte seinen schmerzenden Kiefer und sagte grinsend: »Der Mann ist nicht gut auf mich zu sprechen, so viel steht fest.

Doch so wie's aussieht, habe ich jetzt eine Weile nichts mehr von ihm zu befürchten.«

Als sie wieder in die Halle kamen, öffnete sich die grüne Baizetür und Martha Keble, das Hausmädchen, erschien mit einem großen Koffer in der Hand. Ohne sie auch nur eines Blickes zu würdigen, marschierte sie entschlossen auf den Hauseingang zu.

»Da war nichts mehr zu machen«, seufzte Mrs Finch. »Als sie gehört hat, was passiert ist, rannte sie gleich auf ihr Zimmer, um zu packen. Ich fürchte, unter diesen Umständen werden wir nicht so bald Ersatz für sie finden.«

»Dann wird die ganze Arbeit wohl an Ihnen hängen bleiben«, meinte Morton.

Mrs Finch zuckte resigniert die Schultern. »Na ja, ein Unglück kommt selten allein«, sagte sie und schlug sich gleich die Hand vor den Mund. »Damit wollte ich natürlich nicht andeuten, der Verlust unseres Hausmädchens sei mit diesen schrecklichen Morden zu vergleichen«, beteuerte sie erschrocken.

Morton lächelte verständnisvoll. »Aber natürlich, das versteht sich von selbst. Und im Übrigen ist es einfach eine triviale Tatsache: Die Zurückgebliebenen müssen sich eben weiterhin um die täglichen Verrichtungen kümmern.«

Martha Keble hatte inzwischen die Eingangstür erreicht, und als sie sie öffnete, drang von draußen die herrische Stimme des Polizeiarztes herein.

»Halten Sie die Tür auf, Mädchen! Ich muss da hinein.«

Doch seinem dringlichen Appell wurde nicht stattgegeben. Morton konnte gerade noch sehen, wie der Arzt die letzten Stufen der Freitreppe hochhastete, und dann fiel die schwere Tür ins Schloss. Ein wütendes Klingeln war die Folge.

»Aber Dr. Brown, wo bleiben denn Ihre Manieren?«, sagte Morton lächelnd, nachdem er dem Arzt die Tür geöffnet hatte.

»Die können mir gestohlen bleiben, wenn man mir die Tür vor der Nase zuschlägt!« Er stapfte in die Halle und riss sich mit einer abrupten Bewegung die angelaufene Brille herunter, polierte sie mit einem Taschentuch, das er aus dem Ärmel zog, und setzte sie sich dann mit gleicher Unvermitteltheit wieder auf die Nase. Dann fuhr er mit seinen Klagen fort:

»Eben habe ich mit meiner Sprechstunde begonnen. Ich weiß wirklich nicht, wie lange sich meine Patienten das noch gefallen lassen.« Er bedachte Morton mit einem Blick finsteren Misstrauens. »Sie werden mich noch in den Ruin treiben, Inspector. Bevor Sie aufgekreuzt sind, war das mal ein ruhiger Winkel hier.« Er übergab Mrs Finch Hut und Mantel und wandte sich wieder Morton zu. »Nun sagen Sie schon, wer ist es diesmal?«, verlangte er zu wissen.

»Emma Gregson, die Tochter des Coroners.«

»Dann würden Sie vielleicht die Güte haben, mich zu ihr zu führen, oder hätte ich meinen Spürhund mitbringen sollen?«

Morton stand immer noch in der Haustür. »Einen Moment, Dr. Brown«, bat er. »Da kommt noch der Rest der Truppe.«

Eben waren zwei weitere Wagen auf dem Kiesplatz vorgefahren, aus denen nun drei uniformierte und ein ziviler Polizeibeamte ausstiegen. Morton wies zwei der Uniformierten an, Nowak auf die Bezirkswache zu fahren, und befreite so Sergeant Tweany und Julian Gregson von ihrem Wachdienst. Dann führte er Dr. Brown und die beiden Männer von der Spurensicherung an den Tatort.

»Wir haben die Tatwaffe noch nicht gefunden«, sagte er zu Constable Whitelaw. »Bevor Sie aber das ganze Haus auf den Kopf stellen, suchen Sie bitte in den alten Stallungen danach, insbesondere auch in der Wohnung darüber. Dort sollte irgendwo ein Werkzeugkasten herumstehen. Nehmen Sie den bitte mit ins Labor und untersuchen ihn auf Blutspuren. Danach können Sie hier durchs Haus gehen und überprüfen, ob sich jemand durch ein Fenster Zutritt verschafft hat.«

»Wird gemacht, Sir«, entgegnete der Constable, machte gleich wieder rechtsumkehrt und trabte gehorsam davon.

Während der Arzt mit der Untersuchung der Leiche begann und Sergeant Jellyby seinen Spurensicherungskoffer auspackte, sah sich Morton im Raum um.

Emma Gregsons Schlafzimmer lag am östlichen Ende der Galerie und war vom Licht der Morgensonne durchflutet. Ihre schrägen Strahlen erhellten das zarte Wedgewoodblau der Wände und den weichen Teppich, der fast den ganzen Boden bedeckte. Er besaß ein Muster aus cremefarbenen, von hell- und dunkelblauem Laub umkränzten Rosengirlanden und dieses Motiv wiederholte sich in den Stuckornamenten der Decke. Zwischen Spiegeln in geschnitzten und vergoldeten Rahmen zierten Scherenschnitte und kleinformatige Landschaftsbilder die Wände. Bei den Gemälden handelte es sich um traditionell umgesetzte Motive, die mit ziemlicher Sicherheit aus der viktorianischen Schule stammten.

Auch die Möbel trugen reichlich Vergoldung zur Schau und die Stühle und Sessel waren mit dunkelblauem Samt gepolstert. Auf der weißen Kaminumrandung waren, neben zwei Glasglocken mit Wachsblumen, Familienfotos aufgereiht.

Morton ging hinüber zu dem breiten Himmelbett, das den Stellraum neben dem Kamin beanspruchte. Die seidene Tagesdecke darauf war zerwühlt und auf dem runden Tischchen daneben lagen die beiden sentimentalsten Romane von Jane Austen. Die Bettlektüre, die verschnörkelten Möbel, die idyllischen Bilder und Ornamente, ja die ganze Ausstrahlung dieses Zimmers zeugte von Emma Gregsons Sehnsucht nach etwas Romantik in ihrem Leben. Dass diese Sehnsucht sie das Leben gekostet hatte, stimmte Morton traurig.

Er trat zum Arzt hin, der seine Untersuchung offenbar schon beendet hatte und jetzt seine Tasche zuklappte.

»Nanu, Dr. Brown, schon fertig?«, fragte er erstaunt.

»Für einen eingehenden Befund müssten wir sie aufs Bett legen«, erwiderte der Arzt schroff. »Aber ich kann Ihnen jetzt schon sagen, dass die Frau seit zehn bis zwölf Stunden tot ist, und diese Zeitspanne wird auch mit einer umfassenderen Untersuchung nicht näher eingegrenzt werden können. Da müssen Sie schon den Bericht der Pathologie abwarten.« Er hielt kurz inne, gereizt, leicht rot im Gesicht, und fügte mit einer ausholenden Armbewegung auf den Rücken der Ermordeten sarkastisch hinzu: »Über die Todesursache besteht ja wohl kein Zweifel.« Dann drehte er sich auf dem Absatz um und hastete hinaus. An der Tür stieß er beinahe mit Sergeant Tweany zusammen, der eben die Treppe hinaufgekommen war.

»Aus dem Weg, junger Mann!«, hörte Morton ihn noch gebieten, und dann war er verschwunden.

»Der hat's aber eilig …«, meinte der Sergeant, als er sich zu Morton gesellte.

»… wieder in seine Praxis zu kommen«, erklärte Morton. »Die offenbar kurz vor dem Ruin steht.«

Tweany war zu der Toten hingetreten und wies nun auf ein weißes Dreieck, das aus der Tasche ihres Kleides hervorblitzte. »Was das wohl sein mag?«

»Nur zu«, forderte Morton ihn auf.

Tweany langte in die Tasche, welche in eine seitliche Stoffbahn eingearbeitet war, und zog ein Bündel Briefe hervor.

»Seltsam«, meinte er, nachdem er einen Blick darauf geworfen hatte. »Die gehören nicht der Toten. Die sind an eine Jemina Gregson in New Haven adressiert.«

»Ihre Mutter?«

Tweany zuckte die Schultern. »Weshalb sie die wohl mit sich herumträgt?«

Morton streckte die Hand danach aus. »Wir nehmen sie mit auf die Wache. Kann nicht schaden, die mal durchzusehen.«

Nachdem sie das Haus verlassen hatten, forderte Morton seinen Sergeant auf, mit ihm zu kommen, er müsse ihm etwas zeigen. Sie umrundeten das Haus und Morton wies auf die schneebedeckte Terrasse.

»Ich habe vorhin die Haushälterin gefragt, woher diese Fußspuren stammen, und sie meinte, vom Gärtner.«

Aus der Nähe konnte man jetzt sehen, dass die Spuren nicht nur in gerader Linie zum Wohnzimmerfenster und wieder zurückführten. Direkt vor der Fensterfront des Hauses war jemand auch mehrmals hin- und hergegangen.

»Sieht ganz so aus, als ob da zwei verschiedene Personen herumgestapft sind«, meinte Tweany.

»Ja, das sehe ich auch so«, stimmte Morton zu. »Vom Wohnzimmerfenster aus konnte ich das nicht mit Sicherheit sagen.«

Sie stiegen die flachen Steinstufen hoch, über die man von der Terrasse in den Garten gelangte. Am jeweiligen Treppenende standen beidseits zwei riesige, wie römische Amphoren geformte Blumentöpfe. Tweany spähte hinter den einen.

»Hier ist der Schnee total niedergetrampelt«, stellte er fest. »Da hat jemand längere Zeit gestanden.«

»Wir müssen wissen, wer das gewesen ist. Gehen Sie gleich mal hinüber in die Stallungen und bringen Sie alles Schuhwerk her, das Sie finden können. Möglicherweise ist Nowak vor der Tat hier herumgeschlichen.«

Sergeant Tweany tat wie geheißen und war fünf Minuten später mit einem Paar Stiefel und einem Paar grober Nagelschuhe wieder zurück. Schon als Morton sie sah, wusste er, dass ein Abgleich sinnlos war. Die Fußspuren konnten unmöglich vom Verwalter stammen, dazu waren sie mindestens sechs Schuhgrößen zu klein. Auch Tweany war zum selben Schluss gekommen.

»Die kann ich wohl gleich wieder zurückbringen«, sagte er.

Morton nickte: »Ja, wir brauchen die Schuhe vom Gärtner. Nanu, wenn man vom Teufel spricht.« Er wies auf einen alten Mann, der eben um die Hausecke geschlurft kam.

»Guten Tag, Mr Croft«, sprach er ihn an. »Waren Sie heute Morgen hier auf der Terrasse?«

»War ich, ja«, bestätigte der Gärtner, der Morton offenbar gleich wiedererkannt hatte. »Hab der Missus Blumen gebracht.«

»Dürften wir uns mal eben Ihre Stiefel ansehen?«

Croft kam seinem Wunsch ohne Weiteres nach und Morton war nach nur einem Blick klar, welche Abdrücke von ihm stammten. Auch seine Füße waren wesentlich größer als die des Unbekannten.

Der Gärtner ging weiter seiner Arbeit nach und Tweany meinte:

»Wir suchen also nach einem kleinfüßigen Mann oder nach einer Frau, der oder die gestern Nacht, nachdem es aufgehört hat zu schneien, hier herumgestrichen ist. Denken Sie, das spielt noch eine Rolle, jetzt da wir Nowak haben?«

»Wahrscheinlich nicht, aber man kann nie wissen. Constable Whitelaw soll sicherheitshalber die Terrasse absperren.«

Morton und Tweany wollten eben zu den Stallungen, um Nowaks Schuhwerk zurückzubringen, als Constable Whitelaw im Eilschritt auf sie zukam.

»Wir haben die Tatwaffe, Sir«, rief er, noch ehe er sie erreicht hatte. Die Kriminalbeamten gingen ihm ein paar Schritte entgegen und Whitelaw übergab Morton das in ein Tuch eingeschlagene Messer.

»Wo haben Sie es gefunden, Constable?«

»Drüben in den alten Stallungen. Es steckte in einem zerfledderten Heuballen. Der lag da wahrscheinlich schon eine ganze Weile herum, jedenfalls hat eine ganze Mäusefamilie die Flucht ergriffen, als ich ihn aus einer der Boxen hervorgezogen habe.«

Morton schlug die Ecken des Baumwolltuchs zurück und besah sich die Waffe. Das Messer besaß eine gerade, einschneidige Klinge, die zu einer gefährlichen Spitze auslief und mit streifigen Blutspuren bedeckt war. Sie hatte eine Länge von etwa zwanzig Zentimetern. Der Griff bestand aus rauem Hirschhorn, auf dem sich Fingerabdrücke schlecht sichtbar machen ließen. Doch Morton wusste auch ohne diesen Nachweis, wem es gehörte.

»Kommt Ihnen dieses Messer bekannt vor, Tweany?«, fragte er seinen Sergeant, und der antwortete prompt: »Aber ja! Als wir Nowak am Dienstag vernommen haben, hat er damit an einem Stück Holz herumgeschnitzt. Und Sie auch noch damit bedroht.«

Morton schlug die Tatwaffe wieder ins Tuch ein und legte sie auf den Rücksitz. »Wir nehmen sie mit fürs Labor«, sagte er und wies den Constable an, gleich die Terrasse abzusperren.

3

Zurück auf der Bezirkswache wartete ein Besucher auf sie. Ein feingliedriger, gepflegter Herr in einem tiefschwarzen Anzug, der ihm wie eine zweite Haut passgenau auf den Leib geschneidert schien.

»Das ist Mr Flintwinch, ein Officer des Coroners«, raunte Tweany seinem Chef zu, als er den Mann auf der Besucherbank sitzen sah. »Er war so nett, für uns die Akten durchzusehen, doch jetzt muss ich ihm sagen, dass die ganze Arbeit umsonst war.«

»Wer weiß«, sagte Morton. »Hören wir uns an, was er zu sagen hat.«

Er trat zu Flintwinch hin und bat ihn, sie in ihr Büro zu begleiten.

Der Officer begrüßte sie mit ausgesuchter Höflichkeit und schickte sich an ihnen zu folgen, doch kaum war er aufgestanden, schoss eine schwarze Katze unter der Bank hervor und flitzte ihm zwischen die Beine, so als wollte sie ihn daran hindern wegzugehen. Das Manöver zeigte Wirkung, denn es war dem Tier beinahe gelungen, ihn zu Fall zu bringen.

»So, das reicht jetzt! Du darfst nicht mitkommen«, befahl Flintwinch energisch, worauf sich die Katze gehorsam hinsetzte und der Officer sich den Kriminalbeamten anschließen konnte. Nachdem die drei Männer aber im ersten Stock angekommen waren, tauchte die Katze wie aus dem Nichts wieder auf. Lautlos wie ein geübter Einbrecher hatte sie sich hinter ihnen die Treppe hochgeschlichen.

»Sie scheinen da ein außerordentlich anhängliches Haustier zu haben, Officer«, meinte Morton lächelnd, doch Flintwinch sah empört zu ihm hoch. »Aber das ist nicht meine Katze!«, sagte er nachdrücklich: »Die gehört mir nicht! Als ich heute Morgen aus dem Haus trat, hat sie sich an meine Fersen geheftet, und seither weicht sie nicht mehr von meiner Seite. Ich kann mir nicht denken, was in das Tier gefahren ist.«

Sie waren im Büro angekommen und Morton bat den Officer, vor seinem Schreibtisch Platz zu nehmen, worauf sich auch die Katze zu seinen Füßen zur Ruhe legte. Lang ausgestreckt, den Schwanz lässig um ein Stuhlbein geschlungen, machte sie einen äußerst entspannten Eindruck. Der von ihr Verfolgte andererseits saß ziemlich verkrampft zuvorderst auf der Stuhlkante und klammerte sich an den Stoß Akten, den er mitgebracht hatte. Dass er unversehens zur obskuren Passion dieser exzentrischen Katze geworden war, die nun unverfroren ihre Besitzansprüche auf ihn geltend machte, hatte ihn offenbar zutiefst verunsichert.

»Wenn sie mich heute Abend bis nach Hause verfolgt, werde ich sie wohl beherbergen müssen«, meinte er verzagt. »Obschon ich es wirklich nicht darauf anlege, mir ein Haustier anzuschaffen, denn bis anhin bin ich sehr gut ohne zurechtgekommen.« Er hielt kurz inne und bedachte erst Morton und dann Tweany mit einem hoffnungsvollen Blick. »Außer, wer weiß, womöglich findet sich auch noch eine bessere Lösung für dieses Problem? Kennen Sie vielleicht jemanden, der gewillt wäre, sie aufzunehmen?«

Morton blieb standhaft, aber Sergeant Tweany erbarmte sich seiner.

»Wenn Sie wollen, kann die Katze gerne hierbleiben«, schlug er vor. »Wir haben zu Hause einen kleinen Garten; ich denke, da würde sie sich wohlfühlen.«

Er beugte sich hinunter und streichelte der Katze über den Kopf, doch das Tier strafte ihn mit Verachtung und warf nur ab und zu begehrliche Blicke auf die beiden Sandwiches, die zuvorderst auf seinem Schreibtisch lagen.

»Das ist äußerst freundlich von Ihnen, Sergeant«, erklärte der Officer überaus erleichtert. »Verbindlichsten Dank!« Und dann, nachdem ihm diese schwere Last von den Schultern genommen worden war, mit neuem Elan:

»Nun also, zu unseren Nachforschungen, Sir Arnold betreffend. Ein ganz entsetzlicher Verlust, Inspector. Und was hörte ich da? Letzte Nacht sei auch noch seine Tochter ermordet worden? Suchen sie nach einem Serienmörder?«

»Eher nicht«, erwiderte Morton. »Wir haben vorhin einen Mann aus dem näheren Umfeld des Coroners verhaftet.«

»Tatsächlich?« Flintwinchs Augenbrauen schossen bis zu seinem spitzen Haaransatz hoch.

»Es sieht ganz so aus, als ob er unser Mann ist«, warf Tweany ein. »Tut mir leid, dass Sie sich die ganze Arbeit vermutlich umsonst gemacht haben.«

»Aber woher denn!«, gab Flintwinch fröhlich zurück. »Der Mann ist noch nicht abgeurteilt, nicht wahr? Ich sage immer, bevor ein Verbrecher rechtskräftig verurteilt ist und hinter Schloss und Riegel steckt, besteht noch Hoffnung.«

Morton wagte nicht zu fragen, auf wen oder was sich diese Hoffnung bezog.

»Bevor ich zum eigentlichen Zweck meines Besuches komme, noch eine kurze Anmerkung«, fuhr Flintwinch fort. »Ich bin mir nicht sicher, ob Sie von Sir Arnolds Einsatz als Bewährungshelfer Kenntnis haben.« Morton schüttelte verneinend den Kopf. »Ja, das habe ich mir schon gedacht. Sir Arnold war kein Mensch, der seine guten Dienste an die große Glocke gehängt hat. Früher hat er ständig Delinquenten, die auf Bewährung entlassen wurden, betreut, doch in letzter Zeit wurde ihm das zu viel. Ich kann Ihnen also nicht sagen, ob er zur Zeit seines Todes noch jemanden betreut hat.«

»Kann nicht schaden, das abzuklären, Sergeant«, sagte Morton.

»Denken Sie wirklich?«, fragte Tweany skeptisch. »Der Coroner hat diesen Menschen doch geholfen, weshalb sollten sie ihm etwas antun?«

»Gehört es nicht auch zu den Aufgaben eines Bewährungshelfers, Berichte zu schreiben?«, wollte Morton wissen.

»Ja, in der Tat«, stimmte der Officer zu. »Und wenn der negativ ausfällt, der Straffällige also gegen die Bewährungsauflagen verstoßen hat, kann ein solcher Bericht ernsthafte Konsequenzen nach sich ziehen.« Er klopfte auf die Aktendossiers auf seinem Schoß. »Nun aber zu den verhandelten Fällen. Wir haben uns alle Verfahren der letzten fünf Jahre durchgesehen. Erwartungsgemäß war da nichts zu finden. Wie Sie wissen, werden die Verfahren des Coroners nach dem Amtsermittlungsgrundsatz durchgeführt, sodass zwar Zeugen gehört werden, aber noch keine Prozessparteien auftreten. Die gerichtliche Voruntersuchung beschränkt sich also auf die Feststellung der Todesumstände und der Todesursache. Trotzdem steht es dem Coroner frei, einen Verdächtigen zu benennen, und diese Berichte haben wir genauer unter die Lupe genommen und die entsprechenden Strafprozessakten angefordert.«

Er legte Morton ein paar Dossiers auf den Schreibtisch, behielt aber eines zurück.

»In diesen fünf Fällen hat die strafrechtliche Anklage auf dem Verdacht des Coroners aufgebaut. Drei davon haben während der Gerichtsverhandlung Drohungen gegen Sir Arnold ausgestoßen. Gestern Abend habe ich noch etwas recherchiert und kann Ihnen nun sagen, dass zwei der fünf Männer zu mehrjährigen Haftstrafen verurteilt worden sind und immer noch einsitzen, während ein weiterer inzwischen verstorben ist.«

»Ganz hervorragende Arbeit, die Sie da geleistet haben«, lobte Morton beeindruckt.

»Nun, man tut, was man kann«, erwiderte Flintwinch mit einem bescheidenen Achselzucken. »Alles was irgendwie hilft, den Mörder von Sir Arnold dingfest zu machen.« Er stand auf und überreichte Morton das letzte Dossier. »Der Vollständigkeit halber habe ich Ihnen die Prozessakte zu dieser Rechtssache ebenfalls mitgebracht, denn der Fall erfüllt ebenfalls alle Kriterien. Der Mann ist immer noch auf freiem Fuß, allerdings wurde er nur mangels Beweisen freigesprochen. Falls er aber der Täter ist, hat er den Falschen erwischt, denn die Sache wurde nicht vor Sir Arnold verhandelt.«

Flintwinch stützte sich wie ein Anwalt vor Gericht mit beiden Händen auf der Schreibtischplatte ab und beugte sich zu Morton hin.

»Vielleicht erinnern Sie sich, Inspector, dass Sir Arnold letzten Frühling eine Zeit lang krankheitsbedingt abwesend war. Der arme

Mann hatte sich den Knöchel gebrochen, und da hat er noch Glück im Unglück gehabt. Man würde meinen, dass ein Coroner gegen solcherlei Missgeschicke gefeit ist, bei der Vielzahl von Unfällen mit Todesfolgen, die er verhandeln muss. Aber nein, Sir Arnold wäre beinahe selbst Opfer eines dummen Unfalls geworden! Und dabei hat er vor Gericht noch und noch Empfehlung ausgesprochen, wie solche Tragödien in Zukunft verhindert werden könnten.«

Morton war langsam gespannt, worauf das Ganze hinauslief, und war erleichtert, als der Officer schließlich nach einigen Umwegen und Abschweifungen zum Kern der Katastrophe kam.

»Ein schwerer Kasten hätte ihn beinahe erschlagen!« Flintwinch riss theatralisch die Augen auf. »Was sagt man dazu, meine Herren!« Morton zeigte sich gebührend beeindruckt. »Beim überstürzten Zur-Seite-Springen hat er sich dann Gott sei Dank nur den Knöchel gebrochen. Sir Arnold hat sich sehr darüber geärgert und sich selbst die Schuld daran gegeben, da sich eine der Schrauben, die den Schrank sicherten, mit der Zeit gelockert hatte. Er meinte, er hätte das überprüfen müssen. Nun ja, im Nachhinein ist man immer klüger, nicht wahr?«

Er nahm wieder Platz und setzte sich umständlich zurecht, nur um gleich wieder von seinem Stuhl hochzuspringen.

»Nun will ich Ihre wertvolle Zeit aber nicht länger in Anspruch nehmen, meine Herren«, verabschiedete er sich hastig und legte, nach einem raschen Seitenblick auf die Katze, einen verschwörerischen Zeigefinger auf seine Lippen. Dann schlich er sich auf Zehenspitzen zur Tür, öffnete sie ganz vorsichtig nur einen Spaltbreit und schlüpfte hindurch.

Kaum war er draußen, hechtete ihm die Katze mit einem Satz hinterher und begann, verzweifelt an der Tür zu kratzen. Sie hieb ihre ausgefahrenen Krallen in das Holz, als gelte es ihr Leben, und dazu wimmerte sie erbärmlich.

»Um Himmels willen, Sergeant!«, rief Morton. »Bringen Sie das Tier ins Rathaus hinüber. Das ist ja nicht mitanzusehen.«

Tweany griff sich rasch seinen Mantel und versuchte dann, während er mit der einen Hand schon einmal die Tür öffnete, mit der anderen die Katze hochzuheben. Diese aber sah darin wohl einen feindlichen Akt und begann sich mit wildem Strampeln und dem Ausstoßen markerschütternder Schreie erbittert dagegen zu wehren.

Tweany war gezwungen, sie wieder auf den Boden zu setzen, worauf sich das Tier durch den Türspalt zwängte und dann Hals über Kopf den Korridor hinunterjagte.

In diesem Augenblick trat Constable Bates aus einer der abgehenden Türen, und dass die Sache nicht mit einem bösen Zusammenstoß endete, war nur seiner Geistesgegenwart zu verdanken.

»Oh je, die ist über alle Berge, Chef«, kommentierte Tweany besorgt. »Hoffentlich findet sie ihren Weg zu Officer Flintwinch.«

»Aber gewiss doch«, lachte Morton. »Da bin ich zuversichtlich. Selbst wenn sich Flintwinch in eine sieben Lichtjahre entfernte Galaxie zurückgezogen hätte, diese Katze würde ihn aufspüren. Sie betrachtet ihn offenbar als ihren Seelenverwandten.«

Constable Bates war mit ins Büro gekommen. Jetzt wandte er sich an Morton.

»Sergeant Tweany hat mich beauftragt, bei der RAF nachzufragen, ob sie über Rekrutierungsunterlagen von Kamil Nowak verfügen«, sagte er. »Ob eine solche Akte je existiert hat, konnte man mir in Biggin Hill nicht sagen, denn die Luftwaffenbasis wurde während des Krieges zwölfmal bombardiert. Ein Großteil der Rekrutierungsunterlagen ist bei diesen Angriffen verbrannt.«

Morton schlug sich mit der Faust gegen die flache Hand. »Na, das passt doch!«, sagte er. »Alles was der Mann aussagt, lässt sich praktischerweise nicht mehr nachprüfen.«

Tweany nickte zustimmend. »Dann bin ich aber mal gespannt, wie er uns die Blutspuren auf seinem Messer wegerklären will.«

»Ja, das dürfte ihm einiges Kopfzerbrechen bereiten. Würden Sie bitte im Labor kurz nachfragen, Constable, wie weit sie mit der Untersuchung des Messers sind. Ich würde es mir gerne für die Vernehmung ausleihen.«

Tweany hatte sich auf dem Rückweg von Greenacres im »King's Head« zwei Sandwiches besorgt, doch obschon die Mittagszeit längst vorüber war, hatte er noch keine Gelegenheit gehabt, sie zu essen. Jetzt machte er sich mit einem Heißhunger über sie her und versuchte, vor dem angedrohten Aufbruch zur Vernehmung noch möglichst viel davon hinunterzuschlingen.

»Gemach, Sergeant«, mahnte Morton. »Sie werden an dem Brot noch ersticken. Nowak kann ruhig noch etwas länger auf seine Einvernahme warten. Nachdem er eine Weile in seiner Zelle gesessen hat, zeigt er sich vielleicht etwas gesprächsbereiter.«

***

In dem kleinen, quadratischen Verhörzimmer im Souterrain gab es nichts, das vom Zweck dieses Raumes hätte ablenken könnte. Vier kahle, weiß gekalkte Wände, eine funktionale Uhr über der Tür, ein Tisch und vier Stühle. Auf dem einen saß Kamil Nowak in Handschellen, auf einem zweiten, schräg hinter ihm, Constable Bates, auf dem dritten und vierten, Nowak gegenüber, Inspector Morton und Sergeant Tweany.

»Nehmen Sie Mr Nowak die Handschellen ab, Constable«, bat Morton als Erstes.

»Aber, Sir«, warnte Tweany, »der Mann ist gefährlich.«

»Ich bin mir sicher, dass er sich benehmen wird.« Morton sah dem Verwalter direkt in die Augen. »Nicht wahr, Mr Nowak?«

Dieser nickte kurz.

»Sie haben sich entschlossen, auf einen Anwalt zu verzichten?«

»Ich bin Anwalt«, erklärte Nowak bestimmt. »Ich vertrete mich selbst.«

So viel zu Größenwahn, dachte Morton, laut sagte er: »Bitte notieren Sie, Sergeant, dass der Beschuldigte auf einen Rechtsbeistand verzichtet.«

Die gefesselten Hände hatte Nowak vorhin übereinander auf den Tisch gelegt. Nachdem ihm Bates nun die Handschellen abgenommen hatte, streckte er die Beine aus, lehnte sich zurück und erklärte mit herablassender Schroffheit:

»Ich werde die Aussage verweigern.«

»Das steht Ihnen frei«, entgegnete Morton. »Sie sind lediglich verpflichtet, Angaben zu Ihrer Person zu machen.«

Während Sergeant Tweany Nowak dazu befragte und seine Antworten in das Vernehmungsprotokoll eintrug, holte Morton das eingeschlagene Messer hervor. Nachdem die Feststellung der Personalien abgeschlossen war, machte Nowak Anstalten aufzustehen.

»Nur einen Moment noch«, hielt Morton ihn zurück. »Ich möchte, dass Sie sich das hier kurz ansehen.« Er zog das Tuch von dem Messer weg.

Nach nur einem Blick darauf setzte sich Nowak bolzengerade hin. Sein Gesicht bekam er noch im selben Augenblick unter Kontrolle, doch die Anzeichen erschrockenen Wiedererkennens hatte er nicht so rasch kaschieren können: das Weiten der Pupillen, das Anspannen der Muskeln um seinen Mund.

Er schien zu realisieren, dass ihn seine Reaktion verraten hatte, und versuchte, sie durch eine betont nachlässige Geste zu neutralisieren, indem er mit dem Kinn zu dem Messer auf dem Tisch wies: »Die Tatwaffe, offensichtlich, sonst läge das Ding nicht hier. Dazu kann ich nur eins sagen: Dieses Messer habe ich noch nie zuvor gesehen.«

»Damit ich Ihrer Aussage Glauben schenken könnte, Mr Nowak, müssten Sie blind sein«, versetzte Morton. »Sowohl Sergeant Tweany als auch ich haben vor nicht einmal zwei Tagen zugesehen, wie Sie dieses Messer benutzt haben.«

»Na und? Solche Messer werden zu Tausenden hergestellt! Das besagt gar nichts.«

»Hergestellt ja, mit Ihren Fingerabdrücken versehen, nein. Erklären Sie uns doch bitte, wie Ihre Fingerabdrücke auf dieses spezielle Exemplar geraten sind.«

Nowak war verunsichert; offenbar hatte er gemerkt, dass seine Strategie nicht verfing. »Woher haben Sie dieses Messer?«, fragte er. »Wo haben Sie es gefunden?«

»Sagen *Sie* es uns, Mr Nowak!«, forderte Morton ihn auf, doch der verschränkte die Arme vor der Brust und schwieg sich aus.

»Auch ohne Ihre Aussage reichen die Beweise aus, um Sie wegen Mordes an Emma Gregson anzuklagen. Die Tatwaffe war in Ihrem Besitz und wurde in den Stallungen direkt unterhalb Ihrer Wohnung aufgefunden. Ihre Fingerabdrücke befinden sich auf dem Messergriff und unser Labor wird in Kürze feststellen, dass die Blutspuren auf der Klinge mit der Blutgruppe des Opfers übereinstimmen. Der endgültige Nachweis steht noch aus, aber es besteht wohl kaum ein Zweifel, dass es sich um die Tatwaffe handelt. Mit Sicherheit ist es dasselbe Messer, mit dem Sie mich vor zwei Tagen bedroht haben. Sie waren zur Tatzeit nicht nur im Haus, sondern auch direkt am Tatort, im Schlafzimmer von Miss Gregson. Die Anklage kann zu diesem Punkt zwei voneinander unabhängige Zeugen aufrufen.«

Während dieser vernichtenden Auflistung, war Nowaks Gesicht immer dunkler geworden, jetzt schlug er mit der Faust auf den Tisch und rief: »Ich war das nicht! Ich bin unschuldig.«

»Wenn das zutrifft, weshalb haben Sie sich dann der Festnahme entziehen wollen?«

Als Antwort brachte Nowak nur ein trotziges Achselzucken zustande.

Eine Weile herrschte Schweigen; das metallische Klicken der Uhr, wenn sich der Sekundenzeiger fortbewegte, das einzige Geräusch im Raum. Sergeant Tweanys Stift verharrte in der Luft, bereit wieder eingesetzt zu werden, sobald das Gespräch fortgeführt wurde.

Schließlich schüttelte Morton eine Zigarette aus seinem Paket und bot Nowak eine an. Nach kurzem Zögern griff er zu und klopfte mit der Spitze so heftig auf seinen Daumennagel, dass das Papier fast aufplatzte. Morton riss ein Streichholz an und gab ihm Feuer. Dann sagte er eindringlich:

»Hören Sie, Mr Nowak. Sie haben nichts mehr zu verlieren und durch ihr fortgesetztes Schweigen können Sie Ihre Lage nur noch verschlimmern.«

Nowak hatte sich die Zigarette in den Mundwinkel geklemmt und blinzelte in den Rauchschleier, der davon aufstieg. Er schien seine

Optionen abzuwägen und unschlüssig, ob er weiterhin von seinem Recht zu schweigen Gebrauch machen sollte.

Morton versuchte, ihn mit einer persönlichen Frage aus der Reserve zu locken: »Was bedeutet der Tod von Emma Gregson für Sie? Wie nahe haben Sie sich gestanden?«

Nowak nahm die Zigarette aus dem Mund. »Wir haben uns geliebt«, sagte er. »Wir wollten heiraten.«

»Waren Sie gestern Abend mit ihr verabredet?«

Nowak nickte. »Sie rief mich an, ich solle rüberkommen. Wenn sie das getan hat, habe ich immer meinen Werkzeugkoffer mitgenommen, als Vorwand, falls ich jemandem begegnen würde. Ich wollte nicht kommen, aber sie ließ nicht locker. Der Tod ihres Vaters hat sie ziemlich mitgenommen.«

»Was geschah dann? Haben Sie sich gestritten?«

»Nein, nichts dergleichen. Ich sagte Ihnen schon, wir haben uns geliebt.«

Morton steckte sich ebenfalls eine Zigarette an. »Auch ein verliebtes Paar streitet sich ab und zu«, sagte er lächelnd und dann, als Nowak keine Reaktion zeigte: »Ist dieser Streit aus dem Ruder gelaufen? Was hat sie gesagt? Was getan, dass Sie in solch mörderische Wut versetzt hat?«

»Nichts«, gab Nowak zurück. »Ich lege doch nicht die Gans um, die mir goldene Eier legt.«

»Sie wollten sich also ins gemachte Nest setzen«, stellte Morton nüchtern fest. »Aber Ihr Plan ging nicht auf, nicht wahr? Von Mrs Finch wissen wir, dass Sir Arnold einer solchen Verbindung niemals zugestimmt hätte. Vielleicht ist es bei dem Streit am Montagnachmittag um seine Tochter gegangen. Hat Sir Arnold davon erfahren? Musste er sterben, weil er Ihren Plänen im Wege stand?«

Ein gehässiges Lächeln erschien auf Nowaks Gesicht. »Soso, die Haushälterin hat Ihnen das erzählt«, höhnte er. »Wer im Glashaus sitzt, soll nicht mit Steinen werfen. Die Frau will ihren Hals retten, weil sie und Emma gemeinsame Sache gemacht haben. Die beiden haben den Coroner um die Ecke gebracht.«

Morton sah ihn mit hochgezogenen Augenbrauen fragend an: »Weshalb hätten sie das tun sollen? Wo liegt das Motiv? Bei Emma mag es ja noch einleuchten, falls sie sich nicht über Sir Arnolds Einwände gegen Sie als zukünftigen Schwiegersohn hinwegsetzen wollte. Schwer nachvollziehbar, doch zumindest im Bereich des Möglichen. Mrs Finch aber hatte nichts zu gewinnen. Weshalb hätte sie ihr dabei behilflich sein sollen? Aus purer Nächstenliebe? Im Übrigen widersprechen Sie sich selbst. Vorhin haben Sie ausgesagt, der Tod ihres Vaters hätte Miss Gregson sehr mitgenommen.«

Nowak gab sich defensiv. »Das will nichts heißen.« Er schnippte ungeduldig die Asche von seiner Zigarette. »Es gibt Frauen, die verstehen es, den Männern etwas vorzumachen.«

»Haben Sie irgendwelche Beweise für Ihre Unterstellung?«

»Nein, aber Emma sagte mir letzthin, ihr Vater werde nicht mehr lange leben und dann könnten wir heiraten.«

Tweany sah abrupt von seinem Vernehmungsprotokoll auf. »Das ist doch frei erfunden«, entfuhr es ihm.

Morton ging mit ihm einig. »Langsam beginne ich daran zu zweifeln, ob Miss Gregson Sie überhaupt heiraten wollte«, meinte er. »Es spricht einiges dafür, dass sie zur Besinnung gekommen ist und Sie als den gesehen hat, der sie sind: ein perfider Mitgiftjäger.«

Nowak war wieder nahe daran auszurasten. Die Hand hatte er schon zur Faust geballt, doch bevor er sie wieder auf den Tisch niedergehen ließ, riss er sich zusammen. Er atmete ein paarmal tief durch und erklärte dann, bemüht, seine Stimme im Zaum zu halten:

»Ich sage es noch einmal: Ich habe keinerlei Vorteile durch ihren Tod. Jemand will mir hier etwas anhängen. Vielleicht sollten Sie sich mal überlegen, wer denn von Sir Arnolds und Emmas Tod profitiert. Ihr Bruder Julian ist jetzt der Alleinerbe. Nichts leichter, als mir dieses Messer zu stehlen – meine Wohnung ist immer unverschlossen –, damit seine Schwester umzubringen und es nachher wiederum bei mir zu verstecken.«

»Gibt es noch jemanden, den Sie mit Ihren haltlosen Anschuldigungen eindecken wollen?«, fragte Morton, doch diese Möglichkeit hatte er auch schon in Betracht gezogen.

Nowak war jähzornig und gewaltbereit, so viel stand fest. In einem Anfall blinder Wut hätte er auch außer Acht gelassen, dass zwei Personen ihn am Tatort gesehen hatten. Dieser Umstand hätte ihn nicht davon abgehalten, Emma Gregson zu attackieren. Aber dass er das Messer dann direkt unter seiner Wohnung versteckte war schon mehr als fahrlässig. Das war pure Dummheit! Jedes andere Versteck wäre besser gewesen. Er musste sich doch darüber im Klaren gewesen sein, dass sowohl seine Wohnung als auch die unmittelbare Umgebung durchsucht werden würden. Morton kamen erste Zweifel. Nowak hatte in Polen Jura studiert und arbeitete hier an seinem Examen für die Zulassung zum Rechtsanwalt. Hatte sich der Mann wirklich so dämlich verhalten?

Tweany hatte die kurze Pause genutzt, um Nowak seinerseits etwas auf den Leib zu rücken.

»Was haben Sie mit der blutbefleckten Kleidung gemacht?«, wollte er wissen. »Das Haus besitzt eine Zentralheizung; haben Sie sie im Brenner verbrannt?« Doch Nowak reagierte nicht auf seine Fragen, tat so, als hätte er sie gar nicht gehört.

»Apropos«, schaltete sich Morton wieder ein, »kommen wir doch nochmals auf diesen Brief zurück, den Sie verbrennen wollten. Haben Sie ihn erst ins Feuer geworfen, nachdem Sie Sir Arnold erstochen hatten? Oder hat er Sie dabei ertappt und musste deshalb sterben?«

Nowaks Beherrschung hatte nicht lange angehalten. Er sah aus, als wollte er Morton gleich an die Gurgel springen. Stattdessen aber zerquetschte er nur seine Zigarette im Aschenbecher und schien dann zu einem Entschluss zu kommen.

»Also gut«, begann er, »ich werde Ihnen die Wahrheit sagen. Ich habe diesen Brief verbrannt. Sir Arnold hat mich deswegen zur Rede gestellt, und anstatt ihm den wahren Sachverhalt ruhig darzulegen, bin ich ausfällig geworden. Diesen Wortwechsel hat sein Sohn wahrscheinlich mitbekommen. Ich war stocksauer, dass der Coroner all die Lügen, die in dem Wisch über mich verbreitet wurden, geglaubt hat. Eine hundsgemeine Verleumdung war das, und der Schmierfink hat nicht einmal mit seinem Namen dazu gestanden.« Er hielt kurz inne; schon allein die Erinnerung an diesen Brief hatte ihn in Erregung versetzt. »Nachdem ich mich wieder beruhigt hatte, wollte ich die Sache so rasch als möglich aus der Welt schaffen, und das wäre mir auch gelungen, wenn ich nur Gelegenheit gehabt hätte, ihm alles zu erklären. Ich wollte nicht bis um elf warten und kam eine gute Stunde früher zu unserer Verabredung, doch als ich in die Bibliothek kam, war er schon tot. Ich geriet in Panik, habe den Brief zerknüllt und ins Feuer geworfen. Mir war klar, als Ausländer hatte ich keine Chance, ich würde als Erster verdächtigt werden.«

»Wann genau haben Sie die Bibliothek betreten?«, fragte Morton.

»Kurz nach zehn.«

Morton stand auf. »Die Vernehmung ist beendet, Mr Nowak. Sie werden heute noch dem Haftrichter vorgeführt. Ich rate Ihnen dringend, sich einen Rechtsbeistand zu besorgen.«

4

Während der Autofahrt nach Little Ashdon fragte sich Morton, ob er diesen Fall guten Gewissens abschließen konnte. Er war jeder Spur nachgegangen, hatte die entsprechenden Laboruntersuchungen veranlasst, Nachforschungen angestellt und Dokumente gesichtet. Kurzum, er hatte alles getan, was eine routinemäßige Ermittlungsarbeit erforderte. Wenn dieser zweite Mord, der Nowak so eindeutig als Täter auswies, nicht geschehen wäre, hätte er weitere Einvernahmen durchgeführt und versucht, etwaige Motive der übrigen Tatverdächtigen aufzudecken. Nowak würde ein fairer Prozess gemacht werden, und wenn er klug war, würde er einen Anwalt beiziehen. Er selbst würde in seinem Abschlussbericht auf Unstimmigkeiten hinweisen und auf die Tatsache, dass jedermann Zutritt zu Nowaks Wohnung gehabt hatte. Mehr konnte er nicht tun.

Während Morton aber weiter durch die kalte Winternacht fuhr, über Land und vorbei an jahrhundertealten Cottages, deren tief verschneite Satteldächer im Mondschein leuchteten, ließ ihm der Fall trotz allem keine Ruhe. Und so fasste er schließlich den Vorsatz, den Chief Constable zu bitten, ihm noch einen Tag einzuräumen, bevor er den Fall zum Abschluss brachte. Er wollte versuchen, aus Ruby Lilburne herauszubekommen, was sich damals bei diesem Einbruch tatsächlich zugetragen hatte. Und zumindest wollte er noch einmal mit allen reden, die für die Ermordung von Sir Arnold infrage kamen. Das war er Nowak schuldig.

Im Vikariat öffnete ihm das Hausmädchen verschwitzt und abgehetzt die Tür. Doch sie strahlte übers ganze Gesicht, als sie ihn sah. »Ah, Mr Morton! Sie kommen wie gerufen!«

Ohne ihr weißes Haubenband, das sie um diese Zeit normalerweise trug, um – wie sie es ausdrückte – diesem Haushalt ein wenig Stil zu verleihen, standen ihr die Haare verwegen vom Kopf weg.

»Wie geht es Mrs Nightingale?«, erkundigte sich Morton als Erstes.

»Besser«, sagte Gladys. »Viel besser! Denken Sie nur, vorhin hat sie sogar etwas Hühnerbrühe getrunken. Echte, nahrhafte, nicht das Zeugs in den Würfeln. Ich habe das Suppenhuhn drei Stunden lang ausgekocht, wie sich's gehört. Aber halten Sie sich davon fern! Die ist nur für Mrs Nightingale. Für Sie und den Vicar habe ich einen Macaroni Cheese im Ofen.«

Sie gab die Tür frei und ließ Morton eintreten. »Kommen Sie nur gleich durch in die Küche«, forderte sie ihn auf. »Sie können sich gleich um die Marmelade kümmern.«

Morton schwante Übles. Da er, im Gegensatz zu Jane, ganz leidlich kochen konnte, hatte Gladys ihn dazu auserkoren, allerlei Küchenarbeiten zu übernehmen. Erst letzten Sommer hatte sie ihn mit vier riesigen Töpfen auf dem Herd allein gelassen und sich davongemacht. Mortons Aufgabe hatte in der Folge darin bestanden, die gesamte Stangenbohnenernte in Einmachgläsern zu sterilisieren.

Gladys' spontane Aktionen waren im Vikariat gefürchtet, denn leider ließ sie dabei in ihrem Eifer meist jegliche Planung außer Acht. Am Samstag vor zwei Wochen, als Morton zum Mittagessen eingeladen worden war, hatte sie um halb zwölf beschlossen, die Küche einmal so richtig auszukehren. Nachdem sie die gesamte Möblierung in den Korridor verfrachtet und den Klinkerboden tüchtig durchgeschrubbt hatte, war er mit einer Art Schlamm geflutet worden, der mindestens vier Stunden einwirken musste, um seine Wunderwirkung zu entfalten. (Auch in der Herstellung ihrer eigenen Putzmittel zeigte sich das Hausmädchen äußerst kreativ.) Unter diesen Umständen einen Lunch zuzubereiten, war ein Ding der Unmöglichkeit, und so blieb den Nightingales nichts anderes übrig, als sie, zusammen mit ihrem Gast, ins »Spinning Wheel« auszuführen.

Während Morton dem Hausmädchen den langen Korridor hinunter folgte, sprach sie ihm ihr Lob aus:

»Das haben Sie gut gemacht, Sir, dass Sie Mrs Nightingale aus den Klauen dieses Spitals befreit haben. Ich sag immer, denen kann man nicht trauen. Da geht man putzmunter hinein, und hinaus wird man dann mit den Füßen voran getragen.«

Sie öffnete mit großzügigem Schwung die letzte der abgehenden Türen.

Die Küche sah ziemlich chaotisch aus, doch immerhin ging es diesmal offenbar nur um einen einzigen Topf, der Mortons Fürsorge anvertraut wurde. Darin blubberte eine süß nach Orangen duftende Masse von der Farbe goldbraunen Bernsteins.

»Wo kommen die denn her?«, fragte er erstaunt.

In salbungsvollem Ton, der Reverend Nightingale alle Ehre gemacht hätte, erwiderte Gladys: »Darüber breiten wir den Mantel des Schweigens«, und legte einen Finger auf ihren Nasenflügel.

Morton konnte sich nur wundern. Orangen im Vikariat, Mandarinen bei seinem Sergeant? Die Leute scherten sich immer weniger um die Dekrete der Regierung. »Der Krieg hat da so einiges zu verantworten«, sagte er laut.

»Meine Rede«, pflichtete ihm das Hausmädchen bei. »Lord Woolton sollte sich was schämen! Der Krieg ist seit anderthalb Jahren zu Ende und immer noch stecken wir bis zum Hals in der Rationierung. Eine Schande ist das! Und ständig kommt er mit neuen Schikanen daher. Bald soll auch noch der Strom abgestellt werden.« Für die drohende Stromrationierung konnte der vormalige Ernährungsminister schwerlich verantwortlich gemacht werden, trotzdem war der arme Mann, wann immer die anhaltenden Restriktionen beklagt wurden, stets in aller Munde. »Können Sie mir mal verraten, wie ich im Dunkeln einen Kamin auskehren soll?«

Die Frage war wohl rhetorisch gemeint, denn Gladys winkte Morton gleich herüber zum Herd.

»Lassen Sie die Marmelade noch zehn Minuten köcheln«, wies sie ihn an. »Immer mal umrühren, damit nichts anbrennt. Dann den Schaum abschöpfen und abfüllen.« Sie deutete auf den Küchentisch, wo eine Reihe bauchiger Marmeladengläser mit dem zugehörigen Pergamentpapier bereitstand.

»Und rühren Sie sich nicht vom Fleck«, warnte sie noch. »Wenn das überkocht, haben Sie den Salat. Das gibt eine riesige Schweinerei, der ganze Herd verklebt, und den kriegen Sie danach nie mehr sauber!«

Sie riss sich die Schürze vom Leib.

»Ich bin dann mal weg.«

Morton tat wie geheißen. Es hatte etwas ungemein Tröstliches, hier in der warmen Küche vor dem Herd zu stehen und gemächlich in dem alten Kupfertopf zu rühren. Dieser stammte noch aus dem rußgeschwärzten Reihenhäuschen im Londoner East End, wo er aufgewachsen war. Darin hatte er, nach dem frühen Tod seiner Mutter, die ersten Kochversuche unternommen. Er war erst in der Pubertät in die Höhe geschossen; mit sieben hatte er sich zum Umrühren noch auf einen Schemel stellen müssen.

»Hm, was riecht hier so köstlich?«

Howard war in die Küche gekommen und reckte schnuppernd die Nase in die Luft.

»Karamellisierte Orangen«, stellte er fest. »Ist das der Nachtisch?«

»Marmelade«, erklärte Morton. »Ich wurde damit beauftragt, Gladys' Werk zu vollenden.«

»Wo ist sie denn?«

»Offenbar ausgegangen. «

Howard griff sich an die Stirn. »Aber ja«, meinte er. »Heute hat sie ihren freien Abend.«

»Wann beginnt der denn?«, fragte Morton.

»Keine Ahnung. Ich nehme an, wenn die späte Nachmittagsvorstellung im Capitol anfängt oder wann immer sie sich mit ihren Freundinnen verabredet hat. Aber das ist schon in Ordnung. Gladys kümmert sich rührend um Jane. Ich habe mich heute Vormittag etwas hingelegt, und sie hat sie während dieser Zeit kaum aus den Augen gelassen.« Howard trat neben Morton an den Herd. »Mit dieser Hühnerbrühe dort hat sie sich besondere Mühe gegeben. Die ist nur für Jane; rühr sie ja nicht an, wenn du nicht Gladys' Zorn auf dich ziehen willst!«

Morton begann den honigfarbenen Schaum von der süßen Masse abzuschöpfen. »Ich hätte gerne nach Jane gesehen, wurde aber gleich in die Küche abkommandiert«, sagte er. »Wie geht es ihr?«

Mit einem tiefen Seufzer, der deutlich zum Ausdruck brachte, wie erleichtert er war, erwiderte sein Schwager: »Viel besser. Im Moment schläft sie; das Fieber ist unter achtunddreißig Grad gesunken. Vorhin war Dr. Bentham hier und meinte, sie sei definitiv über den Berg. Ich kann dir gar nicht sagen, wie froh ich bin, dass wir sie nach Hause geholt haben.«

Morton grinste. »Dir ist schon klar, dass wir uns dort nie mehr blicken lassen können.« Er nahm den Topf vom Herd, stellte ihn auf den Tisch und begann, mit einer großen Schöpfkelle die Marmelade in die Gläser zu gießen.

»Sie haben schon angerufen«, sagte Howard unbehaglich. »Dr. Lloyd ist außer sich. Ich fürchte, dass er dich verklagen wird, Richard, wegen tätlichen Angriffs.«

Morton zuckte die Schultern. »Na ja, wenn's weiter nichts ist.«

Howard warf einen Blick in den Backofen. »Ich denke, wir sollten jetzt essen, Richard. Dieser Auflauf hier ist schon ziemlich zusammengeschrumpft.«

»Nimm ihn besser raus.« Morton reichte ihm die Topflappen. »Und wenn du danach die Gläser mit dem Pergament verschließt, spüle ich noch rasch den Topf aus. Dann sind wir hier fertig.«

Als Morton zehn Minuten später leise die Tür zu Janes Schlafzimmer öffnete, schlief sie immer noch. Auf Zehenspitzen schlich er sich zu ihrem Bett und blieb dort eine Weile stehen. Sowohl Gladys als auch Howard hatten ihm heute Abend versichert, dass sich Janes Zustand merklich verbessert hatte, aber erst jetzt, da er seine Schwester hier ruhig und entspannt daliegen sah, ihrem Atem lauschte, der ihren Körper wieder mühelos mit Sauerstoff versorgte, spürte er, wie die Angst von ihm abfiel.

Sie würde wieder gesund werden. Alles war gut.

Nach dem Essen wechselten die beiden Männer hinüber ins Wohnzimmer, einen gemütlichen Raum, zur Hälfte holzvertäfelt, mit verblichenen Chintzsesseln und schönen, verglasten Bücherschränken aus Mahagoni.

Das Sofa war vom Erkerfenster weggerückt worden, um Platz für einen kleinen, runden Tisch zu machen, auf dem ein Tannenbäumchen zum Schmücken bereitstand. Daneben, auf der aufgeklappten Lade des Sekretärs, lag der flache Karton mit dem Geschenkpapier, das seit dem Krieg so rar geworden war. Jedes Jahr wurde es sorgfältig glattgestrichen, in eine alte Kleiderschachtel geschichtet und im Estrich verwahrt. Jane hatte sich vermutlich schon an das Verpacken der Weihnachtsgeschenke machen wollen, als sie realisierte, dass sie dafür keine Kraft mehr hatte.

Morton setzte sich mit seinem Schwager vor den Kamin, in dem eben das Feuer neu entfacht worden war. Verbliebene Harzreste im Holz knackten und knisterten, während sie barsten, und verbreiteten so ihren würzigen Duft im ganzen Raum.

Auf der Armstütze von Howards Sessel lag ein Fotoalbum, das Morton noch nie gesehen hatte. »Sind das Kinderfotos von dir?«, fragte er.

»Ja«, sagte Howard etwas verlegen. »Das Album ist mir in die Hände gefallen, als ich auf dem Speicher nach der Kiste mit dem Christbaumschmuck gesucht habe. Gladys weigert sich, da hinaufzugehen. Sie sagt, es spuke dort oben, aber sie will Jane mit dem geschmückten Baum überraschen, wenn sie das erste Mal aufstehen darf.«

»Zeig mal her«, bat Morton und begann dann, die festen, schwarzen Seiten umzublättern.

»Ein hübsches Kind warst du«, meinte er lächelnd. »Ein blondgelockter Botticelli-Engel.«

Howard fuhr sich mit der Hand durch das schüttere Haar. »Nun, wie man sieht, ist davon nicht viel übrig geblieben«, lachte er und erklärte dann: »Meine Mutter hat die meisten Bilder aufgenommen und sie auch selbst entwickelt. Damals war das ja noch eine große Sache, die Apparate unhandlich und kompliziert zu bedienen. Frauen haben sich da selten darangewagt.«

Morton sah jetzt, dass immer wieder ein, zwei Bilder fehlten und nur noch die Halteecken den Platz bezeichneten, wo sie einmal gesteckt hatten. Er war sich sicher, dass Jane sie entfernt hatte, denn sie standen nun in silbernen Rahmen auf einem Beistelltisch und auf dem Kaminsims.

Aus ihrer eigenen Kindheit existierten keine Fotos. Zu der Zeit hatten sich nur gut Betuchte dieses Hobby leisten können.

Unwillkürlich musste er an den gestrigen Morgen bei Mrs Finch zurückdenken. Waren ihre Eltern vermögend gewesen? Eher unwahrscheinlich, sonst würde die Tochter ihren Lebensunterhalt nicht als Haushälterin bestreiten müssen. Während Mortons Blick sinnierend auf den gerahmten Fotografien ruhte, fiel ihm noch eine Besonderheit auf. Wie Howards Mutter war offenbar auch Mrs Finchs Vater ein begeisterter Hobbyfotograf gewesen. Wo also waren all die Fotos, die er gemacht hatte?

»Was beschäftigt dich?«, unterbrach Howard seine Gedankengänge. »Dein neuer Fall?«

Morton nickte. »Ungereimtheiten«, sagte er und erklärte seinem Schwager, um was es ging.

»Vielleicht hat sie die Aufnahmen nicht aus einem Album entfernen wollen«, meinte der. »Manche Leute sind da sehr pedantisch.«

»Möglich, ja«, stimmte Morton zögerlich zu. »Allerdings habe ich nirgends ein Album gesehen, nur jede Menge Biografien. Praktisch alle über Königin Elisabeth und ihre Mutter, Anne Boleyn.«

Howard nahm seine Pfeife in die Hand und begann, aus einem ledernen Beutel Tabak hineinzustopfen. »Die Zeit der Tudors hatte ihre eigene Faszination«, meinte er. »Da mangelt es nicht an Stoff für spektakuläre Dramen. Nicht von ungefähr dreht sich in Shakespeares Stücken alles um Machtintrigen, Rache und Verrat.«

»Und Liebe natürlich«, setzte Morton hinzu. »Aber das Eine setzt das Andere ja meist voraus.«

Er klappte das Album zu und gab es seinem Schwager zurück.

Von der Dorfstraße her waren die Stimmen der Sternsinger zu hören und er hoffte, sie würden Jane nicht aufwecken. Aber andererseits, dachte er, hatte sie diese alten Weihnachtslieder schon immer gerne gemocht. Sie würde es vielleicht bereitwillig hinnehmen, von den »Twelve Days of Christmas« aus dem Schlaf geholt zu werden.

21. Dezember 1946

Der Freitagmorgen dämmerte klar und eisig kalt. Während sich Alistair Tweany auf den Weg zur Bushaltestelle machte, ging hinter der sanften Hügelkette im Osten eine blasse Wintersonne auf und der Himmel leuchtete wie ein Gemälde in Pastellfarben: blassblau mit verwischten schwefelgelben und rosaroten Streifen. Der Sergeant war gut gerüstet für einen weiteren frostigen Tag: warme, wollene Unterwäsche auf der Haut, einen dicken Pullunder über dem Hemd und ein ordentliches Frühstück im Bauch. Trotz der vereisten Straßen traf der Bus, der ihn nach Chipping Bramton bringen sollte, pünktlich um acht Uhr ein, und zehn Minuten später betrat Tweany schon die Bezirkswache.

Als Erstes schaute er bei seinen Kollegen im Labor vorbei. Er dachte nicht im Traum daran, seinen spannenden Beruf mit einem anderen zu tauschen, aber falls man ihn dazu zwingen würde, wäre seine zweite Wahl ein Posten bei der Spurenauswertung des C.I.D. Was man heutzutage mithilfe der modernen Wissenschaft alles herausfinden konnte, war beeindruckend. Tweany hatte schon viel Zeit in dem Labor verbracht und sich einiges erklären lassen, denn allein schon die dortige Atmosphäre faszinierte ihn: das Blubbern der vielfarbigen Flüssigkeiten in den Glaskolben, das Summen und Blinken der elektrischen Geräte, die geheimnisvollen Substanzen in den Apothekerflaschen und Reagenzgläsern und über all dem der saubere, aseptische Geruch nach Chemikalien.

Ein Labormitarbeiter im weißen Kittel war eben dabei, einen gläsernen Objektträger auf dem Mikroskoptisch festzuklemmen.

Tweany trat zu ihm hin. »Hier habe ich noch etwas zum Schmücken für Sie«, sagte er und wies auf die Gebinde aus Tannenzweigen,

Misteln und Stechpalmen, die er mitgebracht hatte. »Meine Schwestern sind gestern mit dem Leiterwagen losgezogen und haben ihn mit allem, was sie und die Kleinen tragen konnten, vollgepackt.«

Der Laborant zog die Brauen hoch. »Was?«, staunte er. »Nicht selbst beschafft? Dazu streifen Sie doch jedes Weihnachten eigens durch die Wälder.«

»Ja, stimmt«, räumte Tweany ein. »Meine Nichten und Neffen waren auch enttäuscht, dass ich nicht mitkommen konnte, aber um diese Jahreszeit ist es nach Feierabend zu dunkel. Normalerweise nehme ich mir dafür einen Nachmittag frei, der Fall Gregson jedoch hält uns ganz schön auf Trab.«

Der Laborant nahm eines der Gebinde dankend entgegen. »Wieso besorgen Sie sich nicht ein paar Laternen?«, schlug er vor. »Da könnten Sie auch nach Einbruch der Dunkelheit in den Wald. Für die Kinder wäre das doch ein Mordsspaß.«

Das wäre es ganz bestimmt, dachte Tweany, und während er noch überlegte, ob seine Schwestern wohl damit einverstanden wären, öffnete sich die Glastür am anderen Ende des Raumes und Sergeant Jellyby kam ins Labor.

»Ah, Tweany!«, rief er. »Gut, dass Sie da sind. Ich habe eben den Bericht zum Mordfall Gregson fertiggestellt. Sie können ihn gleich mitnehmen.«

Im Büro deponierte Tweany seine Fracht auf der Fensterbank und setzte erst einmal den Kessel auf. Dann las er den Laborbericht durch. Er war eben damit fertig geworden, als sein Chef eintraf.

»Nanu, Sir«, sagte er überrascht. »Schon hier?«

Frühmorgens machte sein Chef auch an seinen besten Tagen keinen besonders munteren Eindruck, heute aber schaute er ziemlich verdrießlich in die Welt, und Tweany glaubte, das Klappern seiner Zähne zu hören.

»Mussten Sie wieder Wache halten, letzte Nacht?«

Morton kam herüber und stellte sich vor die Heizung. »Der Arzt meinte, das sei nicht mehr nötig«, erwiderte er. »Jetzt, da sich der Zustand meiner Schwester stabilisiert hat. Sie sei jetzt durchaus imstande, ihren Mann aufzuwecken, falls sie etwas brauche. Da habe ich allerdings so meine Zweifel. Womöglich hat das mit seinem Beruf zu tun, jedenfalls schläft mein Schwager den Schlaf der Gerechten. So tief wie ein betäubtes Murmeltier, könnte man sagen.«

»Sie aber offenbar nicht, Sir.«

»Na ja, das Schlafen war nicht das Problem, eher das Erwachen. In meinem Schlafzimmer herrscht eine arktische Kälte. Die Gasheizung in dem alten Gemäuer funktioniert nicht besonders zuverlässig. Ich muss sie jeweils über Nacht zudrehen, wenn ich nicht riskieren will, im Schlaf still und leise vom Tode ereilt zu werden. Und heute Morgen konnte ich mich weder mit einer heißen Dusche noch mit einer Tasse Tee aufwärmen, da die Wasserleitung wieder einmal eingefroren ist. Apropos, höre ich da den Kessel summen?«

Tweany sprang vom Stuhl. »Aber ja, Chef! Ich hab Ihnen im Nu ein Tässchen aufgebrüht. Da sieht die Welt doch gleich wieder anders aus.«

Er löffelte eine ordentliche Portion Teeblätter in den Krug; jetzt galt es, seinen Chef wieder aufzupäppeln, Sparsamkeit war hier fehl am Platz. Leider hatte er keinen Kuchen dabei. Falls der Tee nicht genügend Wirkung zeigte, würde er sich nachher auf die Socken machen und auf Betteltour gehen. Die Sekretärin des Chief Constable hatte immer etwas in petto.

»Morgen bringe ich Ihnen eine Bettflasche mit«, ließ er seinen Chef wissen, während er die Teeblätter mit kochendem Wasser übergoss. »Und Bettsocken, die kann ich nur empfehlen, und Schlafanzüge aus Flanell. Sie wissen ja, die brauchen wir jetzt nicht mehr, mit dieser Zentralheizung ist es bei uns Tag und Nacht kuschlig warm. Meine Mutter wird Ihnen ein schönes Paket schnüren.«

Morton hatte sich, immer noch in Hut und Mantel, hinter seinen Schreibtisch gesetzt. »Ist der Chief Constable schon da?«, fragte er jetzt. »Ich will ihn um einen weiteren Tag für die Ermittlung bitten.«

»Tatsächlich?« Tweany wunderte sich. »Ich dachte, wir hätten den Fall unter Dach und Fach.«

Morton rieb sich das Kinn. »Ich bin mir noch nicht hundertprozentig sicher«, sagte er. »Da sind zu viele offene Fragen: diese Fußspuren auf der Terrasse. Die sind eindeutig nicht von Nowak. Dann das Messer. Wenn er diesen Mord geplant hat – und das musste er, sonst hätte er die Waffe nicht dabeigehabt –, weshalb ersticht er das Opfer ausgerechnet mit dem Messer, das wir in seiner Hand gesehen haben? Und versteckt es nach der Tat direkt unterhalb seiner eigenen Wohnung? Da, wo wir es mit Sicherheit finden würden.«

»Wahrscheinlich war er einfach sehr in Eile«, meinte Tweany und begann den Tee abzugießen. »Nach der Tat musste er damit rechnen, jeden Moment entdeckt zu werden. Er konnte sich nicht darauf verlassen, dass an dem Abend niemand mehr zu Miss Gregson aufs Zimmer käme.«

»Schon«, sagte Morton. »Aber dieser Park ist riesig und es liegt Schnee. Er hätte das Messer aus dem Fenster werfen können. Wenn wir es später gefunden hätten, wäre nicht nur er belastet worden.«

Tweany hielt dagegen: »Wer sonst hätte Miss Gregson denn ermorden können? Ins Haus eingebrochen wurde nicht. Alle Türen und Fenster waren unversehrt.«

»Zwei Tatverdächtige für den Mord an Sir Arnold waren schon im Haus, vergessen Sie das nicht. Und falls Nowak die Haustür nicht hinter sich abgeschlossen hat, hätte sich auch jeder der Übrigen Zutritt verschaffen können.«

Tweany deponierte eine Teetasse neben Mortons Ellbogen. »Das würde die Fußspuren auf der Terrasse erklären«, sagte er. »Jemand könnte dort auf eine günstige Gelegenheit gewartet haben, ins Haus einzudringen. Als er den Verwalter sah, ist er ihm hinterher und hat sich dann ins Haus geschlichen. Der müsste sich dann aber irgendwo versteckt haben, bis Nowak wieder aus Miss Gregsons Zimmer kam.«

Ja, so könnte es gewesen sein, dachte Tweany, doch dann fiel sein Blick auf den Laborbericht. Auch der sprach gegen Nowak. Er legte ihn vor Morton auf den Schreibtisch.

»Die Blutspuren auf dem Messer stimmen mit der Blutgruppe des Opfers überein«, erklärte er. »Einzig bei den Fingerabdrücken ist sich

Sergeant Jellyby nicht ganz sicher. Wir haben da während des Verhörs ja schon mal vorgegriffen. Der Werkzeugkoffer war allerdings in Ordnung, da konnten sie keine Blutspuren finden.«

Morton las den Bericht durch, während sich Tweany nochmals Nowaks Vernehmungsprotokoll vornahm.

»Sehen Sie mal, Chef«, sagte er, als er zu den Personalien kam. »Nowak hatte an dem Tag seiner Festnahme Geburtstag. Das nenn ich mal mordsmäßiges Pech.«

»Nun ja«, meinte Morton ungerührt, »ich finde Geburtstage werden maßlos überschätzt.«

»Wann ist denn Ihr Freudentag, Sir?«

»Netter Versuch, Sergeant.«

Tweany konnte einfach nicht begreifen, weshalb sein Chef sich hartnäckig weigerte, sein Geburtsdatum herauszurücken. »Können Sie mir einmal verraten, wieso Sie Ihr Wiegenfest nicht feiern, Sir?«

Morton zuckte die Schultern. »Was ist daran so Besonderes? Ich sehe keinen Sinn darin, einen Menschen hochleben zu lassen, dessen einziges Verdienst darin besteht, ein weiteres Jahr überlebt zu haben. Wenn schon, dann müsste man ja wohl die Frau ehren, die diesen Menschen unter Schmerzen zur Welt gebracht hat. Diese nicht unerhebliche Leistung wäre es doch immerhin wert, jedes Jahr gewürdigt zu werden.«

»Na ja, das hat schon was für sich«, musste Tweany zugeben.

»Wenn wir trotz allem davon ausgehen, dass Nowak nicht der Täter ist«, fuhr Morton fort, »dann versucht tatsächlich jemand, ihn zu belasten. Jemand, der dazu in der Lage war, das Messer in den Stallungen zu verstecken.«

Morton war aufgestanden und zog nun seinen Wintermantel aus. Offenbar hatte ihn der Tee, den er kochend heiß hinuntergestürzt hatte, aufgewärmt.

»Die Hausbewohner natürlich«, erwiderte Tweany prompt. »Ob die Außenstehenden wissen, wo der Verwalter wohnt, ist zumindest fraglich. Hier aber kommt Ruby wieder ins Spiel. Sie kennt sich aus in Greenacres, sie hat dort als Land Girl gearbeitet, und was den Brief angeht: Sie singt im Kirchenchor, vielleicht hat sie von der Schreibmaschine in der Church Hall erfahren.«

»Gut, Mrs Finch und Ruby Lilburne hatten also zumindest theoretisch Gelegenheit, mittels Brief und Messer Nowak zu belasten.« Morton stellte sich wieder vor die Heizung. »Allerdings fehlt, zumindest bei der Haushälterin, nach wie vor ein Motiv. Julian Gregson anderseits profitiert in hohem Maße von Emmas Tod. Er ist jetzt der Alleinerbe eines stattlichen Vermögens.«

Tweany leuchtete die Beweisführung seines Chefs ein. Wenn die Jagd jetzt aber wieder eröffnet wurde, mussten alle verfügbaren Informationen ausgewertet werden.

»Ich habe die Akten, die uns Officer Flintwinch gestern mitgebracht hat, durchgesehen«, sagte er deshalb. »Für die Tat kommen nur die beiden Männer infrage, die noch am Leben und auf freiem Fuß sind. Constable Bates könnte sie ausfindig machen und vorladen, damit wir sie einvernehmen können. Was meinen Sie, Sir?«

Morton zeigte sich einverstanden und Tweany fuhr fort:

»Ich habe noch etwas nachgeforscht: Der Coroner hat tatsächlich als Bewährungshelfer geamtet, doch in letzter Zeit hatte er nur noch einen einzigen Fall: ein gewisser James Catherwood.«

»Mit dem sollten wir uns ebenfalls in Verbindung setzen«, meinte Morton und setzte nachdenklich hinzu: »Diese Sache mit dem Kasten kommt mir im Lichte der neuen Erkenntnisse seltsam vor. Ich habe mich gefragt, ob damals schon jemand einen Anschlag auf Sir Arnold geplant hat.«

»Der Coroner gab sich da offenbar selbst die Schuld, da wahrscheinlich eine Schraube schon längere Zeit locker gewesen ist und er sie hätte anziehen müssen.«

»Wenn eine einzige Schraube locker ist, kippt nicht der ganze Kasten auf den Boden. Da müssen noch einige mehr gelockert worden sein.«

»Dafür kämen dann nur die Hausbewohner in Betracht. Das würde den Kreis der Verdächtigen immerhin einschränken.«

»Rufen Sie Mr Flintwinch an und fragen Sie ihn, wann genau sich dieser Unfall ereignet hat.«

Tweany griff nach dem Telefonhörer, und während er auf die Verbindung wartete, sagte er:

»Diese Katze hat tatsächlich zurück ins Rathaus gefunden. Ich habe mich gestern Abend noch bei Officer Flintwinch erkundigt.«

Morton hatte sich nochmals Tee eingegossen und setzte sich mit der Tasse wieder hin. »Na, dann wird sie sich wohl umgehend an seine Fersen geheftet und ihn wieder in Geiselhaft genommen haben«, meinte er grinsend. »Ich bin mal gespannt, ob sie ihm jeden Tag zur Arbeit folgt und dem armen Mann auch noch den Rest seiner Freiheit raubt.«

Die Verbindung war zustande gekommen und Tweany brachte sein Anliegen vor.

»Im März, sagen Sie? Gut, besten Dank und einen schönen Tag noch, Officer.«

»Sehen Sie einmal nach, wann der Verwalter seinen Dienst angetreten hat, Sergeant«, bat Morton, nachdem er aufgelegt hatte. Doch Tweany musste nicht nachsehen, er hatte die Daten im Kopf.

»Das war im Juni 1945.«

»Und wann wurde er zum Verwalter befördert?«

»Erst letzten Sommer.«

»Dann können wir ihn ausschließen«, sagte Morton bestimmt. »Als Landarbeiter hatte er keinen Schlüssel zur Haustür, da er im Haus nichts zu suchen hatte. Es ist auch unwahrscheinlich, dass er trotzdem eingedrungen ist. Nachts ist die Tür verschlossen und tagsüber war die Gefahr groß, jemandem über den Weg zu laufen, während er sich – auf der Suche nach einem geeigneten Schrank – von Zimmer zu Zimmer schlich.«

»Dann bleiben uns nur noch der Sohn des Coroners und die Haushälterin.«

»Wann hat Mrs Finch ihre Arbeit auf Greenacres aufgenommen?«

»Anfang Juli 1945.«

»Sie könnte es also getan haben. Was Julian betrifft, so müssen wir in Erfahrung bringen, ob er zu der Zeit überhaupt zu Hause war.«

»Soll ich anrufen und ihn fragen?«, schlug Tweany vor. »Oder vielleicht besser die Haushälterin?«

»Nein«, entschied Morton. »Fahren Sie hin, befragen Sie die Köchin.«

Tweany konnte sich Schöneres vorstellen, als wieder in die Kälte hinausgescheucht zu werden, doch Morton hatte natürlich recht. Sowohl Julian Gregson als auch Alice Finch waren Tatverdächtige, und falls jemand schon einmal versucht haben sollte, den Coroner umzubringen, würde er seine Fragen dazu nicht wahrheitsgetreu beantworten.

Er holte sich seinen warmen Reservepullover aus der untersten Schreibtischschublade und begann, sich für die bevorstehende Fahrt einzupacken. Als er eben das Büro verlassen wollte, traf ein Bote mit dem Obduktionsbericht ein.

»Moment noch, Tweany«, hielt ihn Morton zurück, während er ihn entgegennahm. »Sehen wir uns den kurz an.«

Er überflog die erste Seite und fasste zusammen: »Den Todeszeitpunkt kann der Pathologe recht genau eingrenzen. Julian Gregson hat angegeben, seine Schwester habe kein Abendessen mehr zu sich genommen, und so konnte er aufgrund des Mageninhaltes vom Mittagessen die Zeit berechnen. Emma Gregson starb am Mittwochabend zwischen neun und elf.«

»Auch damit wird Nowak belastet«, folgerte Tweany. »Er war zwischen halb zehn und halb elf in ihrem Zimmer. Dafür haben wir die Aussagen von Julian Gregson und Alice Finch.«

Morton nickte abwesend. Er hatte schon weitergeblättert und überflog nun die zweite Seite, dann aber stutzte er unvermittelt.

»Sieh mal einer an«, sagte er. »Das ist aber interessant.« Er winkte Tweany zu seinem Schreibtisch und tippte mit seinem Stift auf einen Absatz in der Mitte des Berichtes. Tweany las und staunte nicht schlecht: Emma Gregson war im dritten Monat schwanger gewesen!

2

Heute war er allein gekommen.

Natürlich hatte Josephine wieder darauf bestanden, ihn zu begleiten, aber glücklicherweise war sie nicht rechtzeitig vom Einkaufen zurückgekehrt. Sie hatte beim Metzger ein Stück Roastbeef ergattern wollen und das Schlangestehen hatte wohl länger gedauert, als sie gedacht hatte.

Und so hatte Humphrey sich davongeschlichen und alleine auf den Weg nach Greenacres gemacht. Wiederum stand ihm eine heikle Aufgabe bevor. Die Gegenwart seiner Frau war dabei nicht hilfreich, im Gegenteil, sie würde ihn noch nervöser machen, als er es ohnehin schon war. Es half nichts, er musste das zu Ende bringen. Sein Versuch von Mittwochnacht, sich die Papiere anzueignen, war fürchterlich fehlgeschlagen.

Obschon er diesmal ganz offiziell an der Tür klingeln wollte, hatte er den Wagen wieder unten an der Straße stehen lassen. Er durfte keine Aufmerksamkeit auf sich ziehen, denn er hoffte, dass Martha zur Tür kommen würde. Das Hausmädchen war recht einfältig, ihr könnte er ohne Weiteres weismachen, er hätte etwas in der Bibliothek vergessen. Als er jetzt aber klingelte, kam Mrs Finch zur Tür, und so blieb ihm nichts anderes übrig, als nach Julian Gregson zu fragen. Die Haushälterin machte sich nicht die Mühe, Humphrey in den Salon zu bitten oder ihm etwas abzunehmen. Während sie sich auf die Suche nach dem Hausherrn machte, ließ sie ihn in der Halle stehen. Mit dem Hut in der Hand wie ein armseliger Bittsteller.

Um auf andere Gedanken zu kommen, begann Humphrey, sich etwas umzusehen. Hier hielt man offenbar nichts davon, mittels abgehängter Spiegel und schwarzem Trauerflor der Toten zu gedenken. Die Halle sah aus wie immer, nein, sogar noch nobler als sonst. Neben dem Kamin stand ein riesiger, festlich geschmückter Weihnachtsbaum. Im hellen Schein der Morgensonne, die durch die beiden hohen Fenster in den Raum drang, glitzerte und funkelte die ganze Tanne, als ob sie mit Juwelen behängt worden wäre. Gut, dass Josephine nicht mitgekommen war, sie hätte sonst sicher eine ihrer abfälligen Bemerkungen fallen lassen. Womöglich hätte sie Gregson sogar darauf hingewiesen, wie ungehörig sich ein herausgeputzter Christbaum in einem Trauerhaushalt ausnahm.

Der kam jetzt aus einer der abgehenden Türen in die Halle und seine Miene verhieß nichts Gutes. Humphrey legte sich sorgfältig Gesicht und Stimme zurecht und trat mit ausgestreckter Hand auf ihn zu:

»Sir Julian, ich möchte Ihnen auch im Namen meiner Frau unser herzliches Beileid aussprechen.«

Gregson bedankte sich kurz und schroff. Dabei wahrte er nur den allernötigsten Anstand und nahm nicht einmal die Hand aus seiner Hosentasche. Es war nur zu offensichtlich, dass er hier nicht willkommen war. Schlechte Voraussetzungen für sein Anliegen.

»Wenn Sie erlauben, würden wir gerne an der Beerdigung von Sir Arnold teilnehmen«, versuchte Humphrey, ihn milder zu stimmen. Und tatsächlich besann sich Gregson jetzt mit einer sichtlichen Anstrengung auf seine Manieren.

»Ja, sicher«, sagte er umgänglicher. »Sehr aufmerksam von Ihnen. Das Begräbnis musste verschoben werden. Es findet morgen Nachmittag um drei statt.«

»Und Ihre Schwester …?«, erkundigte sich Humphrey.

Die peinliche Stille, die auf seine unüberlegte Frage folgte, war mit Händen zu greifen.

»Wann immer die Gerichtsmedizin sie freigibt«, sagte Gregson schließlich. »Kann ich Ihnen sonst noch irgendwie behilflich sein?«

Hinter dieser spröden Formulierung lag unverhohlener Sarkasmus, doch Humphrey schluckte die Demütigung, so gut er konnte.

»Bitte verzeihen Sie«, bat er hastig. »Es lag mir fern, mich aufzudrängen.«

Gregson machte einen Schritt auf die Tür zu, zum Zeichen, dass er das Gespräch für beendet hielt, doch Humphrey blieb standhaft. Er fuhr sich mit einer theatralischen Geste an die Stirn und sagte:

»Da fällt mir eben etwas ein. Haben Sie vielleicht bei den Akten Ihres Vaters etwas gefunden, das mich betrifft?«

Gregson runzelte die Stirn. »Was sollte das denn sein?«, fragte er.

Unter seinem skeptischen Blick spürte Humphrey, wie ihm der Schweiß auf die Stirn trat. Er verlor die Nerven und stürzte sich kopfüber in komplizierte und ungeschickte Ausflüchte, statt Gregsons Frage kurz und bündig zu beantworten. Tiefer und immer tiefer watete er in den Morast erfundener Sachverhalte und hatte schon längst den Boden unter den Füßen verloren, als glücklicherweise die Haushälterin in die Halle kam. Sie sei auf dem Weg in die Stadt, ob sie Sir Julian etwas besorgen solle.

Diese willkommene Unterbrechung gab Humphrey Gelegenheit, seine Fassung wiederzugewinnen. »Langer Rede kurzer Sinn«, sagte er danach mit einem gezwungenen Lächeln, »Sir Arnold hat erwogen, eine Lebensversicherung abzuschließen. Da er sich neulich nach den Konditionen erkundigt hat, habe ich ihm am letzten Montag entsprechende Unterlagen mitgebracht. Wenn es Ihnen nichts ausmacht, hätte ich sie gerne wieder zurück.«

»Bis jetzt habe ich nichts dergleichen gesehen«, erwiderte Gregson. »Allerdings bin ich immer noch mit der Durchsicht beschäftigt. Falls ich etwas finde, lege ich es für Sie beiseite.«

Mit der panischen Zuversicht eines Zauberers, der nach dem längst verschollenen Kaninchen im Hut tastet, quälte sich Humphrey weiter ab. »Ich würde Ihnen die Mühe gerne ersparen«, sagte er tapfer, »denn es liegt mir fern, Ihnen Umstände zu machen. Ob ich vielleicht selbst einmal nachsehen dürfte?«

»Nein«, sagte Julian bestimmt. »Das ist sinnlos. Im Moment herrscht ein großes Durcheinander in der Bibliothek. Aber wenn diese Unterlagen so wichtig für Sie sind, werde ich Sie benachrichtigen, sobald ich sie gefunden habe.«

Humphrey musste sich geschlagen geben. Er verabschiedete sich förmlich und hoffte, dass ihm die Enttäuschung nicht ins Gesicht geschrieben stand.

Nun, er hatte getan, was er konnte. Das zumindest musste ihm Josephine zugutehalten, wenn demnächst das nunmehr unabwendbare Unheil über sie hereinbrechen würde.

***

Nachdem Tweany aufgebrochen war, machte sich auch Morton auf den Weg, um Ruby Lilburne nochmals zu vernehmen. Im Juwelierladen wurde ihm aber von ihrer Mutter beschieden, Ruby sei in der Gesangsstunde. Er wollte ihr ausrichten lassen, sie solle sich umgehend auf der Bezirkswache melden, wenn sie zurückkäme, besann sich aber gleich anders und erkundigte sich nach der Anschrift. Er wollte nicht, dass sie sich auf die Befragung vorbereiten konnte.

Es stellte sich heraus, dass das Gebäude, in dem der Unterrichtsraum einquartiert war, gleich hinter dem Marktplatz in einer schmalen Seitengasse lag. Als er die ausgetretene Holztreppe in den ersten Stock hinaufstieg, konnte er ein Klavier, aber niemanden singen hören. Er klopfte an die gewichtig mit »Gesangsakademie« beschriftete Tür, und als niemand antwortete, trat er ein.

Er befand sich in einer quadratischen Diele, die als Warteraum diente. Es gab eine kleine Sitzecke und zwischen den abgehenden Türen eine behelfsmäßige Teeküche. Dort stand ein untersetzter Mann, der Morton über die Schulter einen missfälligen Blick zuwarf. Er trug einen Anzug aus weichem Samt und darunter eine kanariengelbe Weste. Morton nickte ihm zu, was der Mann ignorierte und sich gleich wieder dem Teekrug zuwandte. Er goss sich eine Tasse ein, gab Zucker dazu und setzte sich dann hin. Dabei strich er sich mit einer affektierten Geste das lockige Haar aus der Stirn, welches ihm bis fast auf die Schultern reichte. Morton setzte sich ebenfalls; es waren nur noch zehn Minuten bis zur vollen Stunde, die Zeit konnte er erübrigen.

Nachdem die letzten Klavierakkorde verklungen waren, war es einen kurzen Moment still hinter der Tür. Dann sagte jemand:

»Das klang ganz ordentlich. Arbeiten Sie zu Hause noch etwas an den Stakkati.« Die Wände mussten sehr dünn sein; man verstand jedes Wort, das gesprochen wurde. »Und jetzt zum Schluss ›Mi chiamano Mimì‹. Achten Sie besonders auf die Linienführung.«

Das Klavier setzte wieder ein und unmittelbar danach ertönte eine reine Sopranstimme. Falls das Ruby war, die diese Arie von Puccini intonierte, hatte sie zweifellos Talent. Morton saß still und lauschte, während der Mann neben ihm geräuschvoll seinen Tee trank und dabei mit ein paar Notenblättern herumraschelte.

Um Punkt zehn Uhr öffnete sich die Tür und Ruby trat heraus. Ihre Wangen waren leicht gerötet und sie machte einen sehr zufriedenen Eindruck. Als sie aber Morton draußen sitzen sah, schrak sie unwillkürlich zusammen und hätte ihren Nachfolger, der gleich aufgesprungen war, als sich die Tür öffnete, beinahe darin eingeklemmt.

Morton trat auf sie zu.

»Ich habe noch ein paar Fragen an Sie, Miss Lilburne. Würden Sie mich bitte auf die Bezirkswache begleiten.«

Ruby umklammerte die Mappe aus gemaserter Manilapappe, die sie unter dem Arm trug, und wich einen Schritt zurück. »Ich weiß überhaupt nicht, was Sie noch von mir wollen«, begehrte sie auf. »Wie gesagt«, meinte Morton ruhig, »es gibt noch ein paar Fragen zu klären.«

Ruby sah auf ihre Armbanduhr. »Ich habe meiner Mutter versprochen, sie gleich nach der Gesangsstunde abzulösen. Können wir das nicht hier erledigen?«

»Bitte sehr«, meinte Morton und wies auf die Sitzecke.

Sie nahmen auf den harten Holzstühlen Platz und Ruby legte sich die Mappe auf den Schoß.

»Ich möchte, dass Sie mir ein paar Angaben zu dem Einbruch vom letzten August machen, Miss Lilburne«, begann Morton.

»Was soll damit sein?«, versetzte Ruby schnippisch, doch gleichzeitig war ein wachsamer Ausdruck in ihre Augen getreten.

»Der oder die Täter haben ausschließlich wertvolle Uhren und Schmuck erbeutet, und dies innert kürzester Zeit. Ich frage mich, weshalb diese Stücke nicht im Safe eingeschlossen wurden?«

»Meine Mutter tut das üblicherweise, aber sie lag im Krankenhaus, und ich habe es vergessen.«

»Eine so wichtige Sache, einfach vergessen?«

Ruby zog ihre Jacke über der Bluse zusammen. »Ja, das kommt vor«, gab sie gereizt zurück.

»Ihr Freund, Ronny Barker, ist in der Sache vernommen worden, nicht wahr?«

»Kann schon sein.«

Morton lehnte sich etwas zurück. »Ich stelle jetzt einfach einmal eine Vermutung an«, sagte er. »Sie und Ronny Barker haben diesen Einbruch zusammen inszeniert. Sie haben ihm all die wertvollen Stücke bereitgestellt, sodass er einfach die Tasche ergreifen und sich wieder davonmachen konnte. Nur vor diesem Hintergrund wird die kurze Zeitspanne plausibel, die benötigt wurde, um eine solche Vielzahl an Wertsachen zu erbeuten. Vom Einsetzen des Alarms bis zum Eintreffen der Polizeibeamten hat es gerade mal fünf Minuten gedauert, und trotzdem konnten die Diebe bereits entwischen. Offenbar hat Sir Arnold von Ihrer Beziehung zu Ronny Barker gewusst; jedenfalls ist Ihr Freund aufgrund seiner Anregung einvernommen worden. Im Zusammenhang mit seiner Ermordung stellt sich nun die Frage, ob er auch konkrete Hinweise auf Ihre Mitwirkung an diesem Komplott hatte, nicht wahr?«

Ruby machte keinerlei Anstalten, die Fragen zu beantworten, stattdessen betrachtete sie kritisch eines ihrer schönen Beine, als wartete sie darauf, dass ihr eine Laufmasche den Strumpf hinaufkletterte. Obschon sie nur etwa einen Meter fünfzig maß, hatte sie nicht ausnehmend kleine Füße, fiel Morton jetzt auf. Dic Fußspuren auf der Terrasse könnten durchaus von ihr stammen. Er würde nachher Constable Bates zu ihr hinüberschicken müssen, um ihr Schuhwerk mit den Abdrücken im Schnee zu vergleichen.

»Letzten Dienstag haben Sie ausgesagt, Emma Gregson hätte Sie aufgefordert, ihren Bruder im Wintergarten zu treffen«, ging er zum nächsten Thema über. »Inzwischen hat sich herausgestellt, dass Sie uns diesbezüglich belogen haben. Miss Gregson hat Ihnen nichts dergleichen ausgerichtet.«

»Sagt wer?«

»Emma Gregson. Sie war sich absolut sicher. Weshalb also, Miss Lilburne, haben Sie das Wohnzimmer verlassen?«

Ruby begann, an den Bändern herumzunesteln, welche die Mappe zusammenhielten.

»Sie lügt«, sagte sie nur.

»Weshalb sollte sie das tun?«

»Was weiß ich? Fragen Sie sie doch selbst.«

»Das ist leider unmöglich, Miss Lilburne. Emma Gregson ist tot; sie wurde letzte Nacht ermordet.«

»Was?!« Ruby sprang kreischend vom Stuhl. Dabei rutschte die Mappe von ihrem Schoß und segelte zu Boden.

Allem Anschein nach kam diese Nachricht für sie völlig überraschend, doch Ruby war eine geübte Lügnerin. Morton hatte das schon verschiedentlich feststellen können. Möglicherweise war sie auch eine begnadete Schauspielerin und wusste natürlich, dass sie nur dann von Emma Gregsons Ermordung wissen konnte, wenn sie selbst darin verwickelt war. Morton hatte alle Beteiligten um vorläufiges Stillschweigen gebeten.

Er hob die Mappe vom Boden auf und sammelte die verstreuten Notenblätter ein. Als er sie Ruby hinüberreichte, riss sie sie ihm ungeduldig aus der Hand. »Da werden Leute reihum abgestochen und Sie haben nichts Besseres zu tun, als unschuldige Frauen zu drangsalieren«, beklagte sie sich.

»Habe ich erwähnt, dass Miss Gregson erstochen wurde?«, entgegnete Morton ungerührt.

Rubys Augen streiften ihn mit einem raschen Blick und schauten gleich wieder weg. »Nein«, sagte sie hörbar verunsichert. »Das hab ich halt angenommen.«

Vorhin hatte sie noch festen Grund unter den Füßen gehabt, jetzt aber hatte er sie in unbekannte und womöglich gefährliche Gewässer manövriert.

»Bitte setzen Sie sich wieder hin, Miss Lilburne«, forderte er sie auf, doch Ruby ignorierte ihn, und so blieb auch Morton stehen.

»Dann müsste ich jetzt noch wissen, wo Sie am Mittwochabend zwischen zehn und zwölf waren«, sagte er.

Ruby warf ihm einen wütenden Blick zu. »Diesen Mord wollen Sie mir also auch noch anhängen«, fauchte sie. »Vergessen Sie's! Ich habe ein Alibi. Ich war den ganzen Abend mit Ronny zusammen.«

Dieses Alibi ist wertlos, dachte Morton doch er ließ es dabei bewenden.

Eine Frage gab es noch, die er ihr nicht gestellt hatte:

»Als Miss Gregson letzten Donnerstag ihre Uhr zur Reparatur brachte, hat sie sie dem Uhrmacher selbst übergeben?«

»Nein, das konnte sie wohl schlecht«, erwiderte Ruby, ohne zu zögern. »Mr Enderby war schon weg, er macht um drei Feierabend.«

»Wie spät war es, als sie zusammen mit ihrem Bruder vorbeikam?«

»Das kann ich Ihnen wirklich nicht sagen. Ich hab ja nicht auf die Uhr gesehen. Auf jeden Fall war es schon dunkel.«

War es denkbar, dass Ruby bei der letzten Vernehmung ausnahmsweise einmal die Wahrheit gesagt hatte? Dass sie Emma tatsächlich den Rücken zugekehrt hatte, während sie mit Julian im Gespräch war? Wenn aber Sir Arnolds Tochter den Uhrmacher nicht mehr angetroffen hatte, weshalb hatte sie seinen Arbeitskittel erkannt? Weil sie ihn selbst entwendet hatte? Das würde bedeuten, dass Emma den Mord an ihrem Vater geplant und den Verdacht durch die Verwendung dieses Arbeitskittels gezielt auf Ruby gelenkt hatte. Wenn diese Annahme zutraf, müsste ein Komplize die Tat ausgeführt haben, denn sie selbst hatte ein Alibi.

»Gut, Miss Lilburne.« Morton verabschiedete sich. »Das wär's dann. Bitte halten Sie sich weiterhin zu unserer Verfügung.«

Auf dem Rückweg in die Bezirkswache überdachte Morton seine These und fand prompt weitere Anhaltspunkte dafür. Emma könnte nicht nur den Arbeitskittel beschafft haben, sie könnte auch dafür gesorgt haben, dass ihr Vater seine Gäste verließ, um in der Bibliothek den Anruf entgegenzunehmen. Zumindest würde es erklären, weshalb sie Sir Darnley aufgefordert hatte, erst abends nochmals anzurufen, obschon sie wusste, dass ihr Vater schon am Mittag wieder zu Hause sein würde. Und falls Ruby bezüglich des Wintergartens die Wahrheit sagte, könnte Emma sie ganz bewusst in die Irre geführt haben, um sie dazu zu bewegen, das Wohnzimmer zu verlassen. Je größer der mögliche Täterkreis, umso besser für sie. Wer also war ihr Komplize?

Kamil Nowak war hier der aussichtsreichste Kandidat. Nur bei ihm ergab eine Komplizenschaft wirklich Sinn, denn das Paar hatte ein gemeinsames Ziel: den Widerstand ihres Vaters zu brechen, um heiraten zu können. Den Coroner gleich zu beseitigen, war zwar drastisch, aber äußerst effektiv.

So weit, so gut, dachte Morton. Eine ganz passable Indizienkette, die er da geschmiedet hatte. Sie hatte nur einen Haken:

Weshalb hatte Nowak seine Geliebte, nachdem der Weg endlich frei geworden war, umgebracht?

***

Auf dem Weg nach Greenacres überlegte sich Tweany, was dieser neueste Befund der Gerichtsmedizin wohl zu bedeuten hatte. War die Tatsache, dass Emma schwanger war, nun be- oder entlastend für Nowak? Wie wohl der Coroner auf diese Nachricht reagiert hätte? Womöglich hatte er schon davon gewusst und war fuchsteufelswild geworden. Er könnte seiner Tochter verboten haben, sich weiter mit Nowak zu treffen, und vielleicht hätte er sie gezwungen, das Kind wegzugeben. Man sagt ja, schwangere Frauen seien unberechenbar, dachte Tweany. Und eine Mutter will unter allen Umständen ihr Kind beschützen. Also hatte vielleicht Emma selbst …? Aber nein, sie hatte ja ein Alibi.

Tweany war am Fluss unten angekommen und hier war die Straße spiegelglatt. »Konzentrier dich aufs Fahren, Alistair«, ermahnte er sich, denn er wollte nicht Gefahr laufen, im Flussbett zu landen. Letzten Herbst, nach dem Unfall, den er gebaut hatte, war er von einem überaus sorglosen Autofahrer innerhalb kürzester Zeit zu einem hasenfüßigen mutiert. Er hatte geschworen, sich nie mehr hinter das Steuer eines Wagens zu setzen, aber natürlich hatte er seinen Vorsatz nicht in die Tat umsetzen können. In seinem Beruf kam das nicht infrage. Dort, wo kein Zug und kein Bus hinfuhr, musste er ab und an einen Wagen lenken, denn nicht immer konnte er sich einfach neben seinen Chef auf den Beifahrersitz setzen. Seiner Mutter allerdings hatte er damals hoch und heilig versprechen müssen, in Zukunft vorsichtiger zu fahren.

Tweany hatte sein Ziel erreicht; als er aber in die Einfahrt zu Greenacres einschwenken wollte, kam ihm ein Wagen entgegen und schnitt ihm den Weg ab. Er trat gerade noch rechtzeitig auf die Bremse, um einen Zusammenstoß zu verhindern. Den Lenker des anderen Wagens aber schien das nicht zu kümmern; er setzte zurück, wendete und fuhr davon. Tweany war der Schreck in die Glieder gefahren und er musste einen Moment warten, bis auch er imstande war weiterzufahren. Das Tor stand offen, und während er die gewundene Zufahrt hinauffuhr, hoffte er, dass ihm hinter der nächsten Kurve kein weiterer rücksichtsloser Autofahrer entgegengerast kam. Ein Ausweichen wäre hier aussichtslos gewesen.

Es zeigte sich, dass er umsonst gebibbert hatte, denn das Haus lag still und verlassen da. Kein Mensch weit und breit, und auch nachdem er geklingelt hatte, regte sich nichts. Tweany fragte sich, ob wohl die Beerdigung von Sir Arnold heute Morgen schon stattfand. In dem Fall wären natürlich sämtliche Hausbewohner auf dem Friedhof und seine Reise wäre für die Katz gewesen. Dumm gelaufen, er hätte doch vorher anrufen sollen.

Tweany wollte schon zurück zum Wagen, als er fand, es könne nicht schaden, sich diese Fußspuren auf der Terrasse nochmal anzusehen. Er umrundete das Haus, schlüpfte unter der Absperrung durch und stieg die paar Stufen hinauf. Dabei achtete er darauf, sich ganz am Rand zu halten, um keine bestehenden Abdrücke zu zerstören. Noch während er die letzte Stufe erklomm, nahm er hinter der einen Terrassentür eine Bewegung wahr, und als er oben angelangt war, sah er, wie sich eine Gestalt auf die Fenstertür zubewegte.

Da war definitiv jemand im Haus! Weshalb war niemand zur Tür gekommen? Noch während er das dachte, öffnete sich die Glastür und Julian Gregson stand im Rahmen.

»Sergeant Tweany!«, rief er erstaunt. »Was machen Sie denn hier auf der Terrasse?«

»Ich habe geklingelt«, rechtfertigte sich Tweany, »aber niemand kam zur Tür.«

Gregson entschuldigte sich. »Tut mir leid. Ich dachte, Bucket sei wiedergekommen, und hatte keine Lust, mich nochmals mit ihm herumzuschlagen.«

»Ist er eben hier gewesen?«

»Ja, vor etwa zwanzig Minuten.«

War das Bucket gewesen, der ihn vorhin fast gerammt hatte?

»Bitte kommen Sie doch herein, Sergeant«, forderte ihn Gregson jetzt auf und machte einen Schritt zur Seite, doch Tweany bat ihn, ihm die Haustür zu öffnen. Er wollte keine neuen Fußspuren im Schnee hinterlassen.

Nachdem er eingelassen worden war, erkundigte sich Tweany nach dem Grund für Buckets Besuch.

»Er wollte wissen, wann mein Vater bestattet wird. Weshalb er deshalb extra hier hinausfahren musste, ist mir schleierhaft. Er hätte sich ganz einfach beim Vicar erkundigen können.« Er nahm Tweany Hut und Mantel ab. »Unsere Haushälterin hatte heute Morgen noch etwas in der Stadt zu erledigen«, erklärte er, »und das Hausmädchen hat Knall auf Fall gekündigt. Die Köchin wird wohl ebenfalls das Weite suchen. Aber das ist jetzt auch egal. Auch ich werde nicht mehr lange hier sein. Sobald die Bestattungen vorüber und alle Formalitäten erledigt sind, breche ich auf nach Syrien. Mich hält hier nichts mehr.«

Tweany erhob Einspruch. »Tut mir leid, Sir Julian, aber das geht nicht«, erklärte er. »Bis dieser Fall abgeschlossen ist, müssen Sie sich zu unserer Verfügung halten.«

Gregson hatte sich mit Tweanys Sachen der Garderobe zugewandt. Jetzt drehte er sich abrupt um und fragte gereizt:

»Ist er das nicht? Sie haben Nowak festgenommen. Es besteht doch kaum ein Zweifel daran, dass er sowohl meinen Vater als auch meine Schwester umgebracht hat.«

Tweany hielt es für klüger, ihm die begründeten Zweifel seines Chefs zu verschweigen; so entgegnete er nur: »Sie müssen bei der Leichenschau und später vor dem Schwurgericht aussagen, Sir Julian.«

Gregson kam zurück. »Ja, das verstehe ich«, lenkte er ein. »Da wird mir wohl nichts anderes übrig bleiben, als hier noch eine Weile auszuharren.«

»Ich habe noch ein, zwei Fragen an Ihre Köchin«, kam Tweany zum Grund seines Kommens.

»An Mrs Bagnet? Was wollen Sie denn von ihr?«

Auch hier schien es Tweany angezeigt, sein Anliegen nicht offenzulegen. Er nahm zu einer Notlüge Zuflucht.

»Gestern konnten wir nicht mit ihr sprechen«, sagte er. »Ich möchte das nun nachholen. Man kann nie wissen, vielleicht hat sie nachts etwas gesehen oder gehört.«

Gregson stieß ein kurzes, spöttisches Lachen aus. »Das möchte ich doch sehr bezweifeln«, meinte er. Seine Worte klangen eher amüsiert als verächtlich. »Die Frau ist stocktaub. Aber bitte sehr.« Er führte Tweany zu einer grünen Baizetür und öffnete sie. »Hier hinunter und dann immer der Nase nach. Sie wird Sie zur Küche führen.«

Tweany befolgte seinen Rat, und nachdem er am Fuß der steilen Holztreppe angelangt war, wies ihm tatsächlich der appetitliche Geruch nach gedünsteten Zwiebeln den Weg. Er klopfte an die im oberen Drittel verglaste Küchentür, doch obschon die Köchin keine zwei Meter davon entfernt an einem langen Holztisch saß, zeigte sie keine Reaktion darauf. So ging er, nachdem er nochmals energischer geklopft hatte, hinein und trat auf sie zu.

»Mrs Bagnet«, sprach er sie an, worauf die Frau wie von der Tarantel gestochen hochfuhr. Dabei ließ sie das Messer fallen, mit dem sie den Rosenkohl geputzt hatte.

»Tut mir leid, wenn ich Sie erschreckt habe«, entschuldigte sich Tweany, während er sich danach bückte. »Ich bin Sergeant Tweany von der Chipping Bramton Constabulary.« Er legte das Messer auf den sauber geschrubbten Tannenholztisch.

»Sie haben mich zu Tode erschreckt, junger Mann!« Die Köchin rang schwer atmend nach Luft. Dann ließ sie sich wieder auf den Stuhl sinken und legte beide Hände übereinander auf ihre Brust. »Sich hinterrücks an mich ranzuschleichen! Ich dachte, mein letztes Stündlein hätte geschlagen.«

»Ich habe angeklopft«, rechtfertigte sich Tweany heute schon zum zweiten Mal.

»Davon habe ich nichts mitgekommen. Da sitze ich hier, nichts ahnend, und plötzlich steht ein fremder Mann in meiner Küche. Ich bin nicht mehr die Jüngste, müssen Sie wissen, und meine Ohren sind es ebenfalls nicht.«

Eine Befragung zur Mordnacht erübrigt sich also, dachte Tweany. Die Frau war tatsächlich ziemlich schwerhörig. Wenn sie ihn nicht einmal gehört hatte, wie er lautstark an ihre Küchentüre geklopft hatte, so hatte sie auch nicht mitbekommen, was sich nachts zwei Stockwerke höher zugetragen hatte. Trotzdem fragte er fürs Protokoll:

»Vorletzte Nacht, als Miss Gregson ermordet wurde, haben Sie da irgendwelche Geräusche im Haus gehört?«

»Aber nein«, kam die erwartete Antwort. »Ich habe tief und fest geschlafen. Wer hätte denn gedacht, dass gleich noch mal jemand abgemurkst wird.«

Sie hielt inne, schon wieder außer Atem.

»Möchten sie ein Glas Wasser, Mrs Bagnet?«, erkundigte sich Tweany besorgt. Er fühlte sich für ihren Zustand verantwortlich, obschon er nicht wusste, was er sonst hätte tun sollen. Sie hatte ihm den Rücken zugekehrt; durch Gestikulieren vom Korridor her hätte er sich also nicht bemerkbar machen können. Es war ihm schon verschiedentlich aufgefallen, dass beleibte Menschen ab und zu etwas kurzatmig waren, und diese Frau hier war außerordentlich gut ausgepolstert. Jetzt wies sie auf die Anrichte.

»Sehen Sie mal dort hinten nach, mein Lieber. Wenn mich nicht alles täuscht, sollte noch ein Tröpfchen Gin in der Flasche übrig sein. Für medizinische Zwecke, verstehen Sie.«

Tweany tat wie geheißen und fand die Flasche, die noch zur Hälfte voll war, gut versteckt hinter einer Reihe Kochbücher. Ein Glas fand er keines, so nahm er eine der Tassen vom Haken und brachte beides zum Küchentisch. Während er die farblose Flüssigkeit eingoss, wartete er vergeblich auf ein Zeichen von Mrs Bagnet. Erst als die Tasse fast bis zum Rand gefüllt war, sagte sie: »So ist's recht, junger Mann. Diese Stärkung hab ich jetzt dringend nötig.«

Der Alkohol schien tatsächlich eine wunderbar belebende Wirkung auf sie zu haben, denn nachdem sie den Gin auf einen Zug heruntergekippt hatte, legte sie richtig los:

»Letzten Montag, als ich nach Hause kam, wollte ich grad wieder weg, doch Mrs Finch hat mich überredet zu bleiben. Sie meinte, der Mörder sei längst über alle Berge: ›Statistisch gesehen ist die Chance, dass am selben Ort zwei Morde hintereinander geschehen, äußerst gering. Das ist wissenschaftlich belegt.‹ Ja, da kann man mal sehen, wie viel diese Neunmalklugen vom Leben verstehen. Nix, wenn Sie mich fragen.«

Tweany holte sich einen Stuhl und setzte sich damit an den Küchentisch.

»Und trotzdem sind Sie immer noch hier«, sagte er.

»Der Junge tut mir leid. Ein Waise, und jetzt auch noch die Schwester tot. Was soll nur aus ihm werden? Wenigstens was Anständiges zu essen soll er kriegen, der arme Junge.«

Ihre eigenen Worte erinnerten sie offenbar an ihren Broterwerb, denn jetzt nahm sie das Messer wieder zur Hand und begann, die winzigen Strünke von den Kohlröschen abzuschneiden. Tweany kam zum eigentlichen Grund seines Besuches.

»Ich hätte noch eine Frage zu dem Unfall, der dem Coroner im Frühjahr zugestoßen ist«, sagte er.

»Unfall?« Die Köchin sah konsterniert von ihrer Arbeit auf.

»Ein schwerer Kasten hätte ihn doch beinahe erschlagen«, präzisierte Tweany.

»Ah, das!«, winkte sie ab. »Ist ja nix passiert. Er hat sich nur den Knöchel übertan.«

»Können Sie sich noch erinnern, ob zu der Zeit sein Sohn zu Hause war?«

»Nein, das ist ja nun doch schon eine Weile her, nicht wahr?«

Tweany blieb nun nichts anderes übrig, als zu warten, bis die Haushälterin nach Hause kam, und sie dazu zu befragen, aber inzwischen konnte er sich den Schrank ja mal ansehen.

»Wo steht dieser Schrank, Mrs Bagnet?«

»Im Morgenzimmer. Wenn Sie wieder in die Halle kommen, gleich die erste Tür neben dem Esszimmer.«

Tweany bedankte sich für ihre Hilfe und verabschiedete sich. Als er wieder hinaus auf den Korridor trat, kam ihm Julian Gregson entgegen. Inspector Morton sei am Telefon und wünsche ihn zu sprechen. Er könne den Anruf gleich hier unten im Zimmer der Haushälterin entgegennehmen. Er zeigte Tweany, wo das war, sagte, er werde oben gleich auflegen, und zog sich wieder zurück. Tweany nahm den Hörer ab und war sich bewusst, dass Gregson das Gespräch mithören konnte. Darauf wies er seinen Chef hin, indem er ihn gleich wissen ließ, wo er sich befand, doch es stellte sich heraus, dass es nur um eine weitere harmlose Frage ging, die er an die Köchin richten sollte.

Dieses Mal stand Mrs Bagnet am Herd und hatte ihn kommen sehen. Sie stellte die Flamme unter dem Topf klein und kam mit wackelndem Zeigefinger auf ihn zu.

»Ein zweites Mal erwischen Sie mich nicht, junger Mann«, ermahnte sie ihn, ganz so als ob es Tweany mutwillig darauf angelegt hätte, sie in Angst und Schrecken zu versetzen. Das ist jetzt nicht so gut, dachte er, denn die Frage, die er ihr stellen musste, könnte sie stutzig machen. Er musste das auf Umwegen angehen.

»Inspector Morton hat eben angerufen«, begann er. »Er bat mich, die Dienerschaft zu fragen, ob sich Miss Gregson in letzter Zeit anders als sonst verhalten habe.«

»Da fragen Sie die Falsche«, gab Mrs Bagnet zurück. »Ich komme ja kaum nach oben, nicht wahr?«

»Vielleicht rede ich besser mit Mrs Finch darüber, was meinen Sie?«

»Ja, tun Sie das. Ich glaube, Miss Emma hat sie sehr gemocht.«

»Tatsächlich?«

»Manchmal, wenn ich nach oben kam, um das Dinner zu besprechen, haben sie die Köpfe zusammengesteckt, und wenn sie mich sahen, sind sie auseinander und Miss Emma hat gekichert wie ein junges Mädchen. Ich hab's ihr gegönnt, wissen Sie. Sie war viel alleine, hatte nicht viele Freunde.«

Tweany wusste nicht, ob seinem Chef mit dieser Antwort gedient war, aber mehr war wohl nicht aus der Köchin herauszukriegen. Er verabschiedete sich erneut und ging nach oben.

Der Bücherschrank im Morgenzimmer war nicht zu übersehen. Er stand an einer der Schmalseiten des Raumes und beanspruchte dort beinahe den gesamten Stellraum. Ein riesiges Ungetüm aus massivem Eichenholz, der noch dazu mit schweren Aktenordnern vollgestopft war. Wäre der Coroner nicht rechtzeitig zur Seite gesprungen, der Schrank hätte ihn plattgemacht, so viel stand fest. Tweany entfernte einige Ordner, um nach den Schrauben zu sehen. Sie waren recht zahlreich, und eine ganze Reihe sah aus, als ob sie erst kürzlich neu angebracht worden wären. Nach dem Unfall wollte Sir Arnold wohl auf Nummer sicher gehen.

Tweany trat wieder in die Halle hinaus, und noch während er sich nach einer Sitzgelegenheit umsah, kam die Haushälterin, die er sprechen wollte, nach Hause.

»Sergeant Tweany«, begrüßte sie ihn freundlich. »Möchten Sie zu Sir Julian?«

Tweany erklärte, dass er auf sie selbst gewartet habe, worauf Mrs Finch den großen Weidenkorb, den sie bei sich trug, auf den Boden stellte und ihn ins Wohnzimmer bat.

Als sie einander auf den beiden Sofas gegenübersaßen, beschloss Tweany, gleich mit der Tür ins Haus zu fallen.

»Wir haben heute Morgen den Bericht der Gerichtsmedizin erhalten«, sagte er. »Miss Gregson war schwanger. Wussten Sie davon?«

Mrs Finchs fassungsloser Gesichtsausdruck beantwortete seine Frage. Die Nachricht kam für sie so überraschend, dass sie die Zusammenhänge erst gar nicht begriff. »Aber, wieso denn?«, stammelte sie.

»Wir nehmen an, dass Kamil Nowak der Vater war«, ergänzte Tweany.

»Oh mein Gott!« Die Haushälterin griff sich erschüttert an die Stirn. Alles Blut war aus ihrem Gesicht gewichen. »Davon habe ich nichts gewusst.«

»Ich habe vorhin mit der Köchin gesprochen«, fuhr Tweany fort. »Sie meinte, Sie hätten sich gut mit Miss Gregson verstanden; daher dachte ich, dass sie sich Ihnen vielleicht anvertraut hätte.«

»Nein, das hat sie nicht. Ich wollte, sie hätte es getan. Die arme Frau, das muss sie sehr belastet haben.«

»Denken Sie, der Coroner hat davon gewusst?«

»Das halte ich für ausgeschlossen. Das hätte ich mitbekommen, er wäre sehr aufgebracht gewesen.«

»Wie hätte er reagiert?«

»Wie schon gesagt …«, begann Mrs Finch, doch Tweany unterbrach sie.

»Ich meine in Bezug auf Nowak«, erklärte er. »Wäre der Verwalter zum Teufel gejagt worden?«

Mrs Finch zögerte mit der Antwort. »Schwer zu sagen«, meinte sie nachdenklich. »Er hätte ihm tüchtig die Leviten gelesen, so viel steht fest.«

»Hätte er vielleicht auf einer Heirat bestanden?«

»Niemals! Sir Arnolds Tochter hätte Nowak niemals heiraten dürfen, und mit seiner Karriere als Anwalt wäre es auch vorbei gewesen, dafür hätte er gesorgt.«

»Und das Kind?«

»Ein uneheliches Kind wäre von ihm nicht akzeptiert worden. Er hätte Emma dazu gedrängt, es zur Adoption freizugeben.«

»Der Coroner war also recht konservativ in seinen Ansichten.«

»Ja, das war er, und aus diesem Grund wurden auch die Neigungen seines Sohnes geheim gehalten.«

Tweany verstand nicht, was Mrs Finch damit meinte. »Neigungen?«, hakte er nach.

Die Haushälterin machte ein unbehagliches Gesicht. »Das ist mir jetzt unangenehm«, meinte sie ausweichend. »Ich wollte Sir Julian nicht in Schwierigkeiten bringen.«

Tweany begriff immer noch nicht, auf was Mrs Finch hinauswollte. »Was hat er denn getan?«

»Nichts, was ihm hier in England angelastet werden könnte«, sagte Mrs Finch schnell. »Julian ist homosexuell; er lebt in Syrien mit seinem Geliebten zusammen. Dafür können Sie ihn nicht belangen, hier in England hat er sich nie etwas zuschulden kommen lassen.«

»Dafür sind wir sowieso nicht zuständig«, beruhigte Tweany sie.

Diese altehrwürdigen Familien, dachte er. Außen fix und innen nix. Die Tochter lässt sich mit dem Verwalter ein und wird schwanger, der Sohn hat einen Geliebten. Ergab das nun ein Motiv für den Mord am Coroner? Vielleicht lag die Haushälterin falsch, und er hatte doch davon gewusst und gedroht, seinen Sohn zu enterben. Ob er Gregson dazu befragen sollte? Vielleicht überließ er das lieber seinem Chef und konzentrierte sich darauf herauszufinden, ob er für die Sache mit dem Schrank infrage kam.

»Im Frühjahr hatte Sir Arnold einen kleinen Unfall im Morgenzimmer«, sagte er deshalb. »Erinnern Sie sich daran?«

Im ersten Moment schien die Haushälterin nicht zu wissen wovon er sprach. Sie war in Gedanken offenbar immer noch mit seiner Enthüllung beschäftigt. Dann aber fragte sie:

»Meinen Sie den Bücherschrank, der umgestürzt ist?« Tweany nickte. »Ja, der Coroner meinte, die Handwerker hätten da nachlässig gearbeitet, als sie den Schrank sicherten.«

»Wann war das?«

»Das könnte ich Ihnen nicht sagen. Das ist wahrscheinlich schon viele Jahre her. Auf jeden Fall hat Sir Arnold dann jemand anders beauftragt, um alle Schrauben nachzuprüfen und noch ein paar neue anzubringen.«

Tweany griff zu einer List.

»Hätte das nicht sein Sohn tun können?«, fragte er. »Der war doch im Haus, als der Unfall passierte, nicht wahr?«

»Ja«, bestätigte Mrs Finch. »Er war hier auf Heimaturlaub, aber ich denke nicht, dass er ein besonders begabter Handwerker ist.«

Tweany kam auf die Füße und bedankte sich bei der Haushälterin. Er hatte herausgekriegt, was er wissen musste, und darüber hinaus hatte er für die Rückfahrt nach Chipping Bramton reichlich Stoff zum Nachdenken gesammelt.

3

Die Adresse, die Morton von Humphrey Bucket erhalten hatte, führte ihn zum Hornbeam Crescent. Die halbmondförmige Allee lag in einem Ortsteil von Chipping Bramton, der in der Blüte der viktorianischen Zeit erschlossen worden war. Hier trugen alle Straßen die Namen von Bäumen und Sträuchern. Die Weißbuchen, nach denen der Crescent benannt worden war, standen Krone an Krone links und rechts der großzügig bemessenen Grundstücke. Auf ihren kahlen, schneebedeckten Zweigen, die jeweils im Sommer in so dichtem Laub standen, dass die Vögel darin verschwanden, konnte man sie nun beobachten. Kohlmeisen und Rotkehlchen, wie sie flink umherhüpften, während die Amseln, ihr schwarzes Gefieder dick aufgeplustert, reglos in den Astgabeln hockten.

Das Haus, welches Humphrey und Josephine Bucket bewohnten, war ein wahrer Triumph der Neugotik. Es trug Zinnen, Türmchen und spitze Dachtraufen zur Schau und beidseits der glänzend schwarzen Tür gefasste Butzenscheiben. Diese hatten die Form und Farbe grüner Flaschenböden.

Morton klinkte das Tor zum Grundstück auf und betrat den Vorgarten. Der wirkte sehr aufgeräumt; alle Sträucher und Büsche waren sauber gestutzt und der Plattenweg, der zum Haus führte, war vom Schnee leer gefegt.

Morton betätigte den Türklopfer. Er hielt ihn noch in der Hand, als die Haustür postwendend aufgerissen wurde. Josephine Bucket, die jetzt vor ihm stand, musste sein Kommen entweder geahnt haben oder sie hatte hinter diskret gelüfteten Gardinen beobachtet, wie er sich dem Haus näherte.

»Inspector Morton! Du liebe Güte«, rief sie erstaunt, als ob sie jemand anderes erwartet hätte.

»Bitte verzeihen Sie die Störung, Mrs Bucket. Ich müsste kurz mit Ihrem Mann sprechen.«

Mrs Bucket hatte die Haustür, die sie erst schwungvoll geöffnet hatte, wieder zugezogen, sodass sie jetzt den verbliebenen Spalt ganz ausfüllte.

»Das kommt jetzt wirklich ungelegen, Inspector«, sagte sie abweisend. »Wir erwarten Gäste zum Dinner und es gibt noch viel zu erledigen.«

»Es dauert auch nicht lange, Mrs Bucket«, beharrte Morton.

»Ich hoffe wirklich, dass Sie meinen Mann nicht wieder durcheinanderbringen, jetzt wo er sich von dem Schreck etwas erholt hat. Muss das wirklich sein?«

Morton erklärte, es sei leider unumgänglich, worauf sie unwillig einlenkte:

»Nun gut, dann will ich mal nach ihm sehen.«

Morton stand immer noch draußen unter dem Vordach. Würde Mrs Bucket ihn am Ende hier stehen lassen und ihren Mann zu ihm hinausschicken?

»Dürfte ich vielleicht einen Moment hereinkommen?«, fragte er, um dem zuvorzukommen.

Jetzt hatte sie offenbar eingesehen, dass ihr Widerstand zwecklos war. Sie gab die Tür frei und ließ den unerwünschten Besucher eintreten. In der Diele roch es nach Bohnerwachs und Scheuermittel, und der auf Hochglanz gebrachte Fußboden ließ vermuten, dass beides erst kürzlich zum Einsatz gekommen war. Morton folgte Josephine Bucket durch eine offen stehende Tür ins Esszimmer, wo unverkennbar Vorbereitungen für das Dinner im Gange waren. Der lange Tisch war mit Zeitungspapier belegt und darauf ausgebreitet lagen Tannen- und Stechpalmenzweige sowie Werkzeug zu deren Verarbeitung. Der Kaminsims war bereits mit einer fertiggestellten Girlande festlich geschmückt. Humphrey Bucket stand daneben auf einer Trittleiter und war damit beschäftigt, einen Nagel in die Wand zu hämmern.

»Aber Humphrey!«, fuhr ihn seine Frau an. »Was tust du denn da? Das ist viel zu hoch, wie soll ich denn da noch hinkommen? Steig jetzt runter, Lieber, wir haben Besuch. Inspector Morton ist da.«

Bei der Erwähnung dieses Namens schrak Bucket dermaßen zusammen, dass er fast von der Leiter gefallen wäre.

»Sehen Sie, was Sie angerichtet haben!«, ging seine Frau gleich auf Morton los. Dann half sie ihrem Mann von der Leiter und rückte ihm einen Stuhl am Esstisch zurecht.

»Sie können Ihre Fragen stellen, während wir hier mit unserer Arbeit fortfahren«, wandte sie sich an Morton und wies ihn an, sich ebenfalls an den Tisch zu setzen. »Ich weiß schon jetzt nicht mehr, wo mir der Kopf steht. Das Esszimmer und der Salon müssen dekoriert und ausgekehrt, der Tisch gedeckt und die Horsd'œuvres angerichtet werden. Obendrein hat die Wäscherei Tischservietten geliefert, die sahen aus, als ob sie die durch den Fleischwolf gedreht hätten. Die muss ich gleich nochmals aufbügeln und zwischendurch muss ich ja auch mal nach dem Essen sehen.«

Morton hatte keine Lust, sich ihre Klagen noch länger anzuhören, deshalb sagte er ohne Umschweife:

»Als Erstes muss ich von Ihnen beiden wissen, wo Sie sich Mittwochabend zwischen zehn und zwölf aufgehalten haben.«

Bucket reagierte schon fast panisch auf diese Frage. Sein Atem stockte und seine Hände begannen zu zittern. Als Mortons Blick darauf fiel, versuchte er, das Zittern durch ein Zusammenpressen der Handballen zu unterdrücken, was ihm aber nicht gelang. Seine Frau hatte sich weit besser unter Kontrolle, doch auch bei ihr erkannte Morton Anzeichen von Furcht: ein nervöses Zucken im Augenwinkel, die Art, wie sie mit einer Mischung aus Trotz und Standfestigkeit energisch seinem Blick begegnete, als sie behauptete:

»Wir waren beide den ganzen Abend zu Hause. Mit diesem Mord haben wir nichts zu tun.«

»Kann das jemand bestätigen?«

»Wohl kaum oder sehen Sie hier noch jemanden außer uns?«

»Sie hatten nicht vielleicht Gäste geladen?«

»Aber wo denken Sie hin! So eine Dinner-Einladung stellt man nicht so mir nichts, dir nichts auf die Beine. Das will vorbereitet sein und erfordert viel Zeit und Mühe. Wir können nicht auf ganze

Heerscharen von Dienstboten zurückgreifen wie gewisse andere Leute. Also nein, unsere Dinner-Party findet heute statt, am Mittwoch waren wir mit den Vorbereitungen beschäftigt.«

Sie hatte begonnen, mit der Tischdekoration fortzufahren. Sie hatte geschickte Hände und war offenbar gegen die Stacheln völlig unempfindlich. Wie sie die Enden der Tannen- und Stechpalmenzweige zusammenpresste und sie dann mit dem Draht umwickelte, hatte schon fast etwas Gewalttätiges an sich. Als ob sie einen Kampf mit ihnen ausfechten und sie schlussendlich strangulieren würde.

Die Situation hatte etwas Groteskes an sich. Da wurde das Ehepaar unter Mordverdacht verhört und die Frau band seelenruhig ihre Gebinde zusammen.

»Nein, Humphrey«, wies sie ihren Mann jetzt resolut zurecht. »Immer abwechselnd: einen Tannenzweig und dann einen Stechpalmenzweig.« Seine Aufgabe war es, ihr die Zweige zu reichen. »Konzentrier dich«, fügte sie schon beinahe beschwörend hinzu, und da begriff Morton, was sie mit der Aktion bezwecken wollte. Es ging nicht darum, mit den Vorbereitungen vorwärts zu machen, sondern darum, ihren Mann, um dessen Nerven es nicht zum Besten bestellt war, unter Kontrolle zu halten. Indem sie ihn zwang, sich auf die Tätigkeit zu konzentrieren, gab sie ihm Gelegenheit, sich zu fassen.

Morton stand auf, kam um den Tisch herum und stellte sich direkt vor Bucket hin.

»Mr Bucket«, sagte er eindringlich. »Ich weiß nicht, ob Sie diese beiden Morde begangen haben, aber ich weiß mit Sicherheit, dass Sie mir etwas verschweigen. Ich rate Ihnen dringend, mir zu sagen, was das ist.«

Wieder machte Josephine Bucket Anstalten, anstelle ihres Mannes zu antworten, doch Morton hob die Hand.

»Auch wenn Sie diese Morde nicht begangen haben, machen Sie sich durch eine eventuelle Mitwisserschaft strafbar. Mehr noch, Sie bringen sich dadurch selbst in Gefahr.«

Bucket sah zu ihm hoch und schluckte leer. »Ich habe keine Ahnung, wer die beiden umgebracht hat«, beteuerte er. »Bitte glauben Sie mir.«

»Dann wüsste ich jetzt gerne, wo und wann Sie von der Ermordung Emma Gregsons erfahren haben?«

Jetzt konnte Josephine Bucket nicht mehr an sich halten. »Na, heute Morgen vom Milchmann!«, rief sie. »Woher denn sonst?«

Tatsächlich, dachte Morton resigniert. Woher denn sonst? Da brachte die strengste Geheimhaltung vor der Presse nichts. Auf dem Land hatten die Leute ihre ganz eigenen Nachrichtenkanäle.

»Man sagte mir, Sie helfen ab und zu in der Kirche mit dem Blumenschmuck aus«, wechselte er das Thema.

»Aber nein, davon kann keine Rede sein!«, gab Mrs Bucket empört zurück. »Da geht es nicht ums Aushelfen, ich bin in der Blumenrota. Alle vier Wochen bin ich ganz alleine für den Kirchenschmuck zuständig.«

Morton zog sich auf sicheres Terrain zurück. »Dann halten Sie sich also ab und zu in der Church Hall auf, nicht wahr?«, fragte er. »Haben Sie schon einmal von der Schreibmaschine Gebrauch gemacht, die dort steht?«

Mrs Bucket wirkte echt erstaunt. »Wieso hätte ich das tun sollen?«, fragte sie konsterniert.

»Sie wissen davon?«, fragte Morton nach.

»Nun ja, ich denke, dass ich die dort schon mal gesehen habe«, räumte sie ein.

»Und Sie sind sich sicher, dass Sie sie nie benutzt haben.«

»Natürlich! Ich wüsste nicht mal, wie das Ding funktioniert.«

Morton wandte sich wieder an ihren Mann:

»Letzten Donnerstag haben Sie das Juweliergeschäft am Marktplatz aufgesucht, nicht wahr?«

Buckets Reaktion auf diese Frage war recht sonderbar. Er sah Morton eindringlich an und schüttelte dabei kaum merklich den Kopf, während seine Frau andererseits ihn ansah und vorwurfsvoll meinte:

»Humphrey, davon weiß ich ja gar nichts.«

»Darfst du auch nicht, meine Liebe«, erwiderte Bucket verhalten.

»Gibt es einen besonderen Grund, weswegen Sie Ihren Einkauf in diesem Laden verschwiegen haben?«, wollte Morton wissen, worauf Bucket erstmals aufmuckte:

»Meine Frau und ich feiern nächstens unsere silberne Hochzeit und Sie haben ihr nun die Überraschung verdorben!«

Nun sah sich Morton mit den vorwurfsvollen Blicken beider Ehepartner konfrontiert.

»Tut mir leid«, entschuldigte er sich. »Davon wusste ich nichts.«

Nun setzte sich auch Mrs Bucket zur Wehr. »Was geht Sie das überhaupt an, Inspector? Das braucht *Sie* doch nicht zu kümmern«, herrschte sie ihn an.

»Es hat sich herausgestellt, dass der Arbeitskittel, den wir am Abend des Mordes in Ihrem Wagen gefunden haben, dem Uhrmacher gehört.«

Bucket erstarrte förmlich. Morton konnte sehen, wie alles Blut aus seinem Gesicht wich, und seine Stimme klang hoch und gepresst, als er sagte:

»Und jetzt denken Sie, ich hätte ihn am letzten Donnerstag, als ich dort war, gestohlen?«

»Das ist ja völlig absurd!«, schaltete sich seine Frau wieder ein. »Wie hätte er das denn bewerkstelligen sollen? Er hätte ihn dem Uhrmacher ja direkt vom Leib reißen müssen!«

»Als Sie Ihren Einkauf getätigt haben, Mr Bucket, war der Uhrmacher schon weg«, erklärte Morton ruhig. »Die Verkäuferin hat die Ladenfläche kurz verlassen, um im Büro etwas zu holen. Dieser Kittel hing gleich hinter der Tür …«

»So begreifen Sie doch, er hat das nicht getan!«, fiel ihm Josephine Bucket ins Wort. »Nicht wahr, Humphrey? Aber du hättest mir sagen sollen, dass du bei Clark's warst.«

Morton stutzte. »Wie haben Sie das Juweliergeschäft eben genannt?«, fragte er.

»Wie soll ich es schon genannt haben?«

»Sie nannten es Clark's.«

»Ach, das kommt davon, wenn die Geschäfte ständig ihren Namen ändern. Als wir hier herzogen, hat es so geheißen. Clark war Mrs Lilburnes Mädchenname. Das Geschäft hatte ihrem Vater gehört. Erst nach seinem Tod, das ist nun etwa neun oder zehn Jahre her, hat ihr Mann das Geschäft umbenannt. Und dabei ist's dann geblieben, obwohl der ja inzwischen auch gestorben ist.«

»Sie haben früher in London gelebt, nicht wahr? Was hat Sie bewogen, von dort wegzuziehen?«

Bucket öffnete den Mund, um zu antworten, aber seine Frau kam ihm zuvor.

»Mein Mann leidet unter Asthma«, erklärte sie. »Im Winter konnte er jeweils kaum mehr atmen. Die Luft in London ist Gift für alle, die es mit der Lunge haben. Sein Arzt hat ihm dringend geraten aufs Land zu ziehen.«

Während seine Frau Morton alle Fragen beantwortete, saß Bucket stumm daneben. Er hatte sich etwas vorgebeugt und stützte sich dabei mit den Fingerkuppen auf der Tischplatte ab, dort, wo das Zeitungspapier nicht ganz hinreichte. Als Mrs Bucket darauf aufmerksam wurde, rief sie entsetzt:

»Humphrey, um Himmels willen, nimm deine Hände da weg! Ich habe diesen Tisch eben poliert und mir fehlt heute die Zeit, um nochmals mit der Arbeit von vorne zu beginnen.«

Morton stand auf und begann sich zu verabschieden. Erst als alle drei draußen im Flur standen, verlangte er sämtliches Schuhwerk im Haus zu sehen. Die Reaktion der beiden auf sein Ansinnen hätte wiederum nicht unterschiedlicher sein können. Während es Bucket die Sprache verschlug und er nur noch dazu imstande war, Morton wie hypnotisiert anzustarren, trat seine Frau die Flucht nach vorne an.

»Was soll denn das schon wieder?«, fuhr sie Morton entrüstet an. »Was verlangen Sie denn noch alles von uns?«

»Wir haben Fußspuren im Schnee auf der Terrasse von Greenacres gefunden«, sagte Morton ungerührt. »Falls es sich dabei nicht um die Ihrigen handelt, sollten Sie alles Interesse an der Überprüfung Ihres Schuhwerkes haben.«

Morton entging der rasche Blick nicht, den die Ehepartner austauschten, bevor sich Bucket in Bewegung setzte.

»Wir werden Ihren Mann begleiten, Mrs Bucket«, sagte er, um dem Paar zuvorzukommen.

Die beiden führten ihn in einen Raum hinter der Küche. Neben der Tür, die nach draußen führte, stand ein hölzernes Gestell, auf dem sechs paar Schuhe säuberlich aufgereiht waren. Morton erkannte auf den ersten Blick, dass die Damenschuhe nicht infrage kamen, sie waren viel zu klein. Die Männerschuhe hingegen hatten in etwa die richtige Größe.

»Sind das alle Schuhe, die Sie besitzen?«, wollte er wissen.

»Alle, die wir im Winter benutzen«, antwortete Mrs Bucket prompt.

»Und wo befinden sich die übrigen?«

Mrs Bucket stellte sich ahnungslos. »Die übrigen?«, wiederholte sie befremdet, als ob Morton nach etwas höchst Anstößigem gefragt hätte.

Morton verlor die Geduld. »Ihre Sommer-, Frühlings-, Herbst- oder was immer Schuhe?«, sagte er unwirsch, worauf Mrs Bucket verdrossen meinte, die bewahre sie oben im Schlafzimmer auf.

»Gut«, sagte Morton. »Zeigen Sie mir, wo das ist.«

Er nahm drei paar Schuhe von dem Gestell und reichte sie ihrem Mann. »Sie können mir diese hier inzwischen in etwas einschlagen«, wies er ihn an. »Zeitungspapier genügt.«

Dann folgte er Mrs Bucket nach oben. Auf den ersten Treppenabsatz folgte ein langer Korridor, an dessen Wänden sich eine etwas trostlose Abfolge viktorianischer Kupferstiche hinzog. Mrs Bucket öffnete eine der abgehenden Türen, doch bevor sie Morton ins Schlafzimmer einließ, warf sie einen prüfenden Blick auf seine Füße. Vermutlich fürchtete sie, an seinen Schuhen Überreste von Schlamm und Morast vorzufinden. Allerdings enthielt sie sich einer entsprechenden Bemerkung; offenbar hatte mittlerweile auch sie den Ernst der Lage erkannt. Stattdessen ging sie gleich hinüber zu einem großen Schrank aus Mahagoni, öffnete beide Türen weit und ließ Morton hineinsehen.

Auf dem Schrankboden stand nochmals eine ganze Reihe Schuhe. Morton hob die Herrenschuhe heraus und besah sich die Sohlen, die aber allesamt aus Leder und ohne Profil waren.

Sie kehrten zurück in die Diele, wo Humphrey Bucket inzwischen ein Paket mit den Winterschuhen geschnürt hatte. Als er es Morton übergab, konnte seine Frau nicht mehr an sich halten.

»Würden Sie vielleicht die Güte haben, uns zu verraten, wie wir nun ohne Schuhwerk aus dem Haus gehen sollen?«, fragte sie gehässig.

»Wir werden die Schuhe heute noch mit den Abdrücken auf Greenacres abgleichen«, versicherte Morton. »Spätestens morgen früh bringen wir sie zurück.«

Unter den furchtsamen Blicken von Humphrey Bucket und den vorwurfsvollen seiner Angetrauten verabschiedete sich Morton endgültig.

***

Julian Gregson hatte das Haus erst bei Anbruch der Dämmerung verlassen. Er hatte sich nicht überwinden können, in das gleißende Licht dieses sonnigen Wintertages hinauszutreten.

Emma fehlte ihm. Erst jetzt, wo sie nicht mehr da war, erkannte er, was sie ihm bedeutet hatte. Sie, die immer hier gewesen war, wenn er auf Urlaub nach Hause gekommen war, deren Zuneigung er immer fraglos hingenommen hatte. Mehr noch, die er kaum wahrgenommen hatte, denn irgendwie war er davon ausgegangen, dass sie einander nicht sehr nahestehen würden. Dabei hatte sie ihm, sobald sie das Alphabet beherrscht hatte, jede Woche geschrieben, erst nach Eton, dann nach Oxford und schließlich nach Syrien. Nachdem seine grenzenlose Wut auf Nowak etwas abgeflaut war, hatte der Schmerz über den Verlust seiner Schwester mit voller Wucht eingesetzt. Und in diese Trauer mischten sich jetzt bittere Schuldgefühle. Er war weggegangen, hatte sein Leben nach seinen eigenen Regeln gelebt und sie hier zurückgelassen, ohne sich darum zu kümmern, ob es ihr gut ging.

Julian stapfte durch den unberührten Schnee, der sich kurz nach Sonnenuntergang blau gefärbt hatte und jetzt, nach Hereinbrechen der Dunkelheit, das fahle Mondlicht reflektierte. Am Weiher unten blieb er kurz stehen, unschlüssig, welche Richtung er einschlagen sollte. Egal, er würde so lange hier draußen bleiben, bis er keinen Fuß mehr vor den anderen setzen konnte. Bis er so erledigt war, dass er nur noch ins Bett sinken musste, damit er schlafen konnte.

Die Schultern gegen die Kälte hochgezogen, stapfte er weiter. Es galt Abschied zu nehmen von diesem Stück Land, das er mehr liebte als jeden anderen Landstrich auf der Welt. Er würde nie mehr hierher zurückkehren. Das was hier innerhalb weniger Tage geschehen war, dafür gab es kein Vergessen. Dieses Haus würde für immer mit dem Tod verbunden bleiben. Damit er wieder hier leben könnte, müsste er es einreißen lassen, und das konnte er nicht tun. Er konnte dieses historische, von Robert Adam gestaltete Bauwerk nicht zerstören. Das käme einem Frevel an der Geschichte seines Landes gleich.

Julian hatte das südwestliche Ende des Parks erreicht. Alle Umrisse der sich dahinter ausdehnenden Landschaft wurden durch die Schneedecke geglättet. Eine Welt ohne Formen, ohne Farben, ohne Grenzen. Schwer vorstellbar, dass jenseits dieser weißen Unendlichkeit das Leben weiterging. Das Knirschen des gefrorenen Schnees unter seinen Stiefeln war das einzige Geräusch, das in der kalten Stille der Nacht zu vernehmen war.

Er sah auf das Leuchtzifferblatt seiner Armbanduhr: erst halb sieben, doch er musste den Rückweg antreten. Er war diese eisige Kälte nicht mehr gewohnt; seine Zehen waren praktisch taub geworden und die Finger begannen zu schmerzen. Er hatte vergessen, seine warmen Handschuhe hervorzuholen.

Unter dem Portikus streifte sich Julian den Schnee von den Stiefeln und schloss die Haustür auf, die er gleich wieder sorgfältig hinter sich verriegelte. Mrs Finch hatte inzwischen das Licht in der Halle angemacht und das Feuer im Kamin neu entfacht. Würde sie sich bereit erklären, diesen Haushalt hier aufzulösen? Er würde sie fürstlich dafür entlohnen, wenn er sich dafür gleich nach dem Inquest davonmachen konnte. Für die Verhandlung vor dem Schwurgericht musste er zurückkehren, da führte kein Weg daran vorbei. Der Sergeant hatte ihm klar und deutlich zu verstehen gegeben, dass er dort seine Aussage machen müsse.

Wann wohl Emmas Leiche von der Gerichtsmedizin freigegeben würde? Ihm graute vor der Leichenschau. Alle, die seinen Vater und Emma gekannt hatten, würden dort aufkreuzen und er würde ihre

Beileidsbezeugungen entgegennehmen müssen. Obwohl er selbst die Schuld an Emmas Tod trug.

Wenn er Nowak gleich nach der Ermordung seines Vaters fristlos entlassen hätte, würde seine Schwester jetzt noch leben. Aber er war feige gewesen, hatte die Konfrontation mit diesem widerlichen Menschen gescheut. Er würde sich das nie verzeihen können.

Julian durchquerte die Halle, vorbei am Weihnachtsbaum in all seiner Pracht. Ein Sinnbild für die Indifferenz der Außenwelt gegenüber Kummer und Schmerz. Die Jahreszeiten würden kommen und gehen, die Menschen würden wie jedes Jahr Weihnachten feiern und Emma würde bald vergessen sein. Wer, außer ihm, würde sie wirklich vermissen?

Julian machte einen Rundgang durchs Haus, überprüfte sämtliche Türen und Fenster und zog die Läden vor die Terrassentüren. Erst nachdem er damit fertig geworden war, fragte er sich, weshalb er das getan hatte. Nowak saß hinter Schloss und Riegel. War er doch nicht restlos überzeugt von seiner Schuld?

Im Wohnzimmer stand immer noch die Kiste mit den Exponaten aus dem British Museum. Er würde nicht darum herumkommen, sie nach London zurückzubringen. Unter den gegebenen Umständen konnte wohl niemand von ihm erwarten, dass er die Vortragsreihe halten würde.

Ihm war immer noch kalt, und so stellte er sich vor den Kamin im Wohnzimmer und streckte die Hände zum Feuer aus. Vielleicht sollte er ein heißes Bad nehmen, um sich aufzuwärmen, dachte er, doch da kam die Haushälterin in den Salon und fragte, ob sie das Dinner schon auftragen sollte. Wenn er sich also noch rechtzeitig umziehen wollte, musste er sich beeilen. Dann fiel ihm ein, dass das völlig sinnlos war. Für wen sollte er sich umziehen? Es war niemand mehr da.

Die Haushälterin blieb einen Moment unschlüssig in der Tür stehen. Dann sagte sie:

»Die Polizei hat heute mit Mrs Bagnet gesprochen. Wussten Sie davon?«

Julian nickte. »Ja«, sagte er. »Sergeant Tweany meinte, vielleicht hätte sie in der Nacht, als meine Schwester ermordet wurde, etwas gehört.«

»Das wird wohl kaum der Fall gewesen sein«, erwiderte Mrs Finch mit einem dünnen Lächeln.

»Nein, tatsächlich nicht«, stimmte Julian zu.

Nach dem Essen suchte Julian ein letztes Mal die Bibliothek auf. Er hatte genug, er würde sich nicht weiter mit der Hinterlassenschaft seines Vaters abmühen. Ein Nachlassverwalter konnte sich darum kümmern. Er setzte sich hinter den Schreibtisch, raffte den Aktenberg, der auf dem Auszug über dem Schubladenkorpus lag, zusammen und verfrachtete ihn in den Schreibtisch. Als er aber den Auszug zurückschieben wollte, blockierte er. Julian zog ihn nochmals ganz heraus, und jetzt kam eine Ecke des Papiers zum Vorschein, das sich darin verklemmt hatte. Er zog daran und förderte ein zerdrücktes Schriftstück zutage. Nachdem er die Knitterfalten geglättet hatte, erkannte er die Handschrift seines Vaters. Er wollte es schon zu den übrigen Akten legen, als ein Name seine Aufmerksamkeit erregte. Das obere Eck war abgerissen; trotzdem wurde Julian schnell klar, um was es bei dieser Notiz seines Vaters ging.

Deshalb also war Bucket am Morgen vorbeigekommen! Der Kondolenzbesuch hatte ihm nur als Vorwand gedient. Julian fragte sich, ob er das Schreiben der Polizei übergeben sollte. Obschon hier ein mögliches Motiv für Bucket aufgedeckt wurde, kam er als Mörder ja wohl kaum infrage. Oder doch? Auch Bucket hatte Gelegenheit gehabt, seinen Vater umzubringen, und da waren diese Fußspuren auf der Terrasse. Offenbar war dort jemand am Mittwochabend herumgeschlichen; deshalb hatte die Polizei die Terrasse abgesperrt. Könnte das Bucket gewesen sein?

Besser er überließ dieses Schreiben der Polizei. Die konnten dann ihre eigenen Schlüsse daraus ziehen. Julian hatte noch einiges in Chipping Bramton zu erledigen. Er würde morgen gleich als Erstes auf der Polizeiwache vorbeigehen und Inspector Morton das Schreiben aushändigen. Oder war es vielleicht klüger, jetzt gleich anzurufen?

Julian nahm den Telefonhörer ab und wählte die Vermittlung. Während er auf die Verbindung wartete, war er versucht, wieder aufzulegen. Vielleicht maß er der Sache eine zu große Bedeutung bei, und er wollte keinen Sturm im Wasserglas verursachen. Da aber meldete sich ein Sergeant Cade. Julian verlangte, Inspector Morton zu sprechen.

»Tut mir leid, Mr Gregson«, sagte der Sergeant. »Inspector Morton hat schon Feierabend, und der diensthabende Inspector wurde eben weggerufen. Kann ich ihm etwas ausrichten, wenn er zurückkommt?«

Julian war froh, dass ihm die Entscheidung nun abgenommen wurde.

»Nein«, sagte er. »Lassen Sie nur, es hat Zeit bis morgen.«

22. Dezember 1946

Morton hatte den Abend wieder im Vikariat verbracht und war danach ruhig und entspannt nach Hause zurückgekehrt. Jane hatte abermals deutliche Fortschritte gemacht; sie war nun definitiv auf dem Weg der Besserung. Ihre Temperatur war nur noch leicht erhöht, und nachdem Dr. Bentham ihre Lunge abgehört hatte, meinte er, die auffälligen Geräusche seien ebenfalls dabei abzuklingen. Erstmals hatte Morton auch wieder mit ihr sprechen können. An die Tage im Krankenhaus und die abenteuerliche Heimreise hatte sie nur noch eine vage Erinnerung. Morton war froh darüber; auch er wollte diese qualvolle Zeit rasch aus seinem Gedächtnis tilgen.

Als er nun um neun auf die Bezirkswache kam, herrschte hektische Betriebsamkeit. Draußen waren eben zwei Polizeiautos vorgefahren, das Telefon am Empfang läutete ununterbrochen und die Beamten von der Spurensicherung hasteten durch das Labor; sie befanden sich offensichtlich im Aufbruch. Da war etwas im Busch, dachte Morton, und eine unheilvolle Vorahnung ergriff von ihm Besitz.

Auf dem Korridor kamen ihm sein Sergeant und Constable Bates im Eilschritt entgegen.

»Wir müssen gleich weg!«, rief Tweany ihm entgegen und, nachdem er seinen Chef erreicht hatte: »Sergeant Jellyby und Constable Whitelaw machen sich auch gleich auf den Weg. Es hat einen weiteren Mord gegeben.«

»Nicht schon wieder auf Greenacres!«, meinte Morton bestürzt.

»Doch, eben hat Mrs Finch angerufen. Julian Gregson ist heute Morgen nicht zum Frühstück heruntergekommen. Als sie nachsehen ging, fand sie ihn tot in seinem Bett. Erstochen.«

»Und wir haben den falschen Mann in Gewahrsam genommen«, seufzte Morton verdrossen.

Sie waren wieder in der Eingangshalle angelangt und Tweany strebte entschlossen dem Ausgang zu, doch Morton hielt ihn zurück: »Einen Moment noch, Sergeant.«

Er trat an den Empfangstresen.

»Schicken Sie unverzüglich zwei Beamte los«, wies er Sergeant Cade an. »Sie sollen Humphrey und Josephine Bucket sowie Ruby Lilburne und Ronny Barker zum Verhör abholen. Sie stehen unter dringendem Mordverdacht. Und kein Wort zu den Verdächtigen über das neue Tötungsdelikt!«

Cade machte sich Notizen, rief aber Morton, der sich schon abgewandt hatte, zurück.

»Sir, eben fällt es mir wieder ein«, sagte er. »Mr Gregson hat gestern Abend hier angerufen und wollte Sie sprechen.«

»Um was ging es?«

»Das wollte er nicht sagen. Er meinte, es eile nicht und hätte Zeit bis morgen.«

»Wann war das?«

»Kurz vor meinem Dienstschluss, etwa um Viertel vor neun.«

Der Sergeant hatte den Wagen schon vorfahren lassen, und Morton bat Constable Bates, sich ans Steuer zu setzen.

Er stieg mit Tweany hinten ein und während sie aus der Stadt hinausfuhren, fragte er entnervt: »Was ist da los? Suchen wir nach einem Irren? Der die ganze Familie auslöscht?«

»Für mich sieht das eher nach einem Rachefeldzug aus«, meinte Constable Bates.

Morton saß einen Moment still da. Eine Möglichkeit, nicht viel mehr als eine Ahnung flackerte durch seinen Geist und verschwand gleich wieder.

»Ich bin geneigt, Ihnen zuzustimmen, Constable«, sagte er. »Jedenfalls müssen wir die letzten zehn oder besser zwanzig Jahre im Leben der Opfer durchleuchten. Wenn Rache das Motiv ist, dann war der

Vorfall gravierend und wir müssten entsprechende Anhaltspunkte dafür finden. Jemandem muss großer Schaden zugefügt worden sein; man bringt nicht drei Menschen um, nur weil man von jemandem beleidigt worden ist.«

»Das Testament von Julian Gregson wäre auch interessant«, meinte Tweany. »Wer erbt jetzt das ganze Vermögen, nachdem alle Familienmitglieder tot sind?«

Morton nickte. »Womöglich finden wir eine Abschrift auf Greenacres«, sagte er. »Allerdings kommen für einen Mord aus Habsucht unsere üblichen Verdächtigen kaum infrage.«

»Außer einer davon ist in Tat und Wahrheit ein naher Verwandter der Gregsons.«

»Aber ja«, griff Constable Bates die Idee bereitwillig auf. »Ein lange verschollener Bruder zum Beispiel, der sich jetzt inkognito in die Nähe der Familie eingeschlichen hat.«

»Miss Lilburne könnte eine illegitime Tochter des Coroners sein«, fiel ihm Tweany aufgeregt ins Wort.

Während sich die beiden in weiteren munteren Spekulationen ergingen, waren sie am Fluss unten angekommen. Dichte Wolken verdunkelten schon seit Tagesanbruch den winterlichen Himmel. Ein scharfer Nordwind hatte sie über Nacht herangetrieben, und nun sah es aus, als ob der Schnee nicht mehr lange auf sich warten ließe.

Das Tor zur Auffahrt war geschlossen, aber nicht zugekettet. Als sie sich dem Haus näherten, sah Morton die Haushälterin unter dem Portikus stehen. Sie hatte nur eine dünne Strickjacke umgelegt und ihre Lippen waren blau vor Kälte.

»Haben Sie hier draußen auf uns gewartet?«, fragte Morton besorgt, nachdem er ausgestiegen war.

»Ja«, erwiderte Mrs Finch. »Ich konnte nicht im Haus bleiben.« Sie hatte unkontrolliert zu zittern begonnen.

Falls sich der Mörder immer noch hier aufhielt, war die Gefahr, von ihm attackiert zu werden, vor der Haustür wohl nicht geringer als im Haus selbst, dachte Morton. Aber Menschen, die unter Schock standen, verhielten sich nicht immer rational. Äußerst selten sogar.

Morton wandte sich an Bates. »Constable, bitte gehen Sie mit Mrs Finch in die Küche und kochen Sie ihr eine Tasse Tee. Sie soll sich ans Feuer setzen und aufwärmen.« Er nahm Mrs Finch beim Ellbogen und führte sie ins Haus. »Der Constable wird bei Ihnen bleiben, Sie brauchen keine Angst zu haben«, versuchte er, sie zu beruhigen. »Eine Frage noch. Wo finden wir Julians Schlafzimmer?«

»Das Eckzimmer, zu Beginn der Galerie«, sagte Mrs Finch und ließ sich dann von Bates ins Untergeschoss führen.

Während Morton mit Tweany an seiner Seite die Treppe hochstieg, fühlte er sich in einer Endlosschleife gefangen. Gerade einmal zwei Tage war es her, dass ihn diese Treppe zum letzten Tatort geführt hatte. Dieser Fall, der erst nicht einmal in seinem Zuständigkeitsbereich gelegen hatte, wurde immer verworrener.

Julians Schlafzimmer war am westlichen Ende des Hauses untergebracht. Die Tür war nur angelehnt; Morton stieß sie mit dem Ellbogen ganz auf.

In dem Raum herrschte ein düsteres Zwielicht. Die Vorhänge vor dem einen Fenster waren noch geschlossen, die von dem zweiten nur nachlässig zurückgezogen. Ein Fensterflügel stand offen, die Scherben der eingeschlagenen Scheibe lagen verstreut auf dem breiten Fenstersims und dem Boden darunter. Es war eiskalt im Zimmer.

Julian Gregson lag vollständig angezogen auf dem Bett. Er hatte das Gesicht zur Wand gedreht, den einen Arm angewinkelt, den anderen ausgestreckt. Er wirkte völlig entspannt, als ob er tief schlafen würde.

Tweany hatte den Lichtschalter gefunden. Die Deckenlampe flammte auf und ihr helles Licht fiel auf den Rücken des Opfers. Sein helles Hemd war blutgetränkt, ein Messer jedoch fehlte.

Morton war in sicherer Entfernung am Fuß des Bettes stehen geblieben; er wollte die Spuren, die der Täter hinterlassen hatte, nicht verfälschen. Der Teppich neben dem Bett war dunkel verfärbt und die nassen Abdrücke zogen sich bis zum Fenster.

Wie hatte das nur geschehen können? War Nowak, der immer noch einsaß, tatsächlich unschuldig? Oder war hier mehr als nur ein Täter am Werk?

Als ob er seine Gedanken erraten hätte, stellte sich sein Sergeant nun neben ihn und meinte:

»Im Schlaf erstochen. Eine hundsgemeine Tat.« Er schüttelte den Kopf und fügte hinzu: »Hat da jemand die günstige Gelegenheit ergriffen? Was meinen Sie, Chef?« Offenbar hatte ihn der ernüchternde Anblick des Toten seine vorigen Spekulationen vergessen lassen. Morton führte seinen Gedankengang weiter:

»Nowak ersticht den Coroner, Julian will sich nicht mit einem geteilten Erbe zufriedengeben und ersticht seine Schwester. So weit, so gut beziehungsweise schlecht. Doch wenn das zutrifft, wer zum Teufel hat dann das hier zu verantworten?« Er wies auf Julian Gregson. »Und wieso ist das Opfer durch das Geräusch klirrenden Glases nicht aufgewacht? Und wieso ist er vollständig angezogen? Wir müssen die Haushälterin dazu befragen.«

Er sah sich im Raum um.

»Wer immer hier eingedrungen ist, der hat Spuren auf der Terrasse hinterlassen. Wenn mich nicht alles täuscht, liegt dieses Fenster dort direkt darüber.« Er wies auf das eingeschlagene Südfenster. »Der Täter hatte Schnee an den Schuhsohlen, während er hineingeklettert ist; das Sims und der Teppich sind immer noch nass. Gehen wir draußen nachsehen. Bevor die Spurensicherung hier durch ist, sollten wir nicht auf den Scherben herumtrampeln.«

Ein Poltern auf der Treppe ließ vermuten, dass die beiden Männer soeben eingetroffen waren. Morton und Tweany überließen ihnen das Feld und gingen nach unten.

Inzwischen hatte leichter Schneefall eingesetzt und sie beeilten sich, das Haus zu umrunden. Wie befürchtet, war die Absperrung vor der Terrasse heruntergerissen. Und nun war in der Schneedecke zu den bestehenden Fußspuren ein neues Paar hinzugekommen, welches sich teilweise mit den alten überschnitt.

Morton konnte es kaum glauben. »Verdammt, was ist hier los?«, fluchte er. »Müssen wir jetzt tatsächlich von zwei verschiedenen Tätern ausgehen?«

»Sieht ganz so aus«, pflichtete ihm Tweany bei. »Sie haben doch gestern die Schuhe von Ruby und die der Buckets mitgebracht. Hat

Constable Whitelaw die Sohlen gestern Nachmittag noch abgeglichen?«

»Keine Übereinstimmung. Bei denjenigen von Bucket kommt die Größe hin, aber nicht das Profil; bei Rubys weder noch.«

»Sehen Sie mal, Sir.« Tweany wies auf das Abflussrohr, das direkt am Fenster des Eckzimmers vorbeiführte. »Der Mörder ist dort hinaufgeklettert. Erst ist er auf die Brüstung gestiegen und danach war er mit ein paar Klimmzügen oben.«

Julians Schlafzimmer war für einen Einbruch tatsächlich geradezu prädestiniert, fand Morton. Es lag direkt oberhalb der Stelle, an der die Balustrade auf die Hausmauer traf. Und dort musste jemand hinaufgestiegen sein, denn auch auf der Brüstung waren Fußspuren zu sehen.

»Es sei denn …«, meinte er nachdenklich. »Die Schuhe der Hausbewohner haben wir noch nicht überprüft, das müssen wir schleunigst nachholen.«

»Denken Sie, dass jemand eine falsche Spur gelegt hat?«, fragte Tweany skeptisch.

»Wir müssen das zumindest ausschließen.«

»Da ist aber schon jemand ins Haus eingestiegen. Das Fenstersims und der Boden zwischen den Scherben waren nass vom geschmolzenen Schnee. Und die Glasscherben auf dem Sims waren zermalmt und die am Boden in den Teppich getreten. Dieser Einbruch war nicht vorgetäuscht.«

»Trotzdem«, fand Morton. »Da kommt Bates, er kann uns helfen.«

Der Constable hatte eben die Hausecke umrundet und kam nun auf die Terrasse zu.

»Wie geht es Mrs Finch, Constable?«

»Besser«, entgegnete Bates. »Sie meinte, sie käme jetzt allein zurecht.«

»Gut.« Morton wies auf den Terrassenboden. »Hier haben wir inzwischen zwei verschiedene Fußspuren, die wir nicht identifizieren können. Wir müssen sie mit sämtlichen Schuhen im Haus abgleichen, bevor hier alles zuschneit. Wir teilen uns auf: Sie, Constable, durchsuchen das Dachgeschoss, Sergeant Tweany übernimmt den ersten Stock und ich das Erdgeschoss. Los geht's.«

Zehn Minuten später standen sie wieder vor der Terrasse, jeder mit einem Armvoll Schuhen und Stiefeln. Doch die Mühe war umsonst gewesen. Keiner der Abdrücke entsprach dem Profil der Sohlen.

Als sie zurück ins Haus kamen, stießen sie an der Tür mit der Köchin zusammen. Sie trug einen schäbigen Wollmantel, den sie falsch zugeknöpft hatte, und einen Filzhut, der ziemlich schief auf ihrem Kopf saß. Offenbar hatte sie sich in aller Eile angezogen.

Tweany hielt sie zurück. »Mrs Bagnet, wo wollen Sie denn hin?«

Die Köchin stieß einen tiefen Seufzer aus. »Zu meiner Schwester«, sagte sie. »Was soll ich denn noch hier? Jetzt, wo der Junge tot ist.« Sie hatte geweint; ihre Augenlider waren gerötet, die vollen Wangen fleckig. »Wieso sperren Sie den Mörder nicht endlich ein? Wie viele Menschen muss er denn noch umbringen?«

»Es tut uns leid, Mrs Bagnet«, entschuldigte sich Tweany. »Wir haben geglaubt, wir hätten ihn. Ich weiß auch nicht … Aber vielleicht haben Sie etwas gehört, letzte Nacht? Der Mörder hat Sir Julians Schlafzimmerfenster eingeschlagen.«

»Nein, ich sagte Ihnen doch schon, Sergeant, meine Ohren sind nicht mehr, was sie einmal waren.« Sie machte einen weiteren Schritt auf die Tür zu.

»Wir brauchen noch Ihre neue Anschrift, Mrs Bagnet.«

»Die hat Mrs Finch«, erwiderte die Köchin kurz angebunden und dann verließ sie endgültig das Haus. Ein schwacher Geruch nach Wachholderschnaps wehte hinter ihr her.

»Die Ratten verlassen das sinkende Schiff«, meinte Tweany etwas niedergeschlagen.

»In dem Fall kann ihnen das wohl keiner verübeln«, gab Morton zurück.

Nach Emmas Tod hatte das Hausmädchen das Weite gesucht und jetzt, nach einem weiteren Todesfall, die Köchin. Morton erinnerte sich, dass an dem Abend, als der Coroner ermordet worden war, beide außer Haus gewesen waren. Seltsam, dachte er. Eher unüblich, dass beiden Dienstboten zugleich Ausgang gewährt wird.

Er setzte der Köchin nach und holte sie am Fuß der Freitreppe ein.

»Mrs Bagnet, Sie waren letzten Montag nicht im Haus, als Sir Arnold ermordet wurde. Ich habe mich nun gefragt, ob Sie immer mit dem Hausmädchen zusammen Ausgang hatten.«

Die Köchin schüttelte entschieden den Kopf. »Aber nein, das war eine Ausnahme. Normalerweise ist Mittwoch mein freier Abend, aber Mrs Finch bat mich zu tauschen.«

»Weshalb?«

»Nun, Sir Arnolds Sohn hatte kurzfristig Gäste zum Dinner geladen.«

Morton bedankte sich und ging zurück ins Haus. Erst jetzt fiel ihm auf, dass etwas fehlte in der Halle: Die festlich geschmückte Weißtanne neben dem Kamin war verschwunden. Abgefallene und verstreute Nadeln bezeichneten noch die Stelle, wo sie gestanden hatte. Sie musste erst kürzlich weggeschafft worden sein. Hatte Julian das noch getan?

Morton wies Bates an, die Schuhe zurückzustellen, und danach Constable Whitelaw, bei der Suche nach der Tatwaffe zu helfen. Dann wandte er sich an seinen Sergeant:

»Die Spurensicherung ist noch oben beschäftigt. Kommen Sie, Tweany, gehen wir nochmals durchs Haus und sehen nach, ob es durchsucht worden ist.«

Sie überprüften jeden einzelnen Raum, fanden aber nirgends Anzeichen für eine Durchsuchung. Keine offen stehenden Schubladen oder Schränke, kein Durcheinander auf den Regalen; alles war in ordentlichem Zustand. Als sie aber in die Bibliothek kamen, wartete eine Überraschung auf sie. Auch hier schien alles in bester Ordnung: die Bücher sauber aufgereiht, der Schreibtisch leer geräumt. Neben dem Telefonapparat aber entdeckte Tweany eine handschriftliche Notiz.

»Vielleicht hat uns Julian hier eine Nachricht hinterlassen«, meinte er und griff begierig danach. Er überflog das Papier und reichte es Morton weiter. »Das wird Sie interessieren, Sir.«

Die Notiz war mit dem Namen Catherwood überschrieben. Darunter folgten ein paar Stichworte*: Unterschlagung Januar 1931 bei der Standard Insurance; Safe & Secure neuer Arbeitgeber.* Und schließlich zuunterst ein ganzer Satz: »*Bucket zur Rede stellen.*«

»Catherwood«, sagte Morton nachdenklich. »Der Name kommt mir bekannt vor.«

»Aber ja«, erklärte Tweany. »Das ist der Name des auf Bewährung entlassenen Sträflings, der vom Coroner betreut wurde.

»Sieht ganz so aus, als ob der Bucket belastet hätte. Der arbeitet doch jetzt bei der Safe & Secure, nicht wahr?«

»Ja, und zwar seit fünfzehn Jahren. Wenn mich nicht alles täuscht, hat Bucket die Stelle dort im März 1931 angetreten.«

»Wir müssen heute noch mit Catherwood reden. Officer Flintwinch hat vermutlich seine Anschrift. Dann brauchen wir die Gerichtsakten zu seiner Verurteilung. Und bei der Standard Insurance müssen wir nachfragen, ob Bucket zu der Zeit tatsächlich dort in Stellung war.« Er tippte auf das Papier in seiner Hand. »Lag diese Notiz hier beim Telefon?«

»Direkt daneben.«

»Dann müssen wir nicht mehr nach dem Grund von Julians Anruf auf der Bezirkswache fragen. Vermutlich hat er die Notiz gestern Abend bei der Durchsicht von Sir Arnolds Akten gefunden. Damit war er schon am Dienstag beschäftigt, als ich mit ihm gesprochen habe.«

Morton zog die unterste Schreibtischschublade auf und sah hinein. »Julian Gregson war ein ordnungsliebender Mann; die Hängeregistratur hier hat er neu beschriftet. Vielleicht finden wir da drin sein Testament.« Er zog eine Aktenmappe heraus. »Voilà!«

»Sir«, ging Tweany aufgeregt dazwischen. »Das hab ich total vergessen. Emma Gregsons Testament, das wir in ihrem Zimmer gefunden haben, war nicht auf dem neuesten Stand. Ich habe heute früh mit dem Anwalt der Familie telefoniert. Vor zwei Wochen war sie bei ihm und hat zwei Klauseln hinzufügen lassen. Der Großteil des Vermögens, das sie von ihrer Mutter geerbt hat, geht nach wie vor an ihren Bruder, das heißt ging, muss ich wohl sagen. Aber zwei Personen bekommen einen schönen Happen davon. Kamil Nowak hat sie 100'000 Pfund und Alice Finch 5000 Pfund vermacht.«

»Ein weiteres Motiv für Nowak und erstmals auch eines für die Haushälterin. Ich frage mich, ob sie davon gewusst hat.« Morton klappte die Aktenmappe auseinander, die vor ihm auf dem Schreibtisch lag. »Falls sie allerdings in Julians Testament nicht ebenfalls begünstigt wird, hatte sie kein Motiv, ihn auch noch aus dem Weg zu räumen.«

Er überflog das Dokument, das mit »Letztwillige Verfügung« überschrieben war.

»Na, das wird ja immer besser«, kommentierte er. »Ein weiterer Name, der ins Spiel kommt. Julian hinterlässt einem gewissen Jerome Johnson sein gesamtes Vermögen. Sagt Ihnen der Name etwas, Sergeant?«

»Nein«, bedauerte Tweany. »Aber das muss der Geliebte sein, von dem mir Mrs Finch berichtet hat. Den müssen wir aber ganz genau unter die Lupe nehmen!«

»Meinte sie nicht, er lebe in Syrien?«

»Könnte sein. Ich habe eher angenommen, die beiden Männer hätten zusammengearbeitet, bei diesen Ausgrabungen.«

»Wir müssen rasch möglichst herausfinden, wo er sich in den letzten sechs Tagen aufgehalten hat.«

Tweany machte sich Notizen und Morton legte das Testament zu den Aufzeichnungen des Coroners.

»Also gut, was haben wir?«, sagte er abschließend. »Ein weiteres Tötungsdelikt, während dem unser Hauptverdächtiger in Polizeigewahrsam ist, eine Notiz des ersten Opfers, die Bucket belastet, zwei verschiedene Fußspuren auf der Terrasse, die in keinem Fall mit den Schuhsohlen der Verdächtigen übereinstimmen, Julian Gregsons Testament, das seinen Geliebten begünstigt, Emma Gregsons Testament, das ihren Bruder, Kamil Nowak und die Haushälterin begünstigt.« Er hielt kurz inne und fügte frustriert hinzu: »Indizien und Verdachtsmomente zuhauf, aber nicht der Schatten eines Beweises.«

Tweany, allzeit hoffnungsfroh, wies mit dem Kinn zur Fenstertür. »Die Kollegen durchkämmen jetzt den Park«, bemerkte er. »Vielleicht finden sie die Tatwaffe oder etwas anderes, das uns weiterbringt.«

»Wollen wir's hoffen«, seufzte Morton. »Aber so wird das nichts, die brauchen Verstärkung. Dieser Park ist riesig.« Er stand auf. »Rufen Sie auf der Bezirkswache an, Sergeant. Ich bin dann mal oben.«

Auf der Treppe ins Obergeschoss kam ihm der Polizeiarzt entgegen. Dieses Mal enthielt er sich eines Kommentars und begnügte sich mit einem anklagenden Blick und einem tadelnden Kopfschütteln.

»Dr. Brown«, sprach Morton ihn an. »Können Sie uns schon etwas sagen?«

»Ja, er ist tot«, versetzte der Arzt.

»Davon haben wir uns bereits überzeugen können, danke. Seit wann?«

»Mindestens seit Mitternacht. Für eine genauere Bestimmung der Todeszeit müssen Sie …«

»… den Bericht der Pathologie abwarten«, ergänzte Morton.

»Sie haben's erfasst«, brummte Brown, und dann konnte er es doch nicht lassen. »Ich hoffe wirklich, dass Sie mir nicht auch noch die Festtage vermiesen, Inspector. Sonst sehe ich mich gezwungen, mein Amt niederzulegen. Fassen Sie endlich diesen Irren, Mann!«

Und mit diesem charmanten Appell stapfte er die Treppe hinunter.

Die Kollegen vom Labor hatten am Tatort einen Teil ihrer Ausrüstung zurückgelassen. Morton schloss den Koffer und stellte ihn neben die Tür. Dann sah er sich nochmals in Ruhe im Raum um. Er wirkte seltsam unbewohnt; bis auf Julians Kleider im Schrank und in der Kommode befanden sich kaum persönliche Gegenstände darin. Die Bücher, die auf einem schmalen Bord aufgereiht waren, hatte er vermutlich schon als Jugendlicher besessen, und auch die Bilder an den Wänden stammten sicherlich noch aus seiner Kindheit. Es war offensichtlich, dass sich Julians Lebensmittelpunkt schon lange nicht mehr auf Greenacres befunden hatte.

Morton sah aus dem Fenster und an der Regenrinne hinunter, um den Weg des Eindringlings auch von hier oben zu überprüfen. Er fand tatsächlich einen weiteren Anhaltspunkt dafür, dass jemand hier hochgeklettert war.

»So, da bin ich wieder.«

Tweany war ebenfalls nach oben gekommen und Morton winkte ihn heran.

»Hier hängt ein Fetzen Stoff an der Regenrinne«, sagte er. »Sehen Sie zu, dass er sorgfältig abgelöst und eingetütet wird. Ich mache mich mal auf die Suche nach der Haushälterin.«

Morton ging wieder ins Erdgeschoss hinunter, doch während er die Halle durchquerte, klingelte es an der Haustüre.

2

Draußen stand ein Police Constable. Ein massiger Mann mit Doppelkinn, das über den steifen Kragen seiner Uniform quoll und den Eindruck vermittelte, er stünde kurz vor dem Ersticken.

»Guten Morgen, Sir«, sagte er. »Ich bin Constable Hill von der örtlichen Polizeiwache. Dürfte ich mit Detective Inspector Morton sprechen? Auf der Bezirkswache meinten sie, er sei hier.«

»Ja, Sie haben Glück, Constable«, sagte Morton. »Was gibt's?«

Der Constable brauchte einen Moment, bis er begriff, wer vor ihm stand.

»Ich habe eine Meldung zu machen, Sir«, erklärte er, nachdem er eiligst seinen Helm abgenommen und unter den Arm geklemmt hatte.

»Dann kommen Sie wohl besser einen Moment herein.«

Morton trat zur Seite und der Constable kam mit einem leichten Hinken in die Halle. An seinen schweren Stiefeln haftete der frisch gefallene Schnee.

»Es geht um den Mord an der Tochter des Coroners«, sagte er. »Am Mittwochabend ist mir an der Straße unten ein Wagen aufgefallen. Der stand einfach so da neben der Zufahrt zu Greenacres, und als ich dann gestern Morgen auf meiner Runde nochmals hier vorbeikam, stand der Wagen wieder dort.«

Eine derart wichtige Information, und der Mann hatte vierundzwanzig Stunden gebraucht, um sie weiterzuleiten!

»Weshalb haben Sie diesen Vorfall nicht gleich gemeldet, als Sie von dem Mord erfuhren, Constable?«, fragte Morton ärgerlich.

Der Constable schien sich nicht viel aus seinem Vorwurf zu machen.

»Nun, das ist meinem Pech zu verdanken«, erwiderte er ungerührt. »Auf dem Rückweg zur Wache bin ich mit dem Rad gestürzt und habe mir das Knie vertan. Die Straße dort am Fluss unten war spiegelglatt, ein wahres Wunder, dass ich nicht schon längst ausgerutscht bin. Also, mein Knie tat höllisch weh, ich konnte kaum mehr gehen. Zum Glück kam bald ein Autofahrer vorbei, sonst wär' ich dort glatt erfroren. Der hat mich dann mitgenommen zum Doktor. Dort saß ich stundenlang im Wartezimmer, und genützt hat's mir gar nichts. Der sagte, er könne da auch nichts machen, das Knie müsse geröntgt werden, ich müsse ins Krankenhaus. Und dann ging's erst richtig los. Ich fragte, ob sie einen Krankenwagen schicken können, doch der sagte, wegen so einer Lappalie fahren die nicht extra hier hinaus. Da musste ich also auf meinen Schwager warten, bis der seine Schicht zu Ende hatte. Da war's dann schon später Nachmittag. Und im Krankenhaus ging's dann weiter mit der Warterei und natürlich wieder alles für die Katz.«

Der Constable holte kurz Luft und verlagerte sein Gewicht auf den anderen Fuß. Dann fuhr er mit dem Epos seiner heroischen Odyssee fort:

»Die meinten, da sei nicht viel zu sehen, so schlimm könne es also nicht sein. Dann hat eine Schwester das Knie verbunden und mich wieder nach Hause geschickt. Bis ich da ankam, war es schon später Abend und ich musste noch jemanden organisieren, der sich um mein Rad kümmern konnte. Ich wollte nicht, dass das wegkommt. Ich war dann so erledigt, dass ich heute Morgen den Wecker überhört habe, und dann erst ist mir wieder alles eingefallen. Da habe ich sofort auf der Bezirkswache angerufen und, nun, da bin ich.«

»Gut«, sagte Morton, einigermaßen erschlagen von der unglückseligen Kettenreaktion, die durch diesen Sturz vom Rad in Gang gekommen war. »Dann berichten Sie mal der Reihe nach. Wo genau stand der Wagen am Mittwochabend?«

»Nur ein paar Meter von der Zufahrt zu Greenacres entfernt«, antwortete der Constable prompt. »Erst dachte ich, da hat jemand eine Panne und braucht Hilfe. Ich habe ans Fenster geklopft, aber nichts geschah, und so habe ich mit der Taschenlampe hineingeleuchtet. Eine Frau saß drin, auf dem Beifahrersitz. Ich fragte, ob alles in Ordnung sei, und sie sagte, ja, sie warte auf jemanden. So bin ich halt weitergeradelt, aber irgendwie kam mir das komisch vor, dass die Frau mitten in der Nacht dort auf jemanden gewartet hat. Woher hätte der denn kommen sollen? Und drum habe ich mir das Kennzeichen gemerkt.«

»Wie spät war es da?«

»Etwa halb elf. Ich habe dann nicht weiter dran gedacht, aber als ich gestern Morgen auf meiner Patrouille wieder hier durch bin, stand wieder ein Wagen da. Wieder ein schwarzer Ford, genau am gleichen Ort. Da dachte ich, den kenn ich doch.«

Er gab Morton das Kennzeichen und den Wagentyp an. Dieser notierte sich beides und fragte dann:

»Wann war das?«

»Kurz nach neun.«

»Saß wieder jemand im Wagen?«

»Nein, diesmal stand er ganz verlassen da.«

»Können Sie mir die Frau beschreiben, die Mittwochnachts im Wagen gesessen hat?«

Der Polizist antwortete nicht gleich. Stattdessen blies er seine Backen auf, die von der Kälte draußen immer noch gerötet waren. »Na ja«, meinte er, nachdem er die Luft langsam wieder hatte entweichen lassen. »Es war dunkel, da habe ich nicht grad viel gesehen. Und man will den Leuten ja nicht direkt ins Gesicht zünden. Außer jemand führt etwas im Schilde, aber danach hat diese Dame nicht ausgesehen. Sie war doch schon etwas älter, so um die sechzig, und eher etwas füllig, wenn Sie wissen, was ich meine.«

Morton verabschiedete den Constable, während Tweany eben die Treppe herunterkam. Er setzte seinen Sergeant ins Bild, riss ein Blatt aus seinem Notizbuch und reichte es ihm.

»Geben Sie den Fahrzeugtyp und das Kennzeichen gleich an die Bezirkswache durch. Sie sollen den Fahrzeughalter ausfindig machen.«

Sergeant Tweany warf nur einen kurzen Blick darauf. »Ich kann Ihnen sagen, wer das war«, sagte er mit einem triumphierenden Lächeln.

»Tatsächlich?«

»Das war Humphrey Bucket. Als ich gestern Morgen herkam, um mit der Köchin zu sprechen, hat mich unten vor der Auffahrt ein schwarzer Ford geschnitten.«

»Und Bucket saß am Steuer?«

»Das konnte ich zu der Zeit nicht wissen, ich habe den Mann ja noch nie gesehen. Aber als ich zum Haus kam, sagte mir Sir Julian, Mr Bucket habe ihm eben einen Besuch abgestattet.«

»Das ist ja äußerst interessant. Also war Bucket in der Nacht, als Emma ermordet wurde, hier. Höchstwahrscheinlich sind das seine Fußspuren auf der Terrasse, denn von der Größe her kommt das hin. Irgendwie muss es ihm gelungen sein, die Stiefel, die er in der Nacht getragen hat, vor mir zu verbergen. Und seine Frau hat unten im Wagen auf ihn gewartet.« Morton wies mit dem Daumen über seine Schulter nach draußen. »Die Beschreibung, die mir Constable Hill gegeben hat, war vage, aber er meinte, im Wagen habe eine füllige Frau um die sechzig gesessen. Und diese Beschreibung trifft auf Josephine Bucket zu. Sind die beiden schon zu Hause abgeholt worden?«

Tweany nickte. »Ja, als ich vorhin mit der Bezirkswache gesprochen habe, waren sie schon dort.«

»Gut. Wenn Sie nachher anrufen, stellen Sie sicher, dass keine Fluchtgefahr besteht. Wenn nötig, sollen sie das Paar in die Arrestzelle einschließen.«

Zum Zeichen seines Einverständnisses brachte Tweany nur ein knappes Kopfnicken zustande. Dann wurde sein Blick, den er auf einen unbestimmten Punkt hinter Mortons Schulter gerichtet hatte, glasig. Er rief er: »Achtung, Sir!«, worauf sich Morton mit einer raschen Drehung zur Tür wandte. An einem Tatort war es nicht ratsam, solche Warnungen in den Wind zu schlagen.

Doch da war nichts. Und gleich stellte sich heraus, dass sein Sergeant nicht vor einer externen Gefährdung gewarnt, sondern lediglich eine seiner legendären Niesattacken angekündigt hatte. Die setzte nun ein und der arme Mann wurde regelrecht durchgeschüttelt. Was bei den meisten Menschen als banaler Schnupfen daherkam, entwickelte sich bei ihm binnen Stunden zu einem regelrechten Hurrikan.

»Na, sind wir mal wieder so weit, Sergeant?«, fragte Morton und wappnete sich innerlich gegen die Geruchsimmissionen, die Tweanys hausgemachten Arzneien entsprangen und sein Büro unweigerlich in eine Krankenstation verwandeln würden.

Und da wurden sie schon angekündigt:

»So weit wird's nicht kommen, Chef.« Tweany holte sein Taschentuch hervor und wischte sich über das tränenüberströmte Gesicht. »Diese Erkältung werde ich im Keim ersticken! Ich bin gewappnet.« Er klopfte auf seine Jackentasche. »Letzten Sommer habe ich mir ein paar äußerst wirksame Kräuter beschafft.«

Unter dem Siegel der Verschwiegenheit vertraute er Morton nun an, auf welcher Waldlichtung er diese Wunderpflanze aufgestöbert hatte.

»Sie wissen, da ist Vorsicht geboten, sonst geht da Krethi und Plethi hin, und diese Banausen reißen das Kraut mit der Wurzel aus, da wächst danach gar nichts mehr.«

Verständlich, dass sich sein Sergeant nicht leichtfertig um diesen lebenswichtigen Nachschub bringen wollte, dachte Morton. Allerdings war es mehr als fragwürdig, ob er je in Versuchung geführt würde, dieses Geheimnis preiszugeben; trotzdem sagte er, bevor er sich zum Gehen wandte: »Seien Sie versichert, Tweany, meine Lippen sind versiegelt.«

Dann stieg er auf der Suche nach der Haushälterin hinunter ins Souterrain.

Mrs Finch war nirgends zu sehen, aber er hörte Geräusche aus der Vorratskammer, und so öffnete er die Tür zur Küche, die sich daran anschloss. Der steingeflieste Raum bekam nur wenig Licht; der Schnee, der sich an der Hausmauer häufte, verdunkelte die halbe Fensterscheibe. Auf dem langen Küchentisch lag eine nachlässig hingeworfene Schürze neben einem Haufen geschälter Karotten und auf dem emaillierten Gasherd, der hier in der tiefen Nische der ehemaligen Feuerstelle stand, waren schon zwei Töpfe aufgesetzt. Die Köchin hatte offenbar begonnen, das Mittagessen zuzubereiten, musste dann aber ihre Arbeit eiligst im Stich gelassen haben.

»Mrs Finch?«, rief Morton. Er wollte sich bemerkbar machen, um nicht plötzlich vor ihr zu stehen, wenn sie aus der Vorratskammer zurückkam. Nachdem sich in diesem Haus drei Gewaltverbrechen ereignet hatten, war die Frau als Letzte, die hier noch ausharrte, vermutlich leicht zu erschrecken. Jetzt trat sie mit einem Korb voll Lebensmittel über die Schwelle.

Morton erkundigte sich, ob sie sich etwas erholt habe.

Sie nickte. »Es geht schon«, sagte sie nur. Indem sie sich auf das konzentriert hat, was getan werden muss, hat sie auch ihre Fassung wiedergewonnen, dachte Morton.

»Hat Sir Julian den Baum oben in der Halle noch weggeschafft?«, fragte er, um die Vernehmung mit einem harmlosen Thema zu eröffnen.

Mrs Finch verneinte. »Er bat mich gestern ihn abzuräumen und heute früh kamen die Landarbeiter und haben ihn sich geholt. Julian meinte, sie können über ihn verfügen.« Sie stellte den Korb auf den Tisch, holte daraus eine Steingutschüssel hervor und hielt sie Morton hin. »Hätten Sie Verwendung für einen Christmas Pudding?«

»Eher nicht«, lehnte Morton lächelnd ab. »Ich lebe allein.«

»Aber Sie werden doch Weihnachten mit der Familie feiern, nicht wahr?«

Morton fragte sich unwillkürlich, was aus dem Pudding geworden war, den er im November umgerührt hatte. Wahrscheinlich lagerte er kühl und sicher verwahrt in der Vorratskammer des Vikariats. Obschon man bei Fortnum & Mason einen ausgezeichneten Christmas Pudding kaufen konnte, bestand Jane darauf, ihn selbst zuzubereiten. Ein gutes Dutzend Zutaten waren dafür erforderlich, von denen seit dem Krieg einige nur mehr schwer erhältlich waren. Jane hielt sich penibel an das traditionelle Rezept und begann mit der Zubereitung vier Wochen vor Weihnachten. Es bringe Unglück, wenn sich nicht alle Familienmitglieder daran beteiligten, beschwor sie ihn jeweils, und so wurde er am Stir-up Sunday herbeizitiert, um den Sixpence in der süßen, nach Brandy duftenden Masse zu versenken.

Die Haushälterin hatte begonnen, den ganzen Inhalt des Korbes auf dem Tisch auszubreiten.

»Was soll ich nur mit all den verderblichen Lebensmitteln anfangen?«, überlegte sie.

»Vielleicht könnten die Landarbeiter etwas davon gebrauchen«, schlug Morton vor.

»Aber natürlich! An das Naheliegendste habe ich nicht gedacht.« Sie begann, alles wieder in den Korb zu räumen.

Morton rückte ihr einen Stuhl vom Tisch weg. »Vielleicht können wir uns einen Moment hinsetzen, Mrs Finch«, meinte er. Sie kam seiner Bitte nach, und nachdem er ihr gegenüber Platz genommen hatte, begann er mit seinen Fragen:

»Wahrscheinlich haben Sie schon gesehen, dass in Julians Schlafzimmer eine Scheibe eingeschlagen wurde. Haben Sie eventuell etwas gehört letzte Nacht?«

Alice Finch rieb sich die Schulter, als sei sie verspannt. »Nein, tut mir leid«, sagte sie. »Ich habe tief geschlafen, weil ich eine Schlaftablette genommen hatte. Normalerweise leide ich nicht an Schlaflosigkeit, aber unter diesen Umständen …« Sie ließ den Satz unvollendet.

»Ja, das versteht sich von selbst«, versicherte Morton. Das Mitgefühl machte seine Stimme freundlicher, als er beabsichtigt hatte. »Man sagte mir, Sie hätten Sir Julian heute Morgen tot in seinem Bett aufgefunden. Bitte schildern Sie mir, wie es dazu kam.«

»Ich habe mir Sorgen gemacht, weil er nicht wie üblich zum Frühstück herunterkam. Julian war ein Frühaufsteher. Die Köchin sagte mir, er hätte sich das in Syrien angewöhnt. Offenbar sind die Archäologen während des Sommers jeweils im Morgengrauen aufgestanden, weil sie über Mittag in der ärgsten Hitze nicht arbeiten konnten. Er war also stets um acht beim Frühstück. Als es auf neun zuging und er immer noch nicht heruntergekommen war, wollte ich nachsehen, ob alles in Ordnung war mit ihm. Gestern Abend hatte er ziemlich viel getrunken.«

»War er ein Gewohnheitstrinker?«

»Nein, überhaupt nicht. Ein Glas Portwein nach dem Essen und einen Whisky am Abend, das war schon alles. Ich denke, er wollte seinen Kummer ertränken.«

»Verständlich, nach allem, was geschehen ist. Sie sind also hinaufgegangen.«

»Ja, kurz vor neun habe ich an seine Tür geklopft, aber alles blieb still. Da bin ich hinein und habe gesehen, dass er angezogen auf dem Bett lag. Erst dachte ich, dass er immer noch seinen Rausch ausschläft, und wollte mich gleich wieder zurückziehen. Dann aber fiel mir auf, wie kalt es in dem Zimmer war. Und dann sah ich das eingeschlagene Fenster. Ich rief: ›Sir Julian, alles in Ordnung mit Ihnen?‹, oder so etwas ähnliches, jedenfalls reagierte er nicht, und da wusste ich, dass etwas Schlimmes geschehen war.« Sie schluckte heftig, als kämpfe sie gegen eine aufkommende Übelkeit an.

Morton ließ ihr einen Moment Zeit und fragte dann:

»Sind Sie an sein Bett getreten?«

Die Haushälterin nickte stumm und presste dabei die Lippen aufeinander.

»Haben Sie etwas im Zimmer berührt?«

»Nein, ich glaube nicht.«

»Denken Sie genau nach!«

Sie schwieg einen Moment und schüttelte dann den Kopf. »Ich weiß es wirklich nicht mehr«, sagte sie matt. Morton spürte, wie sehr sie sich bemühte, ihre Stimme ruhig zu halten. »Vielleicht habe ich mich irgendwo festgehalten, als ich realisierte, was geschehen war.«

Er wechselte das Thema.

»Mich würde interessieren, wie Sir Julian den gestrigen Tag verbracht hat. Ist er ausgegangen?«

»Nein, er war den ganzen Tag hier«, erwiderte Mrs Finch. Sie klang erleichtert, dass die Fragen zur Auffindung der Leiche vorüber waren. »Erst am frühen Abend ist er weggegangen, aber ich weiß nicht, wohin.«

»Wann ist er zurückgekehrt?«

»Auch das weiß ich nicht. Jedenfalls war er um sieben wieder hier. Da habe ich ihn gefragt, ob ich das Dinner auftragen solle.«

»Wissen Sie, ob er gestern Abend einen Anruf getätigt hat?«

»Nein.«

»Er hat auf der Bezirkswache angerufen.«

Für einen kurzen Moment glaubte Morton, einen Anflug von Furcht in den Augen der Haushälterin gesehen zu haben, aber sie sagte gleich mit unbewegter Miene:

»Auch davon weiß ich nichts.«

»Wissen Sie, wann er zu Bett gegangen ist?«

»Um halb elf. Ich hatte mich schon zurückgezogen und wollte ebenfalls zu Bett gehen, da hörte ich ein Poltern über mir. Ich habe mir rasch den Morgenmantel übergeworfen und bin nachsehen gegangen. Sir Julian war auf der Treppe hingefallen. Ich habe ihm wieder auf die Beine geholfen und ihn dann bis zu seinem Zimmer begleitet. Dort sagte er, es gehe jetzt schon. Er war wirklich sehr betrunken, deshalb habe ich mir heute Morgen Sorgen gemacht, als er nicht herunterkam.«

Immerhin war jetzt die Frage geklärt, weshalb das Opfer vollständig angezogen auf dem Bett gelegen hatte. Er war zu betrunken gewesen, um sich auszuziehen. Und möglicherweise war er deshalb auch nicht erwacht, als jemand die Scheibe eingeschlagen hatte.

»Da ist noch etwas.« Morton beobachtete Alice Finch sehr genau, während er die Frage stellte: »Wir haben mit dem Anwalt der Familie Gregson gesprochen. Emma hat Ihnen 5000 Pfund hinterlassen. Wussten Sie davon?«

»Nein«, antwortete Mrs Finch. »Davon wusste ich nichts.«

Sie schien ehrlich erstaunt. Und dann, als ihr die Konsequenz dieser Erbschaft bewusst wurde, erschrocken. Die Zeichen waren unmissverständlich: das kurze, heftige Luftholen, das Weiten der Pupillen, das Verkrampfen der Hände. Sie war sich im Klaren darüber, dass jeder, der finanziell von Emmas Tod profitierte, in Verdacht geriet. Schwer zu sagen, welcher Auslöser hinter dieser deutlichen Gefühlsaufwallung steckte. Morton wusste, dass es mitunter unmöglich war, die Angst eines Unschuldigen, auf Unglauben zu stoßen, von der Furcht des Schuldigen vor Entlarvung zu unterscheiden.

»Wenn ich recht unterrichtet bin, haben Sie erst seit anderthalb Jahren für die Familie gearbeitet«, hakte er nach. »Da erstaunt es doch einigermaßen, dass Sie nach dieser kurzen Zeit schon in einem Testament bedacht wurden. Und noch dazu mit einer nicht unerheblichen Summe.«

Mrs Finch wischte sich eine Haarsträhne aus der Stirn. »Eine überaus großzügige Geste«, sagte sie. »Ich bin wirklich überrascht und kann mir das nicht recht erklären. Hat sie sonst noch jemanden bedacht?«

»Ja«, erwiderte Morton. »Kamil Nowak.«

Mrs Finch nickte. »Dort macht das auch viel mehr Sinn«, sagte sie und machte Anstalten, noch etwas hinzuzufügen, überlegte es sich aber anders.

Morton wartete einen Moment ab, dann sagte er: »Noch eine Frage am Rande. Am letzten Montag hatte die Köchin zusammen mit dem Hausmädchen Ausgang. Das war unüblich, nicht wahr?«

»Ja, ich bat sie darum. Normalerweise hat sie mittwochs ihren freien Abend, aber Sir Julian hatte Gäste geladen.«

Morton begann sich zu verabschieden. »Was werden Sie jetzt tun, Mrs Finch?«, fragte er zum Schluss.

Die Haushälterin war ebenfalls aufgestanden. »Ich möchte keine weitere Nacht hier verbringen. Ich werde heute noch das Haus in Ordnung bringen, dann packe ich meine Koffer.«

»Wohin gehen Sie?«

»Ich werde vorerst nach London ziehen, zu einem alten Freund. Was mache ich mit dem Schlüssel? Gibt es einen Nachlassverwalter?«

»Dieses Haus ist ein Tatort. Wenn er nicht mehr bewohnt ist, müssen Sie uns sämtliche Schlüssel dazu aushändigen. Nachdem Sie hier abgeschlossen haben, können Sie uns den Ihrigen auf der Bezirkswache vorbeibringen. Und dann brauchen wir Ihre neue Anschrift.« Morton schob ihr Notizbuch und Stift über den Tisch.

Sie schrieb ein paar Zeilen und gab es ihm zurück. Morton las:
Stanley Beresford
Hallam Street
Marylebone

3

Es war schon Mittag, als Morton und Tweany in die Bezirkswache zurückkehrten. Morton konnte seinem Sergeant ansehen, wie erpicht er darauf war, ins Pub zu kommen, doch er wollte in dieser kritischen Phase der Ermittlungen keine Zeit mehr verlieren und gleich ins Büro hinauf. Trotzdem brachte er es nicht übers Herz, Tweany in seinem angeschlagenen Zustand um sein ersehntes Mittagessen zu bringen.

»Gehen Sie nur rüber ins ›King's Head‹«, sagte er deshalb, als sie am Marktplatz aus dem Wagen stiegen. »Ich komme hier eine Stunde allein zurecht.«

»Aber nein«, widersprach Tweany. »Kommt nicht infrage, dass ich mir den Bauch vollschlage, während Sie weiterackern. Ich sause nur mal schnell rüber und hole uns ein paar leckere Sandwiches.«

»Sind Sie sicher? Sie referieren doch ständig über den Wert regelmäßiger Mahlzeiten. Vor allem wenn eine Erkältung im Anzug sei.«

»Ach, das!«, wiegelte Tweany ab. »Halb so schlimm. Wenn ich zurück bin, koch ich mir gleich meinen Tee, und dann bin ich wie neu.«

Morton konnte nicht sagen, welche Logik Tweanys Verhalten zugrunde lag. Vor allen erdenklichen, seine Gesundheit potenziell bedrohenden Gefahren nahm er sich teuflisch in Acht. Bei den ersten Anzeichen von Frost mummte er sich von Kopf bis Fuß ein; um einem drohenden Hitzeschlag zu entgehen, vermied er es, sich länger als unbedingt nötig der Sonne auszusetzen. Von durchnässten Wiesen, zugigen Räumen und dem Londoner Nebel hielt er sich kategorisch fern. Sich diesen Gefahren auszuliefern, hieße, das Unheil in fahrlässiger Weise heraufzubeschwören, meinte er. Da konnte man sich doch gleich dem Bestatter überantworten! Wenn ihn dann aber trotz aller Vorsichtsmaßnahmen ein Leiden ereilt hatte, spielte er die Symptome schamlos herunter. Es sei nichts, nur eine kleine Unpässlichkeit. Ihm gehe es blendend!

Morton ließ ihn ziehen und machte sich auf zu seinem Büro. Als er am Labor vorbeikam, winkte ihn Sergeant Jellyby herein.

»Nanu, schon zurück?«, meinte Morton überrascht.

»Die Durchsuchung des Anwesens ist noch im Gange«, erklärte der Sergeant. »Bis jetzt konnten wir weder die Tatwaffe noch irgendwelche blutbefleckte Kleidung ausfindig machen. In ein, zwei Stunden sollte Constable Whitelaw mit seinen Helfern durch sein, und falls bis dann nichts zum Vorschein kommt, müssen Sie davon ausgehen, dass der Mörder die Tatwaffe unterwegs entsorgt hat. Zum Beispiel am Fluss unten. Wenn er von auswärts kam, wovon wir aufgrund der von ihm hinterlassenen Spuren ausgehen, hat er sich sowieso erst zu Hause umgezogen.«

Mit dieser Möglichkeit hatte Morton natürlich auch schon gerechnet.

»Ich bin schon mal zurückgekommen, um die Fingerabdrücke, die wir sichergestellt haben, abzugleichen. Wahrscheinlich hat der Täter Handschuhe getragen. Im Schlafzimmer fanden wir nur Abdrücke vom Opfer, seiner Schwester und dem Hausmädchen, Martha Keble. An der Außenseite der Tür und auf der Klinke fanden wir zudem Abdrücke von Alice Finch.«

»Dieser Befund stimmt soweit mit den Aussagen der Haushälterin überein«, sagte Morton und übergab Jellyby die Tüte mit dem Stofffetzen, der an der Regenrinne gehangen hatte. »Humphrey und Josephine Bucket und Ruby Lilburne sind schon zur Vernehmung abgeholt worden. Lassen Sie sich von ihnen die Mäntel geben. Falls sich keine Übereinstimmung ergibt, müssen Sie bei den Tatverdächtigen zu Hause die Schränke durchforsten.«

In seinem Büro empfing Morton eine Eiseskälte. Offenbar war der alljährliche Fensterputz wieder fällig. Immerhin war der Mann eben mit seiner Arbeit zu Ende gekommen; er war dabei, seine Siebensachen zusammenzuräumen.

»Könnten Sie mir einmal verraten, weshalb Sie unsere Fenster stets im tiefsten Winter putzen müssen?«, wollte Morton wissen.

»Weil Sie dann an der Reihe sind«, antwortete der Mann ungerührt, während er die Leiter zusammenklappte. »Jeder kommt dran, wenn er drankommt.«

Gegen diese bestechende Logik war nichts einzuwenden.

Morton stellte beide Radiatoren auf die höchste Stufe und hoffte, dass sich Sergeant Tweany mit seiner Besorgung im »King's Head« etwas Zeit lassen würde. Vielleicht wäre es besser, ihn gleich nach Hause zu schicken. Nachdem Morton erlebt hatte, welch schwerwiegende Folgen eine banale Erkältung nach sich ziehen konnte, nahm er die Gebrechen seines Sergeant nicht mehr auf die leichte Schulter.

***

Als Tweany zehn Minuten später mit dem Lunch zurückkam, brachte er Constable Bates mit, der gleich Bericht erstattete:

»Den Wagenhalter haben wir ausfindig gemacht. Der Ford ist auf Humphrey Bucket zugelassen.«

»Sag ich's doch!«, frohlockte Tweany, während er sich aus seinem Mantel schälte. »Hoffentlich haben Sie ihn hinter Schloss und Riegel gesetzt, wie ich gesagt habe.«

»Er war eher eingeschüchtert und machte keinen gewalttätigen Eindruck, darum habe ich ihn in der Obhut von Constable Jones gelassen. Seine Frau allerdings mussten wir einschließen, die hat Zeter und Mordio geschrien und ließ sich nicht besänftigen. Sie ist auch bedeutend kräftiger als ihr Mann; mit der wäre Jones allein nicht fertig geworden. Den Wagen kann sie allerdings nicht gesteuert haben, sie besitzt keinen Führerschein.«

»Wir werden die beiden nachher befragen«, sagte Morton. »Inzwischen müssen Sie für uns zwei Männer ausfindig machen.« Er übergab dem Constable einen Zettel. »Dieser hier ist von Julian Gregson als Erbe eingesetzt worden. Vermutlich war er ebenfalls an den Ausgrabungen in Syrien beteiligt. Fragen Sie im British Museum nach, die wissen vermutlich, wo er sich zurzeit aufhält. Falls er immer noch im Nahen Osten ist, können wir ihn ausschließen.« Er reichte Bates eine zweite Notiz. »Von diesem Mann haben wir nur den Nachnamen, doch Officer Flintwinch kann Ihnen da sicher weiterhelfen. Catherwood ist auf Bewährung und wurde von Sir Arnold betreut. Wir müssen dringend mit dem Mann sprechen.«

»Wenn's recht ist, gebe ich das an Sergeant Walton weiter«, erwiderte Bates. »Ich muss noch mal hinüber zu den Lilburnes. Ruby war nicht zu Hause, als ich sie heute Morgen abholen wollte. Ihre Mutter sagte, sie sei nach Oxford gefahren, um ihre Weihnachtseinkäufe zu tätigen. Sie meinte, gegen Mittag sollte sie zurück sein.«

Tweany hatte gleich den Kessel aufgesetzt, der jetzt zu pfeifen begann. Er löffelte seine Wundermischung in die Tasse und übergoss sie mit dem kochenden Wasser. Dann holte er zwei Päckchen aus seiner Manteltasche.

»Sehen Sie mal, Chef, was die drüben grad aus dem Ofenrohr gezogen haben.«

Er faltete das Pergamentpapier auseinander, worauf sich ein köstlicher Duft im Raum verbreitete. »Sausage Rolls«, verkündete er triumphierend. »Was meinen Sie, Chef?«

»Da sag ich nicht Nein. Aber reicht Ihnen denn die eine?«

»Muss es. Die geben nur eine ab pro Person. Damit ich die zweite kriegte, musste ich dem Wirt schwören, dass die für Sie ist. Jetzt müssen Sie die auch essen, sonst verstoße ich gegen das Gesetz.«

Eine Weile aßen sie in schweigendem Einverständnis, dann streckte Sergeant Jellyby den Kopf zur Tür hinein.

»Keine Übereinstimmung der Fasern mit den Mänteln von Humphrey und Josephine Bucket«, meldete er. »Und Ruby Lilburne kann ich nirgends finden.«

»Wir haben eben erst erfahren, dass sie noch nicht hier ist«, erklärte Morton. »Bates sollte sie abholen, doch sie war nicht zu Hause. Er ist vorhin noch mal los und sollte in ein paar Minuten mit ihr eintreffen.«

Er hatte kaum zu Ende gesprochen, als Constable Bates ins Büro stürmte.

»Ruby ist weg!«, sagte er atemlos. »Ihre Mutter hat gelogen, als sie sagte, ihre Tochter sei nach Oxford zum Einkaufen. Das tat sie nur, um Zeit zu gewinnen. Tatsächlich hat sie Ruby seit gestern Abend nicht mehr gesehen, und inzwischen hat sie gemerkt, dass auch ihr Kleiderschrank zur Hälfte leer ist. Und das ist noch nicht alles. Ich bin danach gleich zum *Courier* hinübergerast, und dort sagten sie mir, Barker sei heute Morgen nicht zur Arbeit erschienen.«

»Klarer Fall«, stieß Tweany zwischen zwei Bissen hervor. »Die sind zusammen geflohen.«

»Und haben eine Nacht und einen halben Tag Vorsprung«, fügte Morton frustriert hinzu.

»Aber mitten in der Nacht fahren doch keine Züge von hier weg.«

»Barker besitzt einen Wagen, so einen roten Sportflitzer, aber die Straßen sind schlecht.«

»Wahrscheinlich sind sie nach Dover gefahren«, schaltete sich Bates wieder ein. »Rubys Mutter sagte, die französischen Francs, die sie von Ihrer Parisreise noch übrig gehabt hätte, seien ebenfalls weg.«

Morton war skeptisch. »Sagt Mrs Lilburne jetzt die Wahrheit?«

»Sicher, sie ist völlig aufgelöst.«

»Wie ist das Wetter unten an der Küste?«

»Stürmisch.«

»Gut, dann hat sich die Überfahrt nach Calais womöglich verzögert.« Morton wusste, dass diese Hoffnung wahrscheinlich überzogen war. »Geben Sie gleich eine internationale Fahndung raus«, wies er Bates an. »Die beiden stehen unter dringendem Tatverdacht.«

Nachdem Constable Bates abgezogen war, um seinen Auftrag zu erledigen, fragte Tweany:

»Denken Sie wirklich, die beiden sind es gewesen, Sir?«

»Ihre Flucht verheißt nichts Gutes«, meinte Morton. »Aber sehen wir einmal, was uns die Buckets zu sagen haben. Wir werden sie einzeln vernehmen, sonst kommt der Mann ja nicht zu Wort.«

Tweany hatte eine Thermosflasche von zu Hause mitgebracht, die er nun gerne mit dem übrig geblieben Tee gefüllt hätte, doch sein Chef drängte zum Aufbruch.

»Kommen Sie, Tweany, wir müssen noch bei Sergeant Walton vorbei. Er sollte inzwischen diesen Catherwood ausfindig gemacht haben.«

Der Sergeant war schon an der Tür, als sie zu seinem Büro kamen.

»Inspector, ich wollte eben zu Ihnen«, sagte er. »Den Anruf im British Museum habe ich bereits erledigt. Ich konnte mit dem Kurator sprechen. Jerome Johnson ist gemeinsam mit Julian Gregson aus Syrien zurückgekehrt. Allerdings habe er sich kurz vor der Abreise noch eine schlimme Lebensmittelvergiftung eingefangen. Johnson sei jetzt zu Hause in London bei seiner Familie und liege im Bett. Der Kurator vom British Museum hat ihn gestern besucht. Er meinte, der Mann wäre nicht in der Lage gewesen, aufzustehen und nach Oxfordshire zu reisen.«

»Was noch zu überprüfen wäre«, entgegnete Morton skeptisch. »Rufen Sie dort an. Wenn Johnson tatsächlich so übel dran ist, wurde ein Arzt gerufen. Wäre nicht der erste Simulant, der uns untergekommen ist. Die sollen Ihnen die Anschrift des Arztes durchgeben, bei dem er in Behandlung ist.«

»Wird gemacht, Sir. Officer Flintwinch konnten wir leider noch nicht kontaktieren. Das Office des Coroners ist fürs Wochenende geschlossen und ich konnte niemanden erreichen, der mir hätte sagen können, wo er wohnt. Soll ich hinüber ins Rathaus und dort nachfragen? Vielleicht weiß jemand etwas.«

»Ja, tun Sie das.«

Auf dem Weg ins Souterrain begegneten sie Constable Bates, der auf der Suche nach ihnen war.

»Auftrag ausgeführt«, meldete er. »Aber vorhin habe ich vergessen, Ihnen etwas zu sagen. Es ist vielleicht wichtig für die Vernehmung. Als ich Mr Bucket zu Hause abgeholt habe, war er in seinem Gartenschuppen. Hat dort an einem kaputten Radio herumgewerkelt. Als ich ihn aufgefordert habe, mit auf die Bezirkswache zu kommen, wollte er unbedingt erst ein anderes Paar Schuhe anziehen. Das war mir aber nicht geheuer und darum habe ich ihm das nicht erlaubt. Wenn mich mein Gedächtnis nicht täuscht, so waren diese Stiefel, die er jetzt trägt, nämlich nicht unter denen, die ich in Greenacres überprüft habe.«

Morton lächelte zufrieden. »Sieh einer an!«, meinte er. »Gut gemacht, Constable.«

Also doch Bucket, dachte Tweany, als sie weiter die Treppe hinunterstiegen. »Da kommt langsam ganz schön viel zusammen«, sagte er nachdenklich. »Bin mal gespannt, wie er sich da wieder herauswindet.«

Als sie in das Vernehmungszimmer kamen, sah ihnen Humphrey Bucket mit angsterfülltem Gesicht entgegen.

Du hast allen Grund dazu Bange zu sein, dachte Tweany grimmig.

Der zur Wache abgestellte Beamte saß hinter dem Verdächtigen auf einem Stuhl an der Wand.

»Sie können gehen, Sergeant«, entließ ihn Morton und setzte sich Bucket gegenüber an den Tisch. Tweany setzte sich neben ihn und legte Vernehmungsprotokoll und Stift bereit.

»Wo waren Sie letzte Nacht, Mr Bucket?«, fragte Morton als Erstes.

»Letzte Nacht?«, fragte Humphrey Bucket erstaunt. »Zu Hause. Wieso?«

»Kann das jemand bestätigen?«

»Aber ja, meine Frau.«

»Sonst niemand?«

»Wir hatten Gäste zum Dinner. Ich kann Ihnen gerne ihre Anschrift geben. Sie werden bestätigen, dass ich zu Hause war.«

»Die ganze Nacht?«

»Natürlich nicht«, entgegnete Bucket indigniert. »Sie sind um elf gegangen. Aber was sollen denn diese Fragen? Was ist denn passiert letzte Nacht?«

Morton hatte offenbar beschlossen, über die Auffindung von Sir Julians Leiche Stillschweigen zu bewahren, denn er stellte gleich die nächste Frage:

»Wann waren Sie letztmals auf Greenacres, Mr Bucket?«

»Gestern Morgen. Da habe ich Sir Julian einen Kondolenzbesuch abgestattet.«

»Und davor?«

»Am letzten Montagabend, nach der Chorprobe.«

Morton fixierte Bucket mit einem stählernen Blick. Tweany hatte schon verschiedentlich versucht, Verdächtige so anzusehen, doch mehr als eine strenge Miene brachte er nicht zustande. Er wusste nicht, wie Morton das machte, aber es schien, als ob er die Leute mit seinen dunkelblauen Augen festnageln würde.

»Dann würde ich gerne wissen, weshalb Ihr Wagen mittwochnachts vor den Toren zu Greenacres gestanden hat?«, fragte er jetzt.

Damit hatte Bucket nicht gerechnet. Er reagierte mit einem entsetzten Luftschnappen und stammelte dann:

»Aber das hat er nicht.«

»Constable Hill, der örtliche Polizist, hat Ihren Wagen nachts um halb elf dort stehen sehen«, sagte Morton ungerührt. »Er war auf seiner üblichen Runde, und da ist er ihm aufgefallen. Und das ist noch nicht alles. Auf dem Beifahrersitz saß eine Frau, von der er uns eine recht präzise Beschreibung geben konnte. Was also, Mr Bucket, haben Sie in der Nacht, als Emma Gregson ermordet worden ist, dort zu suchen gehabt?«

»Aber das war nicht mein Wagen!«, leugnete Bucket. »Das muss sich um eine Verwechslung handeln.« Doch Morton konterte:

»Constable Hill hat sich die Nummer notiert.«

Bucket schluckte und wurde leichenblass. Tweany konnte ihm ansehen, wie verzweifelt er nach einem Ausweg suchte.

»Meine Frau hatte eine Reifenpanne«, behauptete er schließlich, doch auch diese Lüge brachte ihn nicht weiter.

»Wenn das zutrifft, so wäre sie wohl für jede Hilfe dankbar gewesen«, versetzte Morton. »Von dieser Reifenpanne aber hat sie gegenüber Constable Hill kein Wort erwähnt, sondern erklärt, sie warte auf jemanden.«

Buckets Blick schweifte hilfesuchend durch den Raum. Dann fuhr er sich an die schweißnasse Stirn und sagte: »Ah, jetzt fällt es mir wieder ein. Ihr ist schlecht geworden.«

»Und wer hat sie dorthin gefahren?«

»Niemand. Sie ist selbst gefahren.«

»Mr Bucket, Ihre Frau besitzt keinen Führerschein. Also nochmals fürs Protokoll. Wir haben jetzt drei Varianten: Ihre Frau hatte vor den Toren zu Greenacres wahlweise eine Reifenpanne, eine Übelkeitsattacke oder sie hat auf jemanden gewartet. Den Wagen hat sie selbst dorthin gesteuert und das alles, notabene, ohne Führerschein.«

Jetzt hatte es Bucket die Sprache verschlagen. Er saß stumm da und starrte unverwandt auf die Spitzen seiner Stiefel.

Morton wartete einen Moment ab. Dann stand er auf, kam um den Tisch herum und stellte sich neben Buckets Stuhl.

»Dürfte ich mir einmal die Stiefel ansehen, die Sie da tragen?«, fragte er. »Die haben Sie mir gestern nicht mitgegeben, nicht wahr?«

»Das sind meine Gartenstiefel«, entgegnete Bucket. »Die stehen immer im Schuppen, die hatte ich ganz vergessen.«

»Sie haben Fußspuren hinterlassen im Schnee auf der Terrasse von Greenacres. Die sind immer noch dort, im Eis erstarrt. Wir können diese Stiefel, die Sie jetzt tragen, umgehend abgleichen.«

Wieder verfiel Bucket in Schweigen. Draußen, vor dem kleinen Fenster, hatte eine verfrühte Dämmerung eingesetzt. Es schneite inzwischen so heftig, dass ein dichter Vorhang aus Flocken das verbliebene Licht völlig abschirmte.

»Sagt Ihnen der Name Catherwood etwas?«, fragte Morton unvermittelt.

Tweany konnte sehen, wie Bucket der Schreck in die Glieder fuhr.

»Aber nein«, krächzte er. Dabei griff er sich an die Brust und zog sein Hemd vom Körper weg, als versuche er, sich davon zu befreien.

»Sir Julian hat gestern Abend versucht, mich telefonisch zu erreichen«, fuhr Morton fort. »Heute Morgen haben wir neben dem Telefonapparat in der Bibliothek eine Notiz gefunden. Zweifellos wollte er uns über deren Inhalt in Kenntnis setzen. Das aber hat jemand zu verhindern gewusst und ihn letzte Nacht ermordet.«

Bucket starrte ihn ungläubig an. »Oh, mein Gott!«, rief er entsetzt. »Julian ist auch tot?«

Morton schlug die Mappe auf, die er mitgebracht hatte, und entnahm ihr Sir Arnolds Notiz. Er schob sie so weit über den Tisch, dass Bucket sie lesen konnte, hielt sie aber nach wie vor fest. »Was haben Sie uns hierzu zu sagen, Mr Bucket?«, fragte er.

Wieder trat Schweigen ein. Eine gespannte Stille, denn Bucket hatte nur einen kurzen Blick darauf geworfen und stand jetzt kurz davor zu gestehen. Tweany spürte das, aber gleichzeitig spürte er ein Kribbeln in der Nase. Nein, dachte er alarmiert. Das darf nicht sein! Ausgerechnet in diesem kritischen Moment! Bucket ist kurz davor zu gestehen und ich mache alles mit einer Niesattacke zunichte. Er holte möglichst unauffällig sein Taschentuch hervor, hielt es sich vor die Nase und versuchte den Atem anzuhalten. Jetzt galt es durchzuhalten, nur noch ein paar Sekunden. Bucket schwieg immer noch.

Und dann brach es aus Tweany heraus.

Bucket erschrak so sehr, dass er von seinem Stuhl aufsprang.

»Tut mir leid«, entschuldigte sich Tweany unter Tränen, aber da kam schon der nächste Nieser.

»Möchten Sie vielleicht kurz an die frische Luft, Sergeant?«, fragte Morton und warf ihm einen beschwörenden Blick zu. Tweany war schon im Begriff aufzustehen und nach draußen zu flüchten, da konnte Bucket nicht mehr an sich halten.

4

»Also gut, ich war beim Haus«, gestand er. »Und meine Frau hat unten im Wagen auf mich gewartet.« Offenbar hatte ihm der Schreck über Tweanys Niesattacke den Rest gegeben. »Bitte glauben Sie mir«, sagte er flehentlich. »Ich wollte nur diese Notiz an mich bringen.«

»Das Problem bei solchen Plänen ist, dass sie oft mehr nach sich ziehen, als ursprünglich beabsichtigt war, sagte Morton trocken.

»Ich habe den Coroner nicht ermordet«, beteuerte Bucket. »Und seine Tochter auch nicht. Und seinen Sohn! Grundgütiger! Ich wusste nicht einmal, dass er auch ermordet worden ist. Letzten Mittwoch hatte ich ja nicht mal den Mut einzubrechen und bin unverrichteter Dinge wieder abgezogen.«

»Ins Haus einzubrechen war nicht unbedingt erforderlich. Sie könnten sich anderweitig Zutritt verschafft haben.«

»Aber wie denn?«

Morton überging die Frage. »Um welche Zeit sind Sie auf das Grundstück von Greenacres gelangt?«, wollte er wissen.

»Um neun Uhr«, antwortete Bucket prompt. »Ich bin über das Tor geklettert, aber es war stockdunkel, und so hat es eine halbe Stunde gedauert, bis ich beim Haus war. Kurz nach halb zehn kam ich an der Eingangspforte vorbei, da habe ich auf die Uhr gesehen.«

»Konnten Sie beobachten, wie der Verwalter das Haus betrat?«

»Nein, ich habe niemanden gesehen.«

»Kamil Nowak wurde an dem Abend von Miss Gregson gerufen und hat um halb zehn das Haus betreten. Wenn Sie um diese Zeit vor dem Haus standen, müssen Sie ihn gesehen haben, und die Vermutung liegt nahe, dass Sie sich hinter ihm ins Haus geschlichen haben.«

»Aber nein. Ich war immer auf der Terrasse. Ich habe ihn gesehen, aber das war viel später.«

»Gut«, lenkte Morton ein. »Lassen wir das für den Moment und kommen zurück zu Catherwood, der für ein Verbrechen verurteilt wurde, das er nicht begangen hat.«

Das konnte Morton nicht mit Sicherheit wissen, aber manchmal zahlte es sich aus, etwas zu bluffen.

»Catherwood war Hilfsbuchhalter bei der Standard Insurance«, erklärte Bucket. »Das ist die Firma, für die ich in London gearbeitet habe. Er wurde wegen Unterschlagung verurteilt.«

»Doch er hat unschuldig im Gefängnis gesessen, nicht wahr?«, sagte Morton.

Bucket wand sich. »Es war eine Notlage«, jammerte er, Verständnis heischend. »Wir wurden erpresst. Zehntausend Pfund mussten wir zahlen. Woher hätte ich denn das Geld nehmen sollen? Ich wollte es ja wieder zurückzahlen, nach und nach, jeden Monat eine gewisse Summe, aber Catherwood hat entdeckt, dass das Geld fehlte. Zum Glück hat er nicht realisiert, wer für die Unterschlagung verantwortlich ist, und so ist er damit zu mir gekommen. Ich habe ihm gegenüber unseren zweiten Hilfsbuchhalter, Harry Levers, des Vergehens bezichtigt und Catherwood angewiesen, vorläufig Stillschweigen zu bewahren; ich würde der Sache nachgehen. Tatsächlich aber habe ich die Bücher dann so manipuliert, dass Catherwood als der Mann dastand, der die Unterschlagung begangen hat. Vor Gericht hat er seine Unschuld beteuert und Levers beschuldigt, aber niemand hat ihm geglaubt.«

Jetzt, da Bucket sich einmal überwunden hatte zu gestehen, redete er wie ein Wasserfall und Tweany war heilfroh um seine guten Kenntnisse in Stenografie.

»Catherwood wurde also verurteilt«, fuhr Bucket fort. »Und danach hat er natürlich seine Stelle verloren. Als er aus dem Gefängnis kam, fand er keine Anstellung mehr, und so wurde er tatsächlich straffällig. Er hat einen recht dilettantischen Bankraub begangen, wurde wieder verurteilt und kam nochmals ins Gefängnis. Wegen guter Führung wurde er vorzeitig entlassen und Sir Arnold wurde ihm als Bewährungshelfer zugeteilt. Davon wusste ich nichts. Bis letzten Sonntag, da hat mich Sir Arnold angerufen und zu sich zitiert.«

Bucket verstummte und zuckte mit den Schultern. Die Erinnerung an die Unterredung mit dem Coroner hatte ihm vorübergehend die Sprache verschlagen. Mit erhobenen Händen suchte er nach Worten und setzte dann hinzu:

»Catherwood ist offenbar lange Zeit in dem Glauben gewesen, Levers sei der Missetäter, und während seines zweiten Gefängnisaufenthaltes hat er sich geschworen, es ihm heimzuzahlen. Nach seiner Entlassung hat er ihm aufgelauert. Er wollte ihm eine gehörige Tracht Prügel verpassen, doch Catherwood ist ziemlich schmächtig und Levers hat in seiner Freizeit geboxt, und so ist das nicht gut ausgegangen für ihn. Offenbar ist er völlig zusammengebrochen, und da hat er Levers leidgetan, wie er so dalag wie ein Haufen Elend. Na ja, so hat es Catherwood Sir Arnold jedenfalls später erzählt. Er hat ihn mit nach Hause genommen, um ihn zu verarzten, und da haben die beiden erstmals miteinander gesprochen. Und als sie sich ausgetauscht haben darüber, was jeder von der Sache wusste, sind sie zum Schluss gekommen, dass ich das Geld unterschlagen haben musste. Catherwood ist noch am gleichen Tag zu Sir Arnold und hat ihm alles erzählt.«

Bucket holte tief Luft und stieß sie mit einem leidenden Seufzer wieder aus.

»Das war wirklich ein Riesenpech für mich, dass sich Catherwood nach seiner Entlassung im Zuständigkeitsbereich des Coroners niedergelassen hat. Eine seiner Bewährungsauflagen. Er sollte von London weg und aufs Land ziehen, dort sei die Versuchung, noch mal eine Straftat zu begehen, kleiner als in der Großstadt. Letzten Sonntag nun hat mich Sir Arnold zur Rede gestellt und mich mit Catherwoods Anschuldigungen konfrontiert. Ich habe alles abgestritten und konnte ihn schließlich überzeugen, dass ich mit der Sache nichts zu tun hatte, aber ich habe gesehen, dass er sich Notizen gemacht hat. Nach seinem Tod wollte ich die an mich bringen. Ich habe befürchtet, der Verdacht würde auf mich fallen, wenn die Polizei sie fände.«

Morton hatte sich alles schweigend angehört, jetzt aber griff er ein. »Und das soll ich Ihnen glauben?«, fragte er stirnrunzelnd. »Ich würde einmal behaupten, der Coroner hat sich mit Ihren Ausflüchten nicht zufriedengegeben. Er wird Ihnen gesagt haben, dass er weitere Nachforschungen anstellen wollte. Und so haben Sie ihn bei der ersten sich bietenden Gelegenheit zum Schweigen gebracht.«

Wiederum begann Bucket, seine Unschuld zu beteuern. Morton ließ ihn eine Weile gewähren, dann fragte er:

»Weshalb sind Sie erpresst worden, Mr Bucket?«

Die Frage schien ihn in Verlegenheit zu bringen. Eine dunkle Röte stieg von seinem Hals bis zu seinen Wangen auf und er vermied es, Morton anzusehen, während er antwortete:

»Der Vater meiner Frau wurde wegen Erregung öffentlichen Ärgernisses verurteilt. Mehrmals. Danach hat ihn Josephine nicht mehr aus dem Haus gelassen. Sie gab ihm starke Medikamente, er war ständig sediert. Den Nachbarn sagte sie, er sei invalid. Aber jemand muss die Wahrheit herausgefunden haben. Wir erhielten einen Erpresserbrief, in dem stand, dass die kriminelle Vergangenheit ihres Vaters publik gemacht würde, wenn wir nicht binnen einer Woche 10‘000 Pfund an einem bestimmten Ort hinterlegen würden. Josephine hätte danach ihr Gesicht nicht mehr in der Nachbarschaft zeigen können. Sie hätte das nicht überlebt.«

»Weshalb sind Sie nicht weggezogen?«

»Er drohte, er würde uns überall finden.«

»Sie sprechen von einem Mann. Kennen Sie die Identität des Erpressers?«

»Nein, ich habe nur angenommen, es sei ein Mann gewesen.«

»Wann hat sich das alles zugetragen?«

»Vor fünfzehn Jahren, im Winter 1931.«

»Im selben Jahr haben Sie hier in Chipping Bramton bei der Safe & Secure eine Stelle als Chefbuchhalter angetreten. Sie haben also gezahlt und sind trotzdem von London weggezogen.«

»Ja, ich konnte danach nicht mehr in dieser Firma arbeiten. Die Angst saß mir im Nacken. Ich habe befürchtet, mich zu verraten, wenn ich dort bleiben würde. Deshalb habe ich Asthma vorgeschützt und gekündigt.«

»Wenn Sie so knapp bei Kasse waren, wie haben Sie sich dann dieses Haus am Stadtrand leisten können? Die Gegend dort ist nicht gerade günstig.«

Bucket lachte unfroh auf. »Das ist eine Ironie des Schicksals«, sagte er. »Die Unterschlagung war kaum aufgeflogen, da haben wir eine größere Erbschaft gemacht. Ein Onkel von mir ist verstorben. Ich hätte also das ganze Geld auf einmal wieder zurücklegen können, aber das ging natürlich nicht mehr. Catherwood war schon festgenommen worden. Wenn ich das Geld zurückgelegt hätte, wäre der Verdacht gleich auf mich gefallen.«

»War der Erpresser mit dieser einmaligen Zahlung zufrieden?«

»Ja. Vielleicht hat er auch nicht gewusst, wohin wir gezogen sind. Jedenfalls kamen keine weiteren Forderungen.«

»Lebt der Vater Ihrer Frau immer noch bei Ihnen?«

»Nein, er ist kurz vor unserem Umzug gestorben.«

»Wir brauchen seinen vollen Namen.«

Tweany notierte sich Buckets Angaben, die er ihm bereitwillig gab. Der Mann hatte ein starkes Motiv, sowohl für den Mord an Sir Arnold als auch für denjenigen an seinem Sohn. Für diese Unterschlagung würde er ein paar Jahre ins Gefängnis wandern, und das hatte er natürlich vermeiden wollen. Emma Gregson war ihm sozusagen dazwischengekommen, als er auf der Suche nach der Notiz gewesen war. Vielleicht hatte Emma geschrien, als er sie in ihrem Zimmer überrascht hatte, und er war in Panik geraten. Es war schon verrückt: Kein Mensch würde diesem kleinen, properen Mann zutrauen, solch ein Blutbad anzurichten.

Morton setzte die Befragung fort.

»Ich möchte, dass Sie mir genau erzählen, was sich am letzten Mittwochabend zugetragen hat«, sagte er. »Sie hatten also um halb zehn die Auffahrt von Greenacres hinter sich gebracht. Was haben Sie dann getan?«

»Als ich zum Haus kam, bin ich gleich auf die Terrasse und habe versucht herauszufinden, hinter welcher Tür sich die Bibliothek befindet«, begann Bucket mit seiner Schilderung. Er schien nun sehr erpicht, seinen Befrager durch prompte und minutiöse Antworten zufriedenzustellen. »Ich hatte vor zu warten, bis alle zu Bett gegangen wären, dann hätte ich die Scheibe eingeschlagen. Nach einer Weile hörte ich Schritte auf dem gefrorenen Kies. Jemand kam ums Haus herum. Ich habe mich sofort hinter der Urne versteckt, doch als der Mann am Fuß der Treppe kurz stehen geblieben ist, um sich eine Zigarette anzuzünden, habe ich hervorgespäht. Es war der Verwalter. Er ist dann weitergegangen in Richtung Stallungen.

Ich habe weiter ausgeharrt, doch um elf Uhr kam die Haushälterin ins Wohnzimmer und hat alle Läden geschlossen. Ich hatte also keine Möglichkeit mehr, ins Haus zu kommen, und da bin ich wieder gegangen.«

»Konnten Sie in den Salon hineinsehen, bevor die Läden geschlossen worden sind?«, wollte Morton wissen.

Bucket nickte. »Ja, die Vorhänge waren nicht zugezogen. Sir Julian saß vor dem Kamin.«

»Sonst war niemand im Raum?«

»Nein, er war allein.«

»Die ganze Zeit?«

»Ja, nur die Haushälterin kam einmal herein und hat ihm Kaffee gebracht.«

»Wann war das?«

»Ich habe nicht auf die Uhr gesehen. Aber kurz danach hörte ich die Kirchenglocken zehn schlagen.«

»Wie lange ist Mrs Finch geblieben?«

»Sie ist gleich wieder gegangen.«

»Hat sie mit Sir Julian gesprochen?«

»Ja«, antwortete Bucket, nachdem er einen Moment nachgedacht hatte. »Aber nur kurz.«

»Hat Sir Julian den Raum einmal verlassen?«

»Ja, bevor die Haushälterin den Kaffee gebracht hat, ist er hinausgegangen, und ein paar Minuten später ging im Eckzimmer oben das Licht an. Nur kurz, es ist gleich wieder ausgegangen, und danach kam er mit einer großen Kiste in den Salon zurück.«

»Hat noch in einem anderen Zimmer im Obergeschoss Licht gebrannt?«

»Ja, im Eckzimmer auf der anderen Seite des Hauses. Wahrscheinlich waren die Vorhänge zugezogen, nur ein schwacher Lichtschein drang hinaus. Später ist es dann ausgegangen.«

Emmas Schlafzimmer, dachte Tweany. Nun wäre es interessant zu wissen, ob das Licht noch gebrannt hatte, nachdem der Verwalter das Haus verlassen hatte. Und da kam auch schon Mortons Frage:

»Wann ist Nowak an der Terrasse vorbeigegangen?«

»Etwa um halb elf.«

»Hat das Licht im Obergeschoss zu der Zeit noch gebrannt?«

Tweany wartete gespannt auf Buckets Antwort, doch leider zog sein Chef hier eine Niete.

»Das könnte ich nicht sagen«, gab Bucket zurück. »Ich war so erschrocken, als ich die Schritte gehört habe. Erst nachdem ich mich von dem Schreck erholt hatte, habe ich bemerkt, dass es inzwischen ausgegangen war. Da war ich erleichtert, dachte, die Hausbewohner gingen langsam zu Bett. Aber eben das hat mir dann auch nichts mehr genützt.«

Morton bedeutete Tweany, das Vernehmungsprotokoll abzuschließen, und erhob sich.

»Gut, Mr Bucket, das wäre vorläufig alles. Sie werden jetzt in Untersuchungshaft genommen, bis die näheren Umstände Ihrer Delikte geklärt sind.«

Er rief Constable Jones wieder herein und nachdem der Verdächtige abgeführt worden war, fragte Tweany:

»Hätte er uns gesagt, dass er um halb zehn zum Haus gekommen ist, wenn er sich hinter dem Verwalter ins Haus geschlichen hätte?«

»Eher nicht«, räumte Morton ein. »Wir müssen noch mal mit Nowak reden, ob er hinter sich abgeschlossen hat, nachdem er ins Haus kam. Wenn ja, kann es Bucket nicht getan haben; es wurde nicht ins Haus eingebrochen.«

Als Nowak zehn Minuten später ins Verhörzimmer geführt wurde, zeigte er sich wenig kooperativ. Die zwei Tage, die er inzwischen in der Arrestzelle verbracht hatte, waren ihm schlecht bekommen. Er blickte finsterer drein denn je.

Ja, wahrscheinlich habe er die Haustüre hinter sich abgeschlossen, sagte er mürrisch. Aus lauter Gewohnheit, der Alte sei da überaus pingelig gewesen. Als Morton ihn aber fragte, ob er absolut sicher sei, hatte sich ein verschlagener Ausdruck auf seinem Gesicht breitgemacht. Offenbar hatte er plötzlich realisiert, dass die Sache für ihn günstiger aussah, wenn nicht nur er allein sich Zutritt zum Haus hatte verschaffen können. Er sei sich alles andere als sicher, meinte er jetzt. Die Haustüre hätte genauso gut unverschlossen sein können, während er bei Emma oben gewesen sei.

Zurück im Büro wurden sie von Sergeant Walton erwartet. Er hatte im Rathaus die Telefonnummer von Officer Flintwinch erhalten und der hatte ihm Catherwoods Personalien durchgegeben.

»Ich habe eben dort angerufen und konnte mit seiner Zimmerwirtin sprechen«, rapportierte er. »Catherwood ist über Weihnachten zu seiner Familie nach Sheffield gefahren. Leider konnte sie mir keine näheren Angaben machen. Soll ich die Kollegen in Sheffield anfragen?«

»Bucket hat zugegeben, dass er für die Unterschlagung verantwortlich gewesen ist. Zur Überprüfung seiner Aussage brauchen wir Catherwoods Angaben. Doch das eilt nicht, der arme Mann soll erst einmal in Ruhe Weihnachten feiern. Ich könnte mir denken, dass wir ihm einen gehörigen Schreck einjagen, wenn wir ihn jetzt herzitieren. Der ist wirklich schon genug gestraft worden.«

Sergeant Walton war schon an der Tür, da kam er nochmals zurück und übergab Morton einen Schlüssel. »Den hat Mrs Finch vorhin am Empfang vorbeigebracht. Sie sagte, sie müsse nächste Woche nochmals ins Haus, da sie nur das Nötigste gepackt habe. Den Rest müsse sie mit einem Wagen abholen. Sergeant Thomas sagte ihr, dafür müsse sie halt nochmals hier vorbeikommen. Ach ja, und die Kollegen sind eben von Greenacres zurückgekommen. Leider haben sie die Tatwaffe nicht gefunden.«

»Dann wurde sie vermutlich in den Fluss geworfen«, meinte Morton. »Bitte veranlassen Sie, dass er mit Schleppnetzen abgesucht wird. Gleich morgen früh.«

»Da brauchen wir aber die Erlaubnis des Chief Constable für die Sonderschicht.«

Nachdem Walton abgezogen war, klingelte das Telefon. Tweany meldete sich und hörte einen Moment zu. Dann legte er eine Hand über die Hörmuschel und wandte sich an Morton:

»Constable Whitelaw, Sir. Er ruft aus dem Haus der Buckets an. Der Abgleich der Stofffasern ergab keine Übereinstimmung mit den Jacken und Mänteln. Auch bei den Lilburnes nicht. Er fragt, ob er jetzt nach Greenacres rausfahren soll?«

Morton dachte kurz nach. »Er kann nicht ins Haus. Er hat keinen Schlüssel. Sagen Sie ihm, er solle zurückkommen und mir die Fasern übergeben. Ich werde selbst hinfahren.«

5

Es gab nur einen Ort, wo sie hinkonnte. Nur einen einzigen Menschen, dessen Gegenwart sie in ihrer jetzigen Situation für längere Zeit ertragen konnte. Bei Stanley würde sie Unterschlupf finden, bis sie imstande war, in eine eigene Wohnung zu ziehen. Ob er von den Geschehnissen auf Greenacres erfahren hatte? Aber ja, keine Frage. Die überregionalen Zeitungen hatten längst davon berichtet.

Nachdem die Eisenbahn den Bahnhof von Oxford verlassen hatte, warf Alice einen letzten Blick auf den dunklen, träge dahinfließenden Kanal und das schneebedeckte Wahrzeichen der Stadt, den Tom Tower. Der Friedhof, der nun in Sicht kam, rief ihr die Toten in Erinnerung, die sie zurückgelassen hatte. Bald würden auch sie ihre letzte Ruhestätte gefunden haben. Das Haus, in dem sie ihr ganzes Leben zugebracht hatten, war nun verwaist. Es war niemand mehr übrig, der es bewohnen konnte. Alice war heute Mittag ein letztes Mal durch die leeren Räume gegangen, hatte die Möbel zugedeckt, die Läden geschlossen. Und dann hatte sie alles hinter sich gelassen und war in eine neue Welt aufgebrochen.

Sie würde nicht mehr nach Greenacres zurückkehren. Sie konnte jemanden beauftragen, ihre restlichen Sachen dort abzuholen. Schließlich hatte sie genug Geld auf die Seite gelegt, sie konnte sich diesen Luxus leisten. Bei Sir Arnold hatte sie ein anständiges Gehalt bezogen und kaum etwas ausgegeben. Und dazu kam noch die Erbschaft. Zum ersten Mal in ihrem Leben hatte sie am Schalter ein Billett erster Klasse gelöst. Nicht aus Dünkelhaftigkeit, sondern weil sie wusste, dass diese Wagen besser beheizt waren. Falls ein abgebrochener Ast die Schienen blockieren oder der Zug eine Zeit lang in einer Schneewehe stecken bleiben würde, war sie hier besser dran.

Ihre Reise in die Freiheit sollte nicht mit dem Ungemach beginnen, mit dem ihr altes Leben geendet hatte.

Der distinguierte Herr mittleren Alters, der das Abteil mit ihr teilte, senkte die Zeitung. »Scheußliches Wetter, nicht wahr?«, meinte er leutselig.

»Ja, tatsächlich«, erwiderte Alice mit einem unverbindlichen Lächeln. Es war offensichtlich, dass diese Bemerkung eine Unterhaltung einleiten sollte, und sie wollte nicht unhöflich sein. Als sie vorhin das Abteil betreten hatte, war er sehr zuvorkommend gewesen. Er hatte ihr geholfen, den Koffer im Gepäcknetz zu verstauen, und sich anerboten, den Platz mit ihr zu tauschen, falls sie lieber in Fahrtrichtung sitzen wolle. Er war ein Gentleman der alten Schule, der sich sicherlich jedem weiblichen Wesen gegenüber hilfsbereit zeigte. Allerdings bezweifelte Alice, ob er auch das Gespräch mit ihr gesucht hätte, wenn er sich ihrer gesellschaftlichen Stellung bewusst gewesen wäre, denn natürlich wähnten die Herrschaften sich in der ersten Klasse unter sich. Leute seines Schlages waren Snobs; mit Frauen, die nicht ihrer Schicht angehörten, ließen sie sich nur ein, wenn sie auf der Suche nach einem Abenteuer waren, und sie sah nun wirklich nicht danach aus, als ob sie leicht zu haben wäre.

Die Täuschung war nicht beabsichtigt. Alice legte keinen Wert darauf, für eine feine Dame gehalten zu werden; es war einfach so, dass sie ihre Kleidung mit Bedacht wählte. Anstatt sich den Kleiderschrank mit billiger Ware zu füllen, achtete sie bei den wenigen Stücken, die sie besaß, auf Qualität. Das dunkelgraue Kostüm, das sie für die Reise angezogen hatte, war perfekt geschnitten und die weiße Bluse darunter hatte sie sich kurz vor dem Krieg angeschafft, als diese feine Seide noch erschwinglich war.

Alice sah hinaus, auf die tief verschneite Landschaft, die vor dem Fenster vorüberzog. Ein klares Zeichen, dass sie keinen Wert auf eine Annäherung legte. Zu viel gab es zu überdenken. Zu viel gab es, über das sie sich klar werden musste.

Sie, die immer planmäßig und methodisch vorgegangen war, hatte sich noch keine Gedanken über ihre Zukunft machen können. Nur ihr Entschluss, nie mehr als Haushälterin zu arbeiten, stand fest. Mit dem Geld, das Emma ihr vermacht hatte, konnte sie sich eine anständige Ausbildung leisten. Nicht die Bildung, die sie sich gewünscht und die man ihr vorenthalten hatte. Dafür war es zu spät. Sie konnte nicht mit vierzig ein mehrjähriges Studium beginnen, ganz abgesehen davon, dass sie erst ihren College-Abschluss nachholen müsste. Nach der Grundschule war sie gleich als Stubenmädchen verdingt worden. Und dafür, dass sie nach zehn langen Jahren Schinderei zur Haushälterin befördert worden war, hatte die Herrschaft lebenslange Dankbarkeit erwartet und ihr nach dem Krieg sogar die Referenzen verweigert, die sie dringend benötigt hätte, um sich für eine neue Anstellung zu bewerben. Nun, sie hatte es trotzdem geschafft.

Sie waren in Culham angekommen, was Alice erst realisierte, als der Zug nach den üblichen fünf Minuten Aufenthalt immer noch stehen blieb. Draußen auf dem Bahnsteig rannte der Stationsvorsteher hektisch hin und her, die Schultern und die Mütze seiner schwarzen Uniform weiß vom immer dichter fallenden Schnee. Eine Weile passierte gar nichts, dann stieß die Lokomotive plötzlich eine dichte Rauchwolke aus und dann krachte und stampfte es, als ob Holz und Metall bersten würden. Der Wagon wurde so stark durchgerüttelt, dass ihre Handtasche vom Sitz flog. Der Herr, der Alice gegenübersaß, hob sie auf.

»Ein Fehlstart, wieder einmal«, bemerkte er resigniert.

Der Mann war recht attraktiv, und einen Moment lang war Alice versucht, sich auf ein Gespräch einzulassen. Schließlich war sie jetzt frei. Zum ersten Mal wurde ihr das so richtig bewusst. Sie war frei, in jeder Hinsicht. Sie spürte, wie sich mit jeder Meile, die sie zwischen sich und Greenacres gebracht hatte, eine Ruhe und Zufriedenheit in ihr breitmachte, die sie so nie gekannt hatte. Und mit einem Mal spielte es auch keine Rolle mehr, ob der Zug hier eingeschneit und sie erst mitten in der Nacht in London eintreffen würde.

An diesem Bahnhof gab es immerhin eine Zufluchtsstätte, wo sie die Wartezeit verbringen konnte, dachte Alice. Ein hübsches, kleines Stationshäuschen aus Backstein im Tudorstil. Es sah aus wie eine

Weihnachtspostkarte mit den vielen kleinen, spitzen Eiszapfen, die wie Nadeln von dem Fries der Dachtraufe hingen. Doch wie so oft im Leben änderte sich die Situation in dem Moment, als sie sich damit abgefunden hatte.

Mit einem Ruck und lautem Schnaufen setzte sich die Lokomotive wieder in Bewegung, und während sie sich weiter durch die tief verschneite Landschaft pflügte, veranschlagte Alice, wie weit das Geld reichen würde. Fünftausend Pfund waren bei Weitem nicht mehr so viel wert wie vor dem Krieg. Für ihre lang ersehnte Reise auf den Kontinent und ein Jahr Handelsschule sollte diese Summe aber genügen; danach konnte sie sich ihren Lebensunterhalt als Sekretärin verdienen. Bei einer Versicherung oder einem Anwalt, wo sie abends die Tür hinter sich schließen und nach Hause gehen konnte, in ihre eigenen vier Wände. Anstatt jederzeit bereitzustehen, um der Herrschaft zu Diensten zu sein, würde sie ihre Abende und ihre Sonntage damit verbringen können, ihren eigenen Interessen nachzugehen. Ihr Leben als Bedienstete war endgültig zu Ende.

Mit dieser Erbschaft hatte sie nicht gerechnet. Als Morton ihr eröffnet hatte, Emma habe ihr fünftausend Pfund vermacht, war sie erschrocken. Ihr war gleich aufgefallen, dass er sie erstmals mit anderen Augen betrachtet hatte. Jeder, der in irgendeiner Weise vom Tod eines Mordopfers profitierte, geriet in den Verdacht der Ermittler. Sie wusste das. Aber was hatte sie denn schon zu befürchten?

Alice fragte sich nicht zum ersten Mal, wieso Emma das getan hatte. Hatte sie tatsächlich geglaubt, Alice sei ihre Freundin? Das dumme Ding. So etwas wie Freundschaft gab es nicht zwischen Herrschaft und Dienstboten, zu gegensätzlich waren die Machtverhältnisse. Die Frau hatte keine Ahnung, was es hieß, für seinen Lebensunterhalt hart arbeiten zu müssen. Ihre Mutter hatte sie wie eine Prinzessin behandelt, ihr jedes Hindernis aus dem Weg geräumt. Und offenbar nicht nur das. Ein netter junger Mann hatte Emma vor dem Krieg den Hof gemacht (sie hatte sich tatsächlich so ausgedrückt!), doch ihre Mutter hatte ihr eingeredet, er sei nicht gut genug für sie. In einer Traumwelt hatte die törichte Frau gelebt, und als sie das erste Mal in ihrem Leben auf die Probe gestellt wurde, hatte sie versagt.

Letzten Mittwoch, als Alice mit ihr die Kleidung von Sir Arnold durchgegangen war, hatte sie versucht, sie einigermaßen auf Kurs zu halten:

»Miss Emma, Sie müssen jetzt stark sein. Ihr Vater ist tot, aber Sie werden ein neues Leben beginnen. Sie fühlen sich schlecht, doch das geht vorüber. Sie haben Verpflichtungen. Es gibt viele Menschen, die auf Sie zählen. Ihr Bruder wird bald wieder in den Nahen Osten reisen, dann sind Sie es, die hier alles in die Hand nehmen muss. All die Pächter, die Landarbeiter, das Hauspersonal sollten sich auf Sie verlassen können.«

»Aber Kamil«, hatte Emma weinerlich widersprochen, doch Alice hatte sie mit den harten Tatsachen konfrontieren müssen:

»Ja, Sie werden Kamil an Ihrer Seite haben, aber etwas müssen Sie begreifen: Bevor diese Hochzeit stattfindet, werden Sie sich selbst in den Griff kriegen müssen. Sie haben mir gesagt, dass Sie nie mehr eine Marionette von jemandem sein möchten. Doch genau das wird passieren. Wenn Sie die Zügel nicht fest in der Hand halten, wird Kamil alles an sich reißen. Sie tauschen die eine Abhängigkeit gegen eine andere ein. Es gilt jetzt, nach vorne zu blicken.«

Doch alles Zureden hatte nichts gefruchtet.

»Stört es Sie, wenn ich mir eine Pfeife anzünde?«

Die sonore Stimme ihres Mitreisenden riss Alice aus ihren Gedanken.

»Aber nein, keineswegs«, entgegnete sie, worauf er eine bereits gestopfte Pfeife aus seiner Manteltasche holte. Mit einem goldenen Feuerzeug setzte er sie in Brand und zog dann ein paarmal kräftig am Mundstück, sodass der Tabak im schwindenden Licht aufglimmte. Der Rauch breitete sich im Abteil aus und mischte sich mit dem Geruch nach kaltem Metall. Und mit einem Mal verblasste die Gegenwart wie eine Fotografie, die sich zurückentwickelt, und ein anderes Bild nahm ihren Platz ein.

Sie war wieder zehn Jahre alt und stand auf dem Absatz der steilen Holztreppe, die von der Wohnung hinunter in die Eisenwarenhandlung ihres Vaters führte. Kaltes Mittagslicht sickerte schwach durch die Glasscheibe der Ladentür, doch über dem Verkaufstresen brannte eine helle Lampe. In ihrem gelben Lichtkreis stand ihr Vater mit dem Rücken zu ihr und sortierte Nägel in runde Blechdosen.

»Das Mittagessen ist parat, Dad.«

Er wandte den Kopf, Pfeife im Mundwinkel. »Bin gleich oben, Kleines. Mach nur noch schnell die Nägel fertig.«

Alice blieb einen Moment stehen und sah hinunter auf das blitzende Metall der Werkzeuge, die an den Wänden entlang aufgereiht waren: Rechen, Mistgabeln, Schaufeln und Spaten. Und daneben, in den Regalen, Hämmer, Schraubenschlüssel, Ketten, Schlösser und Scharniere. Dann hüpfte sie, immer zwei Stufen auf einmal die Treppe hinunter.

»Darf ich dir helfen, Dad?«

Er nickte und sie stellte sich neben ihn an die verschrammte Ladentheke. Während sie das Häufchen eiserner Stifte voneinander trennte, sagte sie:

»Heute haben wir in der Geografiestunde Südamerika durchgenommen. Wusstest du, dass unser Kaffee aus Brasilien kommt?«

Ihr Vater lächelte, etwas schief, weil er das Mundstück der Pfeife zwischen die Zähne geklemmt hatte.

»Du bist das einzige Kind, das ich kenne, das gerne zur Schule geht. Du wirst es noch weit bringen, Mädchen.« Er wischte sich die Hände an seinem braunen Arbeitskittel ab. »Geh jetzt nach oben und hilf deiner Mutter beim Tischdecken. Ich schließe hier zu und komme gleich nach.«

Doch er war nicht gekommen. Nie mehr.

Man hatte ihr nicht geglaubt. Niemand hatte ihr geglaubt, dass sie oben mit ihrer Mutter den Tisch gedeckt hatte, als es passierte.

»Ist Ihnen nicht gut?«

Alice fuhr zusammen und sah in das besorgte Gesicht ihres Mitreisenden. Sie musste ihn die ganze Zeit mit blicklosen Augen angestarrt haben.

»Sie sind leichenblass. Soll ich den Schaffner rufen, damit er Ihnen eine Tasse Tee bringen kann?«

Nur mit Mühe fand Alice ihre Sprache wieder. »Aber nein«, beteuerte sie. »Die Luft hier drinnen ist etwas stickig. Ich werde mir etwas die Füße vertreten.«

Sie stand rasch auf und ging hinaus auf den Korridor und dort den Gang hinunter bis zum Ende des Wagens.

Sie hatte sich so gut gefühlt, so voller Zuversicht! Hatte tatsächlich geglaubt, die Vergangenheit hätte keine Macht mehr über sie. Und jetzt das! Als ob sie einen Rückfall in eine schreckliche Krankheit erlitten hätte. Eine einzige Erinnerung, die jahrelang geschlummert hatte, konnte ihren Gleichmut völlig zunichtemachen. Das durfte sich nicht wiederholen! Sie musste wachsam bleiben, die Kontrolle über ihre Gefühle behalten. Und das würde ihr leichter fallen, sobald sie in London war. Dann konnte sie den endgültigen Schlussstrich ziehen, den Bruch mit der Vergangenheit besiegeln.

Alice sah aus dem Fenster und stellte mit Erleichterung fest, dass der Zug schon die Vororte der Großstadt erreicht hatte.

***

Die Reporter vor den Toren zu Greenacres waren verschwunden. Morton fragte sich, wie sie in Erfahrung gebracht hatten, dass das Haus jetzt leer stand. Auch das Pförtnerhaus machte einen verlassenen Eindruck. Seit niemand mehr da war, um sie zu räumen, war die Auffahrt völlig zugeschneit. Morton hatte Anfang Dezember auf einer Ausrüstung des Wagenparks mit Winterreifen bestanden, und obwohl der Mechaniker gemeint hatte, das lohne sich hier im Süden doch kaum, war er hartnäckig geblieben. Das zahlte sich jetzt aus. Allerdings wären unter diesen Witterungsverhältnissen Schneeketten erforderlich gewesen. Während sich der Wagen mühsam die Auffahrt hochkämpfte, machte sich Morton jederzeit darauf gefasst, den Weg zu Fuß fortsetzen zu müssen. Und in der letzten Kurve war es dann so weit; die Steigung war zu viel für den Wolseley. Immerhin war er schon in Sichtweite des Hauses.

Greenacres machte einen unwirtlichen Eindruck. Bevor die Haushälterin nach London aufgebrochen war, hatte sie sämtliche Fensterläden geschlossen. Unter dem Portikus stampfte sich Morton den Schnee von den Füßen, holte den großen, unförmigen Schlüssel aus seiner Manteltasche und schloss die Tür auf.

Kaum war er in die Halle getreten, senkte sich eine dumpfe, schwere Stille über ihn. Der Geruch nach kürzlich erloschenen Feuern lag immer noch in der Luft und durch die Jalousien sickerte gerade genug bläuliches Winterlicht, damit er sich einigermaßen orientieren konnte. Er ging hinüber zum Lichtschalter, der direkt neben dem Treppenaufgang angebracht war, doch als er ihn umlegte, geschah nichts. Vermutlich hatte Mrs Finch den Hauptschalter abgedreht; er würde im Keller nachsehen müssen. Vorerst aber war es draußen noch hell genug, um sich auf die Suche nach den Jacken und Mänteln zu machen. Er würde sich mit dem Abgleich beeilen müssen, sonst lief er bei diesem heftigen Schneetreiben Gefahr, den Wagen später ausgraben zu müssen.

Morton durchquerte fröstelnd die Halle zum Hinterausgang. Die Heizung war vermutlich erst vor ein paar Stunden abgestellt worden, doch die Kälte hatte sich schon in den Innenräumen breitgemacht. Im Gartenzimmer hingen eine ganze Reihe helle Regenmäntel an den Kleiderhaken; der schwarze Stofffetzen stammte mit Sicherheit nicht von ihnen. Er ging zurück in die Halle, und während er die Treppe ins Obergeschoss hinaufstieg, glaubte er, ein leises Knacken zu hören. Er verharrte auf der zweitobersten Stufe und horchte in die Stille hinein. Nein, da war nichts. Wahrscheinlich das jahrhundertealte Gebälk, welches sich nun mit den sinkenden Temperaturen zusammenzog. Er ging weiter und dann die Galerie entlang bis zum letzten Schlafzimmer. Es war dasjenige von Emma Gregson.

Morton klappte die Läden zurück und öffnete dann die verschnörkelte Tür ihres Kleiderschrankes. Ein Gemisch aus Maiglöckchenparfüm und Lavendel schlug ihm entgegen. Das süße Eau de Toilette hatte er schon auf ihrem Frisiertisch gesehen und der frische Duft entströmte den kleinen Leinensäcklein, mit denen die Kleiderbügel bestückt waren. Nach einem schwarzen Mantel hielt Morton vergeblich Ausschau. Er wollte den Schrank schon wieder schließen, als ihm die bereitgelegten Geschenke auf der Hutablage ins Auge fielen. Ein halbes Dutzend in Weihnachtspapier eingeschlagene Schachteln, und an jede war ein glitzerndes Schildchen gebunden, auf dem ein verschneiter Stechpalmenzweig und ein Rotkehlchen abgebildet waren. Diese verlorene Liebesmüh rührte ihn. Das ganze Ausmaß der Tragödie, die sich hier abgespielt hatte, wurde durch diese Gaben, die niemand mehr in Empfang nehmen konnte, offenbar. Emma hatte etwas gewusst, dessen war er sich jetzt sicher. Wäre sie heute noch am Leben, wenn sie sich ihm anvertraut hätte?

Morton schloss den Schrank und ging hinüber in Julians Zimmer, doch auch hier wurde er nicht fündig, und die Schränke des Coroners im Zimmer daneben waren schon allesamt leer geräumt. Blieben noch die Räume der Haushälterin.

Als Morton wieder in die dämmrige Halle hinunterkam, hörte er abermals das gleiche Geräusch, ein Knacken, auf das eine Art Knirschen folgte. Er schenkte ihm weiter keine Beachtung mehr und stieg ins Souterrain hinunter. Die knarrende Holztreppe lag im Dunkeln und Morton hielt sich sicherheitshalber am Handlauf fest. In solchen Situationen hatte sich schon mancher das Genick gebrochen. Doch nicht nur die Angst vor einem Sturz ließ ihn achtsam auftreten. Er wurde das beklemmende Gefühl nicht los, dass vor ihm auf den Stufen etwas lauerte. Die Geräusche, die er vorhin in der Halle vernommen hatte, mussten ihn unbewusst irritiert haben. Er hoffte wirklich nicht, dass er langsam paranoid wurde. Leere, verlassene Häuser strahlten eine eigentümliche Atmosphäre aus. Als ob sie mit angehaltenem Atem auf etwas warten würden. In Anbetracht der Tatsache, dass hier innerhalb einer einzigen Woche drei Menschen zu Tode gekommen waren, konnte man bei diesem Etwas wohl von keiner besonders erfreulichen Sache ausgehen.

Der Korridor, der unten im rechten Winkel von der Treppe wegführte, erhielt etwas Licht von den Wirtschaftsräumen, die davon abgingen. Dort gab es keine Läden, da alle Fenster vergittert waren. Und als Morton einen Moment auf der Treppe innehielt, sah er einen Schatten um die Ecke huschen. Da war jemand im Haus!

Morton verharrte einen Moment reglos und horchte in die Dunkelheit hinein. Wer konnte das sein? Nowak und Bucket waren in Polizeigewahrsam, Mrs Finch auf dem Weg nach London, Ruby und Barker auf der Flucht in Frankreich. Halt, waren sie das wirklich? Hatten sie nicht vielmehr abgewartet, bis Greenacres leer stand, um das Haus in aller Ruhe zu durchsuchen? Wer immer es war, er musste inzwischen bemerkt haben, dass er nicht mehr allein war. Morton setzte zum Sprung an und landete mit einem Satz auf dem Flurboden. Dort wandte er sich blitzschnell nach links und rief: »Polizei! Sofort stehen bleiben!«

Nichts geschah. Tiefe Stille.

Der Eindringling musste noch auf dem Korridor sein; er hatte keine Zeit gehabt, eine der Türen zu öffnen, um hineinzuschlüpfen. Morton schlich, so leise er das in seinen schweren Winterstiefeln vermochte, an der Wand entlang. Ganz am Ende des Ganges zweigte eine weitere Passage ab, die zur Kellertür führte.

Falls es sich hier um Barker handelte, war der Mann womöglich bewaffnet. War es da nicht angezeigt, Verstärkung anzufordern? Nein, er wollte sich nicht zum Narren machen, denn hier könnte genauso gut ein Landstreicher Zuflucht vor der Kälte gesucht haben. Zum allerersten Mal in seiner Laufbahn als Polizeibeamter bedauerte es Morton, dass sie in Großbritannien keine Waffen tragen durften.

Und dankte gleich darauf der Vorsehung, dass dies der Fall war, denn sonst hätte er nun womöglich ein unschuldiges Tier umgebracht. Im hintersten Winkel, zwischen Wand und Kellertür, kauerte ein kastanienbrauner Baummarder. Diese wendigen Tierchen drangen meist durch eine Lücke im Dachgebälk in die Häuser, da draußen bei dieser Kälte wahrscheinlich keine Nahrung mehr aufzutreiben war.

»Heiliger Strohsack!«, lachte Morton. »Hast du mich erschreckt.«

Das Erschrecken allerdings war gegenseitig. Der Marder saß stockstill, die schwarzen Knopfaugen starr auf seinen Störenfried gerichtet. Es war ein prächtiges Exemplar seiner Gattung, so groß wie ein kleiner Hund, mit langem, glänzendem Fell und gelb umrandeten Öhrchen.

Das arme Tier würde hier drinnen elendiglich verhungern; Mrs Finch hatte alle verderblichen Lebensmittel weggeräumt. Morton machte sich auf zur Küche und von dort in den Vorratsraum. Nach längerem Suchen fand er in einer verschlossenen Blechdose eine Packung Kekse von der Art, die man kleinen Kindern verfüttert. Morton waren sie auch schon angeboten worden; sie schmeckten nach gar nichts, dem Marder würden sie gut bekommen. Er holte einen Teller aus dem Geschirrschrank, legte die Kekse darauf und stellte ihn, zusammen mit einer kleinen Schüssel Wasser, hinaus auf den Korridor. Vom Marder war weit und breit nichts mehr zu sehen; er hatte sich schon verkrochen und würde erst wieder auftauchen, nachdem Morton das Haus verlassen hatte.

Nun aber an die Arbeit, dachte er. Das Licht schwand rasch und er wollte nicht Gefahr laufen, seinen Wagen im Dunkeln ausgraben zu müssen.

Vom Aufenthaltsraum der Haushälterin führte eine Tür direkt in ihr Schlafzimmer, eine kleine Kammer, nicht viel größer als eine Gefängniszelle. Sie war nur mit dem Allernötigsten möbliert: ein schmales eisernes Bett, ein Nachttisch, ein Stuhl und ein Schrank. Eine Heizung fehlte und das winzige Fenster ließ sich nicht öffnen.

Eine absolut trostlose Art und Weise, seine Dienerschaft unterzubringen, vor allem im Vergleich zu den luxuriös ausgestatteten Räumen, welche die Familie Gregson für sich selbst in Anspruch genommen hatte. Als Haushälterin hatte Mrs Finch – im Gegensatz zur restlichen Dienerschaft – immerhin noch ein zweiter Raum zur Verfügung gestanden. Hier drinnen musste sie sich nur zum Schlafen aufgehalten haben, es gab kein einziges Bild an den Wänden.

Morton öffnete den wackligen Tannenholzschrank und musste feststellen, dass sich darin nur noch etwas Sommerkleidung befand. Mrs Finch besaß vermutlich nur einen einzigen Wintermantel, den sie jetzt natürlich tragen würde. Morton wandte sich ab und ging hinüber in den Aufenthaltsraum. Es gab dort noch einen Schreibsekretär, den er sich ansehen wollte, ein schönes Möbel aus der Zeit King Edwards aus gemasertem Mahagoni mit Rosenholzintarsien.

Er war verschlossen, doch der kleine Schlüssel steckte im Schloss. Morton nahm sich einen Stuhl und setzte sich damit vor die heruntergeklappte Lade.

Die Haushälterin hatte sich um die gesamte Wirtschaftsführung gekümmert und peinlich genau über sämtliche Ausgaben Buch geführt. Die Quittungen von Lieferanten, Handwerkern, Wäschereien waren alle sauber abgeheftet, die unbezahlten Rechnungen in einem der Fächer bereitgelegt. Morton ging alles durch und fand keinerlei private Unterlagen oder Aufzeichnungen. Falls Mrs Finch diesen Sekretär auch privat genutzt hatte, hatte sie diese Unterlagen mitgenommen.

Morton verschloss ihn wieder, stand auf und blieb einen Moment unschlüssig mitten im Zimmer stehen. Dann fiel sein Blick erneut auf die Fotografie auf dem Kaminsims. Bei der Befragung von Mrs Finch hatte er den Eindruck gehabt, das Bild würde ihr viel bedeuten, und trotzdem hatte sie es zurückgelassen. Er nahm es zur Hand und trat damit ans Licht unter dem Fenster. Und plötzlich wusste er, weshalb diese Fotografie letzten Mittwoch seine Aufmerksamkeit erregt hatte. Etwas daran hatte ihn irritiert, schien nicht stimmig, doch er hatte diesen Eindruck dem Umstand zugeschrieben, dass er Alice Finchs Mutter mit ihr verwechselt hatte. Dabei war es der Hintergrund des Bildes, der hier bedeutsam war. Dort konnte man das Erdgeschoss einer Ladenzeile ausmachen: eine Eingangstür und ein mit Reliefsäulen abgesetztes Schaufenster. Morton nahm die kleine Lupe, die er immer bei sich trug, aus der Jackentasche. Und jetzt, in der Vergrößerung, war der Schriftzug klar zu erkennen: Es handelte sich um das Juweliergeschäft der Lilburnes, das sich vormals »Clark's« genannt hatte.

Das Bild war hier in Chipping Bramton auf dem Marktplatz aufgenommen worden! Wenn der Juwelier inzwischen nicht seinen Namen geändert hätte, wäre ihm das gleich aufgefallen. Weshalb hatte Mrs Finch das nicht erwähnt, als sie über die Fotografie gesprochen hatten? Wieder fiel Morton ihre Bemerkung ein, ihr Vater sei ein begeisterter Hobbyfotograf gewesen. Wo also waren all die Fotos?

Sie mussten in ihrem Besitz sein; ihre Eltern waren tot, Geschwister hatte sie keine.

Der Coroner hatte einiges über die Menschen in seiner Umgebung in Erfahrung gebracht. Er hatte nicht nur über Rubys Mittäterschaft bei dem Einbruch vom letzten August Bescheid gewusst, er hatte auch Kenntnis von Buckets Unterschlagung bei der Standard Insurance und von Nowaks Desertion von der polnischen Armee gehabt. Hatte er auch über Alice Finch etwas herausgefunden?

Falls sie mit diesen Morden in Zusammenhang stand, hatte sie vermutlich kein Beweismaterial zurückgelassen, doch man konnte nie wissen. Morton begann, den Schubladensockel des Schreibsekretärs zu durchsuchen. Das oberste Fach enthielt einen Stapel Taschentücher, einen Vorrat an Yardley's Lavendelseife, eine noch unbenutzte Dose Körperpuder und drei Ansichtskarten von einem Mann namens Stanley: eine aus Schottland, eine aus Wales und die dritte, datiert vom letzten August, aus London. Damit ließ er Alice wissen, er habe nun eine neue Wohnung gefunden. Die Adresse, die er darauf vermerkt hatte, war dieselbe, die Mrs Finch Morton angegeben hatte, als er sie gefragt hatte, wo sie zu erreichen sei.

Die mittlere Schublade enthielt ein paar helle Sommerhandschuhe mit passender Tasche, ein Sträußchen Seidenblumen und eine kleine Truhe mit Nähzeug.

In der untersten, tiefsten Schublade wurde Morton fündig. Neben einem gut ausgestatteten Werkzeugkasten lag ein alter Schuhkarton voller Fotografien. An dem gewellten weißen Bilderrand sah Morton gleich, dass es sich hier um ältere Aufnahmen handelte. Er hob den Karton heraus und setzte sich damit unters Fenster.

Die Bilder waren weder chronologisch noch nach Sujet geordnet. Es gab viele Landschaftsaufnahmen, aber auch Aufnahmen von Familienfeiern: ein Brautpaar mit den Gästen vor der Kirche, die Familie vor dem geschmückten Weihnachtsbaum. Auch das Hochzeitsfoto von Alices Eltern war dabei. Allerdings war dieses, so besagte der Aufdruck hinten, im Studio eines Londoner Fotografen aufgenommen worden. Es gab auch ein paar frühe Bilder von offiziellen

Anlässen wie dem Begräbnis von Queen Victoria oder der Generalmobilmachung.

Und immer wieder Alice: in ihrer Wiege mit einem gehäkelten Lätzchen um den Hals, im Taufkleid vor der Kirche, im weißen Sonntagskleid an der Hand ihrer Mutter, mit langen, dicken Zöpfen neben ihrem Vater. Alice, die mit ihrem Stofftier, einer getigerten Katze, spielt; Alice, die in einem großen Wäschezuber planscht; Alice, die von einem aufgeschlagenen Buch aufsieht. Einige der Fotos waren hinten beschriftet: zu Besuch bei Tante Ethel; Mabel, Ashwood Forrest; Alices erster Schultag; Lionel, an seinem 40sten Geburtstag.

Eines hatten praktisch alle Fotos gemein: Sie waren hier in Chipping Bramton und Umgebung aufgenommen worden. Alice Finch war hier aufgewachsen, so viel stand fest. Weshalb hatte sie ihm das verschwiegen? Nein, mehr als das, sie hatte ihm nicht nur etwas verschwiegen, sondern ihn direkt angelogen, als sie erklärte, sie sei im Lake District geboren und aufgewachsen. Die Gegend habe sie erst während des Krieges verlassen. Weshalb hatte sie gelogen? Weil es eine Verbindung gab zwischen ihr und der Familie Gregson, die sie unbedingt verheimlichen wollte? War er hier einem möglichen Motiv auf die Spur gekommen?

Obschon Alice Finch von vornherein als Täterin infrage gekommen war – wie die anderen fünf Verdächtigen hatte sie kein Alibi für die jeweilige Tatzeit –, war bis jetzt nicht ersichtlich, inwiefern sie vom Tod ihres Arbeitgebers profitiert haben sollte. Oder von demjenigen seines Sohnes. Bei Emma Gregson sah die Sache anders aus. Die Summe, die ihr hinterlassen wurde, war nicht unerheblich. Allerdings hatte Morton den Eindruck gehabt, die Haushälterin sei von dieser Erbschaft völlig überrascht worden. Diese Überraschung hätte sie natürlich vorgeschützt haben können, trotzdem stellte sich die Frage, weshalb auch der Coroner hatte sterben müssen, wenn es ihr nur um die Erbschaft gegangen war. Wenn man allerdings das fehlende Motiv außer Acht ließ, sprach im Lichte der neuen Erkenntnis einiges für Alice als Täterin:

Mrs Finch war bei jedem der Morde im Haus gewesen. Die Tatwaffe für den ersten Mord befand sich in ihrer Reichweite. Ein Nebenanschluss der Telefonleitung befand sich in ihrem Zimmer (die einzige Möglichkeit herauszufinden, wann genau Sir Arnold sein Telefonat beendet hatte, da die Tür zur Bibliothek schalldicht war). Sie hatte Zugang zur Tatwaffe für den zweiten Mord und ausreichend Gelegenheit, diese nach der Tat unter Nowaks Wohnung zu platzieren. Sie selbst hatte die Köchin angewiesen, am Montagabend gleichzeitig mit dem Hausmädchen ihren freien Abend zu nehmen was ihr volle Bewegungsfreiheit zur Tatzeit garantiert hatte. Blieb der Einbruch von Freitagnacht, doch auch den hätte sie vortäuschen können. Niemand sonst wäre dazu in der Lage gewesen.

Falls Mrs Finch diese Morde begangen hatte, war sie äußerst geschickt vorgegangen. Hatte sie tatsächlich übersehen, dass aus den zurückgelassenen Fotos Rückschlüsse gezogen werden konnten? Möglich wär's. Morton hatte schon zur Genüge erlebt, wie minuziös konstruierte Pläne durch einen einzigen banalen Fehler zunichte gemacht wurden.

Er stand auf und legte den Karton auf einem Beistelltisch zum Mitnehmen bereit. Dann rief er auf der Bezirkswache an und verlangte seinen Sergeant zu sprechen.

»Alice Finch ist hier in Chipping Bramton aufgewachsen«, sagte er, als er Tweany am Apparat hatte. »Ich habe Fotos gefunden, die das belegen.«

»Hol mich der Geier!«, rief Tweany verblüfft.

»Mrs Finch erzählte mir, ihr Vater habe leidenschaftlich gerne fotografiert«, erklärte Morton. »Und da habe ich mich gewundert, wo all die Fotos abgeblieben sind. Eben habe ich sie aufgespürt. Die Bilder, die ich hier vor mir habe, zeigen Alice als Säugling, als Kleinkind und als Schulmädchen, immer wieder vor dem Hintergrund der Umgebung von Chipping Bramton. Allerdings bin ich mir nicht sicher, wie beweiskräftig sie sind. Wir brauchen gesicherte Fakten, die diesen Verdacht erhärten.«

Tweany hatte aufmerksam zugehört. »Wenn Alice Finch in Chipping Bramton aufgewachsen ist, muss sie auch hier zur Schule gegangen sein«, stellte er jetzt fest. »Das Grundschulamt könnte uns da weiterhelfen, aber dummerweise wird dort niemand mehr zu erreichen sein. Heute war der letzte Schultag vor den Weihnachtsferien. Meine Neffen freuen sich schon seit Tagen darauf.«

»Dann suchen wir nach ihren Eltern«, beschloss Morton. »Ihre Mutter hieß Mabel und ihr Vater Lionel. Bei Alices Geburt war ihre Mutter Mitte dreißig. Sie ist also irgendwann in den Siebzigerjahren des letzten Jahrhunderts geboren worden. Beide sind bereits gestorben, Sie müssen also die alten Wählerregister von unserem Bezirk durchsehen.«

»Wird gemacht, Chef.«

»Noch eine Besonderheit«, setzte Morton hinzu. »Es gibt haufenweise Kinderbilder von Alice, aber kein einziges von ihr als Teenager.«

»Vielleicht hat sie das neueste Album schon mitgenommen«, meinte Tweany. »Sie sagte doch, sie müsse nochmals wiederkommen, um den Rest ihrer Sachen abzuholen.«

»Die Fotos stecken nicht in einem Album, die liegen in einem alten Schuhkarton, und ich glaube kaum, dass noch ein zweiter existiert. Sonst wären die hier in eine chronologische Reihenfolge gebracht worden. Sie liegen aber alle wild durcheinander, und dazwischen steckt sogar noch ein Zellophanbriefchen mit Schraubenmuttern. So wie ich das sehe, hat die Familie für mindestens zehn Jahre hier gelebt. Es gibt Fotos von Alices Taufe, und auf den letzten Bildern ist sie schätzungsweise zehn Jahre alt.«

»Vielleicht ist die Familie damals nach Cumberland gezogen. Dass Alice später in Thwaitefells gearbeitet hat, wissen wir ja. Ich habe das selbst überprüft.«

»Stimmt. Möglicherweise ist ihr Vater damals gestorben, das würde die fehlenden Fotografien erklären. Aber das sind alles Spekulationen; warten wir ab, was die Durchsicht des Wählerregisters ergibt.«

Nachdem Morton den Hörer aufgelegt hatte, klemmte er sich die Schachtel unter den Arm, holte eine Schaufel aus dem Gartenraum und machte sich dann auf, den Wolseley auszugraben.

6

Trotz des langen Aufenthaltes in Culham traf der Nachmittagszug aus Oxford kurz nach vier, mit nur wenigen Minuten Verspätung, in Paddington ein. Inzwischen hatte die Dämmerung eingesetzt, doch der dichte Schneefall hatte nicht nachgelassen. Im ockerfarbenen Licht über den Gleisen wirbelten die dicken Flocken chaotisch umher.

Alice passierte die Schranke und steuerte dann den Bahnhofskiosk an, um sich einen Stadtplan zu kaufen. Das geschäftige Treiben, welches hier unter der hohen Glaskuppel herrschte, ließ die schmerzhafte Erinnerung, die sie im Zug heimgesucht hatte, vollständig verblassen. Es tat gut, in die Anonymität der Masse einzutauchen, die sich über die Bahnsteige wälzte. In ihrem dunkelgrünen Tweedmantel und dem schlichten Filzhut unterschied sie sich in nichts von all den anderen Frauen mittleren Alters, die hier nach Büroschluss auf dem Heimweg waren. Aus den Lautsprechern tönten ständig Durchsagen, welche Passagiere und Wartende über Verspätungen und ausfallende Zugverbindung in den Norden informierten. Das brauchte sie nicht zu kümmern. Wo immer ihre Reisen sie in naher Zukunft auch hinführen würden, nach Cumberland würde sie nie mehr zurückkehren.

Am Kiosk sprangen ihr als Erstes die Schlagzeilen der Abendzeitungen in die Augen. Nach dem dritten Mord in Folge hatten alle Redakteure die Frontseiten leer geräumt, um sie exklusiv den grausigen Ereignissen in Greenacres zu widmen. Die verschiedenen Blätter überschlugen sich förmlich, um einander mit ihren sensationslüsternen Formulierungen auszustechen. Um dem Menschenstrom auszuweichen, ging Alice hinüber zur Arkade und stellte sich neben den Rundbogen zum Wartesaal. Dort setzte sie den Koffer ab und entfaltete den Plan. Sie hatte nur eine vage Ahnung, wo sich die Hallam Street befand, und konnte sie erst nach längerem Suchen ausmachen. Sie war nicht weit vom Zentrum entfernt, in der Nähe des Regent's Park. Also die Bakerloo Line.

Auf der Rolltreppe in den tiefen Untergrund fragte sich Alice erstmals, ob sie Stanley zu Hause antreffen würde. Er hatte kein Telefon, und nachdem sich die Ereignisse in Greenacres überstürzt hatten, war es zu spät gewesen, um ihm ihre Ankunft schriftlich mitzuteilen. Egal, wenn er nicht da war, würde sie eben warten. Irgendwann würde er schon nach Hause kommen.

Stanley war erst vor zwei Jahren nach London gezogen, aufgewachsen war er in Canterbury. Nach Kriegsende war ihm eine Stelle beim Katasteramt angeboten worden, da das Amt dringend Landvermesser gesucht hatte. Sowohl die Stadt als auch private Bauherren hatten rasch möglichst mit dem Wiederaufbau der zerstörten Gebäude beginnen wollen.

Die Fahrt mit der U-Bahn dauerte nur zehn Minuten, doch als Alice in Regent's Park durch die grün gekachelte Passage dem Ausgang zustrebte, war die Nacht hereingebrochen. Auf der Straße oben rief ein Zeitungsjunge den herausströmenden Pendlern die Schlagzeilen des Abends zu. Auch Alice hielt er eine Ausgabe entgegen, doch sie ignorierte sie. In der U-Bahn hatte sie nochmals den Stadtplan aufgeschlagen und sich die Namen der Straßen gemerkt, die sie durchqueren musste, um an ihr Ziel zu gelangen. Nun haftete aber an vielen Schildern gefrorener Schnee, und so war sie gezwungen, sich durchzufragen.

Es war schon kurz vor fünf, als Alice die Hallam Street erreichte. Auch dieser Stadtteil war nicht von der Luftwaffe verschont geblieben; allenthalben unterbrach eine Lücke die Häuserzeilen. Stanleys Wohnung aber befand sich in einem intakten Eckhaus aus dunkelrotem Backstein, welches von einem schmalen, achteckigen Türmchen gekrönt wurde. Im Erdgeschoss war ein Pub untergebracht, dessen Eingangstür in die gerundete Ecke eingelassen war. Und das war auch schon die einzige Tür, die in das Gebäude führte. Auf der Suche nach einem Zugang zum Treppenhaus folgte Alice der Fassade bis zu ihrem Ende an der Devonshire Street und erkannte dort, dass nicht nur das Nachbargrundstück zerbombt worden war. Auch Stanleys Haus hatte einiges abbekommen. Die Fußböden der unteren zwei Stockwerke ragten ins Leere und von den oberen Geschossen war nichts mehr übrig geblieben. Das halbe Haus war nur noch ein Trümmerhaufen, der jetzt unter der weißen Schneedecke einer gespenstischen Kraterlandschaft glich.

Ausgerechnet Stanley hatte also direkt neben einem ausgebombten Grundstück Quartier bezogen. Vermutlich hatte er es sich nicht aussuchen können; in London herrschte seit dem Krieg akute Wohnungsnot. Und abgesehen davon teilte er die leidvollen Erfahrungen mit Hunderttausenden, die während des Krieges zu Hause oder an der Front traumatisiert worden waren. Bei Stanley aber kamen noch die Schuldgefühle dazu. Während ihres geheimen Einsatzes in Hillside waren sie einmal an einem wunderschönen Herbsttag nach London beordert worden, um Material zu beschaffen. In der Nacht zuvor hatte die Luftwaffe erneut Angriffe auf die Stadt geflogen und aus den Ruinen der zerbombten Grundstücke stieg immer noch Rauch aus schwelenden Feuern in den strahlend blauen Himmel auf. Bei einem der Häuser war nur die Fassade weggerissen worden, und dieser Anblick hatte ihnen beiden weit mehr zugesetzt als all die rußgeschwärzten Ruinen. Es hatte ausgesehen wie ein vollständig möbliertes, etwas in Unordnung geratenes Puppenhaus mit all den persönlichen Dingen, die seine ehemaligen Bewohner zurückgelassen hatten: Kaffeetassen und Zeitungen auf dem Tisch, hastig zurückgeschlagene Decken auf den Betten, schief hängende Bilder an den Wänden. In einem Wohnzimmer hatte sich eine ältere Frau in die Armlehnen ihres Sessels gekrallt und verzweifelt gegen zwei Männer vom Zivilschutz gewehrt, die sie aus ihrer einsturzgefährdeten Wohnung hatten bergen wollen.

Sie waren wie unter einem inneren Zwang stehen geblieben, und dann hatte Stanley sie am Arm gepackt. »Sieh dir das an, Alice! Das ist es, was wir den Menschen mit unserer Arbeit antun. Wir helfen dabei, sie aus ihrem Zuhause zu vertreiben, sie zu verwunden, sie zu töten. Spielt es denn da noch irgendeine Rolle, welcher Nationalität sie angehören?«

Danach hatte er mit seinem Einsatz gehadert, und nun wurde er wahrscheinlich jedes Mal, wenn er nach Hause kam, daran erinnert.

Alice ging zurück zur Hausecke. Sie würde im Pub nachfragen müssen, das allerdings noch geschlossen war. Auch alle anderen Wirtshäuser in London würden erst um halb sechs wieder öffnen, sie konnte also genauso gut hier warten. Sie stellte sich in den schmalen Windfang, doch das Schneetreiben war so heftig, dass er kaum Schutz bot. Nach zehn Minuten ging hinter dem Glaspaneel der Tür ein Licht an. Alice klopfte und versuchte, durch die dichten Eisblumen zu spähen, die sich auf der Scheibe gebildet hatten. Drinnen hatte jemand – ob Frau oder Mann war nicht zu erkennen – begonnen, die Stühle von den Tischen auf den Boden zu stellen. Die Gestalt reagierte nicht auf das Klopfen und so rief Alice, so laut sie konnte: »Hallo! Kann ich Sie bitte kurz sprechen?«

Es dauerte nochmals ein paar Minuten, bis ein muskulöser, kahlköpfiger Mann unwillig die Tür öffnete. »Wir hab'n geschlossen!«, blaffte er. »Können's nicht lesen?«

»Ich suche den Hauseingang zu den Wohnungen über Ihrem Pub«, sagte Alice rasch, ehe er die Tür wieder schließen konnte.

»Den gibt's nicht mehr.«

»Dürfte ich vielleicht einen Moment hereinkommen?«

»Was is'n los, Joe?«

Eine hübsche, mollige Frau war durch den Vorhang hinter der Bar getreten.

»Da will jemand nach oben!«, rief der Wirt über seine Schulter.

»Dann lass sie doch um Himmels willen rein!«, wies ihn die Frau beherzt an. »Da draußen holt man sich ja den Tod.«

»Willst du mir die Bullen auf'n Hals hetzen, Doll? 's is' erst fünf.«

Die Frau war neben den Wirt getreten und räumte ihn jetzt mit einer einzigen Armbewegung aus dem Weg. Mit einem Blick zu ihrem Koffer fragte sie Alice:

»Wie lang sind's denn schon unterwegs, Liebes?«, wartete aber keine Antwort ab. »Und noch dazu in dem dünnen Mäntelchen. Der hält ja nicht mal 'n Hasen warm. Hätte nicht gedacht, dass heut jemand von so weit herkommt.«

Sie fasste Alice um die Schultern und bugsierte sie in die Gaststube. »Ich brüh Ihnen gleich mal ein heißes Tässchen Tee auf, Liebes. Oder darf's was Stärkeres sein?« Sie bewegte sich auf die Bar zu.

»Bitte, machen Sie sich keine Umstände«, bat Alice. »Ich wollte nur wissen, wie ich ins Treppenhaus komme. Da scheint nirgends ein Eingang zu sein.«

»Ah ja, der is' nich' mehr. Dafür hat der Jerry gesorgt.« Die Wirtin drückte eine Hand auf ihr üppiges Dekolleté. »Dachten, unser letztes Stündchen habe geschlagen, als die das halbe Haus plattgemacht haben. Jetzt gibt's 'nen Zugang vom Hof, aber Sie können gleich da lang.« Sie schob den Vorhang hinter der Bar zur Seite und ließ Alice in das Hinterzimmer eintreten. Dann wies sie auf die Tür am anderen Ende des Raumes. »Dort durch, und schon sind's im Treppenhaus. Zu wem wolln's denn, Liebes?«

Alice fand, dass sie das wohl nichts anging, aber die Wirtin hatte ihr immerhin eine halbstündige Wartezeit in der Kälte erspart, und so sagte sie:

»Zu Mr Beresford.«

»Tatsächlich? Netter junger Mann. Sind Sie seine Verlobte?«

»Nicht direkt«, antwortete Alice ausweichend, worauf ihr die Wirtin zuzwinkerte.

»Was auch immer. Wenn uns dieser Krieg was gelehrt hat, is' es, nichts anbrennen zu lassen. Schon morgen kann alles aus und vorbei sein.« Sie winkte Alice zu. »'n schönen Abend, Liebes, und grüßen's den Jungen von mir.«

Hinter der Tür befand sich ein langer Korridor, der zu einem Durchbruch in der Mauer führte. Der war noch abgestützt und diente offensichtlich als Provisorium. Es gab auch kein Klingelschild, doch Alice wusste, dass Stanley ganz zuoberst, direkt unter dem Türmchen, wohnte. Im Treppenhaus roch es nach Staub und frischem Mörtel. Während sie die Stufen hochstieg, kamen ihr erstmals Zweifel. Sie war selbstverständlich davon ausgegangen, dass Stanley sie um ihrer alten Freundschaft willen aufnehmen würde. Dabei wäre es vielleicht vernünftiger gewesen, erst in ein Hotel zu ziehen. Nun war es zu spät. Sich in diesem Unwetter auf die Suche nach einem Hotelzimmer zu machen, kam nicht mehr infrage.

Alice war oben angekommen. Hier gab es nur zwei Wohnungen, und die von Stanley war beschriftet. Sie drückte auf die Klingel. Es dauerte kaum zehn Sekunden, bis die Tür geöffnet wurde.

Einen Moment stand er nur da und sah sie an, mit einem Ausdruck in den Augen, den sie nicht zu deuten wusste. Dann sagte er:

»Alice, ich habe mir schon gedacht, dass du kommst.«

7

Sergeant Tweany und Constable Bates standen nebeneinander in einem Raum, der gemeinhin als Bibliothek bezeichnet wurde. Weshalb er diesen Namen abbekommen hatte, war Tweany ein Rätsel, denn Bücher befanden sich keine in dem langen, schmalen Zimmer. Vielleicht waren die gebundenen Gerichtsurteile dafür verantwortlich, die hier ebenfalls aufbewahrt wurden, grundsätzlich aber diente der Raum als erweitertes Archiv. Hier waren die verschiedensten Karteien, Sachverzeichnisse und Register untergebracht, und weil diese Aufzeichnungen seit Urzeiten hier lagerten, roch es immer etwas muffig nach Staub und vergilbtem Papier. Tweany hatte Constable Bates zu seiner Verstärkung aufgeboten und nun besahen sie sich die chronologisch abgehefteten Wählerregister.

»Alice Finch ist 1906 geboren«, erklärte Tweany. »Beginnen wir sicherheitshalber etwas früher, am Anfang des Jahrhunderts, und arbeiten uns, falls nötig, bis 1920 durch.«

Sie zogen die ersten zehn Jahrgänge aus dem Regal und gingen damit in die Mitte des Raumes, wo der Constable seinen Stapel schwungvoll auf einem der Tische deponierte.

Tweany hielt sich erschrocken die Hand vor die Nase. »Versuchen Sie, nicht zu viel Staub aufzuwirbeln, Constable«, mahnte er. »Wenn zu meiner Erkältung noch eine Allergie dazukommt, bin ich geliefert.«

»Tschuldigung«, murmelte Bates zerknirscht.

»Also dann mal los«, meinte Tweany, nachdem sie sich hingesetzt hatten. »Der Mann hieß Lionel, und ab 1918 suchen wir auch noch nach seiner Frau Mabel. Da wurde das Frauenwahlrecht eingeführt.«

Bates warf ihm einen überraschten Blick zu. »Erst 1918?«

»Ja, kaum zu glauben, nicht wahr? Dorothy findet es eine Schande, dass es so lange gedauert hat. Vor allem weil die Frauen so mühselig darum kämpfen mussten. Sie meinte, wenn sie damals gelebt hätte, wären noch ein paar Scheiben mehr zu Bruch gegangen.« Ja, dachte Tweany, er konnte sich seine Verlobte nur zu gut vorstellen, wie sie beim Steinewerfen an vorderster Front gestanden hätte. Irgendwie war das ein leicht beunruhigender Gedanke, den er gleich zu verdrängen suchte.

Eine Weile arbeiteten sich die beiden Seite an Seite schweigend durch die Register. Sie waren eben zum Ende des Ersten Weltkriegs vorgedrungen, als Bates frohlockte:

»Ha, sehen Sie mal!« Er zeigte mit dem Finger auf einen Eintrag. »Hier haben wir ihn: Finch!« Doch dann ließ er die Hand enttäuscht wieder sinken. »Falscher Vorname, er heißt Robert.«

»Vielleicht sein zweiter Vorname?«, fragte Tweany hoffnungsfroh. »Wann ist er denn geboren?«

»Am dritten Oktober 1894.«

»Dann war er bei Alices Geburt gerade mal zwölf; eher unwahrscheinlich, dass er ihr Vater war.«

Unbeirrt klemmten sie sich hinter die restlichen Jahrgänge, doch als sie damit zu Ende kamen, wurde offensichtlich, dass in den Wählerregistern weder ein Lionel noch eine Mabel Finch zu finden war.

»Ist sich der Inspector sicher, dass die Familie in Chipping Bramton gelebt hat?«, fragte Bates zweifelnd, doch Tweany meinte kategorisch:

»Da können Sie Gift drauf nehmen, Constable!«

»Vielleicht waren sie Ausländer«, mutmaßte Bates.

»Unmöglich. Alice Finch hat im letzten Krieg Dienst geleistet, das habe ich überprüft.«

»Sollen wir weitersuchen?«

»Vielleicht noch fünf Jahre«, entschied Tweany. »Sicherheitshalber.« Und um einer weiteren Staubattacke zuvorzukommen: »Bleiben Sie sitzen, Bates. Ich geh schon.«

Er holte sich die Register aus dem Regal, und während er sie sorgfältig auf den Tisch legte, sagte er:

»Schade, dass wir nicht im Grundschulamt nachfragen können. Was auch immer mit den Eltern los war, Alice muss hier zur Schule gegangen sein.«

Bates hatte schon begonnen, die Liste durchzusehen. Nun hielt er inne und erklärte:

»Meine Großtante war Lehrerin. Sie hat hier unterrichtet.«

»Wann war das?«

»So genau weiß ich das nicht, aber sie ist schon über siebzig. Das könnte hinkommen. Sie sagt, sie könne sich an jedes einzelne Kind erinnern, das bei ihr eingeschult wurde.«

Tweany war skeptisch. »Nach dieser langen Zeit?«

»Oh ja. Sie erzählt viel von ihren ehemaligen Schülern und nennt alle beim Namen. Sie wissen ja, wie das ist bei den alten Leuten: Sie vergessen, was sie zum Frühstück gegessen haben, aber an Dinge, die in ihrer Jugend geschehen sind, können sie sich noch haargenau erinnern.«

»Das ist ja gut und recht, aber was ist mit den Kindern, die nicht bei ihr eingeschult wurden?«

»Damals gab es pro Jahrgang nur eine Klasse. Das kleine Häuschen neben der Kirche war das ehemalige Schulhaus. Da hatten sie alle Platz drin, aber mit der Zeit wurde es natürlich zu klein. Als Sie zur Schule gingen, muss das neue Schulhaus hinter dem Bahnhof eben erst gebaut worden sein.«

Stimmt, dachte Tweany. Vor gut zwanzig Jahren hatte er mit seinen Eltern noch im alten Stationswärterhäuschen am Bahnhof gewohnt, und an seinem ersten Schultag hatte es ihn enorm beeindruckt, wie neu und blitzblank das Klassenzimmer gewesen war.

»Soll ich mal anrufen?«, fragte Bates.

»Ja«, entschied Tweany. »Einen Versuch ist's wert.«

Constable Bates machte sich auf die Socken und Tweany ging die restlichen Register alleine durch. Nachdem er erfolglos im Jahr 1925 angelangt war, warf er das Handtuch. Auf die Schnelle war da nichts zu machen, sie würden am Montag eine Anfrage im Somerset House starten müssen.

Auf dem Weg nach oben kam er an den Arrestzellen vorbei.

Wenn jetzt auch noch Alice Finch verhaftet wird, haben wir bald keinen Platz mehr hier drinnen, dachte er trübselig. Und mit der Ankunft von Ruby Lilburne und Ronny Barker mussten sie auch noch rechnen. Dann saßen bald alle Verdächtigen in diesem vertrackten Fall hinter Gittern, und noch immer keine Spur eines Beweises. Außer natürlich bei Nowak, aber den Mord an Julian konnten sie dem nicht auch noch in die Schuhe schieben. Da war er erwiesenermaßen unschuldig. Freitagnacht hatte er sicher verwahrt auf der Bezirkswache eingesessen. Ein besseres Alibi konnte man sich wirklich kaum denken.

Als Tweany wieder ins Büro kam, legte Constable Bates eben den Hörer auf die Gabel zurück.

»Was wollen Sie zuerst hören, Sergeant«, fragte er, »die gute oder die schlechte Nachricht?«

»Ich bin Optimist«, meinte Tweany. »Die gute zuerst.«

»Großtante Amalia hat 1910 begonnen, hier in Chipping Bramton zu unterrichten. Sie konnte mir die Namen aller Schüler nur so herunterrattern.«

»Und?«, fragte Tweany gespannt.

»Eine Alice Finch wurde hier nicht eingeschult.« Constable Bates zuckte die Achseln. »An Mädchen namens Alice herrschte offenbar kein Mangel. Großtante Amalia meinte, Carrolls ›Alice im Wunderland‹ sei dafür verantwortlich. Aber eine Alice Finch gab's trotzdem nicht.

An die Finch-Kinder kann sie sich besonders gut erinnern. Das sei eine grässliche Rasselbande gewesen, fünf Jungen wie die Pfeifen einer Orgel. Jedes Jahr sei ein weiterer dazugekommen.«

»Das dürften die Kinder von diesem Robert gewesen sein. Dem einzigen Finch, den wir gefunden haben«, meinte Tweany.

Nachdem der Constable sein Büro verlassen hatte, kamen auch ihm Zweifel. Hatte sich sein Chef doch getäuscht?

Noch während er das dachte, öffnete sich die Bürotür und der Inspector trat ein. Er machte einen ziemlich durchfrorenen Eindruck;

seine Hosen waren bis unters Knie patschnass und die Krempe seines Hutes hing ihm schlaff ins Gesicht.

»Wenn das so weitergeht, Sergeant«, brummte er, »müssen wir uns einen betriebseigenen Schneepflug anschaffen.«

»Hatten Sie eine Panne, Sir?«, fragte Tweany besorgt.

»So könnte man es auch nennen, ja. Der Wolseley hat die Steigung von Greenacres nicht geschafft; ich musste ihn stehen lassen und danach wieder freischaufeln.«

Morton entledigte sich seines nassen Hutes und stellte sich vor die Heizung. Das schien diesen Winter sein bevorzugter Platz zu sein, dachte Tweany.

»Und bei Ihnen Sergeant? Fündig geworden?«

»Leider nein«, bedauerte Tweany. »Wir haben fast dreißig Jahre durchgesehen; da ist niemand mit dem Namen Mabel oder Lionel Finch registriert.«

Morton schüttete ratlos den Kopf. »Aber die können sich doch nicht einfach in Luft aufgelöst haben.«

»Sie sind schon sicher, Chef, dass die hier gelebt haben?«, vergewisserte sich Tweany, worauf sein Chef die Schachtel mit den Fotos, mit der er hereingekommen war, von seinem Schreibtisch holte und sie ihm vor die Nase hielt. »Hier«, sagte er lakonisch. »Sie können sich gerne selbst überzeugen.«

Tweany nahm den Deckel ab und griff sich ein paar Fotografien heraus. Er sah sie durch und kam zum selben Schluss wie sein Chef.

»Da ist was faul im Staate Dänemark«, meinte er. »Die kleine Alice ging hier nämlich auch nicht zur Schule.« Er erstattete Bericht über Bates' Nachforschungen.

»Wie glaubwürdig ist die Aussage dieser Großtante?«

»Der Constable schwört Stein und Bein, sie habe ein Gedächtnis wie ein Elefant. Sie könnte natürlich eine Privatschule besucht haben.«

»Eher nicht«, meinte Morton. Er hielt abwechselnd seine nassen Hosenbeine an den Radiator. »Es gibt ein Foto von ihr mit einem Schulranzen, und da trägt sie keine Uniform. An den staatlichen Schulen waren die damals noch nicht eingeführt worden.«

Tweany kam ein neuer Verdacht. »Könnte sie einen falschen Namen angegeben haben?«

Morton verneinte. »Ich habe ihren Personalausweis selbst überprüft.«

»Sie könnte ihn gefälscht haben.«

»Sie wissen schon, dass das nicht mehr so einfach ist. Die Ausweise, die zu Beginn des Krieges ausgestellt wurden, gelten als fälschungssicher.«

»Nichts ist unmöglich«, beharrte Tweany. »Diese Verbrechersyndikate können das, da bin ich mir sicher.«

Sein Chef blieb skeptisch. »Denken Sie wirklich, dass Alice Finch einem solchen angehört? Eine vierzigjährige Frau, die ihr Leben lang als Haushälterin gearbeitet hat, noch dazu zwanzig Jahre lang auf derselben Stelle?«

»Und wenn das gar nicht stimmt? Vielleicht hat sie gar nie dort gearbeitet, sondern sich nur einer fremden Identität bemächtigt.«

Morton wurde nachdenklich. Dann wies er auf die Schachtel auf Tweanys Schreibtisch. »Dort drin gibt es ein neueres Foto von Mrs Finch. Es ist das Pendant zu dem in ihrem Personalausweis. Suchen Sie das mal raus.«

Während Tweany die Schachtel durchwühlte, begann das Telefon auf Mortons Schreibtisch zu klingeln. Er ging hinüber, hob ab und lauschte einen Moment. Dann legte er die Hand über die Hörmuschel und raunte: »Ruby Lilburne und Ronny Barker sind in Frankreich verhaftet worden.« Er hörte wieder zu und machte sich Notizen, dann sagte er: »Wir müssen unverzüglich ein Auslieferungsbegehren stellen. Bitte leiten Sie es in die Wege, Sergeant.«

Er legte auf und wandte sich wieder an Tweany:

»Die beiden waren auf dem Weg nach Paris, doch die Straßen werden auf dem Festland in dem gleichen desolaten Zustand sein wie hier bei uns. Sie sind die ganze Nacht durchgefahren und trotzdem erst heute Nachmittag in Amiens angekommen. Dort sind sie gestrandet, offenbar hat Barkers Sportwagen den Geist aufgegeben. Sie haben das Handtuch geworfen und sind in einem Hotel abgestiegen.

Und dort mussten sie ihre Pässe vorweisen. Alle Polizeistellen und Hotels rund um Calais waren informiert. Vor einer Stunde wurden die beiden festgenommen und sitzen jetzt auf der Polizeipräfektur von Amiens. Sie haben gestern Abend mit der letzten Fähre nach Frankreich übergesetzt. Ihre Pässe wurden noch am Freitag abgestempelt.«

»Sie können Julian Gregson also nicht ermordet haben«, stellte Tweany fest.

Morton stimmte ihm zu. »Richtig, doch ihre Flucht bedeutet nichts Gutes. Sie kommen nach wie vor für die beiden vorherigen Morde in Betracht.«

Tweany zog ein flaches Päckchen aus seinem Schubladenkorpus und rückte die rote Schleife zurecht. So hektisch wie sich dieser Fall entwickelte, wollte er seinem Chef das Weihnachtsgeschenk lieber gleich überreichen. Sonst ging das noch vergessen. Er hoffte, dass Morton diese Aufnahme der Londoner Philharmoniker noch nicht in seiner umfangreichen Plattensammlung hatte. Der Verkäufer jedenfalls hatte ihm versichert, sie sei ganz neu herausgekommen. Tweany stand auf, ging zu Morton hinüber und übergab ihm das Päckchen.

»Falls alle Stricke reißen und wir uns vor Weihnachten nicht mehr sehen«, erklärte er. »Nicht, dass es schlussendlich fehlt unter Ihrem Christbaum. Sieht leider schon etwas mitgenommen aus. Wird langsam Zeit, dass wir wieder anständiges Weihnachtspapier kaufen können. Das hier musste ich mit dem Bügeleisen bearbeiten, so zerknittert war es nach all den Geschenken, die schon darin eingewickelt waren.«

Der Inspector nahm das Päckchen mit einem schuldbewussten Gesichtsausdruck dankend entgegen. »Zu meiner Schande muss ich gestehen, dass ich noch kein einziges Weihnachtsgeschenk besorgt habe«, bekannte er. »Ich muss mich also nächsten Montag ins Getümmel stürzen; doch sofern wir uns nicht mehr sehen sollten, bringe ich es Heiligabend bei Ihnen zu Hause vorbei. Ehrenwort!«

Das war Tweany nun gar nicht recht. »Aber nicht doch«, wehrte er ab, aber da kam Constable Bates ins Büro und legte Morton eine Akte auf den Schreibtisch.

»Die Unterlagen über Jonathan Lyle, Mrs Buckets Vater, die Sie angefordert haben, Sir«, erklärte er.

Morton warf einen kurzen Blick darauf und dann begannen seine Mundwinkel zu zucken.

»Da gibt sich die gute Frau alle Mühe, ihre Umgebung durch ihr vornehmes Gehabe zu beeindrucken, und dann kommt ihr Vater daher und macht alles zunichte. Kein Wunder, dass sie den Alten unter Verschluss gehalten hat. Der Mann wurde mehrmals wegen Exhibitionismus verurteilt.«

»Hochmut kommt vor dem Fall«, zitierte Tweany. »Aber wenn Sie mich fragen, hat die Frau der Gesellschaft einen Gefallen getan. Meist sind das ja Kinder, die unter solchen Sittenstrolchen zu leiden haben. Denen bereitet es ja ein perverses Vergnügen, die unschuldigen Kleinen zu erschrecken.« Wenn es um solche Lumpenkerle ging, kannte er kein Pardon.

»Vermutlich hatte Mrs Bucket weniger seine potenziellen Opfer als vielmehr ihre eigene Reputation im Auge. Um den Anschein zu wahren, wäre sie vermutlich auch vor einem Mord nicht zurückgeschreckt, wenn Sir Arnold ihr damit gedroht hätte, die Sache publik zu machen. Immerhin hat sie ihren Mann zu einer Straftat angestiftet, nur um ihr Gesicht zu wahren.«

»Denken Sie, der Coroner hat davon gewusst?«

»Möglich wär's, aber ich glaube kaum, dass er sich als Erpresser betätigt hat. Das passt irgendwie nicht zu seinem Persönlichkeitsprofil. Er war doch eher der rechtschaffene Typ.« Morton sah auf seine Armbanduhr. »Bald hab sechs. Gehen Sie nach Hause, Tweany, das kann dauern, bis Frankreich die beiden ausliefert.«

»Da unten ist bald kein Platz mehr«, merkte Tweany an und legte seinem Chef das Foto von Alice Finch auf den Schreibtisch. »Und wer weiß, wenn wir am Montag im Somerset House nachgefragt haben, kommt sie vielleicht auch noch dazu.«

»Das dauert mir alles viel zu lange«, meinte Morton ungeduldig. »Wenn wir nicht bald konkrete Ergebnisse vorweisen können, entfällt auch der Haftgrund für die anderen drei.« Er trommelte mit den

Fingerspitzen auf der Schreibtischunterlage herum, dann schien er zu einem Entschluss zu kommen. »Wissen Sie was, Sergeant? Ich werde morgen nach Thwaitefells fahren.«

Sein Chef musste schon ziemlich aufgeschmissen sein, dass er bei diesem Wetter eine Fahrt in den Norden in Erwägung zog, dachte Tweany.

»Tatsächlich?«, fragte er. »Was hoffen Sie denn, dort zu finden?«

Morton legte Alice Finchs Foto in seine Brieftasche. »Möglicherweise ist da was dran an dem, was Sie vorhin sagten, Sergeant. Falls die Haushälterin auf Greenacres nicht mit derjenigen auf Thwaitefells identisch ist, laufen alle Nachforschungen, die wir hier anstellen, ins Leere. Ich muss das überprüfen. Und wenn sie die Frau ist, für die wir sie halten, muss es in Keswick, abgesehen von ihrem Arbeitgeber, einige Menschen geben, die sie gut gekannt haben. Bislang ist die Frau für uns ein unbeschriebenes Blatt.«

»Soll ich Sie begleiten, Sir?«

»Nein. Sie bleiben schön zu Hause, Sergeant, und kurieren Ihre Erkältung aus. Ein Abstecher zu den Seen bei diesen arktischen Temperaturen ist nichts, das man sich mit einer angeschlagen Gesundheit zumuten sollte.«

Eine halbe Stunde später stieg Tweany am Stadtrand aus dem Überlandbus. Insgeheim war er froh darüber, dass sein Chef ihn nach Hause geschickt hatte. Seine Nase begann immer stärker zu tropfen und das Kratzen im Hals war zu einem stechenden Schmerz herangereift. Er schlug den Kragen seines Wintermantels hoch, steckte die Hände tief in die Taschen und beeilte sich, in dem dichten Schneegestöber unter das schützende Dach seiner Behausung zu kommen.

Letztes Jahr, als sie nach Vaters Pensionierung das heimelige Stationswärterhäuschen hatten verlassen müssen, hatte er sich schwergetan mit dem modernen Bungalow in der Neubausiedlung am Stadtrand. Doch seine Mutter hatte es fertiggebracht, das funktionale Haus im Handumdrehen in ein gemütliches Heim und das Brachland darum herum in einen blühenden Garten zu verwandeln. Nun fühlte auch er sich pudelwohl darin und hatte inzwischen die Vorzüge zentralgeheizter Räume und dicht schließender Türen und Fenster zu schätzen gelernt. Das schlichte, zweckmäßige Haus war ihm lieb geworden und er fragte sich manchmal, ob es ihm schwerfallen würde, wegzuziehen. Aber so war das Leben, es hielt immer wieder etwas Neues bereit, und das hieß es, beherzt anzugehen.

Nach fünf Minuten hatte er seinen sicheren Hafen erreicht, und das warme Licht, welches aus dem Küchenfenster in das Dunkel der Nacht hinausflutete, war wie ein Willkommensgruß.

»Hallo, Alistair«, begrüßte ihn sein Vater überrascht. Er war damit beschäftigt, die Diele weihnachtlich herzurichten. »Hab nicht damit gerechnet, dich heute noch zu sehen. Hat dein Herr und Gebieter ein Einsehen gehabt?«

»Na ja, du weißt ja, wie's ist, wenn wir an einem Fall dran sind«, gab Tweany zurück. »Da gelten keine Bürozeiten.« Er schälte sich aus Mantel, Schal und Fäustlingen. »Inspector Morton fährt morgen sogar hinauf in den Lake District. Der arbeitet glatt das ganze Wochenende durch.«

»Habt ihr diesen Schurken immer noch nicht gefasst? Drei Menschen hat der nun schon auf dem Gewissen, und wer weiß, wo der weitermacht, jetzt, da in dem Haus dort unten alle tot sind.«

Fergus Tweany wischte sich ein paar Fichtennadeln von seiner Strickweste. Seit er in Pension gegangen war, hatte er ein kleines Bäuchlein angesetzt. Tweany fand, dass es ihm gut stand, denn bis anhin war er, trotz Mutters herzhafter Küche, ausgesprochen hager gewesen.

»Der Fall ist vertrackt«, verteidigte er sich und seinen Chef. »Soll ich dir helfen, Dad?«

»Bin gleich so weit.« Fergus Tweany steckte den letzten Steckpalmenzweig hinter einen Bilderrahmen und trat dann einen Schritt zurück, um sein Werk zu begutachten. »Na, wie sieht das aus, Alistair?«

»Prima. Soll ich morgen noch ein paar Girlanden aufhängen?«

Fergus Tweany klopfte seinem Sohn auf die Schulter. »Ja, wieso nicht«, meinte er gutmütig.

»Bist du das, Alistair?«

Tweanys Mutter kam mit geröteten Wangen aus der Küche in die Diele hinaus. Sie trug eine ihrer rot karierten Schürzen und hatte die Ärmel ihres Kleides bis zu den Ellbogen hochgeschoben. »Schön, dass du da bist, mein Junge. Der Tee ist gleich fertig, ich muss nur noch schnell die Küche aufräumen.«

Sie trat zu ihm hin, um ihn auf die Wange zu küssen, und hinterließ einen feinen Mehlabdruck auf seinem Ärmel.

»Hast du gebacken, Mum?«

»Aber ja, eine ganze Ladung Mince Pies. Sicher kommen heute die Sternsinger, da will man doch vorbereitet sein. Ich wundere mich, dass du dein Lieblingsgebäck nicht schon an der Tür gerochen hast.«

»Ich kann rein gar nichts riechen. Hast du auch genug Zimt reingetan?«

»Aber ja doch!«

Tweany stöhnte. »Wahrscheinlich liegt's an meiner Nase«, meinte er. »Die ist völlig verstopft!«

»Oh je, ist deine Erkältung schlimmer geworden? Zeig mal her.« Sie legte ihm die Hand auf die Stirn. »Ich denke nicht, dass du Fieber hast, aber nach dem Tee mach ich dir einen schönen Kamillendampf. Da wollen wir nichts riskieren, mit deinen empfindlichen Stirnhöhlen. Jetzt geh und setz dich vor den Kamin, mein Junge.«

Tweany befolgte ihren Rat und ging den Gang hinunter ins Wohnzimmer. Dort herrschte ein ziemliches Chaos: Diverse Schnittmuster aus dünnem Seidenpapier lagen verstreut auf dem Esstisch und auch auf dem Teppich, und das Sofa war mit Stoffmustern übersäht. Seine Mutter hatte darauf bestanden, die Kleider für die drei Brautjungfern zu nähen, und sogar an das weiße Kleid für Dorothy wollte sie sich wagen. Heute Abend würde seine Verlobte noch zum Ausmessen vorbeikommen. Wie jedes Mal, wenn er im Laufe eines Tages daran dachte, dass er Dorothy am Abend sehen würde, breitete sich ein warmes Gefühl in seiner Brust aus. Nur noch vier Monate, und er konnte sich jeden einzelnen Tag darauf freuen, abends zu ihr nach Hause zurückzukehren.

Tweany setzte sich in den gerüschten Sessel vor dem Kamin und streckte die kalten Füße zum Feuer aus. Erst jetzt, da die Anspannung der Ermittlungsarbeit von ihm abfiel, merkte er, wie erledigt er war. Er schloss die Augen und gab sich den vertrauten Geräuschen des Hauses hin: dem Klappern von Töpfen und Geschirr aus der Küche, Dads Pfeifen aus der Diele, dem Rauschen eines Wasserhahnes. Er war schon beinahe eingedöst, als er glaubte, die Klingel zu hören. Das wird Dorothy sein, dachte er und wollte aufstehen, aber da war er schon wieder weggedämmert.

Als Nächstes kam seine Mutter mit dem Geschirrtablett ins Wohnzimmer und begann den Tisch abzuräumen.

Tweany raffte sich auf. »Ist Dorothy schon da, Mum?«

»Nein, sie kam nur vorbei um zu sagen, dass ihr etwas dazwischengekommen ist.«

Tweany stemmte sich aus dem Sessel hoch und begann, seiner Mutter beim Tischdecken zu helfen.

»Wolltest du nicht Maß nehmen bei ihr heute Abend?«

»Schon, aber das eilt ja nicht. Die Brautjungfern haben noch nicht mal den Stoff ausgesucht. Wenn ich's mir recht überlege, ist's vielleicht doch gescheiter, wenn sie sich zusammen mit ihrer Mutter ein Kleid von der Stange besorgt. Mich dünkt, sie war nicht begeistert von der Idee, dass ihre zukünftige Schwiegermutter das Hochzeitskleid selber näht.«

Das ist jetzt etwas seltsam, dachte Tweany und wollte schon etwas erwidern, als seine Mutter den Kopf schüttelte und seufzend hinzufügte:

»Ich sag's nicht gern, Junge, aber ich hatte vorhin den Eindruck, sie wollte nicht hereinkommen, weil sie Angst hatte, sich anzustecken. Als ich ihr sagte, du seist erkältet, ist sie grad einen Schritt zurückgewichen. Du weißt ja, sie spielt die Maria beim Krippenspiel, und offenbar will sie nichts riskieren, was ihren Auftritt gefährden könnte. Allem Anschein nach denkt sie in letzter Zeit kaum noch an was anderes. Jedenfalls bringt sie ihre Darbietung in dem Spiel wesentlich häufiger zur Sprache als eure bevorstehende Hochzeit.«

23. Dezember 1946

Der Sonntagmorgen begann, wie der Samstag geendet hatte: mit unablässigem Schneefall. Morton hatte sich um fünf in der Früh auf den Weg nach Oxford gemacht, um dort den ersten Zug nach Wolverhampton zu erreichen. Die Reise würde beschwerlich werden; er musste mindestens dreimal umsteigen, und jedes Mal bestand die Gefahr, den Anschluss zu verpassen. Und auch im besten Fall würde er Keswick nicht vor dem frühen Nachmittag erreichen. Immerhin war der Wind abgeflaut. Am Abend zuvor war ein Schneesturm über den Süden des Landes hinweggefegt, Straßen waren unbefahrbar, Fahrzeuge blieben liegen, der Fährdienst an den Küsten war eingestellt worden. Die Bahngesellschaft aber hatte Morton versichert, die Strecke Oxford – Penrith sei passierbar. Es seien ständig Schneepflüge im Einsatz und die Meteorologen hätten ein Nachlassen der Niederschläge in Aussicht gestellt.

Bis jetzt war alles gut gegangen, doch während die Eisenbahn nun durch die anbrechende Morgendämmerung dampfte, konnte Morton trotzdem nicht sicher sein, ob er sein Ziel erreichen würde. Ein durch den Sturm gelockerter Baum, der plötzlich auf die Schienenstränge krachte, eine dichte Schneeverwehung, und die Route in den Norden war für Stunden abgeriegelt. Und da er morgen wieder in seinem Büro erscheinen musste, konnte er auch nirgends übernachten und die Reise am Montag fortsetzen. Die Nachforschungen, Alice Finch betreffend, stellte er in seiner Freizeit, auf eigene Faust und auf eigene Kosten an. Falls er also nicht mit Resultaten aufwarten konnte, war er zumindest niemandem Rechenschaft schuldig.

Wider Erwarten verlief die weitere Fahrt aber ohne Zwischenfälle und das Wetter besserte sich zusehends. Als er in Wolverhampton in die West Coast Line umstieg, hatte der Schneefall nachgelassen; in Manchester hatte sich die Bewölkung aufgelöst, und als er nun in Penrith auf den Bahnsteig trat, schien sogar die Sonne.

Er hatte sich telefonisch bei der Polizeiwache einen Wagen reservieren lassen und wollte sich eben beim Stationsvorsteher nach dem Weg dorthin erkundigen, als ein uniformierter Sergeant auf ihn zutrat.

»Detective Inspector Morton?«, sprach er ihn an.

Was hatte ihn verraten? Er war durchaus nicht der einzige Mann mittleren Alters, der aus dem Zug gestiegen war.

»Sergeant Burgh, Sir«, stellte sich der zackige junge Mann vor. »Ihr Wagen steht gleich vor dem Bahnhof.«

Morton folgte dem Sergeant und stellte erleichtert fest, dass der schwarze Ford, der auf ihn wartete, wintertauglich mit Ketten ausgerüstet war.

»Wie sind die Straßen nach Keswick?«, fragte er.

»Passierbar«, antwortete Burgh. »Wir haben keine Meldung über irgendwelche Blockaden erhalten.«

Morton bedankte sich bei dem Sergeant, setzte sich hinters Steuer und lenkte den Wagen Richtung Westen aus der Kleinstadt hinaus. Die Fahrbahn war schneebedeckt, aber nicht vereist, und dank der Ketten kam er zwar langsam, aber sicher voran. Er hatte sich gestern bei *Trotwoods* eine Straßenkarte von Cumberland und etwas Reiseliteratur besorgt. Die gab es ja zuhauf, da offenbar jeder Einwohner Großbritanniens mindestens einmal in seinem Leben zu den Seen pilgerte.

Nach ein paar Meilen kamen rechter Hand die Northern Fells in Sicht, und jetzt wand sich die vormals gerade Straße und folgte in ihrem weiteren Verlauf den Konturen der Landschaft. Morton fuhr zwischen tief verschneiten, schulterhohen Wällen dahin, bei denen nicht mehr zu erkennen war, ob sich unter dem lückenlosen Weiß Trockenmauern oder Hecken verbargen. Sie nahmen ihm die Sicht und vermittelten eine fast schon klaustrophobische Enge, welche durch die Gebirgskette im Norden noch verstärkt wurde. Morton hatte gestern Abend in dem Reiseführer geblättert und gesehen, dass diese Hügellandschaft aus blankem, grauem Gestein gebildet wurde. Diese glatte, kuppelförmige Struktur wurde jetzt im Winter noch durch die ebenmäßige Schneedecke betont, mit der sie verhüllt war.

Was, um alles in der Welt, hatten die Lake-Dichter nur so sehr an dieser kargen Landschaft geliebt? Wordsworth und Coleridge hatten hier endlose Wanderungen unternommen und anschließend ihrer Begeisterung in romantischer Dichtung Ausdruck verliehen. Allerdings war darin viel von lieblichen Seen und goldenen Narzissen die Rede. Womöglich tat er der Gegend unrecht, wenn er sie lediglich in dieser unwirtlichen Jahreszeit beurteilte.

Im gleißenden Licht der Mittagssonne fiel das Navigieren nicht leicht, zumal die Schilder an den Abzweigungen schlecht zu deuten waren. Einige waren vom Wind lädiert und zeigten in abenteuerlicher Richtung zu Boden oder himmelwärts. Zweimal schon war er falsch abgebogen und in einem abgelegenen Gehöft gelandet, das sich versteckt in eine Mulde schmiegte.

Nach anderthalb Stunden kam linker Hand eine weitere Gebirgsformation in Sicht, und Morton wusste, er hatte den Großteil der Strecke hinter sich. Und dann, bevor die Straße aus dem Tal hinaus nach Keswick hinunterführte, konnte auch er sehen, dass die Gegend ihren eigenen Reiz hatte.

Die Strahlen der Sonne fielen schräg über das Derwent Water und die kleine Marktstadt an seinem nördlichen Ufer. Eis und Schnee bedeckten die Ränder des lang gezogenen Sees und seine Inseln sahen aus wie treibende Eisschollen. Die weißen Hänge des Skiddaw-Gebirges das in einem Dreieck die Stadt umschloss, reflektierten das Licht und warfen es zurück auf die Schieferdächer im Tal. Es verlieh ihm eine schwerelose, schon fast idyllische Anmut.

Morton hatte kurz angehalten, um die Szenerie auf sich wirken zu lassen. Nun startete er den Motor wieder und erreichte eine Viertelstunde später das Zentrum des Städtchens. Die Zeiger der Uhr auf dem weiß gefassten Turm der Moot Hall zeigten schon auf halb drei und Morton machte sich mit dem Gedanken vertraut, den Rückweg nach Penrith im Dunkeln antreten zu müssen. Keine sehr erfreuliche Aussicht. Nun galt es erst einmal in Erfahrung zu bringen, wie er nach Thwaitefells gelangen konnte. Trotz des strahlenden Wetters war hier niemand unterwegs, wahrscheinlich waren alle mit ihren Weihnachtsvorbereitungen beschäftigt. Morton ließ den Wagen bei der Moot Hall stehen und wollte sich auf die Suche nach einem Wirtshaus machen, als ihm aus einer Seitenstraße ein paar Kinder entgegenkamen. Offenbar hatten sie sich eben eine Schneeballschlacht geliefert; ihre Jacken waren scheckig und ihr übermütiges Lachen und Schreien hatte er bis auf die Hauptstraße gehört. Jetzt zogen sie friedlich ihre hölzernen Schlitten hinter sich her: drei Jungen mit Zipfelmütze und Knickerbockern und ein Mädchen mit einer hellgrünen Strickmütze, die an den Enden zwei kleine Dreiecke bildete und sie aussehen ließ wie ein rotbackiges Kätzchen. Vielleicht kannten sie das Landgut, dachte Morton und erkundigte sich bei ihnen nach dem Weg. Die drei Jungen starrten ihn nur mit offenem Mund an, doch das Mädchen erklärte ihm bereitwillig und mit großem Ernst, wo er aus dem Städtchen herausfahren musste, um auf die richtige Straße nach Thwaitefells zu gelangen. Morton bedankte sich höflich und gab ihr die Hand, was ihr ein kleines Lächeln entlockte. Er ging zurück zu seinem Wagen, und ein paar Minuten später hatte er die kurvige Straße erreicht, die sich zwischen immergrünen Nadelgehölzen den Berg hinaufschraubte.

Thwaitefells thronte, inmitten von Koniferen, zuoberst auf dem bewaldeten Hügel, hinter sich nur noch das schneebedeckte Skiddaw-Gebirge. Die Landschaft passte ausgezeichnet zu dem massiven, festungsartigen Bauwerk. Spätgotisch, schätzte Morton, als sich die Auffahrt zu einem gepflasterten Hof verbreiterte und das mittelalterliche Gemäuer in seiner ganzen Pracht vor ihm stand: geschwärzter Stein, holzgerahmte Tudorbögen, ein Türmchen an einem Ende, ein Turm am anderen. Es gab sogar eine angebaute Kapelle samt Apsis und Rosettenfenster. Der Landsitz wirkte schon jetzt wenig einladend, unter einem grauen Himmel mit dräuenden Wolkenbergen im Hintergrund musste er geradezu bedrohlich erscheinen. Und alles schien wie ausgestorben; nicht das geringste Anzeichen von Leben im Hof oder hinter den hohen Fenstern, die blicklos auf den See hinunterstarrten.

Sobald Morton aber aus dem Wagen gestiegen war, hatte er das unbehagliche Gefühl, beobachtet zu werden. Er überquerte den gepflasterten Vorplatz, auf dem noch Reste des weggeräumten Schnees hafteten, und zog an der Türglocke. Während der hohle Ton von innen widerhallte, hoffte er, dass der Butler seine Nachricht weitergeleitet hatte. Die Herrin des Hauses war gestern Abend offenbar unabkömmlich gewesen, und so war ihm nichts anderes übrig geblieben, als ihr ausrichten zu lassen, er werde heute im Laufe des Nachmittags vorbeikommen. Dieser Butler öffnete ihm nun die Tür und beschied ihm gleich, dass ihn Lady Wentworth erwarte. Irgendwie brachte der Mann es fertig, den Eindruck zu erwecken, seine Herrschaft hätte schon stundenlang auf ihn, den saumseligen Bittsteller warten müssen.

Morton folgte dem Butler in eine düstere Eingangshalle, die hielt, was die Fassade versprach, reinstes Mittelalter. Zur Rechten führte eine schmale Treppe aus vom Alter geschwärztem Eichenholz in den ersten Stock. Die linke Wand wurde fast gänzlich von einem gewaltigen Kamin mit kupfernem Rauchabzug eingenommen.

Der Raum, in den er anschließend geführt wurde, musste vormals der Bankettsaal gewesen sein. Er hatte weder die Größe noch die Atmosphäre eines solchen eingebüßt. Das Kreuzrippengewölbe der Decke ließ an eine Krypta denken, die Möbel waren schwer und dunkel und stammten aus der Tudorzeit. An den Wänden hingen verblichene Gobelins und auf den Steinplatten zu seinen Füßen lagen etliche Perserteppiche, die aber den Raum trotz ihrer blau-roten Arabesken nicht wohnlicher machten. Überall standen Zinngefäße mit Gewächshausblumen, die mutlos ihre Köpfe hängen ließen, als kapitulierten auch sie vor dem unwirtlichen Ambiente dieses Gemachs.

Alles hier drinnen war groß und massiv, und beinahe hätte Morton die kleine, spindeldürre Frau übersehen, die in einem kunstvoll geschnitzten Barockstuhl zwischen den beiden Fenstern thronte. Im wässrigen Winterlicht wirkte ihr spitzes Gesicht wie mit Pergamentpapier überzogen, leicht gelblich und unnatürlich glatt. Sie war mindestens neunzig, und das dunkelviolette Taftkleid, das sie trug, war wohl ebenso alt. Seine Ärmel reichten ihr nur bis zu den Ellbogen, die Unterarme waren von cremeweißen Honiton-Spitzen umhüllt, die zu ihrem Fichu und zu dem Kopfschmuck passten, den sie trug. Die blutleeren Hände hatte sie auf die breiten Armstützen gelegt, ihre Füße ruhten auf einem gepolsterten Schemel. Sie berührte die hohe Rückenlehne kaum, sondern saß bolzengerade, wie eine Königin, die zur Audienz empfängt.

Morton fühlte sich vollends in ein anderes Jahrhundert zurückversetzt. Er trat zu ihr hin und stellte sich vor, worauf sie dem Butler, der neben der Tür stehen geblieben war, ein Zeichen gab. Dieser holte einen der Stühle vom Tisch – schmuckloser und niedriger als derjenige seiner Herrin – und platzierte ihn in gebührendem Abstand zu ihr.

»Bitte sehr, Inspector«, sagte sie mit einer huldvollen Neigung des Kopfes. »Nehmen Sie Platz.«

Morton folgte der liebenswürdigen Aufforderung und erklärte dann:

»Wir führen Ermittlungen in einem Mordfall durch. Es geht um eine frühere Angestellte von Ihnen. Ihr Name ist Alice Finch.« Er hielt inne, doch sie sagte nichts, sah ihn nur unverwandt an und bedeutete ihm mit einer weiteren Neigung des Kopfes, er solle weitersprechen.

»Mrs Finch hat zwanzig Jahre für Sie gearbeitet, trotzdem haben wir bei ihren Unterlagen kein Referenzschreiben gefunden.«

»Ich hatte keinen Anlass, ein solches zu verfassen«, erwiderte Lady Wentworth frostig. »Alice hat sich im Winter zweiundvierzig freiwillig bei der Armee gemeldet. Offenbar ist sie ihrem Gewissen gefolgt und sah es als ihre Pflicht an, dem Vaterland zu dienen.« Aus ihrem Ton hätte man schließen können, ihre Haushälterin habe einem äußerst exzentrischen Verlangen nachgegeben. »Nun, das soll ihr nicht zum Nachteil gereichen«, setzte sie gnädig hinzu, um gleich wieder gallig zu werden. »Es wurde vereinbart, dass sie nach ihrer Entlassung nach Thwaitefells zurückkehren sollte. Sie hat sich anders entschieden.«

Während Lady Wentworth sprach, saß sie stocksteif auf ihrem bombastischen Stuhl, ohne ihre Worte mit der geringsten Mimik oder Gestik zu begleiten. Die Frau mochte klein und dünn sein, ihr Innerstes aber, so war sich Morton sicher, war aus gehärtetem Stahl. Sie strahlte eine Kälte aus, die etwas zutiefst Unmenschliches an sich hatte.

»Wissen Sie, wo Mrs Finch gedient hat?«, fragte er.

»Sie sagte, sie werde an der Küste stationiert.« Lady Wentworth wartete, bis Morton ihre Aussage zu Papier gebracht hatte, und fügte erst dann maliziös hinzu:

»Aber da war sie nicht.«

Morton sah erstaunt auf und sah zum ersten Mal so etwas wie ein Lächeln auf ihren Lippen. Es war kein schöner Anblick. Eine perfide Genugtuung kam darin zum Ausdruck und ein gerüttelt Maß an Bosheit.

»Sie war in Wycombe, Buckinghamshire.«

Der Ort kam Morton bekannt vor, und noch während er den Namen notierte, fiel es ihm ein. Das Luftfahrtministerium hatte dort ein kartographisches Zentrum unterhalten. Das Deutsche Reich hatte bei Kriegsbeginn sämtliches Kartenmaterial eingezogen, und so hatten sich die Alliierten ihre Informationen mit Aufklärungsflügen beschaffen müssen. Anhand dieser Fotografien waren in Wycombe Landkarten erstellt worden. Jede Kriegspartei war daran interessiert, den Gegner darüber im Unklaren zu lassen, was man schon über ihn in Erfahrung gebracht hatte. Um dieses Wissen nicht preiszugeben, war der Ort geheim gehalten worden. Weshalb war diese Frau hier im Besitz von klassifizierten Informationen?

»Wer hat Ihnen das gesagt?«, wollte er wissen.

»Alice Finch natürlich«, antwortete sie, ohne zu zögern.

Wenig glaubwürdig, dass jemand die Geheimhaltungspflicht verletzen und damit eine Strafverfolgung riskieren würde, um ihrer ehemaligen Arbeitgeberin Bescheid geben zu können, wo sie stationiert war. Wer immer das gewesen war, Alice Finch hatte ihr mit Sicherheit nichts verraten, so viel stand fest.

»Vorhin sagten Sie …«, begann er, doch Lady Wentworth fuhr scharf dazwischen.

»Zweifeln Sie mein Wort an, Inspector?«

»Aber nicht doch«, sagte Morton ungerührt. Er würde nicht weiter nachfragen, denn an sich war es unerheblich, woher sie die Information hatte. Er setzte die Befragung fort:

»Mrs Finch hat uns zu verstehen gegeben, sie sei hier auf Thwaitefells geboren und aufgewachsen.«

»So, hat sie das?« In den kalten blauen Augen blitzte es.

»Entspricht das nicht den Tatsachen?«

»Keineswegs. Alice war zehn, als sie hierhergekommen ist. Ihre Eltern sind verstorben und ihre Tante hat sie aufgenommen.«

Endlich eine verwertbare Spur in dem Rätsel über die Herkunft dieser Frau.

»War diese Tante verheiratet?«

»Selbstverständlich, sonst wäre es nie dazu gekommen. Sie war die Frau meines Gutsverwalters.«

»Sie sprechen in der Vergangenheitsform. Ist sie verstorben?«

Lady Wentworth nickte.

»Woher kam das Mädchen? Wo hat sie zuvor gelebt?«

»Das weiß ich nicht. Ich hatte keine Veranlassung, Erkundigungen einzuziehen. Mrs Thrope war eine gottesfürchtige, rechtschaffene Frau. Ich bin davon ausgegangen, dass ihre Schwester das Kind anständig erzogen hat. Sie schien ein williges Mädchen zu sein.«

»Wir haben Grund zu der Annahme, dass Mrs Finch die ersten zehn Jahre ihres Lebens in Chipping Bramton verbracht hat, doch in den Akten der Schulbehörde ist zu der Zeit keine Schülerin mit diesem Namen verzeichnet. Wurde sie vom Gutsverwalter adoptiert?«

Lady Wentworth hob eine dünne Augenbraue. »Nein«, entgegnete sie. »Das hätte ich nicht gutgeheißen.«

Morton hatte nicht gewusst, dass in diesem Land noch so feudale Zustände herrschten.

»Mr Thropes Frau war eine Cabot und so führte auch ihre Schwester diesen Namen. Wie sie allerdings nach der Heirat geheißen hat, entzieht sich meiner Kenntnis.«

Morton nahm das kleine Passfoto, auf das er im Zimmer der Haushälterin gestoßen war, aus seiner Brieftasche und hielt es Lady Wentworth hin.

»Ist diese Frau hier Alice Finch?«, fragte er.

Sie warf nur einen kurzen Blick darauf. »Ja, das ist sie«, erklärte sie.

Morton vergewisserte sich. »Sind Sie sicher?«

Die Frage trug ihm einen stählernen Blick ein.

»Ich werde doch wohl mein eigenes Hausmädchen wiedererkennen«, wies sie ihn zurecht.

»Waren sie zufrieden mit ihren …« Morton suchte das richtige Wort. »Diensten« fiel ihm ein. Die Umgebung musste bereits auf ihn abgefärbt haben, wenn er anfing, in solchen Kategorien zu denken. »… mit ihrer Arbeit«, schloss er.

»Sie gab keinen Anlass zu Klagen. Allerdings hat sie uns die Gunst, die wir ihr erwiesen haben, nicht mit Loyalität gedankt. Sie hat hier eine erstklassige Ausbildung genossen, erst zum Stubenmädchen und später zur Haushälterin. Eine absolute Vertrauensstellung, die sie offenbar nicht zu schätzen gewusst hat.«

Meine Güte, dachte Morton. Als Dienstbote für eine solche Frau arbeiten zu müssen! Da würde ich es vorziehen, meinen Lebensunterhalt mit Steineklopfen unter einem Sklaventreiber zu bestreiten. Alice Finch hatte zwanzig Jahre für diese Frau gearbeitet, und sie erkundigte sich nicht mit einem Wort, weshalb die Polizei Auskünfte über sie einholte.

»Wenn ich Sie recht verstanden habe, ist Alices Tante verstorben. Lebt ihr Mann noch?«

»Nein, er ist ebenfalls tot. Er starb noch vor dem Krieg.«

»Dann würde ich jetzt gerne mit Ihren Angestellten sprechen«, bat er.

»Wozu soll das gut sein?«

»Es wäre doch naheliegend, dass Mrs Finch während der langen Zeit, die sie hier in diesem Haus verbracht hat, die eine oder andere Freundschaft geschlossen hat.«

»Fraternisieren unter Dienstboten wurde und wird nicht toleriert in diesem Haus und überdies ist niemand mehr hier in Stellung, der Alice gekannt hat.«

Morton fragte sich, ob das der Wahrheit entsprach, und erwog die Möglichkeit, darauf zu bestehen. Lady Wentworth würde ihm nichts schenken und sich knüppelhart weigern, ihre Angestellten herzubitten, so viel stand fest, und da er hier in einer fremden Grafschaft ermittelte, waren seine Befugnisse nicht über jeden Zweifel erhaben. Er stand unter Zeitdruck und musste erst alle anderen Möglichkeiten ausschöpfen.

»Gibt es jemanden hier im Ort, mit dem Mrs Finch freundschaftlichen Umgang hatte?«, erkundigte er sich und die Antwort kam mit der gewohnten Arroganz.

»Das Privatleben meiner Dienerschaft ist nicht Gegenstand meiner Betrachtungen.«

Morton bezweifelte ohnehin, ob Lady Wentworth den Bediensteten dieses Hauses gestattete, so etwas wie ein Privatleben zu führen. Jetzt nahm sie den Arm von der Lehne und betätigte den Glockenzug.

Der Butler musste hinter der Tür gelauert haben, er erschien postwendend.

»Inspector Morton möchte gehen, Jenkins«, ließ sie ihn wissen, ohne Morton auch nur eines Blickes zu würdigen. »Würden Sie ihn bitte hinausgeleiten.«

Die Audienz war zu Ende.

Bevor Morton das Haus verließ, wandte er sich mit seiner Frage an den Butler, doch der zeigte sich zugeknöpft. Er bedauere sehr, aber weder er noch sonst jemand in diesem Haus habe die vormalige Haushälterin gekannt. Klarer Fall: Der Butler hatte den Auftrag gefasst, Morton umgehend hinauszubefördern, und hinausbefördern würde er ihn, dazu war er fest entschlossen.

Wieder draußen blieb Morton neben seinem Wagen stehen und zündete sich erst einmal eine Zigarette an. Alice Finch hatte ihn über jeden Aspekt ihrer Herkunft belogen, doch welche Rolle spielte das für seine Ermittlungen? Keine, falls sie mit den drei Morden nichts zu tun hatte. Menschen logen aus den unterschiedlichsten Gründen, und meist standen die mit der Tat an sich nicht in Zusammenhang. Wenn sie aber die Täterin war, hatte sie damit vermutlich ihr Motiv verschleiern wollen. Spätestens morgen früh würde er wissen, wo die Frau, die sich Alice Finch nannte, die ersten zehn Jahre ihres Lebens verbracht hatte. Er kannte nun den ledigen Namen ihrer Mutter, und damit ließ sich leicht feststellen, wen sie geheiratet hatte. Und da war noch diese Sache mit ihrem Einsatz in Wycombe. War es denkbar, dass dort eine Verbindung zur Familie Gregson bestand?

Morton wollte eben in den Wagen steigen, als ein kräftiger Mann aus einem der Nebengebäude trat und damit begann, aus einem Eimer dunklen Split auf den festgetretenen Schnee des Vorplatzes zu streuen. Morton beschloss, einen letzten Versuch zu wagen. Er ging zu ihm hinüber und sprach ihn an:

»Verzeihen Sie die Störung. Ich bin auf der Suche nach einer Frau namens Finch. Man sagte mir, sie sei hier im Haus beschäftigt gewesen.«

»Wer will das wissen?«, blaffte der Mann, ohne von seiner Arbeit aufzusehen.

Da waren etwas Takt und die eine oder andere Lüge vonnöten.

»Mein Name ist Morton. Es geht um eine Erbschaftsangelegenheit. Ich suche jemanden, der mir etwas über ihren Verbleib sagen könnte. Kannten Sie sie?«

Der Mann nickte. »Ja, flüchtig«, sagte er. »Keine Ahnung, wo sie jetzt ist.«

»Gibt es jemanden, der sie näher kannte und noch Kontakt zu ihr hat?«

Jetzt warf ihm der Mann einen prüfenden Blick zu. »Vielleicht will sie nicht gefunden werden«, meinte er nicht eben freundlich. »Manche Leute können es nicht ab, wenn Fremde ihre Nase in ihre Angelegenheiten stecken.«

Morton legte viel Überzeugung in seine Stimme: »Glauben Sie mir, Mrs Finch hat alles Interesse daran, gefunden zu werden. Wie schon gesagt, es geht um eine Erbschaft. Ich könnte mir denken, dass sie sich erkenntlich zeigen würde.«

Die Strategie zeigte Wirkung.

»Versuchen Sie's mal beim alten Hodgson. Der war früherer Obergärtner hier, bevor ich übernommen habe. Alice war oft bei denen zu Hause.«

»Und wo finde ich ihn?«

»Draußen auf der Amblebergh Farm.«

Das »draußen« gefiel Morton gar nicht, trotzdem erkundigte er sich nach dem Weg. Wenn er schon einmal hier war, musste er jeder Spur nachgehen.

»Und vergessen Sie nicht, wer Ihnen den Tipp gegeben hat!«, rief der Obergärtner ihm nach, als er sich schon abgewandt hatte.

Morton hob die Hand. »Aber ja doch!«, rief er über die Schulter zurück.

2

Alice öffnete die Tür des Backofens, zog das heiße Blech hervor und stellte es oben auf den Herd. Die Scones mit ihrer hellbraunen Kruste verbreiteten ihren köstlichen Duft bald in der ganzen Küche. Während sie das Gebäck zum Auskühlen auf ein Gitter legte, stieg in ihr die Erinnerung an jene Kindertage auf, als sie in freudiger Erwartung von der Schule nach Hause gerannt war. Immer samstags hatte ihre Mutter die Scones für den Nachmittagstee selbst gebacken. Erstmals konnte Alice an diese glückliche Zeit in ihrem Leben zurückdenken, ohne dass es ihr einen Stich ins Herz gab.

Sie fühlte sich wohl hier bei Stanley; er hatte sie gestern Abend gut aufgenommen. Sie war sich nicht sicher gewesen, wie er reagieren würde, nachdem sie ihm alles gestanden hatte, aber er hatte kein Urteil über sie gefällt. Ja, sie hatte ihm wirklich alles erzählt, nichts verschwiegen. Sie wusste, nur wenn sie absolut ehrlich zu ihm war, hatte sie eine Chance, dass er sie verstehen würde.

»Du verurteilst mich nicht?«, hatte sie zum Schluss gefragt, nachdem er sich alles ruhig angehört hatte.

»Wie sollte ich den Stab über dich brechen, bei dem, was ich getan habe?«, hatte er gemeint. »Ich habe mitgeholfen, Zehntausende zu töten. Du hast die Bilder von Dresden gesehen. Das war Massenmord, Alice!«

Er trug immer noch schwer an den Konsequenzen seiner Arbeit. Bis zu einem gewissen Grad konnte sie ihn verstehen; er war ein Mensch mit einem ausgeprägten ethischen Bewusstsein. Aber sie wusste, wenn er sich das, was er getan hatte, nicht verzeihen konnte, würde er früher oder später daran zugrunde gehen.

»Stanley, so darfst du nicht denken«, hatte sie versucht, ihm sein Schuldbewusstsein auszureden. »Was hättest du denn tun sollen?

Keine Landkarten mehr zeichnen? Du warst ja nicht der Einzige. Sie hätten dich an die Front versetzt und ein anderer hätte deine Arbeit weitergeführt.«

Sie hatten noch bis weit in die Nacht hinein geredet. Über die seltsame Logik des Krieges, in dem Gebote und Regeln außer Kraft gesetzt wurden und Glaubenssätze an ihre Stelle traten; über individuelle Verantwortung und subjektive Schuld und ob es eine Rolle spielt, von wem die Aggression ursprünglich ausgegangen ist. Und schließlich über die für Stanley verstörende Tatsache, dass sie selbst keinerlei Schuldgefühle empfand. Arnold Gregson hatte ein Leben vernichtet und ein zweites ruiniert. Und das Schlimmste dabei war, dass er sich in seiner überheblichen Selbstgerechtigkeit keines Unrechtes bewusst gewesen war. Er hatte es nicht anders verdient.

Alice setzte den Kessel auf und begann die Teeblätter in die Kanne zu löffeln. Und dann überfiel es sie plötzlich und ohne Vorwarnung:

Die Fotos! Sie hatte die Fotos zurückgelassen!

Siedend heiß flutete die verheerende Erkenntnis über sie hinweg. Es fühlte sich an, als ob jemand einen Strahl kochend heißes Wasser auf ihre Brust gerichtet hätte.

Sie ließ den Löffel fallen und stieß dabei das Metallgitter vom Herd. Mit lautem Scheppern fiel es auf die Steinfliesen und das Gebäck kullerte über den Boden. Alice ließ alles liegen und stolperte zum nächstbesten Stuhl. Bevor ihr die Beine den Dienst völlig versagten, konnte sie sich gerade noch darauf sinken lassen.

Mein Gott, wie hatte sie das nur übersehen können! Hatte die Polizei die Fotos schon gefunden? Und daraus die fatalen Rückschlüsse gezogen? Ein einziger Fehler! Ein einziger dummer, dummer Fehler! Doch vielleicht war es noch nicht zu spät. Sie musste nach Greenacres. Sofort!

Machte sie sich verdächtig, wenn sie sich den Schlüssel schon heute besorgte, um ihre restlichen Sachen abzuholen? Gab es einen anderen Weg, wie sie in das Haus gelangen könnte? Nein, sie selbst hatte alles einbruchsicher verriegelt.

Denk nach, Alice, denk nach!

Eine Ausrede! Sie musste sich eine Ausrede einfallen lassen.

Draußen im Flur ging die Haustür auf. Stanley kam vom Zigarettenholen zurück.

Er steckte den Kopf zur Küchentür herein. »Hoppla«, sagte er lachend. »Was ist denn da passiert?«

Alice erwachte wie aus einer Trance und nahm ihre Umgebung wieder wahr. Sie sprang vom Stuhl, lief zu Stanley und packte ihn am Arm.

»Stanley, wir müssen weg, sofort! Wir müssen nach Greenacres, bevor sie die Fotos finden.«

Er sah verwirrt auf sie hinunter. »Welche Fotos?«, fragte er ratlos. »Was ist denn passiert? Du bist ja völlig außer dir.« Er fasste sie um die Schultern und führte sie ins Wohnzimmer. »Komm, setz dich erst mal hin.«

Doch sie schüttelte seinen Arm ab und blieb vor dem Sessel stehen. »Es gibt eine Schachtel mit Fotografien aus meiner Kindheit«, begann sie zu erklären. »Sie liegt in der untersten Schublade meines Sekretärs. Ich habe vergessen, sie mitzunehmen. Lange Zeit wusste ich gar nicht, dass die Fotos noch existieren, denn ich habe gesehen, wie Tante Ethel sie alle aus dem Album entfernt hat. Ich dachte, sie habe sie weggeworfen, doch nach ihrem Tod habe ich sie gefunden. Ganz zuhinterst in ihrem Kleiderschrank. Ich habe sie mir nie wirklich ansehen können. Wahrscheinlich habe ich deshalb nicht mehr an sie gedacht. Wenn die Polizei sie findet, weiß sie, wo ich aufgewachsen bin. Wir müssen sofort los. Hast du genug Benzin im Tank?«

Stanley war ebenfalls stehen geblieben. »Ja«, sagte er, »aber das ist ein Amtswagen. Ich darf ihn nur für die Arbeit benutzen. Wir müssten mit dem Zug fahren.«

»Nein, ich habe vorhin die Nachrichten gehört. Die Strecke ist blockiert. Du musst halt irgendeinen Notfall erfinden. Heute ist Sonntag, morgen arbeitet Inspector Morton wieder und könnte jeden Moment auf die Idee kommen, meine Zimmer zu durchsuchen. Wir dürfen keine Zeit mehr verlieren. Wir müssen erst noch auf der Bezirkswache vorbei, um den Schlüssel zu holen.«

»Die Polizei hat keine Veranlassung, deine Räume zu durchsuchen«, wandte Stanley ein. Er verstand nicht oder wollte nicht verstehen. Wertvolle Zeit verrann. »Du stehst nicht unter Verdacht.«

»Die Erbschaft, Stanley!«, rief Alice. »Sie suchen immer nach einem Motiv, und ich profitiere von Emmas Tod. Die Frau verfolgt mich noch aus dem Grab!«

»Aber davon wussten sie schon, als du noch auf Greenacres lebtest, und vermutlich haben sie keine neuen Erkenntnisse. Die Polizei kann dir nach wie vor keine Verbindung zu Sir Arnold nachweisen. Auch wenn sie die Fotos finden, heißt das noch lange nicht, dass sie auch die richtigen Schlüsse daraus ziehen. Und selbst wenn, sie werden unter einem falschen Namen suchen.« Er riss das Zigarettenpaket auf und steckte sich eine an. »Abgesehen davon, machst du dich erst recht verdächtig, wenn du heute bei der Polizei aufkreuzt, um den Schlüssel zu holen. Bei diesem katastrophalen Straßenzustand und noch dazu an einem Sonntag. Erst gestern bist du von Greenacres weg, und einen Tag später stehst du schon wieder da? Die werden sich fragen, weshalb du so dringend wieder ins Haus willst. Glaub mir, es ist besser, bis morgen zu warten.«

Nein, nein, nein, dachte Alice. *Ich muss da hin! Heute noch!* Sie verlegte sich aufs Flehen, legte ihm die Hand auf den Unterarm.

»Stanley, bitte! Ich muss diese Fotos holen!«

Und endlich hatte er ein Einsehen.

»Also gut. Wir können es versuchen, aber bei dem Chaos, dass da draußen herrscht, bin ich mir nicht sicher, ob wir unser Ziel überhaupt erreichen.«

Alice war schon bei der Tür.

»Ich packe gleich meine Koffer.«

»Wieso denn?«, fragte er verwundert.

»Falls die Fotos nicht mehr dort sind, bleibt mir nichts anderes übrig, als zu fliehen. Wenn sie erst wissen, wo ich aufgewachsen bin, werden sie bald herausfinden, wie meine Eltern umgekommen sind.«

3

Die Sonne hatte sich verabschiedet und im Osten begannen dunkle Wolken aufzuziehen, während sich Morton auf die Suche nach der Amblebergh Farm machte. Die Wegbeschreibung des Gärtners erwies sich als sehr präzise, und nachdem er den bewaldeten Hügel von Thwaitefells hinter sich gelassen und wieder auf Höhe des Derwent Waters angekommen war, wandte er sich nach Süden und gelangte problemlos ans Ende des Sees. Dort aber musste er die Landstraße verlassen, und der Pfad, der zum Gehöft führte, lag unter Tiefschnee begraben. Er war nichts weiter als eine minimale Einkerbung, die sich um eine Kuppe wand und dann gut zwei Meilen über höckeriges Gelände führte. Die Reifen mühten sich den Hang hinauf, ohne Ketten hätten sie durchgedreht. Die Dämmerung hatte schon eingesetzt und der Weg war kaum mehr zu sehen, als er schließlich in den Hof einmündete.

Das Bauernhaus war alt und verwittert und eine dicke Schneeschicht lag auf seinem windschiefen Giebeldach. Aus dem Kamin stiegen dünne Rauchfäden in die Luft, aber draußen hielt sich niemand auf und es bellten auch keine Hunde. Morton ließ den Wagen stehen und stapfte durch den Schnee zu einem steinernen Vorbau, hinter dessen Fenstern gedämpftes Licht zu sehen war. Er klopfte und eine ältere Frau öffnete ihm die Tür. Klein und zierlich, wie Lady Wentworth, doch hier endete die Ähnlichkeit. Sie trug ein schlichtes, grünes Wollkleid und Filzpantoffeln, ihre dunklen Augen hinter der runden Nickelbrille waren von unzähligen Lachfältchen umgeben und ihre Wangen vom langem Aufenthalt im Freien gerötet. Man konnte sich kaum einen größeren Gegensatz zwischen zwei Menschen vorstellen. Hier war er, ein völlig Fremder, der bei

Einbruch der Dunkelheit an ihre Tür klopfte, und diese Frau öffnete sie weit und sah ihm freundlich entgegen.

»Mrs Hodgsen?«, fragte er.

»Ja, die bin ich.«

Morton wies sich aus. »Man sagte mir, Ihr Mann habe früher auf Thwaitefells gearbeitet.«

»Das hat er«, bestätigte die Frau. »Aber er ist nicht hier, er musste nach den Schafen sehen. Kann ich ihm etwas ausrichten? Um was geht es denn?«

»Um eine Frau namens Alice Finch«, erklärte Morton. »Der Gärtner meinte, Sie hätten sie gut gekannt.«

Mrs Hodgsen schmunzelte. »Obergärtner! Darauf legt er den größten Wert. Mein Mann hat diese Stellung innegehabt, und nach seiner Pensionierung ist der junge Tyson befördert worden.« Sie trat einen Schritt zurück. »Aber kommen Sie doch herein, Inspector. Wenn es um Alice geht, kann ich Ihnen ebenso gut Auskunft geben.«

Morton versuchte, so gut es ging den Schnee von seinen Schuhen zu klopfen, bevor er eintrat. Die Haustür führte direkt in die Küche, einen warmen, gemütlichen Raum, in dem es nach Torffeuer roch. Er musste den Kopf etwas einziehen, sonst hätte er die Balken gestreift, mit denen die Decke verstärkt war. Auch die Wände bestanden aus Fachwerk, das mit Steinen ausgemauert war, und der große, eiserne Herd, von dem der Torfgeruch ausging, stand im Alkoven der Feuerstelle. Über dem Küchentisch hing eine Petroleumlampe – hier gab es keinen Strom und, soweit er sehen konnte, auch keinen Wasseranschluss. Auf einem Schaukelstuhl in der Ecke hatte sich eine getigerte Katze niedergelassen. Sie schlief dort in eine Flickendecke gekuschelt. Als Morton in ihre Nähe kam, öffnete sie ein Auge, fand ihn aber keiner näheren Betrachtung würdig und klappte es gleich wieder zu.

Mrs Hodgson nahm ihm Mantel und Hut ab und bat ihn Platz zu nehmen.

»Alice steckt doch nicht etwa in Schwierigkeiten?«, fragte sie besorgt.

Morton setzte sich auf einen der Windsorstühle an den Küchentisch.

»In dem Haushalt, in dem sie zurzeit arbeitet, hat sich ein Verbrechen ereignet«, erklärte er. »In diesem Zusammenhang stellen wir Nachforschungen an. Sie betreffen alle Personen, die sich zur Tatzeit im Haus aufgehalten haben.«

Erst jetzt in der Wärme spürte er, wie sich alle Muskeln in seinen Armen verkrampft hatten bei der ungewohnten Anstrengung, den Wagen durch unwegsames Gelände zu steuern.

»Das hätte mich auch sehr gewundert, wenn sich Alice etwas hätte zuschulden kommen lassen«, sagte Mrs Hodgsen bestimmt.

Sie nahm einen Kessel vom Herd, goss einen Becher Tee ein und stellte ihn ungefragt vor Morton hin. Der dachte an seinen bevorstehenden Heimweg durch Schnee und zunehmende Dunkelheit und wäre am liebsten hier geblieben. In dieser gemütlichen Küche, in der es so anheimelnd nach Torffeuer roch, in der Obhut dieser liebenswerten Frau. Sie setzte sich nun ebenfalls, steckte ein Lesezeichen in das aufgeschlagene Buch, das auf dem Tisch lag, und legte es beiseite.

»Tut mir leid, wenn ich Sie bei Ihrer Lektüre gestört habe«, entschuldigte sich Morton.

Mrs Hodgsen lächelte etwas verschämt. »Eine kleine Schwäche von mir. Aber heute ist ja Sonntag, da sollte es erlaubt sein.«

Morton gab das Lächeln zurück. »Als Schwäche würde ich das nicht bezeichnen«, sagte er und holte sein Notizbuch aus der Tasche.

»Wissen Sie noch, wann Alice nach Keswick gekommen ist, Mrs Hodgsen?«

»Das war mitten im Krieg, im Frühling 1916. Sie hatte ihre Eltern verloren, und ihre Tante hat sie aufgenommen. Ethel Thrope hieß sie. Gott hab sie selig. Sie war die Schwester ihrer Mutter.«

»Wie sind ihre Eltern gestorben?«

»Ihr Vater ist gefallen und ihre Mutter hatte die Schwindsucht.«

»Der Mann ihrer Tante war Verwalter auf Thwaitefells, nicht wahr? Haben Sie die Thropes gut gekannt?«

»Aber ja. Unsere Katen lagen nebeneinander und wir Frauen haben beide oben im Herrenhaus ausgeholfen.«

Morton holte das Foto aus seiner Brieftasche und reichte es Mrs Hodgsen.

»Ich möchte mich nur versichern«, sagte er. »Das ist Alice Finch, nicht wahr?«

Mrs Hodgsen nahm es entgegen, und als sie das Bild ansah, wurde ihr Gesicht weich.

»Ja, das ist sie«, sagte sie gleich. »Sie war oft bei uns, wissen Sie. Ein liebes Mädchen, doch die Thropes haben sie nicht gut behandelt. Das arme Kind hat mir leidgetan; da hat sie Vater und Mutter verloren, und dann kommt sie in eine so lieblose Umgebung. Ich habe Ethel immer wieder gesagt, sie solle nicht so streng mit Alice sein, doch es hat nichts genützt. Sie hat Alice all ihre Bücher weggenommen, dabei hat das Kind so gern gelesen. Ethel meinte, sie habe ihr stattdessen eine Bibel geschenkt, darin könne sie lesen, so viel sie wolle. Man müsse bei ihr besonders Acht geben, dass sie nicht vom rechten Weg abkomme.« Mrs Hodgsen schüttelte betrübt den Kopf. »Das Kind hat kaum ein gutes Wort von der Frau gehört.«

»Hatte das Paar vielleicht Kinder, mit denen Alice aufgewachsen ist?«

»Nein, und ich glaube, das war der Grund, weshalb Ethel so hart und engstirnig geworden ist. Sie sah in ihrer Kinderlosigkeit eine Strafe Gottes, der sie für ihre Sünden büßen ließ. So unerbittlich sie gegen sich selbst war, so unerbittlich war sie auch ihren Mitmenschen gegenüber. ›Ethel‹, habe ich zu ihr gesagt, ›du rennst ständig in die Kirche und bist trotzdem so herzlos zu dem armen Mädchen. Hast du denn noch nie etwas von christlicher Nächstenliebe gehört?‹ Aber sie sagte nur: ›Wen Gott liebt, den züchtigt er.‹ Alice konnte ihr nichts recht machen. Deshalb ist sie auch von dort weg, sobald sic konnte. Als sie im Herrenhaus in Stellung war, ist sie bei ihrer Tante ausgezogen, obschon sie sich droben eine kleine Kammer mit einem anderen Stubenmädchen teilen musste.«

Morton ließ das grausame Schicksal des Mädchens nicht kalt. Er wusste, was es für ein Kind bedeutete, seine Mutter zu verlieren und danach in eine fremde, gefühllose Umgebung verfrachtet zu werden. Doch er hatte nach ein paar Monaten wieder zu seinem Vater und seiner Schwester zurückkehren können. Alice Finch hingegen war der selbstgerechten Gefühlskälte dieser religiösen Fanatikerin jahrelang ausgeliefert gewesen. Was dich nicht umbringt, macht dich stärker, hieß es, und vielleicht traf das auf Alice Finch zu. Auf jeden Fall war das der Eindruck, den die Frau auf ihn gemacht hatte. Nach außen hin wirkte sie ruhig, gefasst und selbstsicher, doch Morton hatte schon zu oft erlebt, dass unter einer lauteren Fassade tiefe Abgründe lauerten.

»Wie hat Alice auf diese drastischen Erziehungsmethoden reagiert?«, fragte er.

Mrs Hodgsen seufzte. »Sie hat sich immer mehr in sich selbst zurückgezogen. Sie war ja schon sehr verstört, als sie hierherkam.«

»Wo hat sie denn vorher mit ihren Eltern gelebt?«

»Das ist auch so eine Sache. Ethel hat mir früher einmal gesagt, ihre Schwester lebe in Oxfordshire, aber als die Kleine herkam, sagte sie, sie komme aus London.«

»Wissen Sie, was Mrs Thrope gemeint hat, als sie sagte, bei Alice müsse man besonders Acht geben, dass sie nicht vom rechten Weg abkomme? Hat das Mädchen einen schuldbewussten Eindruck gemacht?«

»Nein«, sagte Mrs Hodgsen bestimmt. »Und ich kann mir nicht denken, was ein zehnjähriges Mädchen verbrochen haben könnte.« Sie griff über den Tisch nach Mortons Becher, den er schon leer getrunken hatte, und ging damit hinüber zum Herd, um ihn aufzufüllen. Als sie damit zurückkam, meinte sie nachdenklich: »Einmal hat Ethel allerdings etwas gesagt von schlechtem Blut.«

Morton nahm den süßen, starken Tee dankbar entgegen. »Was sollte das heißen?«, fragte er.

»Ich weiß es nicht, aber früher hat sie sich öfters über den Mann ihrer Schwester beschwert. Er sei ein Nichtsnutz und habe sich vor dem Kriegsdienst gedrückt.«

»Sagten Sie nicht, er sei im Krieg gefallen?«

»Ja, Ethel hat mir das erzählt. Das ist seltsam, nicht wahr? Ich glaube, sie hat mir etwas verschwiegen. Manchmal hatte ich sogar den Eindruck, dass nichts von dem gestimmt hat, was Ethel mir über Alices Herkunft gesagt hat.«

Morton war sich sogar ziemlich sicher, dass dem so war. »Sie selbst hat nie mit Ihnen über ihre Eltern gesprochen?«, fragte er. »Darüber, wie sie gestorben sind, oder über die Zeit, die sie mit ihnen verbracht hat?«

Mrs Hodgsen zuckte traurig die Schultern. »Nein, nie«, sagte sie. »Ich habe versucht, mit ihr darüber zu reden, weil ich gemerkt habe, dass sie etwas bedrückt. Bedrückt und verstört.« Sie schwieg einen Moment, den Blick in die Ferne gerichtet. Dann schien sie zu einem Entschluss zu kommen.

»Inspector«, sagte sie eindringlich, »wo immer Alice herkam und wer immer ihre Eltern waren: Ich bin mir sicher, dass da etwas ganz Schlimmes passiert ist, bevor sie nach Thwaitefells kam.«

***

Alice hatte gleich losfahren wollen, doch Stanley hatte darauf bestanden, erst ein paar warme Decken und eine Thermosflasche mit heißem Tee ins Auto zu packen. Sie könnten sich sonst zu Tode frieren, falls sie im Nirgendwo stecken bleiben würden. Obschon der Sturm nicht nachgelassen hatte, verlief die Fahrt vorerst ohne größere Zwischenfälle; trotzdem saß Alice wie auf Nadeln. In ihrem Kopf schrillten tausend Alarmglocken. Sie war mehr denn je davon überzeugt, dass sie keine Zeit zu verlieren hatte. Vor morgen früh musste sie Greenacres erreicht haben, sonst war es zu spät. Sie wollte Stanley noch einmal begreiflich machen, wie viel davon abhing, dass sie die Fotos an sich nehmen konnte, bevor die Polizei sie fand, aber ihre Kehle war wie zugeschnürt. Und so fuhren sie schweigend durch die Nacht.

Stanleys Blick war konzentriert auf die Fahrbahn gerichtet und die Knöchel an seinen Händen traten weiß hervor, so fest umklammerte er das Steuerrad im Bemühen, den Wagen sicher durch den tobenden Sturm zu lenken. Draußen rüttelte ein wütender Wind an den Bäumen, die aus den Hecken beidseits der Straße emporwuchsen, sodass sie gefährlich ins Schwanken gerieten; er pfiff und heulte um ihren Wagen und fegte dichte Schneeschauer über die Windschutzscheibe. Die Scheibenwischer versagten bald ihren Dienst und Stanley musste immer wieder anhalten, um das Eis von der Scheibe zu kratzen. Sie krochen im Schneckentempo dahin. Alice dachte entnervt, sie könnten genauso gut zu Fuß unterwegs sein, aber sie biss die Zähne zusammen und behielt die Bemerkung für sich. Immerhin waren sie bis jetzt, obwohl der Wagen ab und zu etwas ins Schlingern kam, wenn er von einer Windböe erfasst wurde, nicht von der Fahrbahn abgekommen.

Kurz nach High Wycombe aber verließ sie das Glück. Ein vom tosenden Sturm entwurzelter Baum war quer auf die Fahrbahn gestürzt. Die Hauptstraße war blockiert, und nun standen sie hier – weit und breit kein Räumfahrzeug in Sicht.

Stanley lehnte sich erschöpft ins Sitzpolster zurück.

»Das ist sinnlos, Alice«, seufzte er. »Heute Nacht kommen wir nicht weiter.«

Alice geriet in Panik. »Nein, Stanley!«, rief sie. »Wir dürfen nicht aufgeben! Dann müssen wir halt Umwege über ein paar Dörfer in Kauf nehmen.« Doch Stanley ließ sich nicht umstimmen. »Es wäre Irrsinn, bei diesem Sturm weiterzufahren«, beharrte er. »Es ist schon beinahe Mitternacht und wir haben noch nicht mal die Hälfte des Weges hinter uns. Wir kehren um, fahren nach High Wycombe zurück und suchen uns dort ein Hotel. Bis morgen früh sollte der Sturm nachgelassen haben und dann werden die Straßen auch bald wieder passierbar sein. Du kannst sowieso erst morgen ins Haus. Du brauchst den Schlüssel.«

»Das ist keiner dieser kleinen Polizeiposten. Ich bin mir sicher, auf der Bezirkswache hat immer jemand Dienst.«

»Du bist in Panik, Alice. Du kannst nicht mehr klar denken. Wie sieht das denn aus, wenn du mitten in der Nacht den Schlüssel holst?«

Im Widerschein der Scheinwerfer sah Alice, wie er sich erschöpft das Haar aus der Stirn strich. Dann sagte er: »Vielleicht ist es sowieso das Beste, wenn du dich der Polizei stellst. Du kriegst mildernde Umstände, schließlich hast du die Tat nicht allein begangen.«

»Was sagst du da?«, schrie Alice entsetzt. »Nie und nimmer! Du hast selbst gesagt, es sei sehr unwahrscheinlich, dass die Polizei die Fotos schon gefunden hat. Und sie sind der einzige Anhaltspunkt. Sonst haben sie nichts gegen mich in der Hand. Ich habe alles sorgfältig geplant, mir sind keine weiteren Fehler unterlaufen. Glaub mir!«

Stanley entschuldigte sich. »Tut mir leid, Alice, aber ich bin ziemlich erledigt. Nur schon den Wagen einigermaßen auf Spur zu halten, ist verdammt anstrengend.«

Alice hätte ihn nur zu gerne abgelöst. »Ich habe nie Fahren gelernt«, sagte sie. »Aber wenn du mir zeigst, wie es geht, kann ich es versuchen.«

Stanley schüttelte matt den Kopf. »Ich seh schon«, sagte er resigniert. »Nichts, was ich sage, kann dich davon abhalten.« Er holte seine Zigaretten aus der Jackentasche und riss ein Streichholz an. »Lass uns wenigstens zehn Minuten Pause machen.«

Alice atmete auf. Sie holte die Straßenkarte aus dem Handschuhfach und studierte sie im Licht der Taschenlampe. Der Umweg war nicht riesig.

»Wir müssen etwa zwei Meilen zurückfahren, bis zur Abzweigung nach West Wycombe«, erklärte sie. »Dann weiter über Piddington und von dort nach Bolter End. Dort kommen wir wieder auf die Hauptstraße.«

Sie faltete die Karte zusammen und goss Stanley einen Becher von dem heißen Tee ein. Nachdem er ihn ausgetrunken hatte, startete er den Wagen erneut, wendete ihn und fuhr denselben Weg zurück, den sie gekommen waren.

Und dann passierte es. Ein abgerissener Ast schlug krachend auf die Motorhaube. Im nächsten Augenblick splitterte die Windschutzscheibe, und während Alice ihre Arme schützend über ihr Gesicht legte, hörte sie, wie der Motor ein letztes, gurgelndes Geräusch von sich gab. Dann war er tot.

24. Dezember 1946

»Sie sehen schrecklich aus, Sir.«

Tweany warf seinem Chef einen mitfühlenden Blick zu.

Es war halb neun Uhr morgens und Morton war eben von seiner Reise nach Cumberland zurückgekehrt.

»Danke für das Kompliment, Tweany«, versetzte er. »Allerdings kann ich es nicht zurückgeben. Sie sehen putzmunter aus, scheinen sich von Ihrer Erkältung erholt zu haben.«

»Aber ja, ich bin wie neu.« Der Sergeant wies auf die dampfende Teetasse auf seinem Pult. »Meine Kräutermischung und die Kamillendämpfe meiner Mutter haben mir wieder auf die Beine geholfen. Sie allerdings sehen übernächtigt aus. Haben Sie eine unruhige Nacht verbracht?«

Morton stellte sich, immer noch in Hut und Mantel, vor die Heizung.

»Das kann man wohl sagen«, brummte er. »Auf zugigen Bahnhöfen und in stickigen Eisenbahnabteilen, nachdem ich erst das Vergnügen gehabt habe, einen Leihwagen durch den siebenten Kreis der Hölle zu steuern.« Er rieb sich die kalten Hände. »Und morgens um halb vier ging dann gar nichts mehr. Die Lokomotive ist kurz nach Northampton in einer Schneeverwehung stecken geblieben und es dauerte geschlagene drei Stunden, bis das Räumfahrzeug eintraf. Ich sage Ihnen, Sergeant, das war das erste und letzte Mal, dass ich eine Reise in diesen gottverlassenen Landstrich unternommen habe. So was würde ich nicht mal meinen ärgsten Feinden zumuten.«

»Hat es sich denn wenigstens gelohnt?«

»Hat es. Ich bin mit reicher Beute zurückgekehrt.«

Morton setzte sich hinter seinen Schreibtisch und berichtete, was er in Erfahrung gebracht hatte.

»Alice Finch ist weder in Keswick geboren noch aufgewachsen«, sagte Tweany, nachdem er geendet hatte. »Ihre Eltern hat sie nicht erst vor ein paar Jahren verloren, die waren schon lange tot, und seit sie zehn war, hat sie bei ihrer Tante gelebt. Weshalb hat die über Alices Herkunft lauter Lügen verbreitet?«

»Vermutlich, um ihren Ruf als fromme Gottesdienerin zu schützen.«

»Denken Sie, das Kind hat eine Straftat begangen? Und der Coroner hat davon erfahren?«

Morton hatte schon den Telefonhörer in der Hand und wählte die Vermittlung. »Möglich wär's«, räumte er ein. »Mal sehen, was die uns im Somerset Haus über eine gewisse Mabel Cabot sagen können.«

Tweany rührte bedächtig Zucker in seinen Tee. »Sollten wir nicht die Kollegen in London verständigen, damit sie Mrs Finch gleich festnehmen können?«, fragte er besorgt, doch Morton winkte ab:

»Ein paar Indizien reichen nicht aus als Haftgrund. Wir brauchen ein Motiv und gesicherte Beweise. Wenn wir sie vernehmen, bevor ein Haftbefehl gegen sie vorliegt, besteht erhebliche Fluchtgefahr. Im Moment können wir nur darauf setzen, durch das Aufdecken ihrer Identität dem Motiv auf die Spur zu kommen, sie damit zu konfrontieren und auf ein Geständnis zu hoffen.«

Er begann mit den Fingerspitzen auf der Schreibtischunterlage herumzuklopfen. »Herrgott, wieso dauert das nur so lange?«

»Die Sache mit ihrem Einsatz im Kartografiezentrum ist auch etwas suspekt«, gab Tweany zu bedenken. »Immerhin war der geheim; sie könnte für die Deutschen spioniert haben.«

Sein Sergeant war wieder einmal bei seinem Lieblingsthema angelangt, doch Morton wurde es erspart, darauf einzugehen, da sich jetzt glücklicherweise die Registrierungsbehörde meldete und er sein Anliegen vortragen konnte. Da die Anfrage dringlich war, bekam er die gewünschte Auskunft und legte eben den Hörer auf, als es klopfte und Sergeant Paisley hereinschlurfte.

»Ich brauch die Akte James«, grummelte er vor sich hin und blieb mitten im Raum stehen.

Morton wies auf den Aktenschrank. »Bitte, tun Sie sich keinen Zwang an.«

Paisley zog die oberste Schublade auf und blieb dann mit einem vernehmlichen Stöhnen davor stehen. »Ja, wo find ich die denn?«, fragte er ratlos.

»Versuchen Sie's mal unter J wie James«, sagte Morton leicht gereizt und wandte sich dann an seinen Sergeant:

»Also, hier sind die Fakten: Alices Mutter hat am 1. Mai 1901 einen Lionel Sparkler geheiratet. Der starb am 2. April 1916, und Mabel Sparkler, seine Frau, ein halbes Jahr später. Sie hatten eine Tochter, Alice Sparkler, geboren am 18. August 1906.«

»Das ist sie!«, rief Tweany. »Aber wie kam es zu dem Namenswechsel?«

»Falls der Personalausweis nicht gefälscht war, gibt es nur eine Möglichkeit: Der Namenswechsel ist von den Behörden autorisiert worden.«

»Damit sie so quasi untertauchen konnte, meinen Sie? Wurde Alice ihren Eltern weggenommen? Wurde sie misshandelt?«

»Sparkler, ein ungewöhnlicher Name, nicht wahr?«, mischte sich Paisley beiläufig ins Gespräch ein. Er hatte seine Akte endlich gefunden und blieb damit ermattet vor Tweanys Schreibtisch stehen. »Da hatten wir mal einen Mordfall. Während des großen Kriegs war das. Ein Mann namens Sparkler hat seine Frau erschlagen. Oder war's umgekehrt? Hat seine Frau ihn erschlagen?« Er zupfte sinnierend an seinem schlaffen Schnurrbart herum. »Na ja, auf jeden Fall ist's gleich hier unten am Marktplatz passiert. Die hatten dort eine Eisenwarenhandlung.«

Morton und Tweany starrten ihn beide gleichermaßen perplex an.

»Was is'n los?«, blaffte Paisley. »Hab ich noch Marmelade im Gesicht?«

Morton grinste. »Nein, aber vielleicht haben Sie eben den Fall Gregson gelöst.«

»Gregson? Der Name kommt mir auch bekannt vor.«

»Der Coroner?«, half ihm Morton auf die Sprünge, doch der Sergeant sah ihn nur verständnislos an. »Der vor einer Woche in seiner Bibliothek erstochen wurde?«

Jetzt ging Paisley ein Licht auf. »Ah ja«, meinte er so apathisch, als stünde er unter verschreibungspflichtigen Drogen, setzte dann aber dreist hinzu: »Der Fall, bei dem ich Ihnen ausgeholfen habe.«

»Eigentlich war's umgekehrt«, stellte Morton richtig. »Aber trotzdem: Der Kreis schließt sich. Können Sie sich an Einzelheiten erinnern oder das Datum noch etwas eingrenzen, Paisley?«

Er hätte keine zwei Fragen auf einmal stellen dürfen, der Mann hatte schon mit einer genug Schwierigkeiten.

»Ich würd mal sagen, weder ganz am Anfang noch ganz am Ende des Krieges«, sagte er schließlich.

»Rufen Sie gleich Mr Flintwinch an, Tweany. Fragen Sie ihn, ob der Fall Sparkler vor Sir Arnold verhandelt wurde.«

Während Tweany telefonierte, ließ sich Paisley auf Mortons Schreibtischkante nieder und setzte ihm ungefragt auseinander, wie die beiden Fälle seiner Ansicht nach zusammenhingen. Seine haarsträubenden Theorien waren mehr, als Morton in seinem übernächtigten Zustand ertragen konnte, und er sah sich gezwungen, ihn etwas unsanft hinauszubefördern.

»Das wär ja zu schön gewesen, um wahr zu sein«, sagte Tweany, nachdem er aufgelegt hatte. »Sir Arnold hat sein Amt als Coroner erst nach dem Krieg angetreten, im Herbst 1920. Zuvor war er ausschließlich als Solicitor tätig, mit einer Kanzlei hier am Marktplatz. Aber Mr Flintwinch sucht die Kopien der Gerichtsakten gleich heraus und schickt sie uns rüber.«

»Anwalt, sagen Sie?«, meinte Morton nachdenklich. »Könnte er eine der Gerichtsparteien verteidigt haben? Erfolglos?« Er wies auf das Dossier auf Tweanys Schreibtisch. »Dieser Brief, den wir in Emmas Tasche gefunden haben. Den ihre Mutter Sir Arnold aus den Staaten geschrieben hat. Erinnern Sie sich?«

»Ja, den hab ich nicht gelesen.«

»Ich schon. Darin war von einer schrecklichen Sache die Rede, in die er hineingezogen worden sei. Suchen Sie den mal raus.«

Tweany griff nach dem Dossier Gregson und schlug es auf.

»Hab ihn«, sagte er gleich.

»Lesen Sie vor«, forderte ihn Morton auf und Tweany kam seiner Bitte nach:

New Haven, 21. April 1916

Liebster Arnold

Hab Dank für Deine lieben Zeilen. Es tut mir leid, dass Du nun in diese schreckliche Sache hineingezogen wirst. Das wird Dir, wenn dieser langwierige Krieg zu Ende ist und Du dich für das Amt des Coroners anträgst, hoffentlich nicht zum Nachteil gereichen. Ich habe die Frau kaum gekannt, und sicherlich hätte ihr niemand eine solche Gräueltat zugetraut.
Nun will ich Dir aber von der Hochzeit berichten.

Morton winkte ab. »Den Rest ersparen wir uns«, sagte er. »Lionel Sparkler ist am 2. April 1916 gestorben. Sir Arnolds Brief, auf den Emmas Mutter Bezug nimmt, war nach Übersee mindestens zwei Wochen unterwegs. Wenn er ihn also zwischen dem 3. und dem 7. April aufgegeben hat, kommt das hin. Er hat ihr von dem Mord berichtet und sie nimmt in diesem Brief darauf Bezug.«

»Ja, das sehe ich auch so«, pflichtete Tweany ihm bei. »Mrs Gregson schreibt von einer Gräueltat, die eine ihr bekannte Frau begangen hat. Alices Mutter hat ihren Mann nur um ein halbes Jahr überlebt. Wurde sie hingerichtet, weil sie ihn getötet hat?«

»So sieht's aus, ja. Kein Wunder, hat Alices Tante alles daran gesetzt, ihre Herkunft zu verschleiern. Sie wollte verhindern, dass bekannt wird, wer ihre Schwester war. Und damit wäre auch geklärt, was sie mit dem schlechten Blut gemeint hat. Für das Mädchen muss das Ganze ein Albtraum gewesen sein.«

»Und welche Rolle hat Sir Arnold bei der Sache gespielt?«

»Na ja, wenn wir Einsicht in die Akten haben, wissen wir mehr. Immerhin hat uns Paisley eine Menge Arbeit erspart. Bei der Durchsicht des Strafregisters wären wir zum selben Schluss gekommen, aber das hätte wieder viel Zeit in Anspruch genommen.«

»Aber sollten wir Mrs Finch jetzt nicht zur Vernehmung abholen?«, drängte Tweany.

Morton schüttelte den Kopf. »Wir haben immer noch keine Beweise. Aus der ersten Tatwaffe könnte die Anklage vielleicht noch einen Indizienbeweis basteln, doch das Messer lag nicht einmal in der Schublade, sondern oben auf der Anrichte. Die Verteidigung könnte diese Begründung leicht mit dem Argument zerpflücken, bei nur einem flüchtigen Blick ins Esszimmer hätten sämtliche Verdächtigen es sehen können. Beim zweiten Mord sieht es noch übler aus, da weisen alle Indizien auf Nowak hin, und beim dritten fehlt von der Tatwaffe jede Spur. Und dann der blutbespritzte Kittel des Uhrmachers. Niemand hat Alice Finch bei Lilburnes gesehen, und nach der Tat wurde der Kittel im Auto eines anderen Tatverdächtigen gefunden.« Morton fuhr sich mit beiden Händen durchs Haar. »Sie war es, Tweany, das ist so sicher wie das Amen in der Kirche, aber wir haben absolut nichts gegen sie in der Hand. Wir brauchen handfeste Beweise, die sie mit den Taten in Verbindung bringen, die Tatwaffe oder die Kleidung, die sie dabei getragen hat. Vermutlich hat sie sich bevor sie daran ging Julian zu ermorden, in seinem oder Emmas Schrank bedient.«

»Weshalb hat sie nicht ihre eigenen Sachen getragen?«

Morton zuckte die Schultern. »Das wissen wir nicht, aber ich vermute mal, dass ihr das Risiko, bei der Kletterpartie irgendwo hängenzubleiben, bewusst war. Schließlich war sie keine Akrobatin. Davon können wir zumindest ausgehen. Heute Morgen beginnen die Kollegen, den Fluss mit einem Schleppnetz abzusuchen, und wir können nur hoffen, dass sie entweder die Tatwaffe oder die Kleider rausfischen, die sie getragen hat, als sie die Spuren auf der Terrasse und an der Regenrinne hinterlassen hat. Nötigenfalls schicken wir Taucher runter.«

»Vielleicht hat sie das ganze Zeugs in ihren Koffer gepackt und auf dem Weg nach London entsorgt«, schlug Tweany vor.

»So geschickt, wie die Frau ihre Spuren verwischt hat, glaube ich kaum, dass sie es riskiert hätte, nach Julians Ermordung die Polizei zu rufen, während die Kleidung noch im Haus war.«

»Was ist mit dem Weiher im Park?«

»Vom Haus führen nur ein Paar Fußspuren dorthin, und die stammen von Julians Stiefeln. Das haben die Kollegen überprüft.«

»Könnte sie die Kleidung verbrannt haben?«

»In einem der Kamine sicher nicht, sonst hätten wir Rückstände gefunden. Allenfalls käme der Brenner der Zentralheizung infrage, aber auch dort hat Constable Whitelaw hineingesehen. Was immer sie während der Tat getragen hat, um sich vor dem Blut zu schützen, könnte bis zum Morgen verbrannt sein. Aber Hornknöpfe und allenfalls Fellbesätze an einem Mantel verbrennen nicht rückstandslos und Lederstiefel auch nicht. Wenn wir diese Kleidungsstücke finden, haben wir sie.«

»Sollten wir trotzdem auch Greenacres nochmals gründlich durchsuchen, jetzt, da wir wissen, wer die Tat begangen hat?«

»Es kann nicht schaden, aber wie gesagt, ich glaube kaum, dass die Kleidung noch im Haus versteckt ist.«

»Vielleicht hat sie den Mantel nicht versteckt, sondern einfach in einen Schrank gehängt«, insistierte Tweany, verbesserte sich aber gleich: »Ah nein, dort haben Sie ja am Samstag nachgesehen.«

Morton lehnte sich in seinem Stuhl zurück und verschränkte die Hände hinter dem Kopf. »Hab ich, ja. Unten in dem Raum, der in den Garten führt, hingen nur helle Trenchcoats, und in Emma und Julian Gregsons Schränken gab's auch keine schwarzen Wintermäntel. Und der Schrank des Coroners war schon leer geräumt.«

»Die haben ja keine Zeit verloren. Sir Arnold war noch nicht mal fünf Tage tot, als Sie da nachschauen gingen.«

Morton stutzte. Leer geräumte Schränke im Zimmer eines Verstorbenen waren an sich nichts Außergewöhnliches, doch der Zeitpunkt war tatsächlich bemerkenswert. Da hatte es jemand sehr eilig gehabt. Und während er sich noch fragte, weshalb, fiel es ihm wie Schuppen von den Augen. Er griff sich an die Stirn: »Ich hab's!«, rief er. »Die Nadel im Heuhaufen! Oder besser gesagt, der Halm. Tweany, Sie haben den Nagel auf den Kopf getroffen. Wo verstecken Sie ein Kleidungsstück, wenn es pressiert? Unter einem Haufen anderer Kleidung! Ich weiß, wo die Sachen sind.«

Der Vicar war eben dabei, ein paar Frauen zu verabschieden, die zur Morgenandacht erschienen waren, als Morton die Kirchenpforte erreichte. Er setzte dem Geistlichen sein Anliegen auseinander.

»Kleidung, sagen Sie«, wiederholte Reverend Lewis versonnen. »Ja, es kommt immer wieder vor, dass Leute etwas für den Kirchenbasar vorbeibringen, und obschon es bis da noch eine ganze Weile hin ist, nehmen wir alles gerne entgegen. Von Greenacres, sagen Sie?« Er legte den Kopf schief und kratzte sich am Ohr. »Nun, das ist schwer zu sagen«, meinte er vage und fügte dann, in Erinnerungen schwelgend, hinzu: »Vor dem Krieg haben wir von dort jeweils erstklassige Ware erhalten, die ging am Kirchenbasar weg wie warme Semmeln. Aber nun müssen ja auch die Herrschaften mit dem auskommen, was ihnen die Rationierungsbehörden zugestehen, nicht wahr?« Er wurde wieder nachdenklich. »Am Samstag, sagen Sie? Also, ich könnte wirklich nicht sagen ... Eher nicht. Wir schicken jeweils die Pfadfinder los, um die Spenden abzuholen, aber im Moment kann man doch niemanden guten Gewissens mit dem Fahrrad auf die Straße schicken.«

Um weiteren Abschweifungen zuvorzukommen, fragte Morton: »Vielleicht dürfte ich selbst einmal nachsehen? Wo werden die Kleidersäcke denn gelagert?«

»Das könnte ich Ihnen wirklich nicht sagen«, meinte der Vicar betrübt, doch dann hellte sich sein Gesicht auf. »Aber Mrs Meagles ist drüben in der Church Hall. Sie kann Ihnen bestimmt helfen. Gehen Sie nur gleich hinüber.«

Morton fand die Frau in der Teeküche. Sie stand am Waschtrog, mit den Armen bis zu den Ellbogen in Seifenlauge, und eine ganze Reihe Vasen standen schon auf dem Abtropfbrett.

Morton trat zu ihr hin und wies sich aus, was ihm prompt zur Last gelegt wurde. Mrs Meagles warf nur einen kurzen, dafür abschätzigen Blick auf seinen Dienstausweis und fauchte:

»Ich weiß mittlerweile, dass Sie bei der Polizei sind, Inspector. Das müssen Sie mir nicht noch extra unter die Nase reiben.«

»Wir sind dazu verpflichtet, uns gegenüber unbekannten Personen auszuweisen«, rechtfertigte sich Morton, doch dann fiel ihm ein, dass er der Frau tatsächlich schon einmal begegnet war und ihre Rüge eine gewisse Berechtigung hatte. »Es liegt mir fern …«, begann er, beschloss dann aber, darüber hinwegzugehen. Durch lange Erklärungen würde er seinen Fauxpas nur noch verschlimmern. »Es tut mir leid, Sie bei Ihrer Arbeit zu stören«, sagte er stattdessen, »aber ich habe eine wichtige Frage an Sie. Wurde hier am letzten Samstag eine Kleiderspende abgegeben?«

»Nein, aber man hat mich gezwungen, sie selbst abzuholen«, gab Mrs Meagles erbost zurück und stieß die Flaschenbürste so heftig in eine der Vasen, dass das Wasser nur so herausspritzte.

Morton wagte kaum zu fragen:

»Von Greenacres? Hat Mrs Finch am Samstagmorgen hier angerufen?«

»Nein, Miss Gregson am letzten Mittwochnachmittag. Ich solle ihr die Pfadfinder rausschicken, gleich am nächsten Tag. Die Frau hat Nerven! Sollen die armen Jungen ihr Leben riskieren, nur um ihr gefällig zu sein? Manche Leute können die Hinterlassenschaft ihrer Verwandtschaft nicht früh genug loswerden. Ich sagte ihr klipp und klar, das sei nicht möglich, sie müsse sich bis zum Frühling gedulden oder zumindest bis die Straßen wieder befahrbar seien. Aber davon wollte sie nichts wissen und hat tatsächlich angefangen zu heulen. Wie schlimm sie der Tod ihres geliebten Vaters getroffen habe und wie überaus schmerzhaft es für sie sei, seine Sachen noch länger aufzubewahren.« Mrs Meagles stieß einen leidenden Seufzer aus. »Nun, jeder der mich kennt, weiß, dass ich ein weiches Herz habe, und das wird allenthalben ausgenützt. Ich geb's zu, das war schon immer mein Problem.«

Falls das zutraf, dachte Morton, gelang es der Frau großartig, ihre Herzensgüte unter einer dicken Schicht Garstigkeit zu verbergen.

»So bin ich also am Samstagmorgen selbst rausgefahren. Da hatte ich den Wagen von meinem Schwager.«

»Um welche Zeit waren Sie dort?«, fragte Morton.

»Um Punkt acht Uhr habe ich an der Haustüre geklingelt. Wenn etwas erledigt werden muss, dann sollte es auch gleich getan werden. Die Haushälterin hatte die Säcke immerhin schon bereitgestellt.«

»Ist die Kleidung noch hier?«

»Aber ja, wo soll sie denn sonst sein?«, versetzte Mrs Meagles grimmig. »Wir können das Zeugs jetzt bis zum Sommer hier horten. Als ob wir nicht schon genug Platzprobleme hätten. Sie sehen ja selbst, was sonst noch alles hier rumsteht. Die Pfadfinder sind die Allerschlimmsten.« Sie streifte sich den Schaum von den Unterarmen und forderte ihn gnädig auf: »Na, dann kommen Sie mal mit.«

Morton folgte ihr in den Raum nebenan, der tatsächlich ziemlich vollgestellt war, und wies auf ein paar Leinensäcke.

»Bitte sehr, Inspector. Bedienen Sie sich. Mich werden Sie ja wohl nicht brauchen, nicht wahr?«

2

Morton löste die Schnüre, mit denen die Säcke zusammengebunden waren, und kippte den Inhalt kurzerhand auf den Boden. Ein Sack enthielt ausschließlich Schuhe, und noch während sie hinauskullerten, atmete Morton hörbar auf. Er hob einen der Stiefel auf und sah sofort, dass sowohl die Größe als auch das Profil mit den Fußspuren auf der Terrasse übereinstimmten. Sie würden noch mit den Fotos, die Sergeant Jellyby gemacht hatte, verglichen werden müssen, doch er war sich ziemlich sicher. Den schwarzen Mantel, schwer und voluminös, hatte Alice Finch zuunterst in einen weiteren Sack gestopft. Er lag nun zuoberst und Morton hätte den Stofffetzen nicht einmal hervorholen müssen, um festzustellen, dass er von diesem Mantel abgerissen worden war.

Der Zufall hatte der Haushälterin in die Hände gespielt. Sie wusste natürlich von Emma Gregson, dass Sir Arnolds Kleidung am Samstag früh abgeholt werden würde. Eine ganz fantastische Gelegenheit, die inkriminierende Kleidung loszuwerden. Selbstverständlich hatte sie weder die Tatwaffe noch ihre blutbesudelte Schutzkleidung mit hineinpacken können. Das wäre den Frauen, die nächsten Sommer die Ware für den Kirchenbasar sortieren würden, gleich aufgefallen. Aber den Mantel und die Stiefel hätten sie bestimmt nichtsahnend an einem Verkaufsstand feilgeboten.

Auf die Gefahr hin, nun endgültig die Gunst von Mrs Meagles zu verspielen, ließ Morton alles liegen, warf Mantel und Stiefel in die beiden Säcke, in denen er sie gefunden hatte, und eilte zurück auf die Bezirkswache.

Als er im Laufschritt in sein Büro kam, lungerte Sergeant Paisley schon wieder darin herum. Dass er ein Scherflein zur Lösung eines

Falles beigesteuert hatte, war ihm offenbar zu Kopf gestiegen, denn jetzt war er dazu übergegangen, Tweany mit seinen abstrusen Theorien einzudecken. Es kam vermutlich selten genug vor, dass der Mann etwas auch nur im entferntesten Sinn Konstruktives in die Ermittlungsarbeit einfließen ließ, und er war entschlossen, seinen Platz an der Sonne bis zur Neige auszukosten.

Morton ignorierte ihn und wandte sich an seinen Sergeant.

»Tweany, wir haben sie!«, frohlockte er. »Stiefel und Mantel hat sie in einen Kleidersack für den Kirchenbasar gestopft und der wurde am Samstagmorgen abgeholt. Beides ist jetzt im Labor. Rufen Sie gleich bei der Metropolitan Police an. Sie sollen Alice Finch unverzüglich festnehmen und zur Befragung herbringen.«

»Den Weg können Sie sich sparen, Inspector«, mischte sich Paisley erneut ein. »Sie ist schon hier. Hat eben den Schlüssel zu Greenacres abgeholt.«

Morton konnte es kaum fassen. »Das darf doch wohl nicht wahr sein!«, rief er. »Wer hat den herausgegeben?«

»Ich war das«, erwiderte der Sergeant selbstgefällig. Er war tatsächlich auch noch stolz auf seine Fehlleistung. »Als Mrs Finch kam, war ich unten am Empfang bei Sergeant Thomas. Sie sagte, sie sei in Eile, draußen warte ein Taxi auf sie. Da habe ich dem Sergeant den Gefallen getan und bin schnell hoch und hab den Schlüssel geholt. Der lag ja hier im Dossier Gregson.«

Morton hätte ihn am liebsten erwürgt. »Wann war das?«, fragte er ärgerlich.

»Vor einer Viertelstunde oder vielleicht eher zwanzig Minuten.«

Morton war schon an der Tür. »Tweany, schnell. Wenn sie sieht, dass die Fotos fehlen, ergreift sie womöglich die Flucht.«

Draußen stand ein Dienstwagen direkt vor dem Eingang zur Bezirkswache und Morton schnappte ihn sich.

»Ist das denn zu glauben, Tweany?«, fluchte er, nachdem er sich ans Steuer gesetzt hatte. »Eine ärgeres Phlegma als Sergeant Paisley kann man sich kaum vorstellen. Der Mann ist stinkfaul. Mich wundert schon, wie er es jeden Morgen schafft, aus seinem Bett zu kommen. Was an sich unerheblich ist, da er, einmal hier, gleich wieder in eine lethargische Schockstarre verfällt. Aber wenn er uns ins Handwerk pfuschen kann, ergreift er die günstige Gelegenheit und wird zu einem flinken, diensteifrigen Wiesel.«

»Tut mir leid, Chef«, entschuldigte sich Tweany etwas zerknirscht. »Er muss den Schlüssel ausgerechnet in den fünf Minuten eingesackt haben, als ich auf der Toilette war.«

»Da können Sie nichts dafür. Das ist sozusagen höhere Gewalt, gegen den Mann ist kein Kraut gewachsen.«

Tweany wies auf die Akten auf seinem Schoß. »Officer Flintwinch war äußerst speditiv. Bevor Paisley mich belagert hat, habe ich mir die Gerichtsakten angesehen. Soll ich vorlesen oder wollen Sie eine Zusammenfassung?«

»Nur das Wichtigste.«

Während sie aus der Stadt hinausfuhren, begann Tweany zu berichten: »Alices Eltern, Mabel und Lionel Sparkler, besaßen tatsächlich eine Eisenwarenhandlung. Am Mittag des 2. April 1916 hat Mabel dort einen Hammer aus dem Gestell genommen und damit ihren Mann erschlagen. Sie wurde zum Tod verurteilt und am 10. Oktober 1916 hingerichtet.«

»Motiv?«, fragte Morton, ohne den Blick von der schneebedeckten Fahrbahn abzuwenden.

»Eifersucht. Der Mann hatte eine Geliebte und deswegen ist es oft zu Streitigkeiten unter den Eheleuten gekommen. Offenbar ging's da laut zu und her, denn die Nachbarn haben alles mitbekommen.«

»Hat sie sich schuldig bekannt?«

»Nein, sie hat bis zuletzt ihre Unschuld beteuert.«

»Bestanden Zweifel an ihrer Schuld?«

»Nein, es gab einen Augenzeugen. Raten Sie mal, wer das war?«

»Sir Arnold!«, grinste Morton.

Tweany klatschte in die Hände. »Bingo!«, rief er.

»War der Coroner im Laden?«

»Nein, die Tat selbst hat er nicht gesehen. Aber er hat bezeugt, um Viertel nach eins sei Mrs Sparkler völlig konfus aus dem Laden gestürzt. Das habe er aus dem Fenster seiner Kanzlei beobachten können.

Fünf Minuten später wurde Lionel Sparklers Leiche von einem Kunden auf dem Boden der Eisenwarenhandlung entdeckt. Sir Arnolds Aussage, zusammen mit dem von den Nachbarn bezeugten Motiv, hat zu dem einhelligen Schuldspruch der Jury geführt.« Tweany klappte die Akte zu. »Alice, damals zehn Jahre alt, kam gleich zu ihrer Tante nach Cumberland, und die hat auf einer Namensänderung bestanden. Sie machte das zur Bedingung, sonst hätte sie das Mädchen nicht aufgenommen. Aus Alice Sparkler wurde Alice Finch.«

Morton lachte kurz auf. »Du meine Güte! Die Frau hat einen langen Atem. Wartet dreißig Jahre, um sich zu rächen.«

»Ja«, stimmte Tweany zu. »Das ist schon irgendwie seltsam, aber wahrscheinlich hat sie nicht gewusst, wie der Prozess damals abgelaufen ist. Sie war ja noch ein Kind. Ich denke, sie hat nichtsahnend die Stelle bei Sir Arnold angetreten und dann irgendwie herausgefunden, was passiert ist.«

»Purer Zufall?«, meinte Morton skeptisch. »Unter – ich weiß nicht – hunderten oder sogar tausenden von freien Stellen im ganzen Land verschlägt es Alice Finch ausgerechnet zu dem Mann, der im Prozess gegen ihre Mutter ausgesagt hat?«

Sie waren am Fluss unten angekommen, wo die Kollegen eben dabei waren, ein großes Schleppnetz auszuwerfen. Die Abneigung gegen diese beschwerliche Arbeit in dem unwirtlichen Wetter war ihnen deutlich anzusehen. Der Schneefall hatte in den frühen Morgenstunden zwar nachgelassen, doch ein eisiger Wind wehte von Norden her und dichte Wolken hingen tief über dem Fluss.

Morton lenkte den Wagen an den Straßenrand und wies seinen Sergeant an, sie davon zu erlösen:

»Hüpfen Sie schnell raus, Tweany, und sagen Sie ihnen, sie können damit aufhören. Die Kleider haben wir und die Tatwaffe werden sie so nicht finden. Da müssen wir vermutlich Taucher runterschicken.«

***

Die Reifenspuren, die Morton am Samstag auf der Auffahrt zu Greenacres hinterlassen hatte, waren durch den erneuten Schneefall überdeckt worden, und so konnten sie sich sicher sein, dass ein anderer Wagen die Furchen verursacht hatte, die jetzt zu sehen waren. Hier war erst kürzlich jemand hochgefahren.

»Wir haben Glück«, meinte Tweany. »Sie ist noch da.«

»Besser, wir fahren nicht bis nach oben«, meinte Morton. »Wenn sie uns hört oder sieht, könnte sie durch die Hintertür Reißaus nehmen.«

Er ließ den Wagen außerhalb der Sichtweite des Hauses stehen und sie legten die restliche Strecke zu Fuß zurück. Auf dem Vorplatz stand ein Taxi, dessen Motorhaube immer noch warm war. Morton hatte kurz die Hand daraufgelegt und klopfte danach an die Scheibe auf der Fahrerseite. Sie war beschlagen und er konnte schlecht ins Innere sehen, deshalb war er alarmiert, als die Gestalt, deren Umrisse schwach zu erkennen waren, nicht reagierte.

»Mein Gott«, rief Tweany erschrocken. »Hat sie den etwa auch umgebracht?«

Doch offenbar hatte der Fahrer nur ein Nickerchen gemacht. Durch Tweanys Ausruf aufgeschreckt, kurbelte er jetzt das Fenster hinunter.

»Was gibt's, Guv'nor?«, fragte er schläfrig.

Morton zeigte seinen Ausweis. »Wie lange stehen Sie schon hier?«, fragte er.

»Zehn Minuten«, antwortete der Fahrer nach einem Blick auf das Taxameter.

»Hat man Sie angewiesen, hier zu warten?«

Der Taxifahrer nickte.

»Wer war Ihr Fahrgast? Eine Frau?«

Der Taxifahrer nickte erneut.

»Wo ist sie zugestiegen?«

»In Oxford, am Bahnhof.«

Morton erwog, ihn wegzuschicken, entschied sich aber dagegen.

Während sie die Treppe unter dem Portikus hochstiegen, sagte er: »Wir verhalten uns ruhig. Ich habe keine Lust auf eine Verfolgungsjagd durch das ganze Haus.«

Die Eingangstür war nicht abgeschlossen. Er öffnete sie vorsichtig und zog sie geräuschlos wieder zu, nachdem sie hineingeschlüpft waren.

»Bleiben Sie hier vor der Tür stehen«, raunte er Tweany zu und ging hinüber zum Lichtschalter, doch der Strom war immer noch ausgeschaltet.

Er durchquerte die Halle und versuchte, die Verbindungstür ins Souterrain ebenfalls leise zu öffnen, doch sie knarrte vernehmlich. Die Treppe dahinter lag wieder völlig im Dunkeln. Vorsichtig tastete sich Morton nach unten, doch auch in dem langen Korridor, von dem die Wirtschaftsräume abgingen, gab es nicht mehr Licht. Die Fenster mussten mittlerweile völlig zugeschneit sein. Er wartete, bis sich seine Augen an das Dunkel gewöhnt hatten, und bewegte sich dann lautlos voran. Es war so still, dass er seinen eigenen Atem hören konnte. Nichts rührte sich und er fragte sich, ob Alice noch hier unten war, doch dann sah er auf der Höhe ihres Zimmers einen blassen Streifen Licht unter dem schmalen Türspalt durchscheinen. Er war noch drei Schritte davon entfernt, als von draußen ein Geräusch zu ihm hineindrang. Erst leise und dann immer lauter. Kein Zweifel, ein Wagen näherte sich dem Haus. Wer konnte das sein? Hatte jemand Verstärkung losgeschickt? Falls Alice Finch hier unten war, hatte auch sie das Motorengeräusch gehört.

Morton hatte ihre Tür eben erreicht, als sie plötzlich geöffnet wurde. Eine schlanke Gestalt erschien im Türrahmen. Im Gegenlicht der Petroleumlampe, die hinter ihr auf einem Tisch brannte, konnte Morton nicht mehr als eine schattenhafte Silhouette erkennen.

»Inspector Morton, was tun Sie denn da im Dunkeln?«, fragte sie. Alice Finchs Stimme klang wie immer: höflich, gelassen, gleichmütig.

»Mrs Finch, ich muss Sie bitten, mich auf die Bezirkswache zu begleiten«, sagte Morton, ohne auf ihre Frage einzugehen.

»Weshalb?«

»Es haben sich noch ein paar Fragen ergeben.« Sein Instinkt sagte ihm, etwas Vorsicht walten zu lassen, doch er erkannte gleich, dass ihn das nicht weiterbrachte.

»Das können wir doch auch gleich hier klären, nicht wahr?«, widersetzte sie sich seinem Wunsch. »Ich bin wirklich sehr in Eile.«

Sie wich keinen Schritt von der Türschwelle.

Morton kam nun nicht mehr darum herum, mit dem wahren Sachverhalt herauszurücken. Er hatte sich Schwierigkeiten ersparen wollen, aber wenn sie nach der Rechtsbelehrung nicht freiwillig mitkam, würde er sie halt festnehmen müssen.

»Es geht hier um mehr als ein paar Fragen«, sagte er bestimmt und trat einen Schritt auf sie zu. »Alice Finch, ich verhafte Sie wegen Mordes an …«

Weiter kam er nicht. Plötzlich hatte sie ein Messer in der Hand. Morton sah es für einen Sekundenbruchteil aufblitzen, und dann hatte sie schon zugestochen. Sie erwischte ihn am Handrücken, und in dem Moment, als er seine Hand zurückzog und sich reflexartig zusammenkrümmte, schlug sie ihm die geballte Faust auf den Nasenrücken. Schmerz und eine Flamme aus blendendem Scharlachrot flammten in seinem Kopf auf, der nach hinten geschleudert wurde und hart an die Wand knallte.

Ihm wurde schwarz vor Augen, während ein Schwindelgefühl in auf- und abschwellenden Wellen über ihn hinwegflutete; trotzdem realisierte er, dass Alice von ihm fort und dann die Treppe hochrannte. Oben würde sie Tweany in die Arme laufen, er würde sie aufhalten.

Morton bemühte sich mit aller Kraft, auf den Beinen zu bleiben. Er spürte, wie ihm das Blut aus der Nase rann, und zwang sich, durch den Mund tief durchzuatmen. Es half, der Schwindel ließ etwas nach und er konnte sich an der Wand entlang zur Treppe tasten.

Als er nach oben in die Halle kam, stand sein Sergeant immer noch vor der geschlossenen Haustür, neben sich ein Mann, den Morton noch nie zuvor gesehen hatte.

»Wo ist sie hin?«, schrie er, doch Tweany sah ihm nur konsterniert entgegen. Er hatte von dem Aufruhr nichts mitbekommen.

»Schnell, sie ist hinten raus!«

Tweany spurtete los, doch als sie die Hintertür erreichten, mussten sie feststellen, dass Alice ihnen zuvorgekommen war. Sie hatte die

Tür hinter sich zugeschlossen. Gemeinsam warfen sie sich dagegen, aber das Türblatt hielt stand.

Durch die Glasscheibe im oberen Drittel der Tür konnten sie sehen, wie Alice durch den knöcheltiefen Schnee Richtung Stallungen rannte. Was will sie dort?, fragte sich Morton, doch dann meinte Tweany: »Vielleicht hat sie den Schlüssel stecken lassen«, und schlug mit dem Ellbogen die Scheibe ein.

»Hier«, Morton reichte ihm seinen Lederhandschuh. Tweany zog ihn über und langte durch das gezackte Loch nach unten zum Schloss.

»Hab ihn«, frohlockte er, doch seine Freude war von kurzer Dauer. »Er klemmt, ich kann ihn nicht drehen.«

»Ziehen Sie ihn raus«, sagte Morton und warnte: »Aufgepasst, dass er nicht runterfällt.«

»Was denken Sie, was ich hier tue?«, gab Tweany zähneknirschend zurück und Morton hielt den Mund.

Sein Sergeant erwies sich als äußerst geschickter Einbrecher. Es dauerte keine Minute, da hatte er den Schlüssel in Sicherheit gebracht und sie konnten die Tür aufschließen.

Alice war immer noch in Sicht. Sie hatte mittlerweile die Stallungen erreicht, und Morton erkannte, was sie im Sinn hatte. Von dort führte ein Weg in einem weiten Bogen ums Haus zu seiner Vorderseite. Dorthin hatte sie gelangen wollen, doch dieser Pfad war mittlerweile ebenso zugeschneit wie die übrige Parklandschaft. Das hatte er gesehen, als sie die Auffahrt hochgekommen waren. Da war kein Durchkommen mehr, sie würde bis zu den Knien im Schnee versinken. Und zurück ins Haus konnte sie auch nicht; Morton und Tweany versperrten ihr den Weg.

Sie saß in der Falle.

»Mrs Finch«, rief er. »Alice! Geben Sie auf! Es hat einen Sinn. Sie kommen dort nicht weiter. Es ist aus.«

Aber die Frau reagierte nicht, sondern schwenkte auf den zugeschneiten Pfad ein, obschon sie mittlerweile erkannt haben musste, dass er unpassierbar geworden war.

»Alice, bitte komm zurück!«, ertönte eine männliche Stimme hinter Morton, der erst jetzt realisierte, dass ihnen der Fremde gefolgt war.

Beim Klang seiner Stimme drehte sich Alice um und starrte ihm entgeistert entgegen. Und plötzlich brach ein schriller Schrei aus ihr heraus.

»Stanley! Du hast mich verraten! Ich habe dir vertraut und du hast mich verraten!«

»Nein, Alice«, beteuerte der Mann. »Ich bin eben erst hier angelangt.«

Er kam hinter Morton hervor und wollte an ihm vorbeigehen, doch der hielt ihn mit ausgestrecktem Arm zurück. »Wer sind Sie?«, verlangte er zu wissen.

»Stanley Beresford«, sagte der Mann. »Ich bin ein Freund von Mrs Finch.«

Morton fragte sich, was er mit der Sache hier zu tun hatte, aber für Erklärungen war später Zeit. Jetzt galt es, die Situation hier unter Kontrolle zu halten und die Verhaftung abzuschließen.

»Bitte lassen Sie mich mit ihr sprechen«, bat Beresford eindringlich. »Vielleicht hört sie auf mich.«

»Er ist unbewaffnet«, schaltete sich Tweany ein. »Ich glaube nicht, dass er etwas im Schilde führt.«

Morton ließ ihn gewähren. Einen Versuch war's wert. Verschlimmern konnte er die Lage kaum.

Beresford ging ruhig auf Alice zu, doch noch bevor er sie erreicht hatte, rannte sie zu ihm hin und krallte sich in die Aufschläge seines Mantels.

»Wo bist du gewesen?«, schrie sie. »Sag schon! Wo warst du?«

Die stets ruhig und beherrscht auftretende Haushälterin war kaum mehr wiederzuerkennen. Es hatte immer etwas Verstörendes, mit ansehen zu müssen, wie ein Mensch völlig die Kontrolle verlor.

Der große, kräftige Mann redete eine Weile leise auf sie ein und tatsächlich schien sie sich zu beruhigen. Offenbar hatte sie eingesehen, dass jede weitere Gegenwehr sinnlos war. Ihr Gesicht verzog sich und mit einem erstickten Klagelaut ließ sie den Kopf gegen seine Brust sinken. Er legte die Arme um sie und eine Weile standen sie reglos beieinander. Dann ließ sie sich von ihm widerstandslos zurückführen.

Als sie beim Haus angelangt waren, hatte sie erneut eine erstaunliche Haltungsänderung durchgemacht. Ihr Gesicht war zu einer versteinerten Maske erstarrt, von allen Gefühlsregungen leer gefegt.

»Wir bringen Sie jetzt auf die Bezirkswache, Mrs Finch«, sagte Morton und Tweany legte ihr die Handschellen an.

Der Taxifahrer stand neben seinem Wagen, als sie auf der anderen Seite aus dem Haus kamen. Mit großen Augen sah er zu, wie sein Fahrgast in Handschellen abgeführt wurde.

»Na, das ist ja 'n Ding«, staunte er. »Wenn ich das den Kollegen erzähle, das glaubt mir kein Schwein.«

»Sie können nun ebenfalls wegfahren«, entließ ihn Morton kurz angebunden und notierte sich dann das Kennzeichen von Beresfords Vauxhall.

»Wir haben auch noch Fragen an Sie«, wandte er sich an den Mann. »Bitte folgen Sie uns in Ihrem Wagen zur Bezirkswache.«

Tweany hatte Alice Finch schon auf die Rückbank befördert, nun sah er Morton erstmals ins Gesicht.

»Mein Gott, Sir!«, rief er entsetzt. »Sie sehen furchtbar aus! Was ist denn mit Ihrer Nase passiert?«

Morton konnte sich in etwa vorstellen, welch kläglichen Anblick er bot. Sein Äußeres wurde heute offenbar stündlich ärger in Mitleidenschaft gezogen.

»Zum zweiten Mal: Besten Dank für das Kompliment«, gab er sarkastisch zurück, doch sein Sergeant hatte mittlerweile die Stichwunde entdeckt. Fassungslos starrte er auf Mortons rechte Hand, von der das Blut heruntertropfte und den Schnee zunehmend rot färbte.

»Himmel noch mal! Sie hinterlassen ja eine regelrechte Blutspur! Was war denn da unten los?« Er wies mit dem Kinn auf Mrs Finch, die reglos im Fonds des Wolseley saß. »Hat sie Sie so zugerichtet?«

Morton versuchte zu grinsen, es kam ziemlich schief heraus.

»Na ja«, meinte er. »Ich habe mich da unten nicht gerade mit Ruhm bekleckert.«

Auf der Bezirkswache erwartete sie die Nachricht, Ruby Lilburne und Ronny Barker seien eben in Dover eingetroffen.

»Dann haben wir sie ja alle schön im Körbchen«, meinte Tweany befriedigt.

Sie überließen Alice Finch Sergeant Cade, der sie in eine Arrestzelle führte, und nahmen Beresford mit in ihr Büro.

Tweany kochte erst einmal Tee. Nicht nur sein Chef, sondern auch Mrs Finchs Freund sah aus, als ob er ihn dringend nötig hätte. Beresford ließ sich erschöpft auf den ihm zugewiesenen Stuhl vor Mortons Schreibtisch fallen und richtete gleich einen eindringlichen Appell an ihn:

»Alice war nicht bei Sinnen, als sie das getan hat«, sagte er. »Bitte glauben Sie mir, Inspector! Sie müssen dafür sorgen, dass sie mildernde Umstände bekommt.«

»Weshalb war sie nicht mehr bei Sinnen?«, fragte Morton.

»Das ist doch offensichtlich! Niemand bringt drei Menschen um, der noch klar im Kopf ist. Das müssen Sie doch einsehen.«

Also alle drei, dachte Morton. »Das liegt nicht in unserem Ermessen, Mr Beresford, wir führen nur die Ermittlungen«, erklärte er. »Nach einer abschließenden Einvernahme wird Alice Finch dem Untersuchungsrichter zugeführt.«

»Ich verstehe«, sagte Beresford niedergeschlagen. Seine dunklen Augen unter den kräftigen Brauen blickten resigniert. Er konnte nicht viel älter als vierzig sein, denn sein Gesicht mit der kantigen Kinnpartie sah noch recht jung aus, doch sein dichtes Haar war schon durchwegs grau.

»Nun aber zu Ihrer Rolle bei der ganzen Sache«, kam Morton auf den Punkt. »Woher kennen Sie Mrs Finch?«

Beresford antwortete nicht gleich. Es war ihm deutlich anzusehen, dass er am liebsten gleich wieder gegangen wäre. Als ob er es jetzt, da er wusste, dass die Befragung keinen Einfluss mehr auf das Schicksal seiner Freundin hatte, nicht länger der Mühe wert fand, sich ihr auszusetzen.

»Wir waren während des Krieges zusammen in Wycombe stationiert«, sagte er schließlich. »In Hughenden Manor waren wir für das Luftfahrtministerium tätig.«

»Was war Ihre Aufgabe?«

Beresford schwieg einen Moment, dann sagte er: »Unser Einsatz war geheim, aber das spielt jetzt wohl keine Rolle mehr. Das Luftfahrtministerium unterhielt dort ein Zentrum für Kartografie. Mitglieder des Ministeriums und Geheimdienstleute analysierten Fotografien, die Aufklärungsflugzeuge von Deutschland gemacht hatten. Ich war einer der Zeichner, die danach Karten angefertigt haben, für Luftangriffe auf strategische Ziele.«

»Und Mrs Finch?«

»Das Ministerium hat ein paar vertrauenswürdige Frauen für die Wirtschaftsführung beschäftigt. Im Hughenden Manor haben wir nicht nur gearbeitet, wir wohnten auch dort. Mit der Organisation des Haushaltes wurde Alice betraut. Im Laufe der Zeit haben wir uns angefreundet.«

»Waren Sie Mrs Finch in irgendeiner Weise bei ihren Taten behilflich?«

Die Frage schien ihn nicht zu beunruhigen. »Nein«, erwiderte er ruhig. »Ich habe davon erst aus der Zeitung erfahren. Allerdings wusste ich, wo Alice in Stellung war. Um die Wahrheit zu sagen, ich habe mir Sorgen gemacht, da ich befürchtet hatte, sie könnte etwas mit diesen Todesfällen zu tun haben.«

»Wo waren Sie am Abend des 17. Dezember, Mr Beresford?«

»Auf einer Tagung in Kent«, antwortete Beresford. »Sie dauerte von Montag, dem 17. Dezember, bis Samstag, dem 22. Dezember.« Er holte eine Visitenkarte aus seiner Brieftasche und reichte sie Morton. »Das ist die Anschrift des Tagungsleiters. Sie können das nachprüfen.«

»Bleibt die Tatsache, dass Sie sich einer Straftat schuldig gemacht haben, indem sie einer Mörderin Unterschlupf gewährten«, entgegnete Morton, während er die Karte entgegennahm.

»Nein, das trifft nicht zu«, konterte Beresford. »Alice hat Ihnen meine Adresse gegeben. Sie wussten jederzeit, wo sie zu finden war.«

»Stimmt«, räumte Morton ein und fragte dann: »Wann ist sie bei Ihnen eingetroffen?«

»Am letzten Samstag, gegen Abend.«

»Und bis wann ist sie geblieben?«

»Bis gestern Abend, da bat sie mich, sie nach Chipping Bramton zu fahren. Ich sagte ihr, das sei Irrsinn. Bei diesem Sturm würden wir das nicht schaffen, aber sie war völlig aufgelöst. Sie hat befürchtet, Ihnen könnten Fotografien in die Hände fallen, die sie und ihre Familie hier in Chipping Bramton zeigen. Da Alice verhaftet wurde, nehme ich an, Sie haben diese Fotos inzwischen gesehen und Rückschlüsse auf ihre Vergangenheit daraus gezogen.«

Morton nickte. »Sie sagten vorhin, sie hätten befürchtet, dass Mrs Finch etwas mit den Todesfällen auf Greenacres zu tun gehabt habe. Wissen Sie, weshalb Alice Finch drei Menschen umgebracht hat?«

»Ja, und ich fühle mich verantwortlich. Ich war es, der ihr gesagt hat, dass ihre Mutter unschuldig war.«

Morton hob überrascht die Augenbrauen. »Wie kamen Sie dazu, ihr so etwas zu sagen?«, fragte er. »Wie können Sie das wissen?«

»Ich weiß es, weil ich mit der Mörderin von Alices Vater gesprochen habe«, erwiderte Beresford, ohne zu zögern.

3

»Das müssen Sie uns genauer erklären.«

»Bevor ich nach Wycombe kam, war ich in Ostafrika stationiert«, begann Beresford. »Mitte Mai 1942 reiste ich nach Hause, nach Canterbury. Ich hatte zwei Wochen Heimaturlaub und meine Frau, die auf dem Kontinent stationiert war, ebenfalls. An unserem letzten Urlaubstag hat die deutsche Luftwaffe Canterbury angegriffen. Ich nehme an, die Baedeker Raids sind Ihnen ein Begriff. Meine Frau und ich wollten unseren letzten gemeinsamen Abend genießen und waren auf dem Heimweg von einer Tanzveranstaltung, als wir vom Fliegeralarm überrascht wurden. Wir haben dann mit vielen anderen in einer Kirche Zuflucht gesucht. Genauso gut hätten wir draußen auf der Straße bleiben können. Die Kirche wurde als Erstes bombardiert. Meine Frau wurde von der Druckwelle fortgerissen und dann von herabstürzendem Mauerwerk getroffen. Ich selbst wurde ebenfalls weggeschleudert und ziemlich schwer verletzt, wie die meisten, die dort Zuflucht gesucht hatten. Aber mein Schub wurde durch einen Pfeiler abgebremst. Ich versuchte, durch ein Loch in dem Trümmerhaufen zu ihr zu kriechen, aber der hintere Teil der Kirche war unmittelbar nach der Explosion der Bombe vollständig zusammengebrochen. Die Sakristei stand noch, zumindest die Mauern, das halbe Dach war ebenfalls eingestürzt. Statt meiner Ehefrau traf ich dort auf eine Frau, die bis zu den Hüften unter den Trümmern lag. Sie rief um Hilfe und ich ging zu ihr hin. In dem Moment hörte ich, wie der Kirchturm aufs Dach hinunterstürzte.«

Beresford schwieg einen Moment und fuhr sich mit der Zunge über die trockenen Lippen. Morton konnte ihm die Überwindung ansehen, die es ihn kostete, von diesem traumatischen Erlebnis zu berichten.

»Danach waren wir vollkommen eingeschlossen, der Zugang zur Sakristei unter Tonnen von Bruchgestein begraben. Es hat bis zum Morgen gedauert, bis der Zivilschutz durch die verschütteten Eingänge zu uns vorgedrungen war. Die mussten erst die Feuer löschen. Die deutschen Bomber hatten ein höllisches Inferno angerichtet. Nach der Bombardierung haben sie Brandbeschleuniger abgeworfen, die halbe Stadt stand in Flammen.

Neben mir lag also diese Frau im Sterben. Cynthia Fairweather hieß sie. Sie war nicht mehr jung, so um die sechzig, schätze ich, und sie musste einmal viel Wert auf ihr Äußeres gelegt haben. Ihre Fingernägel waren sorgfältig lackiert und sie war geschminkt.«

Beresford schüttelte matt den Kopf und fuhr dann fort:

»Ich konnte nichts für die Frau tun, sie war vollständig eingeklemmt, und ich konnte meine Arme nicht mehr gebrauchen. Meine rechte Schulter war ausgerenkt, meine linke Hand spürte ich nicht mehr.«

Morton war aufgefallen, dass er diese Hand, deren Haut von zahlreichen Narben durchzogen war, kaum gebrauchte. Ob im Sitzen oder im Stehen, er ließ sie schlaff an seiner Seite herunterhängen.

»Die Frau war noch bei vollem Bewusstsein. Sie wusste, dass sie sterben würde, und wollte ihr Gewissen erleichtern. Wissen Sie, wie Mrs Finchs Eltern umgekommen sind?«

»Ja«, sagte Morton. »Die Umstände sind uns bekannt.«

»Dann wissen Sie auch, dass Alices Vater eine Geliebte hatte, aber vermutlich wissen Sie nicht, dass er mit ihr Schluss machen wollte. Er hat ihr geschrieben, seine Frau hätte gedroht, ihn zu verlassen, wenn er die Affäre nicht beenden würde. Nachdem sie diesen Brief erhalten hat, ist Cynthia Fairweather gleich zu ihm in den Laden gegangen. Sie wollte ihn umstimmen, und vor allem wollte sie sich nicht so einfach abspeisen lassen. Das war am 2. April 1916. Die beiden gerieten in Streit. Dass sie am helllichten Tag zu ihm gekommen war, hatte ihn wütend gemacht, und offenbar hat er sich ihr gegenüber nicht sehr rücksichtsvoll gezeigt. Cynthia Fairweather jedenfalls hat sich nicht nur verschmäht und zurückgewiesen, sondern auch gedemütigt gefühlt. Und da hat sie einen Hammer aus dem Regal genommen und zugeschlagen.«

»Ist sie in der Sache nicht vernommen worden?«

»Nein. Obschon Alices Mutter von der Affäre gewusst hat und, wie ich später erfahren habe, die Nachbarschaft ebenso, war die Identität der Geliebten nicht bekannt. Nach der Tat ist sie davongerannt und hat danach ein paar Tage ihr Haus nicht mehr verlassen. Vom Gerichtsprozess und der Verurteilung der Frau ihres Geliebten hat sie nichts mitbekommen, da sie kurz danach ins Ausland zu ihrer Familie gereist ist. Sie ist in Frankreich geboren und besaß einen französischen Pass.«

Tweany hatte schon seit geraumer Zeit eine Teetasse vor Beresford hingestellt. Jetzt erst schien er sie zu bemerken. Er griff danach, führte sie zum Mund und trank sie halb leer.

»Jedenfalls hat sie mir in jener Nacht alles gestanden und ich musste ihr versprechen, die Polizei zu informieren. Das Unrecht ist geschehen, sagte ich. Der Mann ist tot, seine Frau ebenfalls, was wollen Sie da noch gutmachen?

Am nächsten Tag wurde ich ins Krankenhaus gebracht. Es ging mir schlecht; ich hatte meine Frau verloren und war gesundheitlich sehr angeschlagen. Ich hatte nicht die Absicht, der Sache nachzugehen.«

Die Teetasse in der Schwebe haltend, starrte Stanley Beresford eine Weile auf einen Punkt hinter Mortons Schreibtisch. Dann gab er sich einen Ruck.

»Ein paar Monate später bekam ich Gewissensbisse, das Erlebnis ließ mir keine Ruhe. Immerhin war es der letzte Wunsch einer Sterbenden gewesen, und obschon Cynthia Fairweather es nicht erwähnt hatte, bestand die Möglichkeit, dass das Ehepaar Kinder gehabt hatte. Für die spielte es schon eine Rolle, ob ihre Mutter unschuldig war. Also ging ich zur Polizei und meldete den Vorfall, doch die wiegelten ab. Es gebe keinerlei Beweise dafür, dass die Frau die Wahrheit gesagt habe, und schließlich sei Krieg, sie hätten genug anderes zu tun, mit all dem Schwarzhandel. Auch ich war mir plötzlich nicht mehr sicher, ob ich alles richtig mitgekriegt hatte. Während die Sterbende sozusagen ihre Beichte bei mir abgelegt hatte, war ich krank vor Sorge um meine Frau und dazu hatte ich schreckliche Schmerzen.«

»Die Polizei hat also nichts unternommen«, folgerte Morton. »Haben die Beamten wenigstens ein Protokoll Ihrer Aussage erstellt?«

Beresford schüttelte den Kopf. »Nein, nichts dergleichen«, sagte er. »Aufgrund der Verletzungen, die ich bei dem Angriff erlitten hatte, wurde ich dann nicht mehr an der Front, sondern in Hillside eingesetzt. Im Sommer dreiundvierzig wurde Hughenden Manor ebenfalls bombardiert. Das ganze Haus war unterkellert, und diese Keller hatte das Luftfahrtministerium zu einem regelrechten Luftschutzbunker ausgebaut. Wir waren dort unten absolut sicher, trotzdem hatte ich nach dem Erlebnis in Canterbury höllische Angst. Nur schon der Aufenthalt unter der Erde in einem abgeschlossen Raum brachte mich fast um den Verstand.«

Beresford sprach mit einer ruhigen, distanzierten Stimme, nur die angespannten Sehnenstränge an seinem Hals verrieten, wie aufgewühlt er war.

»Alice saß die ganze Zeit neben mir, hat mir gut zugeredet und versucht, mich abzulenken. Aber das hat nichts gebracht, und so forderte sie mich schließlich auf, ihr genau zu schildern, was sich damals abgespielt hatte. Wenn Ablenkung nicht hilft, meinte sie, so hilft vielleicht die Konfrontation. Und so habe ich ihr, nicht ahnend, wen ich da vor mir hatte, die ganze Geschichte erzählt.

Alice war außer sich. Ich habe sie kaum wiedererkannt; sie, die sich immer ruhig und freundlich verhalten hatte, verlor völlig die Beherrschung. Ich wusste nicht, wie mir geschah, weshalb diese Geschichte sie so wütend gemacht hatte. Natürlich musste sie sich nachher erklären, und so erfuhr ich, was in ihrer Kindheit geschehen war. Sie hatte das bis anhin noch keiner Menschenseele erzählt. War durchs Leben gegangen mit dieser erdrückenden Last auf ihren Schultern. Wie ein Stigma hatte die Schreckenstat ihrer Mutter ihr ganzes Leben bestimmt. All die Jahre, die sie bei ihrer bösartigen Tante verbringen musste, die ihr ständig das Gefühl gab, minderwertig zu sein. Und jetzt erfuhr sie, dass ihre Mutter unschuldig war. Unschuldig hingerichtet wurde.«

Von der Stadtkirche waren elf Stundenschläge zu hören. Beresford wartete, bis sie verklungen waren, bevor er mit seinem Bericht fortfuhr.

»Der Schock saß tief. Ein paar Tage lang war sie unfähig zu reagieren, doch dann setzte die Erinnerung ein. Sie begann sich auf Details zurückzubesinnen, die sie offenbar all die Jahre verdrängt hatte. Dass sie bei ihrer Mutter oben in der Wohnung gewesen war und mit ihr zusammen den Tisch gedeckt hatte, während der Zeit, in der ihr Vater ermordet wurde. Dass sie das den Frauen von der Fürsorge, die sie von zu Hause weggebracht hatten, immer und immer wieder gesagt hatte. Dass ihr niemand geglaubt hatte.«

Morton war fassungslos. Alice war damals immerhin zehn Jahre alt gewesen. Dass ihre Aussage weder von der Polizei noch von den Behörden ernst genommen worden war, kam einer groben Verletzung der Sorgfaltspflicht gleich. Ihre Beteuerungen hätten in dem Verfahren berücksichtigt werden müssen.

Beresford hatte weitergesprochen: »Daraufhin hat Alice alle Hebel in Bewegung gesetzt. Hat sich an verschiedene Polizeistellen, sogar ans Innenministerium gewandt. Ich bin jeweils mit ihr gegangen und habe meine Geschichte vorgetragen. Erst haben sie an meiner Glaubwürdigkeit gezweifelt, und als wir beharrten, meinten sie, es komme oft vor, dass Leute in Angst und Panik ein falsches Geständnis ablegten. Die Geliebte ihres Vaters hätte wahrscheinlich Schuldgefühle gehabt und sich deshalb eingebildet, sie hätte ihren Geliebten selbst umgebracht. Sir Arnold, ein absolut vertrauenswürdiger Anwalt, hätte Mabel Sparkler zweifelsfrei erkannt. Ein obskures Geständnis, noch dazu ohne Zeugen, reiche nicht, um den Fall wieder aufzurollen, zumal ja alle Beteiligten tot seien. Ja, und das war's dann.« Er machte eine wegwerfende Geste und fügte mit einem bitteren Auflachen hinzu: »Ah ja, das Innenministerium hat sich immerhin beim Einwohnermeldeamt erkundigt, ob eine Frau dieses Namens überhaupt existierte.«

»Und?«, fragte Morton nach.

»Ja, natürlich existierte sie«, erwiderte Beresford gereizt. »Ich habe mir das nicht eingebildet. Sie starb am 2. Juni 1942. Sie war Witwe, kinderlos, die Heirat lag schon weit zurück. Ihr Mann ist an der Somme gefallen. All das stimmte mit dem überein, was sie mir erzählt hat. Sie sagte, sie sei noch in Trauer gewesen damals; der Tod ihres Mannes habe sie schwer getroffen. Nun, das hat sie offenbar nicht davon abgehalten, eine Affäre mit einem verheirateten Mann einzugehen.«

»Und wie ging es dann weiter?«

»Alice war nach wie vor von der Unschuld ihrer Mutter überzeugt. Während ihres nächsten Urlaubs ist sie nach Chipping Bramton gereist, um persönlich mit Sir Arnold zu sprechen. Die Haushälterin auf Greenacres hat sie abgewiesen, er sei nicht zu Hause. So hat sie ihn vor dem Rathaus abgepasst und ihn, als er es betreten wollte, angesprochen. Erst habe er ungehalten reagiert, aber Alice konnte ihm begreiflich machen, wie wichtig die Angelegenheit für sie war. Und so hat er sie immerhin angehört. Schließlich aber hätte er gesagt, es tue ihm leid, aber er sei sich seiner Sache absolut sicher.

Alice hat nicht aufgegeben. Sie hat sich im Gasthof ein Zimmer genommen, aber es ergab sich keine weitere Gelegenheit, an Sir Arnold heranzukommen. Aus purer Frustration hat sie dann einer Gerichtsverhandlung beigewohnt, der er vorsaß.«

Stanley Beresford holte ein zerknittertes Paket Zigaretten aus seiner Jackentasche und steckte sich eine an. Morton musterte ihn aufmerksam durch den leichten Rauchschleier, der von seiner Zigarette aufstieg. Er schien einen Moment unschlüssig, wie er mit seiner Erzählung weiterfahren sollte.

»Zurück in Hillside hat sie weiterhin an ihrem Glauben festgehalten, Sir Arnold doch noch umstimmen zu können«, sagte er schließlich. »Der Gedanke ließ sie nicht mehr los, er artete zur Besessenheit aus. Sie meinte, wenn sie irgendwie sein Vertrauen gewinnen könnte, würde er sich zugänglicher zeigen und seine Zeugenaussage nochmals überdenken. Ich versuchte sie umzustimmen, denn ich glaubte nicht an einen Sinneswandel. Alice hat mir die Begegnung und die Art und Weise, wie der Coroner die Verhandlung geleitet hat, geschildert. Bei mir entstand der Eindruck eines selbstgerechten, von seiner eigenen Wichtigkeit restlos überzeugten Menschen. Solche Leute sind für gewöhnlich starrsinnig und borniert. Sie zeigen keine Einsicht.«

Morton fragte sich, ob Alice Finch tatsächlich so naiv gewesen war. Wenn sie imstande gewesen war, ihrem Freund Sir Arnolds Auftreten während der Gerichtsverhandlung so anschaulich zu schildern, musste sie auch realisiert haben, dass jede weitere Intervention an dem Mann abprallen würde. War nicht vielmehr schon damals der Wunsch in ihr entstanden, sich für das erlittene Unrecht zu rächen?

»Alice abonnierte den *Chipping Bramton Courier*, um sich über die Geschehnisse dort auf dem Laufenden zu halten«, fuhr Beresford fort. »Und nach ihrer Demobilisierung, im Sommer fünfundvierzig, war es dann so weit. Unter den Stellenausschreibungen erschien ein Inserat: Eine Haushälterin für Greenacres wurde gesucht. Alice ist sofort hingefahren und hat sich beworben. Natürlich hat Sir Arnold sie wiedererkannt, und – ob bewusst oder unbewusst –, hat er sich ihr verpflichtet gefühlt. Das jedenfalls ist meine subjektive Meinung. Wieso sonst hätte er sie ohne jegliche Referenzen eingestellt?«

Um eines seiner vielen guten Werke zu tun, dachte Morton sarkastisch, behielt diese Antwort aber für sich. Er spürte immer noch die Folgen von Alice Finchs Attacke. Das Pochen hinter seinen Augen begann sich langsam bis unter die Schädeldecke auszuweiten. Ihm war, als ob der Druck seinen Kopf demnächst auseinandersprengen würde.

»Sie sehen also, Inspector, Alice Finch hat alles in ihrer Macht stehende unternommen, um zu ihrem Recht zu kommen. Ich bin mir sicher, dass sie in den anderthalb Jahren, während denen sie bei Sir Arnold in Stellung war, immer wieder versucht hat, auf ihn einzuwirken. Aber der Mann hat niemals auch nur in Betracht gezogen, sich ernsthaft zu fragen, aufgrund welcher Anhaltspunkte er damals diese Zeugenaussage gemacht hat. Und das hat sie schlussendlich um den Verstand gebracht.«

Auch Morton fragte sich, wie Sir Arnold zu seiner felsenfesten Überzeugung gelangt war. Wenn Lionel Sparklers Geliebte diesen Mord begangen hatte – und Morton hielt Beresfords Aussage für durchaus glaubwürdig –, dann hatte Sir Arnold die beiden Frauen verwechselt. Entweder das oder er hatte eine bewusste Falschaussage gemacht.

»Wissen Sie, ob Cynthia Fairweather Trauerkleidung getragen hat, als sie die Tat beging?«, wollte er von Beresford wissen.

»Nein, natürlich nicht«, erwiderte der konsterniert. »Woher sollte ich das wissen? So detailliert hat sie mir das alles nicht geschildert. Weshalb fragen Sie?« Dann aber schien er dem Sinn hinter Mortons Frage auf die Spur zu kommen. »Moment mal!«, überlegte er. »Damals trugen die Witwen diese schwarzen Hüte, von denen ein kleiner Schleier herabhing, nicht wahr? Sie denken doch nicht etwa, dass Sir Arnold nicht einmal das Gesicht der Frau, die aus dem Laden gestürzt ist, gesehen hat? Das wäre ja unerhört. Bei seiner Befragung vor Gericht wäre das doch zur Sprache gekommen.«

»Ist es möglicherweise auch«, meinte Morton. »Ich bin noch nicht dazu gekommen, mich eingehend mit den Gerichtsakten zu befassen.«

Er stand auf und kam um den Schreibtisch herum. »Das wäre dann alles, Mr Beresford. Wenn Sie bitte einen Moment draußen Platz nehmen würden. Sie sollten uns noch die Abschrift des Vernehmungsprotokolls unterzeichnen.«

Beresford erhob sich zögerlich. »Darf ich Alice noch einmal sehen?«, bat er.

»Nein, leider nicht«, entgegnete Morton. »Tut mir leid. In der Untersuchungshaft sind keine Besucher erlaubt.«

Nachdem Beresford hinausgegangen war, konnte Tweany nicht mehr an sich halten.

»Na, das ist ja ein starkes Stück!«, meinte er. »Wieso hat der Coroner falsches Zeugnis abgelegt? Was hat die arme Frau ihm denn getan?«

»Nichts vermutlich«, meinte Morton. »Ich glaube nicht, dass da eine Absicht dahintersteckte. Reichen Sie mir mal die Gerichtsakten rüber, Sergeant. Ich will mir die noch ansehen, bevor wir Mrs Finch vernehmen.«

Tweany legte ihm die Mappe auf den Schreibtisch und sah ihm dann prüfend ins Gesicht.

»Das sieht gar nicht gut aus, Sir«, sagte er besorgt. »Sie müssen zum Arzt.«

»Nicht doch«, wiegelte Morton ab. »Halb so schlimm, das wächst sich aus. Aber ein paar Aspirin wären nicht schlecht.«

»Kommt sofort«, beschied ihn Tweany und förderte nach nur einem Griff in seine Schublade ein Medizinfläschchen zutage. Zusammen mit einem Glas Wasser stellte er es seinem Chef auf den Schreibtisch. Der vertiefte sich in das Aktenstudium, während Tweany begann, das Vernehmungsprotokoll abzutippen.

Eine Viertelstunde später klappte Morton die Mappe zu und sagte:

»Sieht ganz so aus, als ob in diesem Mordfall nur allzu bereitwillig an die Schuld von Mabel Sparkler geglaubt wurde. Sir Arnold hat seine Aussage nur wenige Stunden nach Auffinden der Leiche gemacht und die restlichen Ermittlungen liefen ganz offensichtlich unter der Prämisse, dass Lionel Sparklers Frau die Tat begangen hatte. Die angestellten Nachforschungen, die Einvernahmen, die Befragung der Nachbarschaft, all das diente nur dem Zweck, ihr ein Motiv nachzuweisen.«

Tweany stimmte ihm zu. »Das sehe ich auch so«, sagte er. »Aber wie kam es dazu? Sir Arnold hat ja behauptet, er hätte Mabel Sparkler vom Fenster seiner Anwaltskanzlei aus deutlich gesehen. Und das wurde immerhin überprüft.« Tweany wies auf die Gerichtsakten. »Dort steht, die Sicht auf die Eingangstür der Eisenwarenhandlung aus dem bewussten Fenster sei tadellos gewesen. Offenbar hatte Sir Arnold es sich zur Gewohnheit gemacht, aus dem Fenster zu sehen, während er seinem Sekretär Briefe diktiert hat.«

»Und da er im Laufe der Jahre des Öfteren beobachten konnte, wie Mabel Sparkler das Haus durch den Ladeneingang verließ, ist er selbstverständlich davon ausgegangen, dass sie es auch dieses Mal getan hat. Erschwerend kommt hinzu, dass die Eisenwarenhandlung hauptsächlich von Männern frequentiert wird.

Aussagen von Augenzeugen sind bekannt für ihre Ungenauigkeit. Unser Gehirn ist auf der Suche nach Mustern, deshalb sehen wir oft das, was wir erwarten zu sehen. Sir Arnold sieht also eine Frau aus der Eisenwarenhandlung kommen; normalerweise verlässt Mabel Sparkler das Haus durch den Ladeneingang; ergo ist es Mabel Sparkler, die er dort sieht. Vermutlich hatten die beiden Frauen eine ähnliche Statur, und mit ziemlicher Sicherheit trug auch Mrs Sparkler jeweils einen schwarzen Mantel. Die reichten damals bis zu den Knöcheln, und falls Cynthia Fairweather einen Hut mit Schleier getragen hat, könnten sich die beiden Frauen tatsächlich zum Verwechseln ähnlich gesehen haben.«

»Wenn man denn von Ähnlichkeit sprechen kann«, wandte Tweany ein. »Wenn sowohl der Körper einer Frau als auch ihr Gesicht praktisch vollständig verhüllt sind, was bleibt da noch?«

»Ich könnte mir denken, dass dieser Umstand sogar dem Coroner irgendwann einmal gedämmert hat, doch er gehörte zu den Menschen, die eisern bei einer einmal gemachten Aussage bleiben. Wenn ihm also Zweifel gekommen sind, so hat er sie für sich behalten oder erfolgreich verdrängt. Dabei könnte auch seine Absicht, den Posten des Coroners zu ergattern, eine Rolle gespielt haben. Seine Frau hat das in dem Brief, den sie ihm aus den Staaten geschrieben hat, ausdrücklich erwähnt. Vor Gericht eine bei der Polizei gemachte Aussage zu widerrufen, macht sich nicht so gut für einen Coroner in spe.«

»Oder er war wirklich sein ganzes Leben lang überzeugt davon, Mabel Sparkler gesehen zu haben. Wie im Fall Leighton. Der hat den Mord, für den ein anderer gehängt worden ist, nach fünf Jahren gestanden, als die Kollegen ihn wegen einer neuen Sache dran hatten. Und als sie den Augenzeugen nochmals befragt haben, hat der steif und fest auf seiner Aussage beharrt. Sogar noch einiges dazuerfunden hat er. Einen Koffer habe der Mörder bei sich gehabt und seine Hände seien voller Blut gewesen.«

»Die Erinnerung ist eine versierte Lügnerin«, sagte Morton achselzuckend. »Sie verstärkt das vermeintlich Erlebte im Laufe der Zeit mit weiteren Einzelheiten, die nicht mit dem übereinstimmen, was wir gesehen haben, sondern mit dem, was wir glauben, gesehen zu haben. Wir können nicht wissen, ob Sir Arnold in gutem Glauben, fahrlässig oder skrupellos opportunistisch gehandelt hat, doch für mich steht fest, dass er mit seiner Aussage eine unschuldige Frau dem Henker überantwortet hat.«

4

Auf dem Weg zu Alice Finchs Vernehmung holten sie sich Sir Arnolds Stiefel und Mantel aus dem Labor. Während sie damit ins Souterrain hinunterstiegen, spürte Morton, wie die beiden Aspirintabletten langsam ihre Wirkung entfalteten. Er war froh, wieder klar sehen und vor allem klar denken zu können.

Alice Finch war schon in den Verhörraum geführt worden. Sie saß ruhig am Tisch, hinter ihr an der Wand Constable Jones. Morton machte nicht den Fehler, sie nochmals zu unterschätzen und ließ den Constable sicherheitshalber die Vernehmung überwachen.

Tweany setzte sich Alice Finch gegenüber an den Tisch und machte sich bereit, die Vernehmung zu protokollieren. Morton blieb stehen. Er zog als Erstes den Mantel und die Stiefel aus dem Kleidersack und legte beides auf den Tisch.

»Mrs Finch, kennen Sie diese Kleidungsstücke?«, fragte er.

Alice Finch enthielt sich jeglicher Antwort. Sie begegnete seinem Blick kühl und teilnahmslos. Jemand musste mit ihr im Waschraum gewesen sein. Sie hatte sich inzwischen gekämmt und das Gesicht gewaschen.

»Wir haben nach Julian Gregsons Ermordung Fußspuren auf der Terrasse von Greenacres sichergestellt«, sagte Morton. »Sie stimmen mit jenen Sohlenprofilen überein.« Er wies auf die Stiefel, dann zog er den Stofffetzen aus der Tüte, die er mitgebracht hatte. »An der Regenrinne, die an Julians Zimmer vorbeiführt, haben wir diese Schulterpatte gefunden. Wie Sie deutlich sehen können und wie unser Labor zweifelsfrei nachgewiesen hat, ist sie von diesem Mantel hier abgerissen worden. Daraus folgt zwingend, dass die Person, welche in der Nacht vom Freitag auf den Samstag in Julians Zimmer eingedrungen ist und ihn ermordet hat, dabei diese Kleidung getragen hat. Wir haben sie in zwei Leinensäcken sichergestellt, welche in der hiesigen Church Hall für den Kirchenbasar bereitstanden und die Mrs Meagles am Samstagmorgen, dem 22. Dezember, um acht Uhr morgens in Greenacres abgeholt hat. Sie, Mrs Finch, haben ihr diese Säcke übergeben. Zu diesem Zeitpunkt war Julian Gregson bereits tot, außer Ihnen befand sich niemand mehr im Haus. Es besteht nicht der geringste Zweifel, dass Sie es gewesen sind, die diese Kleidung in den Säcken entsorgt hat. Wir werden diese beiden Gegenstände der Staatsanwaltschaft übergeben. Sie gelten als Beweis für Ihre Täterschaft. Möchten Sie sich dazu äußern, Mrs Finch?«

Sie schwieg beharrlich. Ihr Gesicht war eine kalte, weiße Maske, die Lippen blutleer und verkrampft. Keine Regung verriet, was sich in ihrem Inneren abspielte.

»Wir kennen ihr Motiv für den Mord an Julian Gregson noch nicht«, fuhr Morton fort, während er sich ebenfalls hinsetzte. »Dafür wissen wir jetzt, weshalb Sir Arnold sterben musste. Sie sind nicht im Lake District aufgewachsen, Mrs Finch. Sie wurden hier in Chipping Bramton als Alice Sparkler geboren und haben die ersten zehn Jahre Ihres Lebens hier verbracht. Ich habe die Fotos, die Ihr Vater während dieser Zeit aufgenommen hat, gesehen. Sie zeigen Sie als glückliches, sorgloses Kind; ihre Eltern müssen sich liebevoll um Sie gekümmert haben. Bestimmt haben Sie bei ihnen eine schöne Kindheit verlebt. Dann aber geschah etwas Schreckliches. Ihr Vater wurde ermordet und ihre Mutter der Tat beschuldigt. Sie wurde zum Tod verurteilt.« Morton hielt kurz inne und fügte dann hinzu: »Wie Anne Boleyn, nicht wahr? Die Mutter von Königin Elisabeth, von der Sie alle verfügbaren Biografien gelesen haben.«

Damit hatte Alice Finch nicht gerechnet. Für ein paar Sekunden trat ein überraschter Ausdruck in ihre Augen. Er verschwand gleich wieder.

»Die verbleibenden Jahre Ihrer Kindheit haben Sie in dem Glauben verbracht, die Tochter einer Mörderin zu sein. Ihre Tante, Ethel Thrope, hat nicht das Geringste unternommen, um Ihnen Ihr schweres Schicksal erträglicher zu machen. Im Gegenteil, sie hat sie geächtet und Ihnen das Gefühl vermittelt, nichtswürdig zu sein. Und dann, vor drei Jahren, haben Sie erfahren, dass Ihre Mutter unschuldig war. Dass sie aufgrund einer Falschaussage verurteilt wurde. Und Sie erfuhren auch, wessen Zeugenaussage für dieses Urteil verantwortlich gewesen ist.« Morton lehnte sich etwas vor und fragte eindringlich: »Wie haben Sie sich da gefühlt, Mrs Finch? Betrogen um ein glückliches, erfülltes Leben?«

Immer noch keine Reaktion.

»Sie haben nichts unversucht gelassen, um zumindest jetzt noch zu Ihrem Recht zu kommen und Ihre Mutter zu rehabilitieren. Doch man hat Ihnen keinen Glauben geschenkt, Ihr Ansinnen nicht ernst genommen. Eine erneute Erniedrigung, die zu der erlittenen noch hinzukam. Und dann haben sie sich an den Mann selber gewandt. Haben ihn gebeten, seine Zeugenaussage im Lichte der neuen Erkenntnisse zu überdenken. Doch er, borniert und selbstgefällig, wie er nun mal war, hat stur auf seiner Aussage beharrt.«

Jetzt zeigte sich der erste Riss in der Fassade. Ihre Kiefermuskeln verhärteten sich, sie biss die Zähne aufeinander. Aber sie war noch weit davon entfernt, die Beherrschung zu verlieren.

»Sie waren machtlos. Ihr Zorn und Ihre Erbitterung müssen grenzenlos gewesen sein. Aber dann haben Sie realisiert, dass Sie nicht völlig ohnmächtig waren. Es gab Mittel und Wege, den Tod Ihrer Mutter zu rächen. Indem Sie Sir Arnold sein Leben genommen haben, haben sie den Tod Ihrer Mutter vergolten.«

Morton wusste nur zu gut, wie sich diese ohnmächtige Wut anfühlte. Seine eigene Mutter war aufgrund der Fehldiagnose eines Arztes gestorben, als er sieben Jahre alt gewesen war.

»Sie haben sich von ihm als Haushälterin anstellen lassen und nach ein paar Monaten einen Mordanschlag auf ihn verübt, indem Sie die Schrauben an der Rückwand eines schweren Schrankes gelöst haben. Der Anschlag ist misslungen, der Coroner hat sich beim Wegspringen nur den Knöchel gebrochen. Vermutlich war es Ihnen zu riskant, es gleich danach erneut zu versuchen. Sie mussten etwas Gras über die Sache wachsen lassen, doch vor einer Woche war es dann so weit. Und dieses Mal waren Sie erfolgreich, nicht wahr?«

Nun wurde deutlich, dass es ihr immer schwerer fiel, die Fassung zu bewahren. Sie konnte ihn nicht mehr ansehen, sondern hielt den Kopf gesenkt, den Blick starr auf die Hände in ihrem Schoß gerichtet. Aber sie hatte Übung darin, ihre Erregung unter Kontrolle zu halten, schließlich hatte sie anderthalb Jahre mit einem Mann unter demselben Dach gelebt, der für den Tod ihrer Mutter verantwortlich gewesen war. Diese Frau war der Albtraum jedes Polizeibeamten. Wenn es Morton nicht gelang, sie mit dem letzten Pfeil, den er im Köcher hatte, zu erschüttern, hatte er verloren. Dann würde es kein Geständnis geben.

»Ich habe gestern eine kleine Reise unternommen«, fuhr er fort. »In den Lake District, genauer gesagt nach Keswick. In Thwaitefells habe ich Ihre frühere Arbeitgeberin aufgesucht. Lady Wentworth, eine, gelinde gesagt, missliebige alte Dame. Sie war nicht gut auf Sie zu sprechen. Auf dem Herrensitz fühlt man sich offenbar legitimiert, lebenslange Loyalität von seinen Dienstboten einzufordern. Dass Sie es gewagt haben zu desertieren, trägt sie Ihnen bis heute nach.«

Alice Finchs Mundwinkel senkten sich verächtlich.

»Später habe ich auch noch mit Mrs Hodgson gesprochen. Sie ist Ihnen gut bekannt, nicht wahr? Eine liebe, fürsorgliche Frau. Sie haben Sie sehr gemocht, nicht wahr?«

Jetzt endlich zeigte sie eine deutliche Gemütsbewegung. Die Erinnerung an diesen einen Menschen, der ihr in dieser trostlosen Zeit Wärme und Verständnis entgegengebracht hatte, trieb ihr die Tränen in die Augen. Sie schluckte heftig und presste die Lippen aufeinander, um die Gefühle zurückzuhalten, die sie zu überwältigen drohten.

»Sie liegen ihr immer noch sehr am Herzen«, sagte Morton und bemühte sich, das Mitgefühl, welches er tatsächlich empfand, in seiner Stimme zum Ausdruck zu bringen. Für ihn war es mit das Schwierigste bei der Polizeiarbeit, jeweils keine Anteilnahme zuzulassen. In der jetzigen Situation aber kam es ihm zugute, dass er nicht völlig abgestumpft war gegen jedes menschliche Leid. »Es hat die Frau bekümmert, wie schändlich Ihre Tante Sie behandelt hat. Sie hätten oft bei ihr Zuflucht gesucht. Ein kleines, unschuldiges Mädchen, das der Gefühlskälte einer religiösen Fanatikerin hilflos ausgeliefert war.«

Alice Finch hob mit einem Ruck den Kopf. Jetzt konnte sie nicht mehr an sich halten.

»Es war die Hölle!«, brach es aus ihr heraus. »Ja, ich habe diesen Mistkerl umgebracht! Er hat es nicht anders verdient. Er hat mein Leben zerstört!«

Sie hatte beide Hände zu Fäusten geballt und ihre Brust hob und senkte sich unter dem heftigen Ein- und Ausatmen.

»Nachdem Stanley mir gesagt hatte, dass meine Mutter unschuldig war – unschuldig zum Tod verurteilt wurde! –, wollte ich Gerechtigkeit. Für mich und für sie. Aber dieser arrogante, gönnerhafte Mann dachte nicht im Traum daran, seine Aussage zu widerrufen. Mit dieser Ungerechtigkeit konnte ich nicht mehr länger leben. Sie hat mich schier aufgefressen. Ich musste es tun, musste mich von diesem Fluch befreien.«

Morton beugte sich etwas über den Tisch zu ihr hin.

»Mrs Finch, Sie haben nichts mehr zu verlieren. Ich rate Ihnen dringend, ein vollumfängliches Geständnis abzulegen. Ich kann Ihnen keine Versprechungen machen, aber ich habe schon oft erlebt, dass ein Geständnis zu diesem frühen Zeitpunkt zugunsten der Angeklagten ausgelegt wird.«

Nicht wenige Polizeibeamte versuchten, mit falschen Versprechungen ein Geständnis zu erzwingen, wenn die Beweislage dünn war. Er selbst hatte sich noch nie dazu durchringen können. Der Rat, den er Alice Finch gegeben hatte, war aufrichtig. Die Beweislast war erdrückend, auf »nicht schuldig« zu plädieren, würde ihr niemals zu einem Freispruch verhelfen, sondern im Gegenteil die Richter gegen sie einnehmen. Ein lückenloses Geständnis würde die Richter milde stimmen, sodass ein guter Anwalt einiges für sie herausholen könnte.

Alice Finch überlegte kurz, dann nickte sie.

»Emma und ich haben die Tat gemeinsam geplant«, erklärte sie. »Nach dem Anschlag mit dem Kasten hat sie Verdacht geschöpft.

Während ihr Vater noch mit dem gebrochenen Knöchel im Krankenhaus lag, hat sie mit dem Handwerker gesprochen, der danach ein paar neue Schrauben angebracht hat. Er sagte ihr, er hätte noch nie erlebt, dass ein Schrank wegen einer einzigen Schraube umgekippt wäre. Ihr Verdacht fiel gleich auf mich; sie muss gespürt haben, wie verärgert ich war, dass der Anschlag auf Sir Arnolds Leben misslungen ist. Beweisen konnte sie mir allerdings nichts, doch offenbar hat der Vorfall sie auf eine Idee gebracht. Sie begann sich auszumalen, wie herrlich ihr Leben doch sein würde, wenn ihr Vater nicht mehr da wäre, um sich ihren Wünschen entgegenzustellen. Sie wäre frei, ihren Traumprinzen zu heiraten, ohne befürchten zu müssen, deswegen enterbt zu werden. Ihre blinde Verliebtheit in Nowak hatte ihren Verstand offenbar nicht vollständig ausgeschaltet. Sie war sich bewusst, dass der Mann sie niemals heiraten würde, wenn sie mittellos dastand.«

»Ihr Vater hat also von der Verbindung zwischen ihr und Nowak gewusst?«, fragte Morton.

»Aber ja. Sie selbst hat ihm davon erzählt. Er war strikt gegen eine Heirat und drohte, sie zu enterben, wenn sie sich ihm widersetzen würde. Und so hat sie beschlossen, mich in ihre eigenen Pläne miteinzubeziehen. Die waren hirnverbrannt, wir wären umgehend verhaftet worden. Ich erkannte schon damals, wie unbedarft Emma war, doch ein Mitglied der Familie Gregson als Komplize zu haben, war sehr hilfreich und schien mir das Risiko aufzuwiegen, das ich mit ihr einging.«

Alice Finch schwieg einen Moment, wie um ihre Gedanken zu ordnen, und fuhr dann mit klarer, gefasster Stimme fort:

»Bei der Ausarbeitung eines neuen Planes ließ ich mir Zeit. Jetzt, da ich mich dazu entschlossen hatte, Sir Arnold umzubringen, spielte es keine Rolle mehr, wann genau das geschehen würde. Ich war dazu imstande, ruhig eine gute Gelegenheit abzuwarten. Die ohnmächtige Wut, die ich empfunden hatte, wich kühler Berechnung. Und das war gut so, denn damit mein Plan gelingen konnte, mussten ein paar Voraussetzungen erfüllt sein: Während der Tat sollten sich mehrere

Personen im Haus aufhalten, Sir Arnold musste kurzfristig von den anderen getrennt werden und zumindest ein paar der Gäste sollten im Laufe des Abends das Wohnzimmer verlassen.

Erst dachte ich an eine Dinnerparty, doch dazu lud der Coroner jeweils ein gutes Dutzend Personen ein. Sie alle unter Kontrolle zu halten, könnte schwierig werden; so entschied ich mich für die Mitglieder des Kirchenchores. Emma wusste, dass ihr Vater die Absicht hatte, sie am Montagabend zu einem Umtrunk zu laden, und sie konnte sich in etwa ausrechnen, wer der Einladung Folge leisten würde. Wir haben mit vier, fünf Personen gerechnet: Ruby Lilburne würde wegen Julian kommen, Trotwood wegen Ruby und die Buckets, weil sie sich keine Gelegenheit entgehen ließen, sich in der sogenannt besseren Gesellschaft zu bewegen.«

Aus dem Augenwinkel konnte Morton erkennen, wie tapfer sein Sergeant bemüht war, die bedeutsame Aussage wortgetreu festzuhalten. Sein Stift flog förmlich über das Papier.

»Vier Tage zuvor begannen wir mit den Vorbereitungen. Emma wurde damit beauftragt, den Arbeitskittel des Uhrmachers zu stehlen. Damit wollten wir den Verdacht auf Ruby Lilburne lenken. Emma kannte sich in dem Juweliergeschäft aus und wusste, dass der Kittel gleich neben der Tür an einem Haken hing. Wenn man ein solch ereignisloses Leben führt, hat man Zeit, sich solche Nebensächlichkeiten zu merken. Sie brachte Julian dazu, sie zu begleiten. In seiner Anwesenheit würde sich Ruby kaum um sie kümmern, sie würde nicht mitbekommen, was sie tat. Während Ruby also damit beschäftigt war, mit Julian zu flirten, und Julian damit, sie abzuwehren, machte Emma einen Schritt in die Werkstatt hinein, griff sich den Kittel und steckte ihn in ihre Einkaufstasche. Unterdessen habe ich auf der Schreibmaschine in der Church Hall einen anonymen Brief an Sir Arnold getippt. Darin habe ich Kamil Nowak beschuldigt, aus der polnischen Armee desertiert zu sein.«

»Woher wussten Sie davon?«, fragte Morton erstaunt. »Hat Ihnen Nowak davon erzählt?«

»Aber nein.« Alice Finch winkte verächtlich ab. »Er hat mir dieselbe Geschichte aufgetischt wie seinem Arbeitgeber. Aber im Gegensatz zum Coroner habe ich sie Kamil nicht abgekauft. Ich wollte, dass dieser Brief nach Sir Arnolds Ermordung von der Polizei gefunden wird und Nachforschungen angestellt würden. Ich war mir sicher, dass etwas Belastendes dabei herauskommen würde. Der Mann war ein notorischer Lügner.«

»Emma haben Sie vermutlich nicht eingeweiht, nicht wahr?«

»Nein. Dieser Brief diente, wie auch der Arbeitskittel des Uhrmachers, dazu, Verwirrung zu stiften. Im besten Fall wären Ruby, die Buckets und Nowak dadurch belastet worden. Wenn diese Ermittlung auch nur annährend so schlampig durchgeführt worden wäre, wie diejenige zum Tod meines Vaters, hätte die Polizei sie als Beweismittel verwendet. Die Köchin habe ich gebeten, ihren freien Abend zu verlegen, um am Montagabend freie Hand zu haben, und gleichzeitig brauchte ich eine Ausrede für die Herrichtung der Sandwiches im Esszimmer. Wir hatten vor, Emmas Vater unter einem Vorwand in die Bibliothek zu locken, doch der Zufall kam uns zu Hilfe. Den Anruf von Sir Darnley vom Montagmorgen hat Emma entgegengenommen und gleich erkannt, welche Chancen er bot.«

Es klopfte an der Tür und Constable Bates betrat das Verhörzimmer.

»Ruby Lilburne und Ronny Barker sind eingetroffen, Sir«, sagte er.

Morton wandte sich an Tweany: »Führen Sie die Vernehmung durch, Sergeant. Bates kann hier übernehmen.«

Tweany tat wie geheißen und der Constable nahm seinen Platz ein.

Alice Finch fuhr fort, als ob es keine Unterbrechung gegeben hätte: »Nachdem Emma mit den Mitgliedern des Kirchenchores in Greenacres eingetroffen war, fiel ihr die Aufgabe zu, dafür zu sorgen, dass sich zum Zeitpunkt des Mordes niemand in der Halle aufhalten, danach aber jeder Gast einmal das Wohnzimmer verlassen würde. Falls einer der Gäste Anstalten machen sollte, hinauszugehen, bevor ich mit der Sandwichplatte das Wohnzimmer betrat – unser Zeichen dafür, dass die Tat vollbracht war –, sollte Emma ihn in ein

Gespräch verwickeln. Sie kannte diese Leute mittlerweile recht gut. Sie wusste, wie verschossen Ruby Lilburne in ihren Bruder war und dass sie, auf die Aufforderung hin, sich mit Julian im Wintergarten zu treffen, sofort losmarschieren würde. Sie wusste, dass Mrs Bucket innerhalb der ersten halben Stunde die Toilette aufsuchen würde. Und sie wusste auch um die Diensteifrigkeit von Mr Bucket, den wir dazu auserkoren hatten, die Leiche aufzufinden.«

»Und der Chorleiter, Mr Trotwood?«, wollte Morton wissen.

»Er sollte im Wohnzimmer bleiben«, erwiderte Mrs Finch, »denn er war Emmas Alibi. Nur er konnte bezeugen, dass sie das Wohnzimmer nie verlassen hatte. Nachdem der Anruf kam, habe ich den Gästen im Salon erstmals die Platte mit den Sandwiches gereicht. So waren sie eine Weile beschäftigt. Dann bin ich hinunter in mein Zimmer gegangen, um vom zweiten Anschluss aus mitzuhören. Als Sir Arnold begann, sich zu verabschieden, rannte ich wieder hinauf in die Halle. Dort habe ich mir den Kittel übergezogen und so die Bibliothek betreten. Das Messer hatte ich schon dort hinterlegt, verborgen durch ein Kissen auf dem Sessel vor dem Kamin. Sir Arnold hatte eben den Hörer aufgelegt.«

Der Ansatz eines sarkastischen Lächelns zuckte um ihren Mund.

»Ja, er war überrascht, als ich es hervorgeholt habe, doch er hat nicht mit einem Angriff gerechnet. Noch nicht einmal, als ich ihn ein letztes Mal zur Rede gestellt habe. Nachdem ich ihn niedergestochen hatte, bin ich aus dem Kittel geschlüpft, habe die Fenstertüre zum Garten aufgeschlossen und das Haus umrundet. Den blutbefleckten Kittel habe ich in Mr Buckets Wagen geworfen und bin danach wieder ins Haus. Dort musste ich nochmals in die Bibliothek, um die Fenstertüre wieder abzuschließen.«

»Weshalb haben Sie die Terrassentür nicht offen gelassen?«, fragte Morton. »Das hätte doch immerhin den Täterkreis erweitert.«

»Und möglicherweise Ihren Verdacht geweckt«, gab Mrs Finch zurück. »Alle in dem Haushalt wussten, dass die Türen bei Einbruch der Dunkelheit verschlossen werden. Von dieser Routine abzuweichen, wäre erklärungsbedürftig gewesen.

In zehn Minuten war alles erledigt. Danach holte ich die Platte mit den Sandwiches aus dem Esszimmer und ging damit in den Salon, um sie den Gästen herumzureichen. Es lief alles nach Plan. Mrs Bucket ist gleich danach auf die Toilette gegangen, kurze Zeit später hat sich Ruby auf die Suche nach Julian gemacht und um halb elf ist Mr Bucket bereitwillig in die Bibliothek gegangen, um nach Sir Arnold zu sehen.«

»Was war mit der Haustür?«

»Die war verschlossen und der Schlüssel hing am Schlüsselbrett, wie ich es Ihnen gesagt habe. Emma hat Sie belogen und mir einen Strich durch die Rechnung gemacht, weil sie Angst hatte, dass Nowak in die Sache hineingezogen würde. Eine Komplikation, die ich nicht bedacht hatte. In dem Aufruhr, der nach Buckets Rufen in der Halle geherrscht hat, muss es ihr gelungen sein, den Schlüssel ins Schloss zu stecken. Die närrische Frau torpedierte unsere eigenen Pläne, um Nowak zu schützen.«

»Musste sie deshalb sterben?«

Alice Finch zuckte die Schultern. »Sie hat völlig die Nerven verloren. Diese Frau hat in einer Traumwelt gelebt, sie hat nie für ihr Auskommen arbeiten oder sich mit den Widrigkeiten eines gewöhnlichen Daseins befassen müssen. Alle Hindernisse wurden ihr aus dem Weg geräumt, und als sie sich erstmals mit einer Zwangslage konfrontiert sah, war sie völlig hilflos. Ihr Vater, der ihr bis anhin jeden Wunsch erfüllt hatte, weigerte sich strikt, in die von ihr ersehnte Heirat einzuwilligen. Als sie dann eine Gelegenheit sah, diesen lästigen Patriarchen aus dem Weg zu schaffen, war sie sich offenbar über die Konsequenzen nicht im Klaren. In ihrer Vorstellung verschwand der gestrenge Vater wie von Zauberhand und sie war frei, mit ihrem Liebsten bis ans Ende ihrer Tage zusammenzuleben.

Vielleicht wäre alles gut gegangen, wenn ihr der Anblick des blutüberströmten Toten mit dem Messer im Rücken erspart geblieben wäre. Leider kam ich zu spät, um sie zurückzuhalten. Ich habe gleich erkannt, dass sie diese brutale Wahrheit nicht verkraften konnte. Sie ist völlig zusammengebrochen. Erst hat sie vor sich selbst jegliche

Mitwirkung an dem Verbrechen geleugnet und jammervoll um ihren Vater getrauert, und dann, als sie das nicht mehr aufrechterhalten konnte, wollte sie ihr Gewissen erleichtern und alles gestehen. Das konnte ich nicht zulassen.«

Alice Finch räusperte sich und nahm einen Schluck aus dem Wasserglas, das ihr Constable Jones hingestellt hatte.

»Dass Nowak sich an dem Abend wieder einmal ins Haus geschlichen hatte, machte ihn zum idealen Sündenbock. Julian hatte ihn gesehen und würde später meine Aussage bestätigen. Während der Verwalter oben bei Emma im Schlafzimmer war, habe ich mir sein Jagdmesser aus seiner Wohnung geholt und ein paar Baumwollhandschuhe und eine der Kittelschürzen bereitgelegt, die ich jeweils trage, wenn im Haushalt etwas zu erledigen ist. Dann musste ich nur noch abwarten, bis er das Haus verlassen hatte. Als ich Emmas Schlafzimmer betrat, saß sie an ihrer Frisierkommode. Es ging alles sehr rasch, sie hat es kaum mitbekommen.«

Die Vorgänge um die Ermordung Sir Arnolds hatte Alice Finch völlig emotionslos geschildert, jetzt aber erkannte Morton am Klang ihrer Stimme, dass sie mit der Tötung seiner Tochter nicht so skrupellos umgehen konnte.

»Haben Sie tatsächlich nichts von ihrer Schwangerschaft gewusst?«, fragte er.

Sie verneinte: »Das habe ich erst von Ihnen erfahren. Sie fragen sich nun, ob ich sie getötet hätte, wenn ich davon gewusst hätte, nicht wahr? Ich weiß es nicht, und will mir auch keine Gedanken darüber machen. Vielleicht trug mein Einsatz während des Krieges zu einer gewissen Verrohung bei. Alle, die in dem Zentrum für Kartografie ihren Dienst verrichtet haben, haben damit auch ihren Beitrag zur Bombardierung deutscher Städte geleistet. Anhand der Opferzahlen unter der Zivilbevölkerung können Sie sich in etwa ausrechnen, wie viele schwangere Frauen darunter waren. Hat das irgendjemanden gekümmert? Ich kenne nur einen einzigen Menschen, der deswegen Gewissensbisse hatte.«

»Wie haben Sie die Kleidung, welche Sie während der Tat getragen haben, verschwinden lassen?«

»Von der Schürze habe ich später die Knöpfe abgeschnitten und sie zusammen mit den Handschuhen im Brenner unten verbrannt. Was mit dem Messer geschehen ist, wissen Sie inzwischen. Nachdem sich Julian in sein Zimmer zurückgezogen hatte, habe ich mich zu den Stallungen geschlichen und es dort versteckt. Allerdings hatte ich nicht damit gerechnet, dass Julian noch auf war. Während ich zurückkam, hat er oben an seinem Schlafzimmerfenster gestanden und mich beobachtet. Natürlich hat er den Vorfall damals nicht mit dem Mord an seiner Schwester in Verbindung gebracht. Davon wusste er noch nichts, und nachdem er die Leiche seiner Schwester gefunden hatte, war er so verstört, dass ihm die Episode vermutlich entfallen ist.«

»Doch später hat er sich wieder daran erinnert, nicht wahr?«

»Ja, am Freitagabend. Er war schon recht betrunken, trotzdem hat er mich gebeten, ihm noch eine Flasche Port aus dem Keller zu holen. Als ich damit ins Wohnzimmer kam, hat er mich zur Rede gestellt. Er habe nicht einschlafen können in jener Nacht und habe durchs Fenster gesehen, wie ich von den Stallungen zurückgekommen sei. Was ich dort zu suchen gehabt hätte?

›Sie haben mich angewiesen, Nowak den Hausschlüssel abzunehmen, Sir Julian‹, rechtfertigte ich mich. Darum hatte er mich am Mittwochabend tatsächlich gebeten. ›Als der Verwalter das Haus verlassen hat, habe ich es verpasst, ihn danach zu fragen, deshalb bin ich rasch zu ihm hinüber, um ihn zu holen. Sie haben mich vermutlich gesehen, als ich mit dem Schlüssel zurückkam.‹«

Er war ziemlich betrunken und hat mir die Ausrede abgenommen. Allerdings war mir klar, dass das nicht von Dauer sein würde, denn vor zwei Stunden, als er noch nüchtern gewesen war, hatte er versucht, Sie anzurufen. Ich habe das Gespräch mitangehört. In meiner Situation fand ich es ratsam, über alle Vorgänge im Haus auf dem Laufenden zu sein, deshalb habe ich ihn im Auge behalten. Nachdem er mich zur Rede gestellt hatte, wusste ich, um was es bei diesem Anruf gegangen war.«

Da lag sie vermutlich falsch, dachte Morton. Die Notiz beim Telefon legte den Schluss nahe, dass es ihm um Bucket gegangen war.

Doch Julian war kein dummer Mann gewesen; wieder nüchtern, hätte er die unglaubwürdige Begründung seiner Haushälterin durchschaut.

»Ich musste rasch handeln. Ich habe gehört, wie er dem Sergeant am Telefon gesagt hat, es hätte Zeit bis morgen. Er würde also am Samstag nochmals anrufen. Das musste ich verhindern. Er durfte den Samstagmorgen nicht mehr erleben.

Erst wollte ich ihm ein Schlafmittel in den Drink mischen, habe aber befürchtet, bei einer Obduktion könnte die Substanz nachgewiesen werden. Eine Betäubung war dann ohnehin nicht mehr nötig, denn Julian hat den ganzen Abend über stetig weitergetrunken. Als er zu Bett ging, war er so betrunken, dass er kaum mehr die Treppe hochgekommen ist.

Er hat mich nicht gehört, als ich in sein Schlafzimmer kam. Den Einbruch habe ich natürlich erst inszeniert, nachdem er tot war. Nachdem ich die Spuren im Schnee und in seinem Zimmer hinterlassen hatte, bin ich hinunter an den Fluss, um das Messer hineinzuwerfen. Die Stiefel und den Mantel des Coroners ließ ich über Nacht trocknen, die Kittelschürze und die Handschuhe verbrannte ich wiederum im Brenner.«

Alice Finch lehnte sich zurück und verschränkte die Arme vor der Brust, wie zum Zeichen, dass sie mit ihrem Geständnis zu Ende gekommen war. Aber es gab noch etwas, das Morton wissen wollte. Nicht für das Protokoll, sondern aus persönlichem Interesse.

»Sie müssen diese Frage nicht beantworten«, sagte er. »Ich kann mir nicht so recht erklären, weshalb sich Ihre Wut nicht in erster Linie gegen die Geliebte Ihres Vaters gerichtet hat. Schließlich war sie es, die ihn getötet hat. Oder dann gegen ihn selbst; er war es ja, der die ganze Situation heraufbeschworen hat.«

Alice Finch antwortete nicht gleich. Sie schien sich die Frage durch den Kopf gehen zu lassen. Schließlich sagte sie:

»Als Kind habe ich das getan. Ich wusste ja, dass er eine Geliebte hatte; meine Eltern haben sich manchmal deswegen gestritten. Nichts von alledem wäre passiert, wenn mein Vater meiner Mutter treu gewesen wäre. Aber als ich dann erfahren habe, wer für den Schuldspruch des Gerichts verantwortlich war, da war es mir, als hätte Sir Arnold meine Mutter mit eigenen Händen getötet. Die Geliebte meines Vaters hatte die Tat begangen, aber sie war tot. Der Coroner aber lebte sein selbstgerechtes Leben fröhlich weiter. Nachdem ich ihn erstmals gebeten hatte, seine Aussage zu überdenken, habe ich eine Gerichtsverhandlung besucht, die er geleitet hat. Bei seinem Anblick konnte ich kaum mehr an mich halten, eine solche Wut hat mich überkommen. Ich hätte ihn auf der Stelle erschossen, wenn ich eine Pistole dabeigehabt hätte. Zurück in Hillside dann habe ich mir eingeredet, ich könnte ihn doch noch dazu bewegen, seine Zeugenaussage zu überdenken. Deshalb habe ich die Stelle als Haushälterin bei ihm angetreten. Aber natürlich war das eine Illusion. Nachdem ich ihn ein paarmal darauf angesprochen hatte, untersagte er mir, das Thema nochmals zur Sprache zu bringen, wenn ich meine Stelle behalten wollte.«

5

Tweany war in Hochform. Es war ihm tatsächlich gelungen, ein Geständnis aus Ruby herauszulocken. Barker allerdings war ein harter Brocken gewesen. Den würde sich sein Chef nochmals vorknöpfen müssen. Jetzt galt es nur noch, die Vernehmungsprotokolle abzutippen, und dann war die Sache gelaufen. Der ganze restliche Papierkram konnte bis nach den Festtagen warten.

Endlich konnte er sich vorbehaltlos auf Weihnachten freuen. Sie würden keinen Bereitschaftsdienst leisten müssen, denn sie hatten happige Überstunden auf ihrem Konto. Inspector Lumeley und Sergeant Paisley mussten ran, die standen ab heute Abend auf dem Dienstplan. Ein zünftiger Einbruch, vielleicht in eine der herrschaftlichen Villen am Stadtrand, würde die beiden ganz schön auf Trab halten.

Er hingegen konnte sich heute Abend mit der ganzen Familie das Krippenspiel in der Church Hall ansehen, mit seiner Dorothy auf der Bühne. In dem blauen Umhang, der exakt die Farbe ihrer Augen hatte, sah sie hinreißend aus. Und morgen konnte er sich für die Bescherung seiner Nichten und Neffen ebenfalls verkleiden. Als Weihnachtsmann, jetzt, da seine Nase nicht mehr lief und er nicht befürchten musste, unter dem dichten, weißen Bart zu ersticken. Was war er doch für ein Glückspilz!

Jetzt hatte er fast ein schlechtes Gewissen wegen seiner Schadenfreude, aber er konnte es mit dem Gedanken beruhigen, dass auch die Ganoven über Weihnachten vermutlich eine Pause einlegen würden. So arg würde es also nicht werden für seine beiden Kollegen.

Er machte sich an die Arbeit, und zehn Minuten später kam Morton mit ein paar losen Blättern in der Hand ins Büro. Er legte sie ihm auf den Schreibtisch und sagte erleichtert:

»So, das wär's, Sergeant! Der Fall Gregson ist abgeschlossen. Wie steht's mit unseren beiden Ausbrechern?«

»Barker hat alles abgestritten«, erklärte Tweany. »Da müssen Sie noch mal ran, Chef. Aber Ruby hat den Versicherungsbetrug gestanden und die ganze Schuld Barker in die Schuhe geschoben. Es sei seine Idee gewesen, einen Einbruch vorzutäuschen, und er habe sie förmlich dazu gezwungen, ihm die Beute bereitzustellen. Es komme niemand zu Schaden, hätte er ihr gesagt. Die Versicherung könne doch ruhig mal was vergüten, schließlich zahle ihre Mutter doch ganz anständig Prämien. Die Uhren und den Schmuck habe ihr Freund an einen Hehler vertickt und den Erlös selbst behalten. Sie habe keinen Penny aus der Sache herausgeholt.«

Morton zog eine skeptische Augenbraue hoch. »Und, haben Sie ihr das abgekauft?«, fragte er.

»Nein, aber es würde mich nicht wundern, wenn der Richter das täte. Die Frau kann ein Gesicht machen, als könnte sie kein Wässerchen trüben.«

»Hauptsache wir haben ihr Geständnis; damit ist Barker geliefert.«

Morton wollte zu seinem Schreibtisch, doch Tweany hielt ihn zurück. »Nun zeigen Sie mal her, die Hand, Sir«, forderte er ihn auf und holte seinen Verbandskasten hervor.

Morton fügte sich und entfernte das Taschentuch, welches er sich um die Hand gewickelt hatte.

»Immerhin hat die Blutung aufgehört«, meinte Tweany, nachdem er die Wunde begutachtet hatte. »Wer hätte gedacht, dass diese nette Frau Sie so zurichten würde?«

»Manchmal tun Menschen, denen man es nicht zutrauen würde, die erstaunlichsten Dinge«, gab Morton achselzuckend zurück.

»Da haben Sie aber Glück gehabt, Chef. Das Messer ist am Knochen abgeprallt. Ein paar Millimeter daneben und das rabiate Weibsbild hätte Ihnen die ganze Hand aufgespießt.«

Er träufelte Jod auf eine Gaze und begann, die Wunde sorgfältig zu desinfizieren.

»Wie lief das ab mit dem Coroner?«, erkundigte sich sein Chef währenddessen. »Wie hat der von der Sache Wind bekommen?«

»Er war kurz nach dem Einbruch im Juweliergeschäft, um sich ein Geburtstagsgeschenk für seine Tochter zu besorgen. Von dem Raubzug wusste er natürlich schon; hier am Marktplatz hatte sich das rasch herumgesprochen. Er hat sich bei Mrs Lilburne erkundigt, ob ihr viel Schmuck abhandengekommen sei, und sie sagte, ja, alle wertvollen Stücke seien gestohlen worden. Da hat er Lunte gerochen, denn er wusste, wer Rubys Freund war. Er hat die beiden schon oft zusammen gesehen und die junge Frau immer wieder mal vor Barker gewarnt. Sie habe darauf ungehalten reagiert, das ginge ihn nichts an, und im Übrigen sei diese Vorstrafe schon Jahre her. Ob er noch nie davon gehört habe, dass sich Menschen ändern können, habe sie ihn gefragt. Der Coroner ist ihr offenbar gehörig auf die Nerven gegangen.«

Tweany schraubte den Deckel auf die Jodflasche. »So, das hätten wir. Sie sind tapfer, das muss man Ihnen lassen.« Er deckte die Wunde mit einem sauberen Stück Gaze ab und begann, die Hand anschließend zu bandagieren. »Nach dem Einbruch hat Sir Arnold Ruby zur Rede gestellt. Er habe den dringenden Verdacht, dass Barker dahinterstecke. Ob er sich von ihr die wertvollen Stücke habe zeigen lassen. Auf die Idee, dass sie ihrem Freund das Diebesgut bereitgestellt hat, ist er offenbar nicht gekommen. Ruby hat alles abgestritten, doch der Coroner habe gesehen, wie sie erschrocken sei, und da habe sie zugegeben, ihr Freund sei einmal bei ihr im Laden gewesen. Da habe er ihr ins Gewissen geredet: Dass sie Barker den Schmuck gezeigt habe, könne ihr eine Anklage wegen Beihilfe eintragen. Er habe keine Wahl, er müsse seinen Verdacht der Polizei melden, doch er wisse natürlich, dass Barker nur ihre Naivität ausgenutzt habe. Deshalb werde er sie aus der Sache raushalten, wenn sie ihm verspreche, jeglichen Kontakt zu ihrem Freund abzubrechen. Und so kam es, dass die Kollegen gegen Ronny Barker ermittelt haben.«

»Aber sie konnten ihm nichts nachweisen. Warum sind die beiden dann abgehauen?«

»Offenbar haben Sie Ruby tüchtig eingeheizt, als Sie bei ihr in der Musikschule waren. Sie hat befürchtet, wir hätten beim Coroner zu Hause etwas Belastendes gefunden. Sie meinte, dem Alten wäre es zuzutrauen, irgendwas Schriftliches hinterlassen zu haben. Sie sind geflohen, weil sie Angst hatten, wir würden sie wegen Mordes drankriegen. Die waren ganz schön in Panik.«

Tweany fixierte das Ende der Bandage mit einer Klammer.

Morton bedankte sich für die Verarztung. »Andere Männer haben eine treusorgende Ehefrau an ihrer Seite, die sie hegt und pflegt«, sagte er. »Und ich habe Sie, Sergeant. Ich finde, ich habe es ganz gut getroffen.«

Tweany wusste, sein Chef würde nicht einmal mit dem Kopf unter dem Arm zu einem Arzt gehen, und so war er froh, dass seine Wunde jetzt immerhin versorgt war. Seine Nase sah schon schlimm genug aus, aber da konnte er nichts tun.

»Da hatten sie also alle was auf dem Kerbholz«, sagte er nachdenklich. »Humphrey Bucket, Kamil Nowak und jetzt auch noch Ruby. Alles unbescholtene Leute bis anhin – nun ja, Barker mal ausgenommen. Da kommt man doch fast ins Grübeln, Chef.«

Morton krempelte den Ärmel wieder hinunter und verschloss den Manschettenknopf.

»Sie fragen sich, was bei der restlichen Bevölkerung Großbritanniens noch so alles ans Licht kommen würde, wenn wir erst mal anfingen zu graben?«

Tweany nickte.

»Was die strafrechtliche Relevanz angeht, dürften wahrscheinlich die meisten davonkommen, aber ansonsten können wir wohl getrost davon ausgehen, dass jeder seinen ureigenen Klumpen Dreck am Stecken hat.«

Morton angelte sich seinen Mantel von der Garderobe.

»Kommen Sie, Tweany, ich gebe noch einen aus, und dann machen wir Feierabend. Sie haben sicher noch viel vor heute.«

»Aber die Vernehmungsprotokolle«, protestierte Tweany.

»Die übergeben wir dem fleißigen Paisley«, gab Morton grinsend zurück. »Der hat Dienst über die Feiertage; da hat er Zeit und Muße, sich damit zu befassen. Immerhin kann er sich danach zu Recht brüsten, einen brauchbaren Beitrag zu den Ermittlungen geleistet zu haben.«

25. Dezember 1946

»Die ist wahrscheinlich gebrochen, Richard.«

Jane saß, in eine alte Flickendecke gekuschelt, im bequemsten Sessel des Vikariates.

»Wenn's weiter nichts ist«, gab ihr Bruder gelassen zurück. »Damit kann ich leben.«

Er saß entspannt im zweiten Sessel vor dem Kamin und genoss die warme, friedliche Atmosphäre des Wohnzimmers. Draußen hatte es wieder zu schneien begonnen. Dicke, fedrige Flocken, die vor dem Erkerfenster langsam zu Boden schwebten. Die Dämmerung war schon weit fortgeschritten.

»Ein Arzt könnte sie dir wieder richten.«

»Und was soll das bringen?«

»Es kann dir doch nicht egal sein, wenn du mit einer schiefen Nase herumlaufen musst.«

»Na ja, in meinem Beruf könnte das durchaus von Nutzen sein. Wenn ich auf Verbrecherjagd gehe, verleiht sie mir eine leicht verwegene Note. Da wissen die Gauner doch gleich, dass man sich besser nicht mit mir anlegt.«

Jane lachte. »Dann solltest du aber dafür sorgen, dass sich die Umstände, die zu deiner Entstellung geführt haben, nicht herumsprechen.«

Sie nippte an ihrem Henkelglas. Aus Rücksicht auf Jane hatte Howard den Punsch ohne Alkohol zubereitet, und Morton fand, er schmecke etwas seltsam. Der Duft nach Nelken und Zimt aber, der von dem heißen Getränk ausging, war wunderbar und weckte Erinnerungen an unbeschwerte Kindheitstage.

Jane war noch nicht mit ihm fertig.

»Und deine Hand!«, rief sie. »Mein Gott, das ist ja, als wärst du in den letzten Akt von Hamlet geraten.«

»Nun ja, Gift war nicht im Spiel«, gab Morton grinsend zurück. »Man kann über die Frau sagen, was man will, aber sie ist ihrer Methode bis zum bitteren Ende treu geblieben.«

»Wurde die Tatwaffe eigentlich gefunden?«

»Ja, die Taucher haben sie gestern vom Grund des Flusses gefischt. Ein gewöhnliches Rüstmesser, das es in jedem Haushaltwarenladen zu kaufen gibt. Selbstverständlich waren keine Fingerabdrücke mehr vorhanden. Damit hätten wir ihr nichts nachweisen können.«

Eine Weile herrschte Schweigen. Eine wohltuende Stille, die nur vom Knacken und Knistern des Holzfeuers unterbrochen wurde.

Dann wies Morton auf einen grünen Kranz aus Tannen- und Stechpalmenzweigen, der an einer roten Schleife über dem Kaminsims hing.

»Hat Gladys den geflochten?«, fragte er.

Jane verneinte. »Den hat Mrs Leech vorbeigebracht, und Mrs Nettlebey kam mit dieser Decke hier. Die Leute sind so lieb. Kommen immer wieder her, um sich zu erkundigen, wie's mir geht. Ich wusste gar nicht, dass ich so beliebt bin bei den Gemeindemitgliedern.«

»Weshalb erstaunt dich das?«

»Ich bin nun mal nicht das, was man sich so gemeinhin unter einer Pfarrersfrau vorstellt. Du weißt schon: gottesfürchtig, tatkräftig, respektierlich.«

»Na ja, du gibst dir Mühe; das schätzen sie vermutlich.«

Jane warf ihm einen kummervollen Blick zu und sagte dann mit einem vernehmlichen Seufzer: »Das wird dereinst in Stein gemeißelt stehen: ›Hier ruht die unzulängliche Jane Nightingale. Sie gab sich Mühe.‹«

Morton tätschelte ihre Hand. »So wird es sein, meine Liebe«, versicherte er feierlich und erkundigte sich dann: »Du hast unsere hochverehrte Mrs Hartshorn gar nicht erwähnt. Hat sie dir ebenfalls einen Krankenbesuch abgestattet?«

Jane verdrehte die Augen. »Aber ja! Allerdings hatte der eher den Charakter einer Inspektion. Sie wollte sich versichern, dass ich tatsächlich krank bin und nicht nur auf der faulen Haut liege, um mich vor der Gemeindearbeit zu drücken.«

»Was hat sie dir denn Schönes vorbeigebracht?«

»Einen Topf Hafergrütze. Damit der arme Vicar endlich wieder was Nahrhaftes zu essen kriegt. Ihre Worte.«

»Da hat sie sich aber in Unkosten gestürzt.«

»Das Essen war eher als Tritt gegen mein Schienbein gedacht. Nachdem sie den Topf in der Küche deponiert hatte, hat sie sich in meinem Schlafzimmer umgesehen, die Nase gerümpft und angeboten, ihre Zugehfrau für ein paar Stunden herzuschicken. Die Frau könnte hier mal wieder tüchtig durchputzen. Du hättest sie hören sollen, Richard! Man hätte meinen können, wir lebten hier in einem Schweinestall. Allein um die Frau nicht nochmals in mein Haus bitten zu müssen, will ich alles daransetzen, schleunigst wieder auf die Beine zu kommen.«

Sie sah zum Erkerfenster hinüber.

»Es wird dunkel, wie schön. Zünd die Kerzen an, Dickylein.«

Sie wusste, dass er diese Abkürzung für seinen Namen hasste, doch heute konnte ihn nichts, was sie sagte, aus der Ruhe bringen. Er war nur froh darüber, dass sie wieder begann, ihn zu necken. Ein sicheres Zeichen ihrer Genesung. Vor zwei Tagen hatte Dr. Bentham die Infusionslösung durch Tabletten ersetzt und seither durfte sie immer mal wieder für ein paar Stunden auf sein.

»Wollen wir nicht auf Howard warten?«, fragte er. »Ist mir gar nicht recht, dass er den Abwasch allein erledigt.«

Sein Schwager hatte ihn aus der Küche gejagt. Mit der verletzten Hand könne er nicht viel ausrichten und stehe ihm nur im Weg herum. Heute Morgen allerdings hatte er gerne auf seine Hilfe zurückgegriffen, da Gladys am Samstag zu ihrer Familie gereist war und sie beide bei der Zubereitung des Weihnachtsessens auf sich gestellt gewesen waren. Trotzdem hatten sie sich an eine gefüllte Gans gewagt. Dazu gab es Rosenkohl, den Howard im Garten aus dem Schnee ausgegraben hatte, und Röstkartoffeln.

Bevor sie in ihren Weihnachtsurlaub aufgebrochen war, hatte Gladys darauf bestanden, den Tisch im Esszimmer zu decken. Sie hätte nämlich noch eine Überraschung für sie. Die hatte dann in Form von drei dicken Christmas Crackers neben ihren Tellern gelegen. Gladys hatte sie selbst gebastelt. Morton wusste nicht, wo sie sich ihre pyrotechnischen Fähigkeiten angeeignet hatte, aber das Knallen beim Ziehen war wirklich beeindruckend gewesen. Und sie hatten alle schwarze Finger davongetragen. Aber wahrscheinlich mussten sie froh sein, dass ihnen nicht das ganze Haus um die Ohren geflogen war. Auch die Hüte und Kronen aus Zeitungspapier, die sie darin plaziert hatte, waren angeschwärzt worden, sodass sie während des Weihnachtsessen wie drei heruntergekommene Piraten ausgesehen hatten.

»Howard!«, rief Morton in die Diele hinaus.

»Bin gleich so weit«, tönte es zurück. Und dann kam sein Schwager mit dem brennenden Christmas Pudding den dunklen Korridor hinunter. Er hatte ihn mit einem Stechpalmenzweig dekoriert und die blauen Flammen züngelten gefährlich nahe an seinen Händen. Doch er brachte ihn heil und sicher ins Wohnzimmer, wo er ihn mit sichtlichem Stolz Jane präsentierte. Im Laufe der letzten Woche hatte er ein erstaunliches Flair fürs Haushalten entwickelt. Nachdem die Flammen versiegt waren, begann Jane, den Pudding aufzuschneiden, während sich Morton um den Weihnachtsbaum kümmerte.

Auch den hatte Gladys noch geschmückt und Howards angebotene Hilfe kategorisch abgelehnt. Da sei Fingerspitzengefühl vonnöten; Mrs Nightingale würde es gar nicht schätzen, wenn der schöne, alte Christbaumschmuck zu Bruch ginge. Daraufhin hatte sich Howard – der Elefant im Porzellanladen – hastig zurückgezogen. Nun stand das kleine Tännchen in aller Pracht, schimmernd im Kerzenlicht.

Howard hatte sich ebenfalls einen Sessel vor den Kamin gezogen und dann saßen sie alle drei im warmen Feuerschein.

»Na, ihr seid mir ja zwei«, meinte er zufrieden lächelnd. »Hätte nicht gedacht, dass ich hier zu Weihnachten ein Lazarett eröffnen müsste.«

»Ja, da hast du in eine tolle Familie eingeheiratet«, stellte Morton trocken fest und Jane meinte:

»Aber immerhin sind wir zäh, das musst du uns zugutehalten.«

Bereits erschienen:

Silvia Marazzi

Tödliche Nachbarn

Der erste Fall von Detective Inspector Richard Morton

Was als trauliches Dinner auf Ashdon Hall, dem Landsitz von Lord und Lady Pemberton, beginnt, endet in der darauffolgenden Nacht mit dem überraschenden Tod des ortsansässigen Arztes. Vorerst scheint dieser Vorfall niemanden zu beunruhigen; erst als kurz danach in einer alten Mühle am Fluss eine weitere Dorfbewohnerin erstochen aufgefunden wird, schrickt das Dorf aus seinem geruhsamen Dämmerschlaf auf.
Detective Inspector Richard Morton beginnt zu ermitteln und fördert so manches zutage, was nicht nur die Besitzer des elisabethanischen Herrenhauses, sondern auch einige respektable Bürger von Little Ashdon gerne im Dunkeln belassen hätten.
Wie finanziert der ehrenwerte Anwalt Gordon Pritchard seinen aufwendigen Lebensstil? Was geht in dem von einer Reihe überhängender Weiden verborgenen Haus des pensionierten Majors vor sich? Und welch dubiosen Geschäften widmet sich der attraktive Kunstmaler Oliver Cavendish in seinem Cottage am Waldrand?
Morton fragt sich, wie weit der Täter gehen würde, um sein Geheimnis zu wahren, und als er die erschreckende Antwort darauf schlussendlich findet, ist es beinahe zu spät. Seine Schwester, Jane Nightingale, gerät in tödliche Gefahr.

Ein spannender Kriminalroman in klassischer britischer Tradition.

Silvia Marazzi

Wem Böses getan

Der zweite Fall von Detective Inspector Richard Morton

Ein weidenumstandener Weiher um Mitternacht. Der fast volle Mond steht hoch am Himmel, er taucht die Säulen des steinernen Gartenpavillons am sanft geneigten Uferhang in silbernes Licht. Auf der glatten Wasserfläche gleitet ein Schwanenpaar lautlos dahin.
Ein friedliches Bild, wäre da nicht der Tote auf der Uferbank. In der sommerlichen Dämmerung hatte sein Leben unversehens ein vorzeitiges Ende gefunden.
Beim Eintreffen von Detective Inspector Morton haben sich Larry Wilde, der charmante Besitzer des weitläufigen Landsitzes, und seine illustre Gästeschar im Wohnzimmer versammelt: Da ist die untröstliche Witwe des Opfers, der attraktive und ausnehmend wortkarge Gutsverwalter, die glamouröse Schwester des Gastgebers, sein ernster Geschäftspartner und dessen bemerkenswerte Ehefrau.
Sie alle bestreiten, sich zur Tatzeit unten am Weiher aufgehalten zu haben, aber das sind nicht die einzigen Lügen, die Morton im Laufe der Ermittlungen aufgetischt werden. Alle haben etwas zu verbergen und trachten danach, ihre Beweggründe im Dunkeln zu belassen.
Morton ist gezwungen, die Gegenwart beiseitezuschieben und sich mit der Vergangenheit der Tatverdächtigen zu befassen, bevor es ihm gelingt, das Motiv hinter dem Mord aufzudecken.

Ein spannender Kriminalroman in der Tradition der englischen »Country House Murder Mysteries«.

Silvia Marazzi

Schall und Rauch

Der dritte Fall von Detective Inspector Richard Morton

Frank Harrison ist lange weg gewesen. Als er nun an einem nebligen Nachmittag im Oktober in Faywood aus dem Bus steigt, kann er nicht ahnen, dass er nur wenige Minuten später seinem Mörder begegnen wird. Auf der Suche nach seiner Familie landet er in der Church Hall, wo eben der alljährliche Herbstbasar abgehalten wird. Dort wird er überrascht, aber herzlich willkommen geheißen, doch bald zeigt sich, dass nicht alle Bewohner des idyllischen Weilers über seine Rückkehr erfreut sind. Keine zwei Stunden nachdem Harrison heimischen Boden betreten hat, wird er erwürgt aufgefunden.
Detective Inspector Morton und Sergeant Tweany beginnen zu ermitteln, doch vorerst finden sie nur Fragen ohne Antworten, streng gehütete Geheimnisse, unterschwellige Feindseligkeiten und Halbwahrheiten. Die nächsten Angehörigen des Opfers reagieren seltsam distanziert auf den Todesfall und je genauer Morton hinter die Kulissen dieser merkwürdigen Familie sieht, desto verwirrender scheinen ihm die Verhältnisse. Welche Pläne und Absichten hat Frank Harrison mit seiner unerwarteten Rückkehr durchkreuzt?
Auf der Suche nach dem Täter muss sich Morton viele Fragen stellen, die drängendste aber kann oder will ihm niemand beantworten: Wo hat sich Frank Harrison während der letzten sechs Jahre seines Lebens aufgehalten? Seine Spur verliert sich in einem Spital für kriegsverletzte Soldaten, in das er im Juni 1940 nach der Evakuierung von Dünkirchen eingeliefert worden ist. Seine Mutter ist offenbar in dem Glauben, er hätte danach in Nordafrika Dienst geleistet und sei vor drei Jahren in Kriegsgefangenschaft geraten. Seine angeblichen Freunde jedoch erzählen eine andere Geschichte.

20398419R00267

Printed in Poland
by Amazon Fulfillment
Poland Sp. z o.o., Wrocław